Renato
Fonseca

Cabeça de Alho

**ns

São Paulo, 2020

Cabeça de alho
Copyright © 2020 by Renato Pires da Fonseca
Copyright © 2020 by Novo Século Ltda.

EDITOR: Luiz Vasconcelos
COORDENAÇÃO EDITORIAL: João Paulo Putini
PREPARAÇÃO: Equipe Novo Século
REVISÃO: Daniela Georgeto
DIAGRAMAÇÃO: Equipe Novo Século
CAPA: Renato Pires da Fonseca
IMPRESSÃO: MaisType

Texto de acordo com as normas do Novo Acordo Ortográfico da Língua Portuguesa (1990), em vigor desde 1º de janeiro de 2009.

Dados Internacionais de Catalogação na Publicação (CIP)
Angélica Ilacqua CRB-8/7057

Fonseca, Renato.
  Cabeça de alho / Renato Fonseca. -- Barueri, SP : Novo Século Editora, 2020.

  1. Ficção brasileira 2. Folclore 3. Misticismo I. Título

20-1849   CDD B869.3

Índice para catálogo sistemático:
1. Literatura : Ficção brasileira

‹ns
uma marca do
grupo novo século

Alameda Araguaia, 2190 – Bloco A – 11º andar – Conjunto 1111
CEP 06455-000 – Alphaville Industrial, Barueri – SP – Brasil
Tel.: (11) 3699-7107 | E-mail: atendimento@gruponovoseculo.com.br
www.gruponovoseculo.com.br

*Para Linda e Carlos, por serem
opostos e complementares.*

1

PUTA MERDA. Dez e vinte. Toda vez é a mesma coisa, pensou Tomas. *Me despenco de Realengo até a Lagoa de ônibus e ele ainda se atrasa.*

O desperto esperava sentado em um banco público virado para a lagoa. Com exceção de um ou outro esportista noturno, somente os carros quebravam o silêncio. O frio carioca fez os pelos de seus braços se arrepiarem. *Respira.* Piscou com calma ao apertar a cabeça de alho em seu bolso. *Tem gente demais aqui. Vai dar tudo certo.*

Outro trabalho no escuro. Isso quer dizer que ele tem vergonha do que fez. Algo pessoal. Endireitou a coluna e sorriu de meia boca. *Não faz sentido. Todo novo contrato o cliente faz questão de me contar cara a cara o que aconteceu. Como se isso fosse mudar a minha opinião.*

Escolheu um banco que beirava a rua, embaixo de uma árvore. O mais escondido que conseguiu. Contudo, as folhas só lhe permitiam ver o que vinha da sua direita. Os poucos carros que passavam tinham mais de dois anos de uso, quase todos com insulfilme. *Tanta vontade de mostrar o carro e tanto esforço para esconder o motorista.* Os prédios seguiam um padrão diferente. As fachadas eram todas cinza ou bege, construções antigas, coladas umas nas outras, cada uma se esforçando para ser mais insossa que a próxima. *Tudo para proteger seu precioso estilo de vida.*

O bairro de classe alta não representava muito perigo. As ruas eram bem iluminadas e as patrulhas policiais frequentes. *Respira,* soltou o ar pelo nariz. *Não é como se essa sua cara de mendigo convidasse um ladrão. Se alguma coisa chegar, tem que ser do outro lado.* Franziu o cenho. *É melhor ficar de costas para o trânsito e de frente para a água. De olho na água. Se alguma coisa aparecer, tem que ser de lá.* Apertou mais uma vez a cabeça de alho, rachando a casca.

Calma, Tomas! Cadê o cigarro? Tateou o interior de seu bolso. Debaixo do celular. Em um movimento quase inconsciente, colocou o tabaco na boca e o acendeu. Alho! O gosto do vegetal veio junto com a fumaça.

Merda de amuleto, estalou a língua nos dentes. *Tem que estragar a porcaria do meu fumo*, bufou. *Não importa*, e colocou o cigarro na boca.

Encheu os pulmões de uma vez e sentiu sua nuca formigar de alívio. O ronco do motor dos carros passando começou a soar como música para o desperto. A lembrança constante de que havia pessoas por perto. *A lagoa é cercada de prédios. Tem muita gente aqui. Não vai acontecer nada*, tentou se acalmar, mas em momento algum tirou os olhos da água.

Passaram-se outros doze minutos e dois cigarros até que Nando apareceu. Seus passos podiam ser ouvidos de longe e sua aparência fazia jus à profissão. Vinte e poucos anos, forte, moreno de pele e pelo, e roupas muito mais justas do que deveriam. Tudo nele gritava micheteiro.

– Fala, cara! – Nando forçou um sorriso. – Foi difícil chegar aqui?

– Não. Cheguei dez minutos mais cedo – respondeu, seco.

– É. Foi mal pela demora. – Contraiu o rosto. – Teve um acidente lá em Copa e parou tudo.

Um acidente parou tudo às dez horas da noite? E o celular também está sem bateria?, pensou, mas meneou a cabeça e apenas disse:

– Não importa, Nando. O importante é que você chegou. Para que exatamente estou aqui?

– Cara – coçou a nuca –, tem uma coroa que é cliente minha que sempre pagou pau pra mim, sacou? E, pô, de uns tempos pra cá, ela tá dizendo que me ama. – Tentou esconder o sorriso, que morreu logo em seguida. – Mas aí ela engravidou e tá dizendo que o filho é meu.

– Ok, vamos começar pelo começo. – Fixou os olhos no micheteiro e falou com o máximo de calma que conseguiu: – O filho é seu?

– Acho que é. – Mordeu o lábio.

O imbecil do michê nem sabe se engravidou a coroa. Levantou o queixo.

– Presta atenção que isso é importante. Você tem certeza que o filho é seu?

– Tenho.

– Perfeito. – Levantou o queixo. – Há quanto tempo foi isso? Que ela engravidou.

– Cara, sei lá – falou entredentes. – Você vai fazer o ritual ou não?

Tomas encheu e esvaziou seu peito devagar e encarou o michê.

– Eu quero que você preste bastante atenção no que vou dizer agora, ok? Não fui eu quem engravidou sua cliente. – Deu um passo à frente. – A culpa dessa cagada não é minha. Eu estou aqui para resolver o que você fez. E quanto mais você me ajudar, mais rápido a gente termina isso. – Limpou a garganta. – Eu preciso saber há quanto tempo ela está grávida, porque é no quarto mês que a alma entra no feto, o que faz com que o ritual seja outra parada. Além de tudo, vai ter um exorcismo no meio. Do que, vai por mim, você não vai querer fazer parte. – Fechou os olhos e respirou fundo mais uma vez. – Agora, quando foi que você engravidou ela?

– Dois meses. – Desviou o olhar. – Dois meses e meio.

– Certo. – Assentiu com movimentos curtos. – A cerimônia vai ter que ser realizada onde foi feita a concepção. Você consegue me levar até lá?

– Foi no apartamento dela. Isso é mole. Eu chego lá a hora que eu quiser. Foi na sala ou no quarto. – Enrugou o queixo. – Acho que foi no quarto.

– No apartamento já é o suficiente. – Ergueu a palma da mão para o micheteiro. – Alguma coisa fora do comum que você percebeu no dia? Alguma decoração nova? Comportamento estranho?

– Olha, fazia alguns meses que ela quase não me chamava para transar. – Seus olhos quicavam entre o rosto de Tomas e o chão. – A gente ficava só na conversa. Mas aí, há uns três meses, a gente começou a fazer direto. Três, quatro vezes por semana.

A gravidez foi planejada. Má notícia. Esfregou a nuca com a mão direita.

– E proteção? Você estava usando? Eu imagino que seja comum no seu ramo.

– Cara, teve um dia que ela pediu pra eu dar uma segunda, mas nem eu nem ela tínhamos outra camisinha. – Estufou o peito. – Eu nem queria, mas ela insistiu e disse que ia me dar um extra. Aí eu não pude negar fogo.

Moleque idiota, pensou. Raspou a unha no amuleto.

– Ok. Eu preciso de meia hora para comprar o resto dos ingredientes. – Umedeceu os lábios. – A grávida vai ter que estar próxima do ritual. Então você vai ter que distrair ela enquanto faço a cerimônia. Ela não precisa estar no mesmo quarto. É até melhor se ela não estiver.

– Pô, cara, como você quer que eu faça isso? – Engrossou a voz.

Tomas fechou os olhos por alguns segundos.

– Se vira. Declara seu amor, come ela, troca figurinha. Sei lá! Contanto que eu possa fazer meu trabalho em paz, sinceramente não me importo. – Respirou fundo em uma longa pausa. – Faz o seguinte, a gente entra junto no prédio dela e você dá a desculpa de que quer conversar enquanto eu espero no corredor. Quando estiver mais calmo, você abre a porta pra mim e eu faço o que tenho que fazer. Pode ser?

– Tá. – Os olhos do micheteiro estavam colados no chão. – Você que ir junto ou a gente se encontra lá?

– A gente se encontra lá. – E se virou em direção à rua. – Só mais uma coisa, qual o nome dela?

– Rute. – Fez uma pausa. – Rute Andrade.

O prédio ficava a mais ou menos dez minutos da rua principal, na segunda esquina, no meio de uma ladeira. Não foi uma subida fácil. Depois do sexto ou sétimo minuto, Tomas teve que empurrar os joelhos. Seus pulmões ardiam toda vez que tentava levantar a cabeça. *Só mais um pouco.* O suor já chegava à sua lombar e à sacola de plástico com o material para o ritual, que parecia cada vez mais pesada. O topo da ladeira era um pouco mais fresco, o que ajudava. Começou a contar seus passos da forma mais rítmica que conseguiu, como se isso fizesse com que a caminhada doesse menos.

– Tomas! – gritou Nando, a pouco mais de dez metros.

O micheteiro estava encostado no muro entre um prédio e outro. Tinha penteado o cabelo e trocado a camiseta estampada por uma camisa social preta ainda mais apertada do que a anterior, especialmente no braço. Assim que o viu, Tomas começou a andar em direção à entrada, sem tirar as mãos do bolso.

A construção não tinha mais de seis andares, e, apesar da fachada bege, conseguia se destacar de seus vizinhos. Toda a base do prédio, incluindo a entrada social e a garagem, era de vidro espelhado que seguia pelas varandas. As sacadas eram grandes e sinuosas, todas cobertas por plantas. Embora o prédio da frente tapasse quase toda a vista, com um pouco de esforço era possível ver as ruas de baixo surgindo por trás da vegetação.

– Você já falou com ela? – perguntou Tomas, ainda encurvado, se esforçando para controlar a respiração.

– Tipo, falei. – Os olhos de Nando se arregalaram. – Eu vou fazer o seguinte: vou entrar falando que quero conversar. Você espera do lado de fora. – Gesticulava em movimentos bruscos. – Assim que der, vou levar ela para o quarto e, quando ela estiver preparada, eu dou uma desculpa para sair e abro para você.

– Perfeito. – Cuspiu o pouco de saliva que tinha. – A cerimônia precisa de quinze minutos para ser feita. Ela não pode sair nesse meio-tempo.

– Tranquilo. – Sorriu, debochado. – Eu trabalho com isso. – Seu rosto se contraiu mais uma vez. – Mas, pô, cara, eu estava pensando, e o porteiro?

– O que que tem o porteiro? – Tomas não tentou esconder a impaciência.

– Será que ele não vai desconfiar? – Encolheu os ombros. – Assim, foi mal, cara, mas você não parece michê. Tipo, o cheiro de alho e tudo mais.

É isso que dá. Acariciou a base de sua barriga. *Não é como se eu tivesse ajudado a melhorar o que a natureza já entregou ruim.* Esforçou-se para esticar o tronco.

– O porteiro não vai achar nada. Você não vem aqui com frequência? Então ele já te conhece. – Ergueu as palmas das mãos. – Entra e fala que vai para o apartamento dela. Simples assim.

– Pelo menos dá uma penteada no cabelo. – Estendeu um pente que tirou do bolso.

– Você leva um pente no bolso? – perguntou o mais sério que conseguiu, enquanto lutava para passar o pente pelos cachos molhados de suor.

– Cada profissão tem uma ferramenta. – Sorriu, perverso. – Um pente no bolso é menos ridículo do que uma cabeça de alho.

Um sorriso forçou caminho através do rosto de Tomas.

– Justo. – Devolveu o pente. – Estou bonito o suficiente para o porteiro?

– Se eu fosse você, eu nem oferecia, porque eu acho que ele não resiste. – Sorriu. – Mas só tem uma maneira de descobrir. – Arrumou as mangas dobradas da camisa. – Vamos?

O desperto olhou para dentro da sacola de ingredientes mais uma vez, repassando a lista e assentindo a cada item contado. *Velas, cachaça, leite, bife... Perfeito.*

– Depois de você. – E apontou para a porta.

Nando apertou o interfone e uma voz feminina atendeu.

– Quem é? – A pergunta soou rouca e lenta.

– Rute, sou eu – respondeu o micheteiro com um tom mais grave que de costume.

A réplica veio seca, depois de alguns segundos.

– Pode subir. – E a porta abriu com um estalo.

A entrada do prédio era um cômodo bem iluminado, que se estendia até quase metade da profundidade total da construção. As curvas de fora davam lugar a linhas retas nas paredes e móveis. Dois conjuntos de sofás com duas poltronas cinzas alinhados perfeitamente em noventa graus com a parede mais próxima preenchiam o lugar. Do lado direito, o porteiro continuava dormindo em cima de seus braços, sem se importar com quem entrava ou com a televisão de tubo ligada ao seu lado. No fundo, em frente ao portão de entrada, havia uma porta de madeira com uma placa escrito "Social".

Caminharam em direção ao elevador. Somente o som da televisão quebrava o silêncio. Nando ruminava e encarava os próprios pés. *Perfeito*, pensou Tomas. *Ele está em dúvida*. O elevador começou a descer assim que apertaram o botão. Terceiro. Segundo. Primeiro. Térreo. *Só mais um pouco e termina*. Empurrou a porta para entrar e as palavras forçaram saída.

– Você tem certeza de que quer fazer isso? Depois que eu terminar não vai ter mais volta.

Nando fez uma careta, fitando os próprios pés.

– Cara, tem que ser. Tipo, como esse moleque vai crescer? Eu ser michê, eu trepar por dinheiro ou como eu engravidei a mãe dele, por incrível que pareça, é a parte mais tranquila. – Olhou de canto de olho para Tomas. – Você conhece alguma história de um desperto feliz? Então… eu não quero trazer uma criança para isso.

– Isso vai ter um preço – avisou, sem desviar o olhar.

– Eu já paguei para o Ignácio – respondeu em tom de desafio.

– Eu sei, ele me falou – coçou a bochecha –, mas o que você está pedindo é um acordo de morte e, com ele, sempre vem uma porrada forte. Por mais que o Ignácio amenize ou pegue para ele, alguma coisa vai resvalar em você. Sempre resvala.

– É a minha vida, beleza? Eu sei o que que eu tô fazendo.

– Você é o contratante. – Deu de ombros. – Só para deixar claro, eu não vou te esperar. Assim que terminar, eu vou embora. E no entardecer do terceiro dia, o aborto acontece, ok?

– Eu não esperava outra coisa. – E saiu do elevador.

Tomas continuou dentro do elevador com o ouvido perto da porta, sem deixá-la fechar. Ouviu a mesma voz do interfone a pouco mais de quatro metros de distância.

– Nando, você avisou que vinha faz uma hora. Já é quase meia-noite! – O tom era uma mistura de bronca e lamento.

– Desculpa o atraso, gatinha – disse, meloso. – Teve um acidente lá em Copa e parou tudo. Mas eu preciso conversar contigo, me deixa entrar.

A resposta demorou alguns segundos outra vez.

– Tá bom, mas tem que ser rápido.

O desperto ouviu o som da porta batendo e saiu de seu esconderijo. O corredor tinha quatro portas, duas em cada extremidade, três delas brancas como as paredes e uma da cor da madeira crua. Na porta de Rute, abaixo do olho mágico, havia uma pomba do Espírito Santo.

Seus joelhos estalaram ao sentar no chão de mármore. Fechou os olhos e respirou fundo. *Um, dois, puxa. Um, dois, solta.* O foco estava todo em sua respiração. *Um, dois, puxa. Um, dois, solta.* O alho que o protegia do lado de lá agora o impedia de ver além do véu. *Um, dois, puxa.* Sentiu a ponta dos dedos dos pés formigar e o ar esticar atrás de suas orelhas. *Um, dois, solta.* Abriu os olhos.

Tudo à sua volta ficou esfumaçado e fora de foco. Respirar agora era como puxar vapor, todos os sons soavam ocos. Contudo, todas as coisas continuavam em seu lugar, o que era de se esperar de um lugar como aquele. *Gente demais. Bom.* Olhou em volta à procura de algo fora do comum. Conseguiu ver que o casal de vizinhos da porta de madeira tinha um cachorro que marcou todo o apartamento como seu território e que a mulher criava uma barreira de espinhos entre ela e o marido. O apartamento de trás quase não tinha rastros no além-véu. *Eles acabaram de se mudar*, constatou. Desviou o olhar quando viu que Nando e Rute já estavam sem camisa, mas não percebeu nada perigoso escondido do outro lado, e um alívio desceu de sua nuca até as pernas. *Ainda bem.*

Fechou os olhos. *Um, dois, puxa. Um, dois, solta.* Seus poros se contraíram. *Um, dois, puxa. Um, dois, solta.* Apertou o alho em sua mão. *Um, dois, puxa.* Sentiu o peso de suas pernas contra o chão e o rodapé contra a base de sua coluna. *Um, dois, solta.* Abriu os olhos e tudo voltara a ser sólido.

A espera pareceu longa. Pegou-se tentando raspar uma mancha esverdeada no rodapé quando finalmente ouviu a porta ser destrancada e se esforçou para se levantar.

– Entra, cara – disse o micheteiro, com pressa. Estava completamente nu, com uma almofada vinho cobrindo sua pélvis.

Tomas passou de lado pela porta, se esforçando para não tocar no contratante.

– Onde é a cozinha? – sussurrou. Assim que Nando apontou a direção, continuou: – Lembrando que eu preciso de quinze minutos sem interrupções.

O micheteiro se virou e voltou para o quarto. Apesar de ser um apartamento grande, todo o espaço parecia tomado. Tapetes de várias cores e estampas cobriam quase todo o piso de madeira. Metade das paredes era pintada de branco e a outra metade de grená, e todas as arestas eram rombudas. Em cima dos móveis, quase todos de madeira e couro, ficavam estatuetas de metal barato, que alguém um dia chamou de arte. Os quadros conseguiam se sobrepor ao resto da decoração.

O desperto sentiu o cheiro do perfume de Rute. *Doce. Ela se arrumou para ele.* Sentiu seu estômago embrulhar. Apertou a sacola com os ingredientes na mão direita e foi em direção à cozinha.

A cozinha era surpreendentemente neutra. Todos os azulejos eram brancos, e os armários, de madeira. A única exceção era a geladeira, cheia de ímãs coloridos. Nenhum deles parecia ter menos de dez anos. Tomas colocou a sacola na pia e começou a recontar os itens. *Velas, cachaça, leite, bife.* Tudo estava ali. Conseguiu encontrar uma bacia de tamanho decente em um dos armários embaixo da pia. Lavou com calma as mãos e o rosto, acendeu as duas velas no fogão e levou tudo para a sala.

Escolheu um lugar relativamente vazio, mais ou menos no meio da sala. Sentou-se no chão e colocou a bacia na sua frente. Pegou as duas metades da cabeça de alho em seu bolso e as colocou atrás de seu corpo, ainda ao alcance das mãos. Pôs uma vela de cada lado, tomando cuidado para que elas ficassem firmes. Assim que firmou a segunda, ouviu jazz vindo do quarto. *Garoto esperto, isso vai facilitar as coisas.* Travou o abdome e levantou o pedaço de carne até a altura de sua testa. É agora.

Fechou os olhos. *Um, dois, puxa. Um, dois, solta.* Desceu o bife em movimentos controlados e colocou suas mãos sobre ele. *Um, dois, puxa.* Enterrou seus dedos na carne. *Um, dois, solta.* Sentiu o ar arranhar sua pele e abriu os olhos. A sala continuava quase a mesma, porém as velas brilhavam como faróis e o cheiro da carne empesteava o cômodo.

Pegou a caixa de leite e, pouco a pouco, derramou seu conteúdo no recipiente até cobrir todo o bife cru.

– Kramór Iriná Anê. Kramór Iriná Anê. Eu, Tomas Fontes, chamo o Guardião das Trilhas em seu manto negro e peço permissão para ser ouvido. Meu pedido vem de um desperto que deseja intervenção em seu domínio. Ele quer perder o filho que está por vir, pois somente infelicidade pode resultar dessa vida. Quebre a corrente que une estas pessoas.

– Segurou a garrafa de cachaça e a levantou até o peito. – Filho da noite. Eu te invoco. E que assim seja! – Derramou metade da aguardente.

Uma escuridão profunda caiu sobre o cômodo. Mesmo a luz das velas, que antes brilhava como farol, agora mal chegava à base. Cinco metros à frente de Tomas apareceu o espírito. Seu rosto magro e pálido ficava a mais de dois metros do chão. Não tinha pelos nem lábios, o nariz aquilino pairava sobre seu eterno sorriso. Pescoço e ombros esqueléticos brotavam de seu crânio, mas era somente isso que a escuridão permitia enxergar. Passo a passo, a criatura foi se aproximando.

Cada vez que o espírito movia as pernas, o som de suas unhas raspando no chão dava lugar ao som oco de suas patas firmando o passo. Um terceiro barulho de algo se arrastando abria espaço até o ouvido do desperto. A besta sorria e lambia os dentes com sua língua roliça e, toda vez que a trocava de lugar em sua boca, uma salpicada de baba grossa voava para o canto de seu rosto.

– Eu o invoco para tirar o filho de Rute Andrade. – Controlou a vontade de desviar o olhar. Tinha que encarar a criatura. – O ritual é feito por mim e comandado por Ignácio Batista. – Dois metros agora. O guardião começava a se abaixar. – Kramór Iriná Anê. – Um metro. A criatura tinha começado a rastejar. Seu sorriso macabro ondulava sem tirar o foco de Tomas. – Kramór Iriná Anê. – Meio metro. O espírito cheirava a ferrugem. O desperto enterrou suas mãos na carne do ritual para não pegar a cabeça de alho às suas costas. – Kramór Iriná Anê!

Face a face agora. Seus olhos eram globos escarlates vazios, salpicados de branco. O guardião encostou bochecha com bochecha. O ar chiava entre seus dentes. As mãos frias de Tomas afundaram no leite. Um gemido rouco e lento foi seguido por um sussurro.

– Oferenda aceita.

Tomas saiu do transe em um salto, agarrando as duas metades de alho. Sem pensar, deu um bom gole na cachaça, coçou os olhos e colocou seus cabelos ensopados de suor para trás. Os ingredientes da bacia tinham se transformado em sangue, que agora estava em seu rosto e cabelos. *Puta merda.* O ritual estava finalizado. Uma comichão desceu por sua coluna. *Graças a Deus.* Sem cerimônia, apagou as velas, pegou os ingredientes e se levantou. Suas mãos tremiam ao carregar o que restou para a cozinha. Estava exausto.

Despejou o sangue na pia e começou a esfregar o contêiner com força. Ouviu Rute gemendo no quarto e sentiu sua garganta fechar. *Perfeito*. Limpar o sangue da bacia foi relativamente fácil se comparado a tirá-lo dos cabelos, e depois de alguns minutos estava tudo feito. Deu mais uma bicada na aguardente e o resto foi para a sacola.

Passou os olhos mais uma vez pela cozinha e pela sala para ver se não tinha esquecido nada. Os gemidos ficavam cada vez mais altos. Tinha que sair dali. Cambaleou em direção à saída do apartamento e, no momento em que abriu a porta, ouviu um grito mais forte que os outros, seguido de silêncio, e fechou-a.

2

A LUZ DO SOL quase não batia mais no chão. *Já é de tarde*, pensou Tomas. Fitava o mesmo ponto no teto desde que havia acordado. A noite passara devagar, em um sono leve, cortado por momentos de consciência. As costas de suas mãos, onde o guardião havia encostado, estavam vermelhas e não paravam de coçar. *Teia de aranha. Melhor tirar*, mas seus esforços se limitaram a ajeitar o travesseiro.

Passaram-se pelo menos outros vinte minutos até se mexer outra vez. Coçou os olhos e viu que ainda havia sangue seco embaixo de suas unhas. Seus lábios desceram junto com seu tórax. *Calma, Tomas. Agora já foi.* Jogou seus pés para o lado da cama sem cuidado e empurrou seu corpo para cima até ficar sentado. *Vamos lá.* Passou outros dez minutos encarando seus pés.

O quarto era simples, funcional. O chão era de azulejo branco sem estampas ou marcas, assim como o resto do apartamento. As paredes eram todas finalizadas em chapisco, um acabamento barato que escondia as irregularidades da construção. A única janela do apartamento inteiro não tinha cortinas e estava virada para o sol das seis da manhã. O colchão da cama de casal estava marcado do lado direito com o corpo do desperto. No único criado-mudo, sempre ficavam algumas cabeças de alho usadas. E pilhas de livros, poucos com menos de cem anos, por todos os cantos.

Levantou-se e soltou uma careta com o estalar dos joelhos. Gemeu ao tentar encostar as mãos nos pés, sem sucesso. Bocejou e empurrou o corpo para cima. *Já está na hora.* Caminhou em passos lentos até o banheiro.

Lavou as mãos, esfregando as unhas com força. *Vai!* No entanto, o sangue insistia em ficar. Abaixou-se para alcançar a pia, como era necessário para qualquer coisa naquele banheiro, lavar as mãos, olhar no espelho, entrar no box, tudo. Sua lombar gritou. *Ai!* Desistiu de usar o sabão e usou os dentes para limpá-las. A cada passada dos caninos inferiores nas unhas, cuspia na pia. No penúltimo dedo, reparou em como sua barriga caía sobre sua cintura quando se curvava, esticou-se e deu três tapas com a mão direita.

Preparou o café da manhã como de costume. Quatro torradas escuras com bastante requeijão e uma parte de suco para três partes de vodca. *Porque ninguém é de ferro.* Levou sua refeição até uma pequena mesa redonda de madeira que ficava no canto da sala. Sentou-se apoiando o cotovelo na borda da mesa. Ouviu os cães do andar de cima brincando, suas unhas se arrastavam por todo o apartamento. *Podia ser pior. Pelo menos eles não estão latindo.* Pegou *Efeitos psíquicos e suas aplicações*, do frei Damião de Toledo. Abriu na página que estava marcada com um guardanapo e deu um bom gole em seu "suco".

O quarto-e-sala era simples, apertado, com livros espalhados por todos os cantos e, por mais que Tomas negasse, fedia a alho. Símbolos, runas e rituais de proteção estavam por todos os cantos. Círculos de sal, mandalas tibetanas, rezas angolanas e até alguns exorcismos do Vaticano por boa medida. Todos escondidos dos olhos mundanos, mas brilhando como neon para qualquer criatura do outro lado ou desperto, por mais incompetente que fosse. Símbolos de proteção geralmente eram escondidos para pegar o invasor de surpresa, mas também serviam de alerta para qualquer desavisado, como uma placa de "Cuidado com o cão".

No meio da terceira torrada, Tomas ouviu o interfone tocar. Dois toques longos e ritmados. *Interfone?* Permaneceu com a cabeça levantada olhando para a porta como se nunca tivesse visto aquela tecnologia antes. Foi no terceiro toque que se levantou correndo para atender.

– Quem é? – A pergunta saiu rápida e vacilante.

– Tom? Sou eu.

Paula! Merda! Limpou a garganta.

– Oi! Eu já estou indo aí abrir. – A voz da irmã foi o suficiente para travar seus ombros. Correu até o armário. *Qualquer coisa,* pensava ao saltar de um lado para o outro. *Calça jeans. Isso!* Vestiu uma camiseta branca. *Isso é mostarda?* Arrancou-a do corpo e acabou se contentando com uma social azul. *Vai!* Enxaguou o rosto com pressa, colocou um chinelo e correu para a porta do condomínio.

Paula estava esperando do lado de fora da grade branca. Uma mão na bolsa de marca e a outra no smartphone. Cabelos negros cacheados eram a única característica que compartilhava com o irmão. Seu vestido azul e branco era simples, mas elaborado o suficiente para mostrar que não foi barato. Fechava tudo com um sapato vermelho somente para ter certeza de que o último ponto ficou claro.

– Oi! – Tomas tentou esconder o arquejo em sua voz.

– Tom! Vem cá. – Cumprimentou-o com um beijo em cada bochecha. – Posso entrar? Tentei te ligar, mas o seu celular tá dando caixa-postal.

– É. A bateria acabou. – E se virou de lado para que ela passasse. – Entra aí. – Começou a caminhar sem tirar os olhos do chão. – Então, está tudo certo?

– Tá. – Sorriu de orelha a orelha. – Vim visitar meu irmão na toca dele, já que ele não sai por vontade própria. – Havia doçura em sua voz.

O maxilar de Tomas travou.

– Pois é.

– Mas está tudo bem. – Paula arregalou os olhos. O resto da caminhada foi feita em silêncio.

A porta do apartamento parecia cinquenta quilos mais pesada quando Tomas a abriu.

– Desculpa a bagunça. Eu estava tomando café da manhã. – Contraiu o rosto ao dizer as últimas palavras. *Devia ter dito almoço.*

– Não... tudo bem. Onde eu posso sentar? – Andou na direção da mesa de madeira. – Aqui tá bom? – E se sentou sem esperar resposta.

Tomas correu para tirar os livros da mesa e da outra cadeira.

– Você quer alguma coisa?

– Eu aceito um pouco desse suco – falou devagar –, pode ser?

– Pode. – Correu até a cozinha, mas viu que não havia copos limpos, então lavou um o mais rápido que pôde. Sem soltar um pio, levou o copo até Paula. Na volta, pôs o celular para carregar. – Desculpa a demora. – Sorriu forçado.

– Sem problema. – Serviu-se sem cerimônia. – Então, como está meu irmãozinho?

– Estou bem. Eu... – Fez uma pausa. *Merda.* Gesticulou em volta do tórax. – O mesmo emprego de sempre. – Esfregou a mão esquerda sobre a boca. – Lendo bastante. Normal.

– Que bom. Me fala desse emprego. – Levantou as sobrancelhas. – Até hoje você não me explicou direito.

Como é que eu explico? Respirou fundo.

– Quando meu chefe precisa de um negócio que precisa ser entregue, sou eu que vou.

– Tipo um office boy? – Assentiu em movimentos curtos.

– Não – desceu o cenho –, eu cuido dos projetos pessoais do meu chefe. Ignácio Batista. Ele é um homem de negócios.

– Entendi. Você é o secretário dele.

– Não. Eu não sou a secretária dele. – Alisou a camisa. – Eu cuido dos projetos pessoais importantes.

– Tom, não tem problema nenhuma em ser secretário, é um trabalho honesto. – Contraiu os lábios. – Não precisa ter vergonha disso.

– Eu sei que não tem problema nenhum em ser secretário de ninguém – sua voz subiu uma oitava –, mas não é isso que eu faço.

– Tá bom. Então o que você faz? – Sorriu de canto de boca.

– Eu já te falei. Não tem como ser mais claro.

– Tudo bem. – Deu com os ombros. – Não importa. Você está gostando?

– Do trabalho? – Fez uma pausa longa, fitando o chão. – Olha – e voltou a encarar a irmã –, ele tira o sangue. Não tem horário, mas eu sou bom nisso. E é legal conseguir fazer alguma coisa.

– Que bom. – Passou alguns segundos em silêncio e desviou os olhos do irmão. – O aniversário da sua sobrinha é nesse próximo fim de semana. – Colocou o copo de suco na boca.

Lá vem.

– Já? – Fingiu surpresa. – Quantos anos?

– Seis aninhos. – O rosto de Paula se abriu. – Dá para acreditar? Ela tá uma giganta! – Colocou o copo na mesa. – Então, a gente vai fazer uma festinha e eu gostaria muito que você fosse.

– Vou, com certeza – colou o queixo no peito –, só que o trabalho deu uma apertada e eu estou cheio de coisa para fazer agora. Talvez dê uma complicada.

– Tá bom. Faz o que você achar melhor. – Recuou o rosto franzindo as sobrancelhas.

– O que que foi? – Tomas respirou fundo.

– Se não quiser ir, não vai. – Virou o rosto. – Não precisa mentir.

Estava demorando, pensou, *já estava demorando.* Bufou.

– Paula, eu estou dizendo que eu vou.

– Cheio de coisa para fazer, Tom? – Cruzou os braços. – Pelo amor de Deus! Eu chego aqui duas da tarde de uma quinta-feira e você tá cheio de remela no olho e fedendo a cachaça. – Bateu as mãos nas coxas. – Isso é cheio de trabalho onde?

– Calma, garota! – Tentou sem sucesso controlar o tom de sua voz. – Eu já disse que eu vou.

– Toda vez é a mesma coisa! – continuou, ignorando o irmão. – Eu venho, te convido para alguma coisa e você caga na minha cabeça. – Esvaziou os pulmões. – Qual foi a última vez que você viu a sua sobrinha? A Paloma não conhece o tio. Desculpa, mas não é possível que toda vez você tenha alguma coisa tão urgente assim.

O punho de Tomas estava cerrado em sua testa. Respirou fundo e falou o mais devagar que conseguiu:

– Se controla. Você não sabe da minha vida para falar assim.

– Porque você não deixa, Tom! – gritou. – Por que você acha que eu estou aqui? Você é meu irmão, cara! Eu te amo! – Seus olhos marejaram. – Mas você insiste em colocar essa barreira entre você e todo mundo. Como você acha que eu me sinto?

Tomas deu um tapa na mesa, derrubando o resto de seu suco batizado.

– Para de se fazer de vítima! Ok? Quantas vezes eu tentei te explicar? – Encostou-se na cadeira outra vez. – É muito bonitinho de sua parte vir aqui para consertar a vida do seu irmãozinho estranho.

– Sou eu que estou me fazendo de vítima, né? – Todo o sangue tinha subido para o seu rosto. – Eu não tô querendo controlar sua vida, Tom. – Seus cotovelos estavam apoiados nos joelhos e sua voz se acalmara, contudo, seus olhos continuavam cheios d'agua. – Mas você some. Não atende o celular. A gente é família, cara. Você não pode sumir assim.

Quem a babaca é para dizer o que eu posso ou não posso fazer?, pensou. *Não ia chegar perto de entender minha vida, nem que eu... Não é culpa dela. Ela é mundana.* Descruzou os braços e os colocou em cima da mesa, ergueu a cabeça, olhou para a irmã.

– Você está certa. Desculpa. Eu tenho que sair da toca de vez em quando mesmo. Que dia é o aniversário da Paloma?

A expressão de Paula mudou completamente. Os olhos fechados se abriram e o lábio inferior começou a tremer.

– Sem ser esse sábado, o próximo. Às duas. Não precisa levar presente.

– Duas horas. Está marcado. – Assentiu.

– Só quero que você vá, tá bom? – Paula levantou-se e deu um abraço em Tomas, que se encolheu em resposta. Deu um beijo em sua cabeça. – Eu sei que é difícil pra você. Obrigada, tá?

O abraço durou mais alguns segundos. O desperto permaneceu encolhido em silêncio até sua irmã se afastar.

– Sem problema.

– Tá, só aparece lá. – Deu três tapinhas na almofada ao seu lado. – Senta aqui. – Pegou o controle remoto e ligou a televisão. – Você quer ver alguma coisa?

– Tanto faz. – Fungou. – Sinceramente, eu nem sei se isso aí funciona mais.

– Como assim? – Cruzou as pernas.

– Sei lá. Eu só ligo a TV quando você vem me visitar. – Esfregou a mão esquerda na nuca. – Coloca o que você quiser. Tanto faz.

– Tá bom. – Paula fez uma pausa e se virou para a televisão. – Vou ver se está passando algum filme bom, então. – E apertou o controle remoto.

O resto da tarde passou em silêncio, cortado por um ou outro comentário sarcástico sobre o programa que estivesse passando. Já eram seis da tarde quando o táxi de Paula chegou.

– Valeu por ter vindo. – Tomas fitou o chão.

– Que isso, Tom. – Abraçou o irmão com força. – A gente se vê daqui a pouco. – Soltou um sorriso meigo e saiu.

Ela está feliz, alguém está feliz. Pegou o que tinha restado na mesa e percebeu que os dois não tinham comido nada durante a visita. *Pelo menos ela tenta. Isso é mais do que a maioria faz.* Esfregou as mãos no rosto. *Está cada vez mais difícil conviver com os mundanos. É o que dá ver além da matéria, mas ela ainda tenta.* Abriu o congelador para esquentar algo no micro-ondas. *Nada.*

Pegou uma cabeça de alho na cozinha e a macerou com o primeiro pilão que encontrou. Mais ou menos um terço da massa que sobrou foi colocado na boca. Tossiu. *Não.* A pasta ameaçou voltar do estômago. *Força. Sem isso você não sai.* O resto do alho foi esfregado nas mãos, nuca e testa. Pegou as chaves, o celular, algumas notas soltas na mesa da sala e saiu.

O condomínio, se assim pudesse ser chamado, era um grande prédio azul-bebê de dois andares, subdividido em oito apartamentos por andar, todos virados para uma churrasqueira colada na parede oposta. As manchas dos churrascos anteriores marcavam todo o chão. Quatro mesas brancas de plástico, cada uma com quatro cadeiras do mesmo material, ficavam espalhadas pelo pátio.

A maioria das construções em volta eram casas de muro baixo, com as paredes externas visíveis para quem passasse. Todas pintadas com tons pastéis. Uma visão rara no Rio de Janeiro moderno, com medo da violência. Algumas das casas tentavam aumentar sua segurança com arames ou cacos de vidro em cima dos muros. Os cacos pareciam parte da decoração, espigas coloridas refletindo a luz do dia, especialmente iluminados pelo pôr do sol.

O asfalto das ruas também era velho, gasto e remendado, com vários tons de cinza se sobrepondo. As calçadas seguiam o mesmo caminho. A única exceção ficava na frente de uma casa de muro amarelo onde, com frequência, havia um senhor, de cerca de setenta anos, limpando sua fachada com uma mangueira.

Embora fosse comum ver pessoas voltando do trabalho de carro, a maioria vinha de ônibus ou van. Entre as cinco e sete da tarde, quase todas as pessoas carregavam mochilas, independentemente da idade.

Tinha que escolher sair logo agora. Chocou os ombros com um homem de rosto cansado, que se contentou em ignorar o desperto. *Filho de uma puta*, pensou ao esfregar a mão na nuca e voltou a caminhar. Logo depois, uma mulher desviou em cima da hora ao sentir o cheiro de alho. *Um amuleto para todo tipo de criatura*, sorriu, perverso. *Podia ser pior, antes uma rua cheia de gente do que uma com um espírito.*

Três quadras e quinze esbarrões se passaram até que o supermercado chegasse. Era uma antiga venda de bairro que havia sido comprada por uma cadeia maior. Com exceção da fachada vermelha vibrante, todo o estabelecimento mostrava sua origem. As paredes descascavam um metro e meio acima do chão. Os caixas eram analógicos e os funcionários eram obrigados a calcular o troco de cabeça, o que causava uma fila muito maior que a dos concorrentes. Sua única vantagem era a proximidade, e com frequência não era o suficiente.

O lugar estava relativamente vazio, com três ou quatro pessoas na fila. Tomas entrou pela porta mais à esquerda, se espremendo para não encostar em ninguém. Enquanto pegava uma das cestas verdes, viu o segurança de sempre o encarando. *Gordo babaca.* Sorriu amável para o guarda. *Pelo menos ele não está me seguindo dessa vez. Como se ele conseguisse esconder essa banha.*

O desperto foi em linha reta para a seção dos congelados. *As salsichas mudaram de lugar.* Estalou a língua nos dentes. Quando os dedos estavam começando a doer por causa do frio, sentiu o celular vibrar no bolso. Sacou o telefone o olhou o número de canto de olho. *Ignácio. Merda.* Apoiou a cesta no chão e atendeu.

– Alô, Ignácio. Boa noite.

– Boa noite, Tomas. Espero que estejas livre. – Sua voz era fria e monotônica.

– O trabalho do Nando foi feito. Ele te avisou? – Colocou as salsichas congeladas na balança.

– Sim. Todos os dividendos foram pagos. Todavia, não é por isso que estou telefonando. Tenho um trabalho para ti.

Os olhos de Tomas reviraram.

– Pois não.

– Venha até a minha casa amanhã às dezenove em ponto. Uma jovem comprou uma adivinhação. – Limpou a garganta do outro lado da linha. – Algo com relação à morte de seus pais.

A nuca de Tomas endureceu. *Ir para a casa dele? Isso é novidade.*

– É realmente necessário isso, Ignácio? Você não pode me passar por telefone?

– Se não fosse necessário, eu não telefonaria, Tomas. A contratante faz questão de conhecer-te pessoalmente antes de começar os trabalhos.

– Sete da noite, amanhã, na sua casa. Está marcado. – Tentou, sem muito sucesso, parecer solícito. – Mais alguma coisa?

– Não. Peço somente que não te atrases. Adeus. – E desligou.

O desperto apertou o celular e olhou para o teto. *Custa pedir por favor?* Foi em direção à padaria do mercado. *Por que ele está me chamando para a casa dele?* Desviou de uma cesta no chão. *Não é a primeira vez que algum contratante faz questão de se encontrar comigo antes de começar os trabalhos, mas por que Ignácio aceitaria fazer isso na casa dele? Ainda mais uma criança?* Coçou o nariz e pegou dois sacos de pão de forma.

Caminhou com o cenho fechado até o caixa. *Mal deu para descansar um dia inteiro!* Andava devagar, esbarrando em metade das quinas pelas quais passou, e entrou na fila mais próxima. Quando levantou a cabeça, reconheceu o homem à sua frente. *Tinha que ser. Logo hoje!* Baixo, acima do peso, com os ombros jogados para frente. O rosto morto refletia sua mente. Um homem completamente ignorável, não fosse o obsessor preso nas suas costas.

Um parasita espiritual patético. Nem lá, nem cá. Uma criatura de fumaça escura, em uma forma levemente humana, tentando sentir os prazeres da carne. Estava muito mais ligada ao seu hospedeiro que a média. Seus joelhos se conectavam à lombar e suas mãos se apoiavam nos ombros do gordo. Suas costas estavam curvadas para pôr o queixo perto da cabeça de sua montaria.

Apesar de toda a defesa que tinha preparado, o som do parasita murmurando estalava nos ouvidos do desperto. *Foi você que escolheu ignorar o seu caminho e viver preso em duas realidades ao mesmo tempo. Me ignora, cara. Não estou com saco para você agora*, e começou a focar na matéria.

A idosa que estava sendo atendida no caixa finalmente terminara de pagar. *Vamos, minha senhora. Acelera!* O hospedeiro arrastou os pés até o caixa. Fez tudo em velocidade tectônica, com seus olhos mortos fitando cada compra enquanto as passava com a mão direita. Quando estava quase na metade do carrinho, o parasita virou e percebeu o desperto. Olhos vidrados, com sua cabeça disforme inclinada para a esquerda.

Sério, cara, me esquece, pensou, se controlando para olhar através do espírito. *Não olha para mim!* Franziu o cenho. *Esse aí está tão desse lado que eu nem preciso entrar em transe para ver ele, e percepção é uma via de mão dupla.* O espírito começou a se inclinar para perto, tirando uma das mãos dos ombros do hospedeiro. Começou a esticar sua garra na direção de Tomas, seus olhos esfumaçados sem perder o foco.

Faltando alguns centímetros para encostar, o desperto não se aguentou e deu um passo para trás, esbarrando em uma mulher, que fez uma careta. A criatura jogou todo seu corpo para a frente, balançando e esticando os braços para seu alvo. Um sorriso desesperado formava um grito esganiçado.

– Desculpa, o chão está molhado – disse calmamente para a mulher, que desviou o olhar.

O parasita urrava, se contorcia e puxava as pernas tentando alcançar sua próxima posse com suas garras, enquanto Tomas o encarava com um sorriso no rosto. A única coisa que o incomodou foi quando a besta começou a babar. Ele conseguia sentir seu bafo através de seus dentes podres. A dança macabra durou pouco mais de trinta segundos, até que o gordo terminou de ensacar as compras e saiu do mercado.

Em uma tentativa desesperada, o obsessor começou a arranhar as costas de sua montaria, deixando feridas no além-véu. A presa se arqueou para trás e coçou as costas, mas não deu outro sinal de perceber o que acontecia e continuou andando. *Vai e não volta.* Os olhos do espírito se curvaram e ele se derramou sobre os ombros do gordo. Se Tomas não soubesse melhor, poderia achar que ele estava chorando.

A caixa passou as compras de Tomas de maneira automática, uma por uma, batendo no teclado. Levantou os olhos e perguntou em um só tom:

– Crédito ou débito?

– Dinheiro – respondeu. Faltaram três centavos no troco que Tomas colocou no bolso de uma vez. Ensacou o mais depressa que pôde e saiu do mercado.

Já estava escuro quando voltou para casa. Colocou tudo no congelador ainda dentro do saco e procurou o livro *Efeitos psíquicos e suas aplicações*, do frei Damião de Toledo. Abriu a página que tinha marcado com um guardanapo: "Um corpo mental faltoso sempre será escravo das emoções, assim como um cocheiro fraco será guiado pelo cavalo. Quando lidamos com o além-matéria, é vital que controlemos nossos corpos, especialmente a mente".

3

O LARGO DO BOTICÁRIO se escondia no meio da cidade do Rio de Janeiro. A rua estreita de paralelepípedos se abria em um círculo com um pedestal no centro, todo rodeado de casas neocoloniais e, ao fundo, a mata atlântica. Árvores nativas abriam espaço através do chão de pedra. Todas as casas eram de dois andares, com bancadas pequenas, típicas da época. O lugar emanava a nobreza e a felicidade que o tempo fez questão de apagar. Paredes coloridas, com as janelas e arcos das portas cor de creme, dão lugar ao cinza escuro da argamassa abaixo. Os postes de luz *art nouveau* estavam em sua maioria tortos ou sem o bulbo.

O laranja do céu dava lugar ao violeta. Tomas olhou as horas no celular. Seis e quarenta. *Melhor esperar mais uns quinze minutos.* Colocou o telefone no bolso e sacou um cigarro. *Está acabando.* Acendeu e puxou devagar. Uma comichão desceu junto com a fumaça. Circulou o largo uma vez para checar qualquer perigo, mas o lugar era mais seguro que um banco, pelo menos para os perigos do outro lado. *O desperto que fez os rituais de proteção era competente, especialmente considerando o matagal ali atrás.*

Seus olhos pousaram sobre a placa presa no pedestal no centro do largo: "Vós que moraes nêste recanto. Sob a benção da água e do silêncio, lembrai-vos que de vós depende encanto daqui. MAJOY". *Soa mais como maldição do que aviso. Ainda mais no estado em que isso está. Ainda mais se a história de que foi o Ignácio que fez isso é verdade.* Encheu os pulmões. *Isso nem é possível. Fazer um feitiço de camuflagem para desviar a atenção dos mundanos desse nível.* Os pelos da nuca de Tomas se arrepiaram. *Está certo que o Ignácio é um hierofante capaz, mas moldar a mente coletiva dessa maneira está muito além de qualquer coisa dentro da realidade.*

Nem pensa nisso, Tomas. Sacudiu a cabeça e soltou fumaça. Virou de costas para o pedestal e caminhou até a mureta que circulava o espaço para se sentar. Escolheu ficar na quina, para apoiar a lombar em um poste. A casa de Ignácio, apesar de também estar com as paredes descascando, era evidentemente mais bem cuidada que as outras. As janelas ainda funcionavam, não possuía nenhum grafite e as luzes estavam acesas. *Será que os mundanos ainda conseguem ver ela? Ou pelo menos percebem que tem alguma coisa ali?*

Talvez, ainda mais com os mendigos invadindo as casas. Soltou uma mistura de grunhido e risada. *Nem a pau que ele ia permitir isso. Alguém entrando na casa dele.* O sorriso morreu logo em seguida. Bateu as cinzas do cigarro. *O que faz tudo isso ser mais estranho ainda. A única vez que eu vim aqui foi quando fechei o contrato com ele. E depois nunca mais.*

Aí vem uma garota e pede para ir à casa dele, e ele aceita. Sentiu suas costas travarem. Acendeu mais um cigarro. *O último. Devia ter comprado outro maço*, e jogou a caixa vazia na lata de lixo que encostava em seu joelho. Checou a hora mais uma vez. Dez para as sete. *Terminando este, eu vou.*

Um movimento repentino nos galhos logo acima de sua cabeça fez com que saltasse para o lado. Enfiou a mão no bolso o mais rápido que pôde à procura do alho. *Cadê?* Estava escuro demais para enxergar os galhos. O coração de Tomas batia cada vez mais forte. De repente outro ruído. *Cadê o alho?!* O movimento estava descendo para o tronco. *Aqui!* Tirou o amuleto do bolso, apontou para o local de onde vinha o movimento e gritou:

– Vem, filho da puta!

Um mico pulou dos galhos e saiu correndo.

Tomas ficou parado mais alguns segundos tentando entender o que tinha acabado de acontecer. *Um mico.* Sentiu o sangue aquecer suas bochechas e olhou ao redor à procura de alguma testemunha enquanto guardava a cabeça de alho. Ninguém. Sentou-se outra vez com a mão direita na testa, tentando controlar a respiração. Viu que tinha deixado o cigarro cair no meio da confusão. *Mico de merda.* Empinou a cabeça. *Melhor eu ir logo.* Levantou-se, pisou no cigarro para apagá-lo e caminhou em direção à casa do chefe.

A porta grande de madeira era, talvez, a única parte da fachada que parecia não ter sofrido com o tempo. Tomas passou os dedos pelo arco da porta à procura de uma campainha, mas não a encontrou. Olhando para baixo, bateu três vezes na porta e deu três passos para trás à espera de Ignácio. Levantou a cabeça e olhou ao redor. O largo parecia mais escuro agora. *Não escureceu rápido assim. Provavelmente o ritual de camuflagem.*

Passaram-se trinta segundos sem resposta até que Tomas voltou à porta e bateu outras três vezes com força.

– Ignácio! – Silêncio. – Ignácio! Eu cheguei!

Nada aconteceu. Tirou o celular do bolso para ligar para o hierofante. *Não podia ser fácil,* pensou ao procurar o contato dele. *Nem para atender a porcaria da porta. A casa cheia de feitiços de proteção e... Os feitiços de proteção!* Guardou o celular no bolso e fechou os olhos.

Um, dois, puxa. Um, dois, solta. O velho é maníaco por qualquer feitiço. Ainda mais para proteger o que quer que haja nesta casa. Um, dois, puxa. Um, dois, solta. Devia ter pensado nisso antes. Um, dois, puxa. Sentiu seus pés enraizarem na pedra e o calor das árvores. *Um, dois, solta.* Abriu os olhos.

O desperto olhou à sua volta. Todo o redor da casa estava envolto por um manto negro, com exceção de duas árvores ao longe. As únicas fontes de luz eram duas lâmpadas, uma verde e outra vermelha, que brilhavam de cada lado da porta. Um sinal ficava acima da maçaneta, para qualquer desperto ver. *Óbvio.* Estalou a língua nos dentes. *Burro.* Colocou uma mão sobre o sinal e a outra na maçaneta. Em um clique, a porta se abriu. Respirou fundo e empurrou a porta para entrar.

Ignácio estava em pé, inerte, a pouco mais de dez passos da entrada, com a mão direita para trás e a esquerda segurando um livro que estava lendo. Aparentava ter pouco mais de sessenta anos. O cabelo ralo, que já fora louro, estava penteado para trás e salientava ainda mais seus olhos azul-celeste. O nariz reto fazia par com uma boca fina que parecia sempre cerrada à força. Sua pele alva, manchada pelo tempo, era dura como couro. Vestia um terno e colete negros de cortes retos que a engomagem só fazia realçar. A camisa branca estava sem gravata. *Resolveu usar roupa casual hoje.*

O hierofante levantou os olhos para o visitante, logo depois fitou o relógio de parede e disse, sem mover quase nenhum músculo do rosto:

– Fico feliz que tenhas respeitado o horário, Tomas. Imagino que não precisemos do cumprimento formal. – Fechou a porta a suas costas.

– O que você preferir.

– Não é necessário. A contratante deve chegar às dezenove e trinta. Esperarás na sala até que a jovem chegue. – Apontou para a porta à esquerda do desperto.

– Ok. – Assentiu. – Tem alguma coisa que eu deveria saber?

O hierofante fitou Tomas por três segundos com seus olhos de gelo brilhando.

– O trabalho será explicado pela contratante. Todavia, imagino que tenhas uma pergunta específica em mente.

Os olhos do desperto estavam vidrados nos de Ignácio. *Duro. Não deixa ele te espremer.*

– Não me lembro da última vez que você recebeu um contratante na sua casa. Por que ela?

– Ela é filha de Daniel e Karen dos Santos. – Levantou o queixo.

A revelação acertou Tomas com um baque. *Os dos Santos? Faz sentido. Tinha que ser alguém do naipe deles para conseguir uma coisa dessas.* Correu os dentes pelos lábios. *Mas eles não tinham morrido?* Engoliu saliva.

– Não sabia que eles tinham uma filha. Ela é desperta?

– Sabes muito bem que não lido com mundanos – disse devagar. – Agora, por favor, aguarda na sala. Há um bule com chá te esperando. – E se virou para subir a escada sem esperar resposta.

O desperto permaneceu parado por alguns segundos e, quando resolveu falar, Ignácio já tinha subido. Virou o corpo em direção à sala. O piso de madeira bicolor ziguezagueava por todo o cômodo, apenas escondido por um tapete vermelho no centro. Dois sofás de tecido estampado e uma poltrona de couro cercavam uma pequena mesa de madeira em cima do tapete. Sobre a mesa, estava uma minúscula bandeja escura apoiando um bule prateado e três xícaras do mesmo material. Estantes repletas de livros de todos os tamanhos cobriam as paredes. Um lustre de vidro iluminava o cômodo com uma luz amarela.

O cheiro de madeira fresca subiu por suas narinas enquanto caminhava pela sala. Aproximou-se da estante mais próxima da porta, checou se estava sozinho e passou os olhos pelos livros. Latim, sânscrito e árabe foram as únicas línguas que reconheceu. Seus olhos pararam em uma seção que tinha somente livros e tomos em ideogramas. *Chinês ou japonês? Talvez os dois.* O cheiro dos livros parecia perfume, chamando o desperto para pegá-los. Levantou a mão na direção de um, mas parou o movimento no meio do caminho. *Melhor não.*

Forçou-se a rodar nos calcanhares e seguiu para os sofás. Escolheu sentar no que estava de frente para a porta. Não calculou direito a suavidade das molas das almofadas e foi demais com o corpo. Levantou as pernas para se equilibrar e acabou chutando a mesa de centro, fazendo as xícaras tilintarem. *Merda!* Rapidamente se ajeitou para checar se tinha causado algum estrago, mas, por sorte, tudo estava inteiro e seco. *Graças a Deus.* Seus ombros relaxaram e afundou no assento, apoiando o corpo no sofá.

O teto era vinho com sancas brancas separando-o das paredes. *Filha dos dos Santos. Ela quer uma adivinhação sobre a morte dos pais. Não pode ser para falar com eles. Três meses é tempo demais para um fantasma de um desperto ficar acessível.* Ajeitou os ombros. *Será que ela sabe o quão importantes os pais dela eram?* Seu estômago encolheu. *Ela acha que não foi acidente.* Levantou o tórax rapidamente, apoiando os cotovelos nos joelhos. *Não pode ser. Eles tinham aliados até do outro lado.* Levantou a mão esquerda para apoiar o queixo. *Não. Não pode ser. A garota está imaginando coisas.*

Sem olhar para o que estava fazendo, colocou de pé a xícara mais próxima e a encheu de chá. O vapor subiu até seus olhos. Com as duas mãos a levou até a boca e deu um gole. *Capim-limão.* A temperatura estava perfeita e o líquido quente escorreu de sua garganta, pelas suas costelas, até seu estômago. Reclinou-se mais uma vez, apoiando a xícara sem pires na perna. *Por que alguém faria isso com eles?* Tomou mais um gole do chá. *Não faz sentido. Ela ainda está chocada pela perda dos pais e quer culpar alguém pelo que aconteceu. A garota está viajando. Pelo menos agora faz sentido o Ignácio ter concordado em marcar aqui.* Recuou o rosto e seus olhos se arregalaram. *O que ele está ganhando com isso?*

Levantou-se. *Nunca ouvi falar dessa garota e, apesar da importância dos pais, eles faziam questão de não guardar nenhum artefato.* Começou a circular pela sala. *O que ela pode estar dando em troca pelo serviço? Será que ele tinha alguma dívida com os dos Santos? Não. O Ignácio nunca sai de um acordo devendo.* Parou e deu meia-volta. *Como ela está pagando?* Fechou os olhos e abaixou a cabeça. *Alma.*

Voltou a se sentar no sofá. *Gastar um pedaço da alma para nada.* Serviu mais um pouco de chá e tomou um bom gole. *Não é problema meu. A vida é dela. E ela faz o que quiser.* Olhou as horas no celular. Sete e doze. *É até bom para ela aprender a não mexer com essas coisas cedo.* Colocou a xícara meio cheia na mesa e se deitou no sofá com os pés para fora.

Os minutos se passaram arrastados com Tomas checando as horas com mais frequência do que gostaria. *Sete e quinze. Sete e dezenove. Sete e vinte e três.* Já estava completamente relaxado no sofá. Tinha tirado uma das almofadas do encosto e a estava usando como travesseiro. Olhava um detalhe de cobre do lustre quando ouviu passos vindo da escada. *Chegou.*

Rapidamente arrumou o sofá e as xícaras e saltou em direção à porta de entrada.

A jovem acabara de entrar. Estava usando calça jeans e uma camisa preta. O cabelo negro estava na altura dos ombros. Os olhos verdes contrastavam com a pele cor de jambo. Não podia ter mais de quinze anos. *Puta merda. É uma criança.*

– Boa noite, senhorita. – Ignácio apertou os olhos. – Vejo que tiveste dificuldades com o sinal acima da maçaneta.

– Eu passei dez minutos batendo na porta lá fora – a jovem falou entre os dentes. – Então – apontou para Tomas –, é ele que vai fazer o ritual?

O hierofante a encarava estático.

– Sim. Tomas Fontes, te apresento Ana dos Santos.

Garota idiota. Estendeu o braço para cumprimentar a adolescente, que respondeu o gesto com a mão esquerda sem desviar os olhos. *Ela não sabe com quem está mexendo.* O aperto de mãos invertidas durou alguns segundos, até que Tomas desceu os olhos e viu que a jovem não tinha a mão direita. *Merda.* Seus olhos rapidamente voltaram para o rosto e o aperto se desfez.

– Acidente de carro – disse Ana, sem emoção.

Ignácio falou quase imediatamente depois da adolescente.

– Como pediste para que os detalhes do contrato fossem contados por ti, ele não sabia de tua lesão. – Os dois permaneceram quietos até que o hierofante quebrou o silêncio mais uma vez. – Podemos conversar com mais calma na sala. Há um bule com chá esperando. – E apontou para a porta.

Foram em passos preguiçosos em direção ao cômodo ao lado. O desperto e a adolescente acomodaram-se cada um em um sofá enquanto Ignácio ficou com a poltrona. O hierofante derramou um pouco de chá para cada um sem demonstrar um pingo de pressa. Tomas levou a xícara à boca e bebeu com calma. *Ainda com a mesma temperatura.*

– A senhorita solicitou conhecer o ritualista pessoalmente antes de finalizar o contrato. – Ignácio colocou o chá na mesa.

– Antes de tudo, eu tenho que saber se você vai dar conta. – A adolescente se ajeitou no assento e falou de peito aberto. – Quais são as suas credenciais?

O que que a pirralha está pensando?

– Ok. Vamos começar do começo. O que exatamente você quer que eu faça?

– Responde minha pergunta.

Tomas olhou para o hierofante, que pareceu não se importar. Respirou fundo e falou:

– Olha, o Ignácio me falou que você quer uma adivinhação. Esse é um ritual complexo, porque exige conseguir uma informação de um espírito e espíritos não gostam muito de gente. – Marcava cada palavra. – Então, dependendo do humor dele, ele pode simplesmente não aceitar a oferenda. Mas uma pergunta simples tem uma enorme chance de ser respondida.

– Você tem algum exemplo para me dar? – Apertou os olhos.

Calma, Tomas, respira. Respondeu seco:

– Alguns.

– Me fala. – A boca da adolescente permanecia contraída.

– Mais importante é me contar o que você quer que eu faça para descobrir se eu posso ou não fazer. – Sua mão fechava e abria sem parar.

– E eu preciso saber se você sabe o que está fazendo. – Coçou o pescoço sem pressa.

– Eu não sei o que você espera conseguir com essas suas perguntas decoradas. Você sabe a diferença entre um mapinguari e um arranca-língua, garota? – Desceu o cenho. – Pela sua cara, você nem sabe a diferença entre um espírito e um fantasma. Então de que vai adiantar eu te dar um exemplo de qualquer coisa que eu fiz? – Ana abriu a boca, mas Tomas falou por cima dela. – Isso aqui não é uma entrevista de emprego. Eu não sei quem te falou que esse discurso ia impressionar alguém. Pergunta para qualquer desperto se eu já deixei um ritual pela metade. Essas são as minhas credenciais. Se você não está satisfeita, existem outras pessoas que podem te ajudar.

Os olhos de Ana encheram-se de água, mas ela se recusou a desviar o olhar de Tomas. Seus lábios estavam brancos de tanto que apertava um contra o outro. Ignácio se levantou, puxou a base de sua camisa e falou calmamente:

– Tomas, retira-te e espera na sala ao lado que em pouco conversaremos.

O desperto se levantou em um pulo. Não conseguia encarar o hierofante, muito menos a contratante. Abriu a boca para falar algo, mas as palavras não saíram. *Muito bom, Tomas, você fez a órfã chorar.* E caminhou para a antessala.

Ficou em pé por um minuto ou dois, mas sua lombar começou a doer e decidiu sentar na escada de madeira. Com uma careta, retesou a coluna para apoiar os cotovelos nos degraus de cima. Jogou a cabeça para trás, encostando a nuca nos ombros. *Eu devia ter dado o exemplo para a garota e pronto.*

Passaram-se mais ou menos dois minutos até Ignácio surgir na sala. Seu rosto continuava imóvel, porém seu andar estava mais rígido do que de costume. As quinas dos degraus tinham afundado nas costas de Tomas, que continuou sentado. O hierofante caminhou até os pés da escada e disse, rouca e lentamente:

– Por muito pouco não consigo salvar esse contrato. – Seus olhos penetravam a alma de Tomas, que foi obrigado a desviar o olhar.

– Eu sei. Eu perdi a cabeça. – Mal conseguia encará-lo. – Foi mal.

– Espero que tenhas consciência das repercussões que uma quebra em teu contrato tem em tua situação. – A luz da sala contornava sua cabeça, projetando uma sombra em seu rosto de couro.

– Sei. – Forçou-se a olhar para Ignácio. – Não vai acontecer de novo.

– Espero que não. – Olhou o relógio da parede. – O contrato foi fechado. Agora vai até a contratante e discute os pormenores. Espero que te controles desta vez. – E começou a subir a escada sem esperar resposta.

A adolescente estava sentada no sofá virado para a porta de pernas e braços cruzados. Seu rosto não mostrava mais os sinais de tristeza. Estava fechado, fitando Tomas de cima a baixo no seu caminho até o centro da sala. Sua xícara de chá continuava intocada.

O desperto sentou no outro sofá controlando sua descida com as mãos apoiadas nos joelhos. Somente a respiração de Ana quebrava o silêncio. Esticou-se para pegar sua xícara do outro lado da mesa.

– Se eu fosse você, eu não deixava esse chá esfriar. – Forçou um sorriso.

– Por quê? – Revirou os olhos. – O espírito do chá vai ficar chateado se eu não tomar?

Respirou fundo.

– Não, ele só é gostoso. – Derramou um pouco do líquido na própria xícara. Ainda estava quente. – Então, o contrato foi fechado. O que eu posso fazer por você?

A jovem passou alguns segundos encarando Tomas até que disse:

– Eu quero que você descubra o que aconteceu com meus pais – baixou os olhos pela primeira vez –, Karen e Daniel dos Santos.

– Ok. O que você acha que aconteceu com eles? – Levou a xícara até a boca e deu um gole longo.

Ana descruzou os braços e correu os dedos da mão esquerda pela cicatriz ainda rosa onde começaria a outra mão.

– Todo mundo fala que a batida de carro foi só um acidente, mas eu estava lá. – Sua voz vacilou. – O carro começou a fazer curva do nada e eu vi meu pai virando o volante... – Contraiu todo o rosto em silêncio.

Isso está indo de mal a pior. Fez menção de levar o braço até ela, mas desistiu no meio.

– Você... viu alguma coisa estranha? Sabe de alguém que poderia querer mal a eles?

– Não, mas eles eram importantes, não eram? – Levantou o rosto. – Deve ter alguém. Nem que seja do outro lado.

– Até onde eu sei, seus pais não tinham nenhum inimigo. Mesmo do outro lado. – Reclinou o tronco para trás. – Você viu alguma coisa no além--véu na hora do acidente?

– Não, eu... só despertei depois que acordei no hospital.

Ela despertou com o acidente que matou os pais. Puta merda!

– Então você só descobriu o que seus pais realmente faziam depois da batida de carro? Até então você não tinha percebido nada de diferente neles?

– Foi. – Arqueou as sobrancelhas.

Devolveu a xícara à mesa.

– Por que você tem tanta certeza de que não foi um acidente, então?

– Porque não foi – falou firme.

– Ok. – Inclinou o rosto. – Por quê?

– Porque eu sei que não foi. – Sua respiração acelerou. – Sei lá! Eu tô te contratando exatamente para isso. Descobrir o que aconteceu.

Tomas abriu a boca para argumentar, mas parou no meio. *Deixa quieto.* Tomou mais um gole de chá.

– Tá bom. Tem mais alguma coisa que você pode me dizer? Eu sei que é difícil, mas me explica melhor como foi o acidente.

– Foi o que eu te falei. – Sua voz murchou. – A gente tava voltando na Ponte de noite e do nada o carro começou a virar de um lado pro outro. Eu lembro do meu pai tentando controlar o volante, gritando para eu colocar o cinto, e da minha mãe segurando a minha mão. – Apertou com força a cicatriz do punho. – O carro virou e foi isso. Quando eu vi, tava no hospital.

– E o que exatamente você quer que eu adivinhe? – Pousou as mãos sobre as coxas. – Quem causou o acidente? É isso?

– Isso – assentiu.

– Perfeito. – Ergueu a palma da mão direita. – Lembrando que talvez eu descubra que foi acidente.

– Eu sei que não foi.

Tomas dispensou com um gesto.

– Independente. Geralmente o ritual é feito no local do acidente, mas isso não vai ser possível. – Abaixou o queixo. – Então acho melhor fazer onde eles moravam, onde tem uma conexão forte e vai facilitar as coisas. Pode ser?

– Tá bom – concordou em movimentos rápidos.

– Eu preciso de um dia para preparar tudo. Domingo está bom para você? Às oito da noite? – Esperou a reação da adolescente. – Perfeito. Me passa seu celular que a gente vai se falando. – E começou a se levantar.

– Eu tenho que fazer alguma coisa? – Continuou sentada.

– Não – espreguiçou-se –, só me passa seu endereço por mensagem depois. Você sabe sair daqui?

– Tô chamando o táxi agora. – Em momento algum desviou os olhos do celular. – Você quer uma carona?

O estômago do desperto apertou.

– Melhor não, mas obrigado. – Virou-se em direção à porta. – Até domingo. – E saiu.

4

TOMAS SALTOU DO ÔNIBUS, que parou no sinal vermelho uma quadra antes do ponto. Levou alguns passos até conseguir se estabilizar. Bateu as mãos nos bolsos checando se tudo ainda estava lá e sacou o celular. Sete e meia da noite. A ideia de chegar atrasado estava deixando-o nervoso, mas o bairro do Jardim Botânico conseguia ficar engarrafado a qualquer hora do dia ou da noite, inclusive aos domingos.

Guardou o celular para pegar o maço de cigarros dentro da sacola de plástico, onde estavam guardados os materiais do ritual. *Já acabou? Merda.* Amassou a caixa e a colocou no bolso. Viu um posto de gasolina do outro lado da rua. *Graças a Deus.* O sinal demorou o que pareceu uma eternidade para abrir outra vez. *Vamos!* E assim que ficou verde, o desperto saltou em direção ao posto, esbarrando em um idoso que estava ao seu lado.

Chegou ao posto com os pulmões ardendo. O interior da loja de conveniência era o oposto do que o circulava. Um ambiente pasteurizado, branco e luminoso vivendo lado a lado de cimento fedendo a mijo. Virou-se para a esquerda em direção ao caixa.

– Tem cigarro, amigo?

– Tem. Que marca você quer? – respondeu o atendente semiacordado. O uniforme cinza apertava seus braços magros, provavelmente para dar alguma impressão de musculosidade.

– O vermelho. – Apontou.

Em movimentos preguiçosos, o atendente pegou o maço e passou o código de barras no leitor.

– Oito e cinquenta.

– Oito e cinquenta! – O desperto falou sem causar nenhuma reação no caixa. – Beleza. – E colocou dez reais no balcão. – Vem cá, você pode me indicar onde é a rua Visconde de Carandaí?

O atendente colocou um e cinquenta em moedas na mão do desperto.

– Cara, tá vendo a Lopes Quintas aqui? Vai reto nela. – Levantou o braço. – A Visconde de Carandaí fica virando a primeira à esquerda. A rua dá de frente pro Jardim Botânico. Não tem como errar.

Um arrepio frio subiu pela coluna de Tomas. Guardou o troco no bolso e saiu em silêncio. *A escrotinha tinha que morar perto do Jardim Botânico*, pensou enquanto acendia o primeiro cigarro do maço. Tragou o máximo que conseguiu. A fumaça veio junto com o cheiro de urina. Soltou com calma e começou a andar na direção indicada.

A arquitetura do bairro era muito variada, com casas de mais de cem anos lado a lado com prédios de menos de uma década. As construções eram coladas umas às outras em ruas apertadas, uma sequela da época em que a região começou a ser povoada. Uma de suas características mais marcantes era a grande quantidade de vegetação para um bairro no meio da cidade, o que se devia em parte pela instituição que lhe dava nome.

Jardim Botânico do Rio de Janeiro. Tinha que ser. Bem a cara dos dos Santos. Escolher um lugar cheio de mato para aumentar a chance de encontrar um espírito. Estalou a língua nos dentes. *Provavelmente eles tinham algum tipo de contato com o que quer que viva por lá.* Tentou se lembrar se alguma vez ouvira falar de algo especial no Jardim, porém nada lhe veio à cabeça e sua mão foi automaticamente na direção da cabeça de alho em seu bolso.

A subida pela rua Lopes Quintas não foi fácil. Sua lombar doía e seus joelhos estalavam, mas o bairro era especialmente fresco, o que sempre é bem-vindo no Rio de Janeiro. Os prédios da rua mantinham o mesmo estilo do resto da Zona Sul carioca. Construções apertadas e beges para esconder a afluência do morador. Contudo, assim que Tomas virou a primeira à esquerda na Visconde de Carandaí, a arquitetura mudou completamente.

A rua era quase completamente ocupada por casas e, apesar de a maioria seguir o bege da região, algumas ousavam mostrar um pouco de cor para quem passasse. Os muros e grades eram baixos, sem sinal de defesa para o mundo externo. Carros e motos parados do lado esquerdo seguiam do começo ao fim da rua. Um homem com mais de cinquenta anos com colete de segurança ficava sentado em uma cadeira de plástico branco, e, no fundo, as costas do Jardim formavam uma parede verde.

Respirou fundo. *Melhor prevenir do que remediar.* Fechou os olhos e respirou fundo. *Um, dois, puxa. Um, dois, solta.* Sentiu suas mãos queimarem. *Um, dois, puxa. Um, dois, solta.* Aos poucos, o calor das mãos subiu para o seu crânio. *Um, dois, puxa.* Contraiu os músculos do tronco com toda força que conseguiu e travou a garganta. *Um, dois, solta.*

Quando abriu os olhos, ficou clara a influência dos espíritos sobre aquele lugar. As estrelas não somente brilhavam como luzeiros, mas as constelações tinham formas que faziam jus aos seus nomes. O pedaço verde ao fundo pulsava e tremeluzia, e murmurava algo pesado, mas baixo o suficiente para não ser compreendido. Uma aura verde emanava de uma casa quase no final da rua. *Realmente, não tem como errar.*

O exterior da casa era rosa pastel como seu muro. A porta, assim como a garagem, era de madeira escura de tábuas verticais. O segundo andar surgia como uma torre por trás do muro, e a luz sobrenatural saía leve através de todas as janelas. Um leve cheiro de limão e lavanda preenchia os arredores da casa. Tomas procurou por qualquer feitiço ou ritual de proteção fora da casa, mas, se existiam, estavam muito bem escondidos. *Não pode ser.*

Quanto mais se aproximava da casa, mais forte ficava a cor da luz verde, que eventualmente dava lugar a fachos multicoloridos. Faltando pouco mais de cinquenta metros para chegar ao destino, viu um espírito agachado na calçada oposta à casa dos dos Santos. Reduziu a velocidade, mas continuou andando. Deslizou sua mão direita pelo bolso para pegar a cabeça de alho. A criatura se mantinha imóvel com seus olhos focados na casa do casal, como uma gárgula.

Tinha uma cara lisa com uma boca no centro. Três chifres formavam um triângulo perfeito no topo de sua cabeça. Seu tronco era uma tora cinza de onde brotavam dois braços musculosos que se estendiam até o chão, enquanto suas pernas eram extremamente finas, com mais ou menos o tamanho de seus antebraços. Seus olhos estavam um em cada lado se sua cabeça, dois globos completamente brancos com um ponto negro no meio, sem piscar ou se mover.

Faltavam poucos metros para o desperto chegar à casa e continuava apertando o amuleto em seu bolso. Tinha desistido de andar casualmente. Caminhava de lado, com o corpo virado para a besta e as costas para a parede. *Nem vem, filho da puta.* Porém, a criatura não esboçou reação alguma. O desperto retribuiu o favor e parou, fitando o espírito por alguns segundos. *Nada. Estranho.* Soltou o ar entre os dentes. *Quer saber? Não importa.* Apertou a cabeça de alho, fechou os olhos e saiu do transe. Levou a mão até a campainha e a apertou.

Quase imediatamente o clique da maçaneta girou.

– Quem é? – Era a voz reticente de Ana.

– Eu. Tomas. – Ainda virado para a rua. – Você sabe que tem um espírito na frente da sua casa?

– É. – Abriu o portão de fora com calma. – Eu não sei qual é a dela. Desde que eu despertei, ela tá aí parada.

Há três meses tem um espírito parado na frente de onde a garota mora e ela nem sequer se dá ao trabalho de saber o porquê disso. Puxou o ar para argumentar, mas as palavras pararam em sua garganta. *Deixa quieto.* Largou o alho em seu bolso.

– Podemos entrar antes que a gárgula ali na frente resolva fazer alguma coisa, por favor?

Ana jogou os ombros para trás e fechou o rosto.

– Entra. – Girou nos calcanhares e andou em direção à casa sem esperar pela resposta de Tomas.

A entrada da residência era exatamente o que poderia se esperar de uma casa daquela região. Pisos de madeira, paredes brancas, com poucos móveis. Contudo, o estômago de Tomas alternava entre esfriar e apertar. O ar corria para entrar nos pulmões e demorava a sair, enquanto os pelos de seus braços subiam cada vez mais alto. *Calma, cara. Deve ser só alguma sequela de um ritual.* Sentiu sua unha romper a casca da cabeça de alho.

Ana finalmente virou-se para o desperto:

– Então, como que vai ser o feitiço?

– Ritual – Tomas respondeu.

– Quê? – Seu rosto continuava fechado.

– Eu vim fazer um ritual, não um feitiço. – Estendeu a sacola em sua mão esquerda.

– Qual é a diferença? – Revirou os olhos.

Por que o Ignácio só me passa contrato com gente babaca? Pousou a palma direita sobre os olhos para massageá-los.

– Feitiço é quando alguém impõe, através de poder bruto, sua vontade sobre a realidade. Isso geralmente tem um custo alto, então é raro ver um feiticeiro por aí. – Levantou as mãos na altura do peito. – Ritual é quando um desperto negocia com um espírito para fazer alguma coisa. Isso tem um custo muito mais baixo, mas negociar com um espírito não é lá a coisa mais fácil. – Levantou o indicador. – Primeiro porque eles, assim como nós, não conseguem interagir com uma realidade diferente por muito tempo. – Levantou o dedo médio. – Segundo que, se você não sabe se o invocado tem afinidade com o que você está querendo fazer, fica muito difícil convencê-los de qualquer coisa.

Os olhos e a boca de Ana estavam completamente abertos.

– Mas todo desperto não faz magia?

– Todo mundo faz magia. Inclusive os mundanos. – Viu os olhos da adolescente se arregalarem enquanto seus braços descruzavam. – Olha, magia é qualquer ato de vontade sobre a matéria. Qualquer coisa que alguém faz que muda o mundo a sua volta é magia.

– Não entendi. – Tinha perdido qualquer pose hostil.

– Tudo que alguém faz que muda o mundo da menor maneira que seja é magia. – O peito do desperto estava cheio. Gesticulava acompanhando cada acento e pontuação do discurso. – Chutar uma pedra é magia, já que a realidade mudou por causa desse ato. Falar é magia, especialmente se a ideia se propaga. As únicas diferenças entre a magia que os mundanos fazem e as nossas é a intensidade e o fato de que nós temos consciência delas.

O silêncio preencheu o cômodo. Ana encarou o desperto por dez segundos e finalmente falou:

– Saquei. – Voltou a cruzar os braços. – Onde você quer fazer o "ritual"?

Tomas sentiu seu rosto murchar e respirou fundo.

– Você sabe onde seus pais faziam os rituais deles? Se não, o quarto provavelmente vai ser a melhor opção.

– Eu tenho que participar? – Encolheu-se o máximo que pôde, olhando para o chão.

– Não – negou com a cabeça –, mas, quanto mais gente no ritual, melhor. Especialmente se for o contratante.

– Tá. – Continuou fitando o chão sem soltar uma palavra.

O desperto deu um passo à frente e parou. *Esquece. Perguntar não vai dar em nada de qualquer maneira.* O silêncio denso permaneceu até que Tomas disse:

– Eu preciso de uma pia para preparar os ingredientes do ritual. Quanto mais perto do quarto, melhor.

– O quarto deles é uma suíte. – Analisou a cicatriz da mão esquerda. – Pode ser?

– Pode. – Suavizou a voz o máximo que conseguiu. – Me leva até lá, por favor.

Ana guiou Tomas pela casa, subindo pela escada de madeira. Os passos da jovem eram pesados e longos, fazendo com que a já desconfortável caminhada parecesse ainda mais demorada. A casa não tinha quase nenhuma decoração, com exceção de dois ou três porta-retratos, todos com fotos de Ana sozinha ou com os pais.

O corredor seguia o mesmo estilo do resto da casa. Paredes e teto brancos com o chão de madeira, e nenhuma decoração. Três portas, duas à esquerda e uma à direita, eram os únicos objetos que cortavam o mural vazio. Assim que a escada terminou, Ana parou e apontou para a porta à direita sem levantar o rosto.

– Ali.

O desperto andou na direção do quarto. *Para que eu estou fazendo isso? Foi um acidente. Esse ritual só vai ferrar com a cabeça da garota.* Parou na frente da porta.

– Olha, você não precisa continuar com isso se não quiser. A única...

– Eu vou fazer esse ritual – a jovem interrompeu. Tinha levantado o rosto e seus olhos penetravam nos de Tomas.

Merda de criança teimosa! Contraiu o rosto e respirou fundo.

– Isso obviamente não está sendo fácil para você e, cara, não existe felicidade para quem mexe com o além-véu. Além da chance de ter sido realmente um acidente.

– Não foi um acidente! – gritou. – Eu contratei o ritual. Se você não quer fazer, eu falo com Ignácio para te substituir. – Se seu olhar tivesse puxado um dos pais, estava claro como eles conseguiam convencer espíritos.

O desperto deu com os ombros.

– Você que sabe. – Bufou. – Você vai participar ou não?

– Eu falei que eu vou. – Começou a andar na direção da porta. – Algum problema?

– Nenhum. – Abriu espaço para a adolescente passar. – Você é a contratante.

Ana hesitou por um segundo ao entrar no quarto.

Todas as paredes do cômodo eram pintadas de azul-claro, e o teto, de branco. A luz da rua entrava por uma janela grande do lado oposto à porta de entrada e ao banheiro, ambas de madeira. No centro do cômodo ficava a cama. A base era uma caixa quadrada de madeira que mantinha o colchão perto do chão. De cada lado, um criado-mudo do mesmo material, um pouco mais claro, com uma gaveta estreita no meio. Na parede oposta ficava um quadro com o rosto de uma mulher negra com um pássaro na cabeça. *Lavanda, e o cheiro de limão está lá embaixo.*

– Você passou algum produto de limpeza aqui?
– Não. – Sua voz estava trêmula. – Por quê?
– O cheiro do quarto. Provavelmente era um dos lugares em que eles faziam os rituais. – Pôs o saco de ingredientes na cama. *Eles conversavam com espíritos no quarto? Que tipo de idiota faz isso?*
– Sempre achei que fosse um incenso que minha mãe botava. – Ana permaneceu perto da porta.
Ela sentia o cheiro antes de despertar. Balançava o corpo de um lado para o outro enquanto checava os itens na sacola. *Mel, sal, pão, vela, espelho, prato e cadeado.* Olhou para a adolescente.
– Pronta?
– Aham – falou reticente.
– Ok. – Começou a tirar os ingredientes da sacola. – Você já fez um ritual antes? Ou falou com um espírito?
– Não.
– Não tem muito segredo. O difícil é saber qual espírito você vai chamar e o que ele quer. – Sentou-se na cama e pegou um pote de mel dentro do saco. – Por exemplo, esse ritual específico é para invocar a Senhora dos Sussurros. E, apesar de gostar de falar, é fácil negociar com ela. Aliás, ela é famosa por nunca recusar uma oferenda. – Forçou um sorriso. – A única coisa que a gente tem que fazer é soltar um elogio de vez em quando.
– Tá. – Ana encostou na parede, mas continuou perto da porta. – Eu preciso fazer alguma coisa?
Por que ela está insistindo nisso? Fazia força para abrir o pote de mel. Ouviu o estalar da tampa abrindo.
– Não. Quer dizer, eu vou guiar o ritual, então a gente vai ter que ficar encostado quando entrar e sair do transe para não quebrar a cerimônia. Mas é até melhor se você não falar nada, já que você nunca fez algo parecido.
– Tá bom. – Assentiu em movimentos curtos. – Só isso?
– Só. – Pousou o pote de mel sobre o criado-mudo. – Me ajuda a montar tudo? Eu trouxe um espelho pequeno, mas como o ritual vai ser em dupla, acho melhor usar o do banheiro. Pode ser?
– Aham. – Sua voz arranhou.
Tomas se levantou em direção ao banheiro. *É até melhor ela participar.* Sentiu a temperatura esquentar assim que passou da porta. *Para ver o que a Senhora dos Sussurros vai falar ao vivo. Aí ela tira esse negócio de assassinato da cabeça de uma vez.* Desencaixou o espelho da parede do banheiro.

Atrás dele surgiu, desenhada nos azulejos brancos, uma mandala negra com um "x" em seu centro. *Pelo menos eles protegiam as cagadas.* Sorriu de meia boca. Girou nos calcanhares, voltou ao quarto, foi até a cama, onde Ana estava sentada.

– Me passa o pão?

Quase sem olhar, Ana jogou o saco de pão de forma para Tomas ao mesmo tempo que colocava o pote de mel na cabeceira.

– Quer que eu vá fazendo alguma coisa?

– Você pode ir misturando o sal com o mel, mais ou menos umas quatro colheres. – Sacou uma fatia do saco e começou a queimar um dos lados com o isqueiro. – Imagino que vocês não tenham detector de fumaça.

– Não. – Misturou o sal no mel com o dedo. – O que você tá fazendo?

– A Senhora dos Sussurros gosta de sete fatias de pão com um lado queimado. – Tentava queimar a primeira fatia sem êxito. – Isso não está dando certo. Você pode queimar elas no fogão? Não precisa ser perfeito, só dá uma chamuscada em um dos lados. Aproveita e traz uma faca para passar o mel.

– Tá. – Saiu apressando o passo.

O desperto foi até a cama e pegou as três velas e o prato. Escolheu um lugar perto da janela e, com cuidado, desceu o prato com as velas à sua volta, formando um triangulo justo. Voltou à cama, pegou o cadeado e checou se estava trancado. *Perfeito.* E o levou até o pequeno altar que tinha feito, colocando-o em seu centro.

Sua coluna estalou ao se levantar. Esticou o tronco e foi em direção ao banheiro. Abriu a torneira da pia e começou a esfregar as mãos com força para tirar o alho. Desceu o rosto quase até a água e fez o mesmo. Assim que os olhos começaram a arder, fez uma concha com as mãos e sugou a água para bochechar. *Merda de alho difícil de tirar.* Cuspiu e se esticou com as mãos na lombar. Seus olhos pararam no símbolo de proteção. Era circular como de costume, contudo não era um "x" desenhado no meio. "*Aleph*"? Colou o queixo no peito. *Isso não é um símbolo usado para proteção.* Fechou os olhos devagar. *O que que eles estavam fazendo?*

A jovem voltou com as sete fatias em cima de uma tábua de madeira.

– Tá bom?

O desperto saiu do banheiro sacudindo o rosto e se aproximou da adolescente. Todas as fatias estavam completamente negras de um lado.

– Muito bom. – Inspecionou as faces dos pães. – Vai passando o mel com sal nas metades brancas enquanto eu termino de arrumar tudo. – Pegou o saco de sal e espalhou generosamente seu conteúdo por cima do prato e suas redondezas. Por último, apoiou o espelho deitado na cama, virado para a janela.

– Pronto. – A voz de Ana saiu muito mais alta do que de costume. Pela primeira vez abandonara o semblante sério.

– Passa para cá. – Pegou os pães e os organizou em formato de estrela no prato coberto de sal, certificando-se de que o cadeado estava exatamente no centro. Levantou-se com as mãos na cintura e olhou ao redor. – Tudo pronto, aparentemente.

– E agora? – A adolescente se aproximou.

Tomas ajoelhou-se de costas para a janela, com o prato e o espelho à sua frente.

– Vem cá – chamou Ana com a mão esquerda. – De novo, a cerimônia é muito simples. Não precisa ficar nervosa. A única coisa é não tirar os olhos do espelho ou largar a minha mão enquanto eu faço a invocação. – Pegou a mão esquerda da jovem. – Pensando bem, ela provavelmente vai tentar atiçar você. Então, sem respostinha para a Senhora dos Sussurros, ok?

– Tá. – Assentiu mais uma vez.

Contorceu-se para pegar o isqueiro e a cabeça de alho em seu bolso, e acendeu as três velas, com a mente completamente voltada para as chamas. Colocou o isqueiro à sua frente e o alho ao seu lado, ainda ao seu alcance. Fitou o reflexo da jovem nos olhos e acenou com a cabeça. Ana imitou o gesto imediatamente e apertou a mão do desperto.

Fechou os olhos. *Um, dois, puxa. Um, dois, solta.* Sua respiração era lenta e ritmada. *Um, dois, puxa. Um, dois, solta.* Seus olhos estavam focados em seus reflexos e sua coluna estava completamente reta. *Um, dois, puxa.* O cheiro de lavanda preencheu todo o quarto e ouviu um coração batendo em três tempos do lado de fora. *Um, dois, solta.* Abriu os olhos.

5

TOMAS TEVE DIFICULDADE para focar em algo. O quarto todo ganhara movimento. As paredes continuavam azuis, porém agora eram como caleidoscópios retangulares com as cores se mexendo e fundindo em movimento contínuo. Mandalas luminosas e alguns símbolos solitários cobriam cada espaço disponível. Do teto emanava uma luz branca, que diminuía o clarão vindo das velas. *Por que tem uma bola negra no teto?* O murmúrio vindo do Jardim Botânico, embora ainda incompreensível, ia e vinha, como ondas.

Colocou a mão esquerda sobre a chama de uma das velas.

– Kramór Iriná Anê. Kramór Iriná Anê. Eu, Tomas Fontes, invoco a Eterna Vigilante. – Marcava cada palavra. – Peço permissão para que ela me ouça sem ouvidos e nos empreste seu olho sempre aberto. O pedido vem da desperta Ana dos Santos, que me acompanha no ritual e suplica a sabedoria de seu domínio. – Empostou a voz. – Ela crê que seus pais foram assassinados e necessita saber por quem e o porquê da interrupção de suas vidas. Sussurre suas verdades em nossos ouvidos. Kramór Iriná Anê. Kramór Iriná Anê. E que assim seja!

Um silêncio opressor invadiu o cômodo. O desperto conseguia ouvir somente a respiração pesada de Ana.

– Olhos no espelho – disse ao sentir a mão da adolescente apertar. Sua palma estava fria e úmida. *Aparece logo.* O reflexo do espelho permanecia estático, com somente os dois despertos se movendo. Quase inaudível, a madeira começou a ranger ao som de passos atrás de ambos.

Percebeu que a jovem estava tremendo com os olhos fechados e a cabeça baixa. Os passos pararam logo às costas de ambos. Um bafo quente soprou em sua nuca. Olhou para Ana pelo espelho.

– Calma. – A respiração chiava em seu pescoço e descia por suas costas, cada vez mais rápida e quente. Os batimentos da jovem podiam ser sentidos com clareza na palma de sua mão.

Dedos longos e afiados começaram a correr do meio das costas do desperto e subir até seu pescoço. *Respira.* O espelho se recusava a dar qualquer pista do que estava acontecendo. Uma mão esquelética pousou em seu ombro esquerdo. *Calma, porra.* O som da respiração da criatura se arrastava na direção de sua orelha direita. O exalar era lento e esganiçado, quase como se a criatura estivesse sorrindo. Os pelos dos braços de Tomas se arrepiaram. *Vai!*

Uma voz empoeirada encostada na orelha do desperto quebrou o silêncio.

– Pode olhar agora.

Tomas virou para trás num salto, largando a mão de Ana para fitar o espírito. Era um ser branco e magro, com a pele esticada sobre os ossos. Suas pernas eram longas e finas, assim como seus pés. O tronco era extremamente curvado, fazendo uma meia-lua. Seios flácidos caíam sobre uma barriga inchada. Braços curtos davam lugar a mãos com garras longas. Seu pescoço empurrava a cabeça para a frente. Um grande olho humano marcava o centro de sua cara, com sete bocas o circulando como uma estrela.

A criatura soltou uma gargalhada de sete vozes.

– Tomas, seu fofo, quando que você vai parar de pular ao me ver? – A Senhora dos Sussurros pegou o prato com as torradas no chão e sentou-se na cama. – Eu soube que procurou meu irmãozinho essa semana. Como ele está?

O desperto se levantou.

– Muito obrigado por ouvir meu chamado, Dama ao Avesso. – Curvou o tronco em uma longa reverência. – Quanto ao Guardião das Trilhas, não chegamos a conversar.

– Tomas, para que toda essa polidez, menino? Parece que não me conhece. – O espírito enfiou uma fatia de pão na boca ao lado esquerdo de seu olho. Então esticou seus braços atrofiados. – Vem cá, dá um abraço.

O desperto teve que forçar seus pés um na frente do outro. *Vai dar tudo certo. Calma.* Abria e fechava suas mãos frias sem parar. Esticou os braços e os envolveu na criatura. A Senhora dos Sussurros o puxou para perto como se nada pesasse e encostou a cabeça de Tomas em seus seios murchos, que contraiu os olhos o mais forte que conseguiu enquanto ouvia a respiração do espírito.

Pareceu uma eternidade até que a criatura o livrasse de seu enlace.

– Viu, foi tão difícil assim?

– Não, Eterna Vigilante. – Sentiu o estômago revirar.

A criatura enfiou outra fatia em uma das bocas e cruzou as pernas.

– Então, minha criança, por que fui invocada?

– É sobre a morte dos dos Santos. – Secou as mãos nas calças e apontou para Ana. – A contratante, filha deles, acredita que foi assassinato.

A Senhora dos Sussurros virou seu olho gigante na direção da adolescente, que continuava encolhida no mesmo lugar. Seu olhar permaneceu estático por sete segundos.

– Sim, deve ter sido difícil para você só despertar depois da morte dos seus pais. – Piscou com calma. – Um casal tão proeminente.

Ana continuou em silêncio, fitando o espírito.

Sete sorrisos se formaram na cara da criatura.

– Não precisa ter vergonha, minha querida. Poucas coisas escapam ao meu olhar. – Dobrou sua coluna com as mãos nas nádegas. – Como foi entrar no quarto dos seus pais pela primeira vez depois de sua morte?

Tomas interveio fazendo uma reverência.

– Cara senhora, sei que tempo lhe é escasso. Sabe de algo sobre a morte dos pais da contratante?

O espírito jogou a cabeça para trás em uma gargalhada.

– Meu carinho, o que você sabe sobre tempo? – Silêncio invadiu o cômodo. – Se insiste, voltemos aos negócios. – Virou-se para Ana. – Diga-me, querida, que questão lhe aflige?

A jovem olhou para Tomas, que acenou em afirmação. Voltou-se para o espírito.

– Eu... quero saber quem matou meus pais.

– E por que acha que alguém realmente os matou? – respondeu rindo com suas sete bocas.

– Eu sei que não foi acidente. – O medo desaparecera de seu rosto.

– Então é isso, meu amor? Uma intuição que virou certeza? – Virou seu olho gigante para Tomas. – Você já escolheu melhor seus trabalhos, meu querido.

Ana interrompeu entre os dentes.

– Você vai responder ou não?

Todas as bocas do espírito cerraram. O quarto inteiro escureceu. A única coisa que brilhava eram suas unhas, que pareciam crescer e se abrir em leque. *Merda!* Deu um salto impedindo sua passagem.

– Bela Dama, creio que a contratante se expressou mal.

A Senhora dos Sussurros parou na frente do desperto em silêncio. Pousou as mãos em seus ombros e apertou, afundando as unhas dos polegares em seu peitoral.

Tomas ignorou o sangue escorrendo e olhou no olho do espírito.

– Espero que isso não atrapalhe quando você pegar as torradas. – Forçou um sorriso.

A criatura permaneceu imóvel com suas garras cravadas no peito do desperto. Quase dez segundos se passaram até que a luz voltou ao quarto. A Senhora dos Sussurros retirou as unhas e limpou o sangue de seus dedos simultaneamente com suas bocas.

– Ah, meu querido Tomas, você realmente sabe como me acalmar.

O desperto fez uma reverência lenta e sentiu o suor escorrer em seu rosto.

– Não podia deixar um ser tão acima de mim descer ao meu nível. – Seu peito ardia toda vez que enchia os pulmões. – Quanto ao contrato, Dama ao Avesso...

O espírito pegou mais uma torrada e pôs em uma das bocas. Olhou para a jovem de canto de olho e voltou-se para Tomas.

– Não tenho nada a dizer sobre a morte dos pais dela.

Tomas viu o rosto de Ana se fechar e falou de uma vez:

– Não deixe a jovem perturbá-la, Bela Dama.

– Tomas, seu fofo. Realmente acha que algo assim poderia me afetar? – Limpou a unha do polegar esquerdo com os dentes. – Não há nada que eu possa contar-lhe sobre a morte do casal.

– Então foi um acidente? – Olhou para a adolescente, que continuava fitando o espírito em silêncio.

A Senhora dos Sussurros pegou o cadeado no centro do prato e, em um estalo, o abriu.

– Tomas, meu querido, você sabe que não cabe a um ser de matéria questionar as respostas de um imaterial. Especialmente as minhas. – Estremeceu o pescoço. – O ritual está completo. Kramór Iriná Anê. – E jogou o cadeado na direção do desperto. – Agora, por gentileza, virem-se de costas para que eu possa partir.

Ambos os despertos se viraram e, no segundo seguinte, o som voltou a preencher o quarto.

– Dá a mão – Tomas estendeu o braço direito sem olhar nos olhos de Ana –, pra gente sair do transe.

– Desculpa. – A voz da jovem tremia.

– Eu falei que ela ia tentar te deixar nervosa. Aí. – Apontou para as feridas em seu peito. – Viu? Agora, dá a mão, por favor, pra gente sair do transe. – Agarrou a mão da jovem e se virou para o espelho. Fechou os olhos.

Um, dois, puxa. Um, dois, solta. Garotinha idiota. Um, dois, puxa. Um, dois, solta. Isso é o que dá trazer uma criança para um ritual. Um, dois, puxa. Eu nunca vi a Senhora dos Sussurros tão agressiva. Um, dois, solta. Abriu os olhos.

Tomas engatinhou para perto do espelho. Soltou um gemido a cada um dos três passos. Quando estava perto o suficiente, se ajoelhou e puxou a camisa para o lado para ver as feridas. *Podia ser pior*, bufou. Os cortes eram curvos, com dois ou três centímetros de largura e, apesar de estarem roxos e serem aparentemente profundos, já estavam quase estancados. Olhou para o reflexo de Ana.

– Você tem alguma coisa para eu botar aqui? – Apontou mais uma vez para a ferida.

A jovem não se mexera desde o fim do ritual. Sua cabeça estava baixa e segurava seu punho direito.

– Minha mãe guardava os remédios lá no lavabo. – Levantou-se em um salto. – Eu vou pegar lá para você. – E saiu ligeira pela porta.

– Pega um pilão também. – Continuou fitando suas feridas no espelho. *Tinha que ser*. Empurrou a cama para baixo ao se levantar. Sentiu um espirro de sangue sair do corte. *Cadê?* Vasculhou o quarto com os olhos em busca da cabeça de alho. Quase na janela, ao lado do maço de cigarros.

Andou em passos lentos até o alho e se ajoelhou para pegá-lo, tomando cuidado para não mexer ou se apoiar nos ombros. Pegou também o maço em um só movimento. *Tinha que estar no chão.* Seu joelho estalou ao se levantar.

Cambaleou até a janela e apoiou sua coxa no parapeito. Guardou tudo no bolso, sacou um cigarro e, em um movimento ensaiado, o acendeu. Puxou fumaça até encher os pulmões. *Graças a Deus.* E soltou. Se pegou olhando para onde estaria a gárgula do outro lado da calçada. Inspirou mais uma vez. *Realmente, eles eram um casal estranho.* Expirou ao sacudir a cabeça. *Chega de ritual por hoje. Agora vamos ver se a garota para de palhaçada. A Senhora dos Sussurros falou que é a primeira vez que a Ana entra no quarto dos pais depois do acidente.* Soltou a fumaça. *Bom para ela aprender a não mexer com essas coisas.*

Passaram-se alguns minutos e quase um cigarro inteiro até que Ana voltasse. Trazia um pote de mercúrio, uma caixa de algodão, um rolo de esparadrapo e um martelo de carne. Uma metade na mão e a outra debaixo do braço.

– Desculpa a demora. – Aproximou-se. – Eu não consegui achar o pilão que você pediu, aí eu trouxe um martelo de carne. Tudo bem? – Forçou um sorriso.

O desperto apagou o cigarro no parapeito e jogou a guimba pela janela. Foi até a cama, onde estava a tábua de madeira que Ana tinha trazido da cozinha.

– Dá o mercúrio. – A ordem saiu seca e rápida. Estendeu o braço para a jovem e colocou a cabeça de alho na tábua com a outra mão.

Pegou o mercúrio sem cerimônias, checou se estava bem fechado e o colocou ao seu lado. Pôs a tábua no chão com o alho em cima e começou a martelar com força. Ouviu a adolescente suspirar nervosa. As pancadas ocas preenchiam o quarto e faziam o chão tremer. A cada martelada sentia as feridas arderem, e a cada ardida martelava com mais vigor. Antes que se desse por satisfeito, Tomas já havia macerado a planta. Pegou o pote de mercúrio e despejou com calma em cima do alho esmagado para não derramar.

– Que que você tá fazendo? – A voz de Ana falhou.

Respondeu sem parar de misturar os materiais:

– Este machucado foi feito por um espírito. Só remédio não vai fechar ele. – Os ingredientes tinham virado uma pasta marrom alaranjada e, assim que ficou com cor e textura uniformes, levou a tábua para o colo. Pôs as duas mãos acima da massa entrelaçando os dedos. Respirou fundo e recitou: – Amarro o amuleto ao remédio, para que me fechem em corpo e alma. E que assim seja. – Virou-se para a jovem. – Eu vou precisar que você me ajude.

– Tá – disse Ana, segurando o cotovelo. – O que que eu faço?

Desabotoou os três primeiros botões da camisa e a abriu até os ombros, revelando as feridas.

– Eu vou abrir os machucados e você tem que passar a pasta até o fundo.

– Tá – falou com firmeza. Pegou um naco de algodão e fez menção de passar na pasta marrom alaranjada.

– Não. – Travou o movimento de Ana. – Você quer deixar algodão dentro do machucado? Passa com o dedo.

Contraiu o rosto em uma careta.

– Não tem outro jeito?

– Você quer ajudar ou não? – Sem esperar resposta, abriu a ferida próxima ao ombro esquerdo. – Então, por favor.

Ana esticou a mão sem vontade. Afundou três dedos em pinça na tábua e pegou o máximo que conseguiu. Em nenhum momento mudou sua expressão de asco. Demorando o máximo que conseguiu, apoiou os dedos na ferida. Respirou fundo e os enfiou. Tomas se contorceu para trás, e no mesmo instante a jovem encolheu os braços.

– Desculpa.

– Sem problema. – Sua voz saiu rouca. – Dá uma olhada se foi até o fundo.

Ana pegou mais um pouco da pasta e apertou contra a ferida.

O desperto sentiu todo seu lado esquerdo queimar. *Não grita*. Abaixou a cabeça e travou o maxilar com toda a força que conseguiu. Os segundos se esticaram.

– Já deu. Faz um curativo nela, por favor.

– Segura. – A adolescente pegou um naco de algodão e colocou sobre a ferida. Destacou quatro pedaços de esparadrapo com os dentes e os grudou como um jogo da velha sobre o machucado da esquerda. – O outro também?

– Sim. – Cobriu o ombro com curativo com a camisa. Seu braço esquerdo estava dormente e não parava de suar.

Ana tinha perdido a expressão de nojo. Seu corpo estava todo relaxado e seu rosto focado no ferimento, como se fizesse isso a vida inteira. Passou os dedos na tábua.

– Por que alho? – E enfiou os dedos na outra ferida.

Tomas mostrou os dentes.

– Quê? – Tudo ardia.

– Lá na casa do Ignácio você tava com alho também. Para que que ele serve? – Pegou quase tudo que sobrara da pasta e pressionou contra o machucado uma última vez. – Segura. – Colocou o algodão sobre o corte.

– É um amuleto. Basicamente serve de proteção contra o além-véu. – Apertou a ferida no ombro direito com a mesma mão, que começara a ficar dormente. – Eu vou precisar ficar deitado por uns cinco minutos depois disso, mais ou menos.

– Tudo bem. – Pousou a grade de esparadrapos sobre o curativo e limpou os dedos na calça. – O cheiro não te incomoda?

Tomas usou toda a concentração que lhe restara para fechar a camisa. Os dedos dormentes sempre passavam o botão do braço.

– Você acaba se acostumando. – Deixou o corpo cair na cama. – A maioria dos amuletos poderosos são difíceis de encontrar e ainda mais difíceis de explicar para os mundanos. O alho é muito mais fácil, em ambos os aspectos.

– Todo desperto tem um amuleto? – Sentou-se do lado da cama.

– O amuleto não é algo necessariamente específico de cada desperto. – Esforçou-se para mover o braço dormente para trás da cabeça. – Por exemplo, eu me acostumei a usar o alho, e acabou que eu uso ele com mais facilidade, mas se alguém me dá um mindinho de mico, eu me viro.

– Eu devia escolher um logo, então. – Fez uma pausa. – Qual você recomenda?

– Eu recomendo que você fique o mais longe possível de qualquer coisa que não seja matéria. – Colou o queixo no peito para olhar para Ana. – Presta atenção, o além-véu não é um lugar mágico onde coisas felizes acontecem. Ele é o oposto do real, e quando dois opostos se encontram, ambos são destruídos.

– Mas e os meus pais? – Desceu as sobrancelhas.

Os olhos de Tomas cerraram-se e fixaram-se na jovem.

– Que que tem eles? Foi um acidente. Você não ouviu o que a Senhora dos Sussurros falou?

– Eu ouvi. Ela não falou nada. – Refletiu a expressão de Tomas.

– Se ela falou que não tinha nada a dizer é porque não foi assassinato. – Gemeu ao sentar. – Eu estou fazendo isso já faz um tempo e eu nunca vi um espírito dar uma resposta direta para esse tipo de pergunta.

– Isso. Ela não deu uma resposta. – Ana se levantou. – Eu te contratei para ter uma reposta e até agora não tive.

– Não – disse o mais calmamente que conseguiu –, você me contratou para fazer um ritual. E o ritual foi feito. E não importa quantas vezes você perguntar para um espírito, a resposta vai ser sempre a mesma.

– Você não sabe disso. – Seus olhos enrubesceram. – Eu sei que não foi acidente!

Tomas respirou fundo e se levantou devagar.

– Olha, eu realmente acho que foi um acidente. Tudo aponta para isso, mas vamos dizer que você esteja certa, tá bom? E agora? Você vai fazer um feitiço para dar o troco? – Deu dois passos em direção à adolescente sem desviar o olhar. – Acredita em mim, não tem felicidade para quem sai da realidade. O sacrifício que você vai fazer não compensa, já que só vai garantir outro espírito falando a mesma coisa.

Lágrimas escorriam pelo rosto de Ana.

– Isso não é verdade. – Sua mão coçava a cicatriz de seu punho.

– Olha, eu já vi algumas coisas bem pesadas desde que eu despertei, então acredita em mim quando eu falo que sei o que você está passando. – Fez menção de se aproximar, mas desistiu no meio. – Esquece isso. Vai ser melhor.

– Dá licença. – Sua voz enrouquecera. Virou-se e saiu.

Merda. Encarou a porta do quarto vazio. *O Ignácio não devia ter aceitado a porcaria desse contrato.* Tateou os bolsos por fora para ver se estava tudo lá. Sentiu falta do alho e virou-se para a tábua onde o tinha esmagado. *Melhor eu dar uma geral nisso.* Foi até a cama para pegar o espelho. Esforçou-se para movimentar os ombros. *Vamos lá.*

Sentiu uma pontada no dedo quando esbarrou a mão direita na moldura da porta do banheiro.

– Ai!

Girou com cuidado para não bater em mais nada. Apoiou o espelho na pia. Pegou-se fitando a mandala desenhada nos azulejos. *Que tipo de mandala tem um "aleph" desenhado no meio?* Sentiu uma pontada no ombro. *Não, nem a pau. Já fiz meu trabalho por hoje.* Levantou o espelho para encaixar em seu lugar. Precisou de quatro tentativas para acertar o buraco.

Voltou ao quarto e começou a guardar tudo que trouxera e não tinha sido completamente gasto na sacola de plástico. Passou uma lista na cabeça enquanto ensacava. *Velas, mel salgado, sal, cadeado, prato, pão, espelho de mão. Beleza.* Colocou as fatias que sobraram em cima da tábua com a pasta de alho e mercúrio.

Melhor eu ir embora de uma vez, pensou ao pousar a tábua em cima de uma das mesas de cabeceira. Tateou o exterior dos bolsos e da sacola mais uma vez para ter certeza de que não estava esquecendo nada. Os passos foram arrastados até que parou na porta do quarto. *Dá que ela acha que eu vou estar aqui quando ela voltar. Se bobear, ela já está voltando. E se* virou na direção da cama. Parou. *Ela saiu chorando. Ela não vai querer ver ninguém provavelmente. É,* assentiu. *Não, melhor esperar um pouco. Não custa nada.* E caminhou em direção à cama para se sentar.

Permaneceu fitando o quadro da mulher negra da frente da cama. *A única decoração que ainda está de pé na casa. Gosto não se discute.* Mas estava lá e Tomas não conseguia tirar os olhos dela. *Com certeza não tem nenhuma propriedade imaterial.* O pássaro no topo da pintura era particularmente ridículo. Penas para todos os lados com dois olhos esbugalhados. Controlou-se para não se deitar. *Melhor não.*

Dez minutos se passaram e o desperto não tinha mais o que descobrir no cômodo. Levantou-se com as mãos na coluna. *Devia ter ido quando ela saiu.* Arrastou os pés até a porta. *Merda de criança.* Desceu a escada nas pontas dos pés, com os ouvidos alertas para qualquer som que Ana soltasse. *Nada.* E se esgueirou pela sala em direção à porta da casa. *Nada.* Fechou a porta com cuidado. Sacou seu celular, digitou a senha e clicou em "Mensagem". Sentiu seu rosto torcer e guardou o telefone em seu bolso.

6

TOMAS ESTICOU o braço esquerdo em direção ao criado-mudo e tateou sua superfície sem tirar os olhos do teto. *Cadê?* Demorou alguns segundos até desistir e levantar o rosto à procura do celular. *Embaixo do alho.* Contorceu-se para alcançá-lo. *Vai, caceta.* Assim que conseguiu segurar o telefone, largou a cabeça no travesseiro e trouxe a tela para a frente de seu rosto. *Onze e meia*, bufou, *melhor levantar daqui a pouco.*

Fazia mais de uma hora que acordara, porém continuava deitado, fitando o teto do quarto. A semana tinha passado preguiçosa e Ignácio não ligou para começar nenhum contrato. Puxou o cobertor para cobrir a barriga. *Onze e meia.* Pressionou a palma das mãos, fechou os olhos e grunhiu. Empurrou seu corpo para cima com os cotovelos, ficou parado por cinco segundos e voltou a se deitar. *Por que que eu resolvi concordar em ir para essa porcaria de aniversário?* E arrastou o travesseiro para cobrir seu rosto.

Passaram-se outros trinta minutos até que Tomas fizesse outro movimento. Jogou as pernas para o lado e rolou o corpo na mesma direção com um gemido. Sentou-se e apoiou os cotovelos nas pernas. Teve que se controlar para não jogar o corpo para trás. *Vamos lá, cara. Força.* Empurrou o corpo para cima de uma só vez e seus joelhos estalaram. Os dedos de seus pés se encolheram ao pressionar o chão frio. Espreguiçou-se e ajeitou a samba-canção, que estava caindo. Pegou o celular na cabeceira e foi em direção ao banheiro.

Parou na frente da pia, pousou uma mão em cada lado e estalou o pescoço. Levou o queixo para perto do espelho para checar a barba. *Bom o suficiente.* Pegou a escova e a pasta de dente que ficavam dentro de um copo em cima da pia. Seus olhos caíram nas feridas causadas pela Senhora dos Sussurros e passou a mão esquerda sobre uma delas. *Podia ser pior.* Não sobrara quase nenhum sinal de que as feridas tivessem existido, somente um leve risco um pouco mais claro que a pele de cada lado. *Até que a garota fez um trabalho decente.*

O café da manhã de meio-dia aconteceu como de praxe. Vodca disfarçada de suco, com quatro torradas escuras cheias de requeijão na mesa de madeira redonda no canto da sala. Pegou *Efeitos psíquicos e suas aplicações*, do frei Damião de Toledo. Faltavam dez páginas para terminar. Era a terceira vez que lia o livro e cada vez que o fazia parecia que seu significado mudava. Uma nota de rodapé em específico, que tinha certeza de ter visto na primeira vez que leu e nunca mais encontrou, nunca saiu de sua cabeça: "Se pudesse fazer da mente mundana meu amuleto, seria a nêmesis do além-véu".

O celular vibrou em cima da mesa. Tomas levou a mão em sua direção sem tirar os olhos do livro. Só parou de ler quando o telefone vibrou uma segunda vez. Uma mensagem de Paula que dizia: "Oiee! Só lembrando da festinha da Paloma hoje. Não esquece! Beijo!". Colocou o livro fechado sobre a mesa. Levou o copo à boca e deu um bom gole. Desbloqueou o celular.

Merda de festa. Pegou-se estático, encarando a tela do aparelho. *O que que eu falo pra ela?* Passou pelo menos cinco minutos escrevendo e reescrevendo a mensagem para a irmã. *Vai isso mesmo.* Acabou se resignando com "Pode deixar que eu não esqueci. Te vejo mais tarde. Abraço". Pegou-se fitando a mensagem. *Devia ter mandado um beijo em vez de um abraço*, e levou o copo com vodca à boca.

A viagem de Realengo à Barra da Tijuca demorou mais ou menos uma hora e meia e dois ônibus. Os bancos eram extremamente apertados, tanto em largura quanto em comprimento, mas finalmente tinha chegado. *Três e quarenta. Já?* Sua lombar gritava. Jogou o corpo para trás com a mão na cintura e soltou uma mistura de grito e grunhido. *Vamos terminar com isso logo.*

A microrregião conhecida pelos moradores como Barrinha era de difícil acesso para quem não ia de carro. Há pouco mais de dez anos, a região era conhecida como "caminho da felicidade", pela quantidade anormal de motéis. Porém, hoje em dia a região tinha substituído quase todas as casas de encontros por espaços de festas infantis. *Não é a primeira vez que os pais dessas crianças passam por aqui.*

O suor começou a escorrer pela nuca de Tomas enquanto caminhava em direção à festa de sua sobrinha. Olhou no relógio de rua para ver a temperatura. *Trinta e oito graus. Puta merda.* A costura da camisa social começava a roçar úmida em suas axilas e a sacola do presente a bater em seu joelho direito. *Agora é torcer para que a vendedora da loja não tenha me empurrado qualquer coisa.* Desceu os olhos para o presente. *Por que que uma criança ia querer uma boneca que repete o que ela fala?*

As casas de festa infantis eram extravagantes, cada uma mais que a outra. Foguetes, personagens de desenho animado genéricos, cascas de sorvete, borboletas, todos podiam ser encontrados em uma ou outra fachada, sempre em cores vibrantes e luzes piscando. O desperto parou e checou o endereço. *Recanto dos Traquinas*. Rodou os olhos para o sapo astronauta gigante que enfeitava a entrada.

Um segurança alto e corpulento estava em pé ao lado direito da porta com uma prancheta na mão. *Por que esse lugar precisa de um leão de chácara?* Caminhou na sua direção.

– Boa tarde, aqui é a festa da Paloma?

O brutamontes mal levantou seu rosto salpicado de suor para responder:

– Nome?

– Tomas Fontes. Sou o tio da aniversariante. – A frase deixou um gosto estranho.

O segurança não teve pressa para checar a prancheta. Passava seu dedo de cima a baixo na lista. Foi somente na quarta página que ele parou, cheio de desdém.

– Pode entrar.

O interior conseguia ser mais extravagante que o lado de fora. Mesas de plástico enfeitadas com papel crepom rosa e uma cesta adornada com uma flor de plástico da mesma cor sobre cada uma delas preenchiam o local. As paredes eram todas brancas, com desenhos genéricos de princesas e heróis, e, no final do espaço, a mesa do bolo.

Aparentemente, quanto mais firula no bolo, melhor é a festa. A decoração da mesa tinha pelo menos cinco metros de comprimento, cercada com papel crepom em vários tons de rosa. A parede atrás estava toda preenchida de balões, com exceção do centro. Uma princesa surgia tímida ocupando metade da parede. O bolo em si era quase todo glacê com uma foto da princesa da parede editada de qualquer maneira com a aniversariante.

O desperto rodou a cabeça à procura de alguma pessoa conhecida. *Nada.* Resolveu andar. Animadores gritavam ao som alto de música mais alta ainda, ordenando as crianças em uma espécie de gincana, e elas, por sua vez, corriam de um lado para o outro, visitando as mesas de seus pais e voltando em ritmo frenético. Tudo isso fazia com que atravessar o salão não fosse uma tarefa fácil. Os pais continuavam sentados sem olhar para seus filhos, quase sempre com copos de algum tipo de álcool na mão.

Já tinha dado uma volta inteira naquela sucursal de inferno e ainda não tinha visto um rosto familiar. *Por que eu aceitei vir?* Uma criança correndo se chocou contra sua coxa. *Podia muito bem ter dito que não vinha e estava resolvido.* Esgueirou-se em direção a uma das paredes com os braços para cima para não esbarrar em nada. Pegou uma cerveja da bandeja de um garçom que estava passando.

– Licença. – Virou metade do copo em um só gole. *Graças a Deus.*

– Eu tô vendo que você não perdeu tempo. – Ouviu a voz de Paula à sua direita. Estava usando uma blusa branca com pequenas estampas de flores vermelhas e uma calça preta. A sapatilha vermelha continuava lá.

Tomas quase devolveu a cerveja em sua boca.

– Oi. Eu estava te procurando. – Estendeu a sacola de presente na direção da irmã.

– Sempre quis uma boneca. – Sorriu de meia boca. – E para a Paloma? Não comprou nada?

– Boa piada. – Não demonstrou nenhuma expressão.

– Nossa, tô vendo que você não perdeu o senso de humor. – Abraçou o braço do irmão. – Vem, quero que você conheça sua sobrinha. – E o arrastou para longe da parede.

Parecia que Tomas estava sendo guiado por um lugar completamente diferente de poucos minutos atrás. Paula deslizava através do mar infantil como se conseguisse prever o movimento de cada um que passava. Sequer teve de reduzir a velocidade. O irmão, por outro lado, se contorcia constantemente para evitar colisões.

Chegaram a uma mesa de canto. Tomas viu seu cunhado, Claudio, um homem atarracado com um rosto ausente de expressão. Nunca vira um pensamento com mais de dois desdobramentos sair de sua boca. *Ele já conquistou muitas coisas para isso ser burrice. Isso é o que dá escolher a segurança das certezas que já conhece.* O cunhado estava ajoelhado, limpando alguma mancha no vestido rosa de princesa de uma menina.

A criança tinha braços e pernas gordas que explodiam para fora de sua fantasia. O cabelo encaracolado era a única característica que vinha de sua mãe. Seu rosto era redondo e pouco menos inexpressivo que o de Claudio. O frufru em sua cintura estava esgarçado na parte de trás, preso por uma fita de cor diferente. Em nenhum momento pareceu perceber a presença de seu tio.

– Paloma! – Paula sorriu, virada para a criança. – Olha quem chegou!

– Oi! – Tomas balbuciou sem saber o que fazer com suas mãos.

A criança continuou com seu queixo virado para a mancha no vestido. O silêncio continuou até que o pai se levantou, limpando as mãos nas laterais da calça e sorrindo amarelo.

– Tomas! Que bom que você veio! – Estendeu a mão direita para o desperto. Seu aperto de mão foi forte e demorado demais. – A patroa ficou falando nisso a semana inteira. – Abaixou-se com as mãos nos joelhos, dirigindo-se à filha. – Paloma, vem falar com seu tio.

A aniversariante continuou parada com o foco na mancha. Tinha tomado para si a missão de tirá-la. Esfregava a palma da mão sobre o borrão em seu vestido com toda a força e coordenação que tinha. Seu corpo inteiro balançava cada vez que seu braço se mexia. Paula, em um só movimento, tirou a mão da filha do vestido e a puxou para seu colo.

– Deixa de ser mal-educada, Paloma. Seu tio veio te ver. Dá um beijo nele. – E a levou para perto do rosto de Tomas.

Ambos viraram os rostos para receber o beijo, o que fez com que suas bochechas se encostassem com um atrito incômodo. Assim que se separaram, Paloma se dirigiu pela primeira vez ao desperto:

– Cadê meu presente?

Tomas viu um sorriso desconfortável surgir no rosto de sua irmã. Levantou a sacola com a boneca para perto da menina.

– Feliz aniversário.

A criança não demorou a pegar a caixa e começar a desempacotar. Tomas tentou ajudar, mas foi em vão. Era um ritmo frenético. Papéis voavam para todo lado e seus olhos não desviavam de sua presa. Paula teve que se esforçar para não cair com os movimentos de sua filha. O rosto da menina fechou-se quando finalmente viu o presente. Olhou para a mãe com o rosto inexpressivo e lhe entregou a caixa rasgada.

Paula virou a filha mais uma vez na direção de seu irmão.

– Qual é a palavra mágica?

– Obrigada. – Sua voz era mecânica, com o mesmo sorriso amarelo do pai.

– De nada. – Esforçou-se, sem êxito, para parecer natural.

Paula desceu Paloma até o chão.

– Vai brincar com suas amiguinhas, vai. – A criança saiu correndo no mesmo instante, se misturando na multidão. Com seu sorriso típico, apoiou as mãos na cintura. – Você sabe como criança é, né? Acho que ela gostou do presente.

Deve ser por isso que ela quase jogou fora assim que abriu. Forçou um sorriso:

– Que bom.

O silêncio incômodo durou por alguns segundos, até que Claudio o interrompeu, colocando a mão direita sobre o ombro do cunhado.

– A Paula falou que você se amarra em uísque. Eu trouxe um dezoito anos, mas a casa proíbe bebida de fora. Então a gente tem que beber escondido. – Ergueu o cenho. – Vem comigo.

O desperto seguiu seu cunhado através do salão de festas, até a saída. *Uma razão para sair da festa e beber. Esse cara vai ser meu novo melhor amigo.* Claudio falou alguma coisa no ouvido do segurança, que abandonara o desdém e concordava com um olhar sério. O cunhado deu um leve tapa em suas costas e continuou andando. *Nem no aniversário da filha ele consegue não administrar as pessoas. Taí uma maneira de ficar rico.*

Andaram mais meio quarteirão no sol quente até chegarem à picape de Claudio. Separam-se, indo cada um para um lado do carro. Os vidros do veículo eram tão escuros quanto sua pintura. Um apito veio junto com o som das portas se abrindo.

O cunhado esticou a cabeça.

– Entra. – O interior do carro era todo revestido de couro bege, com exceção do volante negro e do display. Apontou para o porta-luvas. – Tá aí dentro.

Tomas abriu o porta-luvas e viu uma garrafa de uísque com dois copos de plástico encaixados no bico. *Ou ele bebe com copos de plástico no carro durante os encontros dele ou isso foi planejado.* Separou os copos, dando um para o motorista. Abriu a garrafa e começou a se servir. Esperou o líquido chegar até quase a boca e passou a garrafa.

– Saúde. – E virou metade da bebida.

– Não tenho gelo aqui. – Claudio encolheu o pescoço. – Então vai ter que ser caubói.

– Sem problema – puxou o ar entre os dentes –, gelo nisso aqui só ia estragar.

O cunhado pousou a ponta dos lábios no copo e sugou. Manteve uma careta do momento em que o álcool entrou na sua boca até alguns segundos depois de engolir.

– É – limpou a garganta em uma tosse –, bom demais.

O silêncio permaneceu até Tomas beber todo o uísque de seu copo.

– Me passa a garrafa, por favor. – E estendeu a mão esquerda com a palma para cima.

– Opa. – Tirou a garrafa do colo e a passou para o desperto. – Então, obrigado por ter vindo na festa da Paloma.

– Família é para isso – deu um gole –, ainda mais depois da Paula ter me visitado para me convidar. Você sabe como ela pode ser. – Sorriu de meia boca.

– Ô se sei. – Apoiou a nuca no encosto do banco. – Ela estava com medo de que você não viesse. – Deu uma bicada no uísque. – Ela se preocupa demais.

Tomas sentiu seus ombros travarem.

– Pois é. – Olhou para a janela.

– Então – sua voz estava mais aguda do que de costume –, ela me falou que você está tendo umas dificuldades no trabalho e tudo mais. E... bem, eu sei que a situação econômica não está muito boa, então eu queria te oferecer um emprego lá na minha empresa.

Tinha que ter alguma coisa por trás, pensou ao virar o copo. *Quem é ele para sentir pena de mim?* Respirou fundo.

– Eu já tenho emprego.

As costas de Claudio se esticaram quase que instantaneamente.

– Não, quer dizer, eu sei. – Seus braços começaram a se movimentar no ritmo inconstante da fala. – É que sempre dá para ir para cima, né. Assim...

Tomas levantou seu braço direito, interrompendo o cunhado.

– Claudio, presta atenção, eu agradeço o convite, mas eu realmente não estou precisando de ajuda.

– Eu entendo. – Arqueou as sobrancelhas. – Só para deixar claro, a Paula não sabia que eu ia fazer o convite. Era para ser uma surpresa.

– Perfeito. – Serviu-se de uísque pela terceira vez. – Então vamos fingir que isso nunca aconteceu. Fechado?

– Fechado. – Colocou seu copo meio cheio no porta-copos e olhou seu relógio de pulso. – Então – falou de modo automático, sem olhar nos olhos de Tomas –, melhor a gente se apressar. Não quero deixar a patroa esperando.

O desperto virou a bebida de uma só vez.

– Vamos. – E abriu a porta para sair. A volta foi feita em completo silêncio por ambas as partes. *Devia ter pegado mais leve na recusa.* Deu dois passos para o lado para andar debaixo da sombra. Sentiu o celular vibrar em seu bolso e o sacou. *Ignácio. Graças a Deus.* Virou-se para o cunhado.

– Ligação importante. Vai indo na frente que depois eu te encontro. – Encostou as costas na parede mais próxima e atendeu. – Alô, Ignácio?

– Boa tarde, Tomas. – Sua voz tinha a velocidade e a temperatura de um iceberg. – Necessito que venhas ainda hoje à minha casa.

– De novo? – Apoiou um dos pés na parede. – Aconteceu alguma coisa?

– Aparentemente, a filha dos dos Santos não ficou satisfeita com o ritual feito na semana passada e gostaria de contratar outro serviço.

Apertou os olhos com os dedos.

– Você tem certeza de que vale a pena fazer outro ritual, Ignácio? Não imagino que qualquer espírito vá contar alguma coisa diferente.

– Não te cabes indagar sobre os contratos. – A respiração forte do outro lado da linha foi cortada pela voz monotônica do hierofante. – Estejas aqui às vinte horas em ponto. Adeus. – E desligou.

Tomas resmungou enquanto guardava o celular no bolso. Pegou um cigarro e o acendeu. Tragou o máximo que conseguiu. *Eu falei para ela não continuar com essa palhaçada.* Soltou a fumaça para cima. *O que que ela espera conseguir fazendo outro ritual? Merda de criança teimosa.* Tossiu. *O Ignácio não pode aceitar esse contrato.*

Já tinham ido quatro cigarros e Tomas tirou o quinto do maço. *Se eu mandar uma mensagem, talvez ela mude de ideia.* Acendeu o tabaco e tragou. Pegou o celular em seu bolso. *O que que essa criança tem na cabeça?* Abriu o menu de mensagem. *Isso não é meu problema. Melhor voltar para dentro.* Colocou o cigarro na boca. *Assim que eu terminar este,* e puxou o máximo que pôde com os olhos fechados.

Jogou a guimba no chão e a apagou com o pé. Olhou para cima. Uma nuvem cobrira o sol. *Devia ter pegado mais daquele uísque.* Tateou os bolsos para ter certeza de que tudo estava lá e seguiu em direção à casa de festas. Continuou se guiando pelas sombras apesar do céu nublado. Acenou sem vontade para o segurança quando passou, e ele, por sua vez, nem sequer levantou a cabeça. O brutamontes estava quase dormindo, com a prancheta apoiada em cima de sua barriga.

O tempo que passara fora não foi suficiente para diminuir o ritmo das crianças na festa. Continuavam correndo e chorando e gritando, sem o menor sinal de cansaço. A única diferença era o estado de suas roupas. Não existia mais nenhuma camisa ou calça lisa à vista. O desperto foi desviando da selva de rostos enlameados em direção à mesa onde encontrou Paula. No único movimento sutil que tinha feito o dia inteiro, pegou uma cerveja da bandeja de um garçom que estava passando.

– Obrigado.

Estava suado quando finalmente chegou à mesa. Puxou a cadeira para trás e jogou seu corpo sobre ela. Virou toda a cerveja de uma só vez quando viu outro garçom se aproximando e trocou seu copo por um cheio. Deu um gole. *Maldita hora em que essa criança resolveu contratar o Ignácio.* Massageava seus olhos fechados com a mão esquerda. *Isso não vai dar certo.*

– Oi. – Uma voz feminina veio à sua frente. Tomas levantou a cabeça em reflexo. Uma mulher no início da meia-idade, de cabelos negros, estava sentada à sua frente.

De onde ela veio? Levou a mão ao bolso onde estava a cabeça de alho.

– Oi.

– Qual é o seu? – Seu sorriso não combinava com seu rosto fino e nariz aquilino.

– O meu o quê? – Jogou a cabeça para trás.

– O seu filho. – Levantou a palma da mão esquerda. – Qual deles é o seu filho?

Tomas encarou a mulher por alguns segundos sem entender a pergunta.

– Ah, sim. Meu filho. Não. Eu não tenho filho. Eu sou o tio da aniversariante.

– Ah! Você é o irmão da Paula. – O sorriso se abriu mais ainda, piorando o que já não era bom. – Eu sou Marcia, amiga da sua irmã. – Esticou a mão direita para cumprimentar o desperto, que retribuiu o gesto.

– Tomas.

– Verdade – falou o mais devagar que o desperto achava possível. – Tomas, sua irmã sempre fala muito de você.

Ela realmente vai puxar assunto? Contraiu os lábios em um sorriso desconfortável.

– É? Você conhece ela de onde?
– Da creche. – Assentiu. – Minha filhinha estuda junto com a Paloma.
– Quantos anos ela tem? – Deu um gole na cerveja.
– Seis aninhos há dois meses. Ela é muito inteligente...

A voz de Paula interrompeu-os.

–Vamos para o bolo, gente. É hora do parabéns. – E puxou o irmão para fora da cadeira.

Graças a Deus.

O animador anunciava enquanto o rebanho de crianças se aglomerava em volta da mesa. Paula arrastou o irmão pela parede circundando a mesa com o bolo. Tomas sentiu a mão de sua irmã apertar quando chegaram à parte de trás do bolo. Claudio segurava sua filha no colo e sacudia seu corpo no ritmo da música. O desperto escolheu um lugar longe o suficiente do centro das atenções. O animador chamou a atenção de todos e a música de parabéns começou.

Todas as crianças começaram a gritar "Parabéns pra você!". Tomas se pegou olhando para a família de sua irmã. Os três formavam um triângulo unido. Apesar do canto e das palmas estarem completamente fora de sincronia, havia algum tipo de harmonia naquela cena. Eles sorriam. Levou a mão inconscientemente ao bolso, onde a cabeça de alho estava. Olhou à sua volta e viu que todos se comportavam do mesmo modo. Sorriam e cantavam e batiam palmas sem sincronia. Menos ele.

Começou a tentar acompanhar a música, mas a cada frase seu estômago embrulhava mais. Fechou os olhos e abaixou a cabeça para tentar se acalmar. Respirou fundo. Abriu os olhos e ouviu o coro cacofônico:

– Muitos anos de vida! – Que foi seguido por gritos de todos os tons. A música tinha acabado. Tomas viu sua irmã começando a cortar o bolo. Paula virou para ele e sorriu, apertando os olhos. Tentou fazer o mesmo. *Ainda bem que acabou.*

7

QUASE NENHUMA LUZ vinda de fora chegava à rua de pedra que levava ao Largo do Boticário. A única iluminação vinha das lâmpadas amarelas nos postes *art nouveau*. Tomas começou a sentir gotas de chuva em seus ombros e caminhou em direção à parede sem marquise à esquerda. *Só faltava essa.* Desceu o rosto para que as gotas não caíssem no cigarro. *Pelo menos está chegando*, e levantou a gola da camisa social para proteger o pescoço. Pegou o celular em seu bolso. Sete e quarenta e cinco. Parou embaixo de uma das árvores e apoiou as costas em seu tronco. *Não, melhor chegar antes*, e empurrou o corpo para a frente.

Correu até a entrada da casa de Ignácio com a cabeça baixa. Os pelos de seu braço se arrepiaram quando percebeu que tudo ao seu redor tinha escurecido. *Ele realmente precisa desse feitiço de proteção todo?* Enxugou a testa com a manga. Procurou a campainha com os dedos e olhos. Continuou por alguns segundos até que parou, fazendo uma careta. *A porta tem um sinal na maçaneta.* Estalou o pescoço e os dedos. *Vamos lá.* Fechou os olhos.

Um, dois, puxa. Um, dois, solta. Abaixou a cabeça e concentrou toda a sua mente na respiração. *Um, dois, puxa. Um, dois, solta.* Esticou a coluna, travando os ombros para trás. *Um, dois, puxa.* Sentiu o ar congelar seus pulmões e ouviu um sibilar vindo de dentro da casa. *Um, dois, solta.* Abriu os olhos.

Olhou ao seu redor. Não conseguia se acostumar com a escuridão que envolvia a casa no além-véu. A única iluminação vinha de duas luminárias, uma verde e a outra vermelha. Sentiu os pelos da nuca subirem. *Calma. Não tem lugar mais protegido que aqui.* Respirou fundo. O sinal estava lá, vermelho sobre cobre. Esticou o braço esquerdo e pousou a mão sobre a maçaneta. *Merda de criança*, e empurrou a porta.

A primeira coisa que viu foram os olhos azul-piscina de Ignácio o encarando até a alma. O hierofante estava em pé de frente para a porta. Uma mão sobre a outra nas costas, com a coluna firme de uma estátua. Estava usando um terno negro marcado nos ombros e uma gravata vinho. Havia derramado algum tipo de líquido verde amarelado no colarinho de sua camisa branca. Ainda estava úmido, atingindo um pouco o pescoço. *Velho baba mesmo.* Teve que se controlar para não sorrir.

Ignácio olhou para o relógio.

– Vejo que tens trabalhado tua pontualidade. Muito bom. – O couro de seu rosto mal se moveu ao falar.

– Pois é. – Todo o humor sumira de Tomas. – A Ana já chegou?

– Não. A senhorita dos Santos marcou às vinte horas. Contudo, se preferes, podes esperar na sala ao lado. – Levantou o braço e apontou para o cômodo mecanicamente. – Há um bule com chá esperando-te. – E virou em direção à escada imediatamente.

– Ignácio – sua voz rachou –, espera.

– Sim. – O hierofante parou e virou metade do corpo.

Começou a encher os pulmões, mas desistiu no meio do movimento. *O covarde não vai dar para trás. Se for convencer alguém a cancelar o contrato, tem que ser a Ana.* Soltou o ar.

– Esquece.

Ignácio permaneceu parado, olhando nos olhos do desperto, sem mexer um músculo, sua visão travada no rosto de Tomas. Nada transparecia de seu rosto reptílico. O que pareceu uma eternidade se passou até que disse:

– Se assim desejas... – E voltou a subir a escada.

Sentiu o alívio descer por sua coluna. *Me lembra de nunca mais desconversar alguma coisa com ele.* E caminhou em direção à sala de espera.

A arrumação do cômodo estava milimetricamente igual à da vez anterior. Dois sofás estampados e uma cadeira de couro envolvendo uma mesa de centro de madeira sobre um tapete vermelho. Arrastou os calcanhares na direção do sofá de frente para a porta e deixou o corpo cair. Sua visão seguia pelo teto vinho, pelas estantes de livros nas paredes e de volta. *Não sei por que ele chama isso aqui de sala. Biblioteca funciona melhor.* Apoiou as mãos na nuca e cruzou os pés. *A não ser que ele tenha uma biblioteca maior lá em cima. Não, lá em cima nem tem espaço para isso. Se bem que o cara fez a casa dele sumir da percepção mundana. Espaço não é problema.*

Permaneceu deitado até sua lombar doer. Empurrou o corpo para cima com uma careta. Sentou-se apoiando os cotovelos nos joelhos. Olhou para a porta. *Por que que ele me contrata? Com certeza tudo que eu faço ele consegue com muito menos esforço.* Virou uma das xícaras no centro da mesa com a mão esquerda e se serviu de chá. *Talvez ele tenha coisas mais importantes para fazer. Sei lá.* Deu um gole. Temperatura perfeita. Jogou o corpo para trás e olhou para as estantes. *Essa realmente é uma puta coleção. Quem sabe ele me empresta um.* O pensamento fez o desperto soltar uma gargalhada.

Olhou as horas no celular. Oito e cinco. *Ela deve estar chegando daqui a pouco.* Seu rosto murchou. *A garota não tem nem quinze anos e já vendeu um pedaço da alma. Se continuar assim, vai acabar virando uma colcha de retalhos.* Deu mais um gole no chá. *O Ignácio não sabe o que está fazendo com ela. Ou ele não se importa.* Colocou a xícara em cima da mesa e massageou os olhos com a mão direita. Levantou em um pulo e se espreguiçou.

Começou a circular a sala fitando o piso em ziguezague. Pegou o celular no bolso. Oito e sete. Seus olhos desviaram para a seção escrita em sânscrito. *Considerando que nenhum livro aqui tem menos de cem anos, até que eles estão bem conservados.* Pegou-se analisando um em particular. *A batalha de Arjuna: o conflito que não aconteceu,* traduziu. Esticou o braço esquerdo em direção ao tomo. *Como assim não aconteceu?* Sua atenção era completa no livro. Passou os dedos na capa com todo o cuidado que tinha. *Calma.* No momento em que ia abri-lo, ouviu passos vindos da escada.

Com mais agilidade do que jamais teve, empurrou o tomo para a estante e se jogou na direção do sofá. Não foi uma aterrissagem limpa. Seus joelhos bateram no descanso de braço e, quando se encolheu por causa da dor, seus pés se chocaram contra a mesa, fazendo o jogo de xícaras tintilar. *Merda!* Usou toda a sua compostura ajeitando o que tinha caído e se pôs no sofá. Empurrou os cabelos para trás.

O hierofante apareceu debaixo da porta logo em seguida. Sua postura era a mesma de quando Tomas chegara. Olhou para o desperto de lado.

– A senhorita dos Santos chegará em breve. – E se posicionou na frente da porta.

Tomas se levantou e caminhou em direção à entrada tentando ao máximo ignorar a dor no joelho.

– Quanto tempo?

– Quinze segundos. – Permaneceu imóvel. – E peço que te atenhas a não mexer em meus livros.

Nem adianta negar, pensou, sem coragem de trocar olhares. Bufou.
– Perdão, não vai acontecer de novo.
– Assim espero. – A maçaneta girou.

Ana franziu o cenho em surpresa quando os viu. Estava usando um casaco preto sobre a camisa branca estampada. Seu cabelo ensopado permanecia preso em um coque de última hora. Secou a mão na lateral da calça jeans, que também fora vítima da chuva.

– Oi. – Sua voz era cheia de desafio, completamente diferente da última vez que Tomas a vira. – Onde a gente vai falar?

O hierofante girou o braço direito em direção à sala de visitas.
– Por favor. – E permaneceu parado.
– Obrigada. – Rodou nos calcanhares e marchou para o cômodo sem cumprimentar o desperto.

Todos entraram na sala em ordem. Primeiro a órfã, depois o desperto e, por último, o hierofante. A curta caminhada foi feita em completo silêncio. Organizaram-se da mesma maneira que da última vez. Ana no sofá virado para os livros, Tomas virado para a entrada e Ignácio na poltrona. Os três ficaram em silêncio até que o hierofante disse:

– Imagino que a senhorita não veio aqui por causa do chá.
– O espírito não me deu resposta nenhuma. – Cruzou os braços.
– A senhorita não contratou uma resposta, e sim o ritual. Como te disse em nosso último encontro, não há qualquer garantia de que um espírito faça nossas vontades.
– Eu sei. Vocês dois já me falaram isso. – Torceu os lábios e olhou de canto de olho para Tomas.
– Verdade. – Esticou a coluna. – Imagino, então, que vieste para outro contrato.
– Isso – firmou a voz –, eu quero outro ritual.

Tomas falou imediatamente depois dela:
– Você não vai conseguir uma resposta diferente.
– Vou sim. – Levantou o queixo.
– Eu já faço isso há um tempo e estou te falando que não vai.
– E eu tô falando que eu vou – debochou.

Ignácio levantou a mão esquerda.
– Chega. – O som de todo o cômodo desapareceu. Ambos os visitantes permaneceram olhando seu rosto imóvel, até que disse: – Tomas tem razão.

A chance de um espírito contar algo diferente é extremamente pequena. – Apoiou as costas na poltrona. – Contudo, existe outra possibilidade.

A voz do hierofante fez o desperto sentir o corpo dobrar de peso. Interrompeu:

– Ignácio...

Levantou a mão mais uma vez.

– Eu disse chega, Tomas. – Virou-se para Ana, que jogava o tronco para a frente. – Eu posso organizar um feitiço no qual não haverá dúvida sobre o que realmente aconteceu. Todavia, o custo será elevado.

– Tá bom. – Espelhava a expressão do hierofante. – Quanto vai custar?

Tomas cerrou as mãos até sentir suas unhas romperem a pele. *Fala alguma coisa*. As palavras se recusavam a sair. *Fala, caralho*. Sua cabeça parecia que ia explodir. *Um, dois*. Respirou fundo e as palavras saíram roucas.

– Ignácio, eu gostaria de conversar com a contratante a sós. – Arfava sem controle. Estava exausto. Sentia o suor escorrer por suas têmporas.

Pela primeira vez desde que Tomas o conhecera, o hierofante pareceu surpreso. Permaneceu estático com seus olhos de gelo. Após alguns segundos levantou-se em ângulos retos.

– Tu tens dois minutos. – Deu meia-volta e saiu da sala.

O desperto virou o corpo em direção a Ana.

– Olha. Eu sei que você não ficou satisfeita com o resultado. – Tentava controlar a respiração, mas seu pulmão parecia pegar fogo. – Mas o que você está querendo fazer é uma péssima ideia.

– Eu não me lembro de ter pedido a sua opinião. – Desviou seu olhar do desperto.

– Presta atenção, ok? – Baixou a cabeça e respirou fundo. – Eu sei que você acha que seus pais foram mortos e...

– Eu sei que não foi acidente – interrompeu.

– Não. Você acha. – Contraiu o rosto. – Independente disso. Arrancar outro pedaço ainda maior da sua alma não vai melhorar sua vida em nada.

– A alma é minha, não é? – Voltou a encostar-se no sofá.

– Eu sei que a alma é sua. E você faz o que quiser, mas ela define o que e quem você é. – Respirou fundo outra vez. – Toda vez que perde um pedaço dela, você é menos você.

– Cara, se você não quer fazer, não faz. Eu arranjo outra pessoa. – Cruzou as pernas. – Ninguém tá te obrigando a fazer nada.

Merda de criança teimosa. Massageou a têmpora com a mão direita.

– Não é assim que funciona.

– Claro que é. – Seu rosto se fechou.

– Escuta o que eu estou falando. – Inclinou o tronco para a frente e apoiou os cotovelos nos joelhos. – Se você fechar esse contrato, eu vou ter que participar.

– Do que você tá falando? – Sacudiu o rosto em descrença.

Tomas olhou para a porta da sala.

– Faz parte do meu contrato. Eu não posso negar um trabalho para o Ignácio – gesticulava a cada palavra –, e, se você continuar com isso, eu vou ser obrigado a ajudar a tirar um pedaço da sua alma. E eu não quero fazer isso.

– Quer dizer, eu não vou poder saber o que aconteceu com os meus pais porque você não acha legal o que eu tô fazendo? – Inclinou o rosto.

– Não é isso. – Estalou a língua nos dentes. – Você não vai achar o que está procurando seguindo esse caminho. O além-véu permite que o desperto geralmente consiga o que quer, mas isso tem um preço. Eu estou tentando te ajudar.

O rosto da adolescente permaneceu aberto sobre o desperto. Tinha perdido toda a tensão no corpo. Permaneceu em silêncio até que Ignácio apareceu na porta da sala.

– Os dois minutos terminaram. Tomas, por favor, retira-te para que eu possa discutir os pormenores com a senhorita dos Santos.

Filho de uma puta. Levantou-se em um movimento brusco e contornou o sofá para sair.

– Espera. Ignácio, eu prefiro que ele fique. Pode ser? – A voz de Ana preencheu a sala.

O hierofante encarou Tomas.

– Se a senhorita prefere. – Apontou para o sofá em que o desperto estava sentado. – Contudo, Tomas, terás de permanecer calado. – Sentou-se em sua poltrona. – Creio que já tenham falado o suficiente.

O desperto viu os olhos azul-piscina. *Não faz isso.* Fitou o chão alvinegro.

Ignácio se virou para a contratante, ignorando Tomas.

– Como estava dizendo, existe uma alternativa para o ritual. – Parou por um segundo. Parecia gostar do suspense. – Um feitiço espelho.

– O que é isso? – Ana não desviava o olhar.

– Imagino que a senhorita saiba a diferença entre um feitiço e um ritual. – Entrelaçou os dedos.

– Sei. – Olhou de relance para Tomas.

– Perfeito. – Apertou os olhos. – É um feitiço de adivinhação. Basicamente, vai refletir uma imagem do passado e te permitir ver o que realmente aconteceu. É uma forma simples de dobra de tempo. Contudo, qualquer manipulação das esferas superiores é extremamente custosa.

– Tá bom. Qual vai ser o preço? – Permaneceu ereta e imóvel.

– O triplo. – Seus olhos gelados brilharam.

Puta merda. Não desgrudava os olhos do chão.

A adolescente mordeu o lábio por um momento.

– Fechado.

– Perfeito. – O hierofante se levantou da cadeira. – Subamos para finalizar o contrato.

– Tá. – Levantou-se sem demonstrar emoção e foi em direção à escada sem olhar para trás até desaparecer porta adentro.

Ignácio, que estava imóvel ao lado de sua poltrona, se virou duro para o desperto.

– Necessito que fiques após a senhorita dos Santos se for para falarmos do contrato.

Tomas finalmente levantou a cabeça. *Como você não tem vergonha disso?* Travou o maxilar com força.

– Como quiser.

Ignácio girou nos calcanhares e seguiu pela porta da sala.

O desperto ouviu os passos sumirem pela escada e se jogou para trás no sofá. *O triplo*, bufou. *E ele não deve ter cobrado barato da primeira vez.* Encarava o teto vinho. *Tirar a alma de uma criança duas vezes. A garota nem pode dirigir.* Sentia seu estômago embrulhar. Suas têmporas doíam. *Agora é tarde demais.*

Seu pé balançava sem pausa. Apoiou-o no chão. *Quase que eu convenço ela a parar com essa palhaçada.* Empurrou seu corpo para cima, para sentar-se, e sentiu uma pontada em sua lombar. Apoiou o cotovelo direito no joelho e pegou o bule de chá com a outra mão. *Criança cabeça-dura. Da onde ela tirou essa ideia de que foi assassinato?* Derramou chá em sua xícara. *A Senhora dos Sussurros deveria ter sido mais clara. Mas, mesmo assim, não tem motivo para essa teimosia.*

Levou a xícara até a boca e bebeu. Sentiu o líquido escorrer até suas costelas. A temperatura estava perfeita. Olhou para a porta. *O que será que eles estão fazendo lá em cima?* Deu outro gole. *O pior é que ninguém sabe do fechamento do contrato. Somente do pagamento, com os contratantes vendados e amordaçados para a retirada da alma. Mas o fechamento em si, nada.* Ergueu o cenho. *Não pode ser pior que a retirada da alma.* Sentiu seu estômago se contorcer e mostrou os dentes. *Melhor nem pensar nisso.* Virou o chá e deitou no sofá.

Tirou o celular do bolso para ver as horas. Nove minutos. O tempo se arrastara desde que tinham subido e Tomas já tinha analisado cada canto daquela sala, com exceção dos livros. *Já tive dor de cabeça o suficiente por hoje.* Permanecia deitado no sofá. O teto vinho continuava sendo seu ponto de foco. Ouviu passos vindos da escada, cada vez mais fortes. Jogou o tronco para o lado e se sentou. Levou o corpo à frente, sua atenção totalmente voltada para a porta.

O hierofante desceu primeiro em passos ritmados e parou ao lado do portão da casa. Em um movimento mecânico, girou a maçaneta e o abriu. Permaneceu com uma mão na maçaneta e a outra nas costas, de frente para Tomas. Os passos de Ana batiam ocos e lentos pela escada. Fez menção de levantar, contudo o olhar gelado de Ignácio foi o suficiente para pará-lo. As batidas continuaram por mais tempo do que pareceu possível. Apertava as mãos. *Cadê?* O hierofante continuava na mesma posição com seu rosto de couro. As batidas ficaram mais altas. Sentiu suas unhas espetarem suas palmas.

O som dos passos parou e a adolescente apareceu logo em seguida. Seus olhos estavam vermelhos e fitavam o chão. Sua pele, antes morena, mostrava as veias em seu rosto.

O que que foi que ele fez? Empurrou seu corpo para cima, mas as pernas se recusaram a obedecer. Contentou-se em olhar a adolescente se arrastar silenciosa pela porta e desaparecer.

Ignácio, movimentando apenas o ombro, fechou a porta. Pôs os dois braços atrás de seu corpo e caminhou em passos contados para a sala. Sem demonstrar pressa alguma, sentou-se em sua poltrona de couro.

– A conversa não vai demorar. – Serviu-se de chá. – Sobre o contrato da senhorita dos Santos.

– Pois não. – Levantou o queixo. Sua mão direita fechava-se e abria-se ininterruptamente.

– Amanhã às dezoito horas a jovem terá um encontro com a Ordem dos Acólitos para que julguem o preço do feitiço. – Sua respiração chiava. – Necessito que estejas lá para acompanhá-la.

– Perfeito. – Encostou as costas no sofá. – Alguma precaução especial desta vez?

– Não – o ar sibilava em suas narinas –, todavia devo perguntar se teremos algum problema com o contrato.

– Não entendi a pergunta. – Franziu o cenho.

– Está claro que desenvolveste algum tipo de sentimento de proteção para com a contratante. – Apoiou sua xícara na mesa de madeira à sua frente. – Estou perguntando se isso será um problema.

– Eu não tenho nenhum sentimento de proteção para com ela – ironizou. – Eu só acho que é uma covardia fazer um contrato de alma com uma criança que nem votar pode.

– Nas esferas superiores, ou seja, para qualquer contrato de além-véu, a idade mínima permitida é de treze anos. – Sua voz ficara ainda mais grave. – Tenho certeza de que isto não é novidade.

Tomas sacudiu a cabeça.

– Olha, Ignácio, eu sinceramente não me importo com as leis das esferas superiores. Escolher tirar a alma de uma adolescente não é justo.

– *A batalha de Arjuna: o conflito que não aconteceu.* – Virou o rosto para a estante ao fazer uma pausa. – O livro que te chamou a atenção. Por acaso conheces a história de Arjuna?

– Um personagem do Bhagavad Gita – respondeu mecânico ao girar os olhos – que tem que escolher entre seguir a ordens de seu deus e poupar seus entes queridos. A maioria das pessoas vê como uma alegoria da natureza dualista do ser humano. A escolha entre certo e errado, conflito interno etc.

– Exatamente. Escolher. – O couro duro de seu rosto pareceu mexer. – O livro é um estudo da mecânica das esferas superiores e como ela influi sobre todas as criaturas, sejam mundanos, despertos ou espíritos. – Respirou fundo e chiou. – Ele defende de maneira incontestável que todos os seres, em todos os níveis da realidade, têm um início, curso e fim predeterminados. E, por consequência, são incapazes de livre-arbítrio. Esse foi o motivo de o conflito não existir, Arjuna nunca teve escolha.

Tomas assentiu.

– Tá bom. O que isso tem a ver com tirar a alma de uma criança?

– Todos temos nossos papéis a cumprir. Nenhum de nós teve escolha no que aconteceu. Inclusive a senhorita dos Santos. Portanto, espero que não tenhamos mais problemas em relação ao contrato. – Repousou a nuca na poltrona e fechou os olhos. – Agora te retiras, pois tenho compromissos importantes a tratar.

Tomas permaneceu fitando o hierofante por alguns segundos com as sobrancelhas franzidas. *Quê?* Levantou-se devagar, apoiando-se nos joelhos. Caminhou em direção à porta vigiando Ignácio com o canto do olho. *Ele acha que me falar alguma frase decorada vai fazer alguma diferença?* Parou e puxou o ar para falar, mas mudou de ideia. *Deixa quieto. Não vai adiantar nada.* Abriu a porta, afrontando a nuca de Ignácio. *Velho covarde*, e saiu.

8

TOMAS SE LEVANTOU e caminhou em direção ao bebedouro. Pegou o copo de plástico barato à sua esquerda, abaixou-se e começou a enchê-lo. Sentiu sua lombar fisgar e gritou quando a água chegou à metade do copo. Mostrou os dentes até o copo estar completamente cheio. Inclinou o corpo para trás com a mão nas costas e bebeu toda a água de uma só vez. *Já?* Contudo, a ideia de abaixar de novo foi o suficiente para fazer seus ombros travarem. *Deixa quieto*, e voltou para a poltrona de couro.

A sala de espera da repartição carioca dos Acólitos era uma prova de sua afluência. Um cômodo enorme, tanto em área quanto em altura. Algo impensável no Centro do Rio de Janeiro. Paredes com afrescos cor de carne faziam contraste com os móveis rococó que preenchiam o local. Porém, o que mais chamava a atenção eram as seis enormes portas de ferro amarelado distribuídas pela sala. *Esse lugar não foi feito para ser bonito.*

Um homem careca com pouco mais de trinta anos se aproximou.

– Com licença, senhor. Já se passaram vinte e cinco minutos. Não poderemos esperar muito mais tempo. – Usava o manto até os tornozelos e o medalhão em forma de coroa de espinhos da ordem.

O medalhão é de cobre e ele não tem nem sequer uma cicatriz. Não deve ter entrado há mais de um mês. Olhou de relance para o neófito.

– Pode ficar tranquilo que ela vai chegar.

– O Feitor-mor não pode perder tempo esperando seus contratos. – O rosto do homem enrijeceu-se, inquieto. – Ele é um homem ocupado, com coisas importantes a fazer.

Olhou o neófito de cima a baixo.

– Eu sei que você é novo aqui, então presta bastante atenção. O Feitor-mor vai esperar o tempo que for necessário, especialmente se for um dos meus contratos. – Reclinou-se na poltrona. – Agora, por favor, vai falar para ele que a nossa cliente já está chegando.

O homem careca rodou nos calcanhares e bateu os pés até desaparecer pela porta de ferro amarelado. *Nada como a força da crença de um recém-convertido.* Cruzou as pernas. As pinturas nas paredes eram todas de santos da Igreja Católica. Reconheceu somente São Sebastião, com o tronco cheio de flechas, e o esfolado São Bartolomeu. *Sério? Eles ainda precisam de desenhos de gente mutilada?*

Pegou o celular em seu bolso. *Vinte e sete minutos de atraso. Talvez ela tenha desistido.* Guardou o telefone. *Eu não tenho tanta sorte. Ela vem com certeza.* Jogou o quadril para a frente até encostar a nuca na poltrona de couro. *Talvez a cara do Antônio faça com que ela pense duas vezes.* Um sorriso de meia boca abriu caminho em seu rosto. *Sem chance. Se bobear, ela até acha uma boa ideia.*

Os olhos do desperto foram até a máxima dos Acólitos escrita sobre a pintura de São Bartolomeu: "*Dolor est ignis qui caminis animae.*" *A dor é o fogo que forja a alma. Esse violão só toca uma nota. Às vezes o preço é alto demais.* Coçou os olhos com a palma das mãos e bocejou. *Depois dizem que eu não me importo com o que as pessoas acham de mim.*

Deu um salto quando sentiu seu celular vibrar em seu bolso. Se contorceu para sacá-lo. Ana tinha enviado uma mensagem. Leu mexendo os lábios em silêncio: "Desculpa o atraso. O taxista não sabia onde é a rua e não tem GPS. Chego em menos de cinco minutos. Bj". Contorceu-se mais uma vez para guardar o celular. *Qual foi o tamanho da volta que o taxista deu nela?* Sorriu.

O sorriso morreu no momento seguinte. *Péssima ideia esse negócio todo.* Pegou a cabeça de alho em seu bolso esquerdo e a levantou até a altura de seus olhos. *Esse é dos grandes.* Correu seus dedos pelos gomos do vegetal. *Se continuar nesse ritmo de trabalho, daqui a pouco vou ter que comprar mais.* Enfiou a unha de seu indicador direito na casca e arrastou seu dedo por toda a superfície do alho, deixando um machucado na forma de um "dois". Cheirou a mão. *Podia ser pior.* Limpou a mão na calça.

Começou a jogar o alho para cima. *Vantagens de um pé-direito alto.* Lançava com a mão esquerda e pegava com as duas mãos. Depois da terceira vez segurou só com a mão esquerda. Suas sobrancelhas subiram. *Que tal um desafio?*, pensou junto com um sorriso. Arremessou com a direita até quase o teto. A cabeça de alho caiu exata na outra mão. *Boa!* Jogou mais uma vez, porém calculou mal a força e o amuleto foi muito para a frente, caindo fora de seu alcance e rolando para debaixo do bebedouro. *Tinha que ser.*

    Levantou-se apoiando nos braços e arrastou os pés até onde a cabeça de alho tinha caído. Ajoelhou-se e levou sua mão direita até a fenda embaixo do bebedouro. Sentiu sua lombar travar. *Merda.* Empurrou seu braço até o cotovelo bater na entrada da fenda. *Vai.* Tateou o chão por alguns segundos até sentir o amuleto. *Vai logo.* Torceu o punho para encostar o polegar e, em um movimento rápido, pegou e sacou o alho de debaixo do bebedouro.

    Levantou o amuleto acima de sua cabeça, como um troféu. Ouviu a voz esganiçada do neófito careca às suas costas.

    – O Feitor-mor gostaria de saber quanto tempo mais sua cliente vai demorar.

    O rosto do desperto murchou. Virou-se ainda no chão.

    – Ela está chegando. – Levantou-se. – Pode ficar tranquilo que o Feitor-mor não vai ficar esperando muito mais. – Caminhou em direção à poltrona.

    – Você já disse isso cinco vezes agora. Eu preciso de uma resposta. – Deu um passo brusco à frente. Seus braços eram gravetos retos que terminavam em punhos cerrados.

    – Você é muito chato, viu, cara? Alguém já te falou isso? – Sentou-se, olhou nos olhos do careca e apontou para a porta. – Vai lá falar para o Antônio que ela está chegando em menos de cinco minutos. Ok? E não enche mais meu saco.

    O careca arregalou os olhos e travou os lábios, mostrando os dentes inferiores. Seu rosto ficava cada vez mais vermelho. Permaneceu parado encarando o desperto com os braços esticados e punhos cerrados. O impasse durou até que a campainha tocou. O neófito esticou as laterais do seu manto com as mãos e foi à porta em passos rápidos.

    – Quem é? – Sua voz fez os ouvidos de Tomas arderem.

    – Ana. Dos Santos. – A resposta veio imediata. – Eu vim aqui para um contrato. – A frase soou quase como uma pergunta.

    O acólito sacou um molho de chaves da cintura e abriu a porta.

    – A senhorita está atrasada.

    – Desculpa, o táxi não conhecia a rua. – Franziu o cenho. Estava usando um casaco preto fechado, uma calça jeans molhada até os joelhos e um guarda-chuva azul.

– Isso não é desculpa. – Rodou nos calcanhares. – Vou avisar quando o Feitor-mor estiver pronto para atendê-los. – E sumiu em passinhos rápidos pela porta.

Ana foi até a poltrona ao lado de Tomas.

– Oi. – Sentou-se olhando para a porta por onde o neófito tinha saído. – Qual é a dele?

– Ele é um acólito. – Olhou também para a porta. – Comparando com o que eu já vi aqui, até que ele é bem normal.

– Saquei – falou reticente. – Você sabe o que exatamente a gente está fazendo aqui?

– Para o seu contrato. São eles que vão fazer o feitiço. – Apertou os olhos.

– Não, eu sei – gesticulou em círculos –, mas por que que a gente tem que fazer uma entrevista antes?

– Ah, entendi. – Jogou a cabeça para trás e olhou para Ana. – Os Acólitos são uma ordem muito conservadora, mesmo para o padrão dos despertos. Eles querem saber o quão merecedora você é dos serviços deles. Isso seria para determinar o quanto eles vão cobrar.

– Saquei. – Olhou para o chão e puxou o ar entre os dentes. – Tem alguma coisa que eu deva fazer?

– Pode ficar tranquila. – Negou com a cabeça. – Isso aqui é só por tradição. Tenho certeza de que ele já tem uma boa ideia de qual vai ser o preço.

– Tá. – Coçou a cicatriz em seu pulso. – Foi mal ter saído sem falar nada ontem.

– Sem problema. – Recuou o rosto. – Eu imagino que o fechamento do contrato não seja algo fácil.

A adolescente continuou de rosto baixo, em silêncio. Tomas encheu o peito para falar. *Deixa quieto*. Reclinou-se na poltrona e permaneceu em silêncio, fitando uma das pinturas dos santos mutilados.

O neófito surgiu pela porta, parou debaixo de seu arco com o queixo levantado.

– O Feitor-mor estará pronto daqui a pouco. – Deu meia-volta e saiu.

Ana virou-se para a porta por alguns segundos.

– Ele não acabou de falar que eu tava atrasada?

– Ele ia mandar a gente esperar independente do horário que você chegasse. Eles dizem que é uma questão de respeito, mas é só para mostrar quem é que manda. – Sorriu de meia boca. – Nem esquenta com isso.

Vaidade é um mal que quase todos os feiticeiros padecem, e os Acólitos não são exceção. O poder de moldar a realidade faz isso.

O rosto da jovem tinha se aberto.

– Você faz feitiço?

– Não. – Continuou olhando para o teto.

– Por que não? – Inclinou a cabeça para a esquerda.

– O custo é muito alto. – A adolescente continuou encarando-o com o cenho contraído. Depois de alguns segundos desconfortáveis, continuou: – A realidade é extremamente rígida e, para moldá-la, você precisa pagar um preço enorme. Por isso que o Ignácio pega os pedaços de alma, para usar de combustível para os feitiços dele.

– Saquei. – Virou todo o corpo para o desperto. – E os Acólitos? Como eles fazem?

– Você vai ver. – Deitou a nuca na poltrona outra vez.

– Ah, qual é? Me conta. – Fez uma careta.

Tomas respirou fundo.

– Eles usam dor. Mais especificamente, o foco que a dor causa. E, dependendo do nível do feitiço, um pedaço do corpo. – Apontou para as pinturas nas paredes. – Tudo com um discurso de sacrifício e pureza. – Inclinou a cabeça. – Vai ser melhor você ver com seus próprios olhos. Quando a gente sair daqui eu te explico com mais calma.

Ana fechou o rosto e virou para a frente. Endireitou-se na cadeira e apoiou a nuca na poltrona. Os dois permaneceram em silêncio. Passaram-se o que pareceu pouco mais de cinco minutos e o neófito apareceu na porta mais uma vez.

– O Feitor-mor está esperando. – A adolescente se levantou em um pulo enquanto Tomas o fez preguiçoso. Andaram para a porta e, quando estavam chegando, o neófito girou nos calcanhares e guiou o caminho. – Por aqui, por favor.

O acólito foi à frente, com Ana no meio e Tomas por último. Passaram por um corredor escuro e longo com quatro ou cinco portas de metal iguais às da sala de espera. Relíquias grotescas de metal e pinturas com molduras de couro preenchiam as paredes. O desperto notou a adolescente se encolher. *É bom que ela aprenda a não mexer com esse tipo de coisa.*

O neófito apressou os passos e abriu a porta no final do corredor.

– Podem ir sentando. – Esticou o braço para dentro da sala e inclinou o tronco para a frente. – O Feitor-mor os atenderá em instantes.

Era um escritório grande, mas supreendentemente modesto para os Acólitos. Paredes e pisos brancos com móveis barrocos. Um arquivo, dois armários, duas cadeiras e uma mesa de madeira com uma poltrona de couro, coroados por um crucifixo na parede do fundo. Tudo brilhando e cheirando a água sanitária. Podia ser confundido por um escritório de um padre se não fosse pelo punhal ondulado de cobre sobre a mesa.

Tomas foi o primeiro a se sentar, largando o corpo sobre a cadeira. A adolescente parou e esperou em pé, mas depois fez o mesmo. Seus olhos não saíam do punhal, que ainda estava afiado.

– Isso tem a ver com os feitiços deles?

– Tem, mas eles também usam para decoração. Você viu o que eles penduraram no corredor. – Virou-se para a mesa.

– Eles não vão enfiar isso em mim, né? – O corpo de Ana endureceu.

O desperto deu uma gargalhada.

– Não, só nele mesmo.

Fitou Tomas em silêncio, apertou os olhos e desviou sua atenção para o punhal.

– Eles se cortam?

– Mais que isso. Todo tipo de sacrifício da carne é praticado aqui. – Viu o choque no rosto de Ana e continuou: – Não precisa se preocupar. O Antônio é maluco, mas é gente boa.

A porta do escritório se abriu em um clique. Dela saiu, corcunda, um homem de manto.

– Tomas, você não morre tão cedo. Estava falando de você outro dia. – Suas maçãs do rosto levantaram-se, contudo era impossível ter certeza de que realmente estava sorrindo. Todo o rosto do homem estava marcado por um tipo de mutilação. O topo de sua cabeça era uma grande cicatriz de queimadura, tanto seu olho como a orelha direita tinham sido arrancados e cauterizados. Seus lábios foram cortados, deixando um eterno sorriso macabro. O resto do corpo estava coberto pelo manto.

A adolescente buscou a mão do desperto e apertou. Tomas se desvencilhou com gentileza. Sorriu, levantou-se e abriu os braços.

– Deu para fofocar depois de velho, Antônio? – E se abraçaram.

O Feitor-mor se separou, ainda com as maçãs do rosto levantadas.

– Perdão pela demora. Eu aproveitei o seu atraso para fazer um ritual rapidinho. – E caminhou para trás da mesa.

– Sei, você realmente não quis deixar a gente esperando? – ironizou ao se sentar.

– Tradição é tradição. – Gargalhou. Reclinou-se em sua cadeira, e uma cicatriz ainda vermelha surgiu de dentro de seu manto até o queixo. – O Ignácio falou que você viria. Imagino que essa bela senhorita seja o motivo da visita.

– Antônio, Ana. Ana, Antônio. – Tomas ainda sorria. Esticou a mão para a adolescente e depois para o feitor.

– Muito prazer. – Inclinou o corpo na direção da adolescente e estendeu a mão direita sem os três últimos dedos.

O corpo de Ana se encolheu enquanto seu olhar desviava entre a mão e o rosto de Antônio. Contorceu-se sem jeito e deu sua mão esquerda.

– Prazer.

O olho do feitor se arregalou ao encostar suas costas na cadeira e falou, meloso:

– Mil perdões. Eu realmente não sabia. – Levantou as bochechas. – Tenho certeza de que sua perda a deixou mais forte. A dor é o fogo que forja a alma. – E segurou seu colar em forma de coroa de espinhos.

– Antônio – Tomas interrompeu –, você não vai ficar tentando converter a cliente, né?

– Perdão, força do hábito. – Soltou o colar, ainda com as bochechas levantadas. – Então, o que vocês querem?

– A gente precisa de um feitiço espelho. – Olhou para Ana e respirou fundo. – Para ver o momento da morte dos pais dela.

– Com olhos de mundano ou de desperto? – O rosto do feitor caiu.

– Desperto.

Antônio inclinou o rosto para o lado.

– Isso é uma dobra de tempo. Vai sair caro.

– É, eu já imaginava. – Assentiu.

– Ok. – Voltou seu único olho para Ana. – E você, minha filha, já é batizada?

– Aham. – A adolescente desviou o olhar para os próprios pés. – Quando eu era bebê.

O silêncio da sala foi interrompido por Tomas.

– Não, ele está falando do batizado desperto, não o católico.

– Ah. – Encolheu-se mais ainda. – Então, não. Acho que não.

– Não tem problema, minha filha. – Sua voz era suave. – Você saberia se tivesse. – Coçou a cicatriz vermelha do pescoço. Voltou-se com a voz mais grossa para Tomas. – Além do trabalho, ela vai ter que ser batizada.

Lá vem. Contraiu o rosto.

– Antônio, não tem como fazer o feitiço sem o batizado dessa vez? Libera essa para mim – arqueou as sobrancelhas –, por favor.

– Você sabe muito bem como as coisas funcionam aqui, Tomas. Tradição é tradição. – Encarou o desperto sem piscar.

Pelo amor de Deus, Antônio. Sacudiu a cabeça em silêncio.

– Ok. Quanto vai custar o feitiço?

– Eu tenho que testar o merecimento ainda. – Olhou para Ana e levantou a maça do rosto. – Minha filha, posso testar você?

– O que é isso? – Os braços da adolescente estavam cruzados. Olhou para Tomas com os olhos arregalados.

O desperto sentiu o peito apertar.

– É um feitiço para ver quão aberta pode ser sua visão. Pode ficar tranquila, ele não vai te machucar.

Ana permaneceu com a atenção em Tomas, respirou fundo e concordou com a cabeça.

– Tá. – Virou-se para Antônio. – Pode fazer.

– Você é uma menina muito corajosa. – O Feitor-mor se levantou, deu a volta na mesa e apoiou o quadril na beirada. Fechou os olhos e começou a respirar funda e pausadamente. Seu único olho encontrava os olhos da adolescente. Abria e fechava a boca, fazendo com que o som de seus dentes batendo pudesse ser ouvido por todos. – Eu, servo e regente da Grande Roda de Mundos, através do meu sacrifício de sangue, verei a pureza da alma da jovem à minha frente. – Sem virar o rosto e com agilidade impressionante, puxou o punhal de cobre com sua mão direita.

Lentamente afundou a ponta da arma na palma de sua mão esquerda. Seu rosto continuava imóvel. Arrastou a ponta do punhal até a base de sua mão. O sangue escorria grosso e lento pelo braço até desaparecer por baixo de seu manto. Levou a lâmina para a extremidade esquerda da mão e arrastou com calma até o outro lado, formando uma cruz. Ana agarrou a mão de Tomas, que retribuiu o gesto. O feitor guardou o punhal e disse:

– Calma.

Em um movimento que pareceu durar horas, levou sua palma ensanguentada até a testa da adolescente e agarrou sua cabeça. A mão do desperto doía de tanto que Ana apertava. O feitor virou o rosto para cima e repetiu:

– Eu, servo e regente da Grande Roda de Mundos, através do meu sacrifício de sangue, verei a pureza da alma da jovem à minha frente. – Em um estalo oco, os corpos dos dois participantes começaram a tremer rígidos. O cheiro de queimado invadiu o escritório.

A respiração de Tomas acompanhava o batimento acelerado de seu coração. *Vai.* Ambos os participantes do ritual tinham as bocas abertas e os olhos brancos. Os móveis começaram a se mover, tamanha a força com que tremiam. Saliva começou a escorrer da boca de Ana. *Vai, caralho*, e apertou a mão da adolescente. Repentinamente, em outro estalo oco, os dois pararam. Ficaram estáticos por alguns momentos. A respiração do desperto voltou ao normal. *Ainda bem.* Pouco a pouco começaram a se mexer e a se ajeitar. O desperto soltou a mão suada e a limpou na calça.

O cenho da adolescente estava apertado e seu rosto procurava alguma coisa dentro do cômodo. O Feitor-mor voltou para sua poltrona, apoiando-se na mesa a cada passo. Jogou o corpo em sua cadeira. Enchia e esvaziava os pulmões sem pausa. Pegou uma caixa de lenços de papel em uma gaveta e a estendeu para a adolescente. Levantou as bochechas e piscou.

– Sua linhagem é realmente impressionante, minha filha.

– Obrigada. – Abaixou o rosto e sorriu. Começou a passar o lenço no rosto para tirar o sangue, contudo somente conseguiu espalhar o líquido.

O desperto tamborilava os dedos no braço da cadeira em que sentava.

– Então, quanto vai custar o ritual?

– A jovem tem uma alma impressionante. – Virou o rosto para Tomas. Olhou para baixo por alguns segundos e respirou fundo. – Mas, ainda assim, é um feitiço para dobrar o tempo. – Apertou o olho e permaneceu em silêncio por alguns segundos. Levantou o rosto para o desperto. – Tem um mapinguari que tem estado muito ativo na Floresta da Tijuca. Talvez esteja até forçando a barreira do véu. O preço é você caçá-lo.

Os olhos de Tomas se arregalaram. *Ele tá de sacanagem comigo.* Contraiu a boca.

– Antônio, você sabe que eu não sou um caçador. Ainda mais de um mapinguari que está cruzando o véu.

– Você não vai estar sozinho. – O tom sério destoava de seu eterno sorriso macabro. – Nós já contratamos uma caçadora para o trabalho. Porém, se ela for sozinha, provavelmente vai acabar destruindo o espírito.

– Limpou a saliva no canto da boca. – Você estaria lá mais para garantir que ele seja banido e não morto.

– Ok. – Anuiu. – Então eu não preciso fazer parte da caçada em si, só do banimento.

– E do rastreio. – Limpou o sangue na palma de sua mão.

Pousou a mão no queixo e baixou o rosto. *Floresta da Tijuca. Não deve ser muito difícil. A parada é que mapinguari é foda.* Ficou imóvel em silêncio fitando a frente da mesa. *Foda-se.* Levantou os olhos para o Feitor-mor.

– Fechado. Quando eu posso começar?

– Ótimo, mas vamos por partes. – As bochechas de Antônio voltaram a se levantar. Virou-se para a adolescente. – Você aceita o preço do contrato?

Ana recuou o rosto ainda manchado de sangue e abriu a boca. Encarou Tomas por alguns segundos e se voltou para o feitor.

– Aham. – Sua voz tremeu.

– Ótimo. – Piscou com calma. – E o batizado? Você aceita?

– Aham. Também. – Ficou em silêncio por mais alguns segundos e fez uma careta. – Eu tenho que fazer alguma coisa?

– Não, minha filha. – Soltou uma gargalhada cheia. – O batizado de qualquer desperto, quem quer que seja, é uma responsabilidade dos Acólitos. Você só precisa chegar na hora e escolher seu padrinho ou madrinha.

A adolescente franziu o cenho e olhou para o nada.

Antônio rapidamente quebrou o silêncio.

– Não tem pressa. Deixa o Tomas voltar da caçada e depois a gente faz o batizado. Tudo bem para você?

– Tá – Ana assentiu.

– Ótimo. Está combinado. – Levantou-se com a ajuda dos braços e começou a dar a volta na mesa. – Tomas, sair daqui quarta às três da tarde está bom para você?

– Se não tem outro jeito… – Levantou-se com um gemido e abriu os braços. – A gente vai se falando.

O feitor envolveu Tomas com os braços.

– Com certeza. Vê se não some. – Soltou-se do abraço e virou-se para a adolescente. – Olha. Muito prazer. – Deu um beijo em cada bochecha dela. – Assim que o Tomas voltar a gente se fala para marcar o batizado.

– Tá bom. – Ana espelhou o gesto.

– Agora dá licença porque eu tenho um ritual para fazer. – Antônio mancou até a porta e a abriu. Acenou sorrindo quando passaram.

Caminharam pelo corredor com Ana na frente.

– Ele é legal. Gostei dele.

– É. – Contorcia os ombros tentando amenizar a dor na coluna. – Ele é uma das poucas pessoas com quem eu ainda tenho vontade de falar.

– Por que você falou que era melhor eu ver por mim mesma? – Virou o rosto de lado na direção do desperto. – Por causa das cicatrizes?

– É – assentiu. – O que o Antônio faz com o corpo é o que você tá deixando o Ignácio fazer com sua alma.

– Entendi. – Atravessou a porta da sala de espera. Deu alguns passos e parou. – Você quer rachar um táxi?

– Eu vou para o outro lado. – Sentiu os ombros estalarem e colocou a mão para trás em uma careta.

– Tudo bem, eu te deixo onde for melhor para você. – Negou com a cabeça, olhando nos olhos de Tomas.

Encheu os pulmões e soltou o ar sem pressa.

– Ok. – E foi em direção à porta com a contratante.

9

DEZ PARA AS TRÊS, pensou enquanto guardava o celular. *Subo em cinco minutos*, e pegou o maço de cigarros em seu bolso direito. Em um movimento decorado, pousou o tabaco nos lábios e o acendeu. Encheu os pulmões de fumaça e revirou os olhos. *Graças a Deus*. Guardou o maço e colocou a mão que não estava segurando a sacola plástica no bolso.

O centro da cidade do Rio de Janeiro era um lugar gasto. Apesar de Tomas sempre o imaginar cinza, era comum encontrar paredes coloridas, independentemente de a maioria delas estar descascada. Se tirassem as pessoas, toda a região pareceria abandonada há mais de cinco anos. Pedaços de embalagens plásticas eram vistos por toda parte misturados com a poeira batida pela multidão que passava diariamente.

O trânsito insuportável começava mais ou menos nesse horário, com carros buzinando e fechando cruzamentos. Automóveis de todos os tipos preenchiam as ruas, desde carros de altíssimo nível a veículos que eram praticamente sucata, passando por ônibus e toda sorte de motocicletas. Contudo, táxis se destacavam. Formavam cardumes amarelos competindo entre si pela próxima presa. *Merda de lugar.*

A única coisa que o Centro tinha mais que carros era gente. Todo dia, no começo e no fim da jornada de trabalho, a região se transformava em um formigueiro. Um mutirão de pessoas apressadas, vestidas de cabresto e tapa. Se espremendo entre uns e outros para chegar a seu destino sem a permissão de olhar para os lados. *Uma democracia nivelada por baixo.* Tragou mais uma vez.

O tabaco já havia chegado à metade. Tomas respirou fundo e checou as horas no celular. Sete para as três. *Só mais um pouco.* Guardou o telefone. *Não podia ter um trabalho mais fácil como pagamento para a porcaria do feitiço espelho, né? Tinha que ser uma caçada.* Levou o cigarro à boca. *Um mapinguari, ainda por cima.* Soltou a fumaça para cima. Um pedestre esbarrou no desperto com o ombro, fazendo com que soltasse o cigarro de sua boca. *Filho de uma puta.* O transeunte simplesmente continuou andando sem olhar para trás. Tomas ajeitou a camisa social preta. *Está na hora de subir, pelo jeito,* e caminhou para a porta do prédio.

Passou pela entrada de mármore rachado e chegou ao elevador, que claramente tinha mais de meio século. Duas de suas paredes e o teto eram revestidos de madeira e a outra suportava um espelho manchado de maresia. O tapete gasto era mais amarelo que vermelho. Sentiu cheiro de mofo ao entrar e pôs as costas da mão direita sob o nariz. *Décimo terceiro.* Apertou o botão negro e fechou a grade de ferro.

O elevador deu um quique e começou a subir. *Torcer para essa caçadora saber o que está fazendo.* Olhou para a sacola e contou os ingredientes mentalmente, concordando com a cabeça a cada item na lista. *Pano, vela, vinagre, carne, cachaça, sal e queijo. Perfeito.* Levou a mão até o bolso onde estava a cabeça de alho. *Tudo aqui.* Correu seus dedos pela planta e sentiu a cicatriz em forma de dois que tinha deixado da última vez que visitara os Acólitos. *Se der tudo certo, eu não vou precisar nem tirar ele do bolso.* O elevador quicou mais uma vez ao parar.

Virou à esquerda e foi em direção à porta de ferro amarelado no final do corredor. Respirou fundo e apertou a campainha. Passaram-se mais de vinte segundos até Tomas ouvir uma chave sendo passada pelo outro lado da porta. Um clique, e a porta começou a abrir. Inclinou o corpo para a frente, mas travou o movimento assim que viu o neófito careca abrindo a porta. *Para melhorar o dia.*

O que passou pela cabeça do neófito provavelmente não foi muito melhor, pela cara que fez ao dizer:

– Pois não?

– Eu estou aqui para o pagamento do feitiço espelho – disse sem emoção alguma.

– Por favor, espere aqui que eu vou ver se o Feitor-mor pode te atender. – Rodou nos calcanhares e falou de costas para Tomas. Apressou os passos e desapareceu por uma das portas de metal amarelado.

Que cara babaca. Seguiu para uma das poltronas de couro no canto da sala de espera. Enfiou a mão na sacola de plástico, tirou um naco do queijo e comeu. Fez uma careta ao mastigá-lo. *Isso é o que dá comprar queijo vagabundo para o ritual.* Engoliu a contragosto, tossiu e foi até o bebedouro. *Se der tudo certo, vai ser bate e volta.* Pegou o copo de plástico branco com cuidado, encheu-o e sorveu o líquido. Sentiu uma pontada na coluna e voltou para a poltrona.

Não se passaram dois minutos até que o neófito careca surgiu por uma porta diferente da que tinha saído. Fez uma reverência.

– O Feitor-mor está à sua espera. – Deu meia-volta. – Por favor, me siga. – E saiu andando sem esperar resposta.

Tomas levantou-se e seguiu o acólito. Trotou para alcançá-lo. Quando chegou à porta, o neófito já estava no final do corredor abrindo outra.

– Cara, você pode esperar um pouquinho, por favor?

– Por aqui. – O acólito careca não tentou esconder o sorriso vitorioso e esperou até que o desperto chegasse. Esticou o braço para a porta que tinha aberto e começou a andar.

O caminho que o neófito tinha escolhido parecia um labirinto. Entravam por portinholas escondidas e viravam para lados que não faziam sentido, somente para sair em outro corredor escuro. *O que esse imbecil acha que está fazendo?* O acólito se esgueirava com a coluna empinada à frente de Tomas, que quase conseguia ver o sorriso através de sua nuca calva.

O desperto reconheceu somente dois ou três quartos. Logo no começo passaram pela biblioteca, o maior acervo dedicado a assuntos despertos do Rio de Janeiro. Mais ou menos no meio da caminhada encontrou alguém sendo tutelado na sala de instrumentos e, logo depois, viu de relance o que achou ser o salão de rituais. *Isso é para provar que ele conhece o lugar melhor que eu? Meus parabéns.* Depois de aparentemente rodar o andar inteiro, chegaram ao corredor principal com suas relíquias de couro e metal. *Finalmente.*

O neófito parou e baixou a cabeça para abrir a porta para o escritório do Feitor-mor.

Ah, vai se foder. Jogou o corpo para a frente para alcançar a maçaneta antes do neófito. Ouviu uma mistura de gemido e sussurro quando esbarrou no corpo flácido do careca. *Quem mandou ficar de palhaçada?* E entrou de peito cheio sem esperar ser anunciado ou qualquer outro tipo de cerimônia. Duas cabeças se viraram em sua direção, a de Antônio e a de uma mulher de cabeça raspada. Sua expressão murchou de imediato.

– O ritualista está aqui para vê-lo, Feitor-mor. – O neófito se espremeu para entrar na sala.

As maçãs do rosto de Antônio se levantaram e os olhos amoleceram.

– Muito obrigado, Ricardo. Pode deixar que eu tomo conta daqui em diante. – Tanto seu rosto quanto sua fala transmitiam uma paz completa, apesar de todas as suas cicatrizes. Levantou-se e apontou para a única cadeira vazia à sua frente. – Tomas, por favor, sente-se.

O desperto caminhou, contendo-se para não baixar a cabeça. *Merda*, pensou ao se sentar, controlando a descida.

O Feitor-mor continuou:

– Helena, este é Tomas. O ritualista que lhe acompanhará na caçada.

A pele negra da caçadora marcava cada um de seus músculos. Lançou um olhar frio para o desperto, o fitou de cima a baixo e assentiu em movimentos curtos.

– Muito prazer.

Ótimo. Estou vendo que não vai ser um trabalho tranquilo. Contraiu os lábios.

– Prazer.

Antônio sentou-se devagar.

– Voltando ao assunto, em quantos dias você me garante que consegue capturar o mapinguari?

– Amanhã de tarde ele não será mais problema. – A caçadora ergueu o cenho. Sua voz era ríspida e calejada. – Eu só não garanto que vou conseguir bani-lo.

– Eu fui bem claro quando disse que o trabalho é banir o espírito, não matá-lo. – As bochechas do feitor desceram, seu olhar estava colado em Helena. – Espero não ter de me repetir.

– Com todo o respeito, senhor Feitor-mor – sua respiração estava pesada –, você já caçou algum espírito? – Continuou sem esperar resposta. – Eles são criaturas difíceis de encontrar e ainda mais difíceis de capturar e banir. Então, eu não posso prometer que vou conseguir fazer o trabalho da maneira que você quer. – Suas sobrancelhas eram talhadas em uma eterna expressão de raiva.

– Mapinguaris são famosos pelo cheiro forte, imagino que isso facilite encontrá-lo – Antônio falou em uma só respiração.

– Verdade, mas também são extremamente tinhosos e bons de briga. Eu não falei que não ia conseguir rastreá-lo. – Respirou fundo. – Olha, eu te garanto que vou fazer o que puder, mas existe uma chance de não ser possível pegar o bicho vivo.

– Tudo bem, sua promessa é o suficiente para mim. – Encarou a caçadora nos olhos e seu semblante relaxou.

Tomas mal esperou Antônio terminar.

– Sem querer interromper, mas já interrompendo. Tirando que a gente está indo atrás de um mapinguari, eu não tenho ideia de qual é o plano.

Antônio apontou para a caçadora, que sequer virou o rosto.

– Helena, por favor.

A caçadora jogou o rosto para trás.

– A Floresta da Tijuca fecha às cinco da tarde, então a gente tem que chegar antes disso. – O discurso saiu mecânico. – Daí é esperar anoitecer para poder começar a rastrear o bicho e, assim que conseguir encontrá-lo, a gente pode fazer seu ritual.

– Essa é a parte que eu já sabia. – Levantou a mão e desceu o queixo. – Eu preciso de detalhes específicos.

Finalmente ela virou-se para Tomas.

– Tipo?

– Tipo o porquê de a gente estar fazendo isso de noite, já que qualquer desperto que se prese sabe que os mapinguaris são diurnos. – Jogou o corpo para trás, encostando-se às costas da cadeira. – Helena Marques, não é? Eu já ouvi falar muito de você. Não imagino que isso seja um erro, de tão primário.

O rosto da caçadora permaneceu imóvel, porém sua mão direita fechava e abria sem pausa. Sua voz acelerara.

– A gente tá indo à noite justamente porque ele é diurno, ou você espera rastrear o bicho quando ele tá acordado e pode vir atrás da gente? – Sua respiração seguia o ritmo do abrir e fechar de sua mão. – Se você acha que soltar meu nome e falar que já ouviu de mim vai me intimidar, você está muito errado.

– Ninguém aqui está intimidando ninguém. Pode ficar tranquila com isso. – Um sorriso de meia boca abriu caminho pelo rosto do desperto. Coçou o ombro esquerdo devagar. – Eu só estava dizendo que eu sei quem você é. Nada mais.

– Tomas Fontes. – A caçadora batia seu calcanhar no chão. – Eu também ouvi falar muito de você. E pelo que ouvi, eu espero vários erros primários nessa caçada.

O sorriso no rosto do desperto desapareceu.

– Não sou eu quem precisa de ajuda, ainda mais de alguém de quem eu espero erros primários, nos trabalhos que supostamente são minha especialidade.

Helena se levantou com uma velocidade incrível com o tronco virado de frente para o ritualista. Seu corpo, assim como seu rosto, era duro e talhado, ambos marcados por uma vida de esforço, especialmente seus ombros, que saltavam acima de suas saboneteiras. Tudo era simétrico, exceto seus seios. O direito era farto, enquanto o esquerdo desaparecia sob a camisa. Disse entres os dentes:

– Levanta.

Tomas encheu o peito para uma resposta, mas foi interrompido pelo som do tapa que o Feitor-mor deu em sua mesa.

– Acabou! – Ambos se viraram para Antônio em choque. – Eu não vou admitir esse tipo de comportamento na minha repartição. – A presença do sacerdote preencheu o escritório. – Eu contratei vocês dois para um trabalho e, sinceramente, não me importo se vão com a cara um do outro, mas, até o mapinguari ser banido, vocês serão profissionais.

Ficaram em silêncio até que Tomas se pronunciou:

– Perdão, Antônio. Não vai acontecer de novo.

– Desculpa. – A caçadora voltou a se sentar devagar. Pela primeira vez não havia dureza em sua voz.

– Ótimo. – Em um segundo, o Feitor-mor perdera toda a imponência e sua voz saía cheia de ternura. – Agora, por favor, Helena, explica com calma o trabalho para o Tomas.

Ela confrontou os olhos do desperto.

– Como eu disse, a Floresta da Tijuca fecha às cinco, então a gente tem que chegar antes.

– Não vai ter problema ficar depois do fechamento? – Tomas interrompeu-a, esforçando-se para não soar agressivo.

– Vai, por isso a gente tem que chegar cedo. – Continuava fitando-o com seu rosto rígido. – Se der tudo errado, é só esconder o carro lá em cima. – Girou o punho direito. – Não importa. A gente espera no carro até escurecer, para ter certeza de que o mapinguari vai estar dormindo, e começa a rastrear ele. Ele foi visto duas vezes perto da gruta dos morcegos, o que é mais ou menos três horas de trilha fácil. – Inclinou o rosto. – Acho que em menos de duas horas de rastreio eu consigo encontrar o bicho. Então, se começar tudo às oito, que já está escuro, meia-noite, uma hora, você pode começar o ritual. – Fez uma pausa. – É mais ou menos isso. Alguma dúvida?

Três horas de caminhada no escuro?, pensou de olhos fechados. Respirou fundo.

– Algumas. Começando pelo começo. Como você pretende imobilizar o mapinguari?

– Como assim? – Apertou os olhos.

Ela estava achando que o trabalho dela era só rastrear. Ótimo. Coçou a sobrancelha e falou:

– Para fazer qualquer ritual de banimento, é necessário que o espírito esteja em uma área restrita. – Tentou, sem êxito, esconder a soberba em sua voz.

– Isso quer dizer o quê? Que ele tem que estar parado? – Cerrou ainda mais os olhos.

– Parado seria o ideal, mas se ele estiver dentro do meu alcance visual e auditivo o tempo todo, já é o suficiente. – Pausou e encolheu o pescoço. – Obviamente eu não posso estar correndo risco de vida.

– Pode ficar tranquilo que você não vai correr nenhum risco de vida desnecessário. – Girou os olhos. Levou a mão direita à têmpora e depois à barriga. Seu cheiro almiscarado só fazia com que ela o intimidasse ainda mais. – Mapinguaris são moles na cabeça e no umbigo. Uma porrada na nuca quando ele estiver dormindo deve deixar ele apagado tempo o suficiente para você fazer seu ritual.

– Perfeito. – Desviou o olhar para baixo. – Imagino que você conheça a trilha.

– Claro que sim. – Rodou os olhos outra vez e jogou o corpo para trás, estalando os dedos da mão esquerda. – E eu vim preparada. Se eu me perder, o que não vai acontecer, eu tô levando bússola e mapa.

– Perguntar não ofende. – Levantou as mãos em rendição e ergueu o cenho.

– Aham. – Fez uma careta. Olhou para o Feitor-mor e voltou-se para o desperto, bufando. – Tem alguma coisa sobre o ritual que eu deva saber?

– Você tem experiência com rituais? – Esforçou-se para fitar os olhos da caçadora.

– Eu evito. – Sua voz era puro desdém.

– É bem simples, na verdade. Se ele estiver parado, é claro. – Ergueu a sacola plástica com a mão esquerda. – Com as velas e o sal, eu fecho e delimito uma área para afinar o véu e, assim que ele estiver lá, eu uso o vinagre com a cachaça para banir ele. Eu trouxe também queijo e carne, caso eu tenha que atrair ou acalmar o espírito. A única coisa é que, se o ritual sair de controle, eu vou precisar de ajuda. – Desceu a sacola. – Só isso.

– Você só trouxe isso? – Helena endureceu a voz.

– Foi. Quer dizer, eu tenho um isqueiro para as velas também. – Levou a mão ao bolso onde estava a cabeça de alho. – E o amuleto, é claro.

Seu rosto parecia talhado em pedra. Pronta para o ataque.

– Você sabia que ia passar a madrugada no meio da Floresta da Tijuca e não se deu ao trabalho de trazer nem uma lanterna?

Eu não sabia que ia passar a noite no meio do mato. Além de não ser o caçador nesse trabalho. Como eu ia saber? Virou o rosto para o Feitor-mor. *Sem confusão no escritório do Antônio.* Respirou fundo.

– Eu realmente não tenho experiência com caçadas. Nem veio à minha cabeça. Perdão.

– Tudo bem. – Helena arregalou os olhos. – Eu sempre levo uma lanterna extra de qualquer maneira. Eu posso te emprestar.

O Feitor-mor exclamou em uma voz suave:

– Ótimo! Creio que todos estamos a par do plano de ação e vocês podem ir à caçada.

Tanto Tomas quanto Antônio começaram a se levantar, mas foram interrompidos pela caçadora e travaram o movimento no meio do caminho.

– Eu tenho que pegar os equipamentos que você ofereceu na sala de instrumentos.

– Sem problema. – As bochechas do Feitor-mor se levantaram. – A gente te aguarda na sala de espera. Tudo bem?

Helena assentiu e girou na direção da porta ao lado. A cada passo, um músculo diferente saltava. Contudo, o corpo musculoso não afetava sua agilidade. Mesmo andando, seus movimentos eram rápidos, precisos e extremamente silenciosos. A única coisa que fugia dessa norma eram suas mãos, que se abriam e fechavam repetidamente em ritmos variados.

Antônio levantou-se e caminhou com as mãos sobre a mesa na direção do desperto.

– Vamos, por favor. – E apontou para a porta principal de seu escritório. Assim que Tomas se levantou, o Feitor-mor se apoiou em seus braços. – Eu estou com um machucado novo na perna, me ajuda a chegar até a sala de espera?

– Sem problema. – Sorriu.

A caminhada pelo corredor da repartição foi lenta, com Antônio mancando por todo o caminho. Levantou a cabeça com seu sorriso macabro.

– Não precisa apertar tanto. Eu não vou cair.

– Você tem que parar com esses feitiços, Antônio. – Respirou fundo e soltou uma careta. – Você já não tem mais idade para isso.

– É o papel do Feitor-mor dar o exemplo para os membros. É a tradição. – Fez uma pausa e voltou a olhar para a frente. – Além do mais, a dor é o fogo que forja a alma.

– Eu sei, mas não vai ajudar nada os Acólitos se você morrer fazendo um sacrifício de carne. – Forçou um sorriso. – Está na hora de você passar a tocha adiante. Ficar de conselheiro e tudo mais.

– Talvez. – Suas pernas falharam e ele teve que se apoiar completamente em Tomas. Com os joelhos trêmulos e uma careta, se recompôs e voltou a andar. – É difícil sair de um lugar em que você se encaixa tão bem.

– É, mas ainda assim eu acho que você deveria começar a pensar no seu sucessor. – Deu um leve empurrão com seu cotovelo. – Só me promete que não vai ser aquele babaca do seu servente.

– Quem? O Ricardo? – Uma gargalhada passou por seus dentes. – Ele não é uma pessoa ruim, ele só está tentando compensar aqui dentro o que não conseguiu lá fora. Nenhum desperto vem de uma vida feliz.

– Verdade. – Seus olhos desceram. – Desculpa eu ter começado a briga com a caçadora no seu escritório.

– Não tem problema. Eu sabia que tinha chance de isso acontecer. Vocês dois são muito cabeça-dura. – Coçou a cicatriz do olho. – Mas eu acho que esse trabalho vai ser bom para você. Você tem conversado muito com espíritos.

– É o que eu faço da vida. Eu sou um ritualista. – Chegaram à porta no final do corredor e Tomas a empurrou com o ombro.

– Eu sei, mas você tem que lembrar que o além-véu é o oposto da matéria, e um é a morte do outro. – Levantou o indicador. – Se ficar vivendo o outro lado, alguma coisa sua vai ser perdida.

– Todos nós vivemos o outro lado, Antônio.

O cenho desfigurado do Feitor-mor fechou-se enquanto assentia. Caminharam devagar e em silêncio até uma das poltronas na sala de espera. Antônio soltou um gemido ao se sentar.

– Realmente, eu preciso de férias.

– Algo um pouco mais longo, provavelmente. – Sorriu e foi em direção ao bebedouro. Assim que reclinou para encher o copo, ouviu uma das portas de metal amarelado abrir.

A caçadora saiu com sua agilidade de costume, segurando um punhal retorcido de cobre e um facão de ferro na sua mão direita, ambos sem bainha. Levantou-os na direção do acólito.

– Tudo pronto, quando vocês quiserem a gente pode ir.

O Feitor-mor contraiu o rosto ao levantar.

– Me deixa levar vocês até a porta.

O desperto deu um passo à frente com os braços esticados.

– Antônio, não precisa.

– Não – caminhou em passos frágeis para a saída –, eu faço questão. – Apoiou o corpo sobre a maçaneta e levantou as bochechas. – Para ter certeza de que vocês vão voltar. – Abriu a porta junto com um gemido.

10

ERA A TERCEIRA VEZ que o carro de Helena engasgava e a mão de Tomas doía pela força com que segurava a alça de teto do carro. *Por que eu não vim de ônibus?*

Estava claro que o sedã da caçadora tinha passado por alguns bocados. Não existia um ângulo da lataria sem amassado, especialmente o lado direito. Por dentro, não era muito melhor. Os bancos gastos mostravam o forro a cada dois ou três palmos. Os ponteiros do painel não se moviam e o carro gritava da segunda à quarta marcha. Mas o pior era o cheiro de cachorro molhado que vinha de algum lugar do banco de trás.

– Então – o desperto tentava prender a respiração –, a gente está chegando?

– Quase. – A caçadora permaneceu de cenho fechado, focada na estrada. Passou a viagem inteira sem tirar uma mão do volante e a outra da marcha. – Que horas são?

Tomas esticou-se para tirar o celular do bolso.

– Quatro e trinta e sete. Vai dar tempo?

– Com certeza. – Reduziu a marcha e o carro berrou. – Em menos de dez minutos a gente chega.

O caminho até a Floresta da Tijuca era uma atração por si só. Uma rua pequena, de mão dupla, rodeada de vegetação e casas antigas separadas apenas por uma mureta de pedra por quase todo seu trajeto. Até a temperatura mudava. O calor opressor do Rio de Janeiro dava lugar a um clima muito mais ameno. O único problema era a subida, e todo o cenário era interrompido pelos gritos do candidato a sucata que a caçadora dirigia.

O desperto colocou o nariz para fora da janela.

– Como vai ser? A gente chega lá e fala que vai acampar?

– É proibido acampar na Floresta da Tijuca. – Seu corpo chacoalhava junto com o carro. – Ela fecha completamente para qualquer visitante depois das cinco da tarde.

– Como a gente vai entrar, então? – Sentiu o ar fresco encher seus pulmões.

– Eu já falei – quase gritava para ser ouvida. – Eu vou subir com o carro e esconder ele.

– Mas como a gente entra? – Já tinha metade do tronco para fora da janela.

– Entrando, ué. – Passaram por um buraco e o carro quicou com o solavanco. – Pela porta.

Essa mulher tá de sacanagem comigo. Encheu o peito para argumentar, mas desistiu. *Não importa.* O carro fez uma curva repentina, entrando em uma pracinha. Tomas piscou com calma.

– É aqui?

– Aham. – Jogou seu corpo para a frente, encostando os ombros nos pulsos.

Seguiram por uma ruela em primeira, o que fez com que o carro parasse de urrar. *Graças a Deus.* O silêncio deixara um zumbido no ouvido de Tomas. Enfiou um mindinho em cada orelha e sacudiu. *Sai!* Com exceção dos carros parados, não havia prova alguma de que pessoas passavam por ali. No final da rua havia uma placa com "Fl. da Tijuca" escrito e uma seta para a direita.

Uma guinada lenta para a direita e surgiram duas colunas brancas de um portão com dois cones laranjas bloqueando a rua. O carro se aproximou preguiçoso até ficar ao lado das grades verdes, onde havia um guarda de uniforme azul sentado em uma cadeira de plástico. O guarda levantou-se sem pressa, arrumou as calças que estavam caindo e foi até a janela do carro.

– Boa tarde, senhora. – Sua voz de fumante somente o fazia parecer mais cansado. – O parque vai fechar daqui a pouco.

A caçadora esticou o pescoço, colocando meio rosto para fora da janela.

– Oi, eu só vou buscar minha sobrinha lá em cima. – Apontou para a rampa. – Vai ser jogo rápido.

– Tudo bem, só vai com calma que a subida aí é bem inclinada. – Espreguiçou-se.

– Tá bom. – Engatou a primeira marcha. – Obrigada, hein? – E acelerou. O carro deu três quiques e começou a subir a ladeira.

Assim que fizeram a primeira curva, Tomas falou sem se virar:

– Esse era seu plano? – Ainda agarrava a alça do teto.
– Funcionou, não funcionou? – Encostou os ombros no volante.

Essa mulher tá de sacanagem comigo. Só pode ser. O plano dela era falar para o guarda que ela vai buscar a sobrinha. Será que ela tem ideia de quantas coisas podiam dar errado só nisso? Negou com a cabeça. *Isso é o que dá aceitar trabalho em equipe.*

A subida pela ruela de mão única foi relativamente tranquila, considerando as condições do automóvel no qual se encontravam. Somente tiveram que parar para outro carro passar uma vez durante o percurso. Assim que chegaram ao primeiro recuo, a caçadora parou o carro, olhou para os lados e embicou para entrar.

Tomas franziu o cenho.

– Por favor, me diz que você não vai parar aqui.
– Qual é o problema de parar aqui? – Respirou fundo.

Só pode estar de sacanagem. Massageou os olhos.

– É proibido passar a noite aqui dentro. Você quer que eles expulsem a gente?
– Eles não vão me encontrar. – Sua voz era clara e dura.
– Mas eles vão encontrar o carro. Esse é o estacionamento principal daqui. – Esticou o braço direito. – Tem um restaurante aqui do lado. Com certeza aqui vai ser o primeiro lugar que eles vão checar. – Abriu a boca sem saber o que dizer por alguns segundos. – Olha, eu sei que você é muito boa no que faz, ok? Mas, pelo amor de Deus, sobe mais esse carro para esconder ele melhor.

A caçadora o encarou com os olhos apertados pelo que pareceu uma eternidade. Respirou fundo e assentiu.

– Tá bom. – Engatou a primeira marcha e começou a andar. – A caminhada vai ser mais longa, então.
– Eu já imaginava. – Grunhiu ao virar o rosto para a frente.

Se não fosse pelo asfalto e talvez pelas muretas, toda a paisagem pareceria de outra época. Plantas de todos os tipos e tamanhos cercavam e invadiam a pista. Micos e quatis e borboletas e beija-flores e toda sorte de outros animais se fizeram visíveis em um ou outro momento dos dez minutos de subida. E os sons que eles soltavam, especialmente os pássaros, preenchiam em harmonia o vazio. Um barulho constante, mas diferente dos sons da cidade a que o desperto estava acostumado.

Fechou os olhos e viu sua respiração acalmar e sua nuca descontrair. Até que um pensamento chegou como em um estalo. *Não tem gente aqui! Puta merda*, e agarrou a cabeça de alho em seu bolso o mais rápido que conseguiu.

De repente, todo o encanto ao seu redor se tornara opressor. Toda sombra de folhagem e toda casca de árvore mais protuberante pareciam esconder um novo espírito. Fechou a janela do carro e se afundou no banco. Passava os dedos nos gomos de seu amuleto. *Por que eu aceitei fazer esse trabalho?* Apertou os olhos. *Calma, cara. Respira. Não tem espírito que você não consiga convencer.* Olhou para a caçadora. *E, se der tudo errado, tem ela.* Bufou.

– Você acha que tem muito espírito por aqui?

– Quê? – Helena respondeu sem tirar os olhos da rua.

– Quanto menos gente tem em algum lugar, mais fraco é o véu. Isso faz com que a incidência de qualquer tipo de fenômeno sobrenatural aumente. – Levou a mão ao cinto de segurança. – Você acha que tem muito espírito aqui?

– Você meio que respondeu a sua pergunta. – Parou por um segundo e franziu o cenho. – Peraí, você não tá com medo, né? – Pela primeira vez desde que voltaram a subir, olhava para o desperto.

– Claro que eu estou. – Contraiu os lábios. – Eu estou entrando no meio do mato, que já não é um lugar seguro para um desperto, para caçar um bicho famoso por matar. Ia ser burrice sentir qualquer outra coisa.

A caçadora levantou uma sobrancelha, sorriu de meia boca e voltou a olhar para a estrada. Encontrou uma ruela de terra ainda menor, reduziu para pouco mais de dez quilômetros por hora e enfiou o carro. Quanto mais andava, mais a vegetação apertava sobre o veículo e folhas começaram a bater frequentemente no teto e vidro. Não demorou muito tempo para que chegassem a um lugar apertado demais para o carro passar. Puxou o freio de mão.

– Aqui está escondido o suficiente para você? – E virou a chave na ignição.

Desnecessário. Respirou fundo.

– Acho que sim. E agora?

– Agora a gente espera. – Em um só movimento soltou o cinto de segurança e empurrou o banco todo para trás com os pés. – Que horas são? – Reclinou-se até quase ficar paralela ao chão.

Tomas contorceu-se e sacou o celular.

– Cinco para as cinco.

– Põe o despertador para as oito. – E cobriu os olhos com o braço direito.

– Você não vai ficar de guarda? – Ergueu os ombros.

– Todo o carro está protegido. – Levantou o braço o suficiente para mostrar um olho. – Mas, se você quiser, vai na fé. – E voltou a cobrir os olhos.

O desperto a encarou com o cenho contraído. *Muito profissional da sua parte.* Soltou o cinto e levou a mão à alavanca para inclinar o assento, mas sentiu seu braço travar. Sua atenção quicava constantemente para partes diferentes da janela. *Calma, cara.* Soltou devagar a alavanca e segurou a cabeça de alho. Seu estômago doía de tanto apertar. Começou a acariciar o amuleto com seu polegar. *Calma, Tomas. Vai dar tudo certo. Não tem espírito que você não consiga convencer.*

Já era a terceira vez que tirava o celular do bolso. Cinco e quarenta. O céu começava a ficar alaranjado. Pela primeira vez, desviou a atenção da janela e fitou a caçadora. *Como essa imbecil consegue dormir numa hora dessas?* Respirou fundo e fechou os olhos. *De noite, no meio do mato.* Sua perna direita não parava de balançar de cima a baixo. Já tinha rompido a pele do amuleto de tanto esfregar e o cheiro de sua carne úmida empesteava o carro.

Em questão de minutos, quase todos os sons emudeceram, restando somente um eventual estalo de um galho ou o farfalhar de folhas. A cada barulho novo, seu corpo achava uma maneira diferente de se enrijecer. Uma frase em específico não parava de aparecer em sua mente, como um mantra: *Despertos são mais visíveis aos espíritos do que um mundano. Como um ponto de luz.* Estalou os dedos e tentou controlar a respiração.

Calma, cara. Você nunca ouviu nenhuma história de qualquer coisa do além-véu atacando alguém aqui. Muito menos matando. Encheu os pulmões devagar e soltou tudo de uma só vez em um gemido. *Tirando, agora, o mapinguari.* Já tinha perdido a conta de quantas vezes checara as horas em seu celular. Seis e vinte. Um barulho nas folhas de uma árvore próxima fez Tomas desgrudar as coxas do banco. Olhou para Helena para ver se ela tinha percebido. *Merda de floresta.*

Seus olhos saltavam de um lugar para outro sem pausa. *Mapinguari. Vamos lá. Diurno. Bípede. Pelo menos dois metros.* Sondava a mata, juntando e separando sombras, na busca de alguma forma que parecesse com a criatura. *Corpo coberto de pelos. Couro duro.* Enfiava a unha no amuleto até a sentir molhar e depois tirava. *Talvez seja melhor fazer um círculo de proteção. Só por via das dúvidas.* Sua respiração vacilava. Abriu a sacola em busca do sal. *Cadê?* Cerrou os olhos. Mordeu os lábios. *Não fala que eu esqueci.* Sentiu a embalagem em seus dedos e seu rosto relaxou.

A voz ríspida da caçadora surgiu repentinamente:

– Você pode parar com isso?

– Quê? – Tomas se esforçou para parecer calmo e torceu para que fosse verossímil. Os pelos de sua nuca se arrepiaram.

– Você não para de bater o pé no chão. – Estalou o pescoço.

– Como você consegue ficar tão calma num lugar desses? – Pousou a mão sobre a perna para parar o movimento. Fez uma careta e soltou o ar. – A gente atrai espíritos que nem mariposas para a luz.

– Deixa eles virem. – Deu com os ombros.

Ela não pode estar falando sério. Permaneceu de boca aberta. *Só pode ser.* Sacudiu a cabeça e virou-se para a janela.

Helena bufou, tirou o braço de cima do rosto e levantou o banco do carro.

– Já está escuro. Que horas são?

– Umas sete, mais ou menos. – Tirou o celular do bolso. – Sete e dez.

– Daqui a pouco a gente sai. Só para ter certeza de que o mapinguari vai estar dormindo. – Espreguiçou-se. – Você ficou acordado o tempo todo?

– Alguém tinha que ficar. – Permaneceu virado para a janela.

– Não, não tinha. – Esfregou os olhos. – Eu te falei que o carro estava protegido de qualquer espírito.

– O mapinguari está tentando cruzar o véu. Se bobear, ele já pode manipular a matéria diretamente. – Desceu o queixo. – Eu prefiro não dar chance para o azar.

– Isso que eu não entendo. – Negou com a cabeça. – Como um ritualista tem medo de espírito? Você não fica batendo papo com eles todo dia?

– Primeiro: eu não "bato papo" com espíritos, ok? Eu negocio com eles. – Virou os olhos. – E segundo: os espíritos que eu estou acostumado a lidar são capazes de autocontrole. Não esse monstro que a gente está indo caçar.

– Então você tem medo do monstro e não do demônio. Faz sentido. – Ajeitou-se no banco.

– Deve ser fácil viver dentro da sua cabeça. – Levantou as sobrancelhas. – Podemos rastrear o mapinguari e terminar logo com isso?

Helena apertou os olhos e olhou para a janela ao seu lado. Inclinou a cabeça para a direita.

– Podemos. – Esticou o braço para trás e pegou uma mochila. Abriu o zíper, puxou um mapa de dentro e começou a correr o dedo sobre ele. – A gente tá aqui. – Correu o dedo outra vez. – Aqui é a gruta dos morcegos. – Fez uma pausa assentindo e murmurou: – Seiscentos metros. A gente tá a uns seiscentos metros da gruta. Mas é melhor ir pelas trilhas para evitar algum guarda.

– Isso quer dizer o quê? – Esfregou a mão na nuca. – Que vai aumentar o caminho?

– Mais ou menos o dobro. – Assentiu mais uma vez. Olhou para o desperto de cima a baixo, parando na barriga. – Isso deve demorar uns vinte minutos.

– Você não falou que iam ser três horas de caminhada? – Fechou o cenho.

– Subindo lá de baixo, onde eu queria parar. Daqui vão ser uns vinte minutos.

Tomas fechou os olhos. *Graças a Deus.* Pegou a sacola com os ingredientes, envolveu-a no pulso.

– Ok. Vamos?

– Vamos. – Guardou o mapa na mochila. Sacou uma lanterna amarela e colocou no colo de Tomas. – Segura. Pensando bem – esticou o braço mais uma vez para trás e puxou um punhal de cobre –, isso aqui é para caso a gente tenha algum problema. – Pousou-o com cuidado na mão do ritualista. – Isso foi metade do meu pagamento para este trabalho. Se você perder, eu corto seu saco.

– Pode ficar tranquila. – Arregalou os olhos.

Helena fitou o rosto de Tomas em silêncio por alguns segundos.

– Ótimo. – Levou o braço ao banco de trás uma terceira vez e puxou um facão de ferro. – Vamos.

O desperto abriu a porta do carro e pôs os pés para fora. Envolveu o pulso com a sacola e levantou-se. *Não tem mais volta*, pensou ao enfiar o punhal na calça. *Ela cobrou caro pelo serviço. Se bem que é um mapinguari.*

Espreguiçou-se. *Isso não vai ser fácil.* Bateu a porta e deu a volta no carro. A caçadora tinha aberto a porta, mas ainda estava sentada. Sua respiração era lenta e tinha uma das mãos sobre o olho esquerdo. *Ela está abrindo a percepção para o outro lado. Boa ideia.*

Esfregou as mãos com força até sentir queimar. Fechou o olho esquerdo e pousou a mesma mão sobre ele. *Um, dois, puxa. Um, dois, solta.* Deixou seu olho ainda aberto absorver tudo à sua volta. *Um, dois, puxa. Um, dois, solta.* Gradualmente, sentiu o calor ser transferido de sua mão. *Um, dois, puxa.* Engoliu o ar. *Um, dois, solta.* Abriu os olhos.

A floresta estava ainda mais escura do outro lado do véu. *Sem impressão de homem ou espírito. Bom.* Seus ouvidos apitaram com o silêncio. Abriu a boca o máximo que pôde, fazendo uma careta. *Nada.* Enfiou o mindinho na orelha e sacudiu. *Nada.* Tapou o nariz e a boca e comprimiu os pulmões. *Nada. Merda.* Virou-se para a caçadora.

– Vem cá. Seu ouvido está apitando também?

– O que você está sentindo é o vazio deixado pela falta de alguma presença no além-véu – respondeu sem desviar o olhar, então se levantou e ajeitou a mochila nas costas. – É um bom sinal. – Trancou a porta do carro e começou a andar. – De agora em diante é silêncio, para não mexer com o que está quieto.

Esticou a coluna e seguiu a caçadora. A caminhada, com exceção de um ou outro trecho, era praticamente plana, e encontrar o caminho com as lanternas estava sendo muito mais fácil do que o esperado. O silêncio era o que o incomodava. O vazio de qualquer barulho fazia com que todos os sons de seu corpo batessem em seus ouvidos. Seus passos, as batidas de seu coração, o roçar de seus braços em seu tronco, tudo. Mas o que mais importunava era a respiração.

A partir do quinto minuto, começou a arfar. Tentou esconder no início, mas logo desistiu. A cada dois passos, três baforadas aconteciam. Perdeu completamente o controle da respiração.

– Quanto tempo falta?

A caçadora à sua frente parecia estar em um lugar completamente diferente. Seus passos saíam firmes e sem esforço, eventualmente chegando a saltar de um lado para o outro. Mesmo o peso da mochila ou do facão em sua cintura não eram suficientes para atrapalhá-la. Parou de repente e cochichou:

– A gente chega em dois minutos. Você tá respirando muito alto. – Relaxou o pescoço. – Para quanto tempo você quiser e descansa.

Tomas levantou o polegar e assentiu. Seus pulmões pegavam fogo a cada inspiração. Forçava o abdome para controlar o ar. *Devagar*, gritava em sua mente. *Se controla!* Apoiou as mãos nos joelhos e colou o queixo no peito.

Helena passou o tempo todo agachada com um joelho no chão. Seu rosto esquadrinhava constantemente o que Tomas via como escuridão. A única vez que mexeu o corpo foi para pegar um cantil em sua mochila e beber. Virou para o desperto e esticou o braço para oferecer um pouco de água.

Tomas negou com as mãos e apontou para a frente. Seguiram trajeto. Mesmo com a caminhada curta e depois de descansado, seus pulmões ainda ardiam. *Calma. Respira.* O silêncio opressor continuava. A cada passo tinha a nova certeza de ouvir alguma coisa, e a cada curva via olhos que não estavam lá. *Calma. Respira.* Tentava com todas as suas forças controlar a respiração trêmula, mas era em vão. *Engole o choro, Tomas!*

Aos poucos a gruta surgiu por trás de uma árvore. A entrada era uma fenda triangular na rocha. Helena virou-se para o desperto, apontou para a lanterna e a desligou. Tomas fez o mesmo. A escuridão agora era total, tanto desse quanto do outro lado. Sua garganta apertava. *Calma.* Sentiu sua mão tremer e a fechou com força para evitar qualquer movimento. Contraiu os olhos e focou toda a sua mente na audição. *Nada, graças a Deus.*

A caçadora, ainda agachada, seguiu para a gruta. Tomas jogou o corpo para a frente para segui-la, mas as pernas não responderam e teve que se apoiar em uma árvore para não cair. *Vai.* Forçou os pés a se moverem, um de cada vez. Cada passo era difícil e calculado. Encolheu-se de árvore em árvore até chegar à caverna. Um sibilo agudo quebrou o silêncio. Olhou para cima. Sentiu os pelos de sua nuca se arrepiarem.

O teto da caverna estava repleto de morcegos, pequenas cabeças amontoadas em uma parte estreita da rocha. Encolheu-se com as costas na parede após a constatação. *Gruta dos morcegos. Tinha que ser.* Por um segundo toda a sua atenção ficou na saída e suas pernas esquentaram para correr. Contudo, do lado de fora só havia vazio. *Calma.* Virou o rosto para os bichos, que continuavam pousados no teto, sibilando entre si. *Já está de noite. Eles não deviam estar caçando ou sei lá?*

Helena passou um bom tempo alisando as paredes e cheirando o chão. Levantava a cabeça ao encontrar um rastro e logo depois o dispensava. Foi até o fundo da caverna, onde havia uma poça, e se ajoelhou à sua frente. Pegou um pouco de água, levou-a para perto do rosto, cheirou de olhos fechados e, logo em seguida, bebeu. Abria e fechava a boca com as sobrancelhas contraídas. Arregalou os olhos e, em um estalo, andou em passos rápidos para fora da caverna.

O desperto teve que empurrar o chão com as mãos para conseguir levantar e acompanhá-la. A cada três ou quatro passos, ela parava e experimentava o ambiente, como se conseguisse ver o rastro que o espírito deixara impresso no ar. Mesmo assim, seus passos eram completamente silenciosos, o que tornava extremamente difícil segui-la. Contudo, a sensação de estar sendo observado era motivação suficiente para ele continuar. Mais de uma vez teve a certeza de sentir um bafo quente em sua nuca, mas quando virava não via nada, só o vazio.

O rastreio durou mais ou menos dez minutos, o que para Tomas pareceu uma eternidade. Sua coluna espetava, suas panturrilhas queimavam, porém não podia perder a caçadora de vista. Não ali, naquele vazio. *Vai. Força.* Toda vez que achava que tinha se aproximado, ela dava um jeito de aumentar a distância. *Você não vai ficar para trás.* Finalmente conseguiu alcançá-la, quando um cheiro azedo começou a invadir suas narinas. *Fede a mapinguari.*

Uma pequena clareira escondida no meio do mato. Carcaças mutiladas de mamíferos pequenos decoravam os cantos do espaço. A caçadora saltou entre as árvores e invadiu o ninho da besta. Serpenteou estre os pedaços decepados em busca do mapinguari. A cada passo, parava e analisava à sua volta. Seus olhos se prenderam em um monte de pelos perto do centro. Andou em passos felinos e sacou o facão. Cada passo era seguido por uma pausa em busca de alguma reação.

Quando estava a menos de dois metros, parou por alguns segundos, apoiou as mãos no chão e começou a contornar a massa peluda. Assim que chegou ao outro lado, parou outra vez. Seu rosto não demonstrava emoção. Mais dois passos. Puxou o facão para trás, apontando para a coisa. Mais dois passos. Já estava a menos de um metro agora. Mais dois passos. Nenhum movimento. Mostrou os dentes e, mais rápido que a visão do desperto, enfiou a lâmina.

Tomas agarrou a árvore ao seu lado. *Puta merda.* Mas a montanha de pelos não se moveu. Engoliu seco com a atenção colada em Helena. Mais rápido do que gostaria, se desvencilhou da árvore e caminhou para o centro do descampado. Desviou desengonçado por entre as carcaças. O cheiro de ranço fez seu estômago embrulhar e levou a mão à boca. *Cadê?* Agachou-se perto de alguns corpos.

A escuridão, junto com a putrefação dos corpos, tornava quase impossível descobrir quais eram os animais. Pedaços inchados e meio comidos adornavam a vista. Patas, rabos, troncos cortados ou inteiros saltavam aos olhos, mas nenhuma cabeça. *É por onde ele começa.* Virou uma das carcaças; marcas de garras gigantescas cruzavam toda sua extensão. *Ele está na matéria. Mau sinal.* Foi até Helena e sussurrou:

– O mapinguari atravessou o véu. Você tem certeza de que aqui é a toca dele?

– É aqui que ele dorme. – A caçadora assentiu e apontou para um lugar onde a terra estava batida.

– Cadê ele, então? – Rodou os olhos pela clareira.

– Não sei. – Deu com os ombros. – Se bobear, ele voltou para o além-véu. Espírito não consegue ficar muito tempo desse lado.

– Mas isso aqui está muito forte para a passagem ter sido tão rápida. – Coçou o nariz para afastar o fedor.

– Talvez ele esteja caçando. – Cheirou uma carcaça.

– Mas ele não é diurno? – grunhiu.

– Eu não sei – falou, em uma mistura de grito e sussurro. – Era para ele estar aqui. O que você quer que eu faça?

O desperto encheu os pulmões e soltou o ar com calma.

– Você tem certeza de que é aqui que ele dorme, não é? – Um grito grosso cortou o silêncio da floresta. Sentiu uma onda gelada descer por sua coluna. Virou-se para a caçadora. – Mapinguari. – E andou o mais rápido que pôde para a extremidade do descampado de onde o som estava vindo. Apanhou o saco de sal de dentro da sacola e mordeu a ponta para abri-lo. Desenhou um círculo de mais ou menos três metros de diâmetro.

Outro grito mais alto. *Vai.* Trotou até o centro da clareira. Começou a desenhar uma argola de um metro. Suas mãos tremiam sem controle. *Vai.* Fechou o círculo. Desenhou cinco linhas pontilhadas conectando um ao outro. Jogou o sal para trás e tirou o pedaço de carne da sacola.

Outro grito. Estava perto agora. O mais rápido que pôde, com as mãos trêmulas, depositou o bife no círculo maior. Correu até a outra ponta do desenho de sal e enfiou uma vela na terra. O cheiro azedo da criatura infestava o ar. Enfiou a mão no bolso em busca do isqueiro, mas não conseguia sacá-lo. *Vai, porra.* Arrancou-o do bolso. *Isso!* Fez uma concha com as mãos sobre o pavio da vela. Mais um grito grosso e um vulto saltou à sua frente.

O mapinguari parou em pé, fitando o desperto. Uma criatura enorme, coberta dos pés à cabeça por pelos escuros. De seus pés e mãos nasciam garras do tamanho de facas. Um único olho, gigante e deformado, ocupava quase toda sua cabeça. Uma boca vertical ia do queixo até o centro do peito e, abaixo dela, um umbigo despelado mostrava seu couro grosso. Seu cheiro azedo invadia as narinas e embaçava a visão.

Tomas permaneceu ajoelhado encarando a besta com as mãos ainda formando uma concha sobre a vela. *Corre.* Mas suas pernas simplesmente não responderam. A criatura apertou os olhos, perplexa. *Corre!* Viu as presas abissais do espírito se esgarçando, besuntadas de saliva. Sua respiração era pesada e constante. *Merda.* Fechou os olhos.

Ouviu um baque oco e jogou o corpo para trás. Abriu os olhos e viu a caçadora pendurada no pescoço da besta. A cada segundo ela dava um novo soco na nuca do espírito, que urrava incessantemente. O mapinguari esticava os braços para trás e se sacudia, mas Helena estava bem posicionada e sua pegada era forte demais. Os dois giravam em movimentos duros. Gritos e gemidos preenchiam o ar.

Agora. Puxou a garrafa de cachaça da sacola e a quebrou no chão do descampado. Seus gritos se juntaram aos outros sons.

– Kramór Iriná Anê. Eu. Tomas Fontes. Pela lei que guia a Roda dos Planos. Eu te esconjuro. – Abriu a garrafa de vinagre e espirrou o líquido à sua volta. Suas mãos estavam fracas, e teve que sacudir o recipiente de plástico para que o conteúdo saísse. Repetiu o mais alto que conseguiu: – Pela lei que guia a Roda dos Planos. Eu te esconjuro. Kramór Iri... – Nesse momento a criatura conseguiu pegar a perna de Helena e a arremessou contra o desperto. Seus corpos se chocaram e caíram no chão.

O mapinguari estava ajoelhado com uma das mãos no chão a menos de cinco metros de distância. Sua cabeça soltava um sangue fétido enquanto arfava. Seu rosnar fazia os ossos de Tomas tremerem. Sem tirar a atenção de suas presas, a criatura apoiou a mão livre nos joelhos e se levantou. Começou a caminhar em passos lentos, enfiando as garras abissais na terra dura. Três metros agora. Sua boca vertical fechava e abria, como se já pudesse saboreá-los. Dois metros.

O desperto virou-se para Helena e viu a caçadora de olhos fechados e cabeça baixa. Voltou para o mapinguari. Todo o seu corpo tremia a cada passo que o monstro dava. O medo foi a única coisa que impediu que desmaiasse com o bafo da criatura. Um metro. *Foda-se.* Apontou a garrafa de vinagre para a cabeça do mapinguari e apertou. O líquido foi direto no olho gigante do espírito, que caiu para trás se contorcendo.

Tomas segurou o braço da caçadora e gritou o mais alto que pôde:

– Corre! – E a puxou para que se levantasse. Os dois dispararam para a extremidade da clareira mais próxima e se enfiaram no meio da mata. Correram fugindo dos urros da besta. Lombar, panturrilhas, pulmões, nada doía, a única coisa que o desperto sentia era pavor. Quando os gritos eram quase inaudíveis, tropeçou em uma pedra e caiu. Ficou deitado de barriga para cima e viu o mundo escurecer à sua volta.

11

UM CÍRCULO DE LUZ BRANCA dançava na escuridão. Saltava de um lado para outro sem emitir som até fugir de vista e, no momento seguinte, aparecia em um lugar aleatório. A cada momento seus movimentos ficavam mais velozes e, quanto mais rápido se movia, maior ficava. Ao ganhar tamanho, experimentou outras formas. Triângulos e quadrados, animais e plantas. No que pareceu demorar menos de um segundo, passara por todos os formatos possíveis e imagináveis.

Sua luz continuou crescendo até ofuscar a visão, em outra fração de segundo se espalhara além de qualquer alcance, cobrindo todo o mundo. Contudo, crescera demais e seu corpo não aguentou o peso de toda a criação. Em um último suspiro de consciência, abriu uma ferida na exata metade de seu corpo iluminado e começou a esgarçá-la. Um grito disfarçado de canto se fez luz e preencheu o ar.

Quando a cegueira passou, todo o branco que havia engolido o mundo desaparecera. Sua morte deu lugar a um filho e uma filha que agora dividiam a realidade igualmente. A luz vermelha e a luz verde. Uma fina linha de escuridão os dividia, pois, se se encostassem, tornar-se-iam um, e sofreriam o mesmo destino de sua mãe-pai. E assim os gêmeos passaram as próximas eternidades separados o suficiente para sobreviverem.

Quando tudo era ordem, uma silhueta escura se aproximou fazendo alarde. Com uma bravata agarrou a divisória negra entre as luzes gêmeas com a mão esquerda e a puxou. Verde e vermelho gritaram em harmonia, mas continuaram imóveis. Pois, se ao reagir encostassem um no outro, mesmo que por um instante, seria o suficiente para se unirem. A silhueta puxava e gritava, amaldiçoando a separação.

Estava funcionando. Os gêmeos sentiram a linha de separação afinar e isso encheu seus corações de uma emoção completamente nova. Medo. Não podiam permitir que isso acontecesse. Não podiam se encostar. Em um ato de desespero, usaram seus corpos para esmagar a silhueta. Cada centésimo de milímetro foi calculado. A atacante urrava e se debatia, mas as forças combinadas das luzes foram fortes demais. E, no final, somente elas sobraram, com a linha de escuridão no meio.

Tomas abriu os olhos sem pressa. O mundo embaçado ao seu redor foi lentamente tomando forma. Tudo estava escuro. *Ainda é de noite.*

A caçadora estava montada em seu tronco, com a mão direita tampando sua boca. Sussurrou:

– A gente está seguro, não grita. – Jogou o corpo para o lado e removeu a mão.

– Quanto tempo eu apaguei? – Coçou os olhos e se sentou com as pernas abertas.

– Meia hora, mais ou menos. – Sentava-se encostada em uma árvore próxima. Tinha a coluna curvada e largara os braços. Todo o seu corpo estava coberto de lama. – Você estava gritando enquanto dormia, eu tive que te acordar.

– Tudo bem. – Balançou a cabeça. – Eu estava sonhando com o mapinguari, eu acho. Atravessando o véu.

– Não faz sentido – contraiu a boca ao agarrar a grama com a mão esquerda –, era para ele só acordar de dia.

– Talvez ele estivesse voltando de uma caçada. Ou talvez atravessar o véu tenha feito ele trocar o dia pela noite. Sei lá. – Levou as mãos ao chão. – Todas as fontes dizem que o mapinguari é diurno. Não tinha como a gente saber.

– Eu fiz o que pude para que você pudesse completar o ritual, mas ele era forte demais. – Arrancou a grama que estava segurando.

– Não tem muita gente que caiu no braço com um mapinguari e sobreviveu. Ainda mais fez ele sangrar. – Arrastou-se até uma pedra e apoiou suas costas. – Não tinha o que fazer, a gente foi pego de surpresa.

– Eu não sei o que você fez com ele, mas funcionou. Ele nem tentou vir atrás da gente. – Seus olhos tinham perdido toda a imponência. – Foi o quê? Parte do ritual?

– Não – baixou o rosto –, no desespero eu peguei o vinagre e joguei no olho dele.

As sobrancelhas da caçadora se ergueram em arco. Abriu a boca lentamente, mas continuou em silêncio. Num estalo seu rosto se abriu e soltou uma gargalhada. Voltou-se para Tomas ainda sorrindo.

– No que você tava pensando?

– Pensar era uma coisa que eu não estava fazendo naquele momento. – Sorriu em retorno.

– Se funciona, funciona. Não tem o que falar. – Esfregou a mão na nuca. – Me passa o punhal.

– Por quê? – Contraiu o cenho.

– Eu deixei minha arma cair no meio da briga. – Desceu as mãos. Lentamente seu rosto foi relaxando e o sorriso morreu. – Se você quiser, pode ir para o carro, mas eu não vou sair daqui sem terminar de caçar o mapinguari.

– Por acaso eu falei que queria ir embora? – Pegou o maço em seu bolso, sacou um cigarro e o colocou na boca.

– Achei que você fosse. – Estalou o pescoço.

Merda. Apalpou os bolsos da calça em busca do isqueiro. *Eu devo ter deixado cair na correria.* Guardou o cigarro no bolso.

– Eu não sei por que você tem tanta certeza de que eu vou fugir agora e, sinceramente, eu não me importo, mas eu não deixo um contrato pela metade.

– Não existe chance de você fazer o ritual outra vez. – A caçadora o fitou e virou o rosto para a direita.

– De novo. Eu não falei que ia fazer nada. – Tirou o punhal de cobre da cintura e o jogou na direção de Helena. – O ritual foi um fracasso. A nossa única chance é matar o espírito.

Helena pegou o punhal e o fincou no chão. Ainda fixando os olhos no desperto, enrolou a bainha direita da calça até o joelho. Sua canela estava encharcada de sangue. Dois cortes haviam arrancado um bom naco de sua carne, e um terceiro mostrava o osso.

– Eu não vou aguentar outra luta.

– Não vai ter nenhuma luta – as palavras saíam pesadas e lentas –, mas eu vou precisar que você use o punhal nele. No umbigo, para ser mais específico.

– E como você espera que eu consiga fazer isso se eu mal consigo andar? – Desceu a bainha da calça.

– Eu tenho certeza de que você ainda é capaz de se mover muito mais rápido que eu. – Fechou os olhos e os abriu com calma. – Além do mais, eu vou garantir que ele não vai se mexer.

– Você disse que não ia fazer um ritual. – Cerrou os olhos.

– E não vou. Vai ser um feitiço. – Sentiu seu estômago revirar. – Não sei quanto tempo eu vou conseguir segurar o mapinguari no lugar, mas deve ser tempo suficiente para você conseguir furar ele.

Nenhum músculo do rosto da caçadora se movia. Somente seu tórax subia e descia lentamente.

– Tá, e como você pretende fazer isso?

– Um sacrifício de carne – as palavras saíram azedas de sua boca –, e, para isso, eu preciso que você me empreste uma coisa que corte – tentou forçar um sorriso que não saiu –, já que você vai ficar com o punhal.

– Esse é o seu plano? Um feitiço? – Mesmo com os cortes e a perda de sangue, as feições dela continuavam duras.

Lá vem. Bufou.

– Qual é o problema com um feitiço?

– Primeiro você tenta fazer um ritual para forçar, ou convencer, sei lá, o mapinguari a voltar para o lado dele do véu. – Abria e fechava a mão. – Agora que não deu certo, você quer ir mais fundo. Toda vez que um espírito não faz o que vocês ritualistas querem, é uma nova desculpa para ir mais longe para o além-véu. Quando é que vai ficar óbvio que, quanto mais vocês vão para o outro lado, mais o outro lado vem para cá?

O desperto engoliu saliva.

– Esse é o seu argumento? Que os ritualistas odeiam tanto ficar na realidade que eles acabam trazendo o que quer que esteja atrás do véu para cá? – Sua respiração acelerava a cada palavra. – Você fala como se não usufruísse do outro lado. Eu vi você fazendo o ritual para enxergar o além-véu. E de onde você acha que vem sua força? E sua rapidez? Você não pode acreditar que eles não têm nenhum contato com o outro lado.

Helena apertou os olhos.

– A diferença é que eu só uso essas coisas para fortalecer a matéria. Muito diferente de você, que usa para ganhar o seu salário.

– Pois é – encheu o peito –, mas mesmo assim eu já expulsei muito mais espírito e ajudei muito mais gente que você, com toda sua superioridade moral.

– Os fins não justificam os meios. – Sua voz era a de uma rainha.

– Diz isso para as pessoas que não estariam vivas se não fosse por mim.

– Diz isso para os parentes das pessoas que morreram por causa dos rituais que você fez – respondeu, imitando o tom do desperto.

Que tal você tentar me ouvir em vez de pensar na réplica? Encheu os pulmões com calma e os esvaziou. Deu com os ombros. Fitou a caçadora.

– Ok, vamos fingir que todo ritual e feitiço ferram com a realidade e todo mundo que pratica eles é um babaca. Qual é o seu plano?

– O mapinguari atravessou o véu e agora uma simples faca faz o serviço. – Pousou as mãos sobre a canela ferida ao olhar para o punhal dos Acólitos. – E, para pegar ele, uma armadilha qualquer deve ser o suficiente.

– Ok, você vai fazer uma armadilha hoje à noite? No escuro?

– Vou. – Embainhou o punhal na mochila.

– Tá bom. – Ergueu uma sobrancelha. – Você vai montar a bendita armadilha. Como é que o mapinguari vai cair nela?

– A carne que você trouxe vai ser o suficiente. – Deu de ombros. – Ou o queijo.

– Não sei se você percebeu, mas os ingredientes ficaram para trás quando o ritual deu errado. – Abriu a mão. – Eu estava ocupado demais te puxando.

A caçadora desviou o rosto e encarou a raiz da árvore ao seu lado esquerdo.

– Você pode ficar de isca.

– Você está de sacanagem, né? – Limpou o suor da boca e franziu o cenho. – Você quer que eu fique lá, parado, esperando aquele monstro chegar perto o suficiente para você esfaquear ele? Mancando? – Desviou o olhar e negou com a cabeça. – Você só pode estar maluca.

– Melhor do que fazer um feitiço. – Ajeitou-se contra a árvore.

– Não, não é. – Contraiu a mandíbula e massageou os olhos. – Presta atenção, eu sei que você não gosta de nada do outro lado, mas olha a situação que a gente está. Eu sou um ritualista sem ritual, e você uma caçadora manca. Não tem como fazer esse seu plano.

– Tá bom, não dá para fazer a armadilha. Mas como você pretende atrair o espírito? – Fez uma careta.

– Sei lá, você é a caçadora aqui. – Deu com os ombros.

– Eu já falei que as únicas iscas que eu consigo pensar somos nós. – Adiantou o rosto. – E já que eu sou a única que sabe usar um punhal, vai ter que ser você.

Tomas sentiu as mãos começarem a formigar. Seu estômago empurrava o que restara do almoço para cima. *Não, eu não vou fazer isso.* Sua saliva estava azeda. Cuspiu para o lado. *Eu não vou peitar aquele bicho outra vez.* A respiração começou a ficar fora de controle. *Não de novo.* Conseguia sentir o cheiro do bafo da criatura em suas roupas.

Helena cortou o silêncio.

– É a única maneira de tirar o mapinguari do meio do mato.

Engole o choro. Forçou o diafragma para controlar a respiração. *Você não vai sair daqui sem ter terminado o contrato.* Abria e fechava as mãos geladas na tentativa de bombear sangue. *Não tem espírito que você não consiga convencer. Ou subjugar.* Fechou os olhos com o máximo de força que conseguiu, mostrando os dentes. Travava todos os músculos para o corpo não tremer.

Engole a porra do choro!, gritou em sua mente. Colocou o lábio inferior entre os dentes e começou a fechar a mandíbula. *Você não vai sair daqui sem pegar esse espírito.* Sentiu a boca arder com a pressão da mordida. Cruzou os braços para que eles não ajudassem. *Vai.* A dor atingiu seu ápice quando o desperto sentiu o líquido quente preencher sua boca. Em um estalar de dedos, todos os sintomas do medo desapareceram. Abriu os olhos e encarou Helena na alma. Cuspiu quase todo o sangue da boca. Sua voz saiu calma e grossa.

– Ok. Eu concordo em ser a isca, mas eu vou fazer o feitiço.

– Tá bom. Do que você precisa? – A caçadora jogou o pescoço para trás e umedeceu os lábios.

– De algo que corte. – Passou a língua na ferida em sua boca. – Canivete, tesoura de unha, tanto faz.

– Este aqui serve? – Sem soltar um ruído, tirou a mochila das costas. Abriu um dos bolsos laterais, sacou um canivete suíço e o lançou. – Como eu vou saber quando atacar?

– Assim que o feitiço engatar, o mapinguari vai ficar completamente parado – girou o canivete expondo uma pequena faca – como se tivesse congelado no ar. Aí você ataca. – Raspou a faca contra a pele do braço. – Eu também preciso que você me leve de volta até ele. O resto pode deixar comigo.

Helena empurrou o corpo para cima. Usou a árvore para se equilibrar e apoiou quase todo o peso na perna esquerda.

– Quando estiver pronto.

– Vamos. – Fechou o canivete e o guardou no bolso, ao lado da cabeça de alho.

A caçadora voltou a guiar o caminho. Mesmo com a perna dilacerada, não mancava ou demonstrava qualquer sinal de dor. Contudo, não havia saído ilesa da briga com o mapinguari. Não andava com a mesma velocidade e se mantinha no meio do caminho em vez de saltar de uma sombra a outra. Também parava com mais frequência, mas para encontrar sinais do caminho, farejando o ar à sua volta.

O desperto cuspiu mais uma vez. Esfregava a ponta da língua na ferida recém-aberta. *A dor é o fogo que forja a alma.* Poucas vezes na vida tinha conseguido acalmar a mente em tal nível. Seu foco não estava em planejar o futuro ou remendar o passado. Notava plantas e pedras que em qualquer outra situação, mesmo na luz do dia, seriam invisíveis a ele. O sangue pastoso escorria por sua garganta e se atinha a engoli-lo.

Levou a mão ao bolso com o maço de cigarros. Sacou a caixa e apalpou ao redor da cintura em busca do isqueiro. A memória de tê-lo deixado cair voltou em um estalo. *Merda.* Aproximou-se de Helena. Surpreendeu-se com o quão fácil foi fazê-lo desta vez. Pousou a mão em seu ombro.

– Por acaso você tem um isqueiro aí? – Sentia a pele e os músculos de dentro da boca puxarem e queimarem cada vez que movia os lábios.

– Isso não é uma boa ideia. – A caçadora virou-se e, por uma fração de segundo, conseguiu enxergar dor em seu rosto. – Fumar só vai fazer com que o mapinguari descubra a gente mais rápido.

– A gente perdeu o elemento surpresa já faz tempo. – Soltou o ar pelo nariz.

Helena fitou o rosto do desperto com os olhos apertados. Respirou fundo e despiu uma das alças da mochila.

– Tá bom. – Enfiou a mão em um dos bolsos laterais e sacou um isqueiro amarelo. – O olfato dele é horrível mesmo. Não é como se fosse piorar a nossa situação. – E estendeu a mão em oferenda.

Tomas pegou e em um só movimento pousou um dos cigarros na boca e acendeu. Puxou a fumaça densa com os olhos fechados. Uma comichão se arrastou de sua nuca até a sola de seus pés. Levantou a cabeça. *Graças a Deus.* Deixou a fumaça escapar de sua boca e sentiu a ferida formigar. Abriu os olhos.

– Posso ficar com ele até o final do contrato? Caso eu fume mais.

– Você devolveu o punhal. – Passou os dedos pela lâmina. – Não acho que emprestar o isqueiro vai ser um problema.

– Era devolver o punhal ou perder o saco. – Sorriu com o cigarro pendurado. – Não foi uma escolha difícil.

– Melhor a gente continuar logo. – Arqueou as sobrancelhas e relaxou o rosto ao assentir. Vestiu a mochila, apoiou a mão em uma árvore para se virar e seguiu caminho.

Caminhavam devagar pela floresta escura. O desperto não conseguia reconhecer nenhum ponto de referência. Esforçava-se para prever o próximo passo, mas era em vão. Teria acertado mais se fizesse o contrário do que tentava adivinhar. *Ainda bem que eu não faço isso da vida.* A mata continuava tão silenciosa quanto no momento em que resolveram sair do carro, especialmente do outro lado do véu.

– Vem cá – aproximou-se da caçadora –, não era pra gente ter visto mais espíritos?

– Quê? – Parou mais uma vez.

– Sei lá. – Deu um trago e soltou a fumaça. – Quanto menos gente, mais fraco o véu, e isso faz com que lugares como esse geralmente fiquem cheios de espíritos. Está tudo vazio. Não é estranho?

– É, realmente está muito menos cheio do que deveria. – Coçou a bochecha e girou a cabeça de um lado para o outro. – Talvez seja por causa do mapinguari. Atravessar o véu não é um processo fácil. Isso pode ter afastado os espíritos ou até endurecido mais a barreira.

– Pode ser. – Apagou o cigarro na sola do sapato. – Quanto menos espíritos, melhor. – Pegou outro cigarro e o acendeu.

– É – ela assentiu e apontou para um lugar levemente à direita. – Tá vendo aquela árvore ali?

O desperto espremeu os olhos e jogou o queixo para a frente.

– Não.

– É ali que fica o ninho do mapinguari. – Sacou o punhal. – Mais uns quatro ou cinco minutos de caminhada. De agora em diante é silêncio. – E se virou para andar sem esperar resposta.

A caminhada ladeira acima foi lenta. A fumaça entrando no pulmão de Tomas não ajudava. Não só pela falta de ar, que começava a fazê-lo arfar sem controle, mas toda vez que tragava relembrava da ferida no interior de sua boca. O redor do machucado coçava com o contato de saliva. Isso fazia com que o desperto cuspisse a cada três ou quatro passos. *Pelo menos parou de sangrar.*

Helena andou em silêncio até uma grande árvore e se ajoelhou, apoiando o ombro em seu tronco. Chamou Tomas com as mãos e apontou para sua frente. O cheiro azedo forçou entrada em seus narizes. Tinham chegado à borda da clareira. No centro, estava o mapinguari. A besta estava sentada com as pernas dobradas. Sua mão direita erguia o cadáver de um mico pela calda, enquanto a esquerda arrancava pedaços e os jogava em sua boca vertical.

O sangue em sua cabeça havia secado, contudo seu único olho continuava vermelho. Uma das gigantescas garras dos pés tinha sido quebrada. Quase não se enxergava mais animais mortos, só um ou outro osso jogado pelos cantos da clareira. *Não faz mais de um dia que ele atravessou o véu para estar comendo assim.* No canto oposto do espaço aberto conseguiu ver a sacola dos ingredientes e o facão de ferro que Helena tinha trazido.

Acenou com a cabeça ao olhar para a caçadora, que refletiu o gesto. Sacou o canivete do bolso com a mão direita e abriu a lâmina. *Agora não tem mais volta.* Transferiu-o com calma para a mão esquerda. Sua respiração estava lenta e suave. Tirou o amuleto do bolso e, controlando cada movimento, começou a cortar a casca da cabeça de alho. *Isso vai me dar um tempo extra.* Desenhou uma runa de proteção em cada um dos sete gomos. Levantou o amuleto para analisar as inscrições. *Podia ser pior.*

Limpou a lâmina na calça e se levantou. Podia sentir seu sangue pulsando por todo o corpo. Fechou os olhos e respirou fundo. *Não tem mais volta.* Abriu os olhos. Marchou na direção do espírito. O mapinguari continuou seu banquete sem perceber a aproximação do desperto. A cada passo sua respiração ficava mais lenta. *Olha pra cá.* Mas nada: o mapinguari continuava absorto em seu jantar. Já estava a menos de seis metros da besta e ainda não fora notado.

Agora já era. Encheu os pulmões e gritou:

– Ei! – Sacudiu os braços. A criatura virou-se para o desperto e franziu o cenho. Segundos se passaram até o mapinguari começar a se mover. Ergueu-se lento sem tirar seu único olho do intruso. Arregaçou a boca grotesca, arqueou o tronco e urrou. O som e o cheiro vindos da criatura fizeram a visão do desperto embaçar.

Tomas rodou o braço direito e lançou a cabeça de alho com toda a força que conseguiu. O amuleto pairou pelo ar e acertou o mapinguari direto no queixo. No mesmo segundo, a criatura levou as mãos ao rosto e despencou no chão. Seus gritos abissais faziam os ossos de Tomas tremerem.

Filho de uma puta. Controlou-se para não sorrir. Respirou fundo, empurrou a manga direita da camisa para cima e levou com calma a lâmina do canivete para o antebraço direito.

Sentiu o aço frio contra sua pele e fez uma careta. Olhou o espírito agonizante no olho. *Se não tivesse ficado de palhaçada, você podia ter saído dessa vivo.* De uma só vez, enfiou a ponta do canivete na carne e puxou. A dor fez seu corpo inteiro travar. Sangue viscoso espirrou por todo lado. Fechou o canivete com a ajuda do peito e o guardou no bolso. Esticou o braço com a palma da mão virada para o espírito. A cada pulsação, menor era o jato que saía de seu pulso.

A criatura começou a fazer força para se levantar outra vez. O desperto cuspiu para o lado e começou a recitar:

– Eu, Tomas Fontes, pela lei que governa a Grande Roda das Realidades, e por minha própria vontade, imobilizo o corpo desta criatura que desafia a ordem dos mundos. – Um fio grosso de sangue corria por seu braço até se chocar com a manga e pingar.

Os músculos do mapinguari travaram e a criatura franziu o cenho com seu olho arregalado. Contudo, no segundo seguinte o espírito voltou a andar. Suas pernas tremiam. Um passo lento após o outro, ele chegava mais perto de sua presa. Seu olho travado no desperto mostrava a única coisa em sua mente.

Tomas encheu os pulmões e voltou a recitar o feitiço, desta vez o mais alto que conseguiu:

– Eu, Tomas Fontes, pela lei que governa a Grande Roda das Realidades – segurou o antebraço direito com a mão esquerda e empurrou mais sangue para fora –, e por minha própria vontade, imobilizo o corpo desta criatura que desafia a ordem dos mundos. – Sentiu sua cabeça ficar leve e o mundo embaçar à sua volta. – Minha vontade será atendida. E que assim seja!

O espírito finalmente parou e tudo estava em silêncio de novo. Todos os dedos das mãos do desperto formigavam. Sua visão estava completamente embaçada. Fechou os olhos e gritou:

– Vai ter que ser agora! – As palavras saíram enroladas umas sobre as outras. – Eu tô quase apagando. Vai! – O braço esticado tremia sem parar e teve que usar o apoio do outro braço para mantê-lo ereto. *Só mais um pouco.* Abriu o olho esquerdo.

A caçadora surgiu da mata com sua velocidade habitual e arrancou em direção ao espírito, segurando o punhal com a mão direita. Faltando quatro passos, puxou o braço armado para trás e saltou. Em um movimento direto e preciso, enfiou a lâmina torta de cobre no umbigo da criatura. Sangue misturado com bile e alguma coisa verde que ele tinha comido jorraram da ferida recém-aberta e a criatura urrou.

Tomas baixou o braço. *Graças a Deus.* Seu corpo começou a ceder. Bateu com os joelhos no chão e caiu ao mesmo tempo que o mapinguari. Com o braço esquerdo, rodou o tronco para ficar de barriga para cima. Quase todo o seu corpo formigava e respirar agora era um trabalho hercúleo. Piscava os olhos vagarosa e constantemente e, toda vez que os abria, o mundo ficava mais embaçado. Sentiu algo levantando seu braço aberto e espremeu os olhos para focar. Era Helena.

– Você perdeu muito sangue. – Ela pegou algo na mochila e começou a envolver o pulso. – Eu vou ter que te levar para um hospital.

– Isso parece uma boa ideia. – Uma gargalhada incontrolável surgiu em sua boca. – Acho que eu vou desmaiar pela segunda vez hoje.

– Fica em silêncio. – Levantou o tronco de Tomas e o colocou sobre seus ombros.

E tudo virou noite como da última vez.

12

TUDO ERA BRANCO quando Tomas despertou. A luz ardeu em seus olhos e foi obrigado a fechá-los. O único som era o chiado de sua respiração, alto como uma turbina. Suas têmporas pareciam uma colcha de alfinetes. *O que que está acontecendo?* Forçou-se a abrir os olhos outra vez. *Só um pouco.* Tudo continuava branco.

Pouco a pouco o mundo ao seu redor foi tomando forma. O que parecia uma massa branca foi se subdividindo em quadrados. *Um teto.* Virou o rosto para a esquerda. Uma cortina verde clara tampava todo aquele lado. Olhou para a direita. Uma barra de metal segurava dois sacos cheios de líquidos diferentes. De cada um dos sacos, surgia um tubo que se conectava com seu antebraço. *Um hospital?*

Tentou levantar o tronco, mas foi em vão. O esforço foi o suficiente para que tudo ficasse escuro outra vez. Contraiu o rosto. *Não apaga.* Empurrava e puxava o ar com toda a força que sobrara. Sentiu o sangue voltar ao seu rosto. *Foi.* Engoliu saliva, que desceu rasgando por sua garganta. Estava exausto. Não havia uma parte de seu corpo que não doesse ou formigasse.

Abriu as pálpebras outra vez. *Respira.* Fez sua respiração ficar lenta e constante. *Vamos lá, com calma.* Levou os cotovelos para trás e empurrou o corpo para cima. *Calma, devagar.* Ergueu-se lentamente, porém, no meio do caminho, o sangue fugiu de sua cabeça e sua visão enegreceu novamente. Largou o corpo na maca. Sentia como se tivesse corrido uma maratona.

– Oi! – gritou. – Alguém! Oi! – Jogou a cabeça para o lado. Arfava como um cachorro. *Merda.* O vazio que o sangue deixara em seu crânio era preenchido por uma dor aguda. *Onde é que eu estou?* Fez uma careta e a ferida no interior de sua boca se abriu. Ao longe, ouviu o som de passos apressados cada vez mais altos.

Uma mulher surgiu na porta à direita do desperto. Estava vestida toda de branco. Sua calça e camisa estavam apertadas demais para o corpo que possuía. Não tinha menos de quarenta anos. Seu cabelo estava preso em um coque solto, deixando alguns fios rebeldes para fora. O nariz achatado fazia seu rosto rechonchudo parecer ainda maior. As sobrancelhas arregaladas se fecharam em menos de um segundo.

Tomas engoliu a saliva.

– Eu não estou conseguindo levantar.

A mulher arrastou os pés em direção ao leito e se agachou. Levantou-se segurando um controle remoto conectado à cama por um fio. Apertou um dos botões e o encosto da cama lentamente se ergueu.

– Silêncio, por favor. O senhor vai acabar acordando os outros pacientes. – Seu rosto era puro desdém. – O senhor sabe como chegou aqui?

Fitou o quarto de um lado a outro. Exceto pelas cortinas verdes e um ou outro detalhe em metal, todo o quarto era branco. As paredes, o teto, o chão, o criado-mudo, tudo era extremamente liso e fácil de limpar. Um leve odor de água sanitária permeava o lugar. O único objeto que não parecia pasteurizado era a cadeira de madeira ao lado da cama.

– Eu imagino que tenha sido trazido por alguém.

A mulher torceu a boca e virou os olhos.

– O senhor foi trazido desacordado e em estado de choque num quadro hemorrágico causado pelo ferimento em seu pulso. O senhor...

– Que dia é hoje? – o desperto a interrompeu.

– O senhor passou o dia inteiro dormindo. – Analisou-o de cima a baixo. – São sete da noite de quinta-feira.

O dia inteiro? Suas têmporas latejavam.

– Onde estão minhas coisas? Eu tenho que sair daqui.

– Senhor – pousou a mão direita sobre o peito de Tomas –, não podemos deixar um paciente com um quadro psiquiátrico sair do hospital desacompanhado.

– Do que você está falando? – Contraiu os olhos.

– O corte no seu pulso, senhor. Tentativa de suicídio. – Apontou para o pulso do desperto. – No seu estado, o senhor é um risco para si próprio e por isso não pode sair desacompanhado.

– Do que você tá falando? – Sua cabeça doía a cada som que ouvia e sua visão começava a embaçar. – Eu não tentei me matar.

A mulher soltou o ar e fez um bico.

— Senhor, nós não podemos deixar você sair nesse estado.

Que se foda. Jogou as pernas para fora da cama. Em um só movimento empurrou o corpo para cima, a fim de se levantar. Mas, assim que encostou os pés no chão, o quarto todo embaçou e começou a rodar. Só conseguiu ver o chão se aproximar e, em um baque oco, tudo virou escuridão.

No que pareceu o momento seguinte, a mulher o ajudou a se levantar.

— Eu falei que o senhor não ia conseguir sair daqui nesse estado. — Deitou Tomas com mãos firmes. — Vamos fazer o seguinte: você passa a noite aqui para que a gente possa monitorar seu estado e, amanhã de manhã, quando o senhor estiver melhor, nós chamamos alguém para te buscar. Pode ser?

O desperto sentiu o sangue voltar aos poucos à sua cabeça. Pressionou os olhos com os dedos da mão direita.

— Ok. Até amanhã. — Sua voz saiu lixando a garganta. — Você pode me trazer um copo d'água, por favor?

— Só um minuto. — Fez uma careta, deu meia-volta e saiu pela porta.

Essa água vai vir cuspida com certeza. A dor de cabeça tinha descido para a nuca. Estalou o pescoço com os olhos fechados. Assim que os abriu, sua visão fixou-se na haste que segurava os sacos com os líquidos que injetavam em seu pulso. O metal brilhava sem nenhum arranhão. *Ou passam mais tempo do que deveriam polindo isso, ou não tem mais de um ano. Ainda bem que eu caí em um hospital tranquilo.* Arregalou os olhos em choque. *Esse hospital é particular!*

Levou a mão esquerda à boca. *Puta merda.* Seu peito subia e descia sem pausa. *Eu não tenho dinheiro para ficar aqui. Ainda mais duas noites.* Ameaçou se levantar outra vez, mas parou no último momento. *Não tem como eu sair daqui agora.* Cerrou o punho. *Por que aquela imbecil não me levou para um hospital público?* As paredes pareciam muito mais apertadas do que quando tinha acordado.

Calma. Agora não tem mais volta. Fechou os olhos e travou a barriga para controlar a respiração. A dor se espalhara por toda a cabeça. *Vai ter jeito. Talvez o Ignácio me ajude. Afinal de contas eu só estou aqui por causa do bendito contrato que ele aceitou.* Examinou o quarto em busca de seu celular, mas não enxergou seus pertences. *Qual é? Nem a pau que ele ia pagar qualquer coisa fora do nosso contrato.*

Vamos lá. Pensa. Passava a língua no machucado no interior de sua boca. *Se eu ligar para a Paula, com certeza ela... Não.* Fechou o rosto e negou com a cabeça. *Nem à base de porrada que eu vou pedir para ela pagar minha conta do hospital.* Olhou para o pulso. *Ela já pensa mal o suficiente de mim. Se por algum motivo ela resolver acreditar que eu tentei me matar, não vai parar de encher o saco.*

A mulher de branco surgiu pela porta com um copo de plástico branco na mão.

– Sua água. – Pousou o copo na mão de Tomas.

– Obrigado. – O desperto apoiou o copo no colo e respondeu sem tirar os olhos cerrados do joelho.

– Algum problema, senhor? – Exalou.

– Quais são as opções de pagamento? – Virou o rosto lentamente para encará-la. – Eu posso parcelar depois que sair daqui?

– Todos os gastos até depois de amanhã já foram cobertos. – Seu rosto amoleceu.

Cobertos? Até depois de amanhã? Suspirou mostrando os dentes e perguntou:

– Você sabe quem foi que fez isso?

A enfermeira foi até a base da cama e pegou uma prancheta. Levantou duas ou três folhas de papel.

– Quem pagou foi o senhor Antônio Alencar.

O desperto abriu um sorriso de orelha a orelha. *Ainda bem.* Sentiu seu corpo inteiro relaxar. Bebeu um gole de água e disse calmamente:

– É uma coisa que ele faria.

– Mais alguma coisa, senhor? – Guardou a prancheta.

– Meu celular, por favor. – Coçou o nariz. – E eu ainda não sei seu nome.

– Eu sou uma das enfermeiras desse andar. – Fechou a cara. – Roberta. Fernandez.

– Muito prazer.

– Eu vou pegar os seus pertences. – Forçou um sorriso e bufou. Rodou nos calcanhares e saiu do quarto.

Sete vozes esganiçadas cortaram o silêncio do lado esquerdo do desperto.

– Achei que ela nunca fosse embora.

Um calafrio subiu até a nuca de Tomas. Respirou fundo e virou o rosto. Um corpo branco e envelhecido caminhou pelo quarto e sentou-se na cadeira de madeira ao lado da cama. Encarou-o com seu olho gigante e abriu suas sete bocas em um riso horrendo.

O desperto forçou um sorriso.

— Senhora dos Sussurros, infelizmente não tenho nenhuma oferenda para lhe dar. — Controlou sua respiração. *Eu fiz algum ritual para ver o outro lado?* Piscou com calma. *Ou será que eu não voltei completamente?*

O espírito rodou o punho e suas garras refletiam as luzes do teto.

— Tomas, meu querido. Fui eu que te procurei. Não tem por que fazer nenhuma oferenda.

Ela atravessou o véu. Pousou a mão instintivamente no local onde estaria o bolso com a cabeça de alho. Engoliu saliva.

— Imagino que cruzar o véu não tenha sido uma tarefa fácil, mesmo para um espírito tão sábio e poderoso como você.

— Seu fofo, sempre cheio de elogios. Hospitais são um dos poucos lugares em que ainda dá para trespassar o véu com alguma facilidade. — Esfregou uma das línguas nos dentes. — Isso e cemitérios, mas quem quer visitar um lugar daqueles? — Cruzou as pernas magras e apoiou as mãos no joelho.

A voz do espírito soava como o arranhar de vidro nos ouvidos de Tomas. Passou alguns segundos em silêncio até que disse, apressado:

— A que devo a honra?

— Eu soube que você quase morreu fazendo um feitiço. — Passou a unha do indicador entre os dentes da boca logo acima de seu olho. — Você? Fazendo um feitiço? Eu fiquei horrorizada. Então vim correndo para ter certeza de que estava tudo certo.

Não tem como isso ser verdade. Coçou a cabeça.

— Pois é, um mapinguari estava dando problema lá na Floresta da Tijuca. Era isso ou deixar o bicho solto.

— Mas, menino, por que não pediu ajuda? Você sabe que eu estou sempre aqui para qualquer coisa que precisar. — Levou as mãos ao rosto. — Para isso que servem os amigos.

Desde quando a gente é amigo? Forçou outro sorriso.

— Um espírito tão poderoso quanto a Bela Dama não pode perder tempo com os desejos de um mero mortal como eu. Aceitar um contrato às vezes deixa a gente com uma nova cicatriz para contar história. São os males da profissão.

— Tomas, meu querido, bem lembrado. — Bateu uma palma e arregalou as sete bocas. — Sobre esse batizado que você aceitou fazer, eu gostaria muitíssimo que você se negasse a fazê-lo.

Finalmente chegamos ao ponto que ela queria. Geralmente ela tem mais calma para falar alguma coisa. Fez a cara mais ingênua que conseguiu.

– Como assim, Grande Senhora?

– O que tem para explicar, Tomas? – Jogou o corpo para trás, batendo no encosto da cadeira. – Eu estou pedindo encarecidamente que você não faça o batizado da garota.

– Por mais que eu valorize a nossa amizade, ó, Dama ao Avesso, não posso quebrar um contrato. – Respirou fundo. – Talvez se a senhora falasse com o Ignácio ele pudesse cancelá-lo.

– Meu amor – estalou cada uma das línguas três vezes –, você sabe quão teimoso ele consegue ser. Com aquele sangue frio de cobra, ninguém consegue convencer ele de nada. Nem de morrer. – Abafou um risinho cacofônico. Tremeu o pescoço e encarou o desperto. – Eu preciso, do fundo do meu coração, que você faça isso para mim.

Tomas abaixou o queixo. *E agora? Se eu recusar, eu me ferro.* Passou os dentes na ferida no interior de sua boca. *Por que que ela está tão focada em parar o batizado? Não é como se isso fosse fazer qualquer coisa. Mal pode ser considerado um ritual. Está mais para burocracia que qualquer outra coisa.* Virou-se para a Senhora dos Sussurros, que o fitava sem piscar. *Não tem como eu negar. Não agora, pelo menos.*

Abriu a boca para falar, mas foi interrompido pelo som da porta do quarto se abrindo. A enfermeira entrou carregando uma bandeja em uma mão e uma sacola de plástico na outra. Estava completamente focada em equilibrar os objetos. Seus passos eram contados.

– Eu aproveitei para trazer seu jantar também. – Não tirava a atenção do chão. – O senhor deve estar com fome.

O desperto permaneceu estático vendo a mulher se aproximar. *Puta merda.*

A enfermeira colocou a sacola no criado-mudo ao lado da cama.

– Aqui estão suas coisas. – E pousou a bandeja no colo de Tomas com cuidado. – Pronto. Frango com arroz. Se precisar de alguma coisa, aperta o botão que alguém vem te ajudar. – Pouco a pouco seu olhar subiu para a Senhora dos Sussurros. Apertou os olhos por alguns segundos até perceber o que estava vendo.

Só faltava essa agora.

O rosto da mulher ficou da mesma cor de sua roupa. Sua boca curvou aberta para baixo e suas sobrancelhas se ergueram. Jogou o copo para trás e foi tropeçando até a parede. Soltava um ruído constante e irregular pela boca. Uma mistura de respiração, ronco e soluço. Dividia a atenção entre o desperto e o espírito constantemente, como que para ter certeza de que não estava vendo coisas. E, depois de contorcer o pescoço por alguns segundos, seus olhos rodaram para cima até ficarem completamente brancos, então relaxou.

A Senhora dos Sussurros soltou sete gargalhadas agudas.

– Até que ela durou mais do que eu esperava.

Tomas permaneceu com os olhos fechados. *Isso não pode estar acontecendo.* Encheu os pulmões sem pressa e soltou o ar. Levou a bandeja para o lado da cama e rodou o tronco para sentar com as pernas para fora. Levantou-se o mais devagar que conseguiu para não desmaiar. O quarto começou a escurecer. *Respira.* Apoiou as mãos nos joelhos e contraiu o rosto até o sangue voltar para a cabeça.

O espírito foi até a cama e pegou o peito de frango com as pontas de suas garras.

– Eu ainda fico surpresa com o quanto a mente mundana é frágil. – Enfiou o frango inteiro em uma das bocas do lado esquerdo de seu olho. – Mal me viu e já desmaiou. – Lambeu os dedos com três bocas diferentes.

O desperto caminhou até a enfermeira. O quarto ainda ameaçava girar. *Respira.* Ajoelhou-se com calma à sua frente. Com cuidado abriu os olhos da mulher o máximo que conseguiu e procurou por um sinal de consciência. *Ela não enlouqueceu, graças a Deus.* Checou o pulso e a respiração. Apoiou-se nos joelhos para se levantar, virou-se para a Senhora dos Sussurros.

– Ela vai acordar daqui a pouco e, assim que fizer isso, vai inconscientemente fortalecer o véu.

– Tomas, meu querido, eu não acredito. – Levou a mão ao seio flácido em um gesto exagerado. – Já está me expulsando?

– É pela sua segurança, Dama ao Avesso. – Arrastou os pés até a cama. – Você viu quanto tempo a mente dela demorou para rachar. Dependendo de quanto a consciência dela fortalecer a realidade quando voltar, você pode ficar presa aqui para sempre. Ou pior. – Apoiou uma das pernas na cama com um gemido. *E quanto mais cedo você sair de perto de mim, melhor.*

– Tomas, seu fofo, sempre se preocupando comigo. – Flutuou de ré até perto da cortina. – Mas você ainda não me deu uma resposta.

– Sobre? – Esforçou-se para soar inocente.

– O favor que eu te pedi, meu amor. – Inclinou o rosto para a direita em uma péssima tentativa de doçura. – Para não fazer o batizado da garota.

O desperto levou a mão à boca. Franziu o cenho em silêncio por alguns segundos.

– Infelizmente não vai ser possível, Grande Senhora. – Fez a cara mais patética que conseguiu. – Imploro que me entenda. Você não gostaria que eu desse para trás em um acordo que fizemos.

Por um único momento foi claro o ódio no único olho do espírito. Sorriu com as sete bocas e levou as mãos cerradas ao peito.

– Claro que eu entendo, meu querido. Sinceramente, eu gostaria menos de você se tivesse aceitado.

– Muito gentil de sua parte, Bela Dama. – Fez uma reverência. – Mas, se me permite, por que o interesse no batizado?

– Você sabe que a curiosidade matou o gato, seu fofo. – Lambeu os lábios brancos de cada boca em sentido anti-horário. – Mas, já que você insiste, eu não gostei daquela pirralha.

Desde quando parar um batizado faz alguma diferença para ela? Forçou um sorriso.

– Eu entendo completamente o que você está dizendo, Dama ao Avesso.

– Eu sabia que você ia entender. – Acenou rápida e bruscamente com a mão esquerda. – Agora, meu querido, vire-se para que eu possa ir embora. Já passei tempo demais do lado ruim do véu.

Deu as costas para o espírito e fechou os olhos. Ouviu oito ou dez passos se afastando, o vento uivar e, em seguida, silêncio. *Foi.* Suspirou. Empurrou o corpo para fora da cama e caminhou com calma até a enfermeira desmaiada. Seus joelhos estalaram ao se curvar. *Não faz sentido ela ter vindo me visitar. Ainda mais para eu não fazer o batizado da Ana.* Tomou a mão direita da enfermeira com sua mão esquerda e pousou o polegar da outra mão entre as sobrancelhas da mulher.

Colou o queixo no peito e fechou os olhos. *Vamos ver se eu consigo resolver isso com o mínimo de dano possível.* Concentrou toda a atenção em sua respiração. *Isso seria muito mais fácil se eu estivesse com a porcaria do meu amuleto.* Murmurou em ritmo contado:

– Pela ordem justa que separa as realidades, eu, Tomas Fontes, levanto a visão que afastou essa mulher de sua realidade.

Seu polegar começou a esquentar. *Bom.* Abriu os olhos e virou a palma da mão direita da enfermeira para cima. Sem tirar a atenção da garganta da mulher, depositou o polegar esquerdo sobre a palma dela. Fez movimentos circulares até o dedo soltar tanto calor quanto sua testa. *Perfeito.* Uma fumaça negra começou a escorrer da boca da mulher. O fio escuro desceu de seu queixo até a barriga e, assim que encostou no chão, desapareceu. A enfermeira piscou devagar e focou no desperto.

Tomas levantou-se com calma e estendeu a mão.

– Tudo bem? Você caiu do nada.

A enfermeira apertou a mão e se levantou.

– Deve ter sido uma queda de pressão. – Levou a outra mão à cabeça.

– Deve ter sido. – Apontou para a cama. – Você precisa sentar? Ou de um copo d'água?

– Não, daqui a pouco passa. – Largou a mão do desperto e foi se apoiando na parede em direção à porta.

– Só mais uma coisa – arrastou os pés para a cama –, eu vou precisar dar baixa ainda esta noite.

– Senhor, eu já falei que a gente não pode deixar você sair sozinho. – Virou o corpo e apoiou os ombros na porta. Sua voz saía rouca. – Ainda mais no seu quadro psiquiátrico.

Tomas sentou-se na cama com uma perna após a outra. Pegou a bandeja e colocou em seu colo.

– Olha, eu sei que o hospital tem normas e tudo mais – deu uma garfada no arroz e o levou à boca –, mas eu tenho certeza de que vocês não podem me prender aqui. – Engoliu. – Então, como eu posso fazer para sair daqui sem causar confusão?

A mulher o encarou de cima a baixo. Negou com a cabeça e ergueu as sobrancelhas.

– Espera aqui, por favor, que eu vou trazer o termo de responsabilidade para você assinar. – Girou o corpo com a ajuda da parede e saiu.

Ótimo. Apoiou a bandeja ao lado de seu corpo. Fechou os olhos e focou o ritmo de sua respiração. *Um, dois, puxa. Um, dois, solta.* Levou as duas mãos até os joelhos com cuidado. *Um, dois, puxa.* Fechou os dedos com força. *Um, dois, solta.* Sentiu um frio congelante invadir o quarto e abriu os olhos.

Passou os olhos pela sala à procura de qualquer espírito, mandala ou ritual. O quarto do hospital estava completamente deserto do outro lado.

Ótimo. Sentiu o peito afundar. *O véu aqui não é fino. Ela deve ter feito um esforço enorme para vir falar comigo.* Abriu e fechou as mãos geladas. *Isso não pode ser bom.* Passou os olhos pelo quarto mais uma vez. *Pelo menos eu finalmente estou sozinho.* E saiu do transe.

Esticou o braço até o criado-mudo ao lado da cama e pegou a sacola. Enfiou o braço por alguns segundos e sacou seu celular. Apertou o botão para ligá-lo e apertou os olhos. *Vai.* Depois de alguns instantes, a tela acendeu. *Bom.* Seus olhos foram imediatamente para a barra de bateria. *Nove por cento. Ainda dá.* Abriu a lista telefônica, foi até o nome do Antônio e apertou para ligar. *Tomara que ele ainda esteja acordado.*

O telefone tocou por quase vinte segundos até que uma voz fraca surgiu do outro lado.

– Alô?

– Antônio? É o Tomas. Tudo bem? – Tentava controlar a ansiedade em sua voz. – A bateria está acabando, então tenho que ser rápido.

A respiração do Feitor-mor pesava do outro lado da linha.

– O que aconteceu, Tomas? A Helena falou que te deixou no hospital. Você está bem?

– Eu estou bem. Aliás, obrigado por pagar a conta. – Sacudiu a cabeça. – Depois a gente fala disso. A Senhora dos Sussurros atravessou o véu e veio falar comigo.

– Isso não pode ser um bom sinal. – Sua voz continuava calma. – O que ela queria?

– Ela veio pedir para que eu me recusasse a fazer o batizado da Ana dos Santos.

– Estranho. – Fez uma pausa. – Imagino que tenha negado o pedido.

– Foi. Eu te liguei porque achei que você devia saber.

– Fez bem. – Sua respiração começava a agitar do outro lado da linha. – Talvez seja melhor realizar a cerimônia o quanto antes. Quando você poderia?

– Assim que você estiver pronto.

– Vamos marcar para a próxima terça-feira, já que é lua cheia. – Limpou a garganta. – E você terá tempo de fazer todos os preparativos.

O desperto deixou a nuca cair para trás.

– Perfeito.

– Está marcado, então. Eu vou precisar que você venha amanhã para preparar a batizada. – Perdera o sono de sua voz. – Duas da tarde está bom para você?

– Está ótimo, Antônio. – Massageou os olhos com a mão esquerda. – Até amanhã.

– Até amanhã. – E desligou.

Largou o celular no criado-mudo. Foi até a sacola e espalhou todo o conteúdo sobre a cama. Checou com calma o que tinha sobrado. *Carteira, roupas, cigarro, chaves, o isqueiro amarelo que Helena emprestou e o celular.* Abriu a carteira para ver se tinham levado alguma coisa. *Tudo aqui. Surpreendente.* Tirou o avental e o jogou no chão. Vestiu-se o mais rápido que pôde sem tirar os olhos da porta.

Quando a enfermeira chegou, estava sentado na cama de frente para a porta.

– Onde eu assino?

– Senhor – disse com o cenho franzido –, eu tenho que te aconselhar a não ir embora sozinho. Não tem nenhum familiar que a gente possa entrar em contato?

Pegou o papel da mão da enfermeira.

– Vai por mim, nenhum que eu queira. – Apoiou o termo de responsabilidade na perna e o assinou o mais rápido que conseguiu. – Mais alguma coisa? – Esticou o braço com o papel na direção da mulher de branco.

– Não, o senhor já pode ir. – Bufou.

– Até a próxima. – Levantou-se e foi em direção à porta.

13

A CAMPAINHA BERROU e o desperto parou de pressioná-la, mas manteve o polegar pousado sobre o botão. *Mais uma vez, só para garantir.* Apertou uma segunda vez. Sacou o celular do bolso. Quinze para as duas. *Melhor ver se eu consigo falar com o Antônio antes da garota chegar.* Encarou a porta. Nada. Abriu e fechou as mãos até as juntas começarem a doer *Vamos!* Apertou a campainha uma terceira vez.

Um clique e a porta começou a abrir. Uma bochecha ameaçou subir, porém a cara gorda do neófito careca surgiu pela fenda. *Merda.* O rosto de Tomas desceu no momento seguinte. Respirou fundo.

– Eu tenho um horário marcado com o Antônio. – Teve que se esforçar para terminar a frase.

– O Feitor-mor está à sua espera. – O rosto de Ricardo murchou na mesma velocidade do desperto. Girou o corpo e esticou o braço para dentro. – Por favor.

Ele não vai me deixar esperando? O Antônio realmente deve estar preocupado. Entrou no departamento carioca dos Acólitos calculando os passos. Manteve sua atenção nos afrescos.

– Eu estou com pressa, então se puder me levar para o escritório do Antônio sem muita volta, eu agradeço.

O neófito rodou os olhos, exagerado. Girou nos calcanhares e caminhou até a porta de metal amarelado à esquerda. Abriu com mais força que de costume.

– Por aqui, por favor. – E desapareceu pelo portal no momento seguinte.

Deu um salto à frente para não perder o guia. Conseguiu chegar à porta antes de fechar e espremeu-se para passar sem encostar nela. *Foi.* Quando chegou ao corredor principal, o neófito já estava abrindo a porta seguinte.

Apressou o passo para passar pelo passadiço escuro. As relíquias pareciam maiores do que da última vez que visitara o departamento. Uma meia armadura de peito e braço feita com tiras de couro carregava um rosto de bebê que não parava de fitar a nuca do desperto. Um monóculo que parecia ser de cobre refletia luz em seus olhos toda vez que o fitava. *O Antônio deve ter feito alguma coisa muito pesada ontem.* Sentiu o ar gelado pesar em seus ombros. Prendeu a respiração e se controlou para manter a postura. *Só mais um pouco.* Passou pelo arco do escritório do feitor.

Antônio estava sentado com a cabeça baixa, focado em um tomo que parecia ser feito de couro. Ergueu o rosto para o visitante e levantou as bochechas, mostrando seu eterno sorriso macabro.

– Tomas! – Esticou o braço para uma das cadeiras a sua frente. – Sente-se, por favor.

O desperto caminhou com calma em direção à mesa do feitor e sentiu o vento frio soltando seu corpo. Ouviu a porta batendo às suas costas.

– Desculpa chegar mais cedo. Eu achei melhor a gente ter uma conversa antes da Ana chegar.

– Você leu minha mente. Aquela visita que a Senhora dos Sussurros te fez ontem me deixou muito preocupado. – Sua voz deixava claro por que tinha sido escolhido como Feitor-mor. Reclinou-se em sua poltrona. – Me conta com calma o que aconteceu.

– Foi o que eu te falei – deu com os ombros –, não fazia dois minutos que eu tinha acordado e ela veio falar comigo. O que quer dizer que provavelmente ela estava me esperando.

– O que nunca é um bom sinal. – Assentiu. Seus olhos focavam a alma de Tomas. – O que ela pediu exatamente?

– Ela falou que estava muito preocupada comigo – estalou a língua nos dentes –, o que obviamente era mentira, e pediu para eu me recusar a fazer o batizado.

– Só isso? – Permaneceu imóvel.

– Olha, Antônio – massageou os olhos com a mão direita –, pelo que eu me lembro, sim. Além de ela ter atravessado o véu para falar comigo.

O que pareceu uma eternidade se passou até que o Feitor-mor voltou a falar.

– Ótimo. Quer dizer, preocupante, mas podia ser pior. – Tamborilou os três dedos da mão esquerda na mesa. – Com certeza ela está querendo alguma coisa.

– É. Eu achei muito estranho. Por isso te liguei. – Girou a cabeça e ergueu a mão, apontando o polegar para trás. – Aliás, o que que você fez para as relíquias no corredor estarem tão sedentas?

– Ah, sim. – Levantou as bochechas e sacudiu a cabeça. – Eu fiz um feitiço ontem para tentar descobrir as intenções da Senhora dos Sussurros. – Levantou a manga do braço direito e tirou o curativo de uma ferida aberta que ia até o osso. As paredes de carne porosa saltavam levemente para fora do machucado. – Mas não deu em nada. A chance era pequena. Ela não é chamada de Senhora dos Sussurros por nada. – Desceu as mãos para a mesa. – Valeu a tentativa.

– Olha, Antônio, eu não quero soar como um disco arranhado, mas toda vez que eu apareço aqui, você tem um rombo novo. – Gesticulava a cada palavra. – Sério, cara. Você tem que parar com isso.

– Eu pensei muito no que você tem me dito, Tomas, e eu cheguei à seguinte conclusão: minha hora não chegou ainda. – Sua expressão continuava serena. – Quando chegar, será recebida de braços abertos. – Baixou o rosto por um segundo e voltou a encarar o desperto. – Quer saber uma das coisas mais importantes que eu aprendi nesses muitos anos de sacrifício?

Lá vem, pensou enquanto negava com a cabeça.

– O quê?

– Toda prática é uma prisão em que você entra de livre-arbítrio. – Abanou com a mão direita e sacudiu a cabeça energeticamente. – Deixa eu explicar melhor. Toda vez que você faz alguma coisa com regularidade, melhor você fica nela. – Pontuava as palavras com os dedos. – E quanto melhor você ficar, maior a chance de voltar a praticar essa ação.

– As pessoas são definidas por suas ações. – Deu com os ombros. – Ou por suas escolhas. Tanto faz. Qual é a grande revelação nisso tudo?

– Não é isso, a pessoa ser definida por suas ações. Quer dizer, não é só isso. – Apertava o rosto como que para espremer a ideia para fora. – Se você for fundo o suficiente, a pessoa desaparece, e só sobra a ação. Para o mundo, eu sou a cabeça dos Acólitos, nada mais. Eu olho no espelho, para isso – assoprou um sorriso e fez um movimento circular com a mão direita na frente do rosto –, e o rosto que eu vejo não é o do Antônio Alencar. O Feitor-mor tomou o meu lugar mesmo dentro de mim.

O ritualista permaneceu boquiaberto. Diante do silêncio do amigo, Antônio prosseguiu:

– Olha, Tomas, não me entenda mal. Fazer isso – desenhou um círculo imaginário ao seu redor com as mãos – é a coisa que já me fez mais feliz na vida. As verdades ocultas que eu descobri, as pessoas que eu ajudei, o poder que eu consegui... Eu não trocaria ser o Feitor-mor por nada. – Ergueu uma bochecha. – Contudo, é algo que se tornou muito mais forte que eu. E, às vezes, eu sinto saudade da simplicidade de ser quem eu era.

Tomas encheu o peito e disse:

– Antônio, eu sinceramente não sei o que falar.

– Tem uma primeira vez para tudo. – As bochechas do feitor subiram mais uma vez e seu olho se fechou.

A porta do escritório rangeu ao abrir. O neófito careca inclinou meio corpo para dentro.

– Com licença, Feitor-mor, a senhorita que será batizada já chegou.

– Muito obrigado, Ricardo. – Ergueu o braço direito para a porta. – Peça para ela entrar, por favor.

O neófito fez uma reverência exagerada e saiu fechando a porta devagar. Tomas fez uma careta e disse devagar:

– Antônio, se você precisar conversar um dia, sei lá, pode me ligar. Não tem horário.

– Muito gentil a oferta, mas provavelmente não será necessário. – Fechou e abriu seu olho sem pressa e respirou fundo. – Agora, vamos, por favor, mudar de assunto para a chegada da contratante. – Coçou uma parte queimada de sua cabeça. – Aliás, acho que é melhor não comentar sobre a visita da Senhora dos Sussurros com ela.

Tomas deu com os ombros.

– Por que eu faria isso?

– Não estou dizendo que você contaria – esfregava com força a unha em seu escalpo –, mas só por via das dúvidas. Saber que um espírito quis impedir seu batizado provavelmente causará muito mais mal do que bem.

– Ok – assentiu –, bico fechado.

– Ótimo. – A porta rangeu ao se abrir no momento em que o Feitor-mor terminou de falar. Dela surgiu Ricardo, que virou de lado com o braço apontando para dentro do escritório e fez uma reverência. Logo em seguida, Ana entrou em passos contados. Antônio levantou-se com a ajuda dos braços e disse: – Senhorita dos Santos, por favor, sente-se.

A adolescente puxou as pontas de sua camiseta preta para baixo e caminhou em direção à mesa. Seu caminhar era curto e apressado. Assim que chegou perto o suficiente, olhou para Tomas e forçou um sorriso que não enganava ninguém.

– Oi. – Acenou com a mão esquerda sem desgrudar o cotovelo das costelas. Sem esperar resposta, puxou a cadeira para sentar.

– Olá. – O desperto acenou com a cabeça.

– Desculpa o atraso. Deu uma engarrafada no final do Aterro, aí o táxi tentou cortar um caminho, mas acabou que só fez dar uma volta maior.

O Feitor-mor ergueu as bochechas.

– Não tem problema, minha filha. Nós estávamos discutindo algumas coisas sobre seu batizado no meio-tempo. – Seu único olho caiu sobre os olhos da contratante. – Sobre seu batizado, você pensou bem nele? Essa é a sua última chance de mudar de ideia.

– Aham – arregalou os olhos ao esticar a coluna –, eu quero fazer isso.

– Ótimo. Temia que adiantarmos a data faria com que você mudasse de ideia. – Reclinou-se em sua poltrona. – Então, quem você escolheu como padrinho? – Fez uma pausa e inclinou a cabeça. – Ou madrinha.

– Eu... – o rosto de Ana foi em direção ao chão, suas expressões mudando no ritmo de sua respiração –, eu não tenho um padrinho.

– Olha, minha filha, eu sei que isso tudo está sendo muito novo para você e estamos pedindo que faça escolhas além da sua idade – encostou a ponta da língua nos dentes –, mas é extremamente importante que você tenha um padrinho para realizarmos o batizado.

– Eu sei. – Seu queixo começava a enrugar. – É que o padrinho tem que ser um desperto. E eu não conheço nenhum.

O Feitor-mor assentiu devagar sem desviar a atenção da garota.

– Eu entendo. Nós devíamos ter lhe dado mais tempo para medir os possíveis candidatos. – Respirou fundo. – Mas agora já é tarde demais. – Juntou as pontas dos dedos das mãos, contudo, como uma mão não tinha todos, ficou com o mindinho e o anelar de uma das mãos balançando. – Vamos fazer o seguinte, por que você não escolhe o Tomas como padrinho?

Como é que é? Arregalou os olhos.

– Talvez seja melhor a gente ter um pouco de calma e pensar melhor no assunto. – Virou-se para Ana. – Tem algum desperto mais velho que você conheça?

Os olhos da jovem começavam a marejar. Permaneceu em silêncio com a respiração pesada por algum tempo. Sua voz saiu quase inaudível.

– Eu já falei que não conheço ninguém. – Colou o queixo no peito e contraiu o rosto.

Parabéns, Tomas. Você está fazendo a órfã chorar de novo. Arregalou a boca, mas as palavras não saíram. Gesticulava círculos para compensar a falta de sons.

– Olha – sua cabeça ia de ombro a ombro –, pensando bem, eu acho que pode ser uma boa ideia. – Olhou para o feitor de canto de olho. – Não é, Antônio?

O Feitor-mor fechou os olhos com calma e virou-se para a adolescente.

– Eu acho que seria uma situação excelente para vocês dois. O Tomas tem uma carga de conhecimento muito maior que a de um desperto médio. – Olhou para o ritualista. – E um pouco de contato com o mundo dos vivos não ia fazer mal para nenhum dos dois.

Ana finalmente conseguira empurrar as lágrimas para dentro.

– Por que eu preciso de um padrinho? – Uma gota de raiva saiu misturada com a pergunta.

Os dois homens fitaram a jovem e arquearam o pescoço. O Feitor-mor apoiou os cotovelos na mesa e soltou o ar pelo nariz.

– Perdão, minha filha. A pressa me fez ignorar meus deveres. Eu deveria ter explicado o porquê do padrinho com mais calma. – Apontou os antebraços para Ana com as palmas das mãos para cima. – O papel do padrinho ou madrinha é guiar o afilhado por essa nova realidade. Embora educar sobre o caminho dos rituais ou feitiços seja vital, mais importante ainda é mostrar os perigos e recompensas que o além-véu oferece. – Fechou as palmas das mãos. – Além do claro papel simbólico, é importante que saiba que, quando escolhido, e especialmente após o ritual, o padrinho será seu maior protetor. – Levou a mão fechada ao lado do rosto, com o polegar na orelha e o mindinho na boca. – Qualquer problema ou dúvida, você liga para o padrinho, e ele vai ter o dever de vir correndo para te ajudar. – O Feitor-mor terminou o discurso, mas os ouvintes continuaram em silêncio, evitando o olhar um do outro. Respirou fundo e concluiu: – Então, minha filha? Você aceita o Tomas como seu padrinho?

– Tá. – Sua voz falhou no final.

O desperto levou sua mão inconscientemente ao bolso com a cabeça de alho. Apertou-o até sentir a palma arder.

– Perfeito. Agora, o ritual vai ser domingo, não é? O que a gente tem que fazer até lá?

Antônio encarou Tomas com uma sobrancelha levantada.

– Bem, um dos papéis do padrinho é ajudar o futuro membro da comunidade desperta a escolher um amuleto. – Olhou para a adolescente com uma careta desconfortável. – Imagino que você não tenha escolhido um amuleto.

– Eu nem sabia que tinha que fazer isso – respondeu com pressa.

– Mais uma vez eu peço desculpas, minha filha. Eu deveria ter tido mais cuidado em guiar-lhe pelas minúcias do processo. Uma questão de costume. – Empurrou os poucos fiapos de cabelo em sua cabeça para trás. – Embora muitos despertos vejam o amuleto somente como uma ferramenta para lidar com espíritos, seu valor simbólico é inestimável. Por exemplo – fitou Tomas de rabo de olho e, em uma velocidade impressionante, sacou o punhal retorcido de cobre à sua direita –, este é meu amuleto. Embora existam vários similares em forma e material entre os Acólitos, eu consigo sentir pelo equilíbrio ou pelas inscrições, quando eu passo o dedo, que este é o meu punhal.

A adolescente permaneceu com o cenho erguido, focada na mão do feitor.

– Saquei.

– O amuleto é uma representação física da alma do desperto. Eu passei a minha vida inteira sacrificando meu corpo em busca de conhecimento, e esta lâmina de cobre cheia de gravuras representa isso. – Fechou os olhos e ergueu as bochechas. – O engraçado é que eu decidi que ele seria meu amuleto com dezesseis anos, muito antes de sequer pensar em me juntar aos Acólitos. – Apoiou o punhal na mesa e suas feições amoleceram. – Às vezes eu me pergunto quem escolheu quem.

Tomas levantou o cenho.

– Romantismos à parte – e soltou um sorriso sarcástico –, o amuleto é usado tanto para facilitar alguns feitiços e rituais quanto para bloquear alguns espíritos. – Olhou para o Feitor-mor de canto de olho e voltou-se para Ana. – Eles não são nem conscientes nem necessários para as coisas do além-véu.

– Ótimo – Antônio interrompeu e se dirigiu ao desperto. – Contudo, você concorda que, apesar de seu pragmatismo, a forma e o material de um amuleto ajudam em nível individual?

– Eu não acabei de falar que eles facilitam? – respondeu pausadamente. – Eu só estou dizendo que essa conversa de quem escolheu quem mais atrapalha do que ajuda essa hora. Obviamente você escolheu o punhal como amuleto, não o contrário.

O Feitor-mor permaneceu com o olho apertado para o ritualista por alguns segundos e sorriu.

– Fico feliz que você já esteja assumindo o papel de padrinho, Tomas. Afinal de contas, quem realmente deveria estar explicando isso não sou eu.

Merda. Controlava-se para não sorrir. *Ele me empurrou para onde ele queria outra vez.* Passou a língua na cicatriz no interior da boca.

– Ok. – Rodou o tronco na direção de Ana. – Só para eu ter uma ideia, que lado você quer focar mais?

A adolescente coçava a cicatriz em seu pulso direito.

– Não entendi.

– Cada material se relaciona de maneira diferente com o além-véu. Alguns abrem caminho, outros bloqueiam – girava uma mão em torno da outra –, outros ainda ficam dos dois lados ao mesmo tempo. Como você acha que vai interagir com o outro lado?

– Eu não tenho ideia. – Sua boca se abria e fechava sem emitir som. – Bloquear, eu acho. – Apertou os olhos. – Esse que tá dos dois lados parece bom também. Sei lá.

O Feitor-mor inclinou o corpo para a frente.

– Não tem problema, minha filha. Vamos fazer o seguinte. – Sua voz estava completamente calma. – Você e Tomas vão passar o resto da tarde procurando um amuleto que se encaixe a você, e domingo nós nos encontramos de novo para realizar o ritual de batizado. O que você acha?

– Pode ser – disse, reticente.

– Sem querer ser chato – Tomas ergueu a mão –, como você acha que a gente vai fazer isso? – Apoiou a cabeça na mão direita com o dedão na têmpora. – Pela tradição, demora pelo menos quinze dias para alguém escolher um amuleto. Isso com algum treinamento por trás. Olha, eu sei que a gente está com um prazo apertado e tudo mais. Mas achar um amuleto para ela em dois dias simplesmente não parece possível.

– Você me dá menos crédito do que eu mereço, Tomas. – Antônio parecia aproveitar cada momento da conversa. Coçou o buraco onde ficava seu olho. – Eu ia propor que você a levasse à Livraria.

Os olhos do desperto se arregalaram. Cobriu a boca e disse:

– Nem ela, nem eu temos como comprar algo de lá, Antônio.

– Será por minha conta. – Levantou as bochechas ao se virar para a adolescente. – Seus pais eram pessoas importantíssimas na comunidade, e eu perdi a conta de quantas vezes eles ajudaram os Acólitos sem pedir nada em troca. O mínimo que eu posso fazer é ajudar na sua iniciação.

Ana baixou o rosto em silêncio. Agarrava o pulso onde deveria estar sua mão direita. Abriu a boca para falar, mas um ar agudo saiu, então a fechou logo em seguida. Respirou trêmula por mais alguns momentos e levantou o rosto. Seus olhos estavam cheios d'água.

– Obrigada.

– Não estou fazendo mais que meu dever – o Feitor-mor falou com seu típico sorriso macabro. – Mais alguma dúvida? – O desperto e a adolescente se encararam com expressões vazias e negaram com a cabeça. – Ótimo, está combinado, então. – Levantou-se com o apoio das mãos e esticou o braço em direção à porta. – Mil perdões, mas eu peço que me deem licença, eu tenho alguns assuntos urgentes a tratar.

Os dois se levantaram e caminharam em direção à porta lentamente, Ana na frente e Tomas logo atrás. Assim que entraram no corredor, a jovem se encolheu.

– É impressão minha ou este corredor está muito mais escuro que da última vez?

– Isso é reflexo de um feitiço ou ritual que os Acólitos fizeram – coçou a nuca –, mas quer dizer que você está se familiarizando com o outro lado. Os mundanos não perceberiam isso. No máximo iam ter uma "sensação ruim".

– Valeu. – Travou o maxilar.

– Isso não é necessariamente uma coisa boa. – Bufou. – Agora que você vê o abismo, o abismo te vê. Vai se acostumando.

– Tá. – Diminuiu o ritmo dos passos até parar e virou-se para o desperto. – Eu vou ter que ter um livro como amuleto?

– Quê? – Jogou a nuca para trás.

– A gente não vai pegar meu amuleto numa livraria?

O desperto baixou o rosto em uma mal contida gargalhada.

– Não, a gente vai *na* Livraria. Ela é meio que um minibazar para a nata da comunidade desperta.

– Ah – virou-se para a frente e voltou a andar –, saquei.

– E você devia estar muito grata, o Antônio está investindo alto em você. – Apalpou os bolsos em busca do maço de cigarros. – O lugar não é barato.

– Tá. – Chegou até a porta no final do corredor e a abriu para Tomas passar.

– Valeu. – Esticou o corpo, passou de cabeça baixa e se virou automaticamente para a porta de saída.

Uma voz masculina cortou o silêncio.

– Tomas?

O ritualista se virou em reflexo na direção da voz. *Por favor, não.*

Em pé, na frente de uma das poltronas da sala de espera, estava Nando, com o cabelo espetado para cima e suas roupas apertadas demais. A única diferença de seu habitual estilo era a camisa social rosa. Deu dois passos para a frente.

– Posso falar com você rapidinho?

14

PUTA QUE ME PARIU, pensou Tomas ao olhar para a porta às suas costas. *Longe demais.* Encarou o micheteiro nos olhos.

– Eu estou no meio de um contrato agora.

– Vai ser rápido, eu prometo. – Desde que Nando começara a falar, tinha soltado o ar somente três vezes. Seus olhos arregalados pousavam em olheiras marcadas.

Tomas esfregou a palma da mão no rosto. *Lá vem.* Rangeu os dentes no interior da boca.

– Ok, pode falar.

– Valeu, cara. – O corpo do micheteiro relaxou, mas suas palavras ainda saíam trêmulas. – O Ricardo separou uma sala pra gente. – Virou o corpo para começar a andar.

– Pera, Nando. – Sua voz saiu mais grossa do que de costume. Ergueu a palma da mão. – Eu concordei em te ouvir, mas, de novo, eu estou no meio de um contrato. Se você quiser falar, vai ter que ser aqui.

Nando movia os olhos entre Tomas e Ana incessantemente. Deu um passo para trás e seu pescoço travou.

– Tipo, é uma parada meio que pessoal.

– Não tem problema – disse o desperto, sem demonstrar qualquer calor. – E eu estou com pressa. Você quer falar ou não?

– Tá, a gente pode sentar, pelo menos? – Apontou para as poltronas de couro na sala de espera.

Sério, cara? Permaneceu com o rosto imóvel. *Não está claro que eu não quero falar com você?* Bufou.

– Não, eu realmente estou com pressa.

– Tá bom. – Ergueu as sobrancelhas por um segundo e sacudiu a cabeça. – Tipo, eu preciso da sua ajuda.

– Fala com o Ignácio. – Sua voz demonstrava tanta emoção quanto seu rosto.

– Não, cara, qual é? O último contrato que eu fiz com ele me ferrou. Sério. – Mordeu o lábio inferior. Ficou mais alguns segundos em silêncio e seu queixo enrugou. – Me escuta, por favor.

Pelo amor de Deus! Massageou os olhos.

– Você está passando mais tempo se explicando do que realmente me contando o seu problema.

– É sobre a Rute – falou reticente ao anuir em movimentos rápidos.

– Quem é Rute? – respondeu fazendo círculos com a mão direita.

– A mulher do último ritual que você fez para mim. – As palavras saíram ásperas. – A coroa que você... – desviou os olhos para Ana e rapidamente voltou para o desperto – fez o aborto.

Tomas virou os olhos.

– O que que tem ela? Deu algum problema no ritual?

– Não, não, deu tudo certo, cara. – Subiu as sobrancelhas e mostrou as palmas das mãos. – É que, tipo, o ex-marido dela descobriu sobre a gente.

– Qual é o problema do ex-marido ter descoberto que você estava comendo ela? – Sua atenção não saía da porta.

– Eles estavam tentando voltar. Pelo jeito ele é um cara meio ciumento. – Limpou a garganta. – Esse foi um dos motivos por que eles se separaram, aliás, pelo que ela me contou. Mas sei lá.

Ele só pode estar de sacanagem comigo. Tentava acalmar a respiração. Fez uma careta.

– Você vai falar o que está acontecendo ou não?

– Não. É. Foi o que eu estava falando, cara. – Seu rosto desceu, sua voz saiu lenta e rouca. – Ele me jurou de morte. – Levantou a lateral esquerda da camisa e mostrou uma gaze de mais ou menos quinze centímetros. – Um cara já veio atrás de mim com um revólver ontem. Eu preciso da sua ajuda.

– Olha, Nando – esforçou-se para soar honesto –, eu realmente sinto muito pelo ex-marido da sua cliente estar indo para cima de você, mas não seria muito profissional da minha parte abandonar minha cliente. Sabe como é.

Ana deu um passo à frente e disse de uma só vez.

– Não tem problema. A gente só vai na Livraria depois, então dá tempo, né?

O desperto encarou a adolescente de cenho apertado e fechou os olhos com calma. *Merda de criança.* Assentiu.

– Mais ou menos. – Virou-se para o micheteiro. – Ela vai escolher o amuleto dela, o que nunca é um processo tranquilo.

Nando arqueou as sobrancelhas.

– Por favor, cara, eu vou acabar morrendo.

– Se é tão importante assim, eu ainda não entendi por que você não faz um contrato com o Ignácio. – Massageou os olhos com a mão direita. – Aí nenhum de nós ia ter que passar por essa situação.

A atenção do micheteiro caiu para a adolescente e circulou a sala de espera vazia. Sua boca se abria e fechava entre caretas. Levou uma mão à lombar e a outra pousou em sua testa, tampando sua visão.

– Pelo jeito minha alma não vale muita coisa, e eu não tenho influência na comunidade o suficiente para conseguir um desconto. – Sua voz começara a tremer. – Se eu fizer mais um contrato desses, não vai sobrar mais quase nada de mim, mesmo que eu saia vivo.

Só me faltava essa agora. Qual é a chance de eu fazer um ritual sem que a Senhora dos Sussurros saiba que eu virei padrinho da garota? Bufou. *Sem chance. Eu não vou correr esse risco.* Abriu a boca para falar, mas foi interrompido pela adolescente.

– A gente vai fazer o ritual. – As palavras saíram limpas e rápidas.

O desperto fechou os olhos e puxou o ar com calma. *Ela não consegue ficar quieta, não?* Abriu os olhos na direção de Ana.

– A gente?

– É, ué. – Virou o rosto para Tomas. – Você não vai ser meu padrinho?

O micheteiro segurou o braço do desperto com a mão direita.

– Por favor, cara. – Seus olhos ameaçavam marejar. – Eu faço o que você quiser.

O desperto estalou a língua nos dentes. *Tinha que ser.* Arrastou os dentes na cicatriz em sua boca. Levou a mão ao bolso com a cabeça de alho.

– Ok. "A gente" vai fazer o ritual, mas você vai ficar me devendo. Muito.

– Obrigado, cara! – Um sorriso desajeitado estourou no rosto de Nando. Apertou o braço de Tomas com força. – Valeu mesmo. Eu tô te devendo. Qualquer coisa que você precisar, pode contar comigo. Não tem essa.

Esse ritual vai me ferrar. Olhou de relance a adolescente, que sorria de orelha a orelha.

– Perfeito. Agora, me conta com calma o seu problema.

– É – o micheteiro se recompôs e passou as palmas das mãos na camisa –, tipo, foi o que eu te falei, o cara descobriu que a ex dele era minha cliente e resolveu ir atrás de mim. É isso.

– Detalhes, Nando. Por favor. – Piscou com calma e esfregou a mão na têmpora direita. – Onde ele mora? O trabalho dele? Ele sabe do bebê? Essas coisas.

– Ahn – ruminou com o rosto pálido. – Ele tem uma empresa. De importação, eu acho. Eles voltaram a morar juntos lá no apartamento dela na Lagoa. Eu acho que ele não sabe do bebê. – Seus olhos saltavam entre o chão e o desperto. A expressão de dor em seu rosto chegava a ser cômica. – Mais alguma coisa?

Tomas esvaziou os pulmões.

– Como ele descobriu que ela era sua cliente?

– Quem? A Rute? – Levou a mão esquerda à nuca. – Cara, não sei. – Permaneceu com a visão colada no chão. – Pelo jeito, eles meio que estão voltando já faz uns meses. Talvez ele tenha contratado um detetive particular, ou falado com o porteiro, sei lá.

Ótimo. O idiota nem sabe como foi descoberto.

– Como você sabe que é o ex da sua cliente que está atrás de você, então?

– Os caras me pegaram saindo do apartamento dela. – Tirou a mão da nuca e levou-a à cabeça. – Um deles falou que era para eu aprender a não comer a mulher dos outros. – Virou-se assustado para a adolescente. – Desculpa o palavrão.

– Sem problema. – Ana sorriu.

Tomas falou o mais devagar que conseguiu:

– Presta atenção, isso é importante. Se eu não souber como ele descobriu, o ritual vai ser muito mais complicado. Pensa direito.

– Não sei mesmo, cara. – Levou a mão ao rosto e o apertou, enquanto negava com a cabeça. – Foi mal.

Os olhos de Tomas caíram sobre a adolescente. *Por que eu aceitei isso?* Retornou sua atenção ao micheteiro.

– Imagino que o apartamento que usamos da última vez não esteja disponível.

– Não. – Balançou a cabeça em movimentos tímidos. – Ainda mais depois que aqueles caras me pegaram.

Eu nem vou receber por isso. Colou o queixo no peito. Massageou os olhos com os dedos da mão esquerda.

– A gente vai fazer o seguinte, eu vou descer para comprar os ingredientes, e, enquanto isso, você vai até o Feitor-mor desta repartição e agenda uma das salas de cerimônia para a gente fazer o ritual. Fala que é para mim.

– Tá bom. – Travou os ombros.

– Eu preciso dizer que o custo de marcar a sala de cerimônia e dos ingredientes para o ritual vai ser completamente seu?

– Não, cara. Claro. – Apertou o braço do desperto pela segunda vez. – Obrigado, tá, cara. Eu não vou esquecer essa.

Torcer para o ritual ser fácil, pelo menos. Rodou nos calcanhares e arrastou os pés para a saída. Girou a maçaneta e, ao abrir a porta, percebeu que a adolescente não tinha se movido desde o final da conversa. Girou os olhos e disse, brusco:

– Vem. – E seguiu pelo corredor do prédio.

Ana deu um salto e trotou até o desperto.

– Foi mal, eu não sabia se a gente ia junto.

Você me botou nessa furada e agora quer ficar aqui esperando? Piscou com calma.

– Assim você vê de perto como um ritual é montado e aprende alguma coisa. – Parou na frente do elevador e apertou o botão para descer.

Os números dos andares acima da porta do elevador acendiam um a um. Os futuros padrinho e afilhada permaneceram quietos sem nem trocar olhares. Um apito e o elevador chegou. Um cheiro de cachorro molhado subiu pelas narinas do desperto. *Alguém entrou com um bicho no prédio.* Esticou a coluna. *Perfeito.* Entrou e segurou a porta para que a adolescente entrasse.

Apertou o botão do térreo. O elevador começou a descer com um tranco. Deu dois passos para trás para encostar as costas na parede. *O que o Antônio estava pensando?* Olhou para a adolescente de relance. *Ele podia muito bem ter pego um acólito para ser padrinho dela. Ele podia parar com a missão de consertar minha vida. Eu já tenho a minha irmã para isso.* Um sorriso forçou caminho por seu rosto. *Eu podia muito bem ter negado. E estava resolvido.*

O segundo tranco foi o sinal de que tinham chegado. Ana foi à frente e segurou a porta para que o desperto passasse.

– Para onde a gente vai?

– Tem um supermercado aqui perto. – Acenou com a cabeça ao sair e foi em direção à rua. Levou a mão ao bolso e sacou o maço de cigarros. – Agora é torcer para que esteja aberto. – Assim que saiu do prédio, parou, colocou um cigarro na boca e o acendeu. A fumaça entrou em seu pulmão como um sopro divino.

A adolescente interrompeu o silêncio.

– Para que lado?

– Para lá. – Apontou com a cabeça, soltou a fumaça pelo nariz e voltou a andar.

A caminhada até o supermercado foi feita em completo silêncio, com Tomas na frente e Ana sempre dois ou três passos atrás. Esgueiravam-se entre marquises e árvores para fugir do sol carioca, o que não era uma tarefa fácil. As pessoas começavam a sair do trabalho e se empurravam para adiantar cinco minutos do trajeto engarrafado.

O desperto jogou o corpo para o lado para desviar de uma mulher idosa que andava sem olhar para a frente. Mostrou os dentes ao sentir a costela bater em uma pilastra. *Tinha que ser velha*, pensou ao acompanhar a idosa com os olhos.

Ana se aproximou.

– A gente tá chegando? – disse num misto de pergunta e afirmação.

Os pelos da nuca de Tomas se arrepiaram. Tinha esquecido que a adolescente estava lá. Esticou o pescoço para enxergar acima da multidão.

– Ali, no começo da próxima quadra. – E voltou a andar.

– Que loucura esse problema do Nando, né? – Pela primeira vez, Ana caminhou ao lado de Tomas. – Isso acontece direto?

– Mais ou menos – respondeu sem olhar para o lado. – Ritualista é uma profissão em que não se passa fome.

– Como assim? – Ziguezagueava pela calçada, evitando os pedestres.

– Sei lá. Por algum motivo, a vida de um desperto é sempre cheia de problema. – Desviou de um poste. – Mais do que a pessoa média, pelo menos, então tem sempre alguém querendo fazer contrato.

– Saquei. – Sua voz quebrava a cada passo. – Os mundanos não te contratam, não?

– Não. – Parou atrás de uma pequena multidão esperando o sinal abrir. – Muito trabalho. – Olhou a adolescente, viu seu olhar confuso e continuou: – A mente dos mundanos, especialmente em grupos maiores, bloqueia quase toda influência do outro lado. Esse bloqueio é tão forte que só o fato de ele ter contratado o ritual já complica muito as coisas, mesmo que ele não esteja perto. – O sinal abriu e o público começou a andar.

– Por isso que cidade quase não tem espírito? – Voltou a andar atrás do futuro padrinho.

– Basicamente. – Parou para deixar um homem de terno passar e virou-se para o supermercado. – Por aqui.

A entrada do mercado estava espremida entre um prédio comercial e a esquina. Os espaços entre três caixas, somente um deles em operação, eram as únicas passagens para o interior do estabelecimento. O piso, originalmente branco, mostrava trilhas amareladas por onde os clientes passavam com maior frequência.

O desperto pegou a primeira cesta plástica que viu e se espremeu entre os caixas. Espaço era uma preciosidade naquele lugar. As paredes estavam tão abarrotadas de produtos que mover um era correr o risco de derrubar todos. Cada centímetro era aproveitado. Nos corredores não passavam duas pessoas lado a lado. Pelo menos naquele horário isso não era um problema, as poucas pessoas que entravam saíam com apenas um petisco ou uma água.

Parou na frente de um refrigerador cheio de diferentes tipos de carne. *E agora? Ele não falou exatamente como queria se livrar do ex.* Tentou cruzar os braços, mas a cesta bateu em sua barriga, impedindo o movimento. *Merda.* Levou as mãos à cintura. *O que será que ele está pensando que eu vou fazer? Se ele está achando que vou fazer um ritual para matar o cara, ele está viajando.* Mostrou os dentes em uma careta. *Só porque eu tirei o bebê da mulher?* Contraiu os lábios. *Quem ele está achando que é?*

A voz de Ana cortou o silêncio.

– Não tá achando a carne?

– Quê? – Tomas saiu de seus pensamentos e fitou a adolescente.

– Você tá parado aí encarando as carnes. – Levou a mão esquerda à cicatriz do punho. – Achei que você não tava achando a carne que queria.

– Não, é que o Nando não falou qual ritual ele queria fazer. – Coçou a sobrancelha direita.

Ana mordeu o lábio com os olhos fixos no chão. Deu três passos e se recostou no refrigerador.

– Quais são as possibilidades?

— Bem – recostou-se ao lado da adolescente –, primeiro eu poderia fazer com que o ex começasse a se interessar por outras mulheres. Eu também podia fazer com que a Rute, a amante, começasse a procurar outros caras. Ambos iam fazer com que a atenção saísse do Nando. – Expirou devagar até todo o ar sair do pulmão. – Tem sempre a saída de um ritual de assassinato, mas eu realmente não estou a fim de fazer isso.

— Saquei. – Enrolava o cabelo com o indicador e o polegar. – Dá para fazer ele esquecer o Nando?

O desperto apertou os olhos, focado na adolescente. *É claro*. Abriu a boca em silêncio e estalou os dedos.

— Apagar a memória não, mas dá para reconstruir.

— Vai ser esse então? O ritual. – Ana soltou um sorriso de meia boca e virou o rosto para o chão, tentando escondê-lo.

— Já que eu não pensei em nada melhor, vai. – Empurrou o corpo para longe do refrigerador. Rodou a cabeça esquadrinhando o supermercado. Pegou a cesta de plástico no chão e começou a andar.

A adolescente correu até o desperto.

— Se você me falar quais são os ingredientes, eu posso ir pegando alguns. Para agilizar as compras.

— Não é assim que funciona – respondeu com os olhos grudados nas prateleiras pelas quais passava. – Tem que ver o que tem aqui.

— Mas você não falou que já sabia qual ritual ia fazer?

— E eu sei o ritual que vou fazer. – Abaixou-se para ver o feijão e sentiu uma pontada na lombar. Fez uma careta e levantou com a mão direita nas costas.

— Não entendi. – Franziu o cenho ao pegar a cesta de plástico da mão de Tomas.

— Um ritual basicamente tem duas funções. Atrair o espírito e, através das oferendas, convencer ele a fazer o que você está pedindo. – Voltou a andar com a atenção nas prateleiras. – Embora cada entidade tenha suas preferências, a grandessíssima maioria não tem uma oferenda obrigatória. É mais uma questão de gosto.

— Tá. – Seguia Tomas a menos de dois passos de distância. – Mas quando você fez o ritual lá em casa, você preparou os ingredientes de um jeito bem específico.

— Quando eu fiz o ritual na sua casa, eu tive mais que algumas horas para me preparar. – Parou no corredor de bebidas. Puxou uma garrafa de cachaça da segunda prateleira de baixo para cima e levantou o nariz para olhar o preço. *Para quem é, está bom*, pensou ao pousá-la na cesta plástica. Virou-se para Ana. – Se estiver muito pesada, fala.

– Não, tá tranquilo. – Apoiava a borda da cesta em uma das prateleiras

– É óbvio que está pesado. – Esticou a mão direita na direção da jovem. – Dá.

– Eu falei que tá leve. – Deu um passo à frente, escondendo parcialmente a cesta atrás do corpo.

– Deixa de ser teimosa e me dá logo pra gente seguir com as compras. – Jogou a cabeça para trás.

Os dois continuaram parados por mais de dez segundos. O impasse terminou com a adolescente esticando o braço com a cesta na direção do desperto, o rosto fechado.

– Toma.

– Obrigado. – E recomeçou a andar. Passaram três corredores quando voltou a falar. – Vai ser até bom você acompanhar o ritual.

– Por quê? – A fala saiu em uma mistura de desafio e desculpa.

– Vai ser seu batizado de verdade. – Parou na frente da gôndola de produtos matinais. – Vai ter a burocracia lá da cerimônia, mas ela é quase uma festa fantasiada de ritual. – Ficou na ponta dos pés e pegou um saco de café barato. – É bom para você já ir vendo como é o trabalho de alguém que mexe com assuntos despertos no dia a dia. – E voltou a andar.

– Saquei. – Sua atenção estava colada nas latas de leite condensado. – Tipo, como vai ser o batizado?

– Você já foi a algum batizado antes? – Seus dedos começaram a doer e trocou a cesta de mão.

– Aham – arrastava os dedos nas prateleiras –, mas só de mundano.

– É quase a mesma coisa. As tradições despertas e mundanas se confundem muito. – Virou à direita na direção da ala de hortifrúti. Desviou para um homem de terno passar e agachou-se na frente de algumas folhas. – Vários despertos na história tentaram ensinar parte da Verdade para os mundanos. Mas, ao mesmo tempo, ninguém nasceu desperto, e sempre tem uma bagagem da matéria que vem junto. É uma via de mão dupla.

– Entendi. – Mordeu os lábios. – Que que você tá procurando?

– Sálvia, feno-grego, alecrim, urtiga... – Levantou uma batata e logo em seguida a colocou de volta em seu lugar. – Qualquer uma delas.

A adolescente ziguezagueou entre as ilhas de vegetais em silêncio, com os dedos ainda arrastando nas bordas. Até que parou em uma gôndola com cabeças de alho.

– Por que alho?

– Quê? – Virou o rosto para Ana com o cenho franzido.

– O Antônio falou que os amuletos definiam o desperto, tipo um espelho. – Continuou circulando as ilhas. – O seu parece tão, sei lá, normal.

O desperto encheu os pulmões com calma.

– Isso é uma coisa que causa uma certa confusão na comunidade desperta. – Arrastou os pés para uma gôndola cheia de ervas. – Mas, sei lá, os amuletos têm a função de facilitar o contato com espíritos, seja apertando ou alargando o véu, e eu não queria ficar dependente de um objeto. – Deu com os ombros. – Então o alho me pareceu uma boa escolha. É um amuleto forte, que não tem problema perder ou gastar.

– Tá – assentiu devagar e apontou seu cenho franzido para o chão.

Tomas seguiu com a atenção focada na prateleira de ervas. Quando estava quase chegando ao final, encontrou. *Alecrim!* Pousou-o na cesta em cima do saco de café. Virou-se para Ana com meio sorriso no rosto e disse:

– Tudo aqui. Vamos? – E foi para a saída sem esperar resposta.

A adolescente sacudiu a cabeça como se saísse de um transe e correu atrás do desperto. Quando o alcançou, ele já estava na fila do caixa.

– E agora?

– Agora é fazer o ritual. – Inclinou a cabeça.

Ana olhou para os três ingredientes na cesta.

– Só isso?

– O resto eles têm no departamento dos Acólitos. – Apertou os olhos. – Pensando bem, corre lá e pega algumas velas brancas, por favor. Só para garantir.

– Tá bom. – Deu meia-volta e correu até sumir de vista entre os corredores.

15

TOMAS AFUNDOU o polegar esquerdo na campainha e deixou-a berrar. *Vai!* Permaneceu com o dedo fixo no botão e os olhos na porta. Sua mão esquerda mostrava uma linha rosada, cada vez mais escura, marcada pelo peso da sacola com os ingredientes para o ritual. *Na boa, não pode ser tão difícil.* Retirou o dedo da campainha. *Eu falei para ele ir preparando as coisas enquanto eu ia no mercado.* Tirou o celular do bolso para ver as horas. Virou os olhos e mostrou os dentes. *Ai, já foi mais de meia hora.* Estalou a língua nos dentes. *Maldita hora que eu resolvi fazer o favor para o Nando.*

O cheiro de cachorro molhado que tinha começado no elevador se alastrara pelo corredor do andar do departamento carioca dos Acólitos. O odor meio azedo, meio almiscarado, forçava caminho pelas narinas sem se importar com as vontades de quem o inalava. O desperto empurrou o ar para fora do nariz de uma só vez. *Sempre uma boa surpresa.* Girou o corpo e pousou as costas na parede ao lado da porta.

A voz de Ana cortou o silêncio.

– Vocês realmente não se gostam, né? – Estava sentada com os pés juntos, segurando os joelhos, encostada na parede a noventa graus da porta. – Você e o cara careca.

Tomas encarou a adolescente por alguns segundos e negou com a cabeça.

– Eu não tenho ideia do que ele acha – jogou o queixo para cima, apoiando a nuca na parede, e desceu o corpo lentamente até sentar-se –, mas ele é um babaca.

– Ele sempre me tratou bem. – Fitava seu futuro padrinho com a bochecha quase encostando no ombro direito. – Se você tratasse as pessoas melhor, elas não iam te deixar esperando na porta.

– Como é que é? – Franziu o cenho.

– Não. – Arregalou os olhos. Sua voz saía rápida, com pausas fortes entre frases. – É que, você sabe, né? Às vezes você é meio grosso do nada e ele pode ter ficado meio... – seu olhar colou no chão – ... ofendido.

O desperto fechou os olhos e encheu os pulmões com calma. Fez uma careta ao sentir o cheiro de cachorro. Sacudiu a cabeça e soltou o ar.

– Olha, o Ricardo é um babaca que está mais preocupado com o status que uma posição nos Acólitos pode dar do que realmente fazer um trabalho decente. – Levou o tronco à frente, descolando da parede. – E, se eu sou "meio grosso" com ele, é porque ele merece.

Empurrou o corpo para cima, para se levantar, e sua lombar gritou. Apoiou a mão direita na porta e afundou o dedo na campainha uma segunda vez. *Atende a porta, caralho!* A cada toque, repetia o movimento um segundo mais rápido.

A porta se abriu em um solavanco com o rosto do neófito careca descerrando as alas. Tomas empurrou a porta com a mão direita, jogando o tronco de Ricardo para trás, e disse:

– Alguém já te falou que você é um completo incompetente no seu trabalho? – Suas mãos se abriam e fechavam sem interrupção. – Quão difícil é atender uma porcaria de uma campainha?

– Estava ocupado com outros afazeres – respondeu sem olhar para o desperto, o queixo levantado. – Meu cargo como acólito...

Tomas interrompeu o discurso ensaiado:

– Cara, cala sua boca que eu estou falando. – Sua voz saía rouca entre os dentes. – Qual foi a sala de ritual que o meu cliente reservou?

Um grená profundo cobria o neófito do topo da cabeça até o pescoço. Seu peito e barriga subiam e desciam sem pausa. Permaneceu fitando o desperto em silêncio com os punhos cerrados. Abriu a boca com os dentes aparecendo, contudo as palavras ficaram presas em sua garganta. Girou nos calcanhares em um movimento brusco e bateu os pés até a porta de ferro amarelado mais próxima, por onde desapareceu.

Tomas colou o queixo no peito e contraiu o rosto o mais apertado que conseguiu. *Devia ter ficado quieto.* Levou o polegar e o indicador aos olhos para massageá-los. Virou o rosto devagar para a adolescente, que estava em pé ao lado da porta.

– Pelo jeito a gente vai ter que achar o salão que o Nando reservou sozinhos. – Tentou forçar um sorriso, mas tudo que saiu foi uma careta.

O rosto de Ana não tinha expressão alguma, com exceção da boca aberta. Concentrava toda a sua atenção em Tomas, como um animal no zoológico. Em um estalo, sacudiu a cabeça e voltou à realidade.

– Tá, sem problema. Você sabe mais ou menos onde é?

– Sei. – Deu uma volta com a alça da sacola no punho. – Vem. – Esperou alguns segundos e voltou a andar. Foram em direção à porta mais à direita, com Tomas à frente a Ana logo atrás. *Puta merda, viu. Eu não devia ter ido pra cima do Ricardo desse jeito.* Apertava a mandíbula ao sentir o músculo do queixo puxar. *Isso vai me pegar depois, com certeza. Não era para eu ter ficado tão nervoso.*

Empurrou o metal amarelado da porta. O corredor era igual ao que levava ao escritório do Feitor-mor, com exceção das relíquias que o enfeitavam. Essas eram todas de metal, a maioria de cobre. Lanças e facas e espadas, todas desgastadas e retorcidas com as lâminas para cima. *Afinal de contas, eles precisam se defender caso alguma coisa dê muito errado.* Soltou um sorriso perverso. No final, à direita, um gongo, também de cobre. *Está na hora de eles atualizarem o alarme.*

Assim que atravessou o arco, sentiu seu peito afundar com a pressão. *O feitiço que o Antônio fez ainda está marcando a realidade. Isso vai ser um bom exemplo para a Ana.* Virou o rosto para a adolescente e viu que ela também percebera os efeitos no véu. *Melhor não. Ela já me viu dando um chilique. Ela nem vai prestar atenção. E se prestar, talvez seja pior.* Bufou. *Parabéns, Tomas. Agora até uma adolescente órfã te dá medo.*

– O que você está sentindo agora, exatamente?

– Sei lá. – Mal abria a boca para falar. Sua respiração era curta, como se manter o ar dentro do pulmão fosse esforço demais. – É estranho. Eu tô enjoada e meu peito tá apertando.

– Mais alguma coisa? – Seus olhos estavam grudados nos da adolescente.

– Não. – Arqueou o cenho. – Pera, as pontas dos meus dedos estão doendo, e eu tô com um gosto horrível de ferrugem na boca. – Forçou-se a engolir saliva.

– Ótimo – assentiu sem desviar o olhar de sua futura afilhada. – Essas sensações que você está sentindo são um pouco do outro lado chegando perto de você. Isso geralmente acontece por causa de uma cicatriz no véu. – Girou o corpo para ficar de frente para Ana. – Se você tiver que aprender uma só coisa como desperta, é o seguinte: tudo que vem do outro lado vai tentar te matar. Mesmo que seja devagar. Entendeu?

– O outro lado mata – assentiu em movimentos rápidos. – Saquei.

– Perfeito. – Rodou o corpo e voltou a andar para a sala de rituais. *Foi bom ela ter ouvido isso agora. Quanto antes melhor.*

Antes que o desperto pudesse dar o sexto passo, a adolescente disse, em uma mistura de pergunta e resposta:

– Por que você faz isso, então? – A frase morreu perto do final, mas continuou como se nada tivesse acontecido: – Se o além-véu vai matar qualquer um que faça algo com ele, por que você é um ritualista?

– Alguém tem que ser. – Voltou a andar.

– Isso não é resposta. – Interrompeu os movimentos de Tomas uma segunda vez.

Tomas parou com as mãos na cintura e ergueu o queixo, mostrando os dentes. *Toda conversa vai ser isso?* Encostou o ombro esquerdo na parede do corredor com o peito virado para a adolescente e disse:

– Claro que é. Se eu não fizer, alguém mais vai fazer. Simples assim.

Ana espelhou o corpo do desperto, encostando seu ombro direito na parede.

– Cara, desde que eu te vi pela segunda vez, sei lá, você não para de falar que eu não devia estar mexendo com as coisas do outro lado. Que eu tô fazendo cagada. Toda vez – aparentava crescer a cada palavra –, e agora você vem com essa de que "alguém tem que fazer isso". Na boa, alguém já caiu nesse discurso?

Quem não caiu, não insistiu. Um meio sorriso rasgava caminho por seu rosto. Esfregou a mão no queixo, escondendo a boca.

– Eu não estou mentindo. Embora o véu tenha engrossado com o tempo, ele não é uma barreira tão boa quanto as pessoas acham e sempre vai precisar de alguém entre um lado e outro. – Desviou o olhar para o chão e esfregou a língua na cicatriz no lábio inferior. *Não importa.* Voltou a encará-la. – Além do meu contrato. Eu já te falei que tenho que fazer os trabalhos que o Ignácio manda.

– Beleza – girou a mão esquerda –, então você tem um contrato com ele, tipo, para o resto da vida?

– Não. – Negou com a cabeça.

– Então, cara – deu com os ombros –, não tem essa. Se você escolheu ficar fazendo isso, não pode ser tão ruim.

– Quando você ficar mais velha, vai ver que as coisas não são tão simples assim. – Ergueu as sobrancelhas.

– Essa é a desculpa que todo adulto dá quando perde o argumento. – Revirou os olhos.

– Você pode achar o que quiser. – Tomas soltou o ar devagar. – Eu não estou competindo ou tentando provar nada. Mas se tem uma coisa que a experiência me ensinou é que ninguém que mexe com o além-véu sai inteiro. Só isso.

A adolescente apontou o pulso direito, onde estaria sua mão, para o desperto.

– Não sei se você reparou, mas já não sou mais inteira. – Seu queixo enrugou junto com a voz. – Ainda mais depois que eu vendi um pedaço da minha alma para o Ignácio.

O futuro padrinho sentiu o peito apertar. Ameaçou dar um passo para a frente, mas travou o movimento no meio. *Não.* Forçou o ar para dentro e disse o mais devagar que conseguiu:

– Eu quero que você preste bastante atenção no que eu vou falar agora, ok? – Martelava com o punho fechado a cada palavra vagarosa. – Eu sei que todo esse processo de despertar não está sendo fácil e você perdeu muita coisa, muito mais que uma pessoa da sua idade deveria – umedeceu os lábios –, mas vai por mim, isso não é nem de longe o fundo do poço. Lembra que eu falei que agora que você percebe o abismo, ele te percebe de volta? Então, se você der mole, ele vai te sugar. Porque ele vai tentar. Acredita em mim. E você não pode deixar isso acontecer. Você tem que ser mais forte.

Os dois continuaram imóveis e em silêncio, até que Tomas disse:

– Vem – sua voz saiu rouca e suave –, vamos terminar esse ritual de uma vez, para poder escolher seu amuleto. – Sacudiu seu corpo para o lado e desencostou da parede. Jogou a cabeça para trás convidando Ana para segui-lo e continuou sua procura pela sala de rituais.

Essa garota não está bem. Atravessou a segunda porta do corredor. *Eu tenho que falar com o Antônio. É melhor ela arranjar outro padrinho.* Passou pela lança que parecia inclinar em sua direção quanto mais perto chegava. Deu dois passos para o lado e seguiu. *Que ideia foi essa de botar um ritualista como padrinho da merda da órfã? Ainda mais eu.* Abriu a segunda porta do corredor e virou meio rosto para olhar para a adolescente. *Mas onde a gente vai arranjar um padrinho em cima da hora?*

Esperou Ana passar encolhida. *Talvez um dos neófitos da organização. Com certeza tem uma galera que estaria disposta a muito mais só para cair nas graças do Feitor-mor.* Bateu a porta e continuou andando. Chegou a uma antessala redonda com seis portas além daquela pela qual tinham saído. *Não faz sentido a Senhora dos Sussurros querer que eu atrapalhe o batizado dela.* As paredes entre as portas eram pequenas estantes de ferro retorcido cheias de livros. Todos cópias recentes dos clássicos, organizados por tema e cronologia. *Se bobear, a versão da décima terceira Bíblia que eu copiei ainda está aí.*

A nostalgia amoleceu seu rosto. *Faz algum tempo que eu não passo aqui. Desde que eu saí dos Acólitos.* O rosto voltou a enrijecer. *Este lugar ferrou comigo.* Contudo, ao arrastar seus pés mais uma vez por aquele piso de mosaico, não conseguiu esvaziar o inchaço em seu peito. *Pelo jeito, não tem lembrança amarga que não adoce com o tempo. Ou quando são comparadas com o presente.* Virou-se para a adolescente.

– Taí, a gente chegou na antessala para as salas de cerimônia.

Ana estava encolhida, com as costas coladas em uma das paredes próximas à entrada, segurando com força a cicatriz em seu punho.

– Qual delas?

– Olha, não sei. – Rodou os olhos pela sala e esticou a mão para as portas à esquerda de onde entraram. – Essas cinco são as salas de cerimônia. Provavelmente ele pegou uma das menores – apontou para as duas mais próximas –, que são essas aqui.

– Tá – se recusava a trocar olhares com o desperto –, mas qual delas?

– Eu não sei, o babaca do Ricardo sumiu antes de dizer qualquer coisa – deu com os ombros –, mas a gente bate numa e descobre. – Começou a caminhar até a porta mais próxima.

– Espera! – Sua voz ecoou na antessala. – Não é melhor eu ficar esperando aqui fora, então?

O desperto parou.

– Para…?

– Para parar de mexer com o além-véu. – Esticou a metade direita da boca. – Você acabou de fazer um discurso de que eu devia cortar o contato com o outro lado, mas toda vez que a gente se encontra você fala que é importante que eu esteja no próximo ritual que você vai fazer. – Abriu os braços com a palma da mão virada para cima. – Sei lá, cara. Ou é um, ou é outro.

Verdade. Ela não devia nem estar perto disso. Mas também seria bom ela participar de um ritual que não tem a ver com os dos Santos. Nem que seja para que ela veja com menos emoção o quão babaca um espírito pode ser. Esfregava os dentes da mandíbula na cicatriz, em movimentos rápidos e ritmados. *Eu vou falar para o Antônio botar ela com outro padrinho de qualquer maneira. Então não é problema meu.* Virou-se para a adolescente e disse:

– Ver o ritual vai ser bom para você.

– Você que sabe – respondeu dando com os ombros.

– Pelo jeito. – Assim que a frase mecânica acabou, voltou a caminhar até a porta mais próxima. Levantou o punho e bateu na porta. Três toques. Um por segundo.

O grito de Nando surgiu abafado pelo metal amarelado.

– Oi! Tô indo! – Em menos de cinco segundos, a porta se abriu com um clique. Dela surgiu o micheteiro com o rosto salpicado de suor. – Fala, cara. Já tá tudo arranjado. Você conseguiu comprar tudo que precisava?

– Consegui. – Assentiu em movimentos e palavras lentos e levantou a sacola com os ingredientes até a altura dos ombros. – Tudo aqui.

– Pô, beleza. – Abriu um sorriso amarelo.

Tomas piscou com calma.

– Você vai me deixar entrar?

– Ih, cara, foi mal. – Afastou o corpo, acompanhando a porta ao abrir. – É que é a maior doideira estar fazendo um ritual aqui na sede dos Acólitos. Acho que eu nunca nem passei da sala de entrada.

– É um departamento, a sede fica lá em Roma. – Empurrou a sacola de ingredientes no peito de Nando e circulou a sala em silêncio. Seu estômago formigava ao andar sobre aquele chão branco outra vez. *E eu jurei que nunca mais pisava aqui.* Um sorriso surgiu pela segunda vez em sua boca e escondeu o rosto para que nenhum dos acompanhantes visse. Tudo na sala continuava da mesma maneira que sempre tinha sido. Um quarto redondo com paredes e chão brancos, com as arestas adoçadas para se mesclarem. Um círculo dourado com mais ou menos um metro surgia no meio do chão. *Quanto sangue eu já perdi aqui.*

Encheu o peito, levantou a cabeça na direção do teto abobadado e viu que a imagem ainda estava lá: um afresco representando uma passagem da Bíblia, em que Jesus impedia o apedrejamento de Maria Madalena, em cores fortes, especialmente o vermelho. *Quase vinte anos e não mudou nada. Dá para ver por que a galera não quer que o Antônio saia.* Levou as duas mãos à nuca e soltou o ar. Virou o rosto para a entrada, onde Nando e Ana estavam parados.

– Vocês sabem o que têm que fazer? – Sua voz saiu rouca.

Os dois acompanhantes se encararam com expressões de paisagem e permaneceram em silêncio. Passaram-se quase cinco segundos até que Ana disse:

– Pelo jeito, não.

O desperto caminhou em passos leves até o centro dourado da sala.

– Vai ser muito tranquilo. Os ingredientes do ritual vão ficar aqui – apontou para a borda do círculo oposta à porta por onde entraram –, e eu vou ficar na outra extremidade. Aqui, de frente para o espírito. – Girou o corpo para Ana e Nando, com um indicador apontado para cada. – Eu vou iniciar o ritual guiando vocês dois para perceber o além-véu – olhou para a adolescente –, que nem eu fiz naquele ritual na sua casa com a Senhora dos Sussurros. – Umedeceu os lábios e engoliu a saliva. Juntou o indicador com o polegar e levantou a mão até a altura dos olhos. – É extremamente importante que os dois fiquem quietos, e só falem se a porcaria do espírito falar com vocês primeiro. Vocês estão aqui para observar. – Soltou um dedo do outro e apontou para Ana. – Então, sem respostinha, beleza?

– Beleza – Ana respondeu em desafio.

Tomas ignorou a rebeldia e continuou:

– O espírito que a gente vai chamar não é exatamente agradável. Ele vai insultar todo mundo aqui, mas vocês podem ficar tranquilos que esta sala é cheia de coisa que impede qualquer ação violenta do dito cujo. – Esvaziou os pulmões. – Mais um motivo para não falar sem que ele fale com vocês antes. Não tem como eu reforçar isso o suficiente. Todo mundo entendeu? – Olhou para um de cada vez e esperou assentirem com a cabeça. – Perfeito. Nando, eu preciso que você pegue o café que está dentro dessa sacola, prepare ele na cozinha do departamento e o traga em algum recipiente bonito. Pode ser uma garrafa térmica, um bule, qualquer coisa, contanto que seja um objeto bonito.

– Tá bom. – E disparou para a porta.

– Calma aí, cara! – Tomas exclamou. – Espera só um pouquinho que eu quero falar com você, vai ser rapidinho. – Virou-se para a adolescente. – Ana, assim que ele sair, você vai me ajudar a arrumar isso aqui. Não se preocupa, não, que vai ser moleza. – Saiu da sala contando os passos e, assim que atravessou o arco, puxou o micheteiro para fora da visão da adolescente. – Vem cá, cara, me conta uma coisa, como você sabia que eu ia estar nos Acólitos?

Os olhos de Nando encontravam arregalados os do desperto.

– Que isso, cara? Como assim?

– Muito simples. – Chegou mais perto ainda. – Assim que eu saio de uma reunião com o Feitor-mor, eu encontro você na sala de espera, esperando por mim. Já que não teve nenhum problema em fazer as coisas no exato momento em que eu pedi – seus narizes quase se encostavam –, me diz o seguinte, cara; como foi que você soube que eu ia estar aqui?

– Não, cara, que é isso? Foi coincidência. – Mantinha o rosto baixo.

– Presta bastante atenção, Nando. – Sua voz estava quase inaudível. – Eu vou te dar mais uma chance. Se você continuar de palhaçada, eu largo esse ritual e você que se foda. Perfeito? – Fungou. – Então pensa bem antes de responder. Como você soube que eu ia estar aqui?

Arqueou as sobrancelhas e fechou os olhos em uma careta.

– Foi o Ricardo.

– Ricardo. – A expressão do desperto mudou completamente. Soltou o braço do micheteiro e deu alguns passos para trás com os olhos arregalados. – Você devia ter dito isso de uma vez.

– Você tá maluco, cara? – Afastou-se de Tomas.

– Sei lá – bufou –, eu estava achando que um espírito tinha te contado.

– Você achou que um espírito tinha me dito onde você tava? – Ajeitou a camisa. – Por que caralhos um espírito ia me dizer onde te encontrar?

– Sei lá. Você chega do nada, sabendo minha localização, me pedindo um favor bizarro. – Endireitou a coluna. – Sem contar como tinha me encontrado. Foi a única coisa que veio na cabeça.

Nando negou com a cabeça.

– Beleza, agora que você tirou a dúvida, vai fazer o ritual?

– Não falei que ia fazer?

– Cara, não sei de mais nada. Você chega, me joga na parede e me ameaça. Da próxima vez eu vou ter que cobrar. – Sorriu.

– Ok, não vamos falar mais disso. – Tentou se controlar, mas seu sorriso seguiu o de Nando. – Vai lá fazer o café para o ritual. E me dá as outras coisas para eu ir preparando o resto por aqui.

O micheteiro tirou o café e devolveu a sacola com o resto dos ingredientes.

– Tá aqui. – Girou nos calcanhares. – Volto em menos de dez minutos.

Antes que pudesse começar a andar, o desperto o parou.

– Peraí, por que o Ricardo ia te contar onde eu estava?

– Ele é meu cliente e tava reclamando que tinha um ritualista chato que não parava de encher o saco dele. – Sorriu mais uma vez. – Eu somei dois mais dois e descobri que era você.

– Então você pediu para ele te avisar a próxima vez que eu estivesse no departamento dos Acólitos – completou.

– Isso – assentiu.

Perfeito.

– Vai lá fazer o café pra gente fazer esse ritual de uma vez. – Voltou para dentro sem esperar resposta.

16

TOMAS SENTOU-SE em uma das almofadas que Nando trouxe junto com o café. *Foi uma boa ideia. Eu devia ter pensado nisso.* Tinha se posicionado quase diretamente de costas para a porta, com a ponta dos pés encostada na borda do círculo dourado no centro da sala de rituais, para que o espírito pudesse surgir à sua frente sem maiores problemas. Olhou por sobre os ombros para checar se os seus acompanhantes estavam nas devidas posições.

Tinha cada um em um lado de suas costas, a mais ou menos meio metro de distância, formando um triângulo. *Talvez tenha sido uma má ideia trazer os dois para o ritual.* Sacou a cabeça de alho com calma e a colocou no chão, ao seu lado direito. Ajustou a distância para que não ficasse longe demais. *Mas também, quanto mais despertos mexendo com o outro lado, melhor. Agora é torcer para que eles consigam se controlar.*

Voltou sua atenção para o círculo dourado. Ana tinha posto as quatro velas brancas formando um quadrado dentro do círculo. *Está um pouco desalinhado, mas deve dar.* A jarra que Nando trouxera fora uma surpresa. Um bule negro e redondo de porcelana fina com delicados desenhos de fogos fátuos azuis e dourados. *Café não estraga porcelana?* Quatro xícaras pequenas com desenhos similares formavam o conjunto. *Onde ele arranjou isso?* O bule ficou no centro do círculo, com três das xícaras formando um triângulo ao lado do ritualista. A quarta ficou sozinha na outra extremidade.

Por último, ao lado do café, ficava a garrafa de cachaça à direita e o molho de alecrim à esquerda, ambos entre as velas. *Até que podia ter saído pior, considerando o tempo que eu tive para fazer isso.* Passou os olhos pela sala uma última vez. *Devia ter comprado um incenso também.* Estalou a língua nos dentes. *Ia ajudar com o cheiro. Talvez eu devesse pedir para o Nando ir buscar uns, já que ele conseguiu o bule.* Soltou uma careta. *Não, eu já estou fazendo mais do que devia.*

Fechou os olhos e colou o queixo no peito. *Está na hora.* Soltou todo o ar e abriu os olhos.

– Todo mundo pronto?

Permaneceram em silêncio por alguns segundos, até que responderam sem nenhuma harmonia:

– Aham.

– Perfeito. – Continuou com os olhos focados no bule à sua frente. – Eu preciso que vocês estejam encostando em mim enquanto eu entro e saio do transe, senão eu não vou conseguir guiar vocês para dentro e para fora. De resto, vocês podem fazer o que quiserem. – Passou a língua na cicatriz. – Quer dizer, tudo menos falar com o espírito sem que ele fale com vocês antes, ok?

– Tá – a adolescente respondeu sem paciência.

Tomas virou o tronco no momento seguinte.

– Presta atenção – fitou Ana nos olhos –, você é a única que não pode falar nada, beleza? – Apontou o indicador direito para seu rosto. – Você se lembra do ritual que eu fiz na sua casa, né? E quase que a Senhora dos Sussurros te ferra por causa de uma atitude igual a essa aí.

– Tá bom, não vou falar nada. – Fechou o rosto e recitou sem emoção alguma.

– Ótimo. – Virou o corpo para a frente. – Agora, já podem colocar a mão no meu ombro para começarmos o ritual. – Nando foi o primeiro a fazê-lo, seguido por quase um tapa de Ana. *Muito bonito.* Bufou. *Agora já era.* Fechou os olhos. *Um, dois, puxa. Um, dois, solta.* Focou a atenção em sua respiração. *Um, dois, puxa.* A mão de cada um de seus acompanhantes começou a esquentar. *Um, dois, solta.* Sentiu uma corrente elétrica correr dos ombros até a testa e abriu os olhos.

Como acontecia toda vez que abria a percepção para o outro lado, o desperto encarou o quarto envolto em penumbra, contudo, essa parecia ainda mais densa. Para os lados, nada a mais de cinco metros era visível. Girou o tronco para trás e apertou os olhos para ver se todos tinham conseguido tirar o foco da matéria. Assentiram, um de cada vez. *Perfeito.* Voltou-se para a frente.

Do centro dourado da sala, misturado com as quatro velas ainda apagadas, derramava-se uma luz quente que ia se espalhando e morrendo lentamente para todos os lados. O círculo insistia em puxar a atenção, como uma lâmpada para a mariposa. *Muito bom. Isso vai facilitar a minha vida*. O único ponto sombrio dentro daquele arco era o bule com o café. *Pelo jeito o Nando pegou algo muito melhor do que eu esperava.* Forçou o rosto a subir para desviar o foco do centro dourado. *Se controla, Tomas.*

No teto, o mosaico com a figura de Jesus impedindo o apedrejamento de Maria Madalena tinha dado lugar a uma linha líquida vermelha que se contorcia nas três dimensões sem controle aparente. *Na minha época, ela era maior.* Pegou o isqueiro em seu bolso esquerdo. *Pelo jeito está realmente difícil manter o véu aberto. Mesmo nos Acólitos.* Sorriu de meia boca. *E as pessoas falando que o mundo está indo de mal a pior.*

Apoiou o braço direito no chão e esticou o esquerdo com o isqueiro na mão na direção das velas. Acendeu uma a uma em sentido anti-horário. Sentiu seu polegar queimar quando a última incendiou. Largou o isqueiro sacudindo a mão no ar. *Merda.* Levou o polegar à boca. Pressionou a parte queimada no céu da boca para cortar a dor, mas não fez diferença alguma. Mostrou os dentes e limpou o dedo na calça. Esticou-se mais uma vez e agarrou o molho de alecrim. Respirou fundo e impostou a voz.

– Kramór Iriná Anê. Kramór Iriná Anê. Eu, Tomas Fontes, invoco o grande Vovô Verde marcando o som de seus passos, e peço permissão para que me ouça. Meu pedido vem de um desperto que suplica que o ajude em um risco de morte. Um homem o está perseguindo por ciúmes de uma paixão passada em sua vida. Impeça que a felicidade de um passado se transforme em tristeza no futuro. – Enfiou mais da metade do molho na boca e começou a mastigar. – Ó, mais que antigo. – Sua voz saía quase sem definição. – Eu lhe invoco. – O gosto do alecrim empesteava toda sua boca e descia por sua garganta. Levantou-se o mais devagar que conseguiu. – E que assim seja! – E cuspiu todo o alecrim para o outro lado do círculo dourado.

Merda de planta. Cuspiu o resto que sobrara em sua boca para o lado. Abaixou-se com as mãos nos joelhos e se esticou para pegar a garrafa de cachaça antes de sentar-se completamente no chão. Desrosqueou a tampa e virou a garrafa com calma em sua boca para não derramar o conteúdo. O líquido desceu queimando tudo em seu caminho. Forçou-se a engolir uma segunda vez.

A sala continuou em silêncio, até que Nando começou:
– Tomas. Você tem...
– Shhh! – O desperto interrompeu sem se virar. – Fica quieto.

Pouco a pouco, um cheiro doce e putrefato invadiu a sala. Tomas colocou toda sua respiração pela boca. O alecrim cuspido começou a amalgamar e empelotar, como se nascesse algum tipo de fungo ou planta. Murmúrios cansados preenchiam o cômodo toda vez que um novo movimento era feito pela massa verde. Em menos de dez segundos, a forma já passara de um metro, e, antes que o último som morresse, a pasta empurrou dois braços magros para fora.

Os dois apêndices quase sem forma empurraram o resto da massa para cima e, do novo topo, surgiu uma cabeça. O fedor rançoso já era inescapável, a própria pele de Tomas se retraía. Uma boca se formou e os murmúrios viraram gemidos. Um rosto cansado foi a penúltima coisa a tomar forma, logo antes dos olhos. Os pequenos globos eram as únicas coisas que fugiam do verde-musgo, ambos escuros, cortados completamente por veias vermelhas.

O espírito estalou seu pescoço de graveto. Pousou as palmas de suas mãos no chão e esticou seu tronco sem pernas. Gemeu um gemido desgastado e focou seus olhos no ritualista.

– Senhor Fontes, faz algum tempo que não o vejo. – Sua voz era lenta e grossa. Cada frase vinha como uma onda. – O que deseja exatamente?

Tomas desceu o tronco lentamente até encostar a testa no chão.

– Sua presença nos honra, Grande Tecelão dos Ventos. – Empurrou o tronco para cima e fitou os pequenos olhos negros do espírito. – Faço esse ritual a pedido do desperto ao meu lado. Ele pede que apague a memória de um homem que tem posto sua vida em risco.

O Vovô Verde coçou seu rosto empelotado. Cada riscar de sua unha ecoava pelo cômodo.

– Senhor Fontes, eu não preciso que repita o que disse durante a invocação. Se eu não tivesse ouvido, não estaria aqui. – Voltou a apoiar as mãos no chão às suas costas, arqueando o tronco para trás. – Quem o senhor quer desmemoriado?

– Perdão, Vovô, entendi errado a pergunta. – Fez outra reverência. – O nome da presa é Paulo José Andrade. Ex-marido e atual namorado de Rute Andrade.

– Senhor Fontes, tenho consciência de que o senhor sabe que essas pífias maquinações materiais estão abaixo de mim. – Coçou a região da barriga em que deveria estar o umbigo. – Imaginei que o senhor estava acima da imbecilidade dos seus similares. Percebo agora que estava errado.

– Mil perdões, Mestre Raiz – disse, rígido, e apontou para o bule no centro do círculo dourado. – Aceitaria um pouco de café como um pedido de desculpas?

– Não me faça de tolo, senhor Fontes. – O espírito soltou um bafo podre. – Não finja que deixou o café entre nós por pura coincidência. – Pouco a pouco, com a cabeça, fez seu consentimento visível.

– Vejo que o tempo não embaçou sua percepção. O café está aqui para bebermos. – Controlou-se para respirar somente pela boca. – Contudo, não pretendi em momento algum que lhe parecesse uma coincidência. Foi uma gentileza para suavizar o estorvo de nos visitar. – Forçou um sorriso. – E talvez absorver um pouco de seu grande conhecimento.

O Vovô Verde levantou o queixo e franziu o lábio.

– Pois bem, aceitarei dividir esta bebida com os senhores. Talvez até seja possível que um pingo de sabedoria entre em suas mentes redutivas. – Apontou para o bule com o queixo. – Pode me servir.

– Com prazer. – Levantou-se devagar para seus joelhos não estalarem e foi até o centro. Pegou o bule com a mão esquerda. Caminhou até o lado do espírito, se agachou e derramou um pouco de café na xícara. Recuou sem desviar o peito do Vovô Verde e encheu as outras três xícaras em sentido anti-horário, com a sua por último. Devolveu o bule ao centro do círculo dourado e voltou a se sentar.

O espírito, com puro desdém, levou o líquido até sua boca.

Tomas ergueu o copo e disse, com a ajuda de seus acompanhantes:

– Saúde. – E deu um gole no café. Desceu a xícara devagar e a pousou no chão à sua frente. – Espero que esteja de seu agrado.

O Vovô Verde terminou o gole, contudo manteve a xícara na mão direita.

– Vocês da matéria sempre nos buscam para solucionar seus problemas ridículos – olhava para o café em sua mão –, porém permanecem cegos à beleza de tudo que está a seu alcance. – Rodou os olhos pela sala. – Imagino que o homem às suas costas seja o contratante, mas quem é a senhorita? Creio que seja nova demais para ser a antiga mulher da presa.

– Meu nome é Ana – a adolescente disse com a voz trêmula.

– Por sua própria idade, dar-lhe-ei um aviso. Caso a senhorita resolva dirigir-se a mim sem eu lhe ter dado a palavra, não sairá desta sala viva. – Os olhos do espírito cerraram. Virou o rosto para o ritualista. – Senhor Fontes, responda a minha pergunta.

– Obrigado por poupar a vida da jovem, e especialmente por aprovar o café, ó Tecelão dos Ventos. – Fez mais uma reverência. – Está correto. O homem atrás de mim é o contratante. Fernando Botelho. E a senhorita é Ana dos Santos, minha futura afilhada. – As últimas palavras saíram amargas.

– E por que a trouxe para este ritual, senhor Fontes? – Jogou o rosto para trás.

– Quis que ela visse um dos grandes sábios à sua frente. – Encarou, de rabo de olho, a adolescente, que baixou o rosto. – Porém não esperava tal falta de educação.

O espírito sorriu e mostrou seus dentes podres.

– Os jovens realmente necessitam de uma mão forte para que achem o caminho. – Bebeu mais um gole de café. – Você, por exemplo, Senhor Fontes, está quase irreconhecível desde a última vez que o vi. Mal se vê a raiva.

Por que ele tá me elogiando?

– Não há raiva que resista ao tempo, Vovô.

– Essa mentira que conta é para os outros ou para si? – Prazer derramava-se de sua voz. – Porque, meu caro senhor Fontes, lhe conheço desde que era impúbere. E posso afirmar-lhe, toda raiva ainda se faz presente, queimando por dentro. – Piscou devagar. – A única diferença é o controle que usa como bandagem.

Taí, esse filho de uma puta tá achando que me conhece. Sentiu a mão fechar em um punho. *Ele tá querendo me tirar do controle. Perfeito.* Sorriu e disse com a voz mais doce que conseguiu:

– Quase ninguém, espírito ou gente, consegue ver além desta máscara.

O Vovô Verde virou a xícara de café.

– Por suposto. – Seu peito inchara até o dobro do tamanho. – Falta aos da matéria qualquer capacidade cognitiva além da mais básica. E, devo dizer, os espíritos com quem tem se relacionado não são exatamente do mais alto escalão. – Esticou a mão. – Mais café.

– Como assim, Mestre Raiz? – Levantou-se, pegou o bule, deu a volta no centro dourado da sala e serviu o espírito.

– O senhor sabe muito bem que a tal da Senhora dos Sussurros não é um espírito antigo. – Bebeu um gole. – Ela não tem mais de mil e quinhentos anos. – Girou a cabeça para a esquerda e cuspiu uma pasta verde. – E a maneira como ela conseguiu amalgamar poder? Negociando com os da matéria. Sinceramente, é uma vergonha para qualquer um que olhe com um pouco mais de cuidado.

Tomas serviu as outras três xícaras em sentido anti-horário.

– Mas, se me permite – pousou o bule em seu lugar e se sentou –, ela não é a única que negocia com pessoas. Você, Grande Tecelão dos Ventos, também o faz.

– Eu não espero que um material entenda a fina sintonia da etiqueta que seguimos. – Virou a xícara de uma só vez. – Eu, sinceramente, evito qualquer contato com esses espíritos com os quais o senhor lida. – Esticou a mão para Tomas. – Mais café.

Perfeito. Fez uma reverência.

– Infelizmente o café acabou. Contudo, se ainda deseja experimentar as regalias da matéria, posso lhe servir um pouco de aguardente. – Pegou a garrafa com uma mão na base e a outra no gargalo e virou o rótulo para o espírito.

– Não creio que seja apropriado. – Jogou o corpo para trás e o queixo para cima.

– Se me permite mais uma vez – fitou os olhos do espírito com a cabeça baixa –, esta garrafa foi selecionada especialmente para você, Mestre Raiz. Não só pelo prazer de sua companhia, mas como um pedido de desculpas por todo esse tempo que passei sem lhe chamar.

O peito do espírito subia e descia lenta e incessantemente. Suas expressões mudavam a cada movimento de sua respiração.

– Bem – tirou a mão direita do chão e coçou onde seria o umbigo –, creio que é necessário seguir a etiqueta local. – Fez mais uma pausa. – Pode me servir.

O desperto fez o mesmo que tinha feito nas outras duas vezes e serviu primeiro o espírito e depois as pessoas. Nando e Ana nem sequer tinham encostado a boca na segunda dose de café. *Ótimo*. Voltou para seu lugar. *Além de tudo, estou dando cachaça para uma menina de quatorze anos.* Colocou a garrafa ao lado do bule e sentou-se. Levantou a xícara.

– Saúde. – E deu um gole. Em momento algum tirou os olhos do espírito.

O Vovô Verde levou a cachaça com toda a calma do mundo à boca. Pousou a borda em seus lábios enrugados e sugou o mínimo do líquido que conseguiu. Ficou congelado em um olhar perplexo por pelo menos cinco segundos. Esfregou a língua no céu da boca e deu mais um gole. Um gole decente. Não levou três segundos para virar todo o conteúdo da xícara.

– Realmente, fazia algum tempo que eu não provava algo do gênero.

Perfeito. Tentava esconder o riso.

– Se quiser, Voz do Vento, pegue mais. Não precisa esperar até eu terminar a minha dose.

– Não – o espírito respondeu, afastando o rosto de lado –, seria rude de minha parte me servir antes do anfitrião.

– Por favor, eu insisto. Afinal, os dois lados do véu não são iguais, e tratá-los como tal estaria abaixo de sua sabedoria. – Pegou a garrafa pelo gargalo e a apontou na direção do espírito. *Agora é a hora. Se ele se ofender, já era.*

O espírito fitou o desperto com os olhos apertados. Imóvel. Abriu sua mão, mostrando os dedos enrugados. Seus lábios começaram a se mover formando meias palavras silenciosas, sempre com os dentes marrons aparecendo. A cada novo pensamento ruminava uma nova palavra e, cada vez que abria a boca, seus dentes pareciam crescer. O negro de seus olhos atravessou a alma de Tomas sem piscar.

Aceita logo. Sentiu sua perna começar a tremer e apertou a coxa com força.

O Vovô Verde jogou o tronco para a frente, apoiando-se em seus braços curvados. Esticou sua mão aberta, arregaçando seus dedos magros. Pouco a pouco foi se aproximando do desperto. As veias rubras de seus olhos pareciam brilhar. Depois do que pareceu uma eternidade, pegou gentilmente a garrafa de cachaça e a puxou.

– Muito obrigado. – As palavras saíram duras e sem ritmo.

Graças a Deus. Soltou o ar trêmulo. *Agora deve ser rápido.* Fez uma reverência.

– O prazer é todo meu. – Sorriu. – Não precisa se preocupar. Pode beber o quanto quiser.

A criatura encheu a xícara até a boca e bebeu tudo de uma vez. Revirou os olhos.

– Vocês da matéria realmente não sabem as maravilhas que têm aqui. – Virou outra xícara cheia.

– Cada lado tem suas facilidades. – Deu um gole. – Eu não posso negar o quanto o além-véu ajudou na minha vida.

– E ajudou mesmo. – A voz do espírito começava a se arrastar. – Vocês com esse enrijecimento do véu. Que ideia mais ridícula. – Bebeu mais um copo inteiro. – Antigamente que era bom. Nós andávamos por onde queríamos e não tinha um que nos desrespeitasse. – Tentou encher sua xícara uma outra vez, porém mais errou que acertou o alvo. – E se ele o fizesse – ergueu o punho fechado –, ai dele.

Quase lá. Assentiu.

– As histórias contam o quão longe seu alcance ia.

– Eu tinha religiões devotadas a mim. – Desistira da xícara e agora bebia diretamente da garrafa. – Cada uma fazendo minhas vontades em troca de um mero favor. – Falava com um olho aberto e o outro fechado.

– Deve ser difícil ter perdido todos os seus seguidores. – Colocou a xícara do seu lado direito.

– Eu que não os quero. – Sugava a garrafa como uma mamadeira. – Malditos seres da matéria. Eu sou o Tecelão Verde. Se eu quisesse, escravizava vocês todos. – Seu corpo todo se movia desengonçado a cada palavra.

– Com certeza, Vovô. – Forçou um sorriso.

– E não duvide. – Bateu no fundo da garrafa para sugar a última gota. O simples ato de olhar algo parecia um esforço tremendo. – Por acaso você teria mais uma dessa?

Tomas estalou a língua nos dentes.

– Infelizmente, essa foi a única que eu trouxe.

– É uma pena. – Encarou o chão à sua frente por alguns segundos. – Eu não queria ficar mais aqui mesmo. Por favor, Tomas, finalize o ritual para que eu possa voltar ao meu lado.

– Com prazer. Muito obrigado pela sabedoria que dividiu conosco. – Abaixou a cabeça. – Quanto ao pedido de meu contratante...?

– Que pedido? – Apertou os olhos.

– De moldar a memória do homem que está ameaçando sua vida, ó, Tecelão dos Ventos – falou o mais alto e lentamente que conseguiu.

– Sim. – Apoiava o corpo em um só braço. – Por suposto. Será feito. – Bufou com a língua para fora. – Agora, o ritual para que eu possa sair.

– Muito obrigado, Grande Sábio. Kramór Iriná Anê. Kramór Iriná Anê. Eu, Tomas Fontes, termino aqui e agora a invocação do grande Vovô Verde com o som de seus passos marcados. Com o pedido da remoção da memória do homem que ameaça a vida de meu contratante, Fernando Botelho. – Levantou-se e começou a apagar as velas uma por uma, em sentido horário. – Ó, mais que antigo – sua voz saía sem definição –, vá em paz. E que assim seja! – Apagou a quarta vela e voltou a se sentar.

O espírito começou a se contorcer, como se algo de dentro dele o sugasse. A implosão era reticente, com estalos de encolhimento a cada um ou dois segundos. O braço direito foi o primeiro a sumir, seguido por sua nuca. Alguns estalos depois, metade do braço esquerdo tinha sumido. Mais alguns e se transformara em um círculo enrugado com somente um resquício do rosto marcado na superfície. Daí em diante foi diminuindo sem forma até que sumiu completamente.

Foi. Ainda bem. Estalou o pescoço e disse, sem se virar:

– Agora, mãos no meu ombro para a gente terminar isso de uma vez.

Esperou os dois acompanhantes encostarem em seu ombro simultânea e delicadamente. Fechou os olhos. *Um, dois, puxa. Um, dois, solta.* Seus olhos doíam de cansaço. *Um, dois, puxa.* Pouco a pouco a distância entre as mãos e os ombros aumentava, apesar de continuarem encostando. *Um, dois, solta.* Estava lá. Separado de tudo. E abriu os olhos.

Virou para trás e fitou o micheteiro.

– Daqui a uns dois ou três dias o cara deve esquecer que você existe. – Apoiou as mãos nos joelhos e os empurrou para se levantar. Rodou os olhos pelo quarto e fez uma careta ao ver o lado de lá do círculo dourado, onde tinha ficado o espírito, cheio de cachaça e café. – Lembrando que limpar isso é responsabilidade sua.

– Eu sei – Nando respondeu em um suspiro.

– E também que você está me devendo. – Desceu o queixo. – Muito.

– Eu sei, cara. – Seus olhos marejavam. – Valeu mesmo. Quando você precisar, me chama.

– Pode acreditar que eu vou. – Virou-se para Ana. – Agora, pelo amor de Deus, vamos escolher o seu amuleto.

– Tá bom. – A adolescente levantou-se em um salto com os olhos arregalados.

Tomas seguiu até a porta da sala de rituais e a abriu. Girou o tronco de lado para que Ana pudesse passar.

– Por favor. – Todo o seu corpo doía. *Depois desse batizado eu vou tirar um mês de folga.* E saiu.

17

COM EXCEÇÃO de um ou outro comentário, os pouco mais de quinze minutos de caminhada foram feitos em completo silêncio. A presença de Ana sempre fazia os ombros de Tomas se contraírem. *Maldita hora que eu aceitei ser padrinho da garota. Era só falar não.* Olhou a adolescente, mas voltou sua atenção para a frente assim que seus olhares se encontraram. *De onde o Antônio tirou essa ideia?*

Puxou o celular do bolso. Cinco e quarenta. As ruas e calçadas do centro da cidade do Rio de Janeiro tinham acabado de atingir seu auge de pessoas por metro quadrado, o que fez com que o percurso até a Livraria demorasse mais do que o esperado. Não se encontrava mais de meio metro entre uma pessoa e outra, todas se acotovelando e forçando caminho em direções similares. *Ações agressivas em rostos apáticos.* Tateou os bolsos em busca do maço de cigarros.

Sacou o maço com calma e enfiou os dedos em busca de um cigarro, porém não achou nenhum. *Já acabou?* Procurou por uma banca de jornal. *Se controla, Tomas. Você não está de folga.* Arrastou os pés até a adolescente.

– Então? Você já tem mais ou menos uma ideia do que quer como amuleto?

– Ainda não. – Negou com a cabeça. Estava parada em frente à entrada do prédio onde ficava a Livraria.

O edifício se camuflava na paisagem do centro da cidade. Uma construção antiga, meio bege, meio cinza, de uns oito ou dez andares, com janelas quadradas que ocupavam quase toda a fachada. O pouco espaço que sobrava era utilizado para o ar-condicionado, um objeto tão necessário quanto qualquer computador naquela região. A porta era um buraco quadrado espremido entre uma vitrine de loja e o próximo edifício. O tapete azul puído preso com réguas de cobre na entrada tentava imprimir um ar de elegância, contudo, quando não passava despercebido, tinha o efeito exatamente oposto.

– Esperar aqui fora não vai te dar nenhuma ideia, e é melhor entrar e resolver isso logo. – Passou pela entrada. – Vem. – E continuou sem esperar resposta.

O interior do prédio mantinha o mesmo estilo da fachada. Um lugar apertado, com paredes retas revestidas por um papel que fingia ser madeira. O chão era a única coisa que fugia daquela mediocridade velada. Mármore de ponta a ponta, seguramente com mais de setenta anos e quase o mesmo tempo sem manutenção. *Talvez um resquício da antiga construção. Quem sabe?* Um pequeno desnível por onde as pessoas costumavam passar seguia pelo meio do cômodo. Virou meio rosto para Ana.

– Por aqui. – A iluminação também era um problema. Quase nenhuma luz entrava pela pequena porta, e a voltagem das lâmpadas era muito fraca ou elas não eram limpas há algum tempo, o que fazia o lugar todo parecer ainda mais decadente do que já era. Passaram pelo elevador e seguiram por mais dez metros até a escada de serviço. Atrás, no primeiro lance, se escondia uma pequena porta de madeira. – É aqui – falou para Ana. – O Antônio provavelmente já avisou para eles que a gente vinha e que ele vai pagar tudo. – Colocou a mão direita na porta. – Então eles vão tentar empurrar só as coisas mais caras pra cima de você. Não deixa isso acontecer, ok? A escolha do amuleto é um momento importante para qualquer desperto. Não deixa eles te convencerem a escolher o errado.

– Escolher eu mesma o meu amuleto. Tá bom – a adolescente respondeu com o cenho fechado.

– Perfeito. – Assentiu sem emoção. Piscou os olhos com calma e empurrou a porta.

O balcão do quarto minúsculo impediu a porta de se abrir completamente. O lugar não tinha mais de quinze metros quadrados e era completamente cinza, do chão ao teto, com exceção do balcão de madeira. Uma única porta sem nenhum adereço, também cinza, surgia do outro lado do cômodo. Tomas se esgueirou para não esbarrar em nada e foi em direção ao sino de balcão prateado no canto.

Deu três tapinhas em seu topo abobadado e três vezes o sino tocou. Cada vez mais alta que a última. *Toda vez é a mesma palhaçada.* Não demorou dez segundos para a porta cinza do outro lado do cômodo se abrir.

Um homem gordo e curvado, com não menos de noventa anos, surgiu com um sorriso paternal no rosto. Uma peruca acaju penteada para a direita enfeitava sua cabeça.

– Seu Tomas! Boa noite. – O cansaço em sua voz não tinha efeito sobre seus olhos abertos demais. Caminhou para o balcão, que batia no meio de seu peito. – Veio buscar alguma coisa para um ritual?

– Boa noite, Damião – Tomas respondeu com metade da empolgação do vendedor. – Eu estou aqui para ajudar a escolher o amuleto da senhorita ao meu lado. – Inclinou o rosto na direção de Ana. – O Feitor-mor do departamento carioca dos Acólitos provavelmente avisou que a gente vinha.

O vendedor encarou a adolescente sem respirar por alguns segundos e sorriu.

– O seu Antônio ligou avisando que vinha uma moça escolher o amuleto dela – virou-se para Tomas –, mas não falou que você vinha junto.

Perfeito. Ele vai ficar de palhaçada. Contraiu os lábios.

– Ele deve ter esquecido. Esse fim de semana ela vai virar minha afilhada.

– Ô, seu Tomas, meus parabéns, viu? Ela realmente vai estar em ótimas mãos – sacudia a cabeça para cima e para baixo a cada palavra –, mas você sabe como é, né? – Mostrou os dentes em um sorriso forçado. – Eu não posso deixar você entrar no salão dos artefatos sem hora marcada.

– Qual é, Damião? – Estalou os dentes na língua. – Você acha que eu ia fazer o que naquele lugar?

– São as regras da casa, seu Tomas. Não tem o que eu possa fazer. – Arqueou o cenho em um sofrimento exagerado.

– Claro que tem. – Passou a língua na cicatriz em sua boca. – Vai lá e abre a porcaria do mostruário que vocês insistem em dar o nome ridículo de salão dos artefatos antes que eu dê as costas e você perca um cliente. Simples assim.

O vendedor permaneceu em silêncio. Sua língua empurrava as paredes internas de sua boca. Fechou os olhos devagar e respirou fundo. Abriu um sorriso.

– O senhor está certo, seu Tomas. – Caminhou até a outra ponta do balcão. – Desculpa pelo mal-entendido. Mas o senhor sabe, né? Regras são regras. – Levantou uma portinhola para que pudessem passar e virou-se de lado. – Por favor.

Regras são regras é a puta que te pariu, pensou com um sorriso. Assim que passou da portinhola disse:

– Com certeza, Damião, é melhor garantir do que remediar. – Apontou para a porta cinza. – Posso ir entrando?

– Claro! – Jogou o corpo na frente de Tomas. – Por aqui, por favor.

O desperto virou o rosto para Ana e cochichou:

– Pronta?

– Tô – a adolescente respondeu com o cenho contraído.

Trazer ela aqui para escolher o amuleto foi uma péssima ideia. Virou-se de lado para a adolescente passar. *Como uma pirralha vai saber o que realmente combina com ela se tudo aqui brilha?* Passou pela porta. *Não importa. Ela não vai ser minha afilhada mesmo. Então não é problema meu.*

Entrar no salão dos artefatos era como entrar em um conto de fadas. Cores, luzes e brilhos brigavam por espaço em todos os cantos do cômodo gigante. Livros e cadeiras e chapéus misturavam-se em um caos harmônico com armaduras e armas brancas. A luz amarela do candelabro de cristal fazia com que todo o quarto ficasse dourado, do chão de madeira até as paredes cor de pérola. No fundo do cômodo ficava um balcão com três incensários, cada um expelindo perfumes diferentes. Tomas sentiu claramente o cheiro de lavanda e alguma coisa cítrica, porém o terceiro cheiro se perdeu entre os outros dois.

Ana encostou-se à parede do lado direito da porta assim que entrou. Seus olhos saltavam entre a sala, Tomas e o chão. À sua frente, Damião sorria e gesticulava em movimentos amplos. Tentava a todo custo estabelecer algum tipo de contato visual.

– Eu não sei se a senhorita lembra, mas eu já fui lá na casa dos seus pais algumas vezes. Gente muito boa eles.

– Não lembro não. – Negou com a cabeça. – Foi mal.

– Sem problema. Seus pais gostavam de manter as coisas deles bem justinhas. – Puxou o ar entre os dentes. – Mas não precisa se preocupar, viu, minha filha, se você estiver com dúvida do que escolher, eu já posso ir separando algumas coisas que eu sei que você vai gostar demais.

O desperto parou entre os dois e deixou a mão pesar sobre ombro do vendedor.

– Muito obrigado pela oferta, Damião. – Esticou o braço e o afastou. – Mas acho melhor eu e ela fazermos isso sozinhos.

O vendedor prendeu a respiração com o cenho fechado, mas logo depois abriu um sorriso doce de orelha a orelha.

– Claro, seu Tomas. – Sacudia o indicador esquerdo com a atenção fixa em Ana. – Se vocês precisarem, eu estou ali no balcão. Com licença. – Rodou nos calcanhares e se afastou.

A adolescente fechou os olhos e deixou o ar sair de seus pulmões sem pressa.

– Valeu, esse cara não entende a hora de parar.

– Vai por mim, ele entende, mas ele não seria um bom vendedor se saísse só porque você pediu. – Encostou as costas na parede, ao lado da adolescente. – Então, você já tem uma ideia do que vai querer?

Ana passou os dedos na cicatriz de seu punho.

– Sei lá, eu queria alguma coisa para me proteger lá do outro lado, que nem você falou. – Batia o pé direito no chão. – E, sei lá, eu acho uma boa ideia ter um amuleto que você pode levar para qualquer lugar sem problema. Que nem o seu.

– Então aquela armadura nem pensar. – Apontou com o queixo e sorriu. – Se eu fosse você, eu repensava. Ela está com desconto.

– Não. – Ana retribuiu o sorriso, a atenção em seus pés. – Que tipo de pessoa compra uma armadura, afinal de contas?

– Você ia ficar surpresa. A maioria dos compradores daqui está mais preocupada com aparência do que com conteúdo. – Desgrudou o corpo da parede e caminhou para o centro da sala. – Vem. – Perambularam por menos de dois minutos pelo salão dos artefatos e o desperto forçou parada em frente a uma prateleira cheia de lenços. – O que você acha desses aqui?

– Dos panos? – indagou, surpresa.

– É. – Sacou um lenço estampado de flores. – Qualquer coisa que foi tecida tem uma certa facilidade em bloquear as coisas do além-véu. – Abriu o pano à sua frente. – E este aqui até que é bonito, ó.

– Eu não gosto muito de flor – disse, reticente.

– Não precisa ser um florido. – Jogou o lenço florido na prateleira sem nenhum cuidado e pegou um de cor vinho com bordas azuis. – Dá uma olhada neste aqui. É bom que você pode usar na rua sem problema.

– Eu realmente não queria um pano. – Fez uma careta sofrida.

Pelo jeito isso vai demorar. Limpou a garganta.

– Sem problema, a gente vai passar o tempo necessário para achar um amuleto que você goste.

Antes que Tomas terminasse a frase, Ana já tinha começado a andar. Não passaram dez segundos até que parasse para ver outro produto. Desta vez, o mostruário era um recipiente de cobre extremamente alaranjado, com mais de vinte varinhas de madeira amontoadas em seu interior. O rosto da adolescente se abriu ao tocá-las. Puxou a primeira que viu e a espremeu contra o peito. Saltou na direção do desperto.

– Já sei o que eu quero.

Tomas soltou o ar lentamente.

– Você quer uma varinha como amuleto?

– Aham. – O corpo inteiro da adolescente mexia de excitação.

Merda de criança. Tapou a boca. Levou as mãos à frente do corpo e gesticulou.

– Olha, eu sei que você está empolgada com a varinha – metade das palavras terminava como pergunta –, mas isso não é uma boa ideia.

– Por quê? – O sorriso de Ana morreu no momento seguinte.

Porque a gente tá no século vinte e um, varinhas são escrotas por natureza e nenhum desperto que se respeite usaria uma coisa tão ridícula. Piscou com calma.

– Você não falou que queria alguma coisa que pudesse usar no dia a dia? – Ergueu as sobrancelhas. – Então, essa madeira aí vai quebrar rapidinho. Além do que, não é uma coisa prática, você não vai conseguir andar com isso aí no bolso.

– Tá – respondeu com a varinha ainda apertada contra o peito.

– Vamos lá, guarda a varinha para que a gente possa escolher alguma coisa mais legal para você. – Esfregou a mão direita na nuca.

– Tá bom. – Arrastou os pés e colocou o pedaço de madeira de volta no balde. Voltou para perto de Tomas de cabeça baixa. – Valeu por estar me ajudando a escolher o amuleto. – Fez uma pausa. – E por ter aceitado ser meu padrinho.

Lá vem. Puxou o ar.

– Não, cara, que isso! Eu estou aqui para te ajudar. – As palavras amargaram em sua boca.

– Eu sei que você não tá aqui por vontade própria – enrugou o queixo –, e toda vez que eu faço parte de um ritual, eu mais atrapalho que ajudo – passava os dedos na cicatriz de seu punho –, mas obrigada. É sério.

O desperto sentiu os ombros apertarem.

– Não, que isso! Se eu não quisesse ser seu padrinho eu já tinha falado com o Antônio para trocar. – O sangue subiu para suas bochechas e sua respiração acelerou. – Mas melhor a gente ir escolhendo o seu amuleto de uma vez que eu não sei que horas a Livraria fecha. – Chamou a adolescente para acompanhá-lo com a cabeça.

A Livraria fica aberta vinte e quatro horas por dia. Ótimo. Agora não tem mais como dar para trás. Maldita hora em que eu aceitei essa parada de padrinho. Atravessou o centro do salão dos artefatos. *Talvez uma joia vá dar uma melhorada no humor dela.* Negou com a cabeça e disse:

– O que você acha de um anel para o seu amuleto?

– Pode ser – respondeu, quase inaudível.

O silêncio apertava contra os tímpanos do desperto. Em menos de dez segundos e oito passos, não aguentou e continuou:

– Acho que um anel se encaixa no que você me falou. – Contornou uma lança de madeira cravada no chão. – Ele é bem durável e você leva para qualquer lugar. Além de não ter como você perder, já que vai estar na sua mão. – Seus olhos bateram de relance na cicatriz onde estaria a mão da adolescente. *Merda.*

A caminhada até a estante com as joias foi feita com as pernas duras, sem se atrever a desviar o olhar para o lado. Assim que chegou à bancada, pegou o primeiro anel que viu. Um aro simples, de ouro amarelo, sem nenhuma inscrição do lado de fora. Virou-se para Ana.

– O que que você acha desse?

– Não sei. – Enrugou o queixo. – Eu não sou muito de joia.

– Experimenta ele, cara. Não custa nada. Anéis são ótimos amuletos para quem quer ter mais controle. – Pegou a mão da adolescente e colocou o dedo em seu indicador. – Olha, eu gostei.

Ana fitou sua mão com o rosto fechado.

– Sei lá, não acho que combina comigo. – Apertou a mão entre o braço e a costela opostos e puxou para tirar o anel. – Eu não quero chamar mais atenção pra minha mão do que eu já chamo. – Tirou a joia do seu braço e devolveu para o desperto. – Toma.

– Ok. – Colocou o anel de volta no mostruário sem prestar muita atenção. – Mas e outra joia, pode ser?

– Eu não gosto muito de joia. Eu já falei. – Sua voz falhou. – Por que você tá insistindo pra que eu leve uma?

– Porque joias em geral são bons amuletos, que se encaixam com quase todo mundo. – Focou os olhos de Ana. – E já que a gente está com o cronograma apertado, eu acho melhor ir para o garantido antes do duvidoso. – Soltou ar pelo nariz. – Foi mal.

– Por que "foi mal"? – Franziu o cenho.

O desperto abriu a boca sem soltar nenhum som.

– Sinceramente, eu não sei, mas eu realmente acho uma boa ideia a gente focar nas joias. Tudo bem?

– Tá bom – disse em um só sopro.

– Perfeito. – Secou as mãos nas calças. – Tem algum tipo de joia que você não se importa em usar?

– Colar é tranquilo.

– Vai ser um colar, então. – Virou o corpo de lado para Ana passar. – Eu tentando escolher realmente não está dando certo. Então eu acho melhor você mesma fazer isso. Eu vou ficar atrás de você caso tenha qualquer dúvida. Pode ser?

– Pode – respondeu com um meio sorriso. Passava os olhos de cima para baixo e da direita para a esquerda balançando novamente a cabeça a cada segundo. De vez em quando murmurava alguma negativa e continuava esquadrinhando os colares. Duas vezes levantou correntes diferentes até a altura dos olhos, mas logo depois as devolveu para onde estavam guardados. Depois de passar o olho três vezes por cada joia, virou-se para o futuro padrinho. – Não gostei de nada.

O desperto encheu os pulmões devagar. *Calma.* Esticou a coluna.

– Tem certeza?

– Tenho. – Assentiu firme.

– Tá bom. – Massageou a têmpora esquerda. – Sem problema, não tem pressa que a gente vai achar – falou mais para si mesmo do que para Ana.

Damião surgiu entre os futuros padrinho e afilhada com as mãos em concha à frente de seu peito.

– Com licença, mas eu vi que a senhorita estava olhando os colares. – Seu sorriso era tão largo que quase encostava em sua peruca acaju. – Não teve nenhum que a senhorita gostou?

Tomas respondeu sem encarar o vendedor:

– Não, mas a gente ainda vai dar uma olhada. – Virou o corpo para andar. – Obrigado pela ajuda.

– Espera. – Segurou o cotovelo do desperto. – Eu tenho uma coisa que acho que a senhorita vai gostar muito. Esse colar de prata pura foi feito do crucifixo derretido de um caçador de monstros holandês. – Levantou a mão esquerda, esticando uma fina corrente prateada. O metal branco do colar brilhava a cada movimento que fazia. – Na minha humilde opinião, seria um excelente amuleto para a senhorita. – Sorriu um sorriso torto. – E, olha, é uma relíquia.

O cara vai querer empurrar a parada mais cara da loja pra cima da gente. Bufou.

— Olha, Damião, obrigado mesmo pelo conselho, mas a gente não está interessado. — Virou as costas outra vez para andar.

Ana interrompeu a saída do desperto.

— Espera. Eu posso dar uma olhada?

Tomas permaneceu parado massageando os olhos. *Perfeito.* Assentiu com a boca rígida.

— Pode.

A adolescente ergueu a corrente prateada acima da cabeça. Abriu-a na mão, apoiando as pontas no polegar e mindinho. Virou o rosto para o futuro padrinho com os olhos tão abertos quanto o sorriso.

— Coloca em mim. — Empurrou o colar na mão do desperto e deu as costas sem esperar resposta.

O pescoço de Tomas travou. *Agora já era.* Envolveu as mãos no pescoço de Ana. Seus dedos se chocavam toda vez que tentava fechar o colar. *Vai!* Teve sucesso somente na quinta tentativa. *Foi.*

Antes que pudesse ver, Damião sacou um espelho de mão e o apontou para o colar.

— O que a senhorita achou? Eu acho que combina muito com a senhorita. Tanto que vou até dar um desconto. — Encheu o peito. — Vinte por cento.

— Eu acho que eu gostei. — Acariciava a corrente com o indicador. Levantou as bochechas e virou-se para o desperto. — Posso levar esse?

Tomas recolheu o rosto. *Desconto? Desde quando a Livraria dá desconto?* Fechou o cenho.

— Você tem certeza de que este vai ser o amuleto? É este que encaixa?

— Aham. — Assentiu em movimentos curtos e rápidos. — Eu sinto isso.

Sente nada. O que você tá sentindo é uma joia no seu pescoço. Relaxou o corpo.

— Você não quer dar uma olhada em outras coisas? Só para garantir.

— Não, eu sei que este vai ser o meu amuleto. — Sua voz tremia.

Podia ser pior. Prata é um excelente condutor, o que vai ajudar ela com o outro lado. Corrente também é bom. Ligar uma coisa à outra. E prender. Mas prender pode ser bom também. Apertou os olhos. *Além de ter sido derretido do crucifixo do tal caçador de monstros. A ancestralidade disso aí vai ajudar.* Soltou o ar até esvaziar o pulmão. *E ela gostou, o que importa também*. Mostrou os dentes em uma careta. *Eu não acredito que estou fazendo isso.* Fitou a adolescente e disse:

– Tá bom. A gente vai levar.

O rosto de Ana se abriu em completo êxtase. Seu punho cerrado tremia na altura do ombro e, em uma fração de segundo, deu um salto e abraçou o desperto.

– Obrigada. Eu juro que você não vai se arrepender.

O corpo inteiro de Tomas voltou a enrijecer. E, sem nenhum costume, se forçou a abraçar a adolescente em retorno. *Como eu fui deixar chegar nesse ponto?* Sacudiu a cabeça.

– Você tem que agradecer ao Antônio. Ele que está pagando por isso tudo. – E se desvencilhou do abraço.

– Aham, eu vou – disse entre pulinhos e olhadas no espelho.

– A gente vai levar este. – Olhou cansado para o vendedor, sentindo uma vontade súbita de cuspir. E virou o rosto para sua futura afilhada. – Você quer embrulhar ou sair vestindo?

– Vestindo. – Sua atenção estava presa no espelho.

– Ok. – Esfregou a mão sobre a boca. – Então, Damião, como a gente faz para pagar isso?

– Não precisa se preocupar, seu Tomas, já está tudo resolvido. – O sorriso parecia colado em seu rosto.

Perfeito. Sentia um peso enorme sobre a nuca. Caminhou até a adolescente.

– Larga esse espelho e vamos, por favor.

– Tá – respondeu automaticamente e pousou o espelho em uma bancada próxima. – Você quer rachar um táxi na volta?

– Pode ser.

18

A CACHAÇA DESCEU a garganta queimando. *Calma, cara. Vai dar tudo certo.* Travou a laringe na tentativa de controlar o movimento de seus pulmões. *Devagar, vamos lá, respira.* Contudo, sua respiração ainda saía tremida. *Calma também, né, Tomas?* E prendeu o ar. Porém, assim que os pulmões pararam, as mãos começaram a sacudir. Pegou o copo com a bebida e virou tudo de uma só vez. Apertou os olhos em uma careta quando engoliu.

Levantou a mão direita com a palma virada para o dono do bar.

– Vê outra, por favor, amigo. – Encostou o cotovelo na bancada e apoiou o queixo na mão. Chamar aquele lugar de bar seria um grande elogio. Era um buraco na parede com menos de doze metros quadrados. Do teto ao chão de ladrilho, tudo era besuntado de gordura, mas vendia bebida e estava aberto, o que sinceramente era muito mais do que o esperado em um sábado no centro da cidade do Rio de Janeiro.

O desperto puxou o celular do bolso. *Dez e treze. Ainda faltam mais quarenta minutos.* Sentiu sua coluna contrair.

– Amigo! – gritou para o homem do outro lado do balcão. – Tem problema fumar aqui? – Assim que recebeu a permissão, afundou a mão no bolso e sacou o maço de cigarros. Em uma precisão que vinha da prática, tirou o cigarro da caixa e o colocou em sua boca. Acendeu, puxou com tudo que tinha e viu a ponta arder. *Graças a Deus.* E deixou a fumaça escorrer de sua boca.

O proprietário pegou a garrafa de cachaça e derramou o líquido no copo. Quanto mais o copo se enchia, mais respingos caíam no balcão, e quando faltava um dedo para a borda, puxou a garrafa.

– Capricha aí que é a saideira, amigo – Tomas disse em uma mistura de pedido e ordem.

Sem demonstrar emoção, o dono do bar se virou e voltou a derramar a bebida. Lentamente, a cachaça subiu. Passou da borda, formando uma leve abóboda sobre o copo, e quando parecia que subiria para sempre, se desmanchou, espalhando-se pelo balcão. Mais uma vez o taverneiro se virou e seguiu com seus afazeres sem dizer uma palavra.

O desperto levou o cigarro à boca. *Eu devia ter ido direto para o batizado.* Seu calcanhar batia no chão. *Mais cinco minutinhos.* Deu uma bicada na aguardente. *Até porque eu só tenho que chegar lá às onze. Dá tempo.* Levou o copo outra vez à boca. Dessa vez sentiu o mundo borrar à sua volta. Segurou-se no balcão com os olhos arregalados e abriu um sorriso. *Pelo menos isso.* Passou a língua pela cicatriz em sua boca. *Vai dar tudo certo. E agora não tem mais volta.*

Eu podia não ir, né? Girou o corpo sobre o banco, dando as costas para o balcão. *Era só sair andando. Ninguém pode me forçar a virar padrinho da garota.* Seu estômago apertou. Contorceu-se para pegar o copo de cachaça e virou metade do conteúdo. Teve que se forçar a engolir tudo. *É vacilo. Ontem eu falei que estava a fim de ser padrinho dela.* Levou a mão ao bolso com a cabeça de alho sem perceber. *Péssima ideia essa.*

Talvez ainda dê tempo de eu convencer alguém a tomar meu lugar. Deu mais uma bicada. *Talvez o Nando aceite.* Apoiou o copo no balcão e pegou o cigarro. Colocou-o na boca e puxou a fumaça com toda a calma do mundo. *Até porque ele está me devendo um favor.* Rodava o tabaco em seus lábios. *Além de ele ser um padrinho melhor que eu.* Soltou uma risada contida. *A que nível você chegou, hein, Tomas? Um micheteiro seria um exemplo melhor do que você.*

Não. Mesmo que eu convencesse o Nando, o Antônio não ia permitir a mudança aos quarenta e cinco do segundo tempo. Soltou a fumaça e apagou o cigarro no cinzeiro à sua esquerda. *Agora já era, pelo jeito. Essa garota está ferrada.* Empurrou o corpo para cima e se espreguiçou. Virou-se para o taverneiro.

– Oi, amigo, quanto eu te devo?

– A cachaça é seis. – Sua voz de fumante ecoou pelo boteco. Levantou os olhos com o cenho fechado. – Então dá 24.

– Perfeito. – Puxou a carteira do bolso de trás e dela sacou 25 reais, que botou na mesa. – Está certo. – Virou o resto da aguardente e foi em direção à rua.

O centro da cidade mudava completamente nos fins de semana. As ruas e calçadas antes abarrotadas agora não exibiam uma alma viva sequer. *E nenhuma morta. Se eu tiver um mínimo de sorte.* Havia alguma coisa mágica em um lugar tão cheio de prédios e tão vazio de gente. Não era somente pelo fato de que, mesmo sem qualquer ser humano por perto, o véu continuava forte. Era a inquietude da forma sem a função. Toda vez sentia-se como se estivesse perambulando em um sonho, ou do outro lado do véu.

Parou de caminhar em um cruzamento, porém seu tronco simplesmente seguiu e teve de se segurar em um poste para não cair. *Merda.* Viu as extremidades do mundo embaçarem. Fechou os olhos e empurrou o ar para fora com toda sua força. *Vamos lá, cara, respira.* Virou a cabeça para a esquerda e cuspiu. Contraiu os olhos e virou-se para ver se vinha algum carro. *Beleza, vamos lá.*

Antes de chegar à outra calçada, levou a mão direita ao bolso e sacou o maço de cigarros. Levou um até a boca e o pendurou nos lábios. Com a outra mão, pegou o isqueiro e acendeu o tabaco. E assim que saiu da rua encheu os pulmões. *Eu devia ter comprado outro maço no bar. Melhor eu voltar lá e comprar um.* Guardou tudo no bolso direito. *Não, se eu sentar naquele lugar de novo eu não levanto mais.* Voltou a caminhar para o departamento carioca dos Acólitos com o rosto virado para o chão.

Soltou a fumaça e estalou a língua nos dentes. *Deixa de palhaçada também, Tomas.* Sentiu uma gota de suor escorrer por sua nuca. Levantou a cabeça e fitou o céu. Nenhuma nuvem no céu sanava os efeitos do sol. *Só faltava essa.* Levou o corpo para perto dos prédios em busca de qualquer sombra. *Agora já era. Trabalho é trabalho.* Sua boca secara. *Você falou que ia ser padrinho da garota e agora vai ser. Engole o choro e termina esse contrato de uma vez.*

Franziu o cenho. *Afinal de contas, mais da metade dos despertos tem algum tipo de afilhado.* Puxava e soltava a fumaça sem pausa. *Tem uma galera que tem bem mais de um. Além de a Ana ser uma garota supreendentemente madura para a idade que tem.* Um sorriso teimoso cruzou seu rosto. *Apesar de eu ter que convencer ela a não comprar uma varinha de amuleto.* Sua respiração começou a acalmar. *Não tem por que fazer esse drama todo. O que pode dar tão errado assim?*

Sentiu uma comichão descer por sua coluna, endurecendo da nuca até a lombar. *O que pode dar errado ao tomar responsabilidade por todas as coisas boas e ruins que uma adolescente recém-órfã pode fazer?* Antes que pudesse se controlar, parou e deu um soco na parede ao lado. *Puta merda.* Juntou os pés e endireitou a coluna. Fechou os olhos e puxou o ar. *Se controla.* Puxou a camisa para baixo, para esticá-la, e voltou a andar.

Em menos de dois minutos chegou à rua do departamento dos Acólitos. Puxou o celular do bolso. *Dez e trinta e dois. Ainda faltam vinte e oito minutos.* Encostou as costas na parede e acendeu outro cigarro. *Só tem mais um. Melhor fumar com calma.* Achou um degrau dois prédios para o lado e sentou-se. *Ela é uma adolescente, cara. Não tem nada que ela possa fazer de tão ruim assim.* Coçou a testa.

Um pombo caminhou ao redor do desperto ciscando a cada três ou quatro passos.

– Sai! – disse, dando um tapa no ar. O pombo bateu as asas, mas se recusou a voar. *Bichinho abusado,* pensou com um sorriso. A cada bicada o pássaro chegava um pouco mais perto. *Se eu soubesse, tinha trazido alguma coisa para dar para ele comer.* A ave estava agora a menos de um braço de distância e o desperto se pegou admirando as penas verdes na nuca do animal. *Até que ele não é tão feio assim.* Quando o pombo estava no meio das pernas de Tomas, simplesmente se virou e defecou. *Hein?* E assim que terminou, saiu voando.

Até o pombo está cagando para mim. Puxou fumaça. Apertou o cenho e negou com a cabeça. *Pelo jeito tá na hora de eu ir.* Levantou-se apoiando as mãos na parede com cuidado para não encostar no excremento da ave. Apagou o cigarro no sapato. Bateu nas calças para tirar a poeira e foi em direção ao batizado.

Chegou ao elevador com o pescoço tenso. Apertou o botão do andar e arrastou os pés até o canto do cubículo, evitando a parte puída do tapete que já fora vermelho. *Pelo menos eles se livraram do cheiro de cachorro.* Sentiu o estômago revirar e bateu com a nuca na parede do elevador, levando o rosto para cima. *Eu não passava mais de meia hora aqui já fazia uns dez anos. Agora deve ser a quarta ou quinta vez que eu venho em menos de quinze dias.* Contraiu a boca. *O quanto disso é o Antônio querendo que eu volte para os Acólitos?*

O elevador parou com um salto e o susto travou ainda mais o corpo do desperto. *Já?* Checou o número aceso acima da porta. *Já. Ok.* Saiu em passos curtos para o corredor e sacou o celular do bolso. Dez e cinquenta. Olhou ao redor em busca de um motivo para ficar. Negou com a cabeça. *Vamos nessa,* e perambulou no corredor até a porta do departamento.

Apertar a campainha demandou muito mais esforço que de costume. Um resquício de seu berro fugiu do outro lado da porta. Em menos de cinco segundos, passos apressados ficaram mais altos até chegarem à porta, que se abriu logo em seguida. A cabeça vermelha e careca de Ricardo surgiu com sua expressão de sempre.

– Você está atrasado. – Jogou o corpo para o lado com um dos braços apontando para dentro. – O Feitor-mor está lhe esperando.

– Pelo jeito você finalmente desistiu de ser educado. – Entrou sem olhar para os lados. – E outra coisa, era para chegar até as onze. Eu estou dez minutos adiantado.

O neófito encarou o desperto de cenho fechado, soltou ar pelo nariz e começou a andar com o queixo levantado. Atravessou a sala de espera em silêncio, abriu a porta de metal amarelado e seguiu pelo corredor sem esboçar qualquer tentativa de comunicação.

Toda vez é a mesma coisa. Apressou os passos para pegar a porta antes de fechar. *Como é que o Antônio insiste em dizer que esse cara faz o trabalho dele direito?* Quando finalmente chegou ao corredor, Ricardo já estava com a mão na maçaneta do escritório do Feitor-mor. O desperto andou com calma pelas relíquias com um sorriso no rosto. *Quis vir correndo? Agora vai ter que me esperar.*

Os pés do neófito batiam a cada meio segundo no chão. No momento em que Tomas estava perto o suficiente para ser anunciado, abriu a porta com cuidado e enfiou sua cara vermelha pela fenda.

– Com licença, Feitor-mor, o padrinho finalmente chegou. – E abriu a porta por completo.

Antônio esticou sua mão direita e levantou as bochechas.

– Tomas, entra, por favor. Chegou bem na hora. – Esperou o ritualista se aproximar. – Obrigado, Ricardo. Pode ir agora.

Assim que a porta bateu, o desperto puxou a cadeira para se sentar.

– Esse cara sempre foge de todas as pessoas com quem você tem reunião ou é só comigo? – Sorriu perverso.

O Feitor-mor puxou o ar com calma. Esvaziou o pulmão pela boca e seu cenho fechou. Seu único olho parecia penetrar na alma do desperto.

– Você bebeu antes de vir para cá?

A garganta de Tomas travou. Permaneceu com a boca aberta por alguns segundos até que contraiu o rosto.

– Eu dei uma passada no bar.

– Levanta – disse sem nenhuma pausa.

– Ah, qual é, Antônio? – Jogou o rosto para trás. – Nenhum de nós tem mais idade para isso.

– Levanta. Agora. – O Feitor-mor se levantou.

Tomas pousou as mãos sobre os encostos de braço da cadeira e empurrou seu corpo para cima. Ergueu suas mãos e parou de frente para o feitor.

– Mais alguma coisa?

– Faz o quatro com as pernas – respondeu assim que o desperto terminou.

– Sim, senhor. – Não tentou esconder o sarcasmo. Levantou o tornozelo esquerdo até o joelho direito, formando um "quatro" entre as pernas. Respirou fundo e encarou Antônio. Contudo, assim que terminou a pose, teve que se apoiar na cadeira ao lado para não cair.

O som do tapa do Feitor-mor na mesa ecoou pelo escritório.

– Você bebeu antes de fazer um batizado? – Pareceu dobrar de tamanho.

– Pelo amor de Deus, Antônio. – Tentou acalmar o estremecer de sua voz. – Eu só tomei uma dose. Todo mundo sabe que esse batizado é só uma cerimônia para o recém-iniciado achar que está fazendo algum progresso.

O Feitor-mor voltou a se sentar devagar. Os músculos de sua mandíbula saltaram.

– Tomas. – Sua voz era rouca e pausada. – Eu sei dos seus problemas com os Acólitos ou com qualquer organização desperta, mas quero que você preste bastante atenção nisso. – Fechou e abriu o olho com calma. – O que nós estamos fazendo aqui é muito importante para muita gente, inclusive para mim e para a senhorita dos Santos. Então, eu peço do fundo do meu coração que você pare com esse comportamento infantil e egoísta e comece a pensar no que as outras pessoas querem, para variar.

Você fala como se não tivesse forçado a Ana a fazer esse batizado em troca do feitiço espelho. Sentou-se sem tirar a atenção de Antônio.

– Cara, foi só uma dose.

– Não, não foi só uma dose. – Desviou o olhar do desperto. – O que você fez foi chegar alterado em um ritual que une o destino dos dois, que torna as ações de Ana sua responsabilidade. Você tem ideia do peso disso?

– Claro que eu tenho. Por que você acha que eu tive que beber? – Massageou os olhos fechados com os dedos da mão direita e fitou o amigo. – Essa porcaria desse contrato está me mandando juntar o meu futuro com o de uma criança que eu nem conheço. – Sentiu a garganta apertar. – Você já pensou no que pode dar errado?

Antônio se voltou para os olhos do desperto.

– Tomas. – Bufou. – Eu realmente fico triste ao ouvir isso, mas você sabia no que estava se metendo quando aceitou ser padrinho da senhorita dos Santos. E agora que tudo está pronto e ela está contando com você, você quer dar para trás?

– Eu falei que ia dar para trás no batizado? – Fechou o punho. – Eu só falei que estava difícil, e por isso eu bebi. Só isso. Você que veio com essa de desistir.

– Você estar disposto a ser padrinho não redime o fato de ter bebido. – Esfregou a mão direita sobre uma cicatriz no pescoço.

– Tá bom, Antônio. – Bateu com as mãos nas coxas. – Eu estava nervoso e bebi. Foi mal. O que que você quer que eu faça para me redimir?

– Eu não estou preocupado com a sua redenção neste momento, Tomas. – Sua voz ecoava pelo cômodo. – Eu estou preocupado com a jovem que está sozinha esperando você para acompanhá-la no que talvez seja um dos momentos mais importantes da vida dela, e que o padrinho esteja bêbado demais para completar a cerimônia.

– Você pode ficar tranquilo que eu não vou estragar sua preciosa cerimônia. – Empurrou o corpo para cima. – E se você não se importa, já são mais de onze horas e eu não gostaria de deixar as pessoas esperando.

– Ótimo. – Passou a língua nos dentes e se levantou com mais vigor do que seu corpo mutilado parecia capaz. Caminhou com o queixo levantado até o desperto. – Você ainda se lembra de onde fica o salão principal de rituais?

– Como se fosse ontem – respondeu, monótono.

– Excelente. Eu vou chamar a senhorita dos Santos e encontro você na entrada. – Pousou a mão direita no ombro de Tomas. – Eu sei que isso é difícil para você, mas é para o melhor.

– Cada um com o seu papel dentro da Grande Roda dos Mundos. – Arqueou as sobrancelhas, deu meia-volta e saiu pela porta principal do escritório.

Em momento algum da caminhada até o salão principal de rituais levantou a cabeça. Sentia uma alfinetada constante nas têmporas. *Eu devia ter pedido outra dose.* Viu sua mão se esgueirar para o bolso onde estava o cigarro. *Nem fumar eu posso.* Mostrou os dentes. *O cara ainda se dá ao direito de me dar um esporro. Como se todo esse circo não fizesse parte do plano de mestre dele.* Virou em um corredor e passou por uma estátua de chumbo que o seguia a cada passo. *Agora já era.*

Chegou à antessala de onde tinha feito o ritual do Vovô Verde. Era uma sala redonda com portas para todas as salas de rituais. O cômodo onde fizera o ritual com Nando, a menor de todas, ficava à esquerda. Virou o rosto para a direita. *É agora ou nunca.* E empurrou a porta do salão principal de rituais. Um cômodo gigantesco com o pé-direito enorme, todo em marfim, que tinha o mesmo teto abobadado de todas as salas de cerimônia dos Acólitos. Oito colunas coríntias seguiam da porta ao altar de ambos os lados. Um pano vermelho enfeitava o altar com pouco mais de um metro de altura e onze velas brancas à sua volta.

A sala estava completamente vazia, com exceção de quatro despertos. *Quem são essas pessoas? Será que a Ana chamou alguém?* Sacudiu a cabeça. *Não, se ela tivesse algum conhecido desperto, eu não estaria aqui de padrinho. Esses caras estão aqui para cair na graça do Antônio.* Enrugou o queixo. *Que coisa ridícula. Não é possível que eles não percebam que isso só faz com que pareçam desesperados.* Grunhiu. *Se eles querem tanto impressionar, deviam arrancar um olho. Isso com certeza vai chamar a atenção do grande Feitor-mor.*

Sacou o celular do bolso. *Já foram mais de cinco minutos.* Tamborilava o chão com os dedos na coxa. *Já era para eles terem chegado.* Guardou o celular. *Tomara que não tenha dado nenhum problema.* Ergueu as sobrancelhas em surpresa do próprio pensamento. *Qual é, Tomas? Você devia era ficar feliz se acontecesse alguma coisa. Aí você ia ficar livre dessa palhaçada toda.* Passou a língua na cicatriz em sua boca. *Não era para já ter cicatrizado de uma vez?*

Passou os olhos pelo salão de cerimônias e seu estômago apertou. *Este lugar não é feito para ter tão pouca gente. No que o Antônio estava pensando quando resolveu marcar a porcaria do batizado aqui? Este lugar só vai conseguir deixar a Ana mais deprimida do que ela já está.* Deu dois passos para a frente e esticou o rosto até a antessala, em busca de algum sinal da chegada da futura afilhada.

Seus ombros se contraíram ao ouvir o som da porta se abrindo e jogou o corpo para dentro. *Beleza. Agora é a hora.* Abria e fechava as mãos.

A adolescente, com os olhos vendados, era guiada por Antônio. Vestia uma túnica branca que a cobria do pescoço aos pés. Caminharam em

passos lentos até a entrada do salão. Ana contraía o rosto voltado para o chão a cada passo. Agarrava o braço do Feitor-mor, que respondia ao gesto com delicadeza. Chegaram até a porta e Antônio descolou a mão da jovem de seu antebraço e a levou para o desperto.
— Chegamos, minha filha.
Ana pousou seus dedos sobre o punho do padrinho.
— Tomas?
— Eu. — Guiou a palma da jovem até seu braço direito. — Pronta?
— Aham — respondeu sem nenhuma firmeza na voz. — Tô.
O Feitor-mor pousou o colar nas mãos de Tomas.
— O amuleto da senhorita. — Recuou e levantou as bochechas. — Você lembra o que tem que fazer?
— Lembro. — Assentiu. — Eu dei uma lida no ritual antes de sair de casa.
— Ótimo. A vela, por favor. — Esticou a mão direita.
Sem fazer barulho algum, Ricardo surgiu na porta com uma vela branca acesa. Fez uma reverência exagerada e a apontou para Tomas.
— Para o batizado.
Ser um imbecil realmente vem sem nenhum esforço para ele. Pegou a vela com a mão esquerda e virou-se para Antônio.
— Mais alguma coisa?
— Somente o batizado em si. — Esquadrinhou o salão vazio e pousou os três dedos de sua mão no ombro de Ana. — Bem, tudo pronto. Quando eu chamar, vocês começam a andar. Tudo bem? — Girou nos calcanhares e foi até o altar sem esperar resposta.
Tomas sentiu a adolescente apertar seu braço direito.
— Pode ficar tranquila. Essa cerimônia não vai ter nada de mais.
— Eu sei. — Sua respiração era trêmula. — O Antônio me explicou o que vai acontecer.
— Então por que o nervosismo?
— Eu não tô nervosa — respondeu de imediato.
O desperto ergueu as sobrancelhas em descrença.
— Ok. Se em algum momento você ficar nervosa, lembra que eu e o Antônio estamos aqui para ter certeza de que vai dar tudo certo.
— Tá bom. — Assentiu em movimentos rápidos.
No momento seguinte a voz do Feitor-mor ecoou pelo salão.
— Bom dia a todos. Esta é uma data muito especial. — Apoiava as mãos no altar. Sua postura ereta culminava em seu queixo. Seu único olho

brilhava dourado com a luz das velas. – Hoje é o dia em que mais uma alma se juntas às nossas fileiras. Como todos aqui presentes, esta jovem aceitará seu papel de direito sob a Santíssima Ordem serva da Grande Roda de Mundos. – Respirou fundo. – Peço a todos os presentes que ergam a mão direita na direção da batizada e visualizem com todo o seu espírito uma luz violeta jorrando dos céus e caindo sobre sua cabeça e ombros. – Esticou a mão para Ana. – Peço também que visualizem uma luz dourada saindo do peito de cada um e a abraçando com o carinho que é merecido a todo irmão de nossa ordem. – Encarou os olhos de Tomas.

É agora. Levou a boca até o ouvido de Ana e cochichou:

– Ele está chamando a gente. Vamos. – E começou a guiá-la pelo braço. A caminhada foi lenta, com a adolescente desviando para a esquerda a cada quatro ou cinco passos. Os músculos do braço de Tomas doíam quando finalmente pararam na frente do altar. *Agora é só seguir o roteiro.*

A voz de Antônio trovejou pelo cômodo.

– Estamos transformando o chumbo de nossa alma em ouro. Quem ousa interromper essa comunhão sagrada?

Quem foi que achou que essas falas eram boas? Respirou fundo e recitou:

– Venho até este templo com uma discípula que despertou para as verdades superiores da existência e que, por merecimento e vontade própria, julgo apta para juntar-se a essa grande ordem.

– Todo novo cordeiro precisa de um bom pastor. – O Feitor-mor ergueu os braços com as palmas das mãos para cima. – Você, que a guiou até o altar, aceita o fardo e a honra de guiá-la pelo resto de sua jornada?

A garganta de Tomas fechou. Puxou o ar até seus pulmões doerem.

– Guiarei a discípula e serei guiado por ela. E todas as suas conquistas e falhas serão parcialmente minhas. E que assim seja.

– E que assim seja! – Antônio desceu as mãos para o altar com as bochechas levantadas. – Por favor, desvende sua afilhada.

O desperto passou as mãos em volta da cabeça de Ana e desfez o nó. Os olhos da adolescente se arregalaram assim que o véu saiu e logo depois caíram para o chão. Coçava a cicatriz em seu punho. O Feitor-mor continuou com o rosto virado para a adolescente.

– Você deseja entrar para a Santíssima Ordem dos Acólitos de livre e espontânea vontade?

– Desejo – respondeu quase em um sussurro.

– Tem completa consciência dos deveres que lhe serão cobrados em tal jornada? – Seus dentes estalavam a cada palavra.

– Tenho. – Em momento algum tirou os olhos dos pés.

– Deseja que qualquer outro desperto neste recinto seja seu padrinho? – Apontou para Tomas.

Ana ergueu os olhos e fitou o ritualista. Rodou os olhos pelo salão e suas sobrancelhas arquearam. Negou com a cabeça.

– Não.

– E que assim seja. – O feitor deu a volta no altar lentamente até ficar de frente para a adolescente. – Se ajoelhe, por favor, minha filha.

– Tá bom. – As palavras saíram quase inaudíveis. Apoiou-se no altar e se ajoelhou.

Em um movimento mais rápido do que o permitido pela sua idade, sacou o punhal de cobre de trás do altar com a mão direita e o levantou acima de sua cabeça. Encheu e esvaziou o peito com calma. Levou a lâmina até a palma de sua mão esquerda e a afundou lentamente. Arrastou a ponta do punhal até o limite de seu punho. Em nenhum momento demonstrou qualquer emoção. Levou a ponta da lâmina até o topo de sua mão. O sangue viscoso escorria até seu cotovelo e pingava. Enfiou a ponta do punhal na extremidade esquerda da palma e a arrastou até o lado oposto, formando uma cruz.

Colocou a lâmina sobre o altar e, sem exibir a menor pressa, pousou a mão ensanguentada na testa de Ana e apertou os dedos. Levantou o rosto e começou a recitar:

– Eu, servo e regente da Grande Roda de Mundos, através do meu sacrifício de sangue, afirmo pela ordem que comanda e guia todas as almas para seu lugar justo que essa jovem é merecedora e, de agora em diante, tem minha permissão para acessar qualquer conhecimento que esteja dentro de seu grau. – A luz do salão diminuiu e um perfume doce ocupou o cômodo.

O umbigo do desperto começou a esquentar. Pouco a pouco o calor foi expandindo até cobrir toda a sua barriga. *Se concentra, Tomas.* A área do aquecimento encolheu, e a cada centímetro que perdia, ganhava em temperatura. Quando não aguentou mais de dor, levou a mão ao umbigo e o pressionou. *O que que está acontecendo?* Olhou para a frente e viu que Ana fazia o mesmo.

Antônio abria e fechava a boca, batendo os dentes em um sorriso macabro.

– E que assim seja! – Levantou o braço e, como em um estalo, as luzes voltaram a se acender. Caminhou para trás do altar em passos lentos. Gotas de sangue grosso marcavam cada passada. – Por favor, senhorita dos Santos, levante-se. – Virou-se para o desperto. – Senhor Fontes, você tem minha permissão para dar o amuleto para sua afilhada.

A dor e o calor tinham passado. *Foi*. Tomas colou o queixo no peito para tirar o colar de prata e, em um só movimento, o vestiu no pescoço de Ana, que tinha toda a testa e metade do nariz banhados de sangue. Deu dois passos para trás e recitou.

– Presenteio-lhe com o amuleto para que fique claro a tudo e todos que é uma desperta. – E fez uma reverência mecânica.

– E uma salva de palmas! – declamou Antônio com as bochechas levantadas e começou a bater as mãos com entusiasmo. Os outros Acólitos se juntaram, contudo o barulho só deixou mais claro como o salão estava vazio.

Tomas viu Ana usando seu antebraço para espelhar, sem jeito, as palmas do resto do salão. Deu um sorriso aliviado e juntou-se ao coro. *Finalmente eu vou poder fazer essa merda de feitiço espelho e terminar de uma vez com esse contrato.*

19

HÁ QUANTO TEMPO essa teia de aranha está aí?, pensou ao coçar o pescoço. *Eu devia tomar vergonha na cara e tirar ela.* A teia dobrara de tamanho desde a última vez que tinha prestado atenção. *Deixa quieto. É bom que ela mata os mosquitos.* Espreguiçou-se. *Como se tivesse mosquito por aqui. Amanhã eu faço, sem falta.* Empurrou o tronco para levantar, porém tudo que conseguiu foi gemer e se virar de lado. *Que horas são?*

Esticou o braço direito até o criado-mudo e tateou em busca de seu celular. Empurrou uma cabeça de alho para o chão. *Vai!* Sentiu a ponta plástica do telefone e puxou. *Meio-dia e meia.* Gemeu. *Que dia é hoje? Segunda? Melhor levantar.* Virou a barriga para cima. *Daqui a pouco.* E largou o celular na cama.

O sol bateu em seus olhos. Tomas jogou o travesseiro sobre o rosto. *Amanhã. Amanhã é o ritual espelho. Já estava na hora.* Seus poucos músculos ardiam de cansaço. *Foi essa quarta passada que eu exorcizei o mapinguari? Parece que foi há muito mais tempo.* Umedeceu a garganta seca com saliva. *Não tem muita gente que pode falar que peitou um mapinguari e sobreviveu. Parece que eu não tenho um dia decente de folga faz seis meses.* Empurrou o corpo para cima e apoiou as costas na parede. *Eu realmente vou precisar de um descanso depois dessa.* Encostou os pés no chão e encolheu o pescoço. *Frio.*

Pousou as mãos nos joelhos e os empurrou para se levantar. *Tomara que o Ignácio não venha com outro contrato.* Uma comichão se espalhou por seus membros. Espreguiçou-se mostrando os dentes e arrastou os pés para o banheiro. *Pelo menos não tão cedo.* Chegando à porta, saltou sobre o tapete para evitar o frio do azulejo. Levantou a tampa da privada e deixou a urina sair. *Graças a Deus.* Revirou os olhos e estalou o pescoço. Sua atenção parou na barriga refletida no espelho. *Devia voltar a fazer algum exercício.* Deu dois tapas na pança. *Como se você tivesse feito isso alguma vez na vida.* Vestiu-se, deu a descarga e foi para a cozinha.

O café da manhã foi quase o mesmo de sempre. Quatro torradas escuras com bastante requeijão e uma parte de suco para três partes de vodca. A única exceção era a mortadela que agora acompanhava as torradas. *Depois dessa semana, eu mereço.* Dobrou a fatia do embutido ao meio e o pousou delicadamente sobre o pão. *Perfeito.* Levou a torrada à boca e suas papilas expandiram. *Por que eu nunca pensei nisso antes?*

Moveu os livros em cima da mesa em busca do *Efeitos psíquicos e suas aplicações*, do frei Damião de Toledo. *Cadê? Ele devia estar por aqui.* Deu um bom gole no suco e se levantou. Começou pelo banco de madeira no canto da sala. *Meditações sob a pirâmide. A quarta lua oculta. Os sete dentro do oitavo... Cadê?* Rodou os olhos pelo cômodo. *Tem que estar aqui. Não tem perna.* A sala tinha livros espalhados por todos os lados. Nem mesmo o topo da geladeira estava a salvo.

Depois de levantar e chutar e empurrar todos os lugares lógicos do cômodo, foi até a porta. *Se não está aqui, ele virou purpurina.* Ajoelhou-se na frente de uma pilha de livros e foi puxando um por um. *Não. Não. Não... Não.* Quando chegou ao último, o jogou para o outro lado da sala. *Não podia ser fácil, né?* Bateu com as costas na parede e se sentou. *Nem no meu dia de folga.* Seus olhos caíram sobre três envelopes brancos perto da porta. *Que isso?*

Pegou os envelopes e levou-os ao colo. Rompeu o topo do primeiro sem cuidado e rasgou o folheto em seu interior. *Promoção do supermercado.* Amassou e o arremessou para a cozinha. Abriu o segundo. "Convidamos você para o aniversário da Paloma". Abaixo do texto, uma foto da sobrinha do desperto com uma princesa ao fundo. *Já fui nessa sucursal do inferno semana passada.* Amassou o segundo invólucro e também o largou sobre seus pés.

Fez um pinça com os dedos e rompeu o topo do terceiro envelope. Puxou o papel em seu interior e arregalou os olhos. *Conta do celular?* Jogou a cabeça para trás com o maxilar apertado. *Veio duas vezes?* Bateu o pé direito no chão. *Puta merda. Eu esqueci.* Correu os olhos pela folha de papel. *Vence hoje?* Levantou-se em um salto e quase escorregou nos livros ao correr para o quarto.

Vestiu uma calça jeans que estava jogada perto da cama e a primeira camisa que viu no armário. *Preta. Vai ter que dar.* Foi até o criado-mudo, arrancou um dente de uma das cabeças de alho e enfiou na boca. Forçou a mandíbula para mastigar. O suco azedo da planta fez a garganta do desperto se contrair. Espremeu os olhos e engoliu. Tossiu. Botou a língua para fora com uma careta. Respirou fundo e se recompôs. *Pronto, foi.*

Pegou a carteira e o celular. *Mais alguma coisa?* Esquadrinhou o quarto com a língua na cicatriz de sua boca. *A chave. Cadê?* Revistou o criado-mudo. Passou as mãos pela cama. *Era para estar aqui.* Levantou o lençol e o sacudiu. Um tilintar metálico surgiu do outro lado do cômodo. *Beleza.* Atravessou a cama em um salto, agarrou a chave no chão com a mão direita e a enfiou no bolso. Antes de sair do quarto, em um gesto quase inconsciente, pegou uma das cabeças de alho e a guardou.

Chegando à sala, foi até a mesa e pegou o copo de suco. Pousou a borda em sua boca e virou todo seu conteúdo de uma só vez. O líquido ardeu por todo o caminho. *Merda de alho.* Sacudiu o corpo e devolveu o copo ao seu lugar. Apoiou a mão na cadeira e fechou os olhos. *E daí se atrasar também?* Somente a ideia do lado de fora já o deixara cansado. *Eu pago a multa. Vai ser o quê? Dez ou quinze reais a mais. Não faz diferença nenhuma.* O sofá ao seu lado nunca parecera tão atraente. *Amanhã. Isso.*

Travou os músculos e fez uma careta. *Não, Tomas, amanhã você termina o contrato. Então engole o choro e paga essa conta.* Levantou o rosto e contraiu o queixo. *Ok, cinco minutos.* Deu um meio sorriso. *Não tem essa. Vai.* Os primeiros passos em direção à porta foram duros, como se não caminhasse há semanas. *Eu tenho que botar isso pra débito automático de uma vez.* Exalou ao tatear os bolsos. *Carteira, celular, chave, alho. Faltou o cigarro.* Ergueu as sobrancelhas e estalou os dentes na língua.

Arrastou os pés até a bancada da cozinha e pegou o maço e o isqueiro mais próximos. Guardou o isqueiro no bolso. Levantou o maço acima de sua cabeça e sacudiu. *Seis. Deve dar para ir e voltar sem problema.* Ameaçou guardá-los, mas parou o braço no meio do caminho. *Tá no inferno, abraça o capeta.* Puxou um cigarro e pousou a ponta em seus lábios. Em uma sucessão de movimentos mecânicos, acendeu, arrumou e guardou tudo.

Puxou a fumaça até encher os pulmões e um calafrio desceu sua coluna. *Toda vez é a mesma coisa.* E soltou. Passou a lista com os objetos na cabeça mais uma vez. *Tudo aqui. Mas e daí se não estiver?* Foi até a porta ziguezagueando entre os livros pelo chão. *Tenho que dar uma olhada nos Efeitos psíquicos ainda. Fica para quando eu voltar.* E abriu a porta para sair.

Assim que botou o primeiro pé para fora sentiu o bafo quente da rua subir por seu corpo. *Perfeito.* Caminhou pelo corredor de paralelepípedo com o ombro triscando na parede para reduzir o contato com o sol ao mínimo. Não dera quatro passos quando ouviu a gritaria do casal do apartamento 102. *De novo.* Um gritava por cima do outro substituindo argumentos por volume. A cinza do cigarro caiu quicando em sua camisa. É isso que dá quando duas pessoas se ligam pela genitália. Algo bateu na parede ao seu lado e produziu um som oco. Soltou a fumaça. *Desnecessário, como sempre.* Apressou o passo ao passar pela janela do casal.

Assim que viram Tomas, o casal do apartamento 102 ficou em silêncio encarando o vizinho passar com os olhos arregalados. E, assim que saiu de vista, a briga voltou a todo vapor. *As inteligências dos dois se merecem, pelo menos. Como se eu só pudesse ouvir o que eles estão fazendo pelo vidro da janela.* Caminhou pelo pátio de sombra em sombra. *Mal sabem que eu os conheço mais do que eles um ao outro.* Deu um tranco com o corpo para trás e abriu o portão.

O calor carioca podia ser visto no asfalto, distorcendo a visão de quem olhasse perto o suficiente. Levantou a mão direita até a testa e olhou o céu. *Nenhuma nuvem. Um dia perfeito.* Bufou. *Como é que alguém acha isso bonito? Não tem como culpar eles também.* Seu peito inchou e um sorriso forçou caminho por suas bochechas. *Isso é tudo que conseguem enxergar.*

As cores que o outro lado tem. Os mundanos iam perder a cabeça se tivessem visto metade do que eu vi. Passou por uma casa de muro verde pastel onde um rapaz se esticava para conversar com uma jovem. *Ela não está a fim, amigo. Parte para outra.* Uma senhora parava na janela da próxima casa. Uma pequena mancha escura se movia frenética sobre seu ombro. Seus pequenos tentáculos de fumaça negra começavam a afundar no ouvido da velha. O desperto esvaziou os pulmões e apertou o cenho. *Se eles tivessem visto metade das coisas que eu vi, eles já estavam no hospício.*

Apontou o nariz para o chão e apressou o passo. *Não viaja, Tomas. A melhor coisa que aconteceu na história da matéria foi a descrença mundana.* Parou no sinal vermelho, porém, como não vinha carro algum, resolveu atravessar. *Não ia ter véu se não fosse por eles. E, se tivesse, não teria um décimo da força.* Levou a mão à cabeça de alho em seu bolso e deu com os ombros. *Mas ia ser bom se eles soubessem o que está rolando. Nem que fosse para mostrar um pouquinho de respeito por quem realmente protege este lugar medíocre contra o outro lado.*

Um sorriso brotou outra vez em seu rosto. *Imagina.* Passou a língua nos dentes. *Três vagabundos vêm para cima de mim. Eu me afasto para não arrumar confusão, mas mantenho o alho na mão. Não importa. O do meio trava meu caminho e os outros dois me flanqueiam.* Esticou a coluna. *Eu peço com toda a calma para que eles sigam seus caminhos e me deixem em paz. Eles riem sorrisos maldosos. O do meio mete a mão no meio do meu peito. Eu me contento em respirar fundo e encará-lo.*

No que parece uma fração de segundo, os três partem para cima de mim. O primeiro ergue o pé para me chutar. Eu desvio para o lado e, em um movimento preciso, afundo a cara dele no asfalto. Sorriu, olhando o chão, absorto em sua própria narrativa. *O segundo me pega pelas costas com um soco. Eu estalo o pescoço e puxo a cabeça de alho do meu bolso. Ele percebe que mexeu com quem não devia. Eles começam a correr, mas aí já é tarde demais.* Os pulmões do desperto se enchiam e esvaziavam sem pausa. *Eu quebro a cabeça de alho em dois e começa a invocação.*

Calor se espalhou por seu corpo. *Não dá dois segundos, só tem um que ainda está acordado.* Assentia com cada palavra que pensava. *Ele ajoelha com os olhos cheios d'água e pede perdão.* Virou a esquina. *Eu rio e levanto o amuleto.* Um catador de lixo surgiu da esquina e esbarrou em Tomas, fazendo com que o desperto tivesse que apoiar as mãos no chão para não cair.

O catador ergueu o braço direito e mostrou o dedo médio.

– Presta atenção, ô babaca!

O desperto o encarou de cenho franzido em silêncio por alguns segundos. Sacudiu a cabeça para acordar.

– Quê?

– Vai se foder! – Virou as costas e saiu andando.

Enfia a sua vassoura no cu. Confrontava a nuca do catador de lixo. *O que eu estava pensando mesmo? Ah, pagar a conta.* E voltou a caminhar para o banco.

Faltando menos de uma quadra, o chinelo do desperto começou a escorregar com o suor. *Eu devia ter posto um tênis. Isso é o que dá sair com pressa.* Descalçou a sandália e esfregou a sola do pé na calça, apoiando-se na perna direita. Perdeu e equilíbrio e teve que pisar com o pé descalço na calçada de cimento. *Calma, cara. Quase chegando lá.* Calçou o chinelo e voltar a andar.

Uma parede de vidro ia de ponta a ponta do banco. Quadrados amarelos pontilhavam toda sua extensão. *Quantos idiotas tiveram que dar com a testa no vidro até decidirem colocar eles aí?* Esticou a cabeça pela porta giratória de vidro e viu pelo menos vinte pessoas na fila para os caixas eletrônicos. Fitou a conta em sua mão. *Merecido. Da próxima vez, paga todas as contas no mesmo dia.*

Empurrou a porta giratória com a mão direita e enfiou a conta no bolso. Seu pescoço endureceu. *A porta vai travar.* Mas, para alívio do desperto, nada aconteceu. À direita da entrada ficava um palanque de madeira meio metro acima do chão com um guarda vigiando a porta. O vigia estava com um cotovelo apoiado na parede tentando esconder o celular enquanto mandava mensagens.

O guarda acompanhou o desperto passar com os olhos cansados.

– Bom dia. – Pelo tom, se arrependeu da frase assim que começou.

– Opa – Tomas respondeu e passou.

O interior do banco era bege do teto ao chão, com alguns detalhes em amarelo para lembrar a todos a marca que controlava seu dinheiro. No fundo, uma parede escondia os funcionários trabalhando como caixas. Entre as dezenas de pessoas, clientes e empregados, ninguém ousava mostrar um sorriso. *Eu me pergunto se alguém já ficou feliz dentro de um banco.*

Arrastou os pés até a parede que dividia os espaços. *Estes caixas conseguem ter mais gente que os eletrônicos. Se for para esperar, pelo menos vai ser sentado.* As cadeiras eram dignas de uma instituição pública. Diversas fileiras de assentos cinzentos de material barato. Apertadas demais para duas pessoas sentarem lado a lado sem se encostarem. Ótimo. Esfregou a mão esquerda na têmpora. *Melhor do que ficar em pé.*

Pegou a senha, caminhou até o banco mais próximo e largou o corpo para se sentar. Afundou na cadeira até apoiar a nuca no encosto. Bocejou. *Só faltava um cigarro agora.* Olhou o papel com a senha em sua mão. Cento e quinze. Levantou os olhos até o monitor com o último número chamado. Noventa e sete. Virou o rosto. *Três caixas. Podia ser pior.* E voltou a apoiar a nuca no encosto da cadeira.

No canto do banco, atrás do bebedouro, viu um rosto familiar. *Puta merda, toda vez.* O homem gordo estava sentado com os ombros jogados para a frente, acentuando ainda mais sua barriga. Montado em suas costas, um obsessor dormia tranquilo. *Pelo menos o bicho está dormindo.* O rosto de paisagem do obsediado invocava no desperto uma mistura de pena e raiva.

Se bem que um banco não é o lugar mais fácil para um obsessor ficar. Ou qualquer criatura do além-véu. Tem sempre muita gente aqui para eles. E muita realidade. Fitou os olhos fechados da criatura. *O outro lado vira e mexe é quase um reflexo daqui, mas, se o véu é muito forte, o que que ele reflete? A não ser que os dois sejam a mesma coisa, só que diferente.* Fez uma careta. *Isso não faz sentido. Se fosse assim, ia ter um espírito para cada pessoa, o que obviamente não é o caso. A não ser que a alma do espírito valha muito mais que a de um humano. Sei lá.*

Desviou o rosto quando o homem o encarou. *Talvez eu devesse dar uma ajuda para o cara. Ia ser um exorcismo relativamente simples, já que a criatura meio que já está deste lado. Se bem que esse aí está extremamente fundido no parasitado.* Olhou o obsessor de canto de olho. *Eles até respiram no mesmo ritmo. Não tem jeito.* Coçou o queixo. *E como eu ia convencer o cara a me deixar fazer o exorcismo? "Oi, bom dia. Eu vim tirar um espírito de você".* Soltou o ar com uma risada. *Se bem que tem um bando de trouxa que cairia nessa. Um trouxa sendo engando pela verdade. Eu me pergunto com que frequência isso acontece.*

O monitor com as senhas apitou e o parasitado se levantou em direção ao caixa. *Cento e quatro. Quase lá.* O parasita tomou um susto e acordou. Bocejou mostrando seus dentes pretos. Arqueou suas costas para trás e se espreguiçou. Em qualquer outra circunstância teria caído, mas suas pernas estavam firmemente presas na base da coluna de sua montaria. *Eu nunca vi um obsessor tão bem acomodado assim. O que será que o obsediado fez para eles se juntarem tanto?* Cruzou os braços. *Às vezes não fazer nada já é o suficiente.*

A criatura apertou os olhos na direção do desperto por alguns segundos e jogou o corpo para a frente. Porém, tudo que fez foi bocejar uma segunda vez e voltar a dormir sobre sua montaria. *Graças a Deus ele não me viu.* Passou a língua na cicatriz em sua boca. *Quem dera toda vez fosse assim tão fácil. É só o véu estar forte.* Sorriu. *Eu tenho que vir mais ao banco.*

20

A LOMBAR GRITOU e o desperto estalou a língua nos dentes. Empurrou o corpo para cima e se ajeitou na cadeira de couro quadrada. A sala de espera do departamento carioca dos Acólitos sempre o deixava desconfortável. Apesar dos vários adornos e imagens de santos da Igreja Católica, o lugar era vazio, implorando para que alguma vida o preenchesse.

A despeito de os Acólitos não necessitarem de novos candidatos para suas fileiras, Tomas muito raramente via alguma alma viva passar pela porta de entrada, nem tinha certeza de como eles entravam e saíam do local. Puxou o ar até encher os pulmões e deixou tudo sair de uma só vez. Tirou o celular do bolso. Duas e meia. O calcanhar de seu pé esquerdo batia no chão a cada meio segundo. *Eles já deviam ter terminado de falar.* Guardou o telefone no bolso.

Não faz sentido ele pedir para conversar com a Ana em particular. Beleza que ele tem que se preparar para o ritual e tudo mais. Mas eu não passei a última semana de office boy para ele me deixar de fora assim. Apoiou a mão direita no queixo. *Ainda mais depois que eu aceitei virar padrinho dela.* Seu estômago embrulhou e ergueu as sobrancelhas. *Tanto faz, ele conseguiu o que queria.*

Até porque a Ana não vai realmente participar dos Acólitos. Um jato de ar saiu de seu nariz e sua bochecha direita subiu. *Espero que esse não seja o plano de mestre dele. Trazer a Ana e eu para os Acólitos de uma tacada só.* Cruzou as pernas. *Eu não entendo como ele acha que essa ordem seja a resposta para todos os problemas da comunidade desperta.* A bochecha levantada lentamente deu lugar a um meio sorriso. *Imagina. Pelo menos ia ser fácil descobrir quem era desperto e quem não era. Era só olhar quantas cicatrizes o cara tinha.*

A porta de metal amarelado abriu-se com força e o desperto deu um pulo na cadeira. Dela saiu Ana, seguida de perto por Ricardo. O neófito careca fez uma reverência exagerada.

– A senhorita pode esperar aqui e, assim que tudo estiver pronto, nós lhe chamamos. Tudo bem?

– Tá bom – a adolescente respondeu com a boca tensa. – Obrigada.

– Não tem de quê. – O sorriso fez sua papada saltar. – Com sua licença. – Girou nos calcanhares e voltou por onde tinha vindo.

Ana esperou a porta fechar com o cenho contraído e arrastou os pés até a cadeira de couro quadrada.

– E aí? – Jogou o corpo para se sentar.

– O que o Antônio queria falar com você? – A pergunta saiu antes que Tomas pudesse pensar.

– Nada de mais. Ele falou que o ritual espelho ia mostrar exatamente o que tinha acontecido com meus pais e perguntou se eu tinha certeza de que realmente queria fazer ele. – Desceu o corpo e apoiou a nuca no encosto. – Aí eu falei que eu já tinha vindo até aqui, com o batizado e tudo mais, e não tinha como dar para trás agora.

Podia ter parado na primeira parte. Limpou a garganta.

– Você sabe que ele está certo, né? Não vai ser uma imagem bonita de se ver.

– Eu sei. – Seus olhos estavam fixados no teto. – Mas eu não posso desistir agora. Eu gastei muito de mim para ver esse ritual.

– Não foi só você.

– É. – O rosto da adolescente girou para o desperto. – Eu sei que eu já falei isso antes, mas obrigada por ter concordado em ser meu padrinho. E por tudo que você fez para conseguir esse ritual para mim.

Tomas negou com a cabeça.

– Sem problema.

– É sério. – Levou os cotovelos aos apoios de braço. – Você podia muito bem não ter feito.

– Vai por mim, não podia. – Desceu o corpo na cadeira e apoiou a nuca no encosto das costas, espelhando sua afilhada. – Mas valeu.

– É. – O silêncio preencheu a sala de espera, e ela voltou o rosto para o teto. O único som era o do calcanhar de Tomas batendo no chão. Ana disse em palavras apressadas: – Por que você embebedou o Vovô Verde?

O ar chiou ao passar pelos dentes do desperto.

– Ele é de uma época em que toda entidade recebia oferenda, e álcool era uma oferenda fora do comum naquele tempo. Uma coisa que só era dada nas maiores celebrações. E ele sente falta dessa bajulação, não importa o que diga.

– Mas ele ficou bêbado muito rápido. – Fechou o cenho.

– Você está sabendo muito de bebida, hein, senhorita dos Santos? – Sorriu um sorriso perverso.

A adolescente arregalou os olhos e colou o queixo no peito.

– Não... Eu... É o que as pessoas falam.

O padrinho ergueu as sobrancelhas e esvaziou o pulmão. *Pega leve com ela. Você bebe desde os doze.* Assentiu.

– Sei. Bem, quanto ao Vovô Verde e sua cabecinha – girou o punho no ar –, você tem que entender que as coisas do outro lado não funcionam que nem aqui. – Entrelaçou os dedos. – A divisão entre uma coisa e outra não é tão delineada. Tudo é meio misturado.

– Tá. – Empurrou o corpo para cima e encaixou o quadril na cadeira. – Mas a gente meio que trouxe ele pra cá, não foi?

A gente? Piscou os olhos com calma.

– Mais ou menos. Ele não chegou a atravessar o véu em si. Por isso a gente teve que entrar em transe. – Soltou as mãos e as girou em volta de um círculo imaginário sobre seu peito. – Mas, mesmo que tivesse atravessado, ele não tem estômago ou laringe ou sistema nervoso. É tudo uma coisa só. Então, quando ele ingeriu a cachaça, estava fazendo da cachaça parte dele. Entendeu?

Os olhos da adolescente permaneceram arregalados por alguns segundos.

– Não. Foi mal.

– Você já viu espírito comer antes, né? – Esfregou os dentes inferiores na cicatriz de sua boca.

– Aham – falou em uma mistura de afirmação e pergunta.

– Perfeito. – Gesticulava a cada palavra. – Do outro lado do véu não existe separação de forma e pensamento, tá? Os espíritos são basicamente uma ideia, um pensamento, ou sei lá o quê, que permaneceu separada do resto do além-véu tempo suficiente para se tornar consciente.

– Tá bom. – Jogava o pescoço para a frente e contraía os olhos em uma careta.

– Então – contraiu o queixo –, se cada partícula daquele corpo que a gente estava vendo era parte da essência do Vovô Verde, toda parte que entrou em contato com a cachaça ficou bêbada. Entendeu?

– Entendi. – Desistira de disfarçar a careta. – É, tipo, como se ele sugasse a cachaça pela pele?
– É. – As palavras saíram arrastadas. – Mais ou menos. Só que o corpo todo dele é a pele. E o cérebro e os órgãos.
– Tipo uma célula, então. – Assentia. – Fazendo osmose.
O desperto deu um tapa na própria mão.
– Isso! Basicamente.
– Você podia ter começado por aí em vez de dar tanta volta. – Ergueu as sobrancelhas e sorriu de meia boca.
– Na minha cabeça pareceu mais fácil. Foi mal. – Coçou a testa. – Nunca pensei em usar uma célula para explicar um espírito.
Ana ergueu os braços na altura dos ombros.
– Pelo jeito é a afilhada que tá ensinado as coisas pro padrinho.
– Pelo jeito.
Em um estalo, a porta de metal amarelado à direita abriu com Antônio sob seu arco.
– Perdão pela demora, mas, como tinha dito antes, esse é um feitiço complexo. – Aproximou-se em passos lentos. – De qualquer maneira, está tudo pronto. – Ofereceu a mão esquerda à Ana. – Por favor.
A adolescente pousou sua mão sobre a do Feitor-mor e puxou-a para se levantar.
– Obrigada.
– Não há de quê – respondeu com as bochechas levantadas. – Por aqui. – Deu meia-volta e seguiu na direção da porta por onde veio. – Tomas?
O desperto se levantou. *Finalmente. Vamos ver o que o espelho mágico tem para contar para a gente.* Desviou os olhos para a adolescente. *Tomara que isso acalme ela de uma vez.* Piscou com calma.
– Eu estou atrás de vocês.
Seguiram pelo corredor, apenas o som dos passos quebrando o silêncio. Antônio caminhava à frente, Ana no meio e Tomas por último. Os pelos do braço e da nuca do desperto se arrepiaram. *Eles já começaram a abrir o canal para as esferas superiores.* O ar pesou em sua boca. *Vai ser bom ver como eles realmente executam isso.* Sentiu o sangue correr para sua cabeça.
Depois de algumas voltas desconexas, chegaram à sala circular de cinco portas que levava ao salão de rituais. Havia alguma coisa diferente da última vez que tinham passado lá. O lugar estava frio e duro. Às vezes as

arestas do cômodo ficavam borradas nos cantos dos olhos. O Feitor-mor empurrou a porta de metal amarelado com calma e virou o corpo de lado.

– Depois de vocês.

A adolescente atravessou o portal em passos contados seguida de perto por seu padrinho. Todas as luzes presentes no batizado do dia anterior tinham desaparecido. A única iluminação vinha da entrada. Todos os móveis também haviam sido retirados. Um espelho com pouco menos de dois metros de largura estava apoiado no altar refletindo a luz da porta, sugando o calor da porta.

Antônio segurou o braço de Tomas.

– Você está com a cabeça de alho?

O desperto virou o rosto lentamente para seu amigo, com o cenho fechado.

– Tô sim. Por quê?

– Deixa ela aqui do lado de fora. Para não atrapalhar o ritual. – Seus dentes expostos batiam a cada palavra. – Melhor deixar o cigarro e o celular aqui também, só por garantia.

– Ok. – Tirou tudo dos bolsos e colocou no canto, ao lado da porta. Soltar o alho foi o mais difícil. A planta realmente queria ficar. Subiu o tronco e bateu as mãos nas calças. – Mais alguma coisa?

– Não. Só isso. Agora é só todo mundo entrar na sala para começar o bendito do feitiço espelho. – Bufou e entrou no salão de rituais. – Vamos lá.

– Vamos lá. – Passou pelo arco da porta e pousou a mão na maçaneta para fechá-la.

– Não. – A voz do Feitor-mor saiu áspera de sua garganta. – Ainda está faltando o executor do Feitiço.

Tomas contraiu os olhos para Ana e voltou-se para Antônio.

– Não vai ser você?

– Eu vou ser o mestre de cerimônia. – Arrastou os pés na direção do espelho. – Mas eu não consigo fazer as duas coisas ao mesmo tempo.

Por que ele não me falou isso antes? Balançou a cabeça.

– Tá bom. Quem vai ser o executor?

– O Ricardo. Atrás de você. – O feitor apontou na direção de Tomas e levantou o queixo.

O coração do desperto se contraiu. Deu um salto contido para o lado. *Filho de uma puta mal comida. Tinha que ser ele.* Fechou a garganta para controlar a respiração e disse com a voz rouca:

– Perfeito. – Virou-se para o Feitor-mor. – Agora que está todo mundo aqui, podemos começar?

Antônio se posicionou ao lado direito do espelho.

– Podemos. – Esticou o braço para Ana e fechou a mão repetidamente. – Vem cá, minha filha. Você vai ficar aqui na frente do espelho. Isso. – Girou o corpo. – Ricardo, você vai ficar do lado esquerdo que nem a gente combinou. Você trouxe o espelho para a execução? Ótimo. – Olhou para o desperto. – E você, Tomas, vai ficar aí na porta até eu pingar o sangue no espelho, por favor. Assim que o sangue cair, você fecha a porta e vem para o lado da sua afilhada. – Levantou ambos os braços com as palmas das mãos para baixo e esquadrinhou o salão com os olhos. – Muito bom. Acho que podemos começar. Eu vou pedir que todo mundo entre em transe. Tudo bem? – Apontou para a adolescente. – Você sabe fazer isso, não é, minha filha?

– Aham – assentiu com força. – Sei.

– Ótimo. Vamos começar. – E fechou os olhos.

Vamos lá. Fechou os olhos. *Um, dois, puxa. Um, dois, solta.* As raízes dos pelos de seus braços se estenderam até os ossos. *Um, dois, puxa.* O frio fez com que eles ficassem eretos como lanças. *Um, dois, solta.* O escuro virou vermelho e salpicou de branco. Abriu os olhos.

O ar do salão ficou pesado. Esfumaçado. E respirar era puxar fumaça. O desperto sentiu seu estômago embrulhar. *Calma, cara. Só respira. Se controla.* Buscou os outros despertos com os olhos. Mal conseguiu enxergar Ana, e os outros dois eram apenas silhuetas. O espelho que antes refletia a pouca luz que entrava agora estava negro como piche. *Ele está sugando a iluminação.* Apoiou a mão na porta e franziu o cenho. *Interessante.*

A voz de Antônio surgiu do breu.

– Todos prontos? – Um por um, os despertos se pronunciaram. – Ótimo. Tomas, quando eu disser já, fecha a porta.

– Ok! – gritou ao apertar os olhos tentando enxergar o Feitor-mor derramando o sangue no espelho. *Nada.*

Alguns segundos de silêncio se passaram até que a voz de Antônio surgisse outra vez.

– Eu, servo e regente da Grande Roda de Mundos, através do meu sacrifício de sangue, invoco e abro a porta que transcende as limitações da matéria. – Seu tom subia e descia a cada palavra com a potência de um homem trinta anos mais novo. – E que assim seja. – O cheiro de ferrugem invadiu o ambiente e dois tilintares ecoaram no cômodo. – Agora, Tomas.

O desperto bateu a porta. Pelo que pareceu uma eternidade, todo o seu redor pareceu vazio. Mesmo seus batimentos pareciam abafados. *Que merda está acontecendo?* Sua mão direita pousou na maçaneta. *Por que não está acontecendo nada?* Seus dedos se fecharam com força. *Não. Calma. Se você abrir a porta agora, pode ferrar com tudo.* E forçou sua mão até o bolso.

Quando começou a se acostumar com a escuridão, ouviu o som de alguma coisa vibrando na direção do altar. *O espelho?* Levou os dedos instintivamente ao bolso onde estaria a cabeça de alho. Um leve brilho azulado surgiu nas bordas retangulares do espelho. Era algo frio e pegajoso. Pouco a pouco a luz escorreu até não haver mais área para o reflexo. E, em um estalo, ficou forte o suficiente para que todos se enxergassem.

A respiração do Feitor-mor chiava.

– Tomas. – Levantou o braço direito. – Já pode vir para o lado da senhorita dos Santos.

Andar naquele lugar se provou um trabalho hercúleo. O desperto tinha que jogar todo o seu corpo para a frente a cada passo. Quando chegou à afilhada, os músculos de sua coxa pareciam estar em brasas.

– O que a gente tem que fazer exatamente? – falou, tentando não arfar.

– Nada. – Antônio virou o corpo para a direita. – Ricardo. Por favor. – Ergueu os dois braços e fechou os olhos, murmurando algo.

O queixo do neófito tremia. Esfregou o antebraço nos olhos como se a abertura do feitiço não tivesse efeito sobre seus movimentos.

– Tá bom – assentiu em movimentos curtos. Puxou um espelho de mão de dentro da túnica e o jogou no chão. Levantou o joelho até o peito e, em uma mistura de chute e salto, pisou com todo o corpo. O espelho estalou.

Ficava difícil dizer ao certo com a pouca luz azul batendo em seu rosto, mas Ricardo parecia estar com os olhos marejados. *O Antônio realmente deve confiar nesse cara para escolher ele para executar o feitiço e tudo o mais* – olhou a adolescente de relance –, *mas ele parece estar mais nervoso que ela.*

Ricardo apoiou a mão direita no joelho e se abaixou em direção ao espelho de mão quebrado. Pegou um caco de mais ou menos quinze centímetros perto do centro. Levantou-se devagar, deu dois passos e se virou para o Feitor-mor. Fechou os olhos com cara de choro. Encheu e esvaziou os pulmões com a respiração trêmula e levantou a mão esquerda com o caco em punho acima da cabeça, os olhos arregalados.

– Eu, Ricardo Pereira, iniciado na Santíssima Ordem dos Acólitos – sua voz era quase um sussurro, e muito mais fina que o comum –, através desse sacrifício de sangue, abro a janela dos planos superiores para que a contratante, Ana dos Santos, possa ver o momento da morte de seus pais com os olhos de uma desperta. – Parou com os braços no ar e encarou Antônio.

O Feitor-mor continuou de olhos fechados e braços esticados para o outro acólito. O neófito fez uma careta e continuou:

– E que assim seja. – Levou a mão direita até o olho do mesmo lado e o abriu. Em uma lentidão oscilante desceu o caco de vidro e parou sua ponta a menos de um dedo de distância do olho arregalado. A cada expiração soltava o chiado de um grito abafado. Arregalou a boca mostrando os dentes e permaneceu olhando a ponta. Parado entre a ação e a deserção.

Fechou a boca e, em um torcer de pulso, enfiou o caco. Um som frouxo foi seguido por um líquido escuro jorrando e caindo sobre a mão do neófito. O silêncio tenso foi seguido por seus gritos desesperados. Berros curtos entrecortados por sua respiração. Lançou o pedaço do espelho para trás e se ajoelhou, tateando, agarrando e puxando os restos líquidos de seus olhos que estavam espalhados pelo chão.

Ana jogou o corpo na direção de Ricardo, porém seus movimentos lentos permitiram que Tomas a impedisse.

– Ele sabe o que está fazendo. A dor é o fogo que forja a alma.

A adolescente o encarou de cenho arregalado, mas permaneceu em seu lugar.

O neófito se arrastou até o espelho apoiado no altar com as mãos em concha. Seu meio choro balbuciado preencheu o salão de rituais. Esfregou as palmas pela sua superfície iluminada, deixando rastros escuros de várias espessuras diferentes. Jogou o tronco para trás, apoiando-se nos joelhos, e berrou incerto:

– E que assim seja! – Agarrou a ferida com as duas mãos e permaneceu parado com o rosto virado para o chão.

– Ótimo, Ricardo – disse o Feitor-mor com toda a ternura do mundo. Levantou o neófito e o puxou para o lado. – Foi muito bom. Parabéns. – Apoiou-o no canto do altar e andou calmamente para a frente do espelho. Levou a mão esquerda até sua superfície e pousou o indicador sobre o sangue. Expirava a cada movimento de seu braço, e a cada respiração uma névoa branca saía de sua boca. Em menos de quinze segundos sua cabeça estava rodeada pela fumaça.

Desenhou um olho bruto. Um rabisco escuro e oval com um círculo no meio. Três cílios em cima e quatro em baixo. Assim que terminou, limpou os dedos na bata.

– Vai mostrar o passado agora. Presta atenção. – Caminhou até o neófito e se ajoelhou ao seu lado.

O olho desenhado se moveu preguiçoso e piscou. Fez isso sete vezes, cada vez mais rápida que a anterior. Na sétima, permaneceu fechado por sete segundos, e ao abrir mostrou, onde seria seu globo, a ponte Rio-Niterói vista de cima a mais ou menos dez metros de distância, e ali um carro sedan prateado.

– Esse é o carro dos meus pais – Ana sussurrou e arrastou os pés em busca da imagem.

O carro continuou na pista do meio sem alterar a velocidade. *Até aí, nada de mais.* O ar ficara ainda mais pesado. Tomas era obrigado a forçar o peito para conseguir inspirar. Virou-se para a adolescente, que fitava a imagem sem piscar.

Pouco a pouco, uma massa negra surgiu sobre o porta-malas do carro. *Pelo jeito ela estava certa. Realmente foi um espírito.* A massa continuou a crescer para cima, formando um cone abobadado com mais de dois metros. O desperto apertou o cenho. *Ele está atravessando o véu?* E do negrume surgiu um rosto pálido com um sorriso sem lábios que terminava em um nariz aquilino. *Puta que me pariu. É o Guardião das Trilhas!* Os olhos vermelhos salpicados de branco da criatura encaravam sua presa de cima.

O carro deu um coice ao acelerar. *Eles viram o Guardião.* A velocidade do automóvel não parecia ter efeito algum sobre o espírito, que arrastou seu corpo pastoso para a frente do veículo. Sua cabeça alva ondulava de um lado para o outro a cada passo, e parou assim que chegou ao capô. Rodou o rosto sem mover um centímetro da massa negra e viu o motorista. Abriu ainda mais seu sorriso macabro e passou a língua nos dentes.

Tomas fitou sua afilhada de lado. A adolescente estava com o rosto apertado e os olhos cheios d'água. *Isso foi uma péssima ideia.*

O espírito levantou sua mão esquerda em uma garra sem desviar sua atenção do motorista e, em um movimento fluido, enfiou-a sem esforço no capô. No momento seguinte o carro começou a rodar e se chocou com a mureta de concreto da ponte. O Guardião das Trilhas escorreu seu corpo para cima e se arrastou para perto do acidente. Abaixou sua face pálida na janela do motorista. Havia prazer em seus olhos rubros. Abriu a porta e puxou, para fora, o corpo inerte do pai, produzindo um barulho oco ao bater no chão.

Enfiou-se em busca da mãe, que gritava e amaldiçoava a criatura. A visão de cima e o teto do sedan impediram que se enxergasse o que estava acontecendo. *Talvez seja para o melhor.* Contudo, o automóvel chacoalhava e os gritos de Karen dos Santos podiam ser ouvidos com clareza. E, em um estalar de dedos, tudo virou silêncio. O guardião escorreu para fora arrastando o corpo da mulher, que segurava algo ensanguentado na mão direita.

O olho desenhado no espelho piscou e toda a luz do quarto se apagou.

– O quê? Não! – Ana gritou. – Era para ser mais. Eu não vi. – Seus pés bateram até perto do altar.

A porta da entrada se abriu e as lâmpadas se acenderam, o que, apesar do transe, fez com que tudo ficasse visível, pelo menos.

Tomas virou em um salto e viu Antônio sobre o arco. Caminhou até sua afilhada, ajoelhou-se e pousou a mão sobre seu ombro.

– Vamos sair daqui.

– Foi rápido demais. – A adolescente abraçava o espelho em prantos com o rosto colado em sua superfície. Seu rosto estava manchado com o sangue do neófito. – Eu mal vi eles.

O estômago de Tomas ficou apertado.

– É o tempo de um feitiço das esferas superiores. A não ser que muita gente se sacrifique. – Viu Ricardo arqueado em silêncio no canto da sala. – Vamos lá – soltou o braço da jovem do espelho com delicadeza –, ficar aqui não vai ser bom para você.

– Tá bom. – Apoiou-se no padrinho e se levantou.

Caminharam em passos lentos para a porta.

– Pelo menos você conseguiu o que queria, não é?

A adolescente travou o corpo.

– Eu consegui o que eu queria? – Afastou-se de Tomas.

Puta merda. Contraiu os ombros.

– Não foi isso que eu quis dizer. Eu quis dizer que você estava certa. A culpa foi de um espírito. Agora você pode esquecer isso e seguir com a vida.

– Eu não sei que espírito foi esse. E por que ele fez o que fez. – Mostrava os dentes. – Então, não. Eu não consegui o que eu queria.

– Ok. Você está certa. – Ergueu as mãos em rendição. Deu um passo para frente e alcançou o braço de Ana. – Mas ainda acho que a gente devia sair daqui.

– Sai. – A adolescente impediu o gesto com um tapa e logo em seguida acariciou a cicatriz de seu punho. – *Eu* vou sair daqui. Eu não tenho nada a ver contigo.

Tomas encheu os pulmões com calma e assentiu.

– Ok. Mais uma vez você está certa. – Apontou para a porta. – Por favor.

Ana arregalou os olhos com o queixo para trás. Permaneceu parada por alguns segundos e, de uma só vez, girou nos calcanhares e saiu apressada.

Antônio se aproximou do desperto e pousou a mão em seu ombro.

– Acho que você tem que ir atrás dela.

– Não tenho, não. – Deu um tapinha nas costas do amigo. – Vamos lá que eu te ajudo a limpar essa bagunça.

21

CADÊ A VASSOURA? Espremeu o corpo contra a parede para ver atrás da geladeira. *Não.* Apoiou as mãos na pia e estalou os dentes na língua. *Eu deixei ela na cozinha com certeza.* Ajoelhou-se na frente do fogão e colou o rosto no chão. *Por que que a vassoura estaria embaixo do fogão? Isso nem faz sentido.* Deu um tapa no azulejo e empurrou o corpo para cima.

Coçou a nuca. *Talvez no banheiro?* Girou nos calcanhares com o rosto baixo. *Por que eu levaria uma vassoura para o banheiro?* Bufou. *Não importa.* Esbarrou na quina da bancada na cozinha, deixando um rastro vermelho do lado esquerdo do seu umbigo. Estufou a barriga e passou o indicador direito no machucado. *Isso é o que dá ficar andando sem camisa pela casa.* Ergueu as sobrancelhas e foi ao banheiro.

Checou atrás da porta. *Também não.* Arrastou os pés e sentou-se na privada. *Como é que eu consegui perder uma vassoura dentro de casa?* Rodou os olhos pelo banheiro. *Obviamente ninguém pegou. O cara invade a casa das pessoas e só rouba a vassoura. O crime perfeito.* Passou a língua na cicatriz em sua boca. *É um trabalho menos estranho que ritualista.*

E agora? Aquela teia de aranha não para de crescer. Mais um pouco e eu vou ter que começar a cobrar aluguel. Apoiou as mãos nos joelhos e se levantou. *Eu podia usar o chinelo.* Seus trapézios travaram. *Nem a pau. Eu tenho que usar alguma coisa para tirar o bicho dali.* Seu rosto se abriu em um estalo. *A escova da privada!* Arqueou a coluna, alcançou a escova sanitária e a ergueu para o céu.

Apressou-se para o quarto. Assim que passou da porta, viu a teia de aranha e franziu o cenho. *É agora ou nunca.* E cerrou o punho que segurava sua arma sanitária. Prendeu a respiração até chegar embaixo de seu alvo e ameaçou erguer a escova. *A aranha vai cair em mim.* Deu um salto instintivo para trás. Passou os olhos pelo quarto. *Acho que dá para alcançar pela cama.*

Apoiou o pé direito no colchão e subiu. *Vamos lá*. Sacudiu os braços e fitou a teia. *É mais longe do que eu esperava, mas vamos lá*. Inclinou o corpo com calma para a frente até encostar a mão esquerda na parede, deixando seu tronco em um ângulo de quarenta e cinco graus. *Isso. Calma*. Levantou a escova com toda a atenção no bicho. *Se prepara para morrer*.

Aproximou devagar o braço direito até a teia. *Calma*. Sua respiração era lenta e segura. Esvaziava completamente o pulmão somente para enchê-lo outra vez. *Devagar*. Menos de trinta centímetros agora. A aranha continuava parada, encarando o desperto com seus oito olhos. *Mais um pouco*. Dez centímetros. A mão do desperto estava sólida como uma rocha. *Três. Dois*. Cinco centímetros. Apertou o cabo da escova até os dedos doerem. *Um*.

Em uma fração de segundo, a aranha despereceu de sua vista. *Puta merda*. E o estômago de Tomas apertou. Procurou em movimentos frenéticos aonde o bicho poderia ter ido. *Cadê?* Uma comichão correu por seu antebraço e todos os pelos de seu corpo se arrepiaram. Contraiu o rosto e torceu o pescoço lentamente para a direita. Lá estava, olhando com seus oito olhos.

Daí em diante foi caos. O desperto gritava e esperneava e tremia pelo quarto. Dava tapas entre gritos por todo o seu corpo, especialmente o cabelo e as pernas. Cada toque fora do comum era uma nova certeza de onde o bicho estava. Em algum momento se jogou na cama e começou a rolar de um lado para o outro na tentativa de esmagar a criatura. Os tapas continuaram.

Parou com os braços abertos no cento da cama. A teia continuava lá, vazia. Sangue subiu para as bochechas do desperto. *Filha de uma puta*. Quicou para fora da cama. Pegou um pé de chinelo do chão e subiu no colchão. Três chineladas e a teia deixou de existir. *Pronto*. Fitou a sola da sandália com o rosto em quarenta e cinco graus. *Parecia que tinha muito mais coisa quando estava pendurada na parede*. Deu com os ombros e calçou o chinelo. *Não importa*.

Agora só falta encontrar a porcaria do livro. Se bem que a aranha ainda está pela casa. Um aperto subiu de seu estômago até a garganta e estalou o pescoço. *Agora não. Já resolvi metade do caminho. Mais tarde. Vamos achar o Efeitos psíquicos e suas funções antes*. Foi até o armário e pegou a primeira camiseta que viu. *Amarela? Vai servir*.

Mal passara a camisa pela cabeça, seu celular começou a tocar. *Quê?* Apressou os passos até o criado-mudo e atendeu.

– Alô?

– Oi? Tomas? Aqui é a Ana. – A voz da adolescente tremia do outro lado da linha. – Tudo bem?

Por que que ela está me ligando? Engoliu a saliva.

– Oi, Ana. Tudo certo. Me fala.

– Então. – Fez uma pausa. – Eu queria te pedir um favor. Pode ser?

Não tem dois dias que eu terminei o contrato e ela já vem pedindo favor. Soltou o ar. *Lá vem.*

– Depende.

– Tá. – Sua respiração batia pesada no telefone. – É que eu queria, quer dizer, se não for muito esforço, que você me ajudasse a encontrar o espírito que a gente viu no ritual espelho. Pode ser?

O desperto contraiu os olhos. *O Guardião das Trilhas? Não.* Sentou-se na beira da cama.

– Olha, Ana, eu não acho que isso seja uma boa ideia.

– Sério, Tomas. – Sua voz estava mais aguda que o comum. – Por favor.

– Ana. – Exalou pelo nariz. – Eu sei que você está mexida com o que viu lá no ritual espelho. Na boa, qualquer um estaria. – Apoiou os braços nos joelhos. – E digo mais, você aguentou com mais força do que a maioria. Mas eu acho que está claro para todo mundo que você buscar o espírito que matou seus pais é um tiro no pé.

– Eu sei, cara. Você realmente acha que eu não pensei no que pode dar de errado com tudo isso? Mas eu não consigo parar de pensar naquele bicho. – Silenciou por alguns segundos. – Eu achei que ver o que aconteceu ia fazer eu me sentir melhor, mas só serviu para mostrar que eu não sei de nada. Eu preciso saber.

– É exatamente por isso que você tem que parar agora. – Massageava os olhos com a mão direita. – Nenhuma resposta vai ser boa o suficiente para satisfazer as suas dúvidas.

– Vai sim. Eu só preciso saber o porquê. – Sua respiração apressou. – Sério, Tomas, eu não vou conseguir parar de pensar nisso, e eu não quero acabar fazendo outro contrato com o Ignácio. Por favor.

Ela está cogitando vender mais um pedaço da alma. Merda de criança teimosa. Se ela fizer o contrato, eu vou ser obrigado a fazer o ritual de qualquer maneira. Apertou os olhos. *Talvez seja melhor deixar ela falar com o*

Ignácio, então. Existe uma chance de ela desistir. Negou com a cabeça. *Ela não vai desistir.*

A voz da adolescente surgiu no celular.

– Alô? Tomas? Você ainda tá aí?

Isso é uma péssima ideia. Ergueu o cenho.

– O que você pretende fazer quando encontrar o espírito?

– Eu só quero saber o que está acontecendo – disse de uma só vez. – Só isso.

– Ok. – Seu estômago se apertou. – Eu vou fazer o ritual para você, mas tem que ser aqui em casa.

A adolescente soltou um gemido agudo.

– Sério, Tomas, valeu mesmo. Eu fico te devendo. Quando você pode fazer?

– O quanto antes. – Deixou o rosto cair. – Você pode hoje?

– Aham – respondeu logo em seguida. – Eu consigo sair em dez minutos.

– Perfeito. Eu vou te passar meu endereço por mensagem. – Esvaziou os pulmões. – Também vou precisar que você compre algumas coisas para que eu possa fazer o ritual.

– Só um minuto que eu vou pegar uma caneta. – Os passos de Ana bateram do outro lado da linha. – Pode falar.

– Eu vou precisar de uma garrafa de cachaça, açúcar e um bife médio. – Fez uma careta. – E duas velas também.

– Cachaça, açúcar, bife e vela. Mais alguma coisa?

– Não. – Jogou o corpo para trás, batendo na cama. – Só me dá um toque quando chegar. Eu vou te passar o endereço por mensagem.

– Tá bom. – Reduziu o ritmo das palavras. – Assim que chegar, eu te ligo. Brigada, tá?

– Sem problema – mentiu.

– Então tá. Até daqui a pouco. – Outra pausa. – Beijo.

– Até daqui a pouco. – Desligou o celular e o largou sobre a cama. Pousou a palma das mãos sobre os olhos. *Agora é só invocar o espírito que matou os pais dela.* Soltou o ar com força pelo nariz e espremeu os lábios. *O espírito com quem vira e mexe eu negocio.* Virou de lado, deixando o corpo em posição fetal. *Deve ter sido por isso que a Senhora dos Sussurros não queria que a gente batizasse a Ana. Para proteger o irmão.*

Mesmo assim, quer dizer, um espírito matando um dos casais de despertos mais proeminentes do país é um choque, mas não é a primeira nem a última vez que isso acontece. Apertava os olhos focados na quina da parede. *Além de ter uma galera que chama o Guardião das Trilhas para fazer esse tipo de coisa.* A garganta do desperto amargou. Empurrou o corpo para cima com um gemido e sentou-se na beira da cama. *Mas isso ainda não responde por que ele fez isso, ou quem fez o contrato.*

Até onde eu sei, eles não tinham nenhum rival na comunidade, muito menos inimigos. Mas não importa, também. Estalou o pescoço. *Hoje eu vou acabar sabendo, de qualquer maneira. O ritual vai ser relativamente simples.* Assentiu. *O problema vai ser fazer com que o Guardião das Trilhas fale alguma coisa. Ele não é muito de diálogo* – estalou a língua nos dentes –, *mas também não é de negar oferendas.*

Tem que ver como a Ana vai reagir à presença dele também. Talvez seja melhor ela ficar esperando no quarto enquanto eu faço o ritual. Esfregou a mão na nuca. *Não, péssima ideia. É melhor ela ficar na sala durante todo o processo. E ver tudo, para tirar essa obsessão da cabeça de uma vez por todas.*

O estômago do desperto apertou. *A sala está uma zona.* Apoiou as mãos nos joelhos para se levantar, porém travou o movimento antes de começar. *E daí? A casa está desarrumada. Que diferença faz?* Contraiu os lábios. *Mesmo assim, eu devia ter dado uma arrumada nas coisas agora que eu estou de folga.* Passou o indicador no criado-mudo. *Pelo menos passar um pano e dar uma varrida.* Fez uma careta. *Eu não vou arrumar só porque uma criança pediu para fazer um ritual aqui.* Massageou os olhos. *Deixa de palhaçada, Tomas. Você vai arrumar porque tem que arrumar e é isso.*

Ok, então. Levantou-se em um salto e sua lombar gritou. Esticou a coluna para trás e contraiu o rosto. *Eu não sei onde a vassoura está.* Estalou a língua nos dentes. *Tanto faz.* Arrastou os pés para a sala e rodou os olhos pelo cômodo. *Como é que toda vez que eu resolvo limpar a casa, os livros estão todos zoneados? Eu não li nem dez deles desde a última vez.* Inclinou o rosto. *Vamos lá.*

Se não fosse por sua lombar, empilhar os livros na quina perto da janela não demoraria mais de cinco minutos. Porém, toda vez que o ritualista chegava perto do chão, sentia uma nova pontada. E toda nova pontada era um pouco mais forte. Faltando menos de um terço dos livros, desistiu e sentou-se na cadeira onde fazia suas refeições.

Cinco minutos. Estufou o peito com a mão direita na base das costas. Fitou os livros que ainda estavam pelo chão. *Era para eu ter achado o Efeitos psíquicos já.* Jogou o corpo para trás. *Ele tem que estar por aqui.* Levou seus dedos até o chão e sentiu os músculos de sua coluna puxarem. Gemeu. Levantou-se outra vez e voltou a arrumar os livros.

Checava cada título que botava na pilha. *Não pode ter sumido. Não tem perna.* Contudo, o *Efeitos psíquicos e suas funções* resolveu não aparecer. Sentou-se no sofá e analisou a lateral de cada livro em cada uma das pilhas. *Eu rodei a sala toda.* Levou a cabeça até os tornozelos para checar embaixo do sofá. *Também não. Vai ter que ficar para depois.*

Foi até a cozinha controlando os movimentos da coluna. Pegou o pano em cima da bancada e o jogou dentro da pia. Abriu a torneira. Deixou a água cair por alguns segundos e a fechou. Torceu o pano até quase toda a água sair. *Há quanto tempo eu não limpo a casa? Talvez eu devesse contratar uma diarista para vir aqui uma vez por mês, pelo menos.* Enrugou o queixo. *Nem a pau. Já convivo com gente suficiente.*

Caminhou até a geladeira e pegou a garrafa de vodca. Pousou o gargalo nos lábios e puxou até encher a boca. O líquido queimou ao descer. *Delícia.* Suspirou ao guardar a garrafa. Pegou o pano e começou a passar pelos lugares óbvios. Foi um trabalho relativamente rápido, mas mesmo assim sentia o suor escorrendo por suas costas. O único problema foi ter que voltar três vezes à pia para tirar a sujeira acumulada.

Pronto. Analisou a sala com o pano úmido sobre o ombro. *Ainda falta o chão, mas para quem é, está bom.* Uma sensação de conquista esquentou o peito de Tomas. *Eu devia fazer isso com mais frequência.* Tirou o suor da testa. *Melhor eu tomar um banho antes que ela chegue.* Jogou o pano na direção da pia, contudo colocou muito mais força do que deveria e o tecido caiu atrás do fogão. Soltou o ar devagar. *Depois eu pego isso.* E foi para o banheiro.

Tirou a roupa em uma pilha e chutou tudo para o canto. Entrou no box com toda a atenção em suas pernas. O azulejo gasto era especialmente escorregadio. *Cuidado.* Abriu a torneira e deu um salto para trás assim que sentiu a água. *Frio!* Ajustou o fluxo para esquentá-la e esticou a palma sob o chuveiro. *Melhor.* E lentamente esgueirou o corpo à frente até a água bater no topo de sua cabeça.

Se bobear, foi um mal-entendido do Guardião das Trilhas. Espremeu um resto de xampu sobre a mão direita e esfregou em sua cabeça. *Não, isso é idiotice. Ele não ia matar os dos Santos à toa.* Enxaguou e o xampu entrou em seu olho. *Com certeza ele foi mandado por alguém.* Forçou-se a olhar para a base do chuveiro aberto. *Eles eram defensores ferrenhos da aproximação dos dois lados do véu. Talvez algum purista.*

Não. Mesmo os puristas se amarravam neles. Linhagem forte e tudo mais. Pegou o sabonete e esfregou as axilas, o cenho fechado. *Pode ter sido algum maluco contra o sistema. Também não. Quer dizer, talvez, mas tem alvos melhores para deixar um recado. A chance é pequena.* Esfregou o sabão rapidamente no tronco e passou para o pênis. *Não faz sentido isso.* Arqueou o corpo sob o chuveiro.

Esticou a mão e agarrou sua toalha. *Não adianta ficar nessa.* Levou-a até a cabeça e esfregou com força. *Mas que é estranho, é.* Secou o resto do corpo sem prestar qualquer atenção e saiu do box ainda molhado. *Beleza que o Guardião das Trilhas está longe de ser um dos grandes, mas ele não aceita uma oferenda de qualquer ritualista.* Passou o desodorante e caminhou até o quarto deixando uma pequena poça a cada passo.

Chegou ao armário, pegou a primeira cueca e a vestiu sem olhar. *Se bobear, os dos Santos estavam fazendo alguma coisa.* Agarrou uma calça jeans relativamente nova e saltou até ambas as pernas entrarem. *Não, os caras passavam metade do tempo fazendo filantropia. Talvez seja melhor uma camiseta. Afinal de contas, eu estou em casa.* Assentiu de cenho cerrado, abriu a gaveta e pegou uma branca. Assim que puxou, viu a quina de um livro. *Quê?*

Efeitos psíquicos e suas aplicações. Correu os olhos pela capa. Frei Damião de Toledo. Pousou a mão esquerda na testa. *Por que a porcaria do livro está na gaveta? Tá explicado por que eu não estava encontrando.* Vestiu a camiseta. *Pelo menos eu achei agora.* Arrastou os pés até o criado-mudo e pegou o celular. Quatro e meia. Guardou-o no bolso. *Daqui a pouco ela deve estar chegando.*

Caminhou até a sala e se jogou no sofá. Rodou os olhos pelo cômodo. *Podia ser pior. Até porque ela avisou em cima da hora.* Encostou a nuca na almofada e pegou o livro. *Onde é que eu estava?* Abriu no marcador de página no começo do capítulo. "Vontade e a fluidez da matéria", continuou. "Está claro para qualquer estudioso do além-véu o papel da vontade em qualquer manipulação da matéria, contudo, poucos percebem a correlação da mente com este lado em si. Já que o outro lado repele tudo que não é espelho".

O desperto apertou os olhos. *Quê?* Mas antes que pudesse reler, sentiu seu celular vibrar em sua coxa.

– Alô?

– Oi. – A ligação chiou. – É a Ana. Eu tô aqui na porta.

– Ok, eu estou saindo agora. – Saltou do sofá e foi em passos apressados até a entrada do condomínio. *Pelo menos não tem ninguém brigando.* O chão da churrasqueira estava molhado e o desperto teve que reduzir a velocidade para não cair. *Quase lá.* Arfava quando chegou ao portão. – Foi difícil achar aqui?

– Não, eu botei no GPS do celular – encolheu-se –, aí eu fui guiando o taxista. Teve uma galera que nem queria vir pra cá. – Esticou a mão com uma sacola de supermercado para Tomas. – Tá aqui o que você pediu.

O ritualista abriu o saco e contou os ingredientes. *Carne, velas, cachaça e açúcar. Todos de marca. Provavelmente do supermercado do lado da casa dela.* Levantou os olhos para a adolescente.

– Vem. Entra.

A caminhada de volta para o apartamento foi apressada. O silêncio tenso era pontuado por uma ou outra tentativa de conversa pelo desperto.

– Mas então, você já sabe o que vai perguntar para o Guardião das Trilhas?

– Pra quem? – Ana olhava por cima dos ombros, analisando cada parte do corredor do condomínio do desperto.

– O espírito que... – Apertou os olhos em uma careta. *Merda.* Limpou a garganta e continuou: – A gente viu no feitiço espelho.

– Eu só quero saber o porquê disso tudo – disse de uma só vez em um só tom. Levou o queixo ao peito e franziu o cenho. – Como você sabe o nome do espírito que matou meus pais?

Tomas colocou a chave na porta e girou. Um clique e a porta abriu.

– Muita gente conhece ele. Ele é famoso por aceitar trabalhos moralmente duvidosos por pouco. – Virou de lado e esticou o braço para dentro do apartamento. – Por favor.

– Você já fez algum ritual com ele? – Parou do lado de fora.

– Já, assim como muita gente. – Tentou não demonstrar emoção. – Agora faz a gentileza de entrar para eu poder terminar o favor que você pediu.

Ana permaneceu parada por alguns segundos coçando a cicatriz em seu pulso.

– Tá bom.

– Vai abrindo os ingredientes que eu vou pegar a bacia. – Fechou a porta e devolveu a sacola plástica para Ana.

– Tá – assentiu. – Onde eu sento?

– Qualquer lugar está ótimo. – E caminhou para a cozinha. *Só falta ela ficar puta porque eu já fiz algum ritual com o Guardião das Trilhas.* Foi até a pia e se agachou. *Como se agora eu fosse o responsável pelo cara. Como se o que ela acha mudasse alguma coisa.* Esticou-se para pegar a bacia de plástico bege e sua lombar gritou. Levantou-se com calma. *Vamos terminar logo com isso.*

A adolescente já tinha preparado as velas, o bife e o saco de açúcar aberto sobre a mesa da sala, e agora estava com a garrafa de cachaça entre as pernas, tentando abri-la. Apertava os olhos e retorcia o corpo a cada tentativa.

Tomas colocou a bacia sobre a mesa.

– Você quer ajuda com isso aí?

– Eu posso fazer sozinha – respondeu sem abrir os olhos.

– Eu sei que você consegue, só estou oferecendo ajuda. – Pousou a mão direita sobre a garrafa e a puxou devagar.

– Eu quero ajudar. – Olhou nos olhos de Tomas.

– Se você quiser colaborar, coloca a carne na bacia e deixa lá no meio da sala. – Torceu a tampa da garrafa para abri-la. – Em frente ao sofá.

Ana virou o pedaço de carne sobre a bacia com cara de nojo. O bife escorreu até cair mole dentro do recipiente. Apoiou tudo entre sua mão e bíceps e carregou até o centro do cômodo sem desviar os olhos do local por um segundo. Assim que terminou, endireitou o corpo.

– Mais alguma coisa?

– Por enquanto não. – Levou as velas até o meio da sala, onde estava a carne, e colocou uma de cada lado. *Deve ser o suficiente.* Virou-se para a adolescente. – Se quiser, já pode ir entrando em transe enquanto eu termino aqui.

– Tá bom. – Esquadrinhou a sala com o cenho franzido e acabou se decidindo pelo sofá. Sentou-se ereta, fechou os olhos e puxou o ar.

Ela aprende rápido. Acendeu as velas. Pegou a garrafa na mesa e despejou metade de seu conteúdo sobre a carne. *Deve ser o suficiente. Só espero que o Guardião das Trilhas não negue a oferenda. Mas também ele não é conhecido por proteger a identidade de quem o contrata.* Pegou o saco de açúcar e desenhou um círculo em volta das velas, esforçando-se para deixá-lo redondo. Jogou um pouco na bacia e misturou com as mãos.

A carne fria misturada com a cachaça fez sua garganta fechar. *Delícia*, pensou em uma careta. Tirou o celular do bolso e o deslizou para baixo da mesa. Pousou a garrafa à sua esquerda. *Tudo aqui? Tenho que pegar o alho.* Olhou para a planta em cima do balcão da cozinha. *Precisa?* Fungou. *Melhor garantir do que remediar. Toda proteção é pouco.*

Empurrou os joelhos para baixo e se levantou. É isso que dá invocar um espírito famoso por matar gente. Pegou uma cabeça de alho relativamente grande. *Se isso não parar ele, nada para.* Voltou ao círculo de açúcar e se ajoelhou. Colocou a planta às suas costas. Longe, porém ainda ao alcance das mãos. *Agora foi? O ritual preparado, cachaça e o alho atrás de mim. Perfeito.*

Fechou os olhos. *Um, dois, puxa. Um, dois, solta.* Focava completamente sua respiração. *Um, dois, puxa. Um, dois, solta.* A luz das velas brilhava através de suas pálpebras. *Um, dois, puxa.* Calor irradiava por todo o cômodo, abraçando o desperto por todo o corpo. *Um, dois, solta.* E abriu os olhos.

O quarto ficara mais nítido, como se cada ponta e cada pelo de cada tecido de todos os móveis tivesse sido afiado. A escuridão que acompanhava o outro lado do véu era reduzida pelos símbolos de proteção de todos os tipos que marcavam as paredes. Mandalas e árvores da vida e runas brilhavam em cores impossíveis para a matéria. Um calor materno subia do chão até o teto, impedindo que o frio do além-véu sequer chegasse perto da moradia do ritualista.

Encarou a afilhada, que virava a cabeça, fitando cada nova cor.

– Pelo jeito você já está em transe.

– Aham. – Esticou o pescoço. – O que são elas?

– Símbolos de proteção contra um possível ataque ou invasão do outro lado. – Estalou o pescoço. – Achei que você já tivesse visto alguns, a sua casa está cheia deles.

– Não com essas cores. – Levantou o rosto. – Os meus brilham muito menos, e é tudo verde e vermelho.

– É de propósito. Um bom símbolo tem que ser escondido. – Tentou esconder o orgulho em sua voz. – Os meus são assim mais para ameaçar do que qualquer outra coisa.

– Entendi. – Virou-se para o padrinho. – Isso não vai atrapalhar a invocação?

– Não. Se você convidar, a visita está segura. Seja pessoa ou espírito. – Espreguiçou-se. – Agora vem, para a gente poder resolver isso logo.

– Tá. – Trotou e sentou-se atrás de Tomas.

– Eu não preciso falar que é para você ficar quieta, né? – Soltou o ar pelo nariz.

– Não. – Girou os olhos e ergueu as sobrancelhas. – Eu só não entendo por que os espíritos se irritam tanto quando eu falo.

– Porque você não é a pessoa invocando eles? – Virou para frente. – Pode ficar tranquila que, quando você fizer o ritual, eles vão te ouvir. – Estalou os dedos. – Agora. Podemos começar?

– Aham.

– Perfeito. – Puxou o ar entre os dentes. – Só mais uma coisa. Se acontecer algum problema, pega a cabeça de alho e aponta para o espírito. Ok?

– Ok – respondeu reticente.

– Vamos lá, então. – Pegou a garrafa de cachaça e, pouco a pouco, derramou seu conteúdo no recipiente até cobrir todo o bife cru. – Kramór Iriná Anê. Kramór Iriná Anê. Eu, Tomas Fontes, chamo o Guardião das Trilhas em seu manto negro, e peço permissão para ser ouvido. Meu pedido vem de uma desperta que pede intervenção em seu domínio. Ela quer saber quem o invocou para remover seus pais da matéria. Qualquer conhecimento é melhor que a ignorância. – Levantou a garrafa acima da cabeça. – Filho da noite, eu te invoco. E que assim seja! – Derramou toda a aguardente.

Nada aconteceu. O desperto permaneceu parado, com a garrafa acima da cabeça, em silêncio. *Já era para ter escurecido.*

Ana cochichou em seu ouvido.

– Ele já chegou?

– Não. – Franziu o cenho. – Ele não respondeu ao chamado.

– Você tem certeza de que fez tudo certo? – Subiu a voz.

– Claro que eu tenho. – Encarou a adolescente, marcando cada palavra. Voltou-se para a frente. – Agora fica em silêncio que eu vou tentar de novo.

Enfiou os dedos na carne até a base e começou a girá-la lenta e constantemente.

– Kramór Iriná Anê. Kramór Iriná Anê. Eu, Tomas Fontes, chamo o Guardião das Trilhas em seu manto negro, e peço permissão para ser ouvido como foi feito muitas e muitas vezes. Meu pedido vem de Ana, da família dos Santos. Uma desperta que pede intervenção em seu domínio. Ela quer saber quem o invocou para remover seus pais da matéria. Qualquer conhecimento é melhor que a ignorância! – gritou. – Livre essa desperta da escuridão que causou! – Levantou a garrafa acima da cabeça com a mão direita e, com toda força que tinha, a quebrou no chão. Pegou um dos cacos no chão, trouxe-o até a altura do peito e o apertou. – Filho da noite. – O sangue escorreu por seu punho. – Eu te invoco. E que assim seja!

O cômodo continuou exatamente da maneira como estava. *Perfeito.* Empurrou o corpo para cima.

– Ele não vem.

– Como assim ele não vem? – Espelhou os movimentos do padrinho.

– Não é tão difícil. – Arrastou os pés até a pia da cozinha. – Ele não respondeu ao chamado.

– Mas e aí? – Foi atrás do ritualista. – Você não vai fazer nada?

Tomas ergueu a mão esquerda para Ana. O sangue já estava no cotovelo e o desperto impedia que pingasse com a manga da camisa.

– Eu acho que eu já fiz mais que o suficiente.

– Foi mal. – Desceu o rosto.

– Tudo bem. – Abriu a torneira. – Eu imagino quão difícil isso deve ser para você. – A água ardeu ao encostar na ferida.

– É. – Acariciava a cicatriz em seu pulso. – Tem mais alguma coisa que você possa fazer? Tipo, eu sei que você não me deve nada e que toda vez que tem um ritual eu só atrapalho, mas me ajuda. – Seus olhos se encheram de água. – Por favor.

Merda de criança. Secou as mãos.

– Saca só, eu conheço uma caçadora que talvez possa puxar o espírito para cá contra a vontade dele, mas eu não sei se ela vai aceitar, ou quanto ela vai cobrar.

O rosto de Ana se abriu em um sorriso.

– Sério? Obrigada. Mesmo. O que que eu tenho que fazer?

– Por enquanto nada. Deixa eu ligar para ela primeiro para ver se ela aceita. Só um minuto. – Passou a língua na cicatriz em sua boca. – Agora, onde eu deixei o celular?

22

– O QUE FOI? – perguntou para sua afilhada, que observava a janela do táxi de cenho fechado.

– Nada – respondeu sem desviar o olhar.

Lá vem. Girou os olhos e deu com os ombros.

– Beleza.

As calçadas empoeiradas da Estrada dos Bandeirantes passavam repletas de casas antigas. Construções recém-transformadas em negócios que portavam fachadas desgastadas pelo tempo. O sol se punha atrás dos morros aparentemente intocados ao fundo. Ainda surpreendia o desperto o quanto do Rio de Janeiro ainda era coberto por vegetação. *Quantos espíritos moram nesse lugar? E quantos deles nunca conversaram, ou sequer viram uma pessoa?* Sacudiu o rosto. *Provavelmente é melhor assim.*

Ana cortou o silêncio.

– Tipo, a gente tá pagando pelo serviço. Eu só não entendo por que ela não pode vir para a sua casa. Só isso.

– O acordo foi esse. Simples assim. – Virou a cabeça lentamente para encará-la e levantou as sobrancelhas. – Além de ela estar cobrando barato e aceitar fazer isso tudo em cima da hora.

– Mas precisa ser no Recreio dos Bandeirantes? Não tinha lugar mais perto, não? – Revirou os olhos.

Um sorriso forçou caminho pelo rosto do desperto.

– Cara, ela sabe muito mais do trabalho dela que nós dois. Talvez nós dois juntos. – Estalou os dedos. – Então, se ela diz que é melhor fazer tudo no Recreio, deve ter um bom motivo.

– Você que sabe. – E voltou a observar a janela.

Qual é o problema de ir para onde a Helena, a porra da caçadora, acha melhor? Afundou na cadeira. *Vira e mexe eu tenho que pegar um ônibus por mais de duas horas para fazer um ritual. Eu fui para a casa dela fazer* um há menos de duas semanas. Cruzou os braços. *Garota zona nobre. Não consegue gostar de nada que não é espelho.*

Não faz sentido o Guardião das Trilhas sequer ter respondido o chamado. Batia o calcanhar direito no chão do táxi. Passou os dedos pela mão, sobre o curativo que Ana fizera. *Ainda mais com a segunda invocação. Mesmo um sacrifício de sangue não funcionou.* Pousou a mão sobre a coxa. *Alguém pode ter prendido ele. Não, se ele estivesse preso, eu já teria ouvido alguma coisa.* Jogou a cabeça para trás e voltou para a janela. *Ele escolheu não vir.*

O taxista apoiou o braço peludo no banco do passageiro e virou meio rosto para Tomas. O homem não tinha menos de cinquenta anos, mas era surpreendentemente forte para a idade.

– Então, amigo. – Tanto o cheiro quanto o tom da sua voz indicavam uso constante de cigarros. Apontou a mão para a frente. – A gente segue reto ou pega a Avenida das Américas?

O desperto inclinou o corpo para a frente.

– Pega a praia, por favor, que a gente vai lá para a Prainha. – Coçou o queixo. – Você sabe onde é?

– Sei – respondeu em um só tom e se voltou para a frente. – Lá depois da Macumba, né?

A orla do Recreio dos Bandeirantes era um lugar planejado para a nova classe média carioca. Porém, a falta de manutenção e cuidado fazia o lugar parecer parcialmente abandonado. A grama que complementaria a calçada estava seca ou virara terra batida. Os coqueiros tinham todo o casco puído e as folhas amareladas. Contudo, isso não impedia os locais de irem à praia. Todos os quiosques tinham clientes. Geralmente grupos de meia-idade que pareciam crer que, quanto maior a barriga, menor deveria ser a sunga.

Era claro para qualquer um que passasse quando os prédios do outro lado da rua, todos com menos de seis andares, foram erguidos. Era claro para qualquer um que passasse se os prédios, todos com menos de seis andares, haviam sido construídos antes ou depois do investimento no bairro para alojar a nova classe média. Edifícios recém-construídos ficavam parede a parede com casas meio abandonadas e restaurantes de madeira. Na frente de quase todos, duas pequenas árvores surgiam em canteiros quadrados da calçada.

O cheiro de maresia encheu os pulmões do desperto.

– Falta muito, amigo? – Fez uma careta ao concluir a pergunta ao taxista. *Não devia ter mostrado que eu não conheço aqui. Agora eu vou ter que ficar de olho para ele não dar uma volta na gente.*

– Em cinco minutos a gente chega. – Viu Tomas pelo retrovisor do carro. – No máximo dez.

No fim da orla, surgiu à vista um amontoado precário de construções. *Puta merda.* Seguiram um ônibus com o vidro traseiro completamente rachado por mais de dois minutos. *Esse cara está levando a gente para uma favela.* As costas do desperto colaram no banco. *Beleza. O que que eu faço agora?* Levou a mão à cabeça de alho em seu bolso. *Se bobear, tem um terreiro aqui perto. Eu posso tentar invocar um espírito para me tirar da situação.* Seus olhos arregalados pulavam de prédio em prédio.

Péssima ideia. Um ritual ia demorar demais. Se a gente não reagir, não vai ter problema. Ele vai pegar as coisas e a gente vai embora. Sem dinheiro nenhum. Piscou. *Melhor do que receber um tiro na cara.* Fitou sua afilhada com o cenho fechado. *Ela vai reagir. Não. Eu tenho que dar um jeito de ela ficar calada.* E na mesma velocidade com que entraram na favela, saíram para a orla outra vez.

Sentiu algum lugar entre o estômago e o peito travar. *O cara está levando a gente para o lugar certo.* Encolheu o corpo e colou o queixo no peito. *Muito bem, Tomas. A cada dia você se mostra uma pessoa melhor.* O carro fez uma curva fechada e começaram a subir uma ladeira. O lado direito da pista foi invadido por mato, e o lado esquerdo, onde estaria a praia, estava escuro demais para se ver qualquer coisa. *Fala alguma coisa com o cara, mostra que você não vê perigo nele.* Ameaçou jogar o corpo para a frente, porém desistiu no meio do caminho e voltou a se reclinar no banco. *E o que você vai falar?*

O taxista olhou Tomas pelo retrovisor.

– Quase chegando. – Acendeu o farol alto. – Se vocês não se incomodam em dizer, por que tão vindo para cá uma hora dessas?

– Luau – respondeu logo em seguida, vendo o olhar nervoso de Ana. – Vai ser aniversário de uma prima minha e a gente vai chegar mais cedo para ajudar. – Engoliu a seco.

– Ah, bacana. – O taxista começou a descer a ladeira. – Eu fazia muito luau quando tinha a sua idade. – Seus olhos sorriram pelo retrovisor. – Mudou muito isso aqui, sabe. Antigamente era tudo mato, agora você não pode dar um passo sem esbarrar em alguém.

Você devia ser grato por isso. Soltou um sorriso amarelo.

– É o progresso.

– Pois é. – Parou o carro debaixo de uma árvore. – Chegamos. – Olhou para a janela. Não dava para ver um metro para fora do carro. – Eu não tô vendo ninguém. Tem certeza de que é aqui?

– Com certeza. – Tomas abriu a porta do carro. – Ela deve estar atrasada. Quanto eu te devo?

O taxímetro dava 101 reais e 86 centavos.

– Cento e dois.

O número bateu na garganta do desperto. Virou-se para Ana e apontou para o taxista.

A adolescente sacou a carteira e pousou o dinheiro na mão do motorista.

– Tem cento e cinco. Pode ficar com o troco. – E saiu.

O taxista agradeceu, manobrou e foi embora, levando com ele a única fonte de luz daquele lugar. Tomas puxou o celular do bolso e o usou como lanterna.

– Vem. – Atravessou a rua. – Vamos esperar perto da areia. Vai ser mais fácil para ela achar a gente.

– Eu não acredito nisso. – Ana desbloqueou o celular e o apontou para a frente. – Ela manda a gente despencar até o Recreio e tem a cara de pau de chegar atrasada.

– Vai por mim, ela já chegou há muito tempo. – Botou os pés na areia e sentou-se na calçada. – Provavelmente ela está esquadrinhando o lugar em busca de algum espírito perigoso, para evitar que ele ataque e tudo mais. – Sacou o maço do bolso, levou um cigarro à boca e o acendeu. – Se bobear, ela até sabe que a gente chegou e já está vindo.

– Tá. – Sentou-se ao lado de Tomas. – Posso te perguntar uma coisa?

– Pode. – Puxou a fumaça e uma comichão desceu relaxando sua coluna. – Eu só não prometo responder.

– Tá. – Apoiou os cotovelos nos joelhos. – É uma coisa que você falou já faz um tempo. E eu sei que você não quer falar muito do assunto, mas, mesmo assim, eu acho que perguntar não ofende. – Fazia círculos na areia com o indicador. – Tipo, se você não quiser responder, não precisa.

Soltou a fumaça e virou-se para Ana.

– Você vai perguntar ou não?

– Vou. – Olhou Tomas de canto de olho com as sobrancelhas arqueadas. – Você falou que o seu contrato com o Ignácio não te deixava escolher qual trabalho você ia fazer.

– Isso – assentiu.

– Então – inclinou o rosto –, esse é o seu lado do acordo. E é muita coisa. O que você recebeu em troca?

Tomas levou o cigarro à boca e ergueu o rosto. *Que tipo de pergunta é essa?* Encheu os pulmões de fumaça. *Uma pergunta que eu faria.* Esvaziou os pulmões, encarou a areia.

– A chance de ser uma pessoa normal.

– Como assim? – Sua voz saiu rouca.

– A história é longa. – Afundou os sapatos na areia. – Você quer realmente saber?

– Eu não teria perguntado se não quisesse – disse, imóvel.

– Ok. Você que sabe. – Apoiou as mãos atrás de seu corpo, arqueando a coluna. – Eu não sei se já te falaram, ou se você já percebeu, mas quase todo mundo só desperta depois de um trauma. Tanto faz se é físico ou psicológico. – Devolveu o cigarro aos lábios. – Claro que tem algumas linhagens que têm mais chance de despertar e algumas poucas pessoas que despertam sozinhas, mas essas são raras.

– Tá – falou de uma vez.

– O único pré-requisito é mexer com a percepção da realidade da pessoa. – A fumaça subia e entrava em seu nariz. – Esse trauma tem que arrancar os construtos que a gente criou. Tanto como indivíduos quanto como sociedade. A ideia falsa de que a realidade tem que fazer algum sentido – sua voz era grossa e pausada –, deixando o recém-desperto capaz de internalizar verdades que quebrariam a mente de um mundano.

– E o que foi que aconteceu com você? – Girou o tronco para Tomas. – Qual foi o seu trauma?

– Não importa. O que importa foi o que aconteceu depois disso. – Apoiou os cotovelos nos joelhos. – Aconteceu quando eu tinha treze anos. Eu despertei durante um coma que durou uns quarenta dias. – Apagou o cigarro na calçada, sacou outro do maço e o acendeu. Sacudiu a cabeça. – Para encurtar a história, acabou que, depois que eu acordei, eu fiquei preso com a consciência dividida entre os dois lados do véu.

– Como assim? – Estava com a atenção completa no padrinho.

– Sabe quando você entra em transe? Para ver o outro lado? Então. É basicamente isso. Só que elevado à decima potência. – Moveu o tabaco para o outro lado da boca. – De qualquer maneira, eu estava tão fundo fora da matéria que eu conseguia tocar em qualquer coisa do outro lado. Espíritos, pensamentos, palavras, tudo. E vice-versa. – Puxou fumaça. – E o além-véu é um lugar extremamente assustador, especialmente para uma criança. – Expirou pelo nariz. – Acabou que eu nem sequer conseguia sair da cama. Eu gritava e chorava e me batia dia e noite sem parar. Meus pais até chamaram uns médicos para me ajudar, mas os que arriscaram um palpite disseram que era autismo ou algum tipo de psicose.

Ana enrugou o queixo.

– E o que isso tem a ver com o Ignácio?

– Mais ou menos três meses depois, ele apareceu no outro lado para falar comigo. – Estalou o pescoço. – Ele se ofereceu para bloquear a maioria das minhas conexões com o além-véu, me permitindo focar a matéria como um desperto comum até o meu aniversário de 21 anos.

– E depois? – Sua voz saiu fina.

– E um mês antes da data, eu fui até a casa dele pedindo para que não me deixasse voltar ao que era – ergueu as sobrancelhas –, e ele falou que o faria com um preço, que eu trabalhasse nos contratos dele. O que o Ignácio descreveu como um agente de campo, mas está mais para um garoto de recados.

– E você não pode sair? – Fez um bico.

– Se eu sair, ele tira o bloqueio e eu volto a ser o que era. – Levou o cigarro aos lábios.

A adolescente levou o queixo ao peito em uma careta.

– Que cara babaca!

– O Ignácio? Mais ou menos. – Limpou a garganta. – Bloquear a conexão de alguém com uma realidade é um feitiço poderoso, mais desgastante que o feitiço espelho. E você viu de perto o quanto aquilo custou. – Virou a cabeça e cuspiu. – Se não fosse por ele, eu ainda estaria preso entre os dois lados do véu e provavelmente já teria enlouquecido. Além do mais, ele paga o suficiente para eu viver.

– Saquei. – Virou-se para o mar. – Eu ainda acho ele um babaca.

Um sorriso se abriu no rosto do desperto e rapidamente virou uma gargalhada.

– Você não vai ser a primeira nem a última. Só não deixa o Ignácio ouvir isso.

– Eu realmente acho que, se ele soubesse, não ia se importar. – Coçou o nariz.

– Concordo – assentiu –, mas é melhor não arriscar. O cara não é conhecido pela gentileza.

Uma voz feminina interrompeu a conversa. Dura, tanto em tom quanto em ritmo.

– Se eu fosse você, eu desligava o celular.

Antes que pudesse pensar, Tomas deu um salto para a frente e se virou na direção do som. Em pé sobre a calçada estava Helena, firme como uma estátua. A luz da lua iluminava o contorno de sua cabeça raspada e ombros, fazendo a caçadora parecer ainda mais forte. Carregava uma gaiola com uma galinha adormecida na mão direita. Vestia a roupa de sempre: calça jeans, regata e coturno. A mochila em seus ombros marcava a diferença de tamanho de seus seios.

O ritualista deu um salto para o lado segurando a cabeça de alho em seu bolso. Seu coração espancava seu peito. *Custava alguma coisa avisar que estava chegando?* Respirou fundo para controlar a respiração.

– Boa noite. Já checou os arredores?

– Todo o perímetro foi protegido – Helena respondeu de cenho fechado. Virou-se para Ana, analisando-a de cima a baixo. – Essa é a contratante?

– É. – Puxou a parte de baixo da camisa e endireitou a coluna. – Tudo pronto para capturar o espírito?

– Tá tudo aí. – Tirou a mochila e a jogou no peito de Tomas. Caminhou com a gaiola em direção ao mar. – Mas eu quero falar do pagamento antes.

– O que tem o pagamento? – Contraiu os lábios.

A caçadora parou ao lado de um buraco de pouco mais de um metro de diâmetro na areia.

– Cadê?

– Olha, Helena, eu falei que não tenho água benta comigo no momento – esfregou a palma da mão direita na nuca –, mas, assim que eu tiver algum tempo, eu faço e te entrego.

– Quando? – Apoiou a gaiola no chão e agachou-se com as mãos nos joelhos.

– Sei lá. – Deu com os ombros. – Em menos de uma semana. Pode ser?

– Vinte litros? – Analisava o fundo do buraco na areia.

– É, vinte litros. – Bufou. – Olha, eu sei que você está cobrando barato, beleza? Mas não adianta ficar fazendo essas perguntas. Ou você confia em mim ou não confia. Simples assim.

– Tá bom. – Relaxou o rosto e esticou o braço. – Me passa a mochila, por favor.

Tomas virou-se para Ana e apontou para a caçadora com o queixo.

– Vem comigo.

Helena pegou a mochila do desperto e sacou um saco de farinha.

– Algum de vocês já capturou algum espírito? – Não houve resposta. – Tá, o que vai acontecer vai ser o seguinte. Tá vendo esse buraco aqui? Vão ter sete velas em volta dele. – Apontou para os pontos ao redor do círculo. – Essas velas vão prender o bicho, então não precisa se preocupar de ele escapar.

Ana ergueu a mão.

– E se elas apagarem? – E rapidamente a recolheu.

– Elas não vão apagar. – Helena fungou. – O espírito vai estar preso.

– Mas tá ventando. – A voz da adolescente morreu antes de terminar a frase.

– A vela não vai apagar, tá bom? – Levantou-se em um movimento fluido. – O feitiço não permite. – Cruzou os olhos com Tomas e bufou. – Mas, se apagar, vocês não precisam ficar preocupados. As linhas prendendo o espírito vão desmoronar em cima dele. Ou seja, se o feitiço desarmar, o bicho morre antes de pegar vocês. – Despejou o conteúdo do saco de farinha no buraco. – Mais alguma coisa?

Ana se encolheu de braços cruzados.

– Como vai ser para a gente falar com ele?

– É só falar. – Saltou para dentro do buraco e começou a bater os pés. – Não vai ter nada impedindo vocês de se ouvirem.

– Mas como a gente vai saber se ele não vai estar mentindo? – Mostrou os dentes em uma careta.

Tomas interrompeu:

– Quanto a isso você pode ficar tranquila – foi até a mochila de Helena e começou a afundar as velas em volta do buraco –, nem todo espírito é capaz de mentir. Quase nenhum, na verdade. – Sacou o isqueiro amarelo do bolso. – O outro lado é um lugar onde verbo, ação e matéria são a mesma coisa. Mentira é algo que realmente não faz sentido lá.

Ana arqueou o cenho.

– Que nem o negócio do Vovô Verde?
– É. Mais ou menos. – Inclinou o rosto.
– Tá. – Enrugou o nariz. – Vocês querem que eu faça alguma coisa?
A caçadora jogou um cantil para Ana.
– Tem como você pegar um pouco de água do mar?
– Tá bom. – Assentiu em movimentos bruscos e apressou-se para a orla.
Helena virou-se para Tomas.
– Você tem certeza de que quer fazer isso? Esse não é um feitiço para crianças.
– Nenhum feitiço é para crianças. – Acendeu a terceira vela. – Vai por mim, é a única maneira de ela parar de se fixar na morte dos pais. Além do mais, ela já viu pior. – Umedeceu os lábios. – Ela acabou de fazer um feitiço espelho.
– Você que sabe. – Deu com os ombros.
– Pois é. – Acendeu a quinta vela. – Valeu por ter aceitado fazer isso, aliás. Achei que você era contra qualquer contato com o outro lado.
– Você me fez mudar de ideia. A gente não ia ter conseguido finalizar o mapinguari se não fosse pelo feitiço que você fez. – Sorriu com a sobrancelha fechada. – E por vinte litros de água benta eu fazia muito mais.
– Imagino. – Olhou Helena de cima a baixo e sorriu de meia boca.
A adolescente voltou do mar arfando e esticou o braço com o cantil para Helena.
– Pronto.
A caçadora saiu do buraco com um salto e pegou o frasco.
– Valeu. – Derramou metade da água salgada em um círculo em volta da abertura e o resto no interior. Guardou o cantil na mochila. – Quase lá. Melhor entrar em transe agora.
Ana ameaçou erguer a mão uma segunda vez, mas travou o movimento no meio.
– Onde é que eu fico?
– Qualquer lugar – Tomas respondeu. – Só deixa a Helena fazer o que tem que ser feito, ok? – E fechou os olhos.
Um, dois, puxa. Um, dois, solta. Sincronizou o som das ondas com sua respiração. *Um, dois, puxa. Um, dois, solta.* Tirou a cabeça de alho de seu bolso e a jogou no chão ao seu lado. *Um, dois, puxa.* Sentiu a sola de seus

pés granular e se fundir com a areia. O som do oceano começou a soar como vozes em um coro. *Um, dois, solta.* E abriu os olhos.

O desperto viu a mata de rabo de olho e levou a mão ao bolso inconscientemente. *Eu não devia ter tirado o alho de perto de mim.*

Luzes de todas as cores dançavam entre as árvores do outro lado da rua. Saíam e entravam na terra somente para desaparecer momentos depois. Uma cacofonia aguda acompanhava cada movimento dos espíritos. O mar continuava escuro e calmo, com exceção do coro grave que emanava. Tomas cerrou a mão em punho e virou-se para a caçadora.

– Você tem certeza de que eles não vão atrapalhar?

– Pode ficar tranquilo que eles não vão passar da minha barreira. – Abriu a gaiola e pegou a galinha no colo, com a mão direita sobre a cabeça da ave. – E mesmo que pudessem, não acho que eles iam querer ajudar o Guardião das Trilhas.

– Faz sentido. – Assentiu ao pousar a mão sobre o ombro de Ana. – Tudo certo?

– Aham. – Acariciava a cicatriz em seu pulso.

– Ok. – Arqueou as sobrancelhas. – Pode começar.

Em um movimento que pareceu muito mais fácil do que deveria, a caçadora torceu o pescoço da galinha. O pássaro começou a se debater sem soltar sequer um pio. Batia as asas e sacudia os pés sem nenhum sucesso. Demonstrando um pouco mais de esforço, puxou a mão direita para cima, decapitando a ave. Sangue jorrou para todas as direções, especialmente em seu queixo.

Helena jogou o corpo da galinha no buraco e ergueu sua cabeça para o céu.

– Guardião das Trilhas. Pelo poder de minha vontade e livre-arbítrio, eu, Helena Marques, ordeno que ouça meu chamado. – O tronco decapitado batia as asas, esbarrando nas paredes do buraco na areia. – Suas ferramentas e desejos estão aqui para serem pegos e saboreados. – Esmagou o crânio da ave com a mão direita e o jogou do lado de seu corpo meio vivo.
– Venha! E que assim seja!

Um líquido grosso e negro começou a escorrer pelo pescoço da galinha. *Ele chegou.* O pássaro finalmente parou de se mover e a gosma continuou a sair. Subiu até a metade do buraco e permaneceu parada, sem demonstrar qualquer reação ao mundo ao seu redor, nem mesmo refletindo o brilho das sete velas à sua volta. *Calma*. Pouco a pouco o líquido começou a girar, formando uma espiral grossa.

Do centro do redemoinho negro emergiu um rosto pálido com um nariz adunco. Carregava um sorriso sem lábios da cor de sua pele. Dois globos vermelhos salpicados de branco serviam de olhos. O rosto se elevou para o céu até ficar na mesma altura de Helena. A criatura girou a cara branca para encarar cada um dos três despertos nos olhos. Esticou a mão, contudo recuou assim que passou por cima das velas, como se tivesse levado um choque.

– Vocês não deviam ter me posto aqui. – Controlava o riso, e sua voz era um ronco lento. – Eu vou fazer com que vocês se arrependam disso.

Tomas pressionou a mão sobre o ombro de sua afilhada, mas Ana se contentou em fitar a besta. *Perfeito*. Deu dois passos à frente.

– Perdão por trazê-lo de maneira tão bruta, Filho da Noite, mas necessitamos urgentemente de uma informação.

A criatura fixou-se no desperto e soltou uma gargalhada. Abriu a boca e passou sua língua afiada pelos dentes.

– Você acha que se for gentil o suficiente vai fazer com que eu fale.

– Eu não pretendo saber mais que o Guardião das Trilhas. – Passou a língua na cicatriz em sua boca. – Nós te invocamos aqui exatamente para isso, para que possa nos dizer o que sabe.

– Vocês não me invocaram. – Levou sua cara até as extremidades de sua prisão na direção de Tomas. – Vocês me raptaram. – Riu de cenho fechado. – Essa injustiça não merece favores.

Ana interrompeu, gritando:

– E a injustiça de ter matado meus pais, hein? Essa merece favor?

A criatura soltou uma gargalhada gutural.

– Eu devia saber quem eles são? – Saboreava cada palavra. – Vocês colocam tanto valor na vida de seus iguais. Como se ela tivesse algum peso na Grande Roda dos Mundos. – Afundou até a altura da adolescente. – Eu vou te contar um segredo, garotinha. A realidade está cagando para vocês, e já é mais do que hora de se acostumarem com isso.

Tomas limpou a garganta e olhou Ana pelo canto dos olhos.

– Por favor – piscou com calma –, nós só queremos saber por que você assassinou Daniel e Karen dos Santos. Existe alguma coisa que podemos fazer para nos dar essa informação?

– Esses são os pais da garota, então. – O Guardião das Trilhas cuspiu um catarro negro que rapidamente se fundiu ao seu corpo. Levantou as bochechas. – Me diga, Tomas. Minha irmã sabe que você está fazendo isso?

– Não – respirou fundo –, mas, se você quiser, pode contar a ela assim que sair daqui. É só dizer quem mandou matar os dos Santos.

O espírito tremia como uma criança na manhã de Natal, com o sorriso aumentando cada vez mais.

– Você acha que tem algum poder de barganha aqui – sibilou. – Eu sei que a prisão é temporária. Assim que amanhecer, as pessoas vão começar a vir e o véu vai engrossar. E o que vocês vão fazer? Ficar parados aqui junto com os surfistas só para me deixar preso?

– Nós não queremos te forçar a nada. – Juntou as mãos. – Eu estou aqui para negociar.

– Se essa é sua vontade, então me liberta. – Bateu os dentes. – Aí a gente pode conversar.

– Assim que me disser quem foi o mandante. – Ergueu o queixo.

– Eu não tenho intenção alguma de dizer o porquê de eu ter matado mais um par de humanos. – Passou a língua nos dentes.

Ana partiu para cima do espírito.

– Vai se foder, filho da puta! – Contudo, Tomas conseguiu segurá-la a tempo. – Me larga! – Se debatia com os olhos cheios d'água.

– Calma. – O desperto teve que usar todo o seu corpo para parar a adolescente. – Você quer descobrir o mandante, não é? Isso não vai adiantar nada.

A criatura girou o pescoço.

– Delicioso. Me encanta essa relação entre os da matéria. Minha irmã ia adorar saber como vocês estão reagindo.

– Espera. – Tomas levantou a cabeça, largou sua afilhada e foi até a borda da prisão. – O que a Senhora dos Sussurros tem a ver com isso?

Pela primeira vez o sorriso do espírito sumiu, só para se erguer de novo segundos depois.

– Você negocia com minha irmã com frequência, ela gostaria de saber como você está reagindo.

– Não foi isso que eu perguntei. – Apertou o cenho. – Foi a Senhora dos Sussurros que mandou você matar Daniel e Karen dos Santos?

O rosto pálido do Guardião das Trilhas afundou na massa negra.

– Eu não sei como você chegou a essa conclusão.

– Responde a pergunta – disse o desperto entre os dentes.
– Não vou responder. – Sua cara boiava na poça de seu corpo.
Puta merda. Virou-se para Ana.
– Foi a Senhora dos Sussurros que mandou matar seus pais. – Encarou a criatura de cima e disse: – Qual foi o motivo?
– Não vou responder. – Somente sobrara medo na criatura.
– Por que ela mandou você assassinar Daniel e Karen dos Santos? – Abria e fechava o punho sem pausa.
– Não vou responder. – Afundou o rosto em seu corpo, deixando visível somente uma gosma negra no buraco.
– Por que ela mandou você assassinar Daniel e Karen dos Santos? – repetiu, mas a criatura simplesmente ignorou sua pergunta. – Acabou, ele não vai falar mais nada. – Deu meia-volta e se afastou. – Vamos embora daqui. Se eu fosse vocês, eu ia para casa e começava a trabalhar nas runas de proteção.
A caçadora guardava o resto dos ingredientes na mochila.
– O que você quer fazer com ele?
– Deixa ele aí. De manhã, o feitiço vai se quebrar de qualquer maneira. – Virou-se para a afilhada. – Vamos, Ana.
A adolescente estava parada fitando onde estaria o espírito. Sem desviar a atenção, disparou na direção do buraco.
– Filho da puta! – E, faltando um passo para chegar, levantou a perna direita e chutou a vela mais próxima.
A vela pairou no ar por vinte metros e caiu silenciosa na areia.
Não. Correu até o espírito.
A criatura começou a gritar um urro grosso, formando e desfazendo novos membros a cada segundo. Seu rosto pálido afundava só para reaparecer momentos depois com uma nova expressão. O cheiro de carne podre subiu do corpo da besta, invadindo o ar em volta da prisão. O líquido negro de seu corpo foi afundando e reduzindo até não sobrar nada além da galinha no buraco. Somente então os gritos pararam. Ana não se moveu.
– Não. Não. Não. Não. Não! – Tomas ajoelhou-se na areia. Cavava ainda mais fundo em busca de um sinal do espírito.
– Que ele se foda – Ana disse sem nenhuma emoção.
Tomas arregalou os olhos e contraiu as sobrancelhas.
– Você tem ideia do tamanho da cagada que você fez, garota?

– O que eu fiz foi parar um assassino que matou mais gente do que eu posso contar. – Levantou o queixo.

– E como você sabe disso? – Apoiou as mãos nos joelhos e empurrou o corpo para cima. – Você nunca tinha ouvido falar dele até hoje. Tirando que ele falou que matava geral, de onde você tirou essa ideia? – Ana permaneceu em silêncio. – Foi o que eu imaginei. – Esfregou a palma da mão no rosto. Deu dois passos para a frente e colocou o indicador no rosto da adolescente. – Você acabou de matar a porra do irmão da Senhora dos Sussurros. Você acabou de ferrar com a vida de todo mundo aqui.

Helena interrompeu.

– Eu fiz questão de deixar todo o perímetro bem protegido. Ela não vai conseguir ver nada. Não importa o quanto ela procure.

– Ela é a Senhora dos Sussurros! – Tomas mostrava os dentes. – O que ela faz está no nome. Ela vai acabar descobrindo o que aconteceu.

Toda a segurança fugira da voz de Ana.

– O que a gente faz agora?

– Você cala a sua boca. – Tentava controlar a respiração. – Já fez demais por hoje.

– A garota está certa – Helena disse sem demonstrar emoção. – Um espírito morreu e o mundo é um lugar melhor. Não é a primeira nem a última vez. Vocês precisam planejar o que vão fazer agora.

– É sério isso? – Recolheu o rosto em choque. – Você está percebendo a gravidade da situação?

– Tô, sim. – Vestiu a mochila. – Eu já tive vários espíritos buscando vingança contra mim. Você está fazendo uma tempestade em copo d'água. – Pegou a gaiola vazia. – E vocês deviam começar a bolar um plano para que a tal da Senhora dos Sussurros não pegue ninguém desprevenido.

Isso só pode ser sacanagem. Puta merda. Esvaziou os pulmões.

– Vamos embora daqui. Pelo amor de Deus.

23

CADÊ A PORCARIA DO SAL? As fendas do azulejo beliscavam os joelhos do desperto. Apoiou a mão direita no chão e enfiou a cabeça no armário sob a pia. *Não tem por que não estar aqui. Será que eu me esqueci de comprar?* Tateava o fundo da prateleira mais baixa em busca de qualquer embalagem plástica. Óleo, ketchup, biscoito. Cadê? Sentiu nas pontas dos dedos uma superfície plástica e a puxou para fora do armário. *Finalmente.* Checou a embalagem e a pousou sobre a pia. *Eu tenho que dar um jeito nisso.*

Pegou o maior copo que encontrou no escorredor à sua esquerda e o preencheu de sal até a metade. Girou o saco e derramou mais um pouco. *Só para garantir.* Foi até geladeira e abriu a porta, procurando cachaça, mas não a encontrou. Estalou a língua nos dentes. *Vodca deve dar.* Sacou a garrafa da bebida e a largou sobre a bancada ao lado sem olhar. *Mais alguma coisa?* Encarou as prateleiras quase vazias. Parou com o cenho fechado. *Não.* E voltou para a pia.

Pegou a garrafa de vodca e virou sobre o copo. Deixou o líquido cair até chegar a menos de dois dedos da borda. *Perfeito.* Afundou o indicador direito e começou a girá-lo em sentido horário. Pouco a pouco, o sal se misturou ao líquido, deixando-o leitoso, com os poucos grãos ainda visíveis afundando lentamente. Limpou o dedo com a boca e levantou as sobrancelhas. *Já bebi coisa pior.* Pegou o copo e apressou os passos até a entrada do apartamento.

Assim que chegou à porta, levou a mistura até os lábios e encheu a boca. O líquido salgado ameaçou descer pelo buraco errado e travou sua garganta. *Puta merda. Se controla, Tomas.* Apertou sua mão livre até sentir suas unhas marcarem a pele e cuspiu na porta até esvaziar a boca. Contraiu os lábios deixando a menor fenda que conseguiu, para que o jato cobrisse uma área maior.

O líquido salgado escorria por seu peito. Esfregou o antebraço na boca para tirar o excesso. *Isso é o que dá fazer favor para os outros.* Puxou a base da camisa até o pescoço. *O que que ela tava pensando? Dando um bico na vela.* Forçou-se a engolir o resto da vodca misturada com sal em sua boca e seu estômago reclamou.

Ela sabia que isso ia acabar com o feitiço e matar o Guardião das Trilhas. A Helena falou para ela. Assoou o nariz na camisa. *Mas não foi de propósito. Com certeza. Ela deve ter se confundido.* Ergueu as sobrancelhas e soltou o ar. *Não faz diferença. O que importa é que agora eu já perdi dois dias inteiros para melhorar a proteção aqui de casa por causa da cagada que ela fez.*

Vamos lá. Esvaziou os pulmões em um suspiro. Levou o indicador direito até a superfície úmida da porta e desenhou uma linha horizontal de ponta a ponta. *Mea voluntas et mea tutela.* Levou o dedo até alguns centímetros do limite direito da linha e o desceu até o final da porta. *Mea voluntas et mea tutela.* Deu quatro passos para trás e cuspiu no desenho. Dessa vez somente catarro.

Apertou o rosto. *Não está ruim. Mas podia estar melhor.* Coçou a testa. *Não dá para deixar um símbolo de proteção meia boca também. Talvez um pouquinho de sangue já seja o suficiente.* Seu rosto se fechou imediatamente. *Não, já teve sangue o suficiente nos últimos dias para o resto do ano. Eu tenho que parar com essa coisa de feitiço, minha vida já tem problema suficiente.*

Não tem o que fazer, então. Vai ficar assim. Deu com os ombros, desceu os olhos até o copo em sua mão e o sacudiu. *Ainda tem um pouco. Se bobear, dá para usar para alguma coisa.* Esquadrinhou a sala. *Não é o suficiente para passar no chão todo. Eu podia deixar perto do alho.* Bufou. *Não, péssima ideia. Talvez colocar um pouco nas janelas? Pode ser.* E arrastou os pés até o outro lado da sala. Girou o copo e deixou metade do líquido cair. *Mea voluntas et mea tutela.* Puxou catarro e cuspiu. *Acho que já deu.* E foi para o quarto.

Talvez eu devesse colocar a vodca com sal na janela do banheiro. Não. Nunca que ela ia entrar pelo banheiro. Deu um sorriso de meia boca. *A Senhora dos Sussurros se esgueirando pela privada. Taí uma cena que valia a pena morrer para ver.* Desviou dos livros pelo chão até a janela. Derramou o resto do copo na boca e cuspiu no vidro. *Mea voluntas et mea tutela.* Puxou catarro mais uma vez e cuspiu.

A ideia do banheiro até que não é ruim. Não custa nada. Arregalou os olhos e seu estômago apertou. *E se não foi a Senhora dos Sussurros que encomendou a morte dos dos Santos?* Levou a mão direita à boca e a apertou. *Não. Ele não negou que ela foi a mandante. Mas ele também não confirmou.* O sangue fugia de suas mãos.

A cicatriz rosa em seu pulso formigou. *Calma, Tomas, pensa. Qual é a diferença da Senhora dos Sussurros ter sido a mandante? A chance de ela vir para cá é porque você ajudou a matar o irmão dela. Não porque você descobriu alguma coisa.* Assentiu em movimentos curtos. *Ou talvez seja.* O sal ardeu por todo o caminho abaixo. *Não, calma. Você tá viajando. Você nem sabe se ela vem mesmo. Se bobear, ela nem sabe quem matou o Guardião das Trilhas. Se bobear, ela não se importa.*

Esvaziou os pulmões. *Melhor nem pensar nisso. O importante é que ela talvez venha.* Limpou a garganta e foi à cozinha. *E se ela vier, não vai estar feliz* – colocou o copo na pia e pegou o saco de sal –, *e, mesmo que não venha, faz uns dois anos que eu não dou uma mexida aqui na segurança da casa. Não custa nada.* Entrou no banheiro e espremeu-se entre a privada e o box. *Um espírito podia ter vindo aqui e eu nem ia saber. Ia quase dobrar o número de visitas que eu tive.*

Derramou o sal com cuidado de uma borda a outra da janela, deixando a linha com mais de um centímetro de altura. *Deve dar por um tempo.* Seus olhos subiram. Uma teia de pelo menos um palmo surgira logo acima de sua cabeça. *Então foi para cá que você veio.* A aranha permaneceu no centro, fitando Tomas com seus oito olhos. O desperto deu dois passos lentos para trás sem tirar a atenção do intruso.

Agachou-se e envolveu a mão direita no cabo da escova sanitária, sua arma escolhida. *Isso.* Contudo, suas pernas se recusaram a se esticar. Sua respiração corria lenta pela sua boca. *Calma.* Pousou a mão esquerda na tampa da privada e empurrou seu corpo para cima. Sua boca estava seca, mesmo assim puxou saliva. *Vamos lá, no três.* Sua pele formigou por onde a aranha tinha rastejado da última vez.

Um. Seu calcanhar direito batia sem pausa no chão e teve que forçá-lo a parar para não perder o equilíbrio. *Respira. Dois.* Apertou a escova sanitária e começou a balançá-la devagar na altura do joelho para pegar o peso. *Uma estocada e deve dar.* A mente focada na aranha. *Um golpe e pronto. Limpo. Só não posso deixar ela pular, senão eu perco ela de novo.* Relaxou os ombros e estalou o pescoço. *Deixa de enrolar, Tomas, é agora ou nunca.* Sacudia o corpo para trás e para a frente em busca de embalo.

Calma. No três. Fechou o cenho. *Um.* Prendeu a respiração. *Dois.* Mostrou os dentes. *E...*

A campainha do interfone tocou e o desperto deu um salto para trás. *Quê?* Seu coração espancava seu peito. *Que idiota vem aqui numa hora dessas?* Arregalou os olhos. *A Senhora dos Sussurros.* Suas bochechas enrubesceram. *Se controla, Tomas. Como se um espírito fosse tocar a campainha.* Largou a escova no chão, esticou a camisa e foi atender o interfone.

– Alô? – Tentou esconder o embaraço na voz.

Uma voz feminina saiu embaralhada pelo aparelho de má qualidade.

– Oi? Tom? É a Paula.

– O que você está fazendo aqui? – As palavras saíram automáticas.

O silêncio curto deu lugar a quase um grito.

– Eu vim visitar o meu irmão. Por quê? Não pode mais?

O desperto contraiu o rosto em uma careta. *Merda.* Sacudiu o rosto para se concentrar.

– Não. Eu... Foi só uma surpresa. Só isso. Eu estou indo aí abrir o portão rapidinho. – Apressou-se até a chave na bancada da cozinha e trotou para o portão.

Perfeito. Agora eu vou passar o resto do dia ouvindo disso. Passou pela janela do casal jovem sem olhar para os lados. *Não, eu estou na minha casa e falo do jeito que eu quiser. Vai nessa.* Seus pulmões arderam ao chegar no pátio e foi obrigado a diminuir o passo. *Você vai fazer o quê, Tomas? Passar a tarde brigando só para mostrar que seu pau é maior que o dela?* Viu a irmã encostada no portão de cenho fechado. Vestia um vestido simples de listras vermelhas e brancas com o sapato combinando. Seu cabelo cacheado estava preso em um coque. *Lá vem.* E encheu os pulmões.

Chegou até a entrada sem fazer contato visual com Paula. Enfiou a chave na fechadura e soltou o ar.

– Olha, foi mal. – Encarou a irmã nos olhos. – Eu acabei de ter uma péssima notícia do trabalho e falei sem pensar. Desculpa. – As palavras azedaram em sua boca.

O rosto de Paula amoleceu no mesmo segundo.

– Tudo bem, Tom. Sem problema. – Arqueou o cenho e encolheu a cabeça entre os ombros. – Então, posso entrar?

– Sim, claro. – Virou o corpo de lado. – Entra, por favor.

– Obrigada. – Foi em direção ao apartamento.

O desperto trancou a porta e correu para alcançá-la.

– Então – tentava controlar a respiração esbaforida –, a que devo a visita?

– Nada de mais, Vossa Majestade. – Sorriu ao coçar o nariz. – Me deu vontade de visitar o meu irmão. E já que essa é a única maneira que ele aceita...

– Entendi. Valeu. – Levou as mãos aos bolsos. – Mas, sabe, inventaram essa coisa, novidade, que faz com que você possa falar com as pessoas a distância. A galera está chamando de telefone, mas não sei se o nome pega. – Sorriu de meia boca. – Você pode inclusive avisar quando está vindo, não precisa nem perguntar, avisar já está bom.

Paula soltou uma gargalhada leve.

– Tá bom. Eu vou avisar da próxima vez. – Passaram pela janela do casal jovem. – O problema é que o dono do apartamento fica inventando desculpas para eu não vir aqui.

– Ele deve ser um homem muito ocupado. – Abriu a porta do apartamento e virou o corpo de lado para sua irmã entrar.

– Sei. – Passou devagar. – Você devia dar uma olhada se tem algum vazamento num dos vizinhos. Sua porta está molhada. – Foi até a geladeira. – Você tem algum suco para beber ou só vodca?

– Pois é. Vira e mexe ela acaba molhando. É uma longa história. – Fechou a porta. – Tem um suco de laranja na segunda prateleira. Eu só acho que você vai ter que lavar um copo. – Chutou os chinelos para o lado e sentou-se no sofá.

– O serviço está caindo, hein, Tom? – Abriu a torneira da pia e falou de costas para o desperto. – Da última vez, você lavou o copo para mim.

– Intimidade é uma merda. – Pegou o controle da televisão no braço do sofá. – Você quer ver o quê?

– Qualquer coisa. Você está com uma cara boa. – Segurava o copo em uma mão e a caixa de suco na outra. Sentou-se ao lado do irmão, levou o copo à boca e deu um gole. – Então, o que aconteceu no trabalho?

O desperto fechou o cenho.

– Como assim?

– Você falou que tinha acontecido um problema no trabalho. – Colocou a caixa de suco entre os pés. – O que aconteceu?

Eu fui parcialmente responsável pela morte do irmão de um espírito poderoso pra cacete. Cruzou as pernas.

– Uma cliente se meteu em um trabalho. Mas olha, na boa, eu realmente não quero falar nisso.

– Você que sabe. – Deu com os ombros e bebeu mais um pouco de suco. – A Paloma gostou muito de te conhecer, sabia? Lá na festinha dela.

Ela tem uma maneira linda de demonstrar, assentiu ao pensar. Forçou um sorriso.

– Ela está muito grande, né?

– Não te falei? Uma giganta. – O rosto de Paula se abriu. Subiu o joelho no sofá e virou o corpo para o irmão. – Sério, parece que cada dia ela cresce mais. – Gesticulava em movimentos largos. – Nenhuma roupa cabe mais nela. E toda vez que a gente vai no shopping é uma missão. Até achar uma coisa que fique bem e vá durar, demora. – As expressões de seu rosto acompanhavam as mãos. – E você sabe como roupa de criança é cara, né?

O assunto vai realmente ser roupa de criança? Engoliu a seco.

– É o que falam.

– Sério. É um pedaço de pano desse tamanho. – Colocou as mãos paralelas perto dos ombros. – E é mais caro que roupa de adulto.

– Você podia comprar menos roupa, então. – Esforçou-se em vão para as palavras não saírem secas.

– Você sabe como é, Tom. – Paula girou os olhos. – É minha filha. Eu tenho que dar o melhor para ela.

– Mas aí você não pode ficar reclamando do preço – tentava suavizar cada palavra –, já que é escolha sua comprar.

– Aham. – Mostrou os dentes em uma careta. – E minha filha vai ser a única no grupo de amiguinhas que fica usando roupa velha. Qual é, Tom?

Assim fica fácil. É só jogar toda a culpa na sociedade. Encheu os pulmões tentando manter uma expressão neutra.

– Entendi. Deve ser realmente difícil.

– Tipo, eu sei que ter filho não é para todo mundo, mas você não tem ideia. – Arqueou as sobrancelhas. – É muito difícil.

Ouviu o celular tocar do quarto. *Graças a Deus.* Levantou-se de um salto.

– Eu estou esperando uma ligação importante. Volto rapidinho. – E saiu sem esperar resposta.

Derrapou ao virar a porta. *Como alguém consegue achar roupa de criança um assunto interessante?* Foi até o criado-mudo, tirou meia cabeça de alho de cima do celular e o levou até a altura dos olhos. *Ana?* Seu estômago apertou. *Aconteceu alguma coisa.* E apressou-se para atender.

– Alô?

– Oi, é a Ana. – Sua voz estava rouca. – Você tá podendo falar?

– Posso. Aconteceu alguma coisa?

A afilhada fez uma pausa.

– Não. Quer dizer, tirando que toda hora eu acho que um espírito vai pular de um canto para me pegar. – Forçou uma risada. – Bem, então, se lembra do que você falou na noite lá do ritual do Guardião das Trilhas?

– Anteontem? Eu falei muita coisa naquele dia. – Contraiu o rosto.

– É, pois é. – Outra pausa. – Tipo, eu queria te pedir outro favor. Pode ser?

Lá vem. Sentou-se na cama.

– Me fala.

– Eu sei que eu tô meio que abusando, mas eu realmente não tenho outra opção. – Sua voz tremia. – E, assim, eu sei que foi culpa minha. Ele ter morrido e tudo mais.

– Me fala. O que você quer? – Apoiou o cotovelo direito no joelho.

– Eu queria sua ajuda para encontrar a Senhora dos Sussurros. Tipo, eu sei que isso é pesado, mas tá muito ruim. – Sua respiração batia forte do outro lado da linha. – Eu não tô nem mais saindo de casa por causa dela.

– Olha, Ana, eu realmente não acho que seja uma boa ideia fazer isso. Primeiro porque você viu o que deu da última vez. Segundo, porque ela não ia cair nessa. Só ia deixar ela mais irritada.

– Por favor. Eu tô te pedindo.

– Cara, vai por mim. Aqui não está fácil também. – Sentiu o estômago apertar. – A melhor coisa é ficar em casa um tempo e deixar a coisa esfriar um pouco. Depois a gente pensa em uma solução.

O silêncio durou alguns segundos, até que Ana disse:

– A gente tem que aproveitar enquanto a Senhora dos Sussurros não sabe. Antes que ela possa revidar. Ela matou meus pais, cara, por favor.

Ainda é sobre os pais. Eu não devia ter feito a porcaria do feitiço. Apoiou o queixo na mão.

– Ana, presta atenção. Não vai por esse caminho. Você quer bater de frente com um espírito poderoso. Na boa. Isso não é esperto.

– A Helena faz isso direto. – Sua respiração ficou mais forte.

– Você quer virar uma caçadora? – Passou a língua na cicatriz em sua boca.

– Ué? E se eu virar? – falou agudo.

Por que eu estou ouvindo isso?

– Vai por mim, você não tem o perfil. Você estava incomodada de pegar um táxi até o Recreio, imagina ficar semanas no meio do mato. Sério, esquece isso, é melhor.

– Eu tenho que esquecer a mulher que matou meus pais, é isso? – Desistira de controlar a voz. – Ela simplesmente vai sair impune? Não é justo!

Tomas respirou fundo outra vez.

– Primeira coisa: ela é um espírito, não uma mulher. – Suas têmporas latejavam. – Segunda: você matou o irmão dela. Ninguém está impune nessa brincadeira. E terceira: se você está procurando justiça, deveria parar de ficar mexendo com o outro lado do véu.

Mais uma vez, silêncio. Agora, mais de dez segundos.

– Tá bom, então – disse de uma vez, a voz completamente árida. – Eu vou dar meu jeito aqui. Brigada. – E desligou sem esperar resposta.

O desperto encarou a tela do celular de cenho fechado e sacudiu a cabeça. *Beleza então. Isso é o que dá fazer favor para os outros.* Pousou o telefone no criado-mudo e massageou os olhos. Colocou as mãos sobre os joelhos e se levantou. *Pelo jeito é hora de voltar a falar de moda infantil.* E voltou à sala.

24

– ENTÃO? Do que a gente estava falando? – Tomas se aproximou do sofá tentando esconder a raiva. Largou o corpo e se sentou.

Paula deu com os ombros.

– Sei lá. – Demorava menos de um segundo para que os canais da televisão aberta a entretivessem. Senão, passava para outro. – Tá tudo certo?

– Quê? – grunhiu.

– Dava para ouvir sua conversa no outro quarto. – Decidiu parar em uma novela. – Não ouvir "ouvir", mas o tom. Sacou? – Largou o controle remoto à sua direita na almofada do sofá. – E você tava falando daquele jeito de quando você está nervoso. Tipo um generalzinho.

– Generalzinho? – Apertou o cenho para a irmã.

– É, ué? – Deu um meio sorriso ao encher seu copo até a metade de suco. – Quando você está irritado você só fala mandando nas pessoas, como se realmente soubesse a verdade absoluta da situação, ou elas não estivessem entendendo o óbvio.

– Eu não faço isso. Além de generalzinho ser um péssimo nome. – Virou o rosto para a novela e apoiou a nuca no encosto do sofá.

– Eu acho que combina. – Levou o copo aos lábios, mas parou o movimento no meio e endireitou o corpo. Seu rosto se abria em um sorriso. – Aliás, você não sabe! A Marcia te achou bonitão. – Girou o tronco na direção do irmão, jogando a perna sobre a almofada.

O desperto se recusou a esboçar qualquer reação.

– Quem é Marcia?

– Vocês conversaram no aniversário da Paloma. – Gesticulou mais rápido e falou mais devagar, como se isso fizesse o discurso mais claro. – Morena. – Passou as mãos na altura dos ombros. – Ela era uma das mães dos amiguinhos da sua sobrinha. – Girou os olhos e bateu com as mãos nos joelhos. – Como você não lembra?

– Sei lá, não lembro. – Empurrou o corpo para cima. – Você quer alguma coisa da cozinha?

– Não. – Havia choque em seu rosto. – Sério, vocês conversaram.

– Eu acredito que a gente conversou. – Abriu a geladeira e pegou uma garrafa nova de vodca. Pegou um copo relativamente limpo e voltou para o sofá. – Eu só estou falando que não lembro. A mulher não deixou nenhuma marca em mim.

– Enfim – suspirou o mais alto que conseguiu –, ela te achou interessante. Encheu o copo até a metade e pousou a garrafa sobre a mesa.

– E daí? – Sentou-se com calma para não derramar a bebida. – Me passa o suco, por favor.

– Pelo amor de Deus, Tom. – Empurrou a caixa de suco na mão do irmão e sacudiu a cabeça. – Eu estou falando que vocês deviam se encontrar, não é tão difícil.

– Eu não acho uma boa ideia. – Colocou o suco do lado da garrafa.

– Por quê? – Colou o queixo no peito.

– Como você disse, não é tão difícil. – O líquido desceu ardendo e uma comichão subiu por sua coluna. – Eu acabei de falar que nem lembrava dela. Isso tem o quê? Duas semanas? No mínimo, quer dizer que eu não achei ela nem um pouco interessante.

– Eu não tô acreditando nisso.

Por que não pode ser fácil? Deu outro gole.

– O que foi?

– Uma mulher bonita está disposta a ter um encontro contigo e você simplesmente caga pra ela. – Marcava cada palavra com um pequeno grito.

– Se ela realmente fosse bonita, eu me lembraria. – Sorriu maldoso.

– Ah, tá – apertou os lábios –, até porque você é galã, né, Tom?

Os olhos do desperto desceram à barriga saltando sob a camisa. Respirou fundo.

– A gente está falando dela ou de mim?

– Sério, Tom – arqueou as sobrancelhas e inclinou o corpo para a frente –, você pretende passar o resto da vida enfurnado neste apartamento?

Se a única opção for sair com sua amiga encalhada... Pegou o copo com vodca e deu um bom gole.

– Sério, cara. Não insiste.

– Dá uma chance, vai. Por mim. – A voz de Paula perdera toda a rigidez. – Toda vez que eu te vejo, você tá mais fechado. Sai um pouco, tenta se divertir.

Ia ser tão mais fácil se ela parasse de tentar se meter na minha vida. Concordou em movimentos curtos.

– Eu te prometo que eu vou pensar com carinho.

– Tá. Tá bom. – Arregalou os olhos e sorriu. – Mas eu vou te cobrar.

– Eu não esperava nada diferente. – Forçou um sorriso. – Só uma coisa, ela realmente falou de mim ou você está tentando dar uma de cupido?

– Ela falou de você. – Fez uma cruz com os indicadores sobre a boca. – Juro por Deus.

Isso não é verdade. Com certeza. Bufou.

– Ok, eu acredito.

– Fechado, então? – Estendeu a mão para Tomas.

O desperto franziu o cenho e ergueu os ombros.

– Fechado o quê?

– Que você vai falar com ela. – Encarava o irmão sem piscar.

– Está vendo? – Recolheu institivamente a mão atrás do corpo. – Eu acabei de falar que ia pensar no assunto e você já está querendo forçar a barra.

– Ai, meu Deus! – Levantou o rosto em um gemido. – Tá bom. Fechado que você vai pensar no assunto. – Esticou ainda mais a mão.

Tomas fixou-se na palma estendida da irmã. *Apertar a mão? Quantos anos ela tem?* Assentiu.

– Perfeito, está combinado. – E retribuiu o gesto. Fez questão de apertar o mais forte que conseguiu.

Paula abriu um sorriso maldoso e fez o mesmo. A batalha continuou por pelo menos dez segundos até que o braço da irmã começou a tremer. Ela rapidamente jogou o corpo para a frente, girando a palma de Tomas para cima para desestabilizar sua pegada, como fazia desde os quinze anos, quando percebeu que o irmão ficara mais forte. O sorriso tinha desaparecido no rosto dos dois. Ambos espremiam o corpo em pequenos espasmos a cada dois ou três segundos.

Os olhos de Paula desceram para o aperto de mão e, quase no mesmo momento, jogou o corpo para trás.

– Que isso no seu pulso? – Ergueu as sobrancelhas, e a boca recusou-se a se fechar.

Tomas viu a cicatriz rosada e a virou para baixo.

– Um machucado. – Sua voz falhou por toda a frase. Limpou a garganta. – De um trabalho que eu tive.

A irmã permaneceu em silêncio com os olhos saltando entre o rosto e o pulso do irmão.

– Tom – sua voz era calma e pausada –, me fala a verdade. O que foi que aconteceu?

Eu tive que tirar o máximo de sangue possível para fazer um feitiço que prende espíritos no lugar. Nesse caso, um mapinguari. Passou a língua na cicatriz em sua boca.

– Eu já te falei. – Tentou sem sucesso controlar o ritmo de sua voz. – Eu tive um problema no trabalho e acabou que eu me machuquei. Só isso.

– Que problema foi esse, Tom? – Deixara de piscar.

– Qual é, Paula? – Mostrou os dentes em uma careta. – Para de querer saber do trabalho. Eu já disse que não quero falar dele.

– Você sabe muito bem que eu não estou interessada no que você chama de trabalho nesse momento, Tomas. – Cada palavra saía mais grave que a última. – O que eu quero saber é o que aconteceu com o seu punho e por que você está desviando do assunto.

– Eu te falei o que aconteceu. Eu me feri no trabalho. – Abria e fechava o punho direito sem pausa. – E eu não estou desviando o assunto.

– Não, agora você está mentindo. – Mostrava a ponta dos dentes inferiores. – Achei que você ia ser inteligente o suficiente para saber a diferença.

– Eu não tô te enganando – mentiu. – Ia ser óbvio para você se começasse a confiar nos outros em vez de tentar controlar o que eles fazem. – Esfregou a mão esquerda sobre as pálpebras. – O que não é inesperado, já que você está ficando igual à mamãe.

Paula recuou o rosto em choque.

– Se eu fosse você, eu não começava as comparações com os nossos pais, Tomas. Não sou eu que vai sair perdendo nessa brincadeira.

– E, se eu fosse você, eu tomava cuidado – sua voz saiu grossa, quase como um suspiro, e as têmporas latejavam –, senão você vai acabar se arrependendo.

– Me arrepender do quê, hein? – Ameaçou se encolher, porém jogou os ombros para trás logo em seguida. – É engraçado, você me ameaça e logo depois fala que não é igual ao papai.

Tomas se levantou com o punho cerrado. Fitava a irmã em silêncio. Sua respiração era curta e rápida, mal aparecendo em seu peito. *Filha de uma puta. Ela chega e acha que tem o direito de controlar a minha vida? Na minha casa!* Mostrou a mandíbula inferior. *Queria ver se ele tivesse feito com ela metade do que fez comigo.* Seus músculos contraíam-se mais a cada pensamento. *Garotinha imbecil, presa na incapacidade da própria percepção.* Sentiu as unhas marcarem as palmas.

Paula se mantinha estática, seu tórax mal se movia.

– Você vai ficar aí me encarando? – A frase saiu menos agressiva do que deveria.

Tomas apertou os olhos em silêncio.

– Sai da minha casa.

– Quê? – Permaneceu sentada com os olhos arregalados.

– Sai da minha casa ou eu vou te botar para fora à força. – Marcava cada sílaba. – Agora.

Levantou-se em um salto sem tirar os olhos do irmão.

– Tá bom. – O cenho fechado não conseguiu esconder o misto de surpresa e culpa em seu rosto. – Você que sabe. – E foi em direção à porta.

– Mais uma coisa – seu rosto pegava fogo –, se você aparecer aqui em casa mais uma vez, você vai ficar esperando do lado de fora. Você perdeu o direito de entrar aqui.

O queixo de Paula se enrugou logo antes de ela fechar a porta.

Tomas permaneceu parado com o rosto baixo. *Ela invade a porra da minha casa sem avisar, e acha que eu tenho que ficar quieto com qualquer coisa que ela fala.* Forçou a respiração a diminuir com algum sucesso. *Garotinha mimada. É muito fácil passar a vida achando que tudo de bom é merecido.*

Girou o corpo e sentou-se no sofá com os cotovelos apoiados nos joelhos. Sua garganta quis gritar, mas recusou-se a permitir. *Respira, cara.* Sem levantar o rosto, esticou a mão direita e pegou o copo com vodca. O frio do líquido relaxou o braço do desperto. *Garotinha idiota.* Pousou a borda nos lábios e deixou a bebida enxaguar a garganta.

O líquido parecia expandir dentro do corpo de Tomas, soltando cada fibra por onde passava. *Se ela tivesse ideia do que estava falando...* Negou com a cabeça. *Ela sabe. Ela queria ofender.* Um arroto forçou caminho para fora. *Ela queria mostrar quem manda mais. Se ela tivesse a cabeça aberta o suficiente para entender o que eu faço da vida...* Puxava e soltava o ar o mais lento que conseguia. *E ela vem para cima de mim como se pudesse me ensinar alguma coisa que eu não sei.*

E ainda me compara com o meu pai. O calor voltou a subir para sua cabeça. Pegou a almofada mais próxima e a lançou contra a parede. A almofada voou pelo ar e bateu contra o alvo sem quase fazer som algum, e logo caiu inerte. A falta de pirotecnia do arremesso conseguiu somente piorar o humor do desperto. Bufou mostrando os dentes e deu mais um gole.

Ela era a irmã mais velha. Ela tinha que me proteger. Pelo menos dele. Em vez disso, ela corria e se escondia. Deixando o mais fraco sofrer no lugar dela. Colocou o copo na mesa e apoiou a cabeça nas mãos, com uma palma em cada têmpora. *Aí agora vem para cima de mim tentando controlar a minha vida.* Esfregou as unhas no couro cabeludo. *Filha da puta. Tentando me empurrar para a amiga encalhada dela.* Engoliu a seco. *Como se isso resolvesse todas as cagadas que ela fez.*

Massageou os olhos com os dedos. *Eu tenho coisas mais importantes com que me preocupar do que as impressões que uma mundana tem das coisas.* Apoiou as mãos nos joelhos e empurrou o corpo para cima com um gemido. Fechou os olhos e mostrou os dentes. *Vamos lá, Tomas, calma. Qual é aquela frase do frei Damião de Toledo?* Apertou o cenho. "Um corpo mental faltoso sempre será escravo das emoções. Assim como um cocheiro fraco será guiado pelo cavalo." Soltou o ar pelo nariz. *E de cavalo já basta a Paula.*

Alcançou a bebida em cima da mesa e virou o copo. *Já que está aqui.* E arrastou os pés até o quarto. Assim que chegou perto o suficiente da cama, deixou o corpo cair para a frente. No último momento, girou o rosto de lado para não bater o nariz no colchão. Contorceu o corpo para ficar de barriga para cima. *Pelo menos está tudo protegido agora.* Puxou o travesseiro até a nuca. *Eu vou ter que começar a levar mais proteção para a rua também.*

Eu posso começar a passar sal no pescoço e nos punhos. Calma, Tomas. Respira. Fez uma careta. *Isso é burrice. O alho já protege igual ou melhor do que o sal faria.* Levou o antebraço até a testa, tampando o olho direito. *Talvez eu devesse fazer um ritual de proteção antes de sair de casa de agora em diante.* Gemeu em aprovação. *Pode ser. A única parada é conseguir um espírito que concorde com isso. Talvez o Vovô Verde. Ele não ia se importar de atrapalhar a Senhora dos Sussurros.* Um sorriso cansado surgiu em metade da boca. *Isso se não estiver puto comigo por ter embebedado ele da última vez.*

O alho deve dar. Vou começar a carregar outro por via das dúvidas. Limpou a garganta. *Como se fosse assim que o mundo funcionasse. Pague um amuleto e leve dois.* Puxou a coberta e se cobriu. *Mas, mesmo assim, não custa nada. Não ia ser a primeira vez que eu tenho que usar o alho para alguma coisa e acabo ficando sem amuleto.* Virou o rosto de lado, encarando a janela. *E também não é como se fosse uma coisa cara.*

Jogou o joelho para o lado e o levou até o peito, ficando em posição fetal. *Está fechado, então. Até a coisa toda esfriar, vão ser duas cabeças de alho. Mais alguma coisa? Acho que não.* Dobrou uma parte do cobertor e colocou entre as pernas. *Eu bem que podia falar para a Ana começar a se proteger para sair na rua também.* Soltou o ar em uma careta. *Não, depois de hoje ela provavelmente não vai querer bater muito papo comigo.*

Como se fizesse alguma diferença. Seu ombro começou a doer e virou-se de barriga para cima. *O que acontecer, foi ela que plantou. Quem mandou ter chutado a porra da vela que deixava a prisão do Guardião das Trilhas inteira?* Esfregou os dedos nas têmporas. *Além do mais, você não deve nada para ela. Tem o quê? Três ou quatro semanas que você viu ela pela primeira vez? Isso não dá nem tempo de ter alguma obrigação.* Viu seu rosto morrer. *Tirando ser padrinho? Obrigação nenhuma.*

Seguiu uma rachadura que ia da quina até quase o centro do teto com os olhos. *É bom para aprender a não se ligar a mais ninguém. Eu vou ter que resolver isso.* Virou o rosto para o celular em cima do criado-mudo. *Melhor ligar para ela, para dar um jeito nisso de uma vez por todas.* Levantou os dois braços e os colocou sob a cabeça. *Amanhã eu faço isso. É melhor dar um tempo para acalmar um pouco a cabeça também, e aprender que eu não sou o empregado dela.*

Sua bexiga reclamou. *Daqui a pouco eu vou.* Bufou o mais alto que conseguiu. *Que horas são?* Esticou o braço para o celular, contudo seus dedos mal tocaram o criado-mudo. Largou o corpo na cama e olhou a janela. *Já está de noite?* Encheu os pulmões até começarem a queimar e soltou todo o ar lentamente e de uma só vez. *Passei o dia inteiro resolvendo a proteção da casa e não li nada até agora.* Ameaçou se levantar, porém seu corpo recusou-se a fazer qualquer movimento. *Deixa quieto.*

O celular começou a tocar e o desperto deu um salto. *Puta merda.* Jogou o corpo até o criado-mudo e fitou a tela do telefone. *Ignácio?* Apertou os olhos. Sentou-se na beira da cama e atendeu.

– Alô?

– Boa noite, Tomas – disse com a mesma voz fria e monotônica de sempre. – Espero não estar interrompendo algo importante.

– Não. – Esforçou-se para parecer interessado, contudo seu rosto não acompanhou. – Eu só estava resolvendo algumas coisas do último trabalho, mas já terminei. Pode falar.

– Perfeito – continuou quase sem dar tempo do desperto terminar. – Tenho outro trabalho para ti. Preciso que venhas à minha casa outra vez, às vinte horas.

Qual a dificuldade de perguntar se o horário está bom para mim? Não é como se eu fosse falar que estava ocupado. Limpou a garganta.

– Ok, oito da noite. Você quer que eu chegue antes para discutir o trabalho?

– Não será necessário. Estarei resolvendo os pormenores a partir das dezenove e tua presença somente fará com que me desconcentre. Logo, peço que chegues no horário.

Ele não quer que eu chegue antes? Soltou o ar pelo nariz.

– Ok. Alguma coisa que eu deva saber de antemão?

– Terás as informações amanhã às vinte horas. Agora, com licença. – E desligou o telefone.

Tomas permaneceu encarando a tela do celular de boca aberta e cenho fechado. *Babaca.* Sacudiu a cabeça e devolveu o telefone ao criado-mudo. *Sério, qual a dificuldade de ter um mínimo de educação? Ainda mais querendo que eu vá na casa dele de novo. Espero que isso não comece a virar praxe.* Apoiou os cotovelos nos joelhos. *Eu não quero ter que ir para aquela casa de horrores toda vez que tiver um trabalho novo.*

Deve ser um outro cliente importante, alguém que a alma valha muito. Sua bexiga apertou uma segunda vez. *Mas quem?* Empurrou o corpo para cima e arrastou os pés até a porta. *Tem uns boatos de que os donos da Livraria estavam procurando alguma relíquia para enfraquecer o véu, e abrir o véu nunca é divertido. Talvez tenha algum espírito correndo atrás deles ou algo assim.* Abriu a porta do banheiro. *Não. Se eles estivessem correndo perigo assim, iam chamar outra pessoa. A não ser que eles quisessem discrição. Nem adianta pensar nisso. Amanhã eu vou descobrir de qualquer maneira.*

Parou em frente à privada e abriu o zíper. Apertou os olhos e deixou a urina sair. *Graças a Deus.* Suspirou e uma comichão desceu por sua coluna. Estalou o pescoço e levantou o rosto. Concentrou sua atenção na aranha. *Eu não tinha tirado você daí hoje mais cedo?* A última gota caiu e o desperto sacudiu a perna direita para guardar seu membro.

Esquadrinhou o chão do banheiro em busca da escova sanitária. *Onde eu botei ela?* Esfregou a mão na nuca e voltou a fitar o bicho. *Quer saber? Eu tenho coisas mais importantes com que me preocupar do que essa aranha.* Fechou o zíper. Puxou a descarga e disse:

– Parabéns, você é oficialmente a nova moradora do apartamento. Sem festa ou música alta depois das dez. – Apagou a luz. – Agora, com licença que eu vou dormir. Boa noite. – E foi para o quarto.

25

TOMAS ENTROU NA RUA de paralelepípedo que levava ao Largo do Boticário com uma mão em cada cabeça de alho escondida nos bolsos. *Qual é a dificuldade de marcar uma reunião durante o dia?* A caminhada desde o ponto de ônibus tinha sido especialmente tensa, com o desperto olhando por cima do ombro a cada esquina e sombra. Tentava sempre estar com um braço arrastando na parede, contudo, toda janela e grade eram um novo motivo para ver mais um vulto.

O dia tinha corrido com um calor massacrante e a noite não parecia ter melhorado, uma quentura abafada que marcava a nuca e as axilas. Teve a certeza de cheirar maresia assim que passou pela grade antes da saída do beco, e os pelos de sua nuca se eriçaram. *Eu estou longe demais do mar para isso. Calma.* Encostou as costas na parede. As unhas da mão direita feriam a pele de seu amuleto. *Não tem muito lugar mais seguro no Rio de Janeiro do que a casa do Ignácio. Talvez no mundo.* Soltou o ar com calma e cerrou as mãos sobre os amuletos nos bolsos. Apertou os olhos e deu um tranco em direção ao largo.

Aproximou-se do busto com os ombros rígidos. Rodou os olhos pelas casas analisando cada fresta. Sua respiração pesava nos lábios. Somente depois de dar uma volta completa por todo o largo, caminhou até a porta escondida da casa de Ignácio. *Espera. Que horas são?* Parou o movimento e sacou o celular em seu bolso. Sete e quarenta e sete. *Ele falou para não chegar antes das oito.*

Suas escápulas travaram. *Perfeito.* Passou a língua na cicatriz da boca e caminhou até a porta. Levou a mão direita até a maçaneta. *Melhor não.* Girou o corpo e esquadrinhou o largo mais uma vez. Deu com os ombros e sentou-se no degrau da entrada. *Pelo menos daqui eu vejo se alguma coisa estiver vindo.* Tirou o maço do bolso direito e o pousou sobre a boca. *Calma, Tomas, a Senhora dos Sussurros não vai arriscar te atacar aqui.* Puxou um cigarro com os lábios e o acendeu.

Encheu os pulmões de fumaça até começarem a doer. *Se bem que ela atravessou o véu lá no hospital só para bater um papo comigo. Para tentar me convencer a não fazer o batizado.* Puxou fumaça mais uma vez. *Merda, viu. Eu devia ter ligado para a Ana para dar umas dicas de proteção.* Fechou o cenho. *Quer saber? Vou fazer isso agora.* Puxou o celular do bolso, mas seus dedos se recusaram a se mover. *Ela provavelmente ainda está puta e eu só tenho mais dez minutos até a reunião com o Ignácio e o novo cliente.* Guardou o telefone sem tirar os olhos do largo. *Depois eu ligo. Vai ser melhor.*

O desconforto era permanente. Os silêncios tensos eram entrecortados por alguma folhagem se mexendo ou um novo animal gritando. E a cada novo barulho, os poucos músculos das costas do desperto voltavam a se contrair. *Calma. Respira.* Apagou o cigarro no paralelepípedo logo à sua frente, puxou outro do maço e o acendeu. *Que horas são? Cinco para as oito. Mais um pouco e eu saio daqui.*

Um mico atravessou o largo correndo, segurando alguma coisa na pata dianteira. Tomas o acompanhou com os olhos. *O feitiço que o Ignácio fez foi para tirar a casa da percepção dos mundanos. Será que isso envolve animais também?* Limpou a garganta. *Não é como se os animais realmente conseguissem ver além do véu, mas eles têm uma sensibilidade maior que o humano médio. Com certeza.* Bateu as cinzas nas plantas ao seu lado. *Talvez eles consigam perceber algum espírito passando ou coisa assim.*

Devolveu o cigarro aos lábios. *Talvez o Ignácio saiba, mas nem a pau que eu pergunto isso para ele.* Soltou a fumaça pelo nariz. *Ele vai acabar fazendo um discurso sobre como a Grande Roda dos Mundos não tem espaço para questionamentos de mera curiosidade.* Apagou o cigarro no paralelepípedo ao seu lado. *Falando no diabo* – agarrou a pilastra à sua esquerda e se levantou, puxando o celular do bolso –, *dois para as oito. Já dá para entrar.*

Fechou os olhos e respirou fundo. *Um, dois, puxa. Um, dois, solta.* Sacudiu os ombros para relaxar o pescoço e levou o peito até o queixo. *Um, dois, puxa. Um, dois, solta.* O gemido grave das árvores preencheu seus ouvidos. *Um, dois, puxa.* O cheiro de maresia abriu caminho por suas narinas. *Um, dois, solta.* E abriu os olhos.

As duas luzes, uma verde e a outra vermelha, continuavam lá, afastando o negrume que envolvia quase todo o redor da casa. *Isso tudo para que nenhum desperto encha o saco dele. Ou espírito.* Piscou com calma.

Mesmo assim. Não sei se vale a pena. Ele deve ter algum motivo para isso. E se aproximou da porta. Pousou a mão sobre o sinal acima da maçaneta e empurrou.

O hierofante estava parado a menos de dois metros da porta com as mãos na base de sua coluna. Vestia um terno cinza escuro com uma gravata preta, de goma tão dura que poderia cortar. Fitou o desperto com seus olhos de gelo.

– Boa noite, Tomas. Vejo que chegaste no horário combinado.
– Pois é – assentiu. – Você pediu para não chegar antes.
– Verdade. – Esticou a mão direita para o lado e apontou para a sala de espera. – Em pouco terminaremos o pagamento. Enquanto isso, peço que esperes.
– Ok. – Girou nos calcanhares e parou de lado para Ignácio. – Só uma coisa, tem alguma informação que eu precise saber antes da reunião?
– Foi-me pedido sigilo sobre o contrato – respondeu sem quase mover o couro em seu rosto.

Tomas arqueou as sobrancelhas.
– Ok, mas eu não vou acabar sabendo da mesma maneira?
– Verdade. Contudo, não posso quebrar o sigilo que me foi pedido. Tenho certeza de que compreendes. – Recolheu o braço. – Agora, peço que sigas à sala ao lado e esperes meu retorno. – Deu as costas ao desperto e começou a subir a escada sem esperar resposta.

Pelo jeito faz muita diferença eu saber agora ou daqui a cinco minutos. Manteve o rosto imóvel.
– Tá combinado, então. – E foi à sala de espera.

Os quadrados do chão alvinegro pareciam ter aumentado de tamanho desde a última vez que estivera lá. *Deve ser só impressão.* Rodeou o cômodo com o cenho apertado. As estantes de madeira que cobriam as paredes mantinham seus livros e tomos com a mesma organização impecável. Os móveis continuavam na mesma posição: dois sofás de tecido estampado e uma poltrona de couro cercando uma mesa de centro sobre um tapete vermelho.

Sem chá dessa vez. O serviço daqui está piorando. Largou o corpo sobre o sofá virado para a porta e sacou o celular do bolso. *Oito e cinco. Tomara que não demore muito.* Deixou o tronco tombar para a esquerda e se deitou. *Ele realmente tem chamado mais gente para a casa dele.* Usou os braços de travesseiro. *Até eu. Desde o primeiro contrato com a Ana eu já vim aqui o quê... umas três vezes? E só tinha uma antes disso. Com a Ana até faz sentido. Por causa da linhagem e tudo o mais.* Apoiou os pés no encosto de braço.

Só falta o cara estar começando a se sentir sozinho. Se ele começar a pedir abraço, eu vou ser obrigado a pedir demissão. Ajeitou o pescoço. *Aí ia complicar. Ficar preso entre as realidades de novo.* Ergueu as sobrancelhas. *Mas, por outro lado, é melhor do que ficar de xodó com o cara de lagarto.* Seu estômago grunhiu e virou o rosto para a mesa de centro. *Podia ter aquele chá de novo.*

Desviou a atenção para a porta. *O cara faz questão de que tudo esteja extremamente organizado. Tudo igual toda vez. E ele não colocou o chá. Não foi sem querer.* Fechou o cenho. *Mas o que isso quer dizer?* Voltou os olhos para o teto depois de alguns segundos. *Talvez o novo cliente não seja tão importante e ele não queira impressionar. Como se alguém realmente fosse fechar um contrato só porque tinha chá na mesa.*

Se bem que eu não duvido. Para o Ignácio receber na casa dele, o contratante tem que ser alguém importante. Duvido que o Nando tenha sequer passado aqui perto. Apoiou o queixo na mão direita. *E quanto mais poderosa, mais a pessoa faz questão de ser lembrada do fato. Nem que seja com chá e biscoitos na sala de espera.* Fechou os olhos. *Mas, mesmo assim, isso não quer dizer que a falta de chá tem alguma coisa a ver com o novo cliente.*

Não importa. Daqui a pouco eu descubro, de qualquer maneira. Estalou a língua nos dentes. *Mas o contratante escolheu manter segredo. Dessa vez não só o motivo do contrato, como também a identidade. Isso quer dizer que é pessoal. E provavelmente ele está com vergonha.* Espreguiçou-se. *Eu realmente não entendo a necessidade dos contratantes de eu saber só na última hora. Eles acham que me contar cara a cara a cagada que fizeram vai fazer com que pareçam menos patéticos.*

Sacudiu a cabeça e se levantou. Balançou os braços para soltar o corpo e começou a caminhar pela sala. A cada dois ou três passos, levava uma das orelhas aos ombros. Seu estômago roncava. *Eles não vão descer, não?* Sacou o celular do bolso. *Quase oito e vinte. Se bobear, eu posso dar uma passada na cozinha rapidinho e pegar alguma coisa.* Apoiou as mãos no sofá em que havia sentado. *Ótima ideia, Tomas. Da última vez, o cara descobriu que você tinha dado uma olhada na estante de livros dele sabe-se lá como. Com certeza se você for na cozinha vai dar tudo certo.*

Foi até o sofá virado para o centro da sala e se apoiou em seu encosto com os braços cruzados. *Se é que esse lugar tem cozinha.* Seu estômago urrou. *Não era para isso ser rápido? Cadê eles?* Marchou até a porta e fitou a base da escada. *Não pode ser tão difícil.*

Assim que ameaçou se mover para fora da sala de espera, ouviu passos descendo da escada e correu para seu sofá de costume. Deu um salto de lado para não bater na mesa de centro e se sentou. Puxou a camisa para ajeitá-la e cruzou as pernas. *Já estava na hora.* Ouviu a quebra de ritmo nos passos. *Já estão no meio da escada.* Achou que os braços lhe pareciam artificiais pousados sobre as pernas, então os jogou para trás do sofá. *Isso deve dar.* Os passos estavam agora no final da escada.

Ignácio entrou na frente em passos rígidos. Virou-se de lado sob o arco da entrada e esticou o braço para dentro. A contratante apareceu na porta logo em seguida e Tomas viu o rosto de Ana. *Puta merda.* Manteve os olhos sem piscar na adolescente enquanto ela caminhava até o sofá. *O que ela está fazendo aqui?* Apertou o cenho. Toda a cena lhe pareceu lenta e borrada.

A afilhada se sentou com dificuldade. Encarou o desperto sem demonstrar emoção alguma.

– Boa noite. – As palavras saíram secas. Toda a cor de seu rosto tinha se concentrado nas olheiras. Respirava com dificuldade, sem tirar os olhos de Tomas.

O desperto permaneceu em silêncio. Dezenas de ofensas e perguntas passaram por sua cabeça naqueles segundos, porém nenhuma pareceu fazer jus à situação. *Fala alguma coisa. Rápido.* Contraiu todos os músculos que encontrou.

– Não tem chá.

O hierofante contornou os sofás e se sentou em sua poltrona com a mesma velocidade de sempre.

– Estava ocupado com assuntos mais importantes e não achei que o chá teria tamanha importância. – Cruzou as pernas e entrelaçou os dedos das mãos.

– Você está certo. – Girou o rosto em câmera lenta para Ignácio. – Desculpa.

– Não fiquei ofendido. Afinal de contas, tenho certeza de que não estão aqui pelo chá. – Virou para Ana. – A senhorita dos Santos gostaria de te explicar o contrato que acabou de fechar.

A adolescente limpou a garganta.

– Eu contratei o Ignácio para me ajudar a prender a Senhora dos Sussurros – disse de uma só vez. Todo o seu corpo estava imóvel, com exceção da mão, que acariciava a cicatriz no punho.

A frase finalmente devolveu foco ao desperto. *Ela não conseguiu me convencer, então ela vai me forçar a fazer isso?* Sentiu a respiração acelerar. *Filha da puta!* Espremeu a boca para não mostrar os dentes. *Eu falei que isso era uma péssima ideia.* Cerrou o punho. *Que garotinha idiota.*

A voz de Ignácio surgiu.

– Tomas.

– Quê? – O desperto o encarou em reflexo. Tinha esquecido que o hierofante estava lá.

– Tens alguma dúvida sobre o contrato? – Encarava-o com seus olhos azuis como gelo.

O ritualista contraiu as sobrancelhas. *Respira, cara. Não deixa essa imbecil te descontrolar.* Girou o rosto para Ignácio.

– Ela te contou por que quer encontrar a Senhora dos Sussurros?

– Eu não vejo como isso seria minimamente relevante. – O couro em seu rosto mal se mexeu.

– Eu acho que é bem relevante. – Tentou acalmar a voz sem sucesso. – Você sabe que a Senhora dos Sussurros está atrás dela, né? E de mim.

– Estejas seguro de que estou completamente ciente dos fatos. – Fez uma pausa. – E peço, pela primeira e única vez, que te acalmes.

A voz do hierofante pesou sobre o peito de Tomas, que apertou os olhos. *Calma, cara. Respira.* Abriu-os sem pressa e disse o mais devagar que conseguiu:

– E você não acha que isso pode ser um problema?

– Pelo contrário. Só faz a realização do contrato mais razoável.

A voz de Ana interrompeu a conversa.

– Vocês podem parar de falar como se eu não estivesse aqui? Eu decidi que ia fazer o contrato e fiz. Em vez de discutir se eu devia fazer ou não, vocês deveriam estar pensando em alguma maneira de terminar ele.

Tomas negou com a cabeça em movimentos curtos. *Ela realmente acha que manda em mim.* Respirou fundo.

– Infelizmente você não é a especialista aqui, então, por favor, permaneça em silêncio enquanto quem sabe o que está fazendo resolve o melhor plano de ação. – Sentiu seu peito inchar.

O rosto de Ana migrou de choque para surpresa, depois para tristeza, e finalmente se fechou.

O estômago do desperto apertou. *Não. É o mínimo que ela merece.* Virou-se para Ignácio.

– Imagino que não existe chance de voltar atrás.

– Não, o contrato foi feito. – Ignorou a interjeição de Ana. – E não voltaria se pudesse.

– Ok – massageou os olhos com a mão esquerda, as veias saltavam de sua cabeça –, o que você quer que eu faça?

– O contrato diz para ajudar a senhorita dos Santos a encontrar e prender a Senhora dos Sussurros. – Cada palavra saiu mais mecânica que a anterior.

– Ok, isso eu entendo – repetiu a entonação do hierofante. – Alguma coisa além disso?

– Não. – Apoiou os braços nos encostos.

– Ok. – Abria e fechava a mão com tanta força que suas unhas começaram a marcar a pele. – Você sabe, assim como eu, que a Senhora dos Sussurros não vai atender a um chamado. Imagino que já tenha pensado em uma maneira de contornar isso.

– Eu pensei. Por isso estás aqui. – Mesmo sem mover qualquer músculo, era completo o desdém no rosto do hierofante.

Sentiu seu peito afundar. *Eu devia ter ficado quieto.* Engoliu seco.

– Isso quer dizer...? – A frase saiu em uma mistura de medo e arrogância.

– Isso significa que estou pondo a ti como responsável por esse contrato.

– Sim, como de costume – toda a soberba fugira de sua voz –, mas você não falou ou vai falar com alguém para fazer o feitiço?

– Depois dos acontecimentos com o Guardião das Trilhas, tenho certeza de que és capaz de organizar tudo sozinho. Considera isso um voto de confiança. – O rosto do hierofante permaneceu imóvel.

Ele só pode estar de sacanagem comigo. Isso tudo é porque eu não fiz o feitiço através dele? Ou porque eu não pedi permissão? Esfregou a mão direita na nuca. *Calma, cara. A última coisa que você quer agora é deixar ele nervoso.* Virou o rosto.

– Perfeito. Eu tenho alguma coisa para negociar com os contratados?

– Somente o que é teu. – Esperou uma resposta que não veio e continuou: – Senhorita dos Santos, tens alguma pergunta sobre o contrato?

A adolescente fitava a mesa de centro.

– Eu queria falar com o Tomas em particular. Pode ser?

O hierofante recolheu o rosto e arqueou as sobrancelhas em choque. Rapidamente se recompôs e levantou-se com a coluna reta.

– Sem dúvida. Com licença. – Deu a volta na cadeira e caminhou em direção à porta. – E estão convidados a discutir o contrato aqui. Somente peço que não tardem muito. Adeus. – E sumiu ao subir a escada.

O silêncio denso continuou por alguns segundos até que Ana ergueu os olhos sem levantar o rosto.

– Então – seus olhos estavam fundos –, você sabe o que vai fazer?

Isso não pode ser sério. Ela faz um contrato pelas minhas costas e espera que tudo fique normal? Encarou-a de cenho fechado.

– Ainda não. – Não havia emoção em sua voz.

– Tomas – endureceu o rosto –, eu sei que você não quis me ajudar, mas eu espero que isso não te atrapalhe em fazer o trabalho.

O padrinho abriu os lábios em descrença. *Eu não quis te ajudar? Desde que te conheci eu só tenho feito isso, sua imbecil.* Fechou os olhos. *Calma. Ok, se você quer profissionalismo, beleza.* Inclinou o corpo para trás, encheu o peito.

– Você pode ficar tranquila que isso não vai acontecer.

– Ótimo. – Refletiu a posição do padrinho. – Eu gostaria de discutir o que você vai fazer com calma. Em particular.

Cada palavra da adolescente batia como um martelo no ouvido de Tomas.

– Você tem consciência de que o Ignácio sabe de tudo que acontece nesta casa, não é?

– Se você preferir, a gente pode discutir isso lá fora. – Encolheu o pescoço com as sobrancelhas arqueadas, mas rapidamente se recompôs.

– Só lembrando que tem um espírito poderoso atrás da gente. – Finalmente conseguiu controlar a fala. – Lá fora não é seguro.

– Tá bom. – Bufou. – Onde você quer conversar, então?

– Eu não *quero* conversar em lugar nenhum. – Jogou o braço direito para trás da almofada. – Eu só estou te avisando das possíveis consequências das suas escolhas.

– Tá bom. Independente disso – levantou a mão em um movimento brusco –, eu quero saber o que você vai fazer. – Antes que Tomas pudesse responder, ela prosseguiu: – Eu sei que você acabou de saber disso, mas você já deve ter alguma coisa em mente.

– Bem, a Senhora dos Sussurros não vai atender a um ritual. Isso já está claro. – Baixou os olhos para a mesa de centro. – Então vai ter que ser um feitiço. E eu vou ter que terceirizar alguém e arcar com o custo disso. Tirando isso, eu não sei. Vou ter que dar uma pensada para ver se tem alguém competente que eu conheça. – Voltou a fitar a afilhada. – Até agora é isso que eu tenho.

– Eu quero participar – disse de uma só vez.

Tomas apertou o cenho e jogou o queixo para a frente. *Quem ela acha que é?* Travou o maxilar.

– Não.

– Foi ela que mandou matar meus pais. – Espremeu o rosto.

– Nem pensar. – Marcou cada palavra. – Isso é uma péssima ideia.

– O contrato é de *você* me ajudar a pegar a Senhora dos Sussurros. – Abaixou o rosto e inclinou o corpo para a frente. – Eu vou participar.

O desperto coçou o queixo com a mão esquerda. *Ela sabia que eu ia negar. É trazer ela junto ou quebrar o contrato.* Estalou a língua e esvaziou os pulmões.

– Ok, se é o que o contrato diz.

– Combinado. – Não conseguiu esconder a excitação em seu rosto.

– Assim que eu chegar em casa, vou começar a fazer uma lista de quem eu posso chamar. – Batia com o pé direito no chão. – Você tem alguém que faz questão de chamar?

– Não. – Negou com a cabeça em movimentos curtos.

– Ok, assim que eu tiver os candidatos eu te falo. – Empurrou o corpo para cima. – Mais alguma coisa?

– Não. – A adolescente se levantou em um salto. Encolheu-se e apertou o rosto. – Você quer uma carona no táxi? – As palavras saíram tremidas. – Ou algo assim?

– Não. Acho que é melhor eu ir sozinho. Com licença. – E saiu.

26

O DESPERTO AFUNDOU o polegar na campainha. *Vai!* Sacou o celular do bolso. *Meio-dia e vinte. Tinha que ser. No dia que eu não saio mais cedo a porcaria do ônibus quebra.* Apertou a campainha de novo, dessa vez por cinco segundos. *Eu devia ter chamado um táxi.* Massageou os olhos com as mãos. *Agora é isso, vinte minutos de atraso para pedir um favor para o Antônio. Perfeito.* Apoiou a mão esquerda no arco da porta. *Por que nunca é rápido?*

Mal acabara o pensamento e a porta se abriu com um clique. Ricardo apareceu usando um tapa-olho branco do lado direito do rosto. Virou-se de lado para Tomas entrar.

– Boa tarde. O Feitor-mor está lhe esperando. – Não havia emoção em sua voz.

– Ok, eu vou estar aqui na sala de espera. – Esgueirou-se de lado para a sala de espera dos Acólitos.

Ricardo fechou a porta com cuidado.

– O Feitor-mor está lhe esperando. Por favor, me siga. – Caminhou em direção à porta de metal amarelado à esquerda da sala.

Só isso? Seguia o acólito. *Sem insulto e sem corridinha? O feitiço espelho deve ter sido uma porrada para ele.* Passou pelo arco da porta e entrou no corredor. *Se bem que arrancar o próprio olho deve ser um choque para qualquer um. Olhando bem, ele está bem mais magro. Com certeza foi uma porrada.* Limpou a garganta ao passar pela quarta relíquia. *Se concentra, Tomas, foca no que você vai falar para o Antônio.*

Ricardo se aproximou da porta no final do corredor e bateu três vezes. Abriu uma fresta e inclinou meio corpo para dentro.

– Com licença, Feitor-mor, o senhor Fontes acabou de chegar.

Senhor Fontes? Contraiu o cenho.

A voz de Antônio surgiu do outro lado.

– Muito obrigado, Ricardo. Pode deixar ele entrar.

– Por favor. – O acólito careca abriu a porta por completo e desviou o corpo para o desperto entrar.

– Obrigado – Tomas disse quase como uma pergunta e atravessou o arco. Não deu três passos e a porta fechou-se às suas costas. – Tem alguma coisa errada com ele?

Antônio se apoiou na escrivaninha e arregalou seu único olho.

– Com o Ricardo? Não. Por quê?

– Sei lá. – Deu com os ombros. – Ele está agindo estranho.

– Ah, sim. – Levantou as bochechas abrindo ainda mais seu eterno sorriso. Apontou para a cadeira à sua frente. – Sente-se, por favor. – Apoiou as costas em sua poltrona. – Só mais uma prova do que eu sempre te disse, Tomas. Qualquer sacrifício, especialmente os verdadeiros, nos faz pessoas melhores.

– *Dolor est ignis qui caminis animae.* – Puxou a cadeira para trás e se sentou.

– A dor é o fogo que forja a alma. – Sua voz era puro prazer. – Mas, me diga, como estão as coisas? Parece que estamos nos vendo quase todo dia. Não que eu esteja reclamando. – Ergueu uma sobrancelha e inclinou o rosto para a direita. – Está ficando com saudades do seu tempo de acólito?

– Eu gosto muito de onde meus olhos estão no momento, mas obrigado mesmo assim. – Deu um sorriso maldoso.

– Nunca se sabe, noção de profundidade é supervalorizada. – Pousou a mão sobre as pernas e ergueu-as sobre a cabeça. – Em minha opinião, pelo menos.

– Só pela quantidade de degrau e calçada que eu ia tropeçar já não valia a pena. – Coçou a testa. – Aliás, desculpa pelo atraso. O ônibus em que eu estava vindo resolveu quebrar no meio do caminho, aí o próximo só passou meia hora depois.

– Sem problema algum, Tomas. – Girou o pulso da mão direita. – Você sempre chega adiantado. Atrasar uma vez ou outra não mata ninguém. Além do quê, sábado é um dia relativamente parado.

– Eu sei. – Contraiu os lábios. – Mas mesmo assim, desculpa.

– Eu entendi. Não precisa se desculpar. – O ar chiava por suas narinas queimadas. – Mas então, qual é o assunto que você fez questão de falar pessoalmente?

– O negócio é o seguinte. – Esticou a coluna e estufou o peito em uma frágil tentativa de controlar a ansiedade. – O Ignácio fechou um contrato para encontrar e prender a Senhora dos Sussurros e botou ele nas minhas mãos. Sem nenhum patrocínio.

– Entendi. – Encarou o desperto nos olhos. – Eu posso saber quem é o contratante?

– Ana dos Santos. – Suas costas enrijeceram.

– Isso tem a ver com a morte do Guardião das Trilhas? – O acólito levou a mão ao queixo e apertou o cenho.

– Você ficou sabendo disso mais rápido do que eu esperava. – Recuou o rosto.

O Feitor-mor não demonstrou qualquer emoção. Fez uma pausa de alguns segundos e disse:

– Você não pode esperar que o falecimento de um espírito desse nível passe despercebido na comunidade, Tomas. – Soltou o ar pelo nariz. – Agora, a senhorita dos Santos tem alguma responsabilidade na morte do Guardião das Trilhas?

– A Ana quebrou um feitiço de prisão com ele dentro e agora ela quer vingança – disse em um meio sussurro.

– Ela quem? – Sua voz perdera toda a rouquidão. – A Senhora dos Sussurros?

– As duas. – Olhou sobre os ombros. – Ela e a Ana.

Antônio inclinou o tronco para a frente e apoiou os cotovelos na escrivaninha.

– Por que a senhorita dos Santos ia querer se vingar? – Passou a língua nos dentes. – Tem alguma coisa que você não está me contando, Tomas.

– Não, cara. Três dias atrás, eu fiz um favor para a Ana de prender o Guardião das Trilhas para ela perguntar para ele por que ele tinha matado os pais dela. – Apertou os olhos. – Uma péssima ideia, olhando agora para trás. – Umedeceu os lábios. – Ele deu a entender que a Senhora dos Sussurros tinha mandado ele fazer isso. Aí a Ana ficou puta e chutou a vela que fechava a prisão e a parada desmoronou em cima dele. Foi isso.

– Entendi. – Franziu o cenho. – Foi proposital? A morte do Guardião?

– Cara, eu realmente não sei. – Ajeitou-se na cadeira com a cabeça baixa. – Eu acho que não. Mas talvez seja. Sei lá, eu não sei de mais nada.

– Olha, Tomas, se eu fosse você, eu nem perdia meu tempo pensando nisso. Nenhuma resposta vai desfazer o feito. – Arqueou as sobrancelhas.

O desperto permaneceu com o rosto baixo.

– Foi você que perguntou.

– Eu sei, perdão. – Passou o indicador em uma cicatriz rosada no pescoço. – Mas então, imagino que esteja aqui para falar sobre o contrato pelo qual o Ignácio lhe fez responsável.

– Isso – assentiu firme.

– Do que você precisa? – Levou as mãos até a altura dos ombros. – As salas de ritual vão estar completamente ocupadas até a próxima segunda.

– Não. – Levou o tronco para a frente e apoiou os cotovelos nos joelhos. – Na verdade, eu estou precisando de um feiticeiro experiente. – Tentou disfarçar o desconforto no rosto. – Olha, o negócio é o seguinte, a Senhora dos Sussurros não vai atender ao chamado de um ritual, então eu vou precisar forçar ela a falar comigo.

– Você vai precisar ser um pouco mais específico, Tomas. – Seu único olho fitava o desperto sem pestanejar.

Não está específico o suficiente?

– Antônio – esvaziou os pulmões –, você precisa de uma carta oficial? Eu estou pedindo a sua ajuda para o contrato. Para você fazer o feitiço.

O Feitor-mor permaneceu imóvel. Mesmo sua respiração parecia inerte.

– Você sabe que a tradição me obriga a cobrar um preço por isso. O que você está disposto a pagar?

– Eu já te falei que o Ignácio não me deu poder de barganha. – Deu com os ombros e fechou os olhos com calma. – O que você quer?

– Você podia entrar de novo nos Acólitos. Nós sempre temos espaço para um ritualista talentoso.

– Não. – Negou com a cabeça em movimentos largos. – Nem pensar. Você se lembra do jeito que terminou? Nem a pau que eu volto.

– A escolha sempre foi sua. – Bufou. – Mas eu não consigo pensar em mais nada que possa pedir de pagamento para meus serviços.

– Ah, qual é, Antônio. Sério? – Revirou os olhos e apertou o cenho.

– O que você quer que eu faça, Tomas? – Fez uma pausa. – Tradição é tradição.

– Tradição é tradição, Antônio? – Virou o rosto para cima em uma careta. – E eu que me fodo nessa brincadeira. É isso?

O Feitor-mor enrijeceu o rosto.

– Eu peço encarecidamente que não use palavrões enquanto estiver falando comigo. Mas eu entendo que sua situação não esteja favorável. Então eu tenho uma proposta.

Lá vem. Endireitou-se na cadeira para esconder o desconforto e disse com calma:

– Ok, que proposta?

– Você não tem como pagar um feiticeiro experiente para seu contrato. – Levantou as sobrancelhas. – Porém, eu tenho um acólito com um tremendo potencial e pouco treino. E eu acredito que a experiência de campo pode ser pagamento suficiente para o sacrifício a ser feito.

O desperto levou a mão ao queixo. *Um novato? Não. Isso é uma péssima ideia. Chamar e prender a Senhora dos Sussurros não é trabalho para qualquer um.* Batia com suavidade o pé direito no chão. *Ele vai acabar fazendo merda.* Encarou o chão com os olhos apertados. *Mas quem mais eu posso chamar? Não é como se eu pudesse escolher. Com certeza o Antônio não pensou nisso agora. Há quanto tempo será que ele está com essa carta na manga?*

Esfregou a mão sobre a boca. *Não importa. Independentemente de onde veio a ideia, essa é a única escolha que ele vai me dar.* Soltou o ar. *Mas vale a pena? O Antônio falou que o cara era talentoso. O que ele diria de quase todo acólito. Mas, mesmo assim, um novato?* Massageou os olhos. *Quer saber? Quem não tem cão, caça com gato. Agora é torcer para o cara não ser um completo incompetente.*

A voz do feitor quebrou o silêncio.

– Já acabou de elaborar? – Sorriu maléfico.

– Muito engraçado. – Um sorriso cansado cruzou o rosto do desperto, que deu com os ombros. – Mas tudo bem, eu concordo. Quando o novato vai estar livre para fazer o feitiço?

– Eu tenho que falar com ele ainda. Até porque esse seu pedido não foi algo que eu realmente esperava. – Firmou as mãos magras nos apoios de braço de sua poltrona e empurrou o corpo para cima com dificuldade. – Espera um minuto, por favor, que eu vou falar com ele. – E mancou até a porta do escritório.

O desperto levantou-se em um salto e esticou as mãos para o amigo.

– Você quer ajuda, Antônio?

– Não, não. – Sua voz tremia. – Eu ainda consigo andar sozinho. Obrigado de qualquer maneira.

– Ok. – Voltou a se sentar em um movimento controlado, ainda com os braços esticados para Antônio. – Que isso! Eu é que tenho que agradecer. Toda vez que eu entro aqui você dá um jeito de resolver a minha situação.

– Reclinou-se na cadeira. – Mas, afinal de contas, eu conheço esse cara? O tal do feiticeiro novato?

O acólito abriu a porta com esforço.

– É o Ricardo – falou tranquilo. – Daqui a pouco eu volto com a sua resposta. Com licença. – Atravessou o arco e fechou a porta.

O desperto permaneceu de cenho fechado encarando a porta por alguns segundos. *Por isso que o serviço saiu tão barato.* Ergueu uma sobrancelha. *Velho malandro. Nem me deu tempo de responder antes de sair da porta. Tudo isso para empurrar aquele babaca para cima de mim.* Pousou a mão direita sobre o olho do mesmo lado. *Por que a necessidade de colocar o Ricardo nos feitiços? Até ontem ele ainda usava o cordão de cobre.*

Se bem que ele se virou supreendentemente bem no feitiço espelho. Apesar da choradeira. A mão desceu para sua boca abafando o sorriso. *Mas quero ver se eu conseguia arrancar meu próprio olho com um pedaço de vidro e continuar durão.* Bateu o pé com força no chão. *Mesmo assim, o cara não tem experiência alguma. Além de ser um babaca. Isso complica muito as coisas.* Mostrou os dentes. *Mas isso o Antônio falou desde o começo. E se ele está disposto a se mutilar naquele nível, dá para acreditar que ele está levando a coisa a sério.*

E sempre existe a chance de que, se ele não conseguir, a porcaria da Ana desista dessa ideia idiota. Apoiou a nuca no encosto da cadeira. *Quem dera eu tivesse tanta sorte assim. Ela vende tudo que tem antes de parar de procurar a morte dos pais.* Cruzou os braços. *O problema é que isso nunca tem fim. Primeiro era saber quem matou. Agora é por quê. Daqui a pouco vai ser outra coisa* – levantou as sobrancelhas. *Pelo menos ela tem um limite de vezes que ela pode vender a alma antes de virar um zumbi.* Fechou os olhos. *É, pelo menos tem isso.*

Agarrou os apoios de braço e empurrou o corpo para cima o mais rápido que conseguiu. *Vamos pensar em outra coisa, Tomas. Melhor. Até porque você não tem nenhuma mão nesse bolo.* Pousou as mãos na lombar e foi até o canto do escritório. *Não foi o que o Ignácio disse? Que tudo, tanto nas Esferas Superiores quanto na matéria, já tem todo o percurso fechado? Que escolha é simplesmente impossível?*

Não faz sentido isso. Ameaçou sacar um cigarro do bolso, mas segurou o movimento na metade do caminho. *Quer dizer, talvez para os espíritos isso seja verdade, já que eles têm essa coisa de pensamento feito consciência.* Apoiou as costas na parede. *Gente não é assim. Todo mundo é muito caótico para que seja. Se bem que a grandessíssima maioria dos mundanos é um completo imbecil. Completos escravos dos próprios sentidos e emoções.* Botou as mãos nos bolsos. *Os despertos não são assim. Nem podem. A gente já viu muita coisa.*

Um sorriso maldoso se abriu de orelha a orelha e o desperto mordeu os lábios. *Isso, Tomas. Todo mundo é escravo da realidade, menos você. Parabéns. Assim fica muito fácil.* Seus olhos coçavam cada vez que passava o dedo sobre eles. *Mas não pode ser desse jeito. Toda uma existência imune à mudança. Se o final de todas as experiências já está planejado, qual é a função delas, então?* Desceu a mão para o queixo. *Você está partindo da premissa de que a existência precisa ter uma função ou um ponto. E que o risco faz a experiência válida.*

Mas não é? Sua boca permaneceu meio aberta. *Para que serve uma experiência senão para descobrir o resultado?* Suas têmporas começaram a doer. *E não sei, me parece tão preguiçoso um universo estático em possibilidades. Talvez tenha a ver com o tempo. Já que, dependendo em que esfera você esteja, ele corre diferente.* Apertou o cenho. *Então, sei lá, talvez nas esferas lá em cima, presente, passado e futuro sejam uma coisa só. E por isso "tempo" ou escolha não existam.* Sacudiu a cabeça e soltou o ar. *Pelo amor de Deus, Tomas, não é hora para considerar metafísica entre esferas.* Fitou a porta. *Afinal de contas, cadê eles?*

Deu com os ombros e voltou a se sentar. *Então tá. Já vou aceitar o Ricardo para fazer o feitiço para a Ana.* Inclinou a pélvis para a frente e apoiou os cotovelos nos apoios de braço. *Ele vai vir cheio de marra como sempre. Mas eu vou estar pagando barato, então é melhor eu me controlar quando ele começar com as babaquices dele.* Começou a bater o pé direito no chão. *Mas também tem limite. Se ele pegar muito pesado, eu vou ter que rebater. Não tem essa.*

É. Contraiu os olhos. *Deixa ele vir de palhaçada. Só porque está cobrando barato não quer dizer que ele pode chegar esculachando todo mundo. Quem ele acha que é? Estou há muito mais tempo nessa brincadeira.* Sua perna tremia a cada batida de pé. *O cara mal chegou e já quer sentar na janela. É isso que dá botar um cara que acabou de chegar na ordem como assistente do Feitor-mor.*

Ouviu o clique da porta em sua nuca e se endireitou na cadeira. *Deixa ele vir.*

Antônio entrou em passos controlados com a mão apoiada no ombro esquerdo de Ricardo.

– Perdão pela demora, Tomas. Cada dia fica mais difícil ir e voltar. – Foi até a lateral da escrivaninha e se desvencilhou de seu assistente. – Muito obrigado, Ricardo. – E apontou para a cadeira vazia. – Por favor, sente-se. – Tateou o caminho até sua poltrona e deixou o corpo cair. Não fez esforço algum para esconder o alívio. Virou-se para o desperto. – Nós conversamos e o Ricardo está disposto a fazer o feitiço.

Tomas umedeceu os lábios. *Grande favor que ele está fazendo.*

O Feitor-mor continuou:

– Contudo, você não me contou nenhum detalhe. E imagino que queira conversar com o responsável pelo feitiço. – Esfregou a palma da mão em uma parte particularmente queimada da cabeça. – Você quer privacidade?

O desperto ergueu as sobrancelhas.

– Não, Antônio. Pelo amor de Deus. A gente está no seu escritório. Além de que, não tem trabalho feito por um acólito que você não saiba em detalhes.

– Verdade. – As bochechas do feitor subiram. – Mas, mesmo assim, muito gentil da sua parte não me fazer andar esse corredor inteiro mais uma vez.

– Pois é. – Virou o rosto para Ricardo sem esconder o desdém. – Então, o que você quer saber?

– O começo. – Seu rosto continuava redondo, ignorando o peso que perdera. – O Feitor-mor me explicou que era para fazer um feitiço para atrair e prender um espírito. E isso é tudo que eu sei.

– Bem – falou o mais devagar que conseguiu –, é para a mesma desperta que fez o feitiço espelho...

– Ana dos Santos? – interrompeu.

– Isso. – Estendeu a palma direita para cima. – Ela faz questão de participar da brincadeira toda. Então a gente tem que realizar tudo na casa dela. E provavelmente quer dizer que ela vai estar no quarto quando acontecer também, mas não acho que ela vai ser um problema.

– A contratante vai fazer parte do ritual. – Apertou seu único olho. – Perdão, feitiço. – Espremeu o rosto. – Você já tem um dia marcado?

O cara está confundindo ritual com feitiço. Soltou o ar pelo nariz.

— A princípio, é para chegar lá às sete da noite, para começar às oito em ponto. — Coçou a têmpora direita. — Daqui a dois dias, segunda-feira. Aí todo mundo tem tempo para se preparar sem pressa.

— Tudo bem. Mais alguma coisa? — Apertou o cenho e encarou os pés por alguns segundos. Piscou devagar e voltou-se para Tomas.

Ele está muito solícito. Os dois tiveram uma conversa lá fora. Engoliu a saliva.

— Por enquanto não. — Apontou de lado para o Feitor-mor. — O Antônio pode te passar os detalhes do espírito e da contratante. Tudo bem, Antônio?

— Sem problema algum. — Assentiu em um único movimento.

— Tem mais uma coisa, sim — o desperto interrompeu. — Não tem nenhuma restrição sobre que tipo de feitiço você vai fazer.

O assistente levou o queixo ao peito e fechou o cenho.

— Como assim?

Tomas bufou. *Por que eu fui falar?* Ergueu as sobrancelhas e as contraiu.

— Eu sei que você faz parte dos Acólitos e que esse foi seu treinamento e tudo mais. Mas você não precisa fazer um sacrifício de carne. — Mostrou os dentes em uma careta, e cada palavra saía mais confusa que a última. — Quer dizer, você pode fazer se quiser, só não é uma obrigação. — Sacudiu a mão direita ao lado da cabeça. — O Antônio te explica com calma.

Ricardo apertou ainda mais seu olho e concordou em movimentos calculados. Sua atenção oscilava entre o Feitor-mor e o ritualista.

— Tudo bem. Eu vou pesquisar aqui com cuidado e segunda-feira vai estar tudo pronto.

— Está fechado, então. — Os trapézios do desperto pareciam alcançar as orelhas. — Mais alguma pergunta?

— Não, acho que não. — Ergueu o rosto para fitar Tomas.

— Perfeito. — Empurrou o corpo para cima com pressa. — Qualquer dúvida, a gente vai se falando. Antônio, muito obrigado. — Apertou a mão do amigo.

O Feitor-mor levantou as bochechas.

— Disponha.

— Qualquer coisa, liga. — Tomas se desvencilhou do aperto de mão e apressou os pés até a saída. Pousou a mão na maçaneta. Seu rosto desceu assim que passou pelo arco. *Puta merda,* fechou a porta, *esse trabalho está ficando cada vez pior.*

27

– AMIGO? – Tomas tamborilou os dedos da mão esquerda no balcão. – Quanto está o maço?

O suor marcava as axilas do uniforme cinza do atendente da loja de conveniência.

– Qual que você quer? – Não tentou esconder a preguiça.

– Pode ser o vermelho. – Apontou com o queixo. – Quanto é que está?

O funcionário pegou o maço com toda a calma do mundo e o passou no leitor de código de barras. A máquina apitou.

– Nove reais.

– Nove reais? – A voz do desperto afinou com o choque. Recompôs-se e continuou: – Eu comprei outro dia e estava oito e cinquenta.

– Agora tá nove. – Deu com os ombros sem mover qualquer músculo do rosto magro.

Filho de uma puta mal comida. Respirou fundo e estalou o pescoço.

– Ok. – Puxou a carteira do bolso de trás. Sacou uma nota de dez reais e a colocou com mais força do que deveria no balcão. – Se é o preço. – Pegou o maço e o colocou no bolso ao lado do alho.

O funcionário abriu a caixa registradora e pela primeira vez esboçou alguma emoção. Arqueou as sobrancelhas.

– Eu posso ficar te devendo esse um real?

– Não, amigo – sentiu as bochechas levantarem –, eu vou precisar do troco.

– Infelizmente eu não tenho, senhor. – Os olhos deram uma volta completa em seu crânio.

Ah, agora é senhor. Deu com os ombros.

– Eu entendo, mas eu preciso desse dinheiro para voltar pra casa – mentiu. Esticou o pescoço para o caixa aberto. – Tem uma nota de dois reais aí.

– Aí o senhor quer me complicar. – Fechou o caixa como reflexo. – Qual a diferença que um real faz?

– A mesma diferença para mim e para você. E quem está complicando não sou eu, amigo. – Saboreou cada palavra. – Porque você não quer me dar o troco certo. Você sabe que é obrigação do vendedor ter o troco correto? Se não, é para arredondar para cima.

Encarou o desperto em silêncio. Sacudiu a cabeça e puxou a própria carteira do bolso. Sacou um real do moedeiro e o bateu no balcão.

– Tá aqui seu troco. Tenha um bom dia.

– Para você também. – Pegou e guardou a moeda sem deixar de encarar o atendente e saiu da loja de conveniência.

É uma vergonha mesmo, pensou com um sorriso no rosto. *Não ter troco e nem querer dar.* Engoliu a saliva. *Depois reclama que o cliente não é educado. Não adianta ficar nisso agora. Acabou. E eu ganhei.* Seu peito inchou ao empurrar a porta para sair.

O cheiro de urina atravessou suas narinas e foi com toda a velocidade para o pulmão. Sentiu a garganta travar e foi obrigado a arquear o corpo para tossir. *Merda. Depois falam que a Zona Sul é onde as pessoas têm educação.* Esfregou o antebraço direito nos lábios e se recompôs. Sacou o maço do bolso e o pousou sobre os lábios. *Podia ser pior.* Puxou um cigarro e o acendeu. *Podia ter encontrado o Ricardo no meio do caminho.*

Atravessou o posto esbarrando em metade dos carros que abasteciam. Olhou para o céu assim que passou da última bomba de gasolina. *Que horas são?* Sacou o celular do bolso. *Seis e quarenta e dois. Dá tempo ainda. Tranquilo.* Guardou o telefone e foi até o sinal. *Não é possível.* Espreguiçou-se. *Essa rua consegue sempre estar com o sinal fechado para o pedestre e mesmo assim engarrafar. Impressionante.*

Bateu o calcanhar direito no chão até o sinal abrir e contornou a faixa por fora para desviar das pessoas. *Bando de gente lerda. Tinha que ser.* Bufou. *Calma, Tomas. Não adianta ficar putinho também.* Soltou a fumaça pelo nariz. *Só porque você está sendo forçado a fazer parte desse serviço, não quer dizer que vai ferrar o resto dos seus dias. Até porque já está acabando. Se der tudo certo, mais hoje e terminou.*

Mas, pelo amor de Deus, tinha que ser um feitiço? Virou a esquina e começou a subir a ladeira da rua Lopes Quintas. *É sério, quantas vezes eu tive que fazer ou participar de um feitiço desde que ela resolveu descobrir da morte dos pais? Uns quatro, pelo menos. Talvez mais.* Fitou a rua de canto de olho e atravessou trotando. *E eu sou um ritualista, não tem motivo para eu estar aqui.* Seu pulmão ardeu com o esforço e foi obrigado a parar. *Na melhor das hipóteses é um desperdício.*

Jogou a guimba do cigarro em um canto e puxou outro para acender. *Se foi confiança o que fez com que ela me chamasse, é burrice.* O tabaco estalou em contato com o fogo do isqueiro. *Tem muito mais gente com muito mais paciência e boa vontade que eu nos Acólitos. Ainda mais agora.* Guardou o isqueiro, encheu os pulmões e voltou a andar. *Além do fato de eles fazerem os benditos feitiços de que ela tanto gosta.*

Agarrou a cabeça de alho em seu bolso e desviou de um canteiro na calçada. *Ok, isso é injusto. Não foi ela que falou para colocar feitiços no meio do contrato. Foi você. Se não toda, quase todas as vezes.* Bateu as cinzas. *Mas, mesmo assim, qualquer desperto que se respeite sabe que algumas coisas só podem ser feitas com feitiço. Ou um espírito de refém.* Espremeu os lábios para o cigarro não cair. *Taí um futuro maneiro para a Senhora dos Sussurros. Gênio da lâmpada.*

Virou à esquerda para a rua Visconde de Carandaí. Tirou o celular do bolso. *Sete para as sete. Perfeito.* E o guardou. Se não fosse pelo barulho incessante de carros das ruas ao lado, aquele lugar poderia ser em uma cidade pequena. Com exceção de um ou outro edifício, havia somente casas nas calçadas, algumas ainda se atrevendo a vestir um muro baixo. No fundo, o verde do Jardim Botânico do Rio de Janeiro contrastava com as cores pastéis do muro.

Levou a mão à cabeça de alho em seu bolso. *Melhor eu dar uma olhada no outro lado, só para garantir.* Esfregou a língua na cicatriz da boca. *Não, quando você olha para o abismo, o abismo olha para você.* Tirou o amuleto do bolso e o apertou com força. Seus olhos batiam entre a porta da casa de Ana e o local onde vira o espírito. *Mas não tinha uma gárgula do outro lado da rua? Quero ver ela fazer alguma coisa comigo segurando o amuleto. Além do que, ela pode nem estar mais aqui.* Contraiu o maxilar. *Não importa, eu tenho coisa mais importante para ver agora.*

Arrastou os pés até o portão da casa da adolescente e apertou a campainha. *Respira fundo, Tomas. Essa palhaçada está quase acabando.* Apoiou a mão esquerda na parede e levantou as sobrancelhas. *Agora é só terminar. O difícil vai ser convencer um espírito a fazer alguma coisa depois disso. Tomara que eu não pegue fama de persona non grata. Isso ia ser a cereja do bolo.*

A voz de Ana surgiu do outro lado do portão.

– Quem é?

– Oi – respondeu no meio de um susto. – Sou eu. Tomas.

– Ah, só um segundo. – Chaves tintilaram e a porta se abriu. A adolescente surgiu vestindo uma camiseta branca e uma calça jeans. Sua cor de jambo voltara desde que assinara o último contrato com o hierofante. – Oi. – O desconforto era claro em sua voz. – O cara que você chamou para fazer o feitiço já chegou. – Girou o corpo para a esquerda. – Entra aí.

Os poucos músculos do pescoço do desperto travaram.

– Obrigado. – Esgueirou-se para passar pelo portão sem encostar na afilhada. *Pelo menos o Ricardo chegou na hora. Isso me dá menos tempo de silêncio desconfortável com ela.* Esfregou a mão direita na nuca. – Vocês já decidiram onde vai ser o feitiço?

– Ele insistiu que era para esperar você para resolver as coisas. – Seus olhos quicavam entre o chão e o rosto de Tomas. – Já que você é o encarregado do contrato e tudo mais.

Garoto esperto. Tentava manter o rosto imóvel. *Ele está se provando menos incompetente do que eu esperava.*

– Ok, onde ele está esperando?

– Lá na sala. – Segurou o antebraço direito e continuou reticente. – Quer que eu te leve lá agora?

– Acho melhor. Até porque é por isso que eu estou aqui. – Seu estômago pesou. – Não é?

– Aham. – Girou nos calcanhares e seguiu fitando o chão. – Por aqui.

O desperto sentiu a garganta fechar. *Merda de hora em que ela me obrigou a fazer isso. Merda de garota imbecil.*

A caminhada até a entrada foi feita em completo silêncio, com a adolescente lançando olhares mal disfarçados para o padrinho. Ana inclinou o corpo e empurrou a porta da casa com o ombro. *Ainda aprendendo a ser canhota.*

A adolescente espremeu o rosto.

– Aliás, eu descobri o que a gárgula estava fazendo na frente da minha casa.

Pelo amor de Deus. Não puxa assunto. Esforçou-se para erguer as sobrancelhas.

– É?

– É. – Esticou a coluna. – Eu lembro que, quando a gente fez aquele primeiro feitiço da Senhora dos Sussurros, você me perguntou qual era a da gárgula, por que ela estava aqui.

– E? – A nuca de Tomas travou.

– Então – coçou a cicatriz em seu punho e voltou a fitar os pés –, meus pais tinham feito um contrato com ela, de proteger eles e a casa. – Sua fala ficou cada vez mais lenta. – Mas aí eles foram atacados na rua, e acabou que ela não sabia, por isso ela ainda estava parada lá.

Tomas sentiu o rosto descer. *Devia ter ficado quieto.* Contraiu a mão para impedi-la de ir até a adolescente. *Fala alguma coisa.* Puxou o ar.

– Mas ela está aqui ainda?

– Aham. – Sua voz saiu rouca. – A gente conversou e ela concordou em ficar protegendo a casa.

– Você fez um acordo com ela? – Contraiu o cenho.

– Fiz. – Deu com os ombros.

Ela fez um acordo com o espírito. Ela fez um ritual. Quer dizer, não teve a invocação, mas, mesmo assim, é um ritual. Sacudiu a cabeça e disse:

– É? E o que o espírito cobrou?

Os lábios de Ana subiram ao ouvir a pergunta.

– Nada.

– Nada? – Passou a mão direita sobre os lábios. – Peraí, Ana, se você fez um acordo com a gárgula, ela teve que cobrar alguma coisa.

– Não cobrou, não. – Fungou. – Ela falou que o contrato que fez com meus pais ainda estava de pé, já que ela não protegeu a casa. Até que ela é bem legal. A gente tem conversado bastante.

– Olha – Tomas piscou com calma e contraiu o maxilar –, eu sei que foi uma boa notícia e tudo mais. Dentro do possível. – Levantou a mão e fez uma pausa. – Mas você não pode sair falando com qualquer espírito que você vê pela rua. Ainda mais fazendo contratos. É perigoso.

– Eu não saio falando com qualquer espírito na rua. – Revirou os olhos. – Eu tava dando uma olhada nas coisas de despertos dos meus pais e vi que eles conheciam a gárgula. E aí eu fui falar com ela. Foi isso.

– Olha, eu só estou falando para você tomar cuidado, só isso. – Pousou a mão na cabeça e começou a massagear as têmporas. – Mas você que sabe. É melhor a gente ir para a sala para resolver esse feitiço de uma vez.

A adolescente o encarou por alguns segundos em silêncio.

– Beleza. – Deu meia-volta. – Vem, é por aqui.

As paredes brancas da sala se confundiam com o mármore do piso, fazendo o cômodo parecer vazio, apesar da quantidade de objetos e caixas empilhadas. Mais da metade dos móveis estava coberta com lençóis que pareciam recém-tirados do armário, deixando apenas dois sofás e uma ou outra cadeira à vista. As estampas desbotadas mostravam flores e bordados que só conseguiam acentuar o cheiro de mofo que tomava conta do lugar.

Ricardo estava sentado com os cotovelos apoiados nos joelhos em um sofá de couro negro. Assim que notou os dois entrarem, levou o tronco ao encosto.

– Boa noite – disse sem emoção alguma.

– Oi, Ricardo, boa noite. – Caminhou para o assento mais próximo, uma cadeira de bar, de acrílico vermelho. Esticou-se para se sentar. – Você chegou mais cedo.

– Você pediu para chegar às sete – o acólito tinha trocado seu tapa-olho branco por um de couro –, então eu cheguei.

Tomas apertou os olhos. *Já começou com a palhaçada.*

– Calma, cara. – Ergueu as mãos com as palmas viradas para o feiticeiro. – Foi um elogio. Você ia ficar surpreso com a quantidade de gente que se atrasa para o trabalho.

– Ah, sim, obrigado. – Levou o queixo ao peito.

Ana se esgueirou entre algumas caixas e se sentou na outra extremidade do sofá preto. Assim que acabara de se acomodar, levantou-se outra vez em um salto.

– Esqueci de perguntar, vocês querem alguma coisa? Um copo d'água? – Ambos os convidados negaram e a adolescente voltou a se sentar.

O desperto inclinava o tronco de um lado para o outro em uma tentativa fútil de se acomodar no banco de acrílico vermelho. *Que tipo de imbecil compra uma coisa dessas?* Apertava as laterais do banco com as duas mãos para conseguir alguma estabilidade. Depois do que pareceu uma eternidade, resignou-se a sentar somente com a nádega direita. Fungou.

– Então – fitou a afilhada –, eu acho bom a gente dar uma passada no que vai fazer. – Quicou com as pernas para se equilibrar. – Só para garantir. O Ricardo aqui – apontou para o feiticeiro – vai ser a pessoa que realmente vai realizar a parte metafísica do contrato. Invocação, encarceramento e tudo mais. Eu vou ficar responsável por interagir com o espírito e cuidar pra que ninguém faça alguma besteira. – Encarou a adolescente de rabo de olho. – E você, a contratante, vai ficar ouvindo. Beleza?

– Não – Ana levantou os braços –, meu contrato com o Ignácio fala que eu vou participar do processo.

– E você vai. – Contorceu a coluna para não cair da cadeira. – Os espíritos que aprenderam a mentir têm uma lógica muito escorregadia, e a Senhora dos Sussurros é pior que a média. – Esticou-se. – Você vai ficar prestando atenção para que nenhum detalhe importante passe despercebido.

– Isso não foi o combinado. – Jogou o tronco para a frente. – Quem vai falar com ela sobre meus pais sou eu.

– O combinado foi você participar. – Inclinou o rosto. – E você está participando.

– Nem vem com esse discurso, Tomas, eu não sou um espírito para você manipular, tá bom? – Apertou os olhos ao cruzar os braços. – Eu não vou ficar no canto do quarto enquanto você fala com ela. Ou eu participo de uma maneira que eu ache justa, ou você vai estar quebrando o contrato.

A respiração do desperto acelerou. Esfregava os dentes cerrados sobre a cicatriz em sua boca.

– Presta atenção, ok? – Os músculos de suas costas travaram. – Eu estou fazendo isso exatamente para conseguir realizar esse bendito contrato que você me obrigou a fazer. E você sabe muito bem que tem uma tendência a ferrar com tudo quando vê um espírito na sua frente. – Engoliu saliva. – Eu estou aqui para te ajudar. – A frase saiu pausada. Soltou o ar. – Então deixa de ser teimosa e escuta uma outra pessoa, só para variar.

Os olhos de Ana caíram para o chão imediatamente e seu queixo enrugou.

– Tá bom – assentiu devagar. – Eu vou ficar ouvindo.

Tomas sentiu apertar da garganta até o estômago. *Ela vai chorar*. Levou as mãos abertas até a altura do ombro.

– Olha – arquejou –, vamos fazer o seguinte. Para ter certeza de que todas as suas perguntas vão ser respondidas, a gente só solta a Senhora dos Sussurros quando você liberar. – Forçou um sorriso de meia boca. – O que que você acha?

– Tá bom. – Manteve o rosto baixo.

Parabéns, Tomas. Muito bom. Massageou os olhos.

– Já que eu vou falar – cada palavra saía mais difícil que a última –, eu preciso que você me diga exatamente o que quer saber. Pode ser?

– Eu só quero saber por que ela mandou o irmão matar meus pais. – Soltou o ar e arqueou as sobrancelhas. – Só isso.

– Mais alguma coisa? Algo específico que você quer que eu pergunte? – Todo o seu corpo doía.

– Não. Só isso.

Melhor ficar quieto. Vai, covarde. Fala logo. Tossiu.

– Olha, eu já sei a resposta. Mas eu seria negligente se deixasse de perguntar. Você tem certeza de que quer fazer isso? – Levantou a mão para Ana pedindo silêncio. – Eu sei, mas ter um espírito desse tamanho como inimigo vai definir sua vida.

– Eu não matei o irmão dela? – Sua expressão era pura apatia. – Não tem como ela ficar mais irritada.

– Ah, tem. Vai por mim. – Cerrou as mãos. – E, olha, você vai ter muitas maneiras de se proteger, de fazer que nenhum espírito chegue perto para fazer alguma coisa – expirou –, mas você nunca mais vai poder olhar para o outro lado do véu.

As feições de Ana se endureceram na mesma hora.

– Eu realmente não me importo.

– Eu só estou aqui para te avisar. Você que sabe. – Saltou para fora do banco. – Vamos começar, então? – E caminhou até a porta.

A voz de Ricardo travou os movimentos de Tomas.

– Licença? – Permanecia sentado na mesma posição desde o começo da discussão. – Eu só queria falar um pouco do feitiço, já que a gente não conversou sobre isso. Pode ser?

O desperto levou a mão à nuca. *Ele ainda está aí? Eu esqueci completamente.* Apoiou a mão direita na superfície do banco de acrílico vermelho.

– Ok. – As palavram saíram reticentes. – Do que você quer falar?

– É sobre o feitiço em si. – O acólito encheu os pulmões e soltou o ar com calma, o punho esquerdo fechado sobre a coxa. – O melhor feitiço que eu consegui achar foi um sacrifício de carne.

E daí? Recolheu o rosto.

– Ok. Tudo bem.

– Na última reunião que tivemos, lá no departamento, você falou que não precisava ser um sacrifício de carne. – Deu um passo à frente. – Eu fiz uma pesquisa e o sacrifício foi o melhor feitiço que achei.

– Cara, você é o responsável. Não precisa ficar se explicando para mim. Foi só uma sugestão. – Sacudiu a cabeça. – Até porque eu nem sabia que os acólitos tinham feitiços que não envolvessem a carne.

Ricardo arregalou seu único olho.

– É, eles não têm.

– Bom saber. – Um sorriso forçou ar pelo nariz do desperto. – Mas você está certo. É uma má ideia a gente não falar do feitiço antes de começar. – Ameaçou subir no banco, porém parou no meio do caminho. – O que você vai fazer?

– Vai ser um sacrifício de carne, que nem eu disse. – As palavras saíam sem ritmo. – Ele vai ser dividido em duas partes, a invocação e a retenção. – Pousou a mão esquerda no joelho e virou a palma para cima. – O primeiro vai ser o mais fácil. Eu vou dar um talho na minha mão aqui – puxou uma caneta de bronze do bolso e simulou o movimento com a caneta – e desenhar o símbolo do feitiço no chão enquanto digo as palavras. Isso vai demorar uns cinco minutos.

Tomas virou-se para Ana.

– Até agora tudo bem para você?

– Aham – a adolescente assentiu.

Ricardo continuou, com a atenção em sua mão:

– A segunda parte é mais difícil. Eu vou fazer um furo no centro da palma – envolveu os dedos na haste da caneta como um punhal e, mais uma vez, simulou os movimentos –, e vou falar as palavras. – Encarou o desperto. – Não precisa se preocupar que elas vão ser sussurradas, então não vai atrapalhar o interrogatório.

– Perfeito. – Contraiu o queixo, mostrando os dentes superiores. – Não vi nenhum problema com a segunda parte.

– Eu vou chegar lá. – Guardou a caneta. – O problema é que eu vou ter que ficar falando as palavras do feitiço e continuar doando sangue durante todo o encarceramento. Mas pode ser só uma gota de cada vez, então não precisa ter pressa.

– Quanto tempo? – Contraiu os ombros.

Ricardo respirou fundo.

– Horas.

– Perfeito. – Virou-se para a afilhada. – Algum problema com o feitiço?

A adolescente espremeu o rosto.

– Só uma pergunta. – Fez uma careta. – Tipo, pelo que eu vi, os Acólitos conhecem vários rituais e feitiços, né? Então, por que você escolheu um em que você é obrigado a ficar falando e sangrando o tempo todo?

O acólito encarou os joelhos de cenho fechado mais uma vez.

– É o seguinte. – Voltou a fitar a contratante. – Primeiro que a Senhora dos Sussurros é um espírito relativamente poderoso.

– Relativamente? – Tomas interrompeu.

– Sim, relativamente. Logo, não é qualquer feitiço que vai segurá-la. – Girava as mãos entre si. – Então vai precisar de um sacrifício maior. Nesse caso, o encantamento, o sangue e a dor. – Respirou fundo. – O segundo motivo é que o encarceramento não pode ser total.

– Não entendi. – A voz de Ana falhou.

– Vocês vão precisar interrogar ela, não é? – Manteve-se imóvel em busca de uma reação da adolescente. E, assim que ela assentiu, continuou: – E para isso eu preciso deixar alguns músculos soltos, para que a Senhora dos Sussurros possa responder às suas perguntas. Se eu fizesse um encarceramento completo, ela ia ficar lá parada encarando a gente.

Tomas acenou com a mão direita e perguntou, cansado, para a afilhada:

– Mais alguma dúvida? – Assim que a adolescente negou com a cabeça, continuou: – Ok. – Encarou Ricardo. – Você vai precisar de alguma coisa extra? Ingredientes? Ajuda no transe ou algo assim?

– Não. – Grunhiu. – Pensando bem, um pouco de sal não ia atrapalhar. *E trazer da sua casa nem pensar.* Voltou-se para Ana.

– Tem sal aqui?

– Aham. – Endireitou as costas. – Tenho.

– Perfeito. – Olhou ao redor. – Onde você quer fazer a invocação?

– Pode ser aqui. – Deu com os ombros.

Tomas espelhou os movimentos da afilhada.

– Você é a contratante, a escolha é sua. – Apontou para a porta de saída. – Você pode ir pegando o sal enquanto a gente empurra os móveis?

– Posso. – Levantou-se num salto e apressou os passos até a cozinha.

O desperto esfregou a palma direita sobre a boca. *É agora ou nunca.* Limpou as mãos nas calças e disse para Ricardo:

– Me ajuda com os móveis que a gente tem um espírito para sequestrar.

28

– EU TROUXE O SAL que você pediu – Ana falou ao passar pela porta.

Tomas colocou uma pilha de caixas com discos no canto da sala.

– Deixa em cima do sofá, por favor. – Pousou as mãos na base das costas e esticou a coluna. Fez uma careta quando sua lombar reclamou e girou o tronco na direção de Ricardo. – Quer ajuda com as cadeiras?

O acólito respondeu sem se virar.

– Não, eu já estou quase terminando. – Encaixou uma cadeira entre o sofá e a parede. – Mas obrigado.

O desperto rodou os olhos pela sala. *É espaço suficiente.* Passou o antebraço pela testa para limpar o suor. *Até demais. Como as pessoas conseguem comprar uma casa desse tamanho na Zona Sul?* Esvaziou os pulmões. *Não importa.* Foi até o centro do espaço vazio e disse:

– Acho que foi. Podemos começar?

Ricardo levantou a mão.

– Dois minutos que eu preciso usar o banheiro.

Ana sentou-se no sofá.

– Vai no do meu quarto que é melhor, tudo ainda funciona. Subindo a escada, no final do corredor, você vira à direita. O banheiro tá dentro do quarto.

– Obrigado. – O feiticeiro fez uma leve reverência. – Com licença. – Rodou nos calcanhares e saiu.

Tomas sacou o celular do bolso. *Sete e vinte e nove. Ainda bem que eu falei para chegar uma hora antes. É isso que dá contratar um novato.* Caminhou até a cadeira mais próxima. *Não importa, até porque eu não tive muita escolha.* Tirou tudo do bolso e juntou em cima do banco. Olhou para Ana.

– Se eu fosse você, eu tirava tudo que pode atrapalhar o ritual.

– Tudo o quê? – Arregalou os olhos para o desperto.

– Celular, chave, carteira, relógio... – deu com os ombros – essas coisas.

A adolescente esvaziou os bolsos de uma só vez e empurrou tudo para perto do saco de sal. Segurou a corrente de prata que estava usando e começou a tirá-la, porém parou o movimento quando estava no meio da cabeça e abaixou a mão.

– O meu amuleto também?

O amuleto. Ele pode acabar fortalecendo o véu. Passou a língua na cicatriz em sua boca. *Mas ela vai ficar longe, então não vai fazer muita diferença.* Ergueu o rosto.

– Melhor não tirar. É só não chegar muito perto do encarceramento e vai dar tudo certo.

– Tá bom – concordou.

Ricardo surgiu na porta da sala.

– Desculpa a demora. – Caminhou até o centro do cômodo. – Tem uma mandala no banheiro com um "bet" no meio. Vocês já viram?

Ana respondeu sem espanto algum:

– Elas estão pela casa toda, mas o símbolo no meio às vezes muda.

– Símbolos em geral são comuns na casa dos despertos. Geralmente para proteção, mas "bet" não é um símbolo de proteção. – Virou-se para o desperto. – Você já viu uma mandala dessa?

– Não – respondeu, inclinando o rosto. – Com "bet", não. Mas eu também vi um "aleph" da última vez que estive aqui. Só que foi no banheiro dos pais.

O feiticeiro coçou o queixo.

– Interessante. – Fitou a contratante. – Eu posso dar uma estudada nesses símbolos?

Tomas interrompeu antes que Ana pudesse responder:

– Outro dia, porque hoje a gente tem outro trabalho para fazer.

– É, verdade. Sim. – Respirou e ajeitou o tapa-olho. – Perdão. Podemos começar assim que estiverem prontos.

O desperto virou-se para Ana.

– Você vai precisar de ajuda para entrar no transe?

– Não, valeu.

– Perfeito. – Tomas encheu os pulmões e fechou os olhos.

Um, dois, puxa. Um, dois, solta. Deixou o ar escorrer de seu pulmão em seu próprio ritmo. *Um, dois, puxa. Um, dois, solta.* O frio do mármore começou a subir por suas pernas, um passo de cada vez. *Um, dois, puxa.* O cheiro de lavanda forçou caminho por seu nariz e batidas fortes de coração por seus ouvidos. *Um, dois, solta.* Abriu os olhos.

As paredes viraram caleidoscópios. Cores e formas, tanto deste lado como do outro, apareciam somente para desaparecer no momento seguinte. O desperto foi obrigado a piscar os olhos com força para conseguir focar algo. O chão de mármore não ganhara cores novas, porém seus padrões se moviam em ondas que pareciam responder aos movimentos de Tomas. As únicas formas imóveis eram os símbolos esculpidos nas paredes, quase todos mandalas, com uma ou outra runa enfiada no meio.

Seus olhos caíram sobre um símbolo apagado que parecia um ípsilon invertido. *Gimel?* Porém, a combinação das luzes com as formas oprimiram seus sentidos e sua cabeça começou a girar. *Calma, cara. Respira.* Travou a mandíbula até reconquistar o controle. Rodou os olhos pela sala em busca dos outros participantes. Ricardo foi o primeiro a terminar o processo. *Muito bom.* Contudo, Ana continuava presa na matéria. A adolescente contraía mãos, rosto e costas em tempos e ritmos diferentes. *Eu devia ter guiado a porcaria do transe* – coçou o nariz –, *agora isso vai atrasar o feitiço todo.*

O acólito girou os joelhos e começou a caminhar na direção da contratante, porém Tomas o segurou pelo braço.

– Vai por mim, tentar ajudar ela agora só vai piorar a situação. – Soltou o braço de Ricardo. – O melhor que você pode fazer é já ir colocando o sal antes da invocação.

O feiticeiro fechou o cenho por alguns segundos.

– Tudo bem, você tem razão. – Girou nos calcanhares e foi em direção ao sal.

Ela devia ter pedido ajuda. Ainda bem que tem alguma coisa para o Ricardo fazer antes de a invocação começar. Se ela abrisse os olhos e visse todo mundo esperando, ia querer ainda mais se provar. O que faria com que ela tentasse peitar a Senhora dos Sussurros. Caminhou até uma parte da parede onde não havia caixas empilhadas. *Garotinha idiota.* Exalou entre os dentes. *Quando vai entender que isso não é uma história em quadrinhos? Só porque ela despertou para o outro lado não quer dizer que é uma super-heroína.* Desviou o olhar para se acalmar. *Não que faça alguma diferença agora.* Sentiu seu rosto descer. *Depois de hoje não vai haver outro caminho além da matéria. Garotinha idiota.*

Ana piscou os olhos algumas vezes antes de finalmente abri-los. Apoiou o corpo sobre a mão para se levantar.

– Pronto. – Fitou o desperto.

– Senta aí. – Apontou o queixo para o sofá. – Você lembra o que vai fazer?

– Ficar longe o suficiente para não atrapalhar. – Revirou os olhos e repetiu em ritmo mecânico.

Merda de adolescente. Soltou o ar.

– Isso, além de prestar atenção para não deixar as meias palavras passarem batidas.

– Sim, senhor. – Cruzou os braços e deixou o corpo cair no sofá de couro negro.

Pelo jeito, palmada estava fora de cogitação na casa dos dos Santos. Virou-se para Ricardo.

– Então, falta muito para a gente poder começar com o feitiço?

– Quando vocês quiserem. – O acólito já tinha guardado o saco de sal e esperava com as mãos no bolso.

Tomas esticou a mão direita para Ana.

– Podemos ir?

– Aham. – Deu com os ombros ainda de braços cruzados.

Tomas espremeu os lábios e virou-se para Ricardo.

– Pode começar.

Sem cerimônia alguma, o acólito puxou a caneta de cobre do bolso com a mão esquerda e, em um só movimento, enfiou a ponta na palma da mão direita, logo abaixo do polegar. Permaneceu parado com seu único olho fechado e os dentes à mostra. Arrastou a caneta, abrindo uma ferida até o outro lado da mão. A carne aberta abandonou a palidez e deixou o sangue escorrer.

O feiticeiro ajoelhou-se e esfregou a mão ferida dentro do círculo de sal que tinha feito. Apoiava-se nos três membros ilesos desenhando linhas vermelhas. Saltava de um lado para o outro do arco com cuidado para que o sal continuasse intacto. A dança macabra durou o que pareceu uma eternidade e terminou assim que todos os vértices de uma estrela de sete pontas se conectaram. O acólito se levantou. Seu peito subia e descia em ritmo acelerado.

Depois me perguntam por que eu não volto para os acólitos.

Ricardo soltou o ar em um rosnado e começou a recitar:

– Eu, Ricardo Pereira, membro ativo da Santíssima Ordem dos Acólitos do Rio de Janeiro – as palavras saíam seguras e ritmadas, como se recitasse algo decorado –, através desse sacrifício de carne, invoco o espírito conhecido como Senhora dos Sussurros sem que sua escolha ou vontade sejam consideradas. – Ergueu a mão esquerda segurando a caneta de cobre como um punhal. – Minhas palavras ecoarão por todas as esferas até que cheguem aos seus ouvidos e sejam obedecidas. – Relaxou o rosto e fechou o olho. – E que assim seja! – A caneta desceu em um movimento reto, furando e centro de sua mão. Um fio de sangue se arrastou pela palma até a borda, onde se transformou em uma gota e caiu no chão.

Tomas encarou o centro do círculo. *Cadê?* Seus olhos saltavam entre os participantes, o sal e o sangue. *Cadê, porra?* Mas o cômodo insistia em ficar imóvel. *Esse cara fez o feitiço errado.* Seu calcanhar direito batia a cada meio segundo no chão. *Só pode ser.* Levou as mãos automaticamente ao bolso onde estaria o amuleto. Estalou a língua nos dentes ao perceber que o bolso estava vazio. *Merda.* Fechou os olhos. *Merda!* E, assim que abriu, viu a Senhora dos Sussurros parada no meio do heptagrama.

– Tomas, meu amor. – Ignorou o acólito. – Se você queria falar comigo, era só pedir. Não precisava desse esplendor todo. – Metade de suas bocas sorria enquanto o resto falava.

Vamos lá. Calma, respira. Fez uma reverência exagerada e disse em reflexo:

– Perdão pelo pedido brusco, ó Dama das Mil Faces. – Ergueu a cabeça e fitou o meio do rosto do espírito. – Espero que não tenha sido demasiado desconfortável. Contudo, necessito de seu auxílio imediato.

– Meu querido, por favor – suas bocas falavam em cacofonia –, eu estou muito velha para isso. Para essas cerimônias de sequestrador. – Curvou a coluna para trás e apoiou os dedos na cintura. – Já que sua situação era demasiado urgente para ignorar qualquer civilidade, que seja rápida a súplica.

– Não é uma questão de súplica, Eterna Vigilante. – Fez uma segunda reverência e levou as mãos à lombar. – E sim uma questão de sobrevivência, acima de tudo.

– Uma questão de sobrevivência. – Quase todas as suas bocas sorriram. – Entendo. – Arrastou os pés até a beira de seu cárcere. Sentiu com as palmas das mãos as paredes invisíveis. – Imagino que tenha a ver com a sobrevivência de meu irmão.

O estômago de Tomas gelou.

– Também. – Forçou os músculos do rosto a reagir. – Tenho certeza de que sabe como o Guardião das Trilhas veio a falecer.

– Veio a falecer? Tomas, meu querido – girou o pescoço sobre os ombros –, essa é uma maneira especialmente polida de dizer que sua afilhada ali no canto o esmagou em um cárcere similar a esse.

– Acho válido lembrar que foi uma atitude compreensível, já que o Guardião das Trilhas matou os pais dela. – Sentiu seu punho fechar.

O cenho da Senhora dos Sussurros se contraiu e cinco de suas bocas sorriram.

– Tomas, Tomas, Tomas. – Estalava suas línguas em tempos de três. – Você está me dizendo que "olho por olho, dente por dente" é um sistema de justiça válido?

– Muito pelo contrário. O motivo de lhe invocarmos desta maneira é para termos certeza de que não vai tomar medidas drásticas enquanto falamos. – Apertou os olhos para o espírito.

– Entendo. – A criatura parecia gostar da situação. – Então foi esse o motivo de você, sua contratante – virou sua atenção para Ricardo – e um membro da Santíssima Ordem dos Acólitos me sequestrarem e encarcerarem. Tudo foi uma questão de proteção, para que o espírito, eu no caso, não tomasse medidas drásticas?

O desperto fechou o cenho. *Perfeito.* Caminhou de cabeça baixa até o banco de bar vermelho no canto da sala.

– Eu imaginei que gostaria que a súplica, como você mesmo disse, fosse rápida. – Levantou o assento. – Mas a insistência em defletir o assunto conta uma outra história, Grande Senhora. – Levou o banco até mais ou menos meio metro do círculo de sal e se sentou. – Respondendo à sua pergunta, o seu irmão foi responsável pela morte dos pais da contratante, o que eu chamaria de uma medida drástica.

O espírito acariciou o bico flácido de seu seio esquerdo com a mão correspondente.

– Isso é uma tentativa de intimidar, querido? Tomas Fontes, o grande ritualista, recorrendo à intimidação. – Soltou um suspiro forçado. – Eu não achei que fosse viver para ver isso.

– Não tenho nenhuma intenção de intimidá-la. Mil perdões se foi o que aparentou – mentiu. – Eu só puxei a cadeira pois percebi que será uma conversa longa, e que eu não sou tão novo quanto fui. Independente disso, continua defletindo minhas perguntas.

A Senhora dos Sussurros levantou o queixo e soltou uma gargalhada que ecoou pela sala.

– Tomas, meu lindo, eu não devo nenhuma resposta ou explicação para as suas perguntas. Mas eu sei que você não vai me soltar até que eu te responda. Então tá. – Girou a mão direita no punho sem tentar esconder o escárnio. – O que você quer saber?

– Muito simples. – Umedeceu os lábios. – A gente só quer saber por que o Guardião das Trilhas, seu irmão, matou os pais da contratante.

Mais uma gargalhada de nove vozes preencheu o ar. O espírito soltou um suspiro delicado.

– É isso? – Suas bocas arreganhavam sorrisos. – Você contrata um feiticeiro, me prende e ameaça para isso? Para saber por que meu irmãozinho matou os pais dela? Pelo amor do Grande Arquiteto, Tomas.

O desperto apertou os olhos. *Continua, vai. Continua com a putaria.* Abriu os olhos.

– Não respondeu a minha pergunta.

– Como eu vou saber o motivo de meu irmãozinho ter feito o que fez? – Levou as mãos às bochechas e exagerou uma expressão de susto. Limpou os dentes de uma das bocas com as unhas. – Eu não divido consciência com ele. – Apertou um sorriso. – Digo, não dividia. – Virou-se para a adolescente e logo em seguida voltou sua atenção para Tomas. – Mas, enfim, acho que vocês deviam ter perguntado para ele, se era tão importante.

– Na verdade, ó Dama Invertida, nós perguntamos – travou as sobrancelhas para não sorrir, saboreando cada palavra –, e ficou claro que ele não sabia o porquê. Mas também ficou claro que foi você a mandante do ato. Que foi você que falou para ele assassinar os pais da contratante.

Os sorrisos do espírito desceram só para se erguerem momentos depois.

– Tomas, meu querido, longe de mim questionar seus métodos de investigação. – Desceu o rosto até a altura do ritualista na beira do cárcere. – Contudo, acho extremamente difícil acreditar que ele tenha dito que eu fui mandante de tal atrocidade. – Fitou Ana por um segundo e esticou a coluna. – Mas agora eu entendo a necessidade deste sequestro. Vocês acham que, se não houvesse os grilhões, eu atacaria. – Bufou. – Os da matéria não cessam de me surpreender.

Ela sabe que ele não disse o nome dela. Ajeitou-se na cadeira.

– Você está dizendo que não teve envolvimento na morte dos dos Santos?

– Não.

Mentira. Pousou as mãos nas laterais do banco e se levantou.

– Ok. Eu peço desculpas pela confusão, mas, pelo que o Guardião das Trilhas disse, realmente pareceu que fora por sua ordem.

– Ah, Tomas – juntou as mãos na altura do peito –, não tem problema. Você sabe que eu não consigo ficar chateada com você.

– Sua generosidade não tem limites, ó Dama ao Avesso. – Sentiu a garganta travar. – Eu peço desculpas mais uma vez pelo inconveniente, mas, como você pode ver, não podemos desfazer o feitiço de encarceramento agora. – Apontou para o Ricardo.

– Eu tenho certeza de que podemos dar um jeito nisso. – A voz do espírito rachou.

– Não. Infelizmente não. – Encarou o espírito. – Contudo, eu posso fazer o tempo que você vai ficar aqui mais confortável. Não sei. O que você acha de uma bebida? – Rodou os olhos pela sala. – Como pedido de desculpas. É o mínimo que posso fazer.

– Tomas, Tomas, Tomas, que decepção. – Sorriu com as bocas de baixo. – Quão pouco me considera a ponto de crer que eu cairia nesse engodo?

Muito pouco. Fez a melhor cara de confuso que conseguiu.

– Engodo? Acho que houve mais um engano.

– Mais um engano? – O espírito exalou em cacofonia. – Sabe, Tomas, eu sempre gostei de você. É sério. – Caminhava em círculos. – Desde que o Ignácio nos apresentou, eu percebi que você era especial.

– Seus elogios me enrubescem. – Fez uma reverência contida.

– E deveriam. – Lambeu os dentes. – Dentre todos os ritualistas, cultistas, feiticeiros e caçadores que por uma ou outra razão cruzaram o meu caminho, você foi o único que pareceu entender como funciona o outro lado do véu. Não somente a mecânica, mas quem vive lá.

O coração de Tomas acelerou. *Estranho. Ela está pulando os elogios rasos. Isso não pode ser bom.* Levantou o queixo.

– Tenho certeza de que está exagerando, Grande Dama.

– Eu realmente gostaria que estivesse, mas não. Creio que parte do motivo foi o tempo que permaneceu com a consciência presa do outro lado. Logo depois de despertar, digo. – Girou a mão direita sobre o pulso.

– Todavia, não importa. O que importa é que tem uma mistura que eu sempre apreciei dentro de você.

– Uma mistura? – Deu um passo inconsciente para trás.

– Sim – assentiu. – A grandessíssima maioria dos da matéria, incluindo os despertos, é incapaz de enxergar as realidades fora dos mundinhos de onde foram criados. – Sua voz estava calma, sem qualquer ironia. – E quase todos os espíritos são presos na forma-pensamento em que nasceram. Inábeis de expressar alguma coisa além do que sempre foram.

– De mentir, você quer dizer. – Abria e fechava a mão esquerda.

– Sim, mas não só isso. – Soltou uma mistura de sorriso e expiração. – É irônico, na verdade. Nós nascemos com a capacidade de moldar profundamente as realidades pelos nossos desejos, porém nossa vontade é permanecer da maneira que sempre fomos. Essa falta de... – fez uma pausa – sensação de indivíduo, de separação do resto, faz com que sejamos usados. – Apontou para Ricardo. – Por criaturas inferiores que são cegas além da própria carne.

O desperto limpou a garganta.

– E o que isso tem a ver comigo?

– Ah, sim. – Recompôs-se. – Você, meu querido Tomas, assim como eu, consegue tanto ver as realidades quanto se separar do pensamento de grupo dos que lhe cercam.

Ana falou por cima do espírito:

– Você não vai cair nessa, né? Pelo amor de Deus.

Tomas teve que girar o tronco para ver de onde tinha vindo o som. *Quê?* Piscou os olhos devagar. *Cair nessa?* Voltou-se para a Senhora dos Sussurros, que sorria com todas as bocas. *Não. Ela ainda está mentindo. Ela está me elogiando para desviar o assunto. E o idiota quase cai.* Limpou a garganta.

– Muito obrigado pelo elogio, Bela Dama. – Controlou-se para camuflar a raiva. – Contudo, ainda não nos deu nenhuma informação sobre os motivos de seu irmão.

– Tomas, quantas vezes eu vou ter que falar? – Arregalou seu único olho. – Eu não sei de nada.

Até quando ela vai ficar nessa palhaçada? Ela não vai ser convencida. Barganha, talvez? Controlou a respiração.

– Todos sabemos que isso não é verdade. – Levou a mão até o queixo. – Olha, eu sei que você não vai dar essa informação de graça, então vamos facilitar. O que você quer em troca?

– Tomas! Assim você me ofende com essas acusações. – O espírito jogou o queixo para trás e levou a mão ao peito em um movimento exagerado.

O ritualista esticou as pernas e caminhou ao redor do círculo de sal. *Ela não vai falar. Ela vai continuar desviando do assunto até que a gente desista ou o Ricardo desmaie para ela ser solta.* Juntou as mãos em sua lombar. *E depois ela vai embora, com mais raiva ainda* – olhou sua afilhada de rabo de olho –, *e eu ainda não vou ter terminado o contrato.* O som de seus passos ecoava pelo cômodo. *Não dá mais para ficar no amor. Não tem jeito.* Parou de caminhar.

– Você sabe que ninguém sai daqui até você dizer o porquê – encarou o espírito –, e, sinceramente, eu estou começando a achar que não se importa em esperar o tempo que for. Contudo, tem um fato importante que está ignorando.

– E que fato eu estou ignorando, meu querido Tomas? – Não conseguiu esconder o prazer em sua voz.

– Que eu sou um homem de palavra – engoliu a saliva –, e que eu dei minha palavra de que eu terminaria o contrato.

A Senhora dos Sussurros apertou o olho.

– Tomas, Tomas. Não devia fazer promessas que não pode cumprir. – Sua voz ficou muito mais grave, quase como um urro. – Alguém pode acabar se irritando.

Ela entendeu. Perfeito. Deu meia-volta e foi até a cabeça de alho.

– Agora, mais uma vez, todos sabemos que você sabe muito mais do que está nos dizendo. – Segurou o amuleto com a mão direita. – Por favor, peço-lhe de todo meu coração, qual foi o motivo?

29

A SENHORA DOS SUSSURROS fitou o desperto com o cenho cerrado.

– Tomas, meu ritualista favorito, você sabe muito bem as repercussões do que está insinuando fazer.

O desperto prendeu o ar nos pulmões. *Vai por mim, eu sei, mas foi o contrato que me deram.* Soltou o ar de uma só vez.

– Não estou insinuando nada. – Apertou a cabeça de alho. – Eu só quero que você fale a verdade. Só isso.

– Ah, a verdade. – As unhas nas mãos do espírito se alongaram, refletindo as cores caleidoscópicas das paredes. – Esse exercício cognitivo que vocês da matéria insistem em acreditar.

– Diz o ser que acabou de fazer um discurso de como seus similares são escravos da própria natureza. – Caminhou até o banco de bar vermelho na frente do círculo de sal. – Agora, mais uma vez, por que você mandou o Guardião das Trilhas matar os dos Santos?

– Sem mais "ó, Grande Senhora" ou "ó, Dama ao Avesso"? – As nove bocas sorriam com nove línguas lubrificando os dentes. As palavras pareciam escorrer de uma das bocas. – Você tende a ser muito mais cortês quando não tem uma barreira nos separando.

Tomas esticou as pernas para sentar-se no banco. *Ela está tentando me pegar pelo ego. Para que eu entre no cárcere com ela. Nem a pau.* Pousou a mão com alho sobre a coxa.

– Não tenho pretensão alguma de te provar errada.

– Meu querido Tomas, isso tudo é medo? – O espírito piscou e, quando abriu a pálpebra, seu único olho mudara. Era agora um globo escarlate salpicado de pontos brancos.

Ela está se preparando para a porrada. Teve que apertar a perna para parar de tremer. *Respira. No momento em que ela perceber que você está cagado, acabou.* Levantou as sobrancelhas.

– Eu prefiro o termo precaução, mas você pode chamar do que quiser.

– Defletindo suas emoções com humor. – Desceu o tronco até ficar perpendicular ao chão. – Eu esperava mais de você, seu lindo.

– Eu devo ser muito charmoso, então, se você esperava mais do que estou fazendo agora. – Levantou o amuleto até a altura dos olhos entre os dedos. – Você sabe por que eu peguei o alho?

O corpo do espírito pendulava de um lado para o outro.

– Você espera me intimidar com a ameaça de tortura. – Suas unhas raspavam no chão. – Contudo, eu vejo por trás de seu engodo. – Sua cabeça balançava no mesmo ritmo do corpo, paralela ao chão. – Torturar um espírito é uma sentença de morte para sua querida profissão de ritualista. Que tipo de espírito faria um acordo com você depois disso?

Ela está certa. Boa parte dos meus contatos vai sumir depois disso. Mas ela não vai falar de outra maneira. Apertou os olhos. *Eu podia falar com o Ignácio para ele cancelar o contrato. Talvez ainda dê tempo.* Girou a cabeça e viu Ricardo balbuciando com a caneta na mão. *Eu trouxe todo mundo aqui por nada. Só para seguir fazendo o que eu sempre fiz.* Fitou a afilhada. *Talvez até seja melhor. Assim ela para de palhaçada e começa a buscar outras coisas na vida.*

Um barulho estridente ecoou pela sala. Tomas virou o rosto e viu a Senhora dos Sussurros trespassando o cárcere de sal com o antebraço direito. O espírito rugia a cada novo centímetro que ganhava além de sua prisão. Suas nove bocas abriam e fechavam incessantemente. O som dos dentes se chocando acompanhava os padrões do chão alvinegro. Suas unhas negras arranhavam o ar na direção do desperto.

Merda. Jogou o corpo para trás, derrubando o banco de bar vermelho. Recompôs-se o mais rápido que conseguiu e correu na direção da Senhora dos Sussurros, que já esticara todo o braço além do círculo de sal. Desviou das garras do espírito e prendeu seu punho sob a axila esquerda. *O filho da puta não fez o feitiço direito.* Sentiu as unhas negras abrindo caminho sob suas costelas e urrou de dor. Apertou a cabeça de alho e, usando toda a força de seu corpo, empurrou-a contra o bíceps da criatura.

A Senhora dos Sussurros chiou assim que o amuleto encostou em sua pele alva. Uma mancha negra começou a se espalhar do ponto de impacto, seguida imediatamente por um cheiro de queimado. Debateu-se empurrando o corpo para trás, porém o desperto se recusou a soltá-lo. A criatura tentou recuar o braço pelo que pareceu uma eternidade, até que desistiu e levou o corpo para a frente em um baque, afundando ainda mais as unhas nas costas de Tomas.

O desperto se recusou a gritar. *Se controla, porra.* Abriu a boca e recitou entre os dentes:

– Eu, Tomas Fontes, pela lei que governa a Grande Roda das Realidades – sentiu o frio se espalhar pela ferida, passando do osso –, por minha própria vontade e sacrifício, uso meu amuleto para ferir e me defender deste espírito que me ataca. – O mundo à sua volta embaçou. Apertou os olhos e gritou com todo o corpo. – Minha vontade será atendida. E que assim seja!

A nuca de Tomas relaxou e seu tronco se curvou para trás. *Não! Se controla.* Girou o tórax e apoiou a mão direita no chão, mas conseguiu se equilibrar. *Agora já foi.* Levantou os olhos em busca do espírito, que voltara para o centro do cárcere, encolhido com a mão direita sobre o cotovelo. *O que que ela está fazendo?* Foi nesse momento que percebeu que ainda segurava o antebraço decepado da Senhora dos Sussurros.

Soltou um grito agudo e lançou o braço pelo ar. *Puta merda.* Apoiou as mãos nos joelhos e se controlou para não vomitar. *Calma, cara, foi ela que te atacou.* Apertou a garganta para controlar a respiração. *Me atacou depois de eu sequestrar e ameaçar ela.* Arregalou os olhos tentando manter o foco no chão e prendeu a respiração. *Nenhum espírito vai aceitar um ritual comigo agora.* Sacudiu a cabeça e o quarto voltou a ter algum foco. *Calma, Tomas. Respira. Agora não tem mais jeito.*

Estufou o peito e disse o mais alto que conseguiu, sem perder o controle da voz:

– Está todo mundo bem? – Em momento algum desviou o olhar do espírito.

Demorou alguns segundos até que os dois esboçassem alguma reação, contudo ambos pareciam ilesos. *Ótimo. Pelo menos isso. E agora?* Acariciou a cabeça de alho com o polegar. Sua cabeça ainda girava. *Como eu continuo com o contrato?* Sua garganta apertou ao olhar para o braço do espírito jogado no chão. *Sem mais disso. Pelo amor de Deus. Mas eu tenho que fazer alguma coisa.* Teve que se esforçar para as feições não amolecerem ao olhar para o cárcere. *Ficar aqui parado não vai resolver nada, nem dar para trás agora.*

– Acabou o showzinho? – As palavras saíram amargas. Arrastou os pés até a linha de sal e endureceu a voz. – A gente pode conversar direito agora?

– O que você quer? – A Senhora dos Sussurros estava encolhida no chão com a coluna exposta. Sua voz voltara ao normal.

– A única coisa que eu estou pedindo desde a invocação. – Levantou o banco de bar vermelho e manteve o olho no chão, evitando o braço ao lado.

O espírito fitou o desperto pelo canto do olho.

– Quais sãos as suas condições? – Somente uma das nove bocas falou.

– Que condições? – Levantou a perna para se sentar.

– As condições do contrato – girou o corpo e sentou de pernas abertas –, para eu te contar o que você quer.

Ela quer fazer um ritual? Melhor resolver isso de uma vez.

– Vamos fazer o seguinte. – Apertou o alho em sua mão. – Você concorda em nos contar o motivo do assassinato dos pais da contratante, e nunca atacar ou contratar outro espírito para fazer algo similar com qualquer um dos despertos presentes e seus entes queridos – seu olhar foi de encontro ao único olho do espírito –, e nós concordamos em te soltar.

Ana interrompeu em um grito:

– Você tá maluco? Se a gente deixar ela ir, ela vai acabar dando um jeito de ir atrás da gente.

O desperto virou o rosto e ergueu a mão direita.

– Fica quieta e me deixa fazer o ritual. Eu sei o que estou fazendo. – Voltou-se para a Senhora dos Sussurros. – Os termos lhe parecem justos?

– Nada do que você fez aqui me parece justo, Tomas. – Sua atenção quicava entre os três sequestradores. – Contudo, eu aceito as suas condições.

– Eu vou precisar que você repita o juramento para fechar o ritual. – Tentou sem sucesso esconder o cansaço em sua voz.

A Senhora dos Sussurros cerrou o cenho.

– Se o ritualista faz questão. – Encheu o peito e recitou: – Pela lei que rege todas as esferas, eu, o espírito conhecido como Senhora dos Sussurros, entre outros nomes e títulos, concordo em falar a verdade sobre a morte do casal dos Santos. Também concordo em nunca ferir ou contratar outro espírito para atacar algum dos despertos neste cômodo ou seus entes queridos. – Espremeu o rosto. – E que assim seja.

– E que assim seja – Tomas repetiu, assentindo em movimentos calculados. – Então, qual é a história?

O espírito permaneceu em silêncio por alguns segundos espremendo suas muitas bocas.

– Eles estavam botando as realidades em risco.

Hein? As realidades? Levou o queixo para trás. *Ela ainda está tentando manipular a história.*

– Eu vou precisar que seja mais específica.

– Tomas, por favor. – Sua voz vacilou. – Eu estou seguindo o contrato e dizendo a verdade.

Ver a Senhora dos Sussurros suplicando fez a garganta do desperto se fechar. *Respira, cara. Está quase acabando.*

– Eu acredito que esteja falando a verdade, até porque o contrato foi fechado, mas o que você falou está longe de ser o suficiente.

– Algumas coisas não são para ouvidos materiais, Tomas. – Ajoelhou-se. – Você devia saber disso.

O desperto encheu os pulmões até arderem. *Calma. Respira.* Apoiou o cotovelo esquerdo no joelho.

– Não, eu não sei disso. – Soltou o ar. – Agora, para com o complexo de superioridade e diz exatamente o que aconteceu.

– Eles estavam planejando abrir uma rachadura no véu. – Abriu as nove bocas e arqueou a coluna, mas parou o movimento no meio. Sacudiu a cabeça e voltou a encarar o chão. – Criar uma passagem entre um lado e o outro.

– E daí? Todo desperto que se preze enxerga o outro lado.

– Você não entendeu. – Fez uma careta ao tocar a ferida no braço. – Eles estavam querendo abrir uma passagem física para o outro lado. – Encaixou o pé no chão e se levantou de uma só vez. – Não seria somente ver o além-véu. Qualquer um poderia atravessar a barreira. Espírito ou gente.

Isso não faz sentido. Como eles iam fazer isso? Ela só pode estar mentindo. Negou com a cabeça. *Não importa. Melhor deixar ela continuar falando nem que seja para pegar quando os fatos não baterem.*

– Eu não vejo como isso pode, em suas palavras, botar as realidades em risco.

– Devia ser óbvio. – Girou seu único olho. – As realidades estão separadas por um motivo, elas não podem coexistir. Uma é o oposto polar da outra.

– E se dois opostos se encontram é a morte de ambos – o desperto recitou automaticamente.

– Viu, meu querido Tomas? – Trouxe o tronco para a frente. – Você, mais do que a grandessíssima maioria, sabe que um dos seus não pertence ao outro lado. Eles não me deram escolha.

– Ok, seguindo sua própria lógica – marcou cada palavra –, por que eles queriam abrir uma passagem que ia destruir ambas as realidades?

– Porque eles, assim como todos os da matéria, achavam que suas mentes alcançavam além de sua capacidade. – Sua voz rachou. – Os dos Santos achavam que conseguiriam abrir uma rachadura entre realidades sem causar sequela.

– Pelo que você está me dizendo, não era certeza de que as realidades se destruiriam. Ou pelo menos não era unânime. – Os olhos do desperto se cruzaram com os da afilhada, que negava com os lábios rígidos.

– Não, não era. – O espírito perdera toda a pose. – Mas você está disposto a colocar a criação em risco por causa de um palpite? Porque eu não estou.

A voz de Ana surgiu no fundo da sala.

– E isso te dá o direito de matar eles? Porque você discordava do que eles tavam fazendo?

Tomas levantou a mão direita e olhou a afilhada uma segunda vez.

– Eu já falei para você ficar quieta. – Ergueu o indicador. – Para de atrapalhar. – Virou-se para o espírito. – Perdão pela interrupção, mas ela tem um bom ponto. Assassinato não era a única opção. Por que você simplesmente não falou com eles das possíveis consequências de abrir uma rachadura?

A Senhora dos Sussurros gargalhou, cansada, com suas nove bocas.

– E você acha que eu não tentei? – Metade da frase foi dita olhando para Ana. – Eles se recusaram a escutar qualquer opinião diferente das crenças que tinham inventado. E, pior ainda, eles trouxeram alguns despertos e espíritos para a causa – apontou para a porta com a cabeça –, inclusive aquela gárgula imbecil que fica na porta.

Ana interrompeu mais uma vez:

– Aquela gárgula imbecil que te impediu de matar eles.

O desperto girou todo o corpo para a afilhada.

– Sério – apontou com indicador direito –, se você abrir o bico mais uma vez, você sai da sala e não participa mais desse feitiço. Eu estou cagando se isso vai anular o contrato. Entendeu? Ótimo. – Voltou-se mais uma vez para a Senhora dos Sussurros. – Continua, por favor.

– Foi isso. Não tem mais o que falar. – Relaxou os ombros e apertou a ferida em seu braço. – Aliás, sabe o que aquela gárgula cobra pelos contratos? Sangue, não sacrifícios de carne, como os Acólitos fazem. – Apontou para Ricardo. – Ela bebe sangue. Acredite em mim, você não ia querer estar perto se ela pudesse atravessar para este lado.

Tomas massageou os olhos com a mão direita. *Elas só podem estar de sacanagem comigo.* Levantou os olhos.

– Ok, vamos partir da premissa de que tudo que você está falando é verdade. – Ergueu as mãos abertas até a altura do peito. – Ainda assim, é só uma história. Você tem alguma prova do que está dizendo? Ou pelo menos uma evidência?

– O fato de eu estar sob um contrato não é o suficiente? – Esticou o pescoço.

– Geralmente seria. – Bufou. – Mas você é conhecida por distorcer a verdade.

O espírito fechou o cenho.

– Eu preferia sua atitude antes de resolver virar sequestrador. – Seu único olho permanecia inchado. – Pois bem. Eis as provas e evidências. – Começou a contar nos dedos. – O fato de ter uma gárgula que historicamente busca passar para este lado protegendo a casa. – Levantou o polegar. – O fato de que o véu está enfraquecendo em todo o Rio de Janeiro, o que faz com que mundanos tenham visões e espíritos estejam passando para este lado com muito mais frequência. – Levantou o indicador. – O fato de que a casa está cheia de símbolos feitos para enfraquecer as distâncias entre as realidades. – Levantou o dedo do meio. – O fato de os feitiços e rituais que eles fizeram serem fortes o suficiente para estarem funcionando mesmo depois de suas mortes. – Levantou o anelar. – Se você preferir, meu querido Tomas, eu posso continuar, porém creio que isso seja o suficiente. Pelo menos por agora.

O véu realmente tem ficado fraco nos últimos tempos, pensou ao encarar o espírito. *Mas isso não quer dizer que seja por causa dos dos Santos. Vira e mexe isso acontece. E a gárgula guardando a casa não quer dizer nada. Um iniciante sortudo pode fazer um ritual para isso.* Batia os pés na haste do banco. *Essas runas é que não fazem sentido. "Aleph" é realmente usado para iniciar algo ou abrir caminhos. E não tinha como ela saber disso. Não com toda a proteção que essa casa tem.* Desviou o olhar para as paredes. *Além de esta sala estar muito em sintonia com o outro lado.* Mordeu o lábio inferior. *E de o contrato impedir ela de mentir.*

Por que é sempre difícil? Massageou os olhos com a mão direita. *De qualquer maneira, não vai dar para tirar mais nada dela.* Virou-se para a afilhada.

– Acho que a gente conseguiu o que você queria. Você tem mais alguma pergunta para fazer para a Senhora dos Sussurros?

A adolescente abriu os lábios em silêncio por alguns segundos.

– Não.

– Perfeito. – Girou o corpo para Ricardo. O feiticeiro tinha metade do rosto coberto de sangue, mas continuava a balbuciar com a caneta penetrando a palma de sua mão. – Você está bem?

O acólito assentiu sem parar o encantamento. Recitava entre os dentes com metade das palavras saindo roucas ou cortadas. A caneta já estava mais de um dedo dentro da mão.

Tomas, em um gesto quase inconsciente, levou a mão ao amuleto.

– Já pode terminar o encarceramento. O contrato foi fechado.

– Quê? – Ana gritou. – Você realmente vai soltar ela?

– Vou – respondeu sem mover o rosto –, foi o combinado.

– Você tá maluco? – A adolescente levantou-se em um salto e apontou para o círculo de sal. – Se ela sair daí, vai matar todo mundo.

– Não, ela não vai. – Fitou a afilhada com as sobrancelhas levantadas e os lábios apertados. – Nós fizemos um contrato. Ela concordou em não se vingar e eu concordei em soltá-la.

– E daí que você fez um acordo? – Mostrou os dentes. – A gente não pode confiar nela.

– Eu confio. – Levantou-se. – Pelo menos para cumprir o que foi combinado.

– Eu não vou deixar. – Deu um passo para a frente e ergueu o queixo.

– Mais uma vez – pontuou cada palavra –, eu fiz um acordo de que ia soltá-la assim que ela terminasse de contar o que sabia.

– E você combinou comigo que eu é que ia decidir quando isso tudo terminava. – Seu peito subia e descia sem pausa.

– Não, eu combinei que você decidiria quando as perguntas seriam o suficiente. – Fez uma pausa. – E você acabou de falar que não tinha mais nada para perguntar.

A adolescente abriu o rosto e arqueou as sobrancelhas.

– Mas não é justo.

– Eu sei – O estômago do desperto apertou. – Mas, se eu não a soltar, vou estar quebrando um contrato. Você realmente quer que isso aconteça?

– Você realmente prefere soltar ela a quebrar um contrato? – O queixo de Ana enrugou.

– Sem sombra de dúvida, isso eu posso te garantir. – Baixou as mãos. – Agora, podemos terminar o encarceramento?

– Tá bom. – Sua voz rachou ao desviar os olhos.

– Ótimo. – E voltou a se virar para Ricardo, que ainda balbuciava. – Pode desfazer o cárcere.

O acólito sacou a caneta da palma de sua mão. Uma fina linha de sangue desenhou o movimento no ar e desapareceu no mesmo momento em que o feiticeiro se calou. Suas pernas tremeram ao se levantar.

– Pronto. – O sangue que cobria metade de seu rosto surgia por debaixo do tapa-olho e escorria até a gola de sua camisa. – O encantamento foi finalizado. – Ofegava devagar. – A encarcerada já pode ir embora.

O desperto estendeu a mão para o espírito.

– Quando você quiser.

A Senhora dos Sussurros esticou a coluna, mostrando suas costelas pálidas. Sua mão esquerda apertava a ferida ainda aberta.

– Muito bem. – Levantou o queixo. – Eu preciso que virem de costas para que eu possa sair.

– Todo mundo virando. – Tomas girou nos calcanhares e rodou as mãos no ar. – Vamos lá. Você também, Ana. – Esperou alguns segundos e voltou a olhar para o círculo de sal. *Nada. Graças a Deus.*

Ricardo pousou a mão direita sobre seu ombro.

– Eu queria pedir desculpas por deixar a Senhora dos Sussurros passar pela minha barreira. Eu não imaginei que ela fosse tentar um ataque direto.

– Sinceramente, agora não importa mais. O trabalho foi feito. – Levou a mão para trás e apertou a própria nuca. Todos os músculos de sua coluna doíam de tensão. – Mas é bom que sirva de lição para não acontecer de novo. Aliás, o que que aconteceu com seu olho?

– Ah, sim. – Passou os dedos na bochecha em um esforço inútil para limpar o sangue. – Isso aconteceu quando o cárcere rachou. Simplesmente começou a escorrer. E a ferida aí nas suas costas? Foi muito funda?

Que ferida? Contorceu o tronco e olhou por cima do ombro. Em um instante a dor surgiu, toda de uma só vez. Mostrou os dentes em uma careta.

– As unhas da Senhora dos Sussurros nas minhas costas.

– Isso – o acólito concordou. – Você quer que eu dê uma olhada?

– Agora não. – Tentava controlar a respiração. Procurou o braço mutilado do espírito pelo chão, porém ele tinha sumido. – A gente tem que terminar isso aqui antes. – Esquadrinhou a sala em busca de qualquer rastro. *Nada.* Seus olhos pousaram em Ana.

A adolescente continuava parada no mesmo lugar, acariciando a cicatriz em seu punho. Encarava o desperto com os olhos marejados.

– O que a gente faz agora?

– Nada. – Deu com os ombros. – Acabou o contrato. Agora é voltar para casa e seguir com as nossas vidas. Simples assim.

– Tá tudo igual. – Negava com a cabeça e mordia os lábios.

– É. – Tossiu para limpar a garganta. – Você devia descansar esses dias. Lamber as feridas e tudo mais.

– É. – Seus olhos caíram para o chão.

Ricardo interrompeu, dando um passo à frente:

– Com licença. Eu sei que esse não é o melhor momento, mas eu realmente acho que seria proveitoso para todos se a senhorita dos Santos permitisse que estudássemos as tais runas de que a Senhora dos Sussurros falou.

Pelo jeito o Antônio não treinou ele para ficar quieto.

– E quem seriam esses "nós"?

– Os Acólitos, é claro.

– Vem cá. Hoje foi um dia difícil para todo mundo. – Pousou a mão sobre o machucado em sua costela. – Você não pode deixar essa conversa para depois, não?

– Eu entendo que o momento é ruim. – Girava as mãos. – Mas esses símbolos são importantes, e eu temo que eles acabem perdendo suas capacidades se esperarmos muito.

Ana interrompeu antes que seu padrinho pudesse replicar.

– Tudo bem. Eu aceito. – A firmeza voltara à sua voz. – Os Acólitos podem vir aqui para ver isso quando quiserem. Eu só quero que vocês me contem o que descobrirem.

– Com certeza. – O rosto de Ricardo se abriu. – Assim que voltar para o departamento, falarei com o Feitor-mor sobre os símbolos.

Tomas pousou a mão direita nas costas do acólito. *Perfeito. Vamos continuar cutucando a colmeia.* Fechou os olhos.

– Vocês podem fazer o que quiserem, mas, pelo amor de Deus, a gente pode sair do transe e acabar com o contrato de uma vez por todas?

30

SENTIU A FERIDA em sua costela fisgar. *Respira*, pensou ao passar a mão no curativo de mercúrio e alho macerado sobre o machucado. Caminhou até o canto da ladeira de paralelepípedo e apoiou o corpo em uma raiz mais alta. O anoitecer não diminuiu o calor e o suor fazia a camisa de Tomas grudar no corpo. *Que horas são?* Secou as mãos na calça e tirou o celular do bolso. *Duas e meia. Quarenta minutos de caminhada. Em ladeira, ainda por cima.* Grunhiu. *Merda de motorista que falou para eu saltar no ponto errado.*

Nada como ficar no meio do mato depois de perder quase todos os meus contatos no além-véu. Guardou o telefone e tirou a cabeça de alho do bolso. Os pelos da nuca se eriçaram. *Pelo menos o Vovô Verde ficou. Mas, mesmo assim, um ou dois espíritos, por mais poderosos que sejam, não vão ser o suficiente para me proteger de ataques do outro lado.* Desceu os olhos para o amuleto em sua mão. *Torcer para ele ser o suficiente.*

Ficar aqui parado não vai adiantar nada. *Se bobear, a Helena já está esperando.* Pousou as mãos nos joelhos e empurrou o corpo para cima. A luz da lua mal iluminava a rua de paralelepípedo da Pedra Bonita e o desperto tinha que prestar atenção em cada passo. *Pelo menos eles deixam os portões abertos de madrugada.* As plantas que cresciam sem controle dos dois lados da ladeira escondiam com frequência suas bordas, o que agravava o fato de quase não ser larga o suficiente para dois carros passarem ao mesmo tempo.

Uma luz amarela surgiu no começo da ladeira e suas costas travaram. Jogou o corpo para o lado e enfiou as unhas no amuleto. *Vem, filho da puta!* A luz foi seguida por um ronco de motor. *Hein?* Uma caminhonete surgiu da curva e passou pelo desperto sem reduzir a velocidade. *Um carro?* Suas bochechas esquentaram. *Que tipo de idiota resolve subir uma trilha de madrugada? Por diversão, ainda por cima!* Afrouxou as mãos. *Melhor continuar subindo antes que outro babaca apareça.*

O resto da subida foi massacrante. Muito antes de chegar, teve que curvar o tronco, pousar as mãos sobre os joelhos e controlar a regularidade dos passos com os braços, pois as pernas não conseguiam mais fazê-lo sozinhas. *Calma, cara. Respira. Está quase chegando.* O atrito da calça suada começou a marcar a parte interna das coxas. *Só mais um pouco.* Seus pulmões queimavam. *Só mais um pouco e você chega.*

Passou por um casebre de tijolos e sentou-se com as costas na parede. Girou o tronco para pegar o celular. *Duas e quarenta e oito. A Helena marcou na praça ali na frente.* Seu peito subia e descia sem controle. Apoiou a palma direita para se levantar, mas seu corpo se recusou a obedecer. *Daqui a pouco.* Mostrou os dentes em uma careta. *Ela pode esperar mais um tempinho.* Engoliu saliva para molhar a garganta. *Até porque ainda faltam doze minutos.*

Puxou um cigarro e o mordeu com os lábios. *Ela podia ter me dito do que se trata esse tal contrato dela, pelo menos.* Fez uma concha com as mãos para proteger o fogo do isqueiro e acendeu o tabaco. *Eu estou reclamando de barriga cheia.* Encheu os pulmões de fumaça e a ferida em sua costela ardeu. *Considerando tudo, eu devia é estar feliz por ela ter aceitado não receber a água benta do último contrato.*

Estalou a língua nos dentes. *Eu devia ter convencido algum espírito a preparar a porcaria da água benta antes de ir para a casa da Ana. Mas não tinha como saber que ia dar no que deu.* Soltou a fumaça. *Agora quase todo mundo do outro lado está fugindo de mim mais do que o diabo foge da cruz.* Um sorriso abriu caminho por seu rosto e morreu logo em seguida. *A maioria das pessoas ia achar isso bom, só que ferrou com minhas chances de fazer ritual.*

Acariciou o alho com o polegar e esticou as pernas. *Talvez seja um mal que veio para o bem. Talvez eu deva parar de mexer com o além-véu. Quer dizer, aproveitar a chance de fazer alguma coisa que não envolva falar com espíritos. Pelo menos.* O pensamento fez o rosto do desperto contrair. *E fazer o quê?* Bateu com a mão esquerda no chão. *Quem ia contratar um cara de quase quarenta anos sem nada no currículo? Ou sequer o segundo grau completo? Não, mesmo que alguém me desse um emprego, isso quebraria o contrato com o Ignácio, e ele ia retirar o feitiço.* Uma comichão se espalhou por seus braços. *Eu não vou voltar.*

Bateu as cinzas. *Mas continuar como ritualista não dá.* Levou o cigarro aos lábios e inspirou. *Feiticeiro também não. Nem a pau que eu vou ficar matando bicho para conseguir as coisas que eu quero, ou pegar a alma de alguém. Ou me cortar todo.* Seus olhos desceram para os pés. *Não, feiticeiro não dá. Caçador também não. O primeiro espírito que aparecesse, eu morria.* Soltou a fumaça. *Cultista é possível. O problema é começar a louvar um espírito só para ele me dar alguns feitiços em troca.* Grunhiu. *Sem chance de isso dar certo. Iam ver meus motivos rapidinho.*

Suas têmporas começaram a latejar. *Quer saber?* Apagou o cigarro no chão. *Isso não está indo a lugar nenhum.* Apoiou a mão no chão e levantou-se com cuidado para não dobrar a costela. *Melhor procurar a Helena logo para resolver a minha situação.* Bateu nas coxas para tirar a poeira e voltou a caminhar.

A falta de vegetação fazia com que a luz da lua chegasse sem obstruções à praça, um espaço largo, também de paralelepípedo, que as pessoas usavam para estacionar antes de subir. Pelo menos dez carros estavam estacionados em vários pontos. Quatro ou cinco portavam isopores e equipamentos de asa-delta e paraquedas para os trabalhadores locais. O resto dos automóveis parecia ser de visitantes que foram acampar ou simplesmente subiram a trilha e resolveram ficar.

O carro de Helena estava estacionado logo no começo da praça. A caçadora estava apoiada no capô, de braços cruzados.

– Você chegou mais cedo. – Jogou sua mochila sobre o ombro esquerdo.

– Pois é. – Puxou a base da camisa para baixo. – Aliás, obrigado por ter concordado em trocar a água benta por um serviço.

– Não tem de quê. Já tinha passado da hora daquela puta receber um pouco de carma. – Abriu um sorriso. – Não que um braço arrancado seja o suficiente, mas é um começo.

Ótima maneira de começar uma conversa.

– Pelo jeito você já sabe dos detalhes.

– Já. – Começou a caminhar na direção do casebre de tijolos. – Vem. – Chamou o desperto com a mão direita. – Não tem como alguém fazer o que você fez com a Senhora dos Sussurros e toda a comunidade não ficar sabendo. Tem até uma galera te achando um herói. – Soltou o ar pelo nariz. – Eu não achei que você ia ter coragem de peitar ela cara a cara.

Foi longe de ser cara a cara. Botou as mãos nos bolsos.

– Ninguém veio falar comigo disso.

– Ninguém é maluco de dar suporte para o cara que mutilou um espírito desse tamanho. – Parou ao lado do muro do casebre, apoiou a mochila nos joelhos e a abriu. – Pela mesma razão que eles ignoram os caçadores. A não ser quando não tem mais jeito. Bando de covardes. – Sacou duas lanternas. – Segura.

– Entendi. – Anuiu, encarando a lanterna. – Você não falou de que esse contrato se trata.

– Nada de mais. – Fechou a mochila e a vestiu. – Um coroa com uma peruca laranja tá querendo fazer um feitiço de lua cheia aqui semana que vem. – Seguiu o muro até encontrar uma trilha. – E ele quer ter certeza de que não tem nenhum espírito maluco vagando por aqui. Sabe como é.

Mal começara a subir o caminho e as panturrilhas do desperto já queimavam. *Isso não faz sentido.* Mostrou os dentes.

– Por que você me chamou, então?

– Apoio moral. – Empurrou um galho para o lado. – Sinceramente, eu não acho que a gente vai encontrar nada aqui. Mas, se a gente encontrar, vai ser bom ter o grande desperto que arrancou o braço da Senhora dos Sussurros, nem que seja para botar um medinho no que aparecer. – Saltou em uma pedra. – Além do mais, não é como se você pudesse pagar de outro jeito.

Perfeito. De ritualista a acompanhante de caçador. Seus pés se embolaram em uma raiz e foi obrigado a se apoiar em um tronco para não cair. Puxou o ar pelo nariz.

– Você pode reduzir o passo um pouco?

– Posso. – Parou com o pé em cima de uma pedra que usara como degrau. Em momento algum tirou os olhos da mata. Voltou a andar assim que o desperto se aproximou. – Não falta muito. O feiticeiro escolheu um lugar quase ao lado do estacionamento. O que, para mim, é burrice. Qual é a vantagem de ir para o meio do mato se tem mundano perto? – Fez uma curva de noventa graus saindo da trilha. – Tenho certeza de que tem a ver com a pança de chope dele, ou com a corcunda.

– Você estava muito mais silenciosa na Floresta da Tijuca. – Tentava esconder o arfar em sua voz.

– Se você quiser, eu paro – falou sem emoção.

– Não. – O suor voltara a escorrer. – É só que das últimas vezes você falou bem menos. Só isso.

– Cuidado. – Saltou sobre uma raiz e continuou a caminhar. – Das últimas vezes, eu tinha trabalho para fazer. Isso aqui tá mais para um passeio.

Passeio? Força, Tomas. Desistira de controlar a respiração e arfava como um cachorro. *Ela falou que estava perto.* Engoliu o que restava de saliva.

– Como está a sua perna?

– Quê? – Abaixou a cabeça para passar por baixo de um galho.

– Sua perna. – A ardência subiu dos pulmões para a garganta. – Lá na Floresta da Tijuca. O mapinguari deu um talho na sua perna. – Subiu uma inclinação na trilha com a ajuda das mãos. – Pelo jeito ela já sarou. Do jeito que você está pulando aí.

– Emplastro de babosa e mingau. – Esgueirou-se entre dois troncos. – E um sacrifício menor.

– Entendi. – Desistiu de andar estreito. – Depois me passa a receita. Eu estou com um machucado lá do ritual com a Senhora dos Sussurros.

– Pelo jeito que você está andando é na costela, né? Pode deixar. – Sentou-se em uma pedra. – Você devia dar uma descansada.

O desperto abriu a boca para contestar, porém o cansaço falou mais alto.

– Ok. – Largou o corpo para se sentar e bateu a ferida em um tronco. *Merda!* Contraiu o rosto. – Falta muito?

– Mais uns cinco ou dez minutos no máximo. – Virou o rosto para a direção que estava seguindo. – Mas pode ficar tranquilo. Se tivesse alguma atividade forte de espírito, eu saberia.

– Eu não estou preocupado. – Cruzou as pernas. – Mas quem é o contratante, afinal de contas?

– Sinceramente? Eu não sei. – Pegou a mochila e a pôs no colo. – Semana passada eu recebi uma ligação pedindo para encontrar um cara sobre um trabalho. Um cara que eu nunca vi na vida apareceu e fechou o contrato. Foi isso. – Gesticulava no ritmo da fala. – Para mim, ele é um cultista. Com aqueles olhos que sempre estão um pouco abertos demais.

A cara do fanatismo. Assentiu.

– Trabalho é trabalho.

– É – concordou –, mas é meio complicado. Esse cara ajudando um espírito a crescer. Mas pelo menos eles fazem isso atacando outros espíritos na maioria das vezes. O que podia ser pior?

– Ele podia ser um ritualista. – Sorriu, debochado.

Helena gargalhou.

– Verdade. Isso que eu nunca entendi. – Suas bochechas desceram junto com as sobrancelhas. – Não que ser desperto seja fácil, ainda mais fazer das coisas do outro lado um trabalho. Mas como alguém pode achar que convencer espíritos é uma boa ideia?

– Pelo mesmo motivo que alguém escolhe caçar espíritos. Porque é bom fazer uma coisa na qual se tem talento, simples assim. – Torceu o tronco para se ajeitar. – A gente pode começar a criar vários motivos e cenários explicando ou condenando qualquer uma das opções, mas no fundo é isso. Você sempre faz o que vem fácil, ou que pelo menos tem aspectos que lhe são naturais.

– Você fala como se as pessoas não tivessem escolha. – Mexia os dedos sobre a mochila.

– Sei lá. Talvez elas não tenham.

– Não. – Recuou o rosto. – Claro que têm escolha. É o que faz da gente humano. Os espíritos é que são obrigados a seguir a própria natureza.

– Sei lá. – Deu com os ombros. – Cada vez mais eu acho que a diferença entre os dois lados é menor do que as pessoas imaginam. – Esticou a mão com a palma para cima. – Eu nunca conheci um espírito que não fosse surpreendentemente humano.

– Dá para ver que você escolheu a profissão certa. – Encarava os olhos de Tomas. – Esse é o discurso certinho de um ritualista. Pergunta para um mapinguari que nem aquele da Floresta da Tijuca por que ele caça e mata. "É a minha natureza", é o que ele vai responder. A gente pelo menos tem um motivo para fazer as coisas, nem que seja talento.

O desperto fez uma pausa.

– Pode ser.

Ambos permaneceram em silêncio evitando olhares, até que Helena falou:

– Aquele serviço do mapinguari foi para a sua afilhada, né?

Ela tinha que tentar puxar um assunto sobre a Ana. Esvaziou os pulmões. *Ela está tentando ser legal, relaxa. Além de ter aceitado trocar o pagamento... Beleza.*

– Foi, só que ela ainda não era a minha afilhada na época. O serviço foi para o Feitor-mor aceitar fazer um feitiço espelho.

– Feitiço espelho é pesado. – Apoiou a nuca em uma árvore.

– Nem me fala. Esse foi o trabalho mais merda que eu já fiz na minha vida. – Ergueu a mão direita. – Desculpa o palavrão.

– Mas pelo menos você ganhou uma afilhada. – Espremeu os lábios e deu com os ombros. – Então, não sei, podia ser pior.

– Sinceramente? Eu não sei. – Fitou o chão. – Ela só faz cagada. Ela não tem nenhum respeito pelo além-véu. E ela continua se colocando em risco, só para descobrir o porquê da tragédia dela. – Fez uma pausa e ergueu as mãos na altura dos ombros. – Olha, eu não estou desmerecendo a dor dela, mas todo mundo que despertou, só despertou por causa de tragédia. Além dos desastres que acontecem todo dia com os mundanos. – Desceu as mãos e fez outra pausa. – O que eu quero dizer é o seguinte: todo mundo sofre e já sofreu, e a sua dor não é desculpa para continuar fazendo cagada.

A caçadora sorriu com ar de superioridade.

Tomas travou o cenho.

– O quê?

– Eu não quero me meter. Mas, pelo que você tá falando, a sua afilhada tá precisando de alguém do lado dela – disse com surpreendente doçura. – Alguém para ouvir e aconselhar quando ela pedir. Um padrinho, por exemplo.

– E você acha que eu não tentei? – Bateu os dedos da mão direita na testa. – Ela não escuta. – Balançava o braço, apontando para um lugar imaginário à sua direita. – Tudo que eu falo, ela faz o contrário. É impressionante.

– Ela é uma adolescente. – Marcou as palavras. – E todo adolescente é imbecil. Isso não é novidade para ninguém. Virar adulto é isso, errar até aprender e começar a acertar. E isso fica mais fácil quando tem alguém para ajudar.

– Falar é fácil. – Bufou. – Não é você que tem que ficar caçando mapinguaris e arrancando braços de espíritos.

– Na verdade, eu faço os dois – assentiu. – Mas eu entendi o que você quis dizer. Não fui eu quem aceitou ser madrinha dela. Você fez um juramento. E juramentos têm peso. Especialmente para um desperto.

Perfeito. Eu só queria que tivesse algo de bom de vez em quando. Contraiu o maxilar ao soltar o ar.

– Acho que eu já recuperei o fôlego. A gente já pode ir indo para onde o contratante vai fazer o feitiço, se você quiser.

A caçadora se levantou de uma só vez sem a ajuda das mãos.

– Tá bom. É por aqui. – E voltou a andar.

Tomas bateu com as mãos no chão e empurrou o corpo para cima para tentar acompanhá-la. Teve que manter o tronco curvado pelos primeiros quatro ou cinco passos para não cair. *Cadê?* Apertou os olhos em busca de Helena. *Ali.* Apressou os passos para não a perder de vista.

O resto da caminhada foi mais fácil do que o esperado. A trilha era quase toda plana, com exceção de uma ou outra pedra. O maior problema era a vegetação. Não somente as plantas insistiam em invadir a trilha, mas também bloqueavam a luz da lanterna. Mais de uma vez o desperto tropeçou ou esbarrou em algo pelo simples fato de uma planta tê-lo impedido de ver onde pisava.

Helena não parecia ter esse problema. A caçadora saltava e desviava e se esgueirava pela trilha como se a conhecesse de cor. Mantinha a luz da lanterna diretamente à frente de seus pés, deixando tudo a mais de dois metros à sua frente no escuro. Cada passo soava tão calculado quanto silencioso. Mesmo quando tirava alguma folha do caminho, o fazia sem qualquer ruído.

Quem ela acha que é para dizer o que eu tenho que fazer? Eu venho no meio do mato de madrugada para levar lição de moral. Esfregou o nariz. *É isso que dá não cumprir a porcaria de um contrato.* Encarava o chão aos pés da caçadora. *Pelo jeito eu sou a única pessoa que tenta botar algum juízo na cabeça da Ana.* Suas panturrilhas voltaram a doer. *E mesmo assim ela se recusa a ouvir. Ela não acha que é adulta? Então deixa ela ser.*

Mas ela não é. É injusto pra cacete eu esperar que uma adolescente pense como eu. Abaixou a cabeça para desviar de um cipó. *Além de ter feito a porra de um juramento de ser o padrinho. Querendo ou não, eu sou o padrinho dela. E tudo de bom e ruim que ela faz é minha responsabilidade.* Olhou as costas da caçadora. *Puta merda.* Apertou os olhos.

– Você acha que eu não estou dando atenção a ela?

– Quê? – respondeu sem se virar. – Ela quem?

– Ana, a minha afilhada. Você acabou de falar que parte de ser adolescente é fazer cagada. – Fez uma pausa para puxar o ar. – Você acha que eu devia dar mais atenção a ela? Ligar para ela, sei lá.

Helena virou o rosto, fitou o desperto, apertou os olhos e voltou-se para a frente.

– Eu não sei como é a relação de vocês, mas geralmente rebeldia é para compensar uma outra coisa.

Tomas estalou a língua nos dentes. *Eu devia ter ficado quieto. Como se fizesse alguma diferença. Eu tenho coisas mais importantes para pensar do que na opinião dela.*

O som de uma voz cantando surgiu ao fundo, na direção de onde seria o ritual do contratante. A caçadora se virou, pousou o indicador nos lábios e se agachou. O desperto fez o mesmo e os músculos de suas pernas agradeceram. Foram se esgueirando em silêncio, com exceção de uma ou outra planta em que Tomas esbarrava. A música foi ficando mais alta até que chegaram a uma clareira.

Eu não devia ter vindo. Não logo depois do último ritual. Sua mão correu para a costela e, logo em seguida, para a cabeça de alho em seu bolso. *Calma, a Helena está aqui. Se um espírito resolver criar confusão, pelo menos eu vou ter uma chance.* Esticou o pescoço para ver a clareira. *O que que eu faço?* Sentiu sangue subir para as bochechas.

Um grupo de jovens adultos estava acampando no local do futuro feitiço. Três casais sentavam-se em um círculo ao lado de suas barracas. Um dos rapazes tocava um violão com total atenção nas cordas enquanto o resto revezava entre tentar acompanhar a música e dar um novo gole em alguma coisa alcoólica dentro de copos de plástico.

Helena pousou a mão no ombro de Tomas.

– Vamos embora – sussurrou.

O desperto arqueou as sobrancelhas, esforçando-se para esconder a vergonha.

– Você não quer nem tentar fazer uma leitura do outro lado?

– Não adianta. A presença deles vai ferrar com qualquer percepção. – Girou o corpo. – Além do mais, se eles passarem a noite aqui, vai ser o suficiente para afastar qualquer espírito que poderia atrapalhar o feitiço.

– Você que sabe. – Seguiu Helena.

– Você quer uma carona até lá embaixo? – Não controlou o volume da voz.

A coluna de Tomas gritou ao se levantar.

– Por favor.

31

O TEMPO PARECIA não passar na rua Visconde de Carandaí. As casas ainda ousavam mostrar alguma cor, as grades do Jardim Botânico continuavam formando uma barreira verde no final da rua e os mesmos carros permaneciam estacionados ao longo das calçadas. *Eu imagino o que os vizinhos iam pensar se soubessem que os dos Santos estavam tentando abrir um buraco na realidade.* Abriu um meio sorriso perverso. *São pessoas esclarecidas, de classe média alta para cima, e tudo o que eles querem é um mundo com mais magia.* Soltou o ar pelo nariz. *Eles perderam o medo do escuro.*

Caminhou arrastando o indicador direito pelas paredes e grades das casas. Puxou o maço de cigarros inconscientemente. *Não. Se controla, já está chegando.* E voltou a guardá-lo. *Eu não devia ter vindo. Eu devia ter ficado em casa tentando recriar os meus contatos com o outro lado.* Desviou de um canteiro. *Resolver os meus problemas em vez dos problemas dos outros.*

Eu vou ter que dar uma checada nos símbolos de proteção lá de casa mais uma vez. Os pelos de sua nuca se arrepiaram. *Especialmente a janela. Aquela camada de sal não vai impedir espírito nenhum. Se bobear, eu vou ter que andar na rua com alguma proteção extra, porque, se eu der mole, o alho não vai ser mais suficiente.* Apertava a mandíbula. *Merda de hora em que eu recebi esse contrato.* Cerrou o punho. *Calma.* Chegou ao portão da casa dos dos Santos. *Agora não adianta pensar nisso. Agora é se concentrar para resolver o hoje.*

Apertou a campainha e arrastou o braço na ferida da costela. *Ainda mais se você for participar dessa péssima ideia. Mexer nas coisas que os pais da Ana estavam fazendo é cutucar a onça com vara curta.* Mordeu o lábio inferior. *Ninguém sabe o que vai sair de lá, e eu não estou favorável com o outro lado.* Segurou a cabeça de alho em seu bolso. *Calma, cara. Tem um grupo de Acólitos aí dentro. Vai dar tudo certo.* Engoliu a saliva. *Vai dar tudo certo.*

Até porque você não está aqui para ajudar a descobrir como os dos Santos estavam abrindo uma rachadura para o além-véu. Você está aqui para cumprir com a sua obrigação de padrinho. Só isso. Cerrou a mão em punho. *Vai com calma. Ignora as imbecilidades dela e tenta mostrar um caminho melhor. Fácil. E pelo amor de Deus, fica longe das runas.*

O portão de madeira da casa dos dos Santos se abriu em um clique e Ana apareceu do outro lado. Levou o queixo ao peito com o cenho aberto somente para cerrá-lo logo em seguida.

– Oi. – Vestia calças jeans, chinelos de dedo e uma camisa preta que não combinava com o calor carioca.

– Oi. – Encheu os pulmões. – Eu vim para ajudar os Acólitos a resolver a questão das runas dos seus pais.

– O Ricardo me falou. – Espelhou o padrinho.

Vamos lá, respira. Piscou com calma.

– Ele já chegou?

– Já. E pediu para que você falasse com ele assim que chegasse. – Girou nos calcanhares e seguiu para a casa. – Fecha a porta, por favor.

Eu tenho que me lembrar de nunca mais pedir um favor desses para o Antônio, pensou ao atravessar a porta. *Ou pelo menos barganhar mais o preço.* Esforçou-se para manter o rosto neutro.

– E isso seria aonde?

– No quarto dos meus pais – respondeu sem se virar e abriu a porta da sala. – Você lembra onde é?

Foi onde a gente fez aquele primeiro ritual de invocação da Senhora dos Sussurros. Pareceu uma boa ideia na época. Esfregou os dentes na cicatriz em sua boca.

– Lembro.

– É. – Mostrou os dentes e arqueou as sobrancelhas. – Qualquer coisa eu vou estar na sala. Ajudando os outros acólitos.

– Espera. – Esticou a mão direita na direção da afilhada. – Olha. Eu sei que você está em uma situação difícil. E que as coisas parecem meio sem saída agora. Mas se você precisar conversar, ou tiver alguma dúvida quanto às coisas dos despertos, pode contar comigo. – As palavras azedaram na boca. – Ok?

A afilhada contraiu o queixo.

– Tá bom. – Apontou para a sala. – Eu tenho que ir ajudar os acólitos agora. – Deu meia-volta e saiu.

Pelo menos eu fiz o que tinha que ser feito. Soltou o ar. *Agora já foi. Melhor eu subir para o quarto e ver o que o Ricardo quer que eu faça.*

Os acólitos não tentaram esconder sua presença na casa dos dos Santos. Todos os móveis tinham sido empurrados para um canto ou simplesmente desaparecido. *Os últimos dois dias têm sido ocupados, pelo jeito.* O chão de tacos de madeira estava riscado e algumas peças haviam sido removidas. O cheiro de vinagre e o som de feitiços e mantras preenchiam o ar do primeiro andar. Um ou outro acólito aparecia segurando alguma bacia ou livro, somente para desaparecer logo em seguida em outra porta. *Eles podiam, pelo menos, estar usando outra coisa além dos robes da ordem.*

Subiu a escada e virou à direita para o quarto dos pais da afilhada. Desviou de uma poça de sangue no meio do corredor. *Algum neófito vai levar um esporro por causa disso.* O andar de cima não recebera menos atenção dos acólitos. Tudo que não estivesse grudado nas paredes tinha sido removido. O som das rezas continuava, porém o cheiro que dominava era o leve perfume de lavanda.

O mesmo cheiro da última vez que estive aqui. Levou a mão ao bolso e apertou seu amuleto. *Mesmo depois de todo o vinagre. Eles estavam realmente fazendo alguma coisa muito grande e muito perto desse lado.* Sentiu as paredes do corredor apertarem à sua volta. *Quanto tempo eles precisariam para terminar tudo se ainda estivessem vivos?* Estalou o pescoço. *Não importa. Não mais.* E caminhou em passos contados para o quarto.

As paredes azuis do quarto mostravam manchas mais claras de onde os móveis costumavam ficar. A janela tinha sido coberta por um lençol com uma mandala de proteção vermelha desenhada no centro. No meio do quarto, onde a cama costumava estar, três despertos, aparentemente em transe, formavam um círculo em volta de uma bacia contendo um líquido negro. Ricardo saiu do banheiro à esquerda secando as mãos em seu robe manchado de sangue.

– Boa tarde, Tomas.

O desperto rodou os olhos pelo quarto.

– Você está comandando uma bela operação aqui.

– Verdade – assentiu. – O Feitor-mor foi muito gentil em colocar esse contrato em minhas mãos.

Tenho certeza de que não tem nada a ver com o fato de ter sido você quem deu a ideia. Ou que você faz qualquer coisa para agradar ele.

– O Antônio é muito gentil.

– Sempre. – Sua voz subiu uma oitava. – Pelo que o Feitor-mor me falou, você pediu a ele para ajudar a descobrir o que os dos Santos estavam fazendo.

Sério, Antônio? Precisava falar que eu pedi para vir aqui? Agora esse merdinha vai ficar achando que pode mandar em mim. Levou as mãos à boca.

– Me pareceu nada mais que minha obrigação, já que eu estava presente no momento em que tudo isso foi descoberto – mentiu. – E, apesar da enorme quantidade de conhecimento à disposição dos Acólitos, esses meus anos como ritualista talvez me permitam perceber uma ou outra coisa mais rápido. Para resolver esse mistério antes que desapareça.

Ricardo encarou o desperto com o olho apertado por alguns segundos.

– Entendo. – Ajeitou seu tapa-olho. – Muito nobre da sua parte.

– Obrigado – falou sem emoção. – Mas, então – ergueu as mãos –, vocês já descobriram alguma coisa interessante?

– Bem, aparentemente o quarto do casal era onde eles praticavam a maioria dos feitiços e rituais. – Gesticulou para onde estaria a cama. – Nós ainda estamos tentando entender como as posições dos símbolos interferiam na possível rachadura. Mas está claro que, por mais fortes que os feitiços aqui sejam, essa casa não é o suficiente para abrir uma rachadura no véu.

– A Senhora dos Sussurros falou que eles tinham uns despertos ajudando. – Enrugou o queixo.

– Verdade – assentiu mais uma vez. – E o que nós vimos aqui só prova que isso, pelo menos, era verdade.

– Mas você não conseguiu descobrir quantos eram – interrompeu.

– Exato. – Bufou. – O que eles estavam fazendo aqui é... – apertou as mãos em garras – ... diferente.

– Você pode ser mais específico, por favor?

– Não muito. Esse é o nosso terceiro dia aqui e ainda não conseguimos achar algum padrão. – Passou a mão esquerda sobre a mancha de sangue em sua roupa. – Nem algo similar em nossa biblioteca. Porém, está claro que, por mais energia que os símbolos daqui produzam, a casa em si não atinge pontos suficientes do véu para criar uma abertura. – Girava a mão em círculos. – O que leva a crer que eles não eram os únicos.

– Mas como é algo diferente, fica difícil saber quantos – o desperto completou.

– Entendi. – Fitou Ricardo de cenho fechado. – Você acha que eles tiveram ajuda para inventar isso?

– Não sei se *inventar* é a palavra certa. – Desviou o olhar para os acólitos sentados no centro do quarto. – Como eu falei, isso aqui é muito novo. Eles teriam que ser as maiores mentes em muito tempo para criar algo assim.

– Sua teoria é de que alguém contou para eles. – O alho pesava em seu bolso.

– Isso. – Anuiu em movimentos curtos. – Mais precisamente um espírito.

– Ok. – Girou os olhos pelo quarto. – E vocês já tentaram entrar em contato com algum para verificar.

– Já, com alguns, na verdade. – Ajeitou o tapa-olho mais uma vez. – Mas ou eles não tinham nenhuma informação, ou simplesmente se recusaram a negociar conosco. Eu estava pensando que você podia tentar falar sobre isso com um dos espíritos que você conhece.

Tomas soltou o ar pelo nariz.

– Olha, cara, minha reputação com as entidades do outro lado não está no auge – esticou a coluna –, por causa do meu último encontro com a Senhora dos Sussurros e tudo mais.

– Verdade – encarou o chão de cenho fechado por alguns segundos e levantou o rosto para o ritualista –, a chance era pequena de qualquer maneira, mas eu tinha que perguntar. – Piscou com calma. – Bem, não falta trabalho para fazer. Por onde você quer começar?

Eu vim aqui para falar com a Ana. Não. Se eu for rápido demais, ela vai ficar na defensiva.

– Eu queria dar uma olhada naquela mandala no banheiro. Pode ser?

– Eu acabei de sair de lá. – Virou o rosto para a porta do banheiro. – Mas não é como se isso tudo aqui estivesse indo para a frente. Vai lá, talvez você descubra alguma coisa.

– Ok. – Tentou, sem muito sucesso, esconder a ansiedade em sua voz. – Se eu encontrar alguma coisa, eu te falo.

– Ótimo. – Deu meia-volta e seguiu para a janela.

Antes que Ricardo pudesse começar a caminhar, Tomas o interrompeu:
– Só mais uma coisa. A casa está protegida?
– Protegida? – Parou e virou o corpo de lado para Tomas. – Contra espíritos?
– Isso.
– Não precisa se preocupar. Nós já fechamos toda e qualquer brecha que achamos. – Apontou para o corredor. – Por isso o cheiro de vinagre lá embaixo. – Fitou a janela mais uma vez. – Mais alguma coisa?
– Não, obrigado. – Ajeitou os cabelos para trás e foi para o banheiro da suíte dos dos Santos.

Assim como no resto da casa, os acólitos haviam retirado do toalete tudo que não estava preso ao chão ou tinha alguma propriedade além-véu. Os azulejos brancos se misturavam com o resto do banheiro. Tomas parou na frente da pia e encarou o símbolo. *O que que você está fazendo aqui? Eles têm que ter tido algum motivo para botar uma mandala com "aleph" logo aqui. Pensa.* Travou a mandíbula. *O que que "aleph" representa?* Soltou o ar pelo nariz. *Pensa.*

Balançava o corpo para frente e para trás. *"Aleph" é a primeira letra do alfabeto hebraico. Pode representar o início de algo.* Sua respiração pesava. *É a flecha reta. Isso.* Abriu os olhos. *É a epifania. O entendimento global? Eu li isso não faz dois meses!* Empurrou o corpo para trás e se sentou no vaso sanitário. *Ok, faz sentido ser o início de algo, mas por que eles iam colocar isso na porcaria do banheiro?* Inclinou o tronco para trás. *Não era porque era escondido.* Batia o pé no chão. *Tem que ter algum motivo.*

Calma. Pensa. Apoiou os cotovelos nos joelhos. *O que você sabe?* Piscou devagar. *A casa é cheia de símbolos, e nem todos são de proteção.* Pousou o queixo na mão direita. *Até onde eu sei, todas as mandalas com "aleph" estão nos banheiros. Mas isso não quer dizer que as mandalas sejam o único símbolo que eles estavam usando para abrir a passagem. Talvez essa seja a solução.* Pesava cada pensamento. *Em vez de focar o que esse símbolo representa, eu talvez deva checar se tem algum outro na casa com uma emanação similar.*

Fechou os olhos. *Um, dois, puxa. Um, dois, solta.* Sua respiração seguia a contagem lenta. *Um, dois, puxa. Um, dois, solta.* Sua atenção focava qualquer perturbação externa, especialmente à sua frente. *Um, dois, puxa.* O cheiro forte de lavanda preencheu todo o quarto e forçou caminho por suas narinas. Uma batida de coração em três tempos fez o chão sob seus pés tremer. *Um, dois, solta.* Abriu os olhos.

O banheiro não mostrou grandes mudanças visto pelo outro lado. *Interessante.* Tudo continuava tão branco e sólido quanto na matéria, com uma única exceção: nas frestas dos azulejos, linhas multicoloridas surgiam de lugar algum, corriam em ziguezague na direção da mandala e morriam logo em seguida. O símbolo com "aleph" permanecia opaco, como se mesmo no além-véu ainda fosse de tinta. *Não era para ele estar brilhando? Ou, sei lá, liberando alguma coisa?*

Apoiou as mãos nos joelhos e empurrou o corpo para cima. *Isso não está certo.* Levou o rosto até um palmo da parede. A temperatura reduzia a cada centímetro que se aproximava. *"Aleph" não era para ser quente?* Os pelos de seu pescoço se arrepiaram. Seus olhos caíram para as linhas de luz entre os azulejos. *Elas são sempre do mesmo tamanho, e, para ir para a frente, ganham uma cor nova, mas perdem a anterior.* Agachou-se. *E é sempre o caminho mais curto entre onde elas nascem e o símbolo na parede.*

Abriu a mão esquerda e a esticou até uma das frestas do azulejo. *Existe consciência nelas?* Parou o movimento no meio do caminho. *Se controla, Tomas. Se fosse para essas linhas te atacarem, elas já teriam feito isso há muito tempo.* Tentou tocar uma delas com o dedo, contudo elas eram rápidas e caóticas demais, e toda vez que seu dedo chegava ao chão elas já haviam passado.

Mostrou os dentes. *Quantos anos você tem, Tomas? Pelo amor de Deus.* Apoiou a mão direita no chão com o polegar tampando a intercessão entre quatro azulejos. *Agora vai.* Passaram-se alguns segundos até que uma das luzes se chocou com seu dedo. Seu rosto se abriu em antecipação. *Beleza.* Assim que se chocou, o brilho desapareceu em uma fagulha.

Fechou a cara. *O que você estava esperando?* Levantou-se com calma e sua coluna gritou. Soltou o ar pelo nariz. *Pelo menos deu para descobrir que elas não são conscientes.* Apoiou as mãos na base da coluna. *Então provavelmente elas são só algum tipo de energia que está sendo atraída pela mandala, ou sugada. Isso explica o frio.* Girou os olhos pelo cômodo. *A aparência deste banheiro também não está batendo. Ele está muito parecido com a matéria.*

Talvez seja esse o propósito, aproximar os dois lados. Todo o seu rosto se fechara. *É. Mas essas luzes sendo sugadas não fazem sentido. Se era para aproximar as duas realidades, por que os dos Santos colocariam alguma coisa só para sugar o que vem de um lado?* Seus olhos se arregalaram e seu estômago apertou. *A não ser que tenha algum outro símbolo em outro lugar expelindo em vez de sugar.*

A visão do desperto embaçou. *Puta que me pariu!* Deixou o corpo cair sobre a parede. *Eles já conseguiram algum nível de troca entre os dois lados. Eles já tinham começado a mistura.* Puxava o ar pelo nariz até os pulmões encherem e os esvaziava pela boca. *Como é que ninguém soube disso?*

Calma, Tomas. Contraía o abdome para controlar a respiração. *Você não sabe se isso é verdade. E o que quer que eles estavam fazendo aqui foi descontinuado. Ou não.* Abriu os olhos e levantou a cabeça. *A Senhora dos Sussurros falou que eles tinham uma galera que os seguia. Tanto desse quanto do outro lado.* Seu coração acelerou. *Independente. Está claro que os dos Santos eram a cabeça. Ou não.* Secou as palmas das mãos na camisa. *Não importa. Com os Acólitos aqui, o resto do corpo morre rapidinho. Quanto mais rápido eles limparem isso, melhor.* Levantou-se e começou a caminhar para a porta.

Ao contrário do toalete, o quarto não escondia em que lado do véu estava. As paredes azuis mexiam e misturavam vários tons que se fundiam e se separavam em um movimento contínuo. Símbolos de várias origens brilhavam e piscavam, cobrindo cada superfície do cômodo. O teto se sobressaía emanando uma luz branca que aquecia a pele. Da janela era possível ouvir o Jardim Botânico murmurando em ondas. *Como eles conseguiam dormir com tudo isso acontecendo?*

Se concentra. Primeiro você tem que ver se essa ideia toda faz sentido, antes de sair espalhando isso por aí. E como eu faço isso? Desceu a mão para o queixo. *Antes de tudo, você tem que ver se a mandala realmente está sugando energia do além-véu.* Assentiu. *Isso. Além de achar algum outro símbolo que esteja puxando da matéria. Mas o que garante que eles vão estar aqui?*

Estalou a língua nos dentes. *Nem a pau que eu consigo algum livro falando sobre isso, e o Ricardo falou que não tem nada nos arquivos dos Acólitos.* Caminhou até a porta do quarto e seguiu pelo corredor. *Dar uma olhada em outra mandala talvez seja a solução. Nem que seja para ver se a mandala tem o mesmo efeito sobre as realidades.* Sentiu seu peito afundar. *Claro que vai ter.*

Negou com a cabeça. *De qualquer maneira, é a melhor pista que eu tenho.* A poça de sangue pela qual tinha passado mais cedo agora brilhava em vermelho vivo. *O Ricardo falou que tinha visto o símbolo no banheiro do quarto da Ana.* Girou o corpo para a esquerda. *Ali. Melhor eu falar com ela antes.* Seu pescoço travou. *Não, mais gente só vai piorar a situação.* Cerrou o punho e marchou para o quarto da afilhada.

Aquele era o único cômodo que não havia sido perturbado pela presença dos acólitos. *Merda.* Assim como o quarto dos pais, toda a superfície estava coberta com um ou outro símbolo de proteção, que podiam ser vistos brilhando através dos pôsteres que competiam pelo mesmo espaço. Uma cama de casal com lençóis verdes ficava no centro, rodeada por revistas e roupas usadas. No fundo, um armário com as portas abertas encostava na parede, onde havia uma mesa com vários papéis empilhados.

O desperto abaixou o rosto e apressou os passos para o banheiro do quarto de Ana. Soltou a respiração quando passou pela porta. *Se concentra, Tomas.* Rodou os olhos pelo toalete. Linhas de arco-íris surgiam de lugar algum e corriam pelas frestas dos azulejos brancos até desaparecerem por trás do espelho. *Ok, até agora tudo igual.* Caminhou devagar até o espelho, pousou as mãos com delicadeza em suas laterais e o puxou.

Curvou o tronco e colocou o objeto com calma no chão ao seu lado. *Isso, devagar.* Subiu os olhos e lá estava, a mandala circular com um "bet", similar a um T minúsculo invertido, desenhado em seu centro. *Até agora o mesmo símbolo e os mesmos efeitos.* Ergueu a mão esquerda e pressionou o centro da mandala. *Frio. Frio!* Recuou o braço em reflexo. *É isso. Ela está transferindo de um lado para o outro.*

Deixou o corpo cair e sentou-se mais uma vez no vaso sanitário. *Isso.* Fechou os olhos. *Um, dois, puxa. Um, dois, solta.* Esticou a coluna e a camisa apertou sua cintura. *Um, dois, puxa. Um, dois, solta.* As batidas de coração vindas da janela deram lugar a roncos de motor. *Um, dois, puxa.* O cheiro de lavanda foi diminuindo pouco a pouco até quase desaparecer. *Um, dois, solta.* E abriu os olhos. Voltara.

Rodou os olhos pelo banheiro. *Nada. Nenhum efeito sobre esse lado.* Suas costas travaram. *Ainda bem. Eu tenho que parar de mexer nisso. Essa situação da Ana com a Senhora dos Sussurros está me afetando demais.* Colocou as mãos nos joelhos e empurrou o tronco para cima. *Melhor ir andando. Eu ainda tenho que descobrir como essas coisas funcionam. Pelo menos não tem nenhum buraco aberto.* Dobrou os joelhos para pegar o espelho e o levantou para devolvê-lo ao seu lugar. *Talvez tenha algo para eu fazer na sala.* Seus dedos encostaram na mandala e seu estômago gelou.

A parede estava quente.

32

– EU ESTOU TE FALANDO – Tomas recolheu o braço –, desse lado está quente.

Ricardo pousou a palma da mão esquerda sobre a mandala.

– Verdade. E você acha que isso tem a ver com a rachadura entre realidades.

– E tem outra coisa para achar? – Apontou para a parede. – Eles conseguiram criar uma área de transferência permanente entre aqui e o outro lado. – Fez uma pausa. – Beleza que desse jeito é só temperatura, mas está afetando os dois lados.

Ana interrompeu:

– Qual é o problema de afetar os dois lados?

Tomas virou-se para sua afilhada com o cenho fechado.

– Como assim qual é o problema?

– Tipo – girou a palma da mão para cima –, você fala com espíritos. E dá comida para eles. A gárgula protege a minha casa. Os dois lados se afetam o tempo todo. – Coçou a cicatriz em seu punho. – Tipo, não é isso que os despertos fazem?

– Entendi. – Piscou com calma. – Não. Lembra aquela conversa que a gente teve sobre o que é magia? Então, perceber e influenciar qualquer um dos planos, de qualquer maneira que seja, é magia. – Juntou os dedos das mãos como se segurasse uma bola. – Mas, apesar de a gente conseguir alterar o outro lado, às vezes de maneira permanente, nossa existência ainda é aqui. Assim como a dos espíritos é no além-véu. Entendeu?

– Não – disse, quase como uma pergunta.

Pelo amor de Deus, não foi difícil. Vamos lá, calma.

– Nossa capacidade de ação além da nossa realidade é limitada. – Girava as mãos em círculos. – Eventualmente todo mundo é puxado de volta para seu lugar de origem. Todo espírito que atravessa o véu eventualmente volta. Mesmo os símbolos de proteção têm que ser reforçados de vez em quando. – Levantou os braços na altura dos ombros. – Sacou?

A adolescente negou com a cabeça.

– Foi mal.

Ricardo interrompeu:

– Ele está falando que ninguém nunca conseguiu manter algo influenciando os dois lados permanentemente, sendo pessoa ou objeto. – Apontou para a mandala. – E seus pais conseguiram. Por mais que seja somente temperatura, até onde percebemos.

– Ah. – Ana abriu o rosto. – Tá bom, entendi.

– Pois é. – O acólito virou-se para Tomas. – Mais alguma coisa?

– Tirando que está sugando de um lado e dando para o outro? Não. – Esticou os braços para se espreguiçar. – Mas eu tenho algumas teorias.

– Que são? – As palavras saíram sem emoção.

– Por exemplo, esta mandala aqui está trazendo o que quer que seja para cá, certo? – Apertou os músculos da nuca com a mão direita. – Não tem nenhuma evidência de alguma coisa faltando do outro lado. O que leva a crer que tem outro símbolo fazendo o movimento oposto. Provavelmente aqui na casa mesmo. Ou pelo menos nas redondezas.

O acólito pousou as mãos na lombar.

– Não tem nenhum sinal de matéria sendo alterada na casa.

– Você está falando sério? Tem imagens espalhadas pela casa toda. – Esticou o braço direito para a porta. – Tem mais runas aqui do que qualquer tipo de símbolo no departamento dos Acólitos.

– Exato. – A voz de Ricardo engrossara. – Nós estamos aqui já faz quatro dias e não achamos nada. Se tivesse alguma coisa modificando esse lado, já teria aparecido.

– Não. – Acelerou o ritmo da fala. – Pelo que eu vi até agora, vocês só procuraram no além-véu. O que já seria mascarado por estar do lado do Jardim Botânico, de qualquer maneira. Tanto que ninguém tinha percebido o óbvio calor anormal na parede do banheiro.

Ricardo apertou o cenho e encheu os pulmões sem pressa.

– Tudo bem. – Levantou as mãos e soltou o ar. – O que sugere que façamos?

– Simples. – Esticou a mão direita para a mandala mais uma vez. – A gente vai pelo que a gente sabe. Ela está soltando calor, não está? Se eu estiver certo e tiver outra mandala fazendo o movimento oposto nessa casa, ela vai estar soltando frio.

– Ótimo. – Mordeu o lábio inferior. – Eu vou falar para os neófitos checarem se tem alguma mandala fria na matéria.

– Não precisa. De novo. Vamos começar pelo que a gente sabe. – Virou-se para Ana. – Tem algum cômodo muito frio nessa casa? Mais frio do que deveria ser?

A adolescente fechou o cenho e mostrou os dentes.

– Frio? – Fitou o chão. – Tem a varanda, mas tá sempre ventando lá. Tem a cozinha também. – Coçou a têmpora direita. – Mas, sei lá, parede de tijolo faz o lugar ficar mais frio, não faz?

– Eu realmente não sei. – Encarou o acólito. – Como são as imagens nesses dois lugares?

Ricardo pousou a mão direita no queixo.

– Todas as mandalas e runas do lado de fora da casa, incluindo a varanda, são completamente comuns. Tem alguns símbolos na cozinha cujo propósito nós não conseguimos decifrar.

– Perfeito. A gente já sabe o próximo lugar para procurar. – Caminhou até a porta do banheiro. – Vem comigo, Ana? Para me ajudar?

– Aham. – E seguiu o padrinho.

– Por favor. – Tomas girou o corpo de lado e deixou os outros passarem. Assim que Ricardo passou, pousou a mão direita em seu ombro. – O que você faria se eu não estivesse aqui, não é não? – E soltou um sorriso perverso.

O acólito o fitou pelo canto de seu único olho.

– Muito engraçado – falou sem emoção e seguiu para o corredor.

O desperto foi o último a sair do quarto. *Seria bom ter alguma pista de quem ensinou isso para eles. Se foi espírito ou gente, pelo menos.* Reduziu o ritmo dos passos. *Nem a biblioteca dos Acólitos fala disso.* Fungou. *Ou foi isso que o Ricardo falou. Se bem que a mandala do banheiro pareceu relativamente simples.* Desviou da poça de sangue no corredor. *Não cai nessa burrice, Tomas. Só porque você não é capaz de inventar isso, não quer dizer que eles não fossem.*

Girou o corpo e começou a descer a escada. *Importa se eles inventaram ou alguém contou? Eles não estavam sozinhos de qualquer maneira. O importante é descobrir como impedir, ou pelo menos desarmar essas coisas. Nem que seja para quando outro imbecil resolver fazer isso de novo.* Travou o maxilar. *Que ideia idiota.* Acelerou o passo para acompanhar sua afilhada. *Como se o contato entre o além-véu já não fosse perigoso o suficiente como está.*

Sem chance. Saltou os últimos dois degraus. *Isso é perigoso demais para deixar assim.* Os músculos de suas costas se contraíram. *Mas como? Quem está fazendo isso é gente, ou pelo menos a maioria é.* Desviou de um neófito carregando uma bacia cheia de vinagre. *Filho da puta. Não tem como você banir um desperto, e nenhum juiz prenderia alguém por abrir uma rachadura no véu.* Suavizou as feições. *Dependendo do suborno, quem sabe?*

Mesmo assim, o círculo que os dos Santos frequentavam estava cheio de gente poderosa. Sem dúvida eles cobririam qualquer suborno que aparecesse. Segurou a cabeça de alho em seu bolso. *Isso só deixa uma solução.* Fechou o rosto ao ver a nuca de Ana. *Não. Isso não é escolha. Nem adianta pensar nisso, Tomas.* Esfregou o polegar em seu amuleto. *Até porque não vai ser você que vai resolver isso. Você está aqui para tentar ajudar sua afilhada.* Passou pela porta da cozinha.

Todas as paredes da cozinha eram revestidas por tijolos assimétricos com a diferença de tamanho compensada por cimento. As longas tábuas de madeira do chão subiam para cobrir as bancadas. Utensílios de cozinha de cobre enfeitavam as paredes entre a despensa e a entrada. Os eletrodomésticos, todos cromados e minimalistas, eram as únicas coisas que destoavam da decoração rústica.

O desperto apoiou o ombro na porta.

– Então, como a gente vai fazer isso? – Os pelos de seu braço subiram com a queda de temperatura.

Ricardo respondeu sem emoção.

– Nós temos que ver se o que encontrarmos aqui bate com a sua teoria.

– Essa parte eu sei. – Caminhou até o fogão. – Eu estou perguntando se a gente vai arrastar as coisas antes de entrar em transe. – Tirou o amuleto do bolso e o apoiou sobre uma das bancadas. – Até porque ambas as mandalas dos banheiros estavam atrás de espelhos, mas eram visíveis desse lado. Se esse símbolo também estiver atrás de algo, não seria uma surpresa.

– Verdade – o acólito assentiu. – Acho melhor arrastarmos os objetos antes, não?

– Beleza. Não tem nenhum quadro ou espelho aqui – voltou-se para o acólito –, então, se não tiver nada construído sobre a imagem, ele deve estar atrás do fogão ou da geladeira.

– Ou do congelador – Ana interrompeu.

– Ou do congelador – Tomas concordou. – De qualquer maneira, é melhor começar de uma vez por todas. – Chamou a afilhada com a mão direita. – Me ajuda aqui com o fogão, por favor.

O desperto agachou-se e sua lombar gritou. Foi obrigado a se ajoelhar. Apoiou uma mão na porta do fogão e a outra na parte de trás. Ana fez o mesmo do outro lado, apoiando a cicatriz na frente do eletrodoméstico. Virou-se para a afilhada.

– Um, dois, três e vai. – Não conseguiram mover o fogão mais de trinta centímetros. – Mais uma vez. Um, dois, três, vai. – Precisaram repetir o processo outras duas vezes até que a parede atrás ficasse visível.

Nada. Apoiou a mão direita na bancada e se levantou. Esticou as costas com as mãos na base da coluna.

– Nada aqui.

A voz de Ricardo surgiu da despensa.

– Não achei nada aqui também. – Caminhou até a adolescente. – Você se lembra dos seus pais falando alguma coisa em especial da cozinha, ou de algum símbolo?

Tomas interrompeu:

– Claro que não. Ela só despertou depois do acidente. – Apontou para o acólito. – Que você viu no feitiço espelho, aliás. E você sabe muito bem que, mesmo que eles só falassem disso, a mente de um mundano simplesmente ia ignorar as coisas do outro lado.

Ricardo massageou o olho.

– Você pode deixar ela responder, por favor?

– Do que adianta ficar lembrando ela dos pais? – Fechou o cenho. – Sinceramente.

– Porque eles estavam tentando abrir uma passagem para o além-véu. – Ajeitou seu tapa-olho. – E qualquer informação pode ser importante.

A adolescente cortou antes que Tomas pudesse dar a tréplica.

– A resposta é não. Eu não lembro deles falando nada de diferente, nem de véu, nem de símbolo, nem de nada. – Sua voz falhou. – Eles eram normais.

Perfeito. Realmente valeu a pena perguntar. Encarou o acólito.

– Agora que as perguntas acabaram, podemos continuar procurando a tal imagem?

– Podemos – Ricardo respondeu reticente. – Perdão. – Girou nos calcanhares e foi até a geladeira.

Tomas o seguiu, e cada um se posicionou de um lado do eletrodoméstico, com uma mão na porta e a outra na parte de trás. Como tinham feito com o fogão, o desperto encheu os pulmões.

– Um, dois, três, e vai. – E levantaram. Tomas precisou fazer muito menos força para arrastar a geladeira, e conseguiram movimentá-la o suficiente para enxergar a parede em um só movimento.

Ana apoiou o corpo sobre a bancada para olhar a parede.

– Tem alguma coisa aqui – falou com pressa.

Ricardo se espremeu do outro lado para ver.

– É uma mandala?

– Acho que é. – Aproximou o rosto. – Não sei.

Puta merda. Pousou a mão esquerda sobre o ombro da afilhada.

– Posso?

– Aham – respondeu e, logo em seguida, saltou da bancada.

O desperto inclinou o corpo.

– Não é uma mandala, é uma runa. – Chegou mais perto. O símbolo parecia a letra "u" de cabeça para baixo. – Não é uma runa, não. É um "tav".

– O que que é um "tav"? – A adolescente voltara a subir na bancada e se espremia entre Tomas e a parede.

Ricardo respondeu antes de Tomas:

– É a vigésima segunda letra do alfabeto hebraico, e, dependendo da interpretação, a última. – Desistira de tentar enxergá-la pela fresta do eletrodoméstico. – Não tem nenhuma mandala em volta?

O desperto afastou o corpo.

– Não, só a letra mesmo. – Esticou a mão esquerda por trás da geladeira e encostou no "tav". – E está soltando frio.

Ana tomou o lugar do padrinho.

– Não tá frio por causa da geladeira?

– Não. – Tentou sem sucesso esconder o escárnio na voz. – Atrás de geladeira não é frio.

– Ah, é. – Saltou da bancada mais uma vez, com as bochechas roxas. – Eu sabia.

– Aham. – Ergueu as sobrancelhas e virou-se para o acólito. – Me ajuda a terminar de puxar ela. – Posicionou-se do lado esquerdo do eletrodoméstico. De uma só vez, moveram a geladeira o bastante para caminhar livremente ao redor do "tav" pintado sobre a parede de tijolos. – Os seus neófitos já tinham achado esse aí?

O acólito tentava controlar o arfar de sua voz.

– Se acharam, não me contaram. – Fechou o olho e soltou o ar pela boca. – Mas, também, só um "tav" sem nada em volta não chamaria atenção.

– Verdade. – Apoiou as mãos na base da coluna. – De qualquer maneira, só falta agora ver como ela está influenciando o outro lado.

– Concordo. – Fechou seu único olho e encheu os pulmões.

O desperto virou-se para a afilhada.

– Você precisa de ajuda com o transe?

– Não – respondeu em um solavanco.

– Perfeito. – Fechou os olhos.

Um, dois, puxa. Um, dois, solta. Esticou os dedos dos pés dentro dos sapatos. *Um, dois, puxa. Um, dois, solta.* Baixou o rosto e sentiu o sangue enchendo e esvaziando as veias. *Um, dois, puxa.* O cheiro de vinagre desapareceu, dando lugar ao de terra molhada, e um leve assobio preencheu o cômodo. *Um, dois, solta.* Abriu os olhos.

Assim como os banheiros, a cozinha parecia demasiadamente material no além-véu. As madeiras continuavam estáticas e os tijolos continuavam porosos. As poucas mandalas, símbolos e runas próximos às portas mal emitiam qualquer luz. A única exceção era o Tav, que, apesar de parecer impresso em tinta mesmo do outro lado do véu, soltava pequenas centelhas brancas de seu centro, que corriam em uma curva descendente por quarenta ou cinquenta centímetros só para desaparecerem em uma pequena explosão.

Tomas esticou o braço direito e pousou a mão sobre a runa.

– Está quente. – Recuou o corpo logo em seguida para evitar as centelhas.

– "Aleph", "bet" e "tav" – Ricardo disse em palavras alongadas. – Se sua teoria está certa, o feitiço que eles estavam fazendo para abrir a rachadura usava o alfabeto hebraico.

– Isso. – Pousou a mão direita no queixo. – Você viu alguma letra pela casa?

– Acho que sim. – Mostrou os dentes em uma expressão de sofrimento exagerada. – Não, eu vi, com certeza. Só na sala tem duas. No quarto também.

– Você lembra se elas estão apagadas neste lado? Que nem essa? – Apontou para o Tav.

– Acho que sim – resmungou. – Não lembro. Mas eu posso falar com o resto dos neófitos para ver se eles encontram.

– Calma – Tomas interrompeu. – Antes de sair catando as coisas, a gente tem que ver o porquê de essas letras estarem apagadas.

Ricardo contraiu o cenho.

– Você acha que elas não estão ativadas?

– Quantos símbolos você já viu que não brilham no além-véu? – Ergueu as mãos. – Independente do que sejam.

– Eu também nunca vi algo afetando os dois lados dessa maneira. – Inclinou o rosto. – Se isso é tão diferente, nós não podemos simplesmente sair mexendo.

– Se meu cachorro não cagasse, explodia. – Piscou com calma e esvaziou os pulmões. – Presta atenção, mais uma vez, a gente tem que começar por onde a gente sabe. – Marcava cada palavra. – E, mais importante, se você mandar seus neófitos procurarem o que nem você sabe mexer, existe uma chance enorme de eles acabarem se machucando, ou pior, danificando o que quer que isso seja.

Ricardo permaneceu em silêncio com seu único olho vidrado na face do desperto.

– Concordo – assentiu em movimentos curtos. – É melhor tentarmos entender os símbolos antes de qualquer outra coisa. – Virou o corpo para o Tav. – Qual você crê que deva ser o primeiro passo?

– Eu estava pensando em tentar ativar esse aqui. – Coçou a cabeça com a mão direita. – Mas isso tem cara de ser uma péssima ideia.

Ana se sentou na bancada ao lado da geladeira.

– Por quê?

– Porque isso pode abrir a bendita rachadura. – Tomas encolheu o pescoço.

– Mas não tem todas as outras letras? – Levantou as mãos até os ombros. – Tipo, não faz sentido meus pais estarem usando todas as letras se ativar só uma é o suficiente.

– Estudar um símbolo e ativar ele são coisas completamente diferentes. – Fez uma pausa. – O problema é que, se algum imprevisto acontece, as repercussões são, bem, imprevisíveis.

– Se meu cachorro não cagasse, explodia. – A adolescente sorriu, superior.

O desperto apertou a boca para impedir, sem sucesso, que um sorriso se formasse. *Não é assim que essa expressão funciona. Mas beleza.*

– Perfeito. – Virou-se para Ricardo. – Acho que devíamos tentar ativá-lo.

– Aparentemente eu sou voto vencido. – Coçou uma cicatriz recente em seu pescoço. – Alguma ideia de como fazê-lo?

Tomas arregaçou a manga esquerda.

– Posso?

– Por favor. – Deu um passo para trás em uma leve reverência.

O ritualista esticou o braço devagar e pressionou a palma esquerda sobre a imagem. As faíscas brancas queimaram sua pele. *Calma.* Encheu os pulmões.

– Kramór Iriná Anê. Kramór Iriná Anê. Eu, Tomas Fontes, em domínio de minha própria vontade, ativo as propriedades adormecidas do símbolo. – Jogou o peso do corpo sobre o braço para impedir que recuasse. – Pela Grande Roda das Realidades, meu pedido será atendido. – Levantou a mão direita acima da cabeça. – "Tav", acende! E que assim seja! – Recuou o braço. – Nada. Invocação não é a resposta. – Limpou o suor da testa.

– De fato – o acólito concordou.

– Talvez um ingrediente possa dar uma lubrificada nisso. – Girou os olhos pela cozinha. – O que poderiam ter usado para ativá-lo?

– Antes de passar mel na parede – Ricardo interrompeu –, eu gostaria de tentar uma aproximação mais bruta. Posso?

Tomas deu com os ombros.

– Vai na fé.

O acólito caminhou até a frente do "tav". Em um movimento calculado, inseriu a mão direita do bolso, puxou uma caneta de cobre e a levantou sobre a cabeça como um punhal. Fechou o olho.

– Eu, Ricardo Pereira, membro da Santíssima Ordem dos Acólitos, através desse sacrifício de sangue, ativo este símbolo para que possamos entender as totais repercussões das ações dos dos Santos. – E penetrou a caneta em sua palma esquerda. Encheu o peito, levou a ferida até a imagem na parede e desenhou um círculo de sangue à sua volta. – E que assim seja!

Nada aconteceu.

O acólito devolveu a caneta ao bolso.

– Estranho. – Fungou. – Um sacrifício de carne deveria ser mais que o suficiente.

– Os dos Santos devem ter colocado algum tipo de segurança. – Tomas bufou. – Alguma coisa para garantir que só eles pudessem ativar isso.

– Geralmente uma palavra. – Puxou um lenço do bolso, pousou-o sobre a ferida em sua mão e se afastou da parede. – Isso dificulta muito nossa vida.

– Verdade. Especialmente se eles contaram para outras pessoas que querem abrir a rachadura. – Estalou os dedos. – Talvez, com oferendas suficientes, um espírito do grupo aceite nos contar.

– Acho extremamente difícil – o acólito disse, sem mostrar alguma emoção.

– Se você tiver uma ideia melhor... – disse quase como uma pergunta.

– Existe uma chance de conseguirmos enganar o símbolo.

– Como assim? – Recuou o rosto.

– Partindo da premissa de que foram os dos Santos que os criaram – balançava a cabeça no ritmo da fala –, nós podíamos usar o sangue deles para forçar uma ativação.

– Não. – As veias da cabeça de Tomas começaram a pulsar.

– É a nossa melhor opção. – Encolheu os ombros.

Ana interrompeu:

– Como assim?

Tomas cerrou os punhos.

– Eu já falei que não.

Ricardo levantou o queixo.

– Não creio que a decisão seja sua.

– Ei! – O grito de Ana ecoou pelo cômodo. – Vocês podem parar de me tratar como se eu não estivesse aqui?

Os dois permaneceram em silêncio com os olhos arregalados até que Ricardo deu um passo à frente.

– Existe uma chance de ativar o símbolo usando seu sangue. Se foram seus pais quem realmente o criaram.

O desperto umedeceu os lábios.

– O problema é que nada disso é garantido. Ele pode acabar te machucando à toa.

– É a nossa melhor opção para ativá-lo – disse o acólito sem pressa.

– Isso não é verdade. – Marcou as palavras. – A gente pode tentar usar algum ingrediente antes, ou tentar um ritual.

Ricardo negou com a cabeça.

– Qualquer uma dessas possibilidades, além de muito mais demoradas, tem uma chance muito menor de êxito.

– Com a única diferença de que você não tem que cortar ela.

– Eu acabei de fazer um sacrifício de carne. – Mostrou a palma da mão ferida. – Qual é a diferença?

– A diferença é que você é um acólito. – O volume de sua voz aumentou. Mostrava os dentes. – Se mutilar é parte da diversão para vocês.

Mais uma vez, Ana interrompeu a discussão:

– Vocês podem parar com isso? – Virou o rosto para o padrinho. Saltou da bancada e se aproximou do acólito. – A escolha é minha, não é? E eu escolho fazer o que o Ricardo indicou.

O acólito puxou a caneta de cobre do bolso mais uma vez.

– Somente pousar a mão sobre o Tav. Só isso. – Segurou o punho de Ana com delicadeza e encostou a ponta da caneta em sua palma. – Vai ser só um furinho. Tudo bem?

– Aham – assentiu.

Ricardo sacudiu o pulso.

– Pronto – falou com doçura. – Agora é só encostar no símbolo.

– Tá. – Caminhou até a imagem na parede e esticou o braço com atenção completa no objetivo. Fez uma careta e parou quando as faíscas bateram em sua mão. Espremeu o rosto e continuou até encostar no Tav. – E agora?

No segundo seguinte as centelhas cessaram e a imagem começou a jorrar uma luz branca que preencheu a cozinha. Logo em seguida um chiado ensurdecedor abriu caminho pelos tímpanos dos presentes. Tomas saltou até a afilhada e a puxou para longe da parede e, assim que caíram no chão, toda a cozinha voltou ao normal.

– Você está bem?

– Aham. – Ergueu o rosto para Ricardo. – Funcionou?

O acólito estava a menos de um palmo da imagem na parede.

– Aparentemente sim.

– Ele tá brilhando? – A adolescente se levantou.

– Não – respondeu sem se mover.

Puta merda. Empurrou o corpo devagar para cima. Rodou os olhos pela cozinha. *Pelo menos está tudo inteiro.* Passou as mãos nas roupas para tirar a poeira. *Nem para dizer um obrigado. Pelo jeito o sacrifício funcionou.* Espremeu-se entre a bancada e sua afilhada.

O Tav deixara de ser opaco, porém não brilhava. Era um buraco flutuando na parede, espelhando a imagem do cômodo do outro lado, ignorando as pessoas que o cercavam. Mesmo os sons refletidos pela pequena rachadura entre realidades eram apenas os dos objetos, rejeitando qualquer barulho de gente. O único estímulo que parecia emanar era um forte odor de lavanda.

O desperto recuou o rosto.

– Agora cadê o vinagre pra gente fechar isso?

Ricardo sorria de orelha a orelha.

– Daqui a pouco eu trago. Isso pode ser a descoberta mais importante dos últimos tempos.

– Fazer funcionar não é a mesma coisa que entender como funciona – disse de uma só vez.

– Mas é um primeiro passo. – Não tentou esconder a excitação em sua voz. – Com licença, eu vou mandar os neófitos buscarem as outras letras pela casa. – Fez uma reverência exagerada, girou nos calcanhares e saiu.

Ana permaneceu com os olhos na porta.

– Eu não achei que ele fosse ficar tão feliz.

– Isso vai dar uma boa alavancada na carreira dele de acólito. – Grunhiu.

– Eu não entendo por que você não gosta dele. – Soltou o ar pelo nariz.

– Eu já te falei da última vez. Ele é falso. – Apontou para a mão da afilhada. – O cara está disposto a fazer qualquer coisa por status. Aliás, como está a ferida?

– Foi só uma picada. – Levantou a mão na altura da cabeça e virou a palma para o desperto. – Nem doeu.

Bom. Pelo menos isso.

– Mas, ainda assim, ele não sabia o que poderia ter acontecido ao ativar o Tav.

– Se continuar assim, eu vou acabar desconfiando que você tá levando essa coisa toda de padrinho a sério. – Soltou um sorriso debochado.

– Eu estou. – Sentiu as bochechas esquentarem.

O rosto de Ana desceu.

– Ah. – E travou os ombros.

Calma. Vamos lá. Apertou a cabeça de alho em seu bolso.

– Olha – forçou as palavras para fora –, eu não sou bom nisso, ok? – A frase saiu dura. – Mas, assim, se você precisar de qualquer coisa, conselho, ajuda para qualquer coisa – abria e fechava a mão sem pausa –, pode me chamar, ok? Não tem hora, a não ser que você não queira. – Desistira de piscar. – Você é dona da sua vida, e eu não quero me intrometer.

A adolescente abriu um sorriso e fechou os olhos.

– Ok.

– Sem pressão. – Ergueu as mãos em rendição.

– Tá bom. – O rosto de Ana se abriu completamente.

Eu preciso sair daqui. Soltou o ar pelo nariz.

– Ok. – Todos os seus músculos se contraíram. – Não sei. – Sua respiração chiava em seu nariz. – Tem… alguma coisa que você queira perguntar?

– Não. – Acariciou a cicatriz em sua mão. As sobrancelhas desceram ao mostrar os dentes. Saltava os olhos pela sala em silêncio.

– Pode falar. – Suas mãos estavam frias. – Não precisa ter vergonha.

A adolescente encheu os pulmões, mas parou o movimento no meio do caminho.

– Não. Não tenho, não. Obrigada.

– Ok. – Sacudiu a cabeça. – De qualquer maneira, se precisar, você tem meu número.

– Aham.

– Bem. – Estalou a língua nos dentes. – Eu estou indo nessa.

– Já? – Colou o queixo no peito. – Tipo, você não vai terminar de ver as coisas?

– De agora em diante é só trabalho braçal – deu com os ombros –, e eu tenho que reforçar as proteções lá de casa. Mas daqui a uns dois ou três dias eu estou de volta. – Fez uma pausa. – Bem, tchau.

– Você não vai nem sair do transe antes? – Sorriu.

– Verdade. – Fechou os olhos. *Um, dois, puxa. Um, dois, solta.*

33

– ALÔ? – O desperto se apoiou na mesa redonda de madeira no canto da sala. – Ana?

– Oi. – A voz da adolescente tremia. – Você tá podendo falar?

– Posso. Aconteceu alguma coisa? – Caminhou até o sofá e se sentou.

– Não, não. – O ar chiava no fone. – É que eu achei que era melhor falar por telefone.

Com certeza aconteceu alguma coisa. Apoiou os cotovelos nos joelhos.

– Ok. Me fala com calma.

– Não. – Fez uma pausa. – É que eu estava pensando nos meus pais. Com o negócio de ativar as mandalas ontem e tudo o mais.

Vai devagar, Tomas. Respirou fundo.

– Pensando no quê?

– No que eles estavam fazendo. – Sua voz endurecera. – É muita maluquice, né?

Maluco, não. Imbecil. Mas eu não posso dizer para a órfã que os pais dela eram dois boçais.

– Olha, eu não cheguei a conhecer os dois. – Ponderou antes de cada palavra. – Mas, aparentemente, eles acreditavam no que estavam fazendo. E isso é importante.

– É – disse reticente. – Mas, não sei, você acha que eles tavam se enganando? Sei lá.

– O que importa é como eles eram com você. – Apontava para a parede no ritmo de cada palavra. – O que eles fizeram ou deixaram de fazer é o menos importante.

– Tá.

– É a melhor maneira de preservar a memória deles. – Soltou o ar e reclinou o tronco. – Eles escolheram lutar pelo que acreditavam, e isso é o que vale a pena lembrar.

– Tá bom. – Fez outra pausa. – Eu tenho que ir agora, mas valeu por ter me escutado.

Merda. Eu devia ter falado outra coisa. Merda. Subiu uma perna no sofá.

– Olha, se você quiser falar de novo, pode ligar, ok?

– Tá bom. Valeu. – E desligou.

O desperto largou o celular na almofada ao lado. *Perfeito, eu não consigo nem responder o óbvio.* Exalou. *Se bem que não. Eu não falei nada de mais. Quer dizer, eu até encorajei ela.* Cruzou os braços. *É. Ela provavelmente desligou rápido porque a memória dos pais ainda está fresca. Provavelmente foi isso.* Desceu o rosto. *É, considerando as últimas vezes, foi até melhor do que eu esperava.*

Não adianta pensar nisso agora. Apoiou as mãos nos joelhos e empurrou o corpo para cima. *A proteção da casa não vai se reforçar sozinha.* Caminhou até a cozinha. *Quantas vezes eu tive que fazer isso só esse mês? Três? Foi mais do que eu fiz nos últimos quatro anos.* Sorriu de meia boca. *É isso que dá ficar se metendo em buraco menor que o pau.* Arregalou os olhos. *Não que isso já tenha sido um problema.*

Agachou-se na frente da pia e abriu a porta da despensa. *Cadê a vodca?* Espremeu a cabeça entre as panelas e estalou a língua nos dentes. *Eu esqueci de comprar de novo. Toda vez é a mesma coisa.* Fechou os olhos em uma tentativa de se acalmar e soltou o ar em um chiado. *Cachaça vai ter que resolver, então.* Pegou a garrafa, segurou a borda da pia e se levantou.

Ok. Por onde eu começo? Rodou os olhos pela sala. *Todas as entradas já estão protegidas. Todas as janelas e portas, e a sala tem mais símbolo de proteção que móvel. O quarto, talvez?* Levantou as bochechas mostrando os dentes. *Não, o quarto é a mesma coisa. Ainda mais com o montinho de alho que eu deixo no criado-mudo.* Apoiou a garrafa de cachaça na bancada, segurando firme o gargalo. *Tem o banheiro. O que eu fiz lá é mais do que o suficiente.* Massageou os olhos com a mão direita. *Mas não dá para ficar estático com todos os meus contatos me ignorando. Pelo jeito vai ser o banheiro.*

O cheiro de urina invadiu as narinas do desperto antes mesmo de ele chegar ao toalete. Forçou o ar para fora do nariz. Marchou até o vaso sanitário, puxou a descarga e desceu a tampa. *Está na hora de dar uma limpada nisso aqui.* Tossiu. *Depois de terminar a proteção. Para ver se eu consigo passar uma noite inteira dormindo, para variar.* Destampou a garrafa e se aproximou da janela.

Travou o corpo assim que viu que a teia na parede tinha mais que triplicado de tamanho. *Daqui a pouco eu vou ter que cobrar aluguel.* Deu dois passos para o lado e seguiu. *Com licença.* A linha de sal tinha perdido pouco de seu volume. *Bom, a casa continua segura.* Encheu a boca de cachaça. *Espera.* Fez uma careta ao engolir. O álcool queimou ao passar pela garganta. *Faz alguma diferença?* Pôs a garrafa sobre o vaso sanitário. *Os dos Santos tinham uma gárgula parada na porta da casa deles e não fez nenhuma diferença. Se um espírito quiser muito me matar, ele consegue.* Inclinou a cabeça. *Mas isso não quer dizer que eu tenho que facilitar a vida deles.*

Saiu do banheiro, arrastou os pés até a cama e deixou o corpo cair. *Eu tenho que sair daqui.* Apertou as palmas contra o rosto. *Talvez passar um tempo fora. Sei lá. Isso. Ir para um lugar sem proteção nenhuma é obviamente a melhor ideia.* Fungou. *Se eu falar com o Antônio, ele me deixa passar um tempo nos Acólitos.* Desceu as mãos e as pousou sobre o umbigo. *Isso é burrice. O perigo ia continuar o mesmo.* Contorceu-se até encostar a nuca no travesseiro. *Mas não dá para continuar assim, eu tenho que dar alguma solução para isso. Eu posso botar uma corrente na porta.*

Não tem escolha que resolva a situação. Relaxou o rosto. *E o que não tem solução, solucionado está. Muito bom, Tomas, na dúvida, vai para as retóricas idiotas. Sempre dá certo. Mas é o que sobra. É isso ou continuar na paranoia.* Bufou. *E a paranoia já deu o que tinha que dar. Ou, já que o trabalho vai dar uma enfraquecida, eu posso engolir o choro e beber. Beber sempre ajuda.*

A campainha do interfone berrou e Tomas saltou deitado. *Pelo amor de Deus!* Pousou a mão sobre o coração, que batia sem pausa. *Eu vou mandar desinstalar essa merda.* Fechou os olhos e prendeu a respiração. *Quer saber? Quem quer que seja, está perdendo tempo.* Levou a cabeça para o travesseiro. *Nem a pau que eu vou atender isso hoje. Se quiser, pode tentar a sorte amanhã, que aí talvez eu esteja de bom humor.*

O interfone tocou mais uma vez. *Você não tem mais o que fazer da sua vida não, cara? Me deixa em paz.* Os músculos do pescoço se enrijeceram. *Pode ser uma emergência.* Prendeu a respiração. *Não, se fosse uma emergência, já teriam me ligado. Mas eu posso não ter visto. Ou pode ter* sido um roubo. Apertou os lábios. *Pelo amor de Deus, Tomas. Provavelmente é alguém tentando vender alguma coisa. Mas e se não for?*

A campainha tocou uma terceira vez e o desperto pulou da cama. *Se for alguém tentando me vender uma religião, eu vou ficar puto.* Derrapou os pés ao sair do quarto. *Como se alguém já tivesse sido convencido de qualquer coisa por um vendedor de porta a porta.* Saltou sobre uma pilha de livros no meio do caminho. *Tem idiota para tudo nesse mundo.* Chegou ao interfone, que tinha silenciado. *Só falta o cara ter ido embora.* Revirou os olhos e atendeu.

– Quem é?

Não houve resposta por alguns segundos.

– Oi, Tom. – A voz de Paula apareceu reticente do outro lado.

Puta que me pariu. Eu devia saber que era ela. Eu devia saber que ser ignorada pelo telefone não ia ser o suficiente. Eu falei que era para ela não passar mais aqui. Negou com a cabeça.

– O que você quer?

– Eu queria falar com você – disse em uma mistura de ordem e pedido.

Que tal, em vez disso, você tomar no meio do seu cu? Ela vem para a porcaria da minha casa, depois de ser expulsa, e nem se dá ao trabalho de ter um tom decente.

– A gente está falando nesse momento.

– Você pode abrir a porta para mim? – Sua voz rachara. – Eu queria falar cara a cara.

As têmporas do desperto começaram a latejar. *Não. Não pode ser. Ela ainda se acha no direito de mandar em mim.* Ergueu o rosto. *Isso não pode ser sério.* Tentou controlar a voz.

– Não tem nada que eu queira falar com você.

Mais uma vez não houve resposta por alguns segundos.

– Tom, por favor.

O estômago de Tomas apertou. Seu corpo quicava para cima e para baixo. *Ela quer jogar a culpa para o meu lado.* Negou com a cabeça em movimentos rápidos. *Sempre a mesma coisa.*

– Primeiro me fala o que você quer.

– Eu vim aqui para falar com você. – A resposta foi imediata.

– Sobre? – disse na mesma velocidade.

– Sobre a última conversa que a gente teve. – Puxou o ar. – Eu tentei te ligar, mas você não me atende.

– Porque eu não quero falar com você – falou rouco. – Eu deixei isso bem claro da última vez que a gente falou.

– E eu estou tentando remediar a situação, mas você não está deixando.

– Porque quem bate esquece, e quem apanha, não – falou de uma só vez. – Fica muito fácil se botar como superior quando você tenta tirar a responsabilidade das cagadas que você faz.

– Eu não estou me eximindo de nada. Tom. Por favor. – Sua voz baixara. – Me deixa entrar. Eu quero pedir desculpa pelo que eu falei. Só isso.

O sangue desceu da cabeça do desperto. *Agora já era. Se eu negar, eu que sou o vilão.*

– Só um minuto que eu vou abrir.

Marchou com o pescoço rígido até a bancada da cozinha, pegou o molho de chaves e a metade de uma cabeça de alho que estava ao seu lado. *Sério, se ela mudar a porcaria do discurso dela quando entrar, eu vou ficar puto.* Afundou ambos no bolso. *Eu não duvido nada. Falar que ela só disse o que disse por minha causa.* Caminhou para a porta. *Como se ela não tivesse nenhuma responsabilidade pelas ações.* Torceu a maçaneta e puxou. *Como se ela alguma vez tivesse sido a vítima.*

Caminhava pelo corredor de rosto baixo. *Não cai na armadilha, Tomas. Tudo que ela quer é que você fique nervoso, aí fica mole manipular o rumo da conversa. Isso, cabeça fria.* Esvaziou os pulmões pela boca. *Eu não devia ter aceitado abrir a porta para ela.* Apressou os passos pela churrasqueira. *E daí que eu ia ser o vilão da história? Eu sempre vou ser o vilão na história dela. Ou isso ou a criancinha assustada que não sabe se defender.*

Levantou o rosto e viu a irmã esperando no portão. Sentiu o pescoço endurecer. *Agora não tem mais volta.* E desviou o olhar. *Cabeça fria, Tomas.*

Paula usava um vestido alvinegro listrado e uma jaqueta azul. Seu cabelo encaracolado, a única característica que dividia com o irmão, estava preso em um coque alto que deixava alguns fios estratégicos caírem na nuca e por trás das orelhas.

Girou a chave no cadeado do portão e o abriu com força. Girou o corpo e fitou a irmã.

Paula permanecia de cabeça baixa.

– Obrigada – disse com alguma rispidez em sua voz.

Tomas fechou o portão e seguiu para o apartamento em silêncio. *Quero só ver o que ela vai falar,* pensava ao caminhar sem olhar para trás. *Calma.* O pátio com a churrasqueira parecia não acabar. *Ela falou que veio pedir desculpas.* Diminuiu a velocidade dos passos. *Isso prova que, pelo menos, ela vai tentar dividir a culpa, o que é mais do que ela geralmente faz.* Mastigava o ar. *Não sei.* Seu rosto desceu ao passar pelo corredor. *Melhor ouvir com calma o que ela tem para falar. Nem que seja para botar ela para fora de novo.*

Abriu a porta da casa, entrou e girou o corpo para que a irmã pudesse passar.

– Você quer conversar onde?

– Tanto faz. – Em nenhum momento encarou o irmão. – Pode ser no sofá, se você quiser.

– O que você preferir. – Deu com os ombros sem emoção alguma e caminhou até a frente do sofá. – Então, do que você quer falar? – Sentou-se.

Paula se sentou na outra extremidade.

– Bem – tentou olhar Tomas, porém desistiu e voltou o rosto para baixo –, primeiro eu queria admitir a minha culpa no desdobramento da última conversa, tá? Para você não dizer que eu não aceito ter culpa em nada.

– Começou muito bem. – Não tentou esconder a agressividade na voz.

– Apesar da agressividade desnecessária, eu queria falar com você, Tom. – Seu queixo enrugou. – Eu estou muito preocupada.

Lá vem. Ela não pode estar falando sério.

Paula o fitou por alguns segundos e soltou o ar com calma.

– Toda vez que eu venho aqui é a mesma coisa – continuou, rodando os olhos pela casa. – Você fica enfurnado nesta casa que você paga sabe Deus como. Vive fedendo a cachaça e cigarro. Como você quer que eu me sinta vendo isso?

– Presta atenção. Você vem na minha casa sem ser chamada, sem sequer avisar, e espera que tudo esteja dentro dos seus padrões estéticos? – Encheu o peito. – E que seu irmãozinho inútil esteja todo limpinho?

– Não é isso, Tom. Pelo amor de Deus. – Sacudiu a cabeça. – Eu estou falando do que isso representa.

– Tá bom, Paula. – Revirou os olhos. – O que isso representa?

– Eu não sei, mas isso não é normal, e é por isso que você devia buscar ajuda. – Esticou a coluna e contraiu os lábios.

– Você vem na minha cara e fala que eu tenho que buscar ajuda porque você não sabe o que está acontecendo? – Empurrou o ar pelo nariz. – Pelo amor de Deus.

– Escuta o que eu estou falando, Tomas. Em vez de tentar achar uma resposta inteligente – grunhiu. – Eu estou preocupada porque esse comportamento é doentio.

Por que eu atendi o interfone? Por que eu simplesmente não continuei deitado?

– Você virou psicóloga agora? – Bateu com as pontas dos dedos na testa. – Quem é você para falar o que é ou deixa de ser doentio?

– Porque eu vivi isso, Tom. – Levou o tronco para a frente. – Assim como você.

– Do que você está falando? – Colou o queixo no peito.

A expressão da irmã saltava entre raiva, tristeza e indecisão.

– Eu sei que você não gosta de falar disso, mas não dá mais para desviar do assunto. Do jeito que você foge de mim, eu não sei quando a gente vai se ver de novo.

– Ah, Paula, pelo amor de Deus. – Subiu o queixo. – Para de draminha.

– Só lembra que eu não vim aqui para brigar. – Fitou o irmão. – Esse comportamento. A bebedeira, a bagunça, a vontade de ficar sozinho, tudo isso estava no papai. Essas coisas se repetem na família, Tom. Você tem a mesma coisa que ele tinha.

As têmporas do desperto voltaram a latejar.

– Se a razão para você entrar foi um pedido de desculpa, você está fazendo um péssimo trabalho nisso.

– Me escuta, Tom. – Sentou-se na beirada do sofá. – Tenta lembrar dele. Ele não falava com ninguém. Ele passava o dia inteiro no trabalho e, assim que chegava em casa, enchia a cara.

Respira, cara. Calma. Estalou o pescoço.

– Você está esquecendo um detalhe extremamente importante – levantou a mão até a altura do rosto e juntou o indicador e o polegar –, um detalhe bem pequenininho. – As palavras saíram arrastadas entre os dentes. – O fato de que, quase toda semana, sem nenhuma explicação, ele me arrebentava na porrada.

– Eu não estou falando que você é igual a ele. – Negou com a cabeça sem cortar contato visual. – Mas vocês têm essas características em comum e...

Tomas chutou uma pilha de livros e se voltou para a irmã.

– Eu não tenho nada em comum com ele, beleza?

Paula arregalou os olhos.

– Tom, por favor. – Enrugou o queixo. – Eu também cresci com ele. Eu sei como é.

– Você não sabe de porra nenhuma! – urrou. – Você corria e se escondia quando ele vinha pra cima de mim! – Seu peito subia e descia sem pausa. – Você era a irmã mais velha! Era a sua obrigação pelo menos tentar fazer alguma coisa. – Ambas as mãos estavam fechadas. – Agora você vem aqui se achando merecedora de superioridade!

Os olhos dela marejavam.

– Você acha que era fácil para mim?

– Ele me espancou até eu ficar em coma! – Estufou o peito e soltou o ar com parte da raiva. – Não me vem com essa de que era difícil. Você não sabe o que é ter alguém que devia te proteger afundando os punhos na sua cara.

Paula se encolhera com as mãos sobre o rosto.

Tomas limpou o excesso de saliva em seus lábios e continuou:

– Você não sabe porra nenhuma! – Desistira de controlar a voz. – Eu vou te contar uma coisa então. Você sabe por que eu era a vítima, né? Por que ele só batia em mim. Ele te contou alguma vez? Não? – Sorriu. – É porque ele era um cavalheiro – passava a língua nos dentes –, e bater em mulher é errado. Eu tenho que dizer, fica difícil discutir com essa linha de raciocínio.

A irmã tossiu e se recompôs.

– Eu não estou dizendo que eu entendo o que você passou – sua voz tremia – ou que nossas dores são iguais. Eu só estou dizendo que ele era doente.

– Ele não era doente! – As palavras saíram quase como um sussurro. – Ele era mau. – O queixo tremia. – Eu via nele quando ele me batia. Era prazer. Não era por causa da bebida, ou da exclusão, ou do trabalho. – Seus dedos estavam dormentes. – Vai por mim. Eu já vi o mal cara a cara. Eu sei do que se trata. – Colocou a mão direita do bolso em busca do amuleto. – Então, se algum dia, quando estiver sozinha, você achar que eu sou que nem o papai de novo, pensa uma segunda vez, porque você está completamente errada. Se tem alguém doente aqui é você, que escolheu uma vidinha confortável em vez de encarar a realidade de frente.

O rosto de Paula inchara.

– Eu não devia ter vindo aqui hoje.

– Verdade, você não devia – disse sem emoção.

– Você quer que eu vá embora? – Arqueou as sobrancelhas.

Tomas assentiu.

A irmã palpou a bolsa em busca de algo fora do lugar e se levantou.

– Tá bom. Desculpa. – Agarrava a alça da bolsa. – Olha, se você quiser falar, você sabe meu telefone.

Tomas caminhou até a porta e a abriu.

Paula recolheu o rosto.

– Tchau. – Girou nos calcanhares e se foi.

Perfeito, pensou ao fechar a porta. *Não podia ser fácil. Quem sabe dessa vez ela desiste de se meter na minha vida.* Coçou a bochecha. *Eu fiz o que tinha que fazer. Agora, cadê aquela cachaça?* Apressou os pés para o banheiro, porém quando chegou à porta o celular começou a tocar. *Pelo amor de Deus.* Girou os olhos. Correu para o quarto e pegou o telefone.

– Alô? Ignácio?

– Boa tarde, Tomas. – Sua voz era rouca como sempre. – Espero que possas falar.

O que esse babaca quer agora? Sentou-se na cama.

– Sempre.

– Bom. – Sua respiração pesava do outro lado. – Tenho um trabalho urgente e necessito que venhas à minha casa.

Mais um trabalho na casa dele.

– Ok, alguma preferência de dia ou horário?

– Hoje. O mais rápido possível.

– Ok – controlava o ritmo da fala –, saio daqui a cinco minutos.

– Adeus. – E desligou.

34

UM, DOIS, PUXA. Um, dois, solta. Todos os sons ficaram abafados, com exceção do canto dos pássaros. *Um, dois, puxa. Um, dois, solta.* Esticou a coluna e apontou o queixo para cima. *Um, dois, puxa.* Sentiu o calor das árvores e seus pés enraizarem no paralelepípedo. *Um, dois, solta.* E abriu os olhos.

O além-véu do Largo do Boticário continuava escuro como sempre. Somente as duas luzes, uma vermelha e a outra verde, sobre a porta do hierofante afastavam o breu. *Está mais silencioso que de costume. Ele podia parar de ficar me chamando para a casa dele.* Soltou o ar pelo nariz. *A gente tinha um acordo tão bom. Ele me ligava para me dar um contrato e eu fazia o trabalho. Simples assim.* Encarou a entrada da casa de Ignácio com a mão no maço de cigarros. *Ele pode esperar mais uns cinco minutinhos.* Apertou os olhos em uma careta. *Não, melhor resolver isso de uma vez.* Pousou a mão esquerda sobre o símbolo em cima da maçaneta e abriu a porta.

O hierofante estava parado com as mãos atrás do corpo no lugar de sempre.

– Boa noite, Tomas. – Vestia um terno risca de giz azul-marinho. – Agradeço por vires em tamanha urgência.

Ele está me agradecendo?

– É o nosso acordo. Quando você chama, eu venho.

– Por favor. – O couro no rosto de Ignácio se contorceu em algo que parecia um sorriso. Apontou para a sala de estar à sua direita. – Para que possamos discutir o próximo trabalho.

Ele quer discutir um trabalho? Tudo tem uma primeira vez.

– O contratante já está lá em cima ou ainda vai chegar? – Dirigiu-se para a sala.

– Não haverá um encontro com o contratante desta vez. – Caminhou em volta de um dos sofás de tecido estampado que contornavam a mesa de centro. – Espero que isso não seja um problema. – Sentou-se em sua poltrona de couro.

O desperto permaneceu em pé.

– Sem problema algum.

– Por favor. – Apontou para o sofá que ficava de costas para a entrada.

Os pelos da nuca de Tomas se eriçaram e suas costas travaram.

– Ok. – Arrastou os pés pelo quadriculado alvinegro e sentou-se, sem tirar os olhos de Ignácio. – Imagino que tenha acontecido algo importante para necessitar da visita imediata.

– Deveras. – Apertou o cenho e apontou para o bule em uma bandeja metálica sobre a mesa. – Eu percebi que sentiste falta do chá da última vez que vieste. – Sibilava os "s". – Espero que esteja de teu gosto.

Ele fez o chá para mim? E não tem contratante? Sua respiração pesava. *Não tem como negar o chá.* Esticou os braços, pegou o bule com movimentos controlados.

– Posso te servir?

– Por gentileza. – Acomodou-se em sua poltrona.

– Ok. – Contraiu os pés dentro dos sapatos e derramou o chá até encher as duas xícaras. – Aqui. – Estendeu a mais cheia até o hierofante.

– Tenho ouvido muitas histórias interessantes sobre teus feitos nos últimos dias. – Ergueu o queixo ao pegar o chá.

– Olha, Ignácio – recuou o rosto –, a questão da Senhora dos Sussurros foi uma repercussão do contrato que simplesmente não deu para evitar.

Ignácio ergueu a mão com a palma virada para o desperto.

– Não estou inferindo culpa. – Pousou a xícara nos lábios e deu um gole demorado. – Tivemos uma conversa sobre um dos meus livros uma das vezes que vieste. – Colocou o chá na mesa de centro e cruzou as pernas. – *A batalha de Arjuna: o conflito que não aconteceu.*

– O livro sobre livre-arbítrio. – Apertou a alça da xícara.

– Exato. – Pousou as mãos sobre os joelhos. – Mais precisamente, como ele não é possível.

– Ok. – As palavras saíram arrastadas. – E o que isso tem a ver com a Senhora dos Sussurros?

– Simples. – Sua boca mal se movia. – Se todas as ações e pensamentos são reflexos das esferas superiores, onde o tempo em si não existe, por consequência tudo que foi, é e será já está determinado. Logo, seria injusto de minha parte culpar-te por tuas ações, que estavam além de teu controle.

– Olha, Ignácio – coçou a bochecha –, partindo dessa premissa, não tem motivo para eu estar aqui. Se a gente vive em um mundo em que o destino é inflexível, aceitar um contrato é irrelevante, já que tudo vai se encaixar eventualmente.

– Não imaginei que estarias tão ávido para tomar a culpa pela mutilação de um espírito importante. Contudo, tua lógica é falha. – Pegou a xícara da mesa e deu mais um gole. – Te enxergas separado da Grande Roda que a tudo e a todos gere.

Tomas levantou os ombros.

– Assim como você.

– É nesse momento que te enganas, Tomas. – Ergueu o queixo. – Não há nada nesta casa que se separe da Grande Roda. Eu, tu, todos somos somente engrenagens.

– Desculpa, Ignácio, mas isso não faz sentido. Eu concordo que ninguém tem uma capacidade de escolha infinita. Sei lá, talvez ela seja muito menor do que eu percebo. – Coçou o pescoço com a mão esquerda. – Mas daí até não ter escolha nenhuma já é um passo muito grande.

O hierofante pousou os indicadores sobre a boca.

– Entendo que possa parecer impossível ou até assustador, contudo é a realidade. – Desceu o queixo com os olhos fixos no desperto. – E, como toda realidade, existe independente de tua crença. Talvez esse seja o grande calcanhar de Aquiles da humanidade. A ilusão de escolha.

Assim fica fácil. Ficar bostejando teoria em vez de soltar qualquer resíduo de prova. Assim fica fácil ser superior. Não importa, Tomas, você está aqui para resolver o contrato, não discutir filosofia.

– Entendo, mas imagino que não tenha sido por isso que me chamou.

– Realmente não foi, todavia tangencia. – Seus olhos de gelo estavam mais opacos do que de costume. – Apesar de minha divagação, o entendimento do livre-arbítrio é essencial para a resolução do seu próximo trabalho.

Você vai falar qual é o contrato ou não? Passou a língua pela cicatriz na boca.

– Que é?

– Bem – ajeitou as costas na poltrona –, vejo que não há como prepara-te melhor. O contrato é sobre a senhorita dos Santos.

– O que tem ela? – indagou, apoiando os cotovelos nos joelhos.

– Agora que as verdadeiras intenções de seus pais vieram à superfície – os músculos das bochechas do hierofante não acompanhavam os movimentos de sua boca –, a comunidade está muito nervosa com sua presença.

Tomas interrompeu:

– Não sabia que a comunidade dos despertos ficava metendo o nariz na vida dos outros.

– Não me interrompa. – Sua voz ecoou em tenor pela sala. – A comunidade tem todo o direito de se sentir da maneira que desejar. Especialmente depois das notícias de hoje mais cedo.

– Que notícias? – Girou a orelha para Ignácio.

O hierofante fitou Tomas com o cenho cerrado por alguns segundos.

– Uma congregação relativamente grande de espíritos está surgindo na casa da senhorita dos Santos. Alguns deles famosos por tentarem atravessar o véu.

Mentira. Esse babaca está mentindo para mim. Agarrou a cabeça de alho em seu bolso.

– E onde você conseguiu essa notícia?

– Não vejo como essa informação seja relevante. – Deu mais um gole no chá.

– Ah, mas ela é. – Arranhou a pele do amuleto com a unha do polegar. – Você acha que eu não saquei o que você está fazendo?

– Não espero que entendas metade das coisas que faço. – Devolveu a xícara à mesa de centro. – Contudo, não sei de que nova percepção estás falando.

– Você vem com esse papinho de não ter escolha sobre as coisas. – Sua respiração era cada vez mais rápida. – Depois você me fala que a comunidade está nervosa. E agora, sem nenhum aviso, vários espíritos perigosos aparecem na casa de Ana. – Esfregava a mandíbula na cicatriz em sua boca. – Você realmente quer que eu acredite nisso tudo?

– Tomas. – A voz de Ignácio permanecia inalterada. – Não permitirei que questiones minha palavra.

Agora não. Não dá para recuar agora. Travou o maxilar.

– Ok. – Respirava pela boca. – Então não tem problema nenhum em me falar da onde você tirou essa informação toda.

– Creio que haja outra confusão em tua lógica. – Apoiou os antebraços nos encostos de sua poltrona. – Não sou eu quem deve qualquer satisfação em nossa relação. É muito simples, na verdade. Eu mando e tu obedeces. – Sua voz rachou no final da frase. – Devias agradecer-me pelo simples fato de me dignar a dar-te alguma explicação sobre minhas ordens.

A garganta de Tomas fechou. *Merda.* Abriu os braços.

– Ignácio, veja bem, acho que me expressei mal – mentiu. Suas orelhas esquentaram. – O que eu quis dizer é que, para que eu possa realizar o contrato da melhor forma possível, eu vou precisar de mais informações.

– Ambos sabemos que estás mentindo. Contudo, há verdade em tua lógica. – Esticou a mão direita para Tomas. – Quais são tuas dúvidas?

Respira.

– A minha única preocupação é se o que for que te passou essa informação está falando a verdade. Não sei, isso tudo pode muito bem ser alguém manipulando os fatos.

– Eu garanto que todas as informações que passei são verdadeiras. – Estalou os dedos.

Ele não vai dar para trás. Mas não dá para recuar agora. Contraiu os ombros.

– Eu sei, mas não custa checar.

– Tomas – sibilou ao erguer a mão direita. – Eu estou alguns séculos demasiado velho para perder tempo com essas voltas na retórica. Qual é o problema?

O problema é onde essa conversa está indo. E que você me chamou para um contrato.

– O problema é que eu tenho passado muito tempo com a Ana – esticou a palma para Ignácio –, como tenho certeza que já sabe. E o que você está dando a entender simplesmente não faz sentido.

– E o que estou dando a entender exatamente? – Apertou o cenho.

Tomas encarava Ignácio. *Por que ele está perguntando isso? Ele sabe do que ele está falando. Ele quer pegar a minha reação, mas por quê?*

– Que a Ana está congregando com o círculo que, assim como seus pais, querem abrir um rasgo no véu. – Contraiu o pescoço. – E o contrato para que você me chamou é para impedir que ela o faça.

– Mais uma vez tua percepção está aquém da realidade, Tomas. – Descruzou as pernas. – Guarde essa informação para a próxima vez que conversarmos.

Vai se foder. Você e essa sua cara de cobra arrombada. Passou a mão sobre a cicatriz em sua costela.

– Ok. Qual é o contrato, então?

– Todavia, tuas previsões foram deveras conservadoras. – Ignácio juntou as mãos sobre o umbigo. Fitou o chão alvinegro por alguns segundos e voltou-se para Tomas. – A senhorita dos Santos não está somente se reunindo com a cúpula de seus finados pais. Ela já foi aceita, e a abertura da rachadura entre realidades, por parte deles, é inevitável.

– Onde estão as provas disso? – Batia o calcanhar direito no chão sem pausa. – A gente pode tentar ligar para a Ana para checar isso.

– Minha palavra é a prova. – Girava os polegares entre si. – E irás acatá-la.

O desperto sentiu o peito afundar sob a pressão da voz do hierofante. *Merda. Não vai ter essa de convencer ele do contrário.* O sangue fugiu de suas extremidades. *Merda!* Seus dedos formigavam. *Não tem mais saída.* Ajeitou o corpo no sofá.

– Perfeito. – Fechou o cenho para esconder o medo. – Você quer que eu fale com ela para ver se a convenço a mudar de ideia, então. Talvez até dar alguns nomes dos membros do, sei lá, círculo interno dos pais dela.

– Não é um contrato de infiltração, se é isso que estás pensando. – O ar chiou ao sair por seu nariz. – É um contrato de assassinato. Para matar a senhorita dos Santos.

Todo o sangue desceu da cabeça de Tomas. *Não. Ele não pode estar falando sério.* Esfregava as palmas das mãos nos joelhos. *Não.* Seu estômago se fechou e teve que travar a garganta para não vomitar. *Se controla, caralho.* Seus dedos doíam, parados sob uma pressão invisível. *Ele deve ter se expressado mal.* Seu queixo se contraía e tremia sem controle. *Eu nunca fiz isso. Ele sabe que eu não faço isso. Eu nem caço espírito, quanto mais gente. Não.* Virou-se para o hierofante.

– Olha, Ignácio – sua voz tremia –, eu não sei se entendi o contrato direito.

– É muito simples – disse sem nenhuma emoção. – Essa situação já passou dos limites, não podemos ter uma alcateia de despertos atacando as realidades. Logo, é necessário que cortemos o mal de uma vez por todas. Começando pela cabeça.

– E a cabeça, nesse caso, é a Ana? – As palavras pesaram ao sair.

Seu olhar pairava firme sobre o desperto.

– Precisamente.

Não. Eu não vou fazer isso. Eu não vou fazer isso. Abria e fechava as mãos frias sem pausa. *Tem que ter um jeito de contornar a situação. É, o contrato não está fechado ainda. Isso.* Encheu os pulmões.

– Olha, Ignácio, você tem certeza de que a Ana é a cabeça da operação? Pelo que eu estou ouvindo, parece que ela está sendo mais usada que qualquer outra coisa.

– Se a senhorita dos Santos está sendo usada ou não, não é importante. – Ajeitou o prendedor da gravata. – O sangue dela está ligado ao feitiço da rachadura.

Eu descobri os porquês dos símbolos ontem e já chegou nele?

– E como você sabe disso?

– Da mesma maneira que você, Tomas. – Limpou um resto de saliva branca no canto de sua boca. – Através de meus contatos.

Isso. Continua.

– E que contatos são esses?

– Não creio que essa informação seja relevante para o contrato.

O desperto deu com os ombros e forçou uma expressão de surpresa.

– Você continua se negando a falar que contato foi esse. – Negou com a cabeça. – Assim fica difícil eu me preparar. Eu posso acabar entrando em uma situação completamente diferente da esperada.

– Posso garantir que esse não é o caso e, acima de tudo, é isso que eu estou contratando-te para fazer. – Apoiou as mãos nos joelhos e empurrou o corpo para cima. – Agora que não tens mais perguntas relevantes, gostaria que fosses terminar o trabalho.

Não. Levantou-se em um salto. *Peraí.* Esticou a mão direita.

– Eu ainda não estou satisfeito com as informações.

– Tens algum problema com as minhas ordens, Tomas? – Girou o corpo e fitou o desperto.

– Não. – Sentiu as pernas fraquejarem e esfregou a mão esquerda sobre a boca. – É que é importante a gente checar tudo antes de fazer qualquer coisa.

– Entendo. – Levou as mãos às costas. – E estás disposto a finalizar o contrato? E assassinar a senhorita dos Santos?

O peito de Tomas subia e descia sem controle.

– Com certeza – mentiu.

– Muito bom. – Caminhou em passos lentos até o desperto. – Creio, então, que não serás contrário a fortalecermos esse contrato.

– Como assim? – Levou a mão ao bolso onde estava seu amuleto.

A sombra do hierofante cobria metade do cômodo.

– Um juramento simples, no qual garantes que farás tudo em seu poder para terminar o contrato.

Não. Pelo amor de Deus. Forçou um sorriso amarelo.

– Que isso, Ignácio? – Deu um passo para trás. – Você sabe muito bem que eu nunca dei para trás em um serviço.

– Também sei que nunca tivestes as emoções tão envolvidas em um. – Pousou a mão sobre o ombro de Tomas. – Agora, por gentileza.

O desperto apertou o rosto para evitar que as lágrimas saíssem. *Calma, tem que ter alguma coisa que eu possa falar para não fazer isso. Eu não posso negar um contrato com o Ignácio.* Desceu o rosto. *Mas ele não sabe o que está falando. Nem a pau que a Ana ia fazer isso.* Agarrou seu amuleto. *Ou ia? Isso importa? Eu não vou matar ela.* Esfregou a língua na cicatriz de sua boca. *Mas eu não posso negar um contrato com ele. Eu não posso me perder de novo.*

A voz do hierofante cortou o silêncio.

– Não tenho a noite toda, Tomas. – Fechou a mão no braço do desperto. – Pretendes fazer o juramento ou não?

– Eu falei que eu vou fazer. – Seus olhos ardiam. – O que você quer que eu fale?

Soltou o braço do desperto.

– Algo básico. – O couro de seu rosto saltava sobre a gravata. – Somente para me assegurar de tuas ações.

-- Ok – recitou entre os dentes: – Eu, Tomas Fontes, pela lei que governa a Grande Roda das Realidades – o sangue subiu para a cabeça junto com as lágrimas –, e por minha própria vontade, dentro do contrato que fiz no final dos meus dezessete anos, aceito a responsabilidade sobre o destino de Ana dos Santos. – Todo o seu corpo parecia latejar. Apertou a cabeça de alho até suas unhas o abrirem. – Não – disse em um suspiro. – Não dá, foi mal.

– Lembras que ignorar um pedido meu é uma quebra de contrato – falou em uma mistura de ordem e pergunta.

– Ignácio, por favor. – Baixou a cabeça. – Eu nunca neguei nada antes. Qualquer outra coisa, por favor. Não me faz ficar perdido entre as realidades de novo. Por favor.

– É a natureza de nosso contrato, Tomas. Ainda tens a chance de aceitá-lo.

– Eu não posso.

– Pois bem. – Pousou o polegar direito no centro da testa do desperto. – O contrato está desfeito. – Fechou o punho e recolheu o braço. – Boa sorte.

O ritualista permaneceu parado. *Cadê? Não era para acontecer alguma coisa?*

– Você desistiu de desfazer o contrato?

– Não. Agora peço que me dês licença. – Girou nos calcanhares e seguiu para a porta. – E que não voltes. Pois já não temos mais o que tratar. – E desapareceu ao subir a escada.

Tomas esfregou a mão na testa e olhou ao seu redor. *Tudo ainda é matéria.* Sorriu. *O bloqueio ainda está aqui. Eu devo ter desenvolvido alguma resistência com o tempo.* Assentiu. *Aparentemente, a convivência com espíritos deu algum fruto.* Uma comichão desceu pela sua coluna, relaxando os músculos por onde passava. *Será que ele sabia? Ele pode muito bem ter escondido isso de mim para que eu continuasse servindo ele.* Encheu o peito. *Agora não importa, pelo menos ele não me obrigou a matar a Ana.*

Seu estômago apertou mais uma vez. *A Ana! Eu tenho que avisar que tem gente atrás dela.* Apalpou os bolsos. *Se eu falar com ela aqui, ele vai ouvir tudo. Melhor lá fora.* E apressou os passos pela sala. *Tomara que ela não esteja se metendo em fazer cagada de novo. Não, isso é tiro no pé. Mesmo assim, melhor falar com ela.* Abriu a porta e correu para fora.

Assim que colocou o pé para fora da entrada, o centro da sua testa começou a arder. *Não.* Esfregou a mão direita na cabeça. *Não!* O calor queimava seu crânio cada vez mais fundo. Em poucos segundos, toda a sua cabeça parecia coberta por chamas. *De novo não.* Cuspia no chão em um esforço inútil. *Se concentra.* Deixou o corpo cair sobre seus joelhos. *Não deixa o bloqueio cair.* Cada pensamento ardia mais que o último. *Merda.* Levou a testa ao chão onde tinha cuspido. *Merda!* Agarrava os paralelepípedos com as pontas dos dedos. *Se concentra, respira.* Um pico de dor fez com que sentisse a cabeça explodir. A saliva corria sem controle.

Tentou se levantar sem sucesso. *Eu tenho que voltar.* Rolou o corpo no chão em busca da casa do hierofante. *Cadê?* Abriu os olhos, contudo as luzes da casa o obrigaram a desistir. O ardor agora se espalhava por todo seu corpo. *Respira.* Cada nervo gritava de dor. Virou de lado e se encolheu em posição fetal. A pedra fria oferecia algum conforto. *Calma, respira.* Um segundo pico de calor fez o desperto berrar até esvaziar os pulmões. E o grito levou a ardência junto com ele.

Continuou deitado aproveitando o frio noturno. *Filho de uma puta mal comida.* Tremia sem controle, estava exausto. *Nem para avisar que isso ia acontecer.* Virou a barriga para cima. *Agora não importa mais, acabou. Sem bloqueio. Preso entre a matéria e o além-véu.* Forçou o abdome para controlar a respiração. *Não adianta voltar para o Ignácio. Eu tenho que avisar a Ana.* E abriu os olhos.

35

TUDO ERA CAOS. O desperto empurrou o corpo para cima. *Respira, Tomas*, e olhou à sua volta. As coisas da matéria, apesar de apagadas, continuavam lá, misturadas com o além-véu. Nada era estático. O céu se movia em manchas escuras com as estrelas explodindo em cores impossíveis. As árvores mostravam rostos gordos e pulsavam com batimentos cardíacos. O chão de paralelepípedos ficara esfumaçado, quase escorregadio. As letras no busto no centro do Largo do Boticário emanavam uma luz morna. *Nem tudo é escuridão. Ainda.*

Calma, pensa. As solas de seus pés doíam. *O que que eu faço agora?* Girou o corpo para a saída, contudo o gesto saiu com muita força e ele rodou até cair com o ombro direito no chão. *Merda.* Mostrou os dentes em uma careta. *O além-véu está afetando meus movimentos. Mau sinal.* Sentou-se. *O bloqueio se foi completamente.* Virou o rosto para a casa de Ignácio, que estava cercada por um círculo negro e opaco. *Uma barreira para espíritos. E do jeito que eu estou, nem a pau que eu passo.* Levantou-se com cuidado, focando nos pés. *Não que fosse adiantar alguma coisa.* Esticou a coluna. *O que está feito, está feito.*

Caminhou calculando cada passo. *Calma, Tomas. Se afobar não vai adiantar nada, e você já passou por isso, enquanto ficava numa cama gritando.* Tomara alguma velocidade no movimento. *Mas, pelo menos, eu estou andando. Isso é uma evolução.* Segurou em um poste que estava frio como gelo. *Mesmo assim.* Chegou à alameda que levava até a saída do Largo. *Isso está pior que ruim.* Passou pelas últimas casas e chegou à rua.

Assim que saiu, tudo que era físico perdeu sua cor e brilho, com exceção da rua, que parecia escorrer um líquido grosso com quadrados brilhantes de vários tamanhos seguindo seu fluxo em linha reta. Deu um salto para trás. *Calma, tem muita gente aqui.* Endireitou-se. *Isso não é nenhum espírito.* Inclinou o corpo para a frente. *O que, então? Carros, talvez? Pode ser, mas eles estão rápido demais.* Esfregou a mão na cabeça. *Ótimo, sem chance de eu falar com alguém.* Levantou o rosto. *Muito menos pegar um ônibus, ou táxi.*

Apagando ainda mais o fosco da matéria, o além-véu pulsava e brilhava. O que pareciam vinhas azuis de muitos metros de grossura e comprimento surgiam do chão e dos muros, subiam aos céus e desapareciam atravessando prédios. Todas elas evitando a rua. *Mesmo no meio da cidade, alguma coisa ainda existe do outro lado.* É bom lembrar de ficar perto de gente. Para diminuir os riscos. As cores incomodavam seus olhos. Não só pela intensidade, mas por serem novas. Vibrações que o físico não conseguia produzir.

E sem chance de eu conseguir chegar na casa da Ana. Negou com a cabeça. *Eu tenho que resolver isso primeiro.* Levou a mão ao bolso em busca do maço de cigarros, que sumira. *Cadê?* Procurou o celular, que também não estava lá. *Eu estou fundo demais.* Encontrou uma das cabeças de alho e a sacou. *Primeira boa notícia.* O amuleto virara um losango cinza escuro cheio de estática, porém ainda parecia manter a mesma forma em sua mão. *Os dois estão aqui?* Apalpou as coxas. *Estão, beleza.*

Se concentra para resolver isso logo. Travou o maxilar e guardou os alhos. *Nem a pau que um espírito vai me ajudar.* Seu estômago apertou. *Puta merda. Eu estou no outro lado.* Cuspiu para não vomitar. *Do lado deles, sozinho.* Encheu os pulmões para controlar o enjoo. *Calma, respira. Tem muita gente aqui e gente afasta espírito.* Continuou segurando a cabeça de alho. *Vai dar tudo certo.*

Vamos lá, pensa. Você tem que sair dessa. O que que eu posso fazer? Cada respiração parecia soltar fumaça. *Eu estar desse lado faz ritual ficar fora de questão. Arriscado demais. Feitiço também não vale a pena arriscar, especialmente um feitiço pesado desse.* Mordeu o lábio inferior. *Eu preciso de ajuda. Antônio, tem que ser o Antônio. Ele vai saber o que fazer.* Passou o polegar esquerdo na têmpora. *Isso, boa ideia.*

Ok. Levou as mãos paralelas à frente do rosto e as fechou. *O plano está aí, mas como eu vou para lá? Táxi nem ônibus dá.* Bufou. *Vai ter que ser andando então.* Pousou as mãos na cintura e encarou os pés. *Daqui até o departamento dos acólitos deve dar umas duas horas andando, talvez uma hora e meia?* Virou o rosto para a rua. É, mais ou menos isso. Eu acho. *Pelo Cosme Velho e depois a Rua das Laranjeiras? Dá para fazer.* Girou o corpo e começou a andar.

A calçada parecia menor que uma régua, e o desperto, para evitar os quadrados brilhantes, foi obrigado a caminhar de lado. Sentia o vento dos carros raspando em sua barriga. *Pelo menos não está mais escorregando. Quero ver como é que eu vou subir o prédio dos acólitos.* Inclinava o tronco para trás, encostando-se à parede. *Isso eu resolvo quando chegar lá. O problema é como eu encontro o Antônio e como ele vai fazer para me devolver o bloqueio.* A calçada afinara ainda mais e o desperto teve de se encolher. *Eu só voltei para o Ignácio porque ele não conseguiu na época, mas isso tem mais de vinte anos.* Colou o queixo no peito. *E mesmo que não consiga, alguma ajuda ele vai dar.*

Um vulto se aproximou como um relâmpago e esbarrou em Tomas, que lançou o corpo para trás, batendo a nuca em um muro. *Quê?* Levantou-se e olhou a calçada, que continuava estreita. *Ela não tinha ficado mais curta? Então como eu caí tão longe?* Recuou o rosto. *Não importa.* Virou-se para o vulto que o empurrara, porém já tinha desaparecido. *Um espírito? Não. Tem muita gente aqui. Uma pessoa, então.* Fungou. *Isso quer dizer que eu posso interagir com os da matéria ainda.* Sorriu de meia boca. *Bom sinal.*

O asfalto fez uma leve curva para a esquerda. *Se eu consigo interagir com as pessoas, eu consigo conversar com elas.* Saltou sobre um buraco de bronze e espremeu-se por baixo de um poste. *Especialmente se essa pessoa for um desperto. É. E minha família conseguia me ver da primeira vez que eu fiquei assim. Então eu não vou ser um vulto para quem quer que seja.* Agachou-se para passar por baixo de uma vinha. *Mas a velocidade com que o vulto bateu em mim foi estranha. Mesmo que a pessoa estivesse correndo, ainda estava rápido demais.* Engoliu saliva. *Talvez a velocidade não fosse aquela. Talvez seja que nem a calçada que mudou de tamanho e isso tudo seja só uma questão de percepção, sei lá.*

A rua virou para a direita. *Isso não faz sentido.* Viu mais um vulto disparando em sua direção e deu um passo para o lado para desviar. *Filho da puta.* E continuou seguindo. *Se fosse só uma questão de percepção, eu não conseguiria encostar em nada do outro lado.* Pousou a mão direita sobre uma das vinhas azuis e sorriu de meia boca. *Outro lado. Talvez eu deva usar uma expressão diferente, considerando a minha situação.*

Girou os calcanhares e continuou andando. *Até que isso aqui não é tão ruim.* Seguiu com os olhos uma das vinhas azuis que atravessavam a rua. Tinha pelo menos dois metros de largura. *Tem gente que ia achar isso aqui bonito.* Saltou sobre uma raiz. *É engraçado. Eu passei a vida inteira, ou pelo menos desde que eu despertei, cagado com a ideia de perder o bloqueio que o Ignácio fez.* Ergueu o cenho. *Como se, assim que isso acontecesse, eu fosse ser atacado por um enxame de espíritos.*

Deixa de palhaçada, Tomas. Você sabe que não era isso. Era o medo de ficar preso de novo na cama. Sem conseguir fazer nada além de gritar. Arqueou as sobrancelhas. *Não, melhor ser rasgado por um espírito.* Levantou o rosto e esvaziou os pulmões. *Mas é uma pena eu não poder entrar e sair disso à vontade. Ia facilitar muito a minha vida de ritualista.*

E que vida é essa, Tomas? Seu contrato com o Ignácio já era, e qualquer contrato que você receberia foi embora junto. Eu tenho que pensar o que eu vou fazer da vida quando sair dessa. Tropeçou na calçada e teve que se apoiar em uma parede para não cair. Esticou as costas com a mão na lombar. *Nem adianta ficar pensando nisso. Até porque eu tenho que sair dessa antes de qualquer coisa, e avisar a Ana sobre essa palhaçada toda.* Voltou a andar.

Uma parede branca leitosa apareceu ocupando toda a calçada. *Hein?* O desperto se aproximou. *Eu não lembro de um muro aqui.* Aproximou a mão direita devagar e encostou o dedo em sua superfície. *Morno.* O calor da parede se espalhou pelo braço e Tomas o recolheu. *Isso não é um muro, é uma barreira. Tem uma igreja aí dentro emanando uma barreira para o além-véu.* Apertou as mãos contra o rosto. *Perfeito. Uma pessoa repelida por um símbolo de proteção.* Levou os dedos às têmporas. *Pelo menos o padre daqui está fazendo um trabalho decente.*

Eu tenho que lembrar de dar os parabéns para ele. Beleza, como é que eu passo daqui? Virou o rosto. *Nem a pau que eu consigo atravessar a rua com essas coisas brilhando.* Caminhou para dentro da calçada e se apoiou em um muro. *Eu posso tentar usar o alho para atravessar a barreira. Se bobear, ele vai acabar fortalecendo a coisa e eu acabo sem amuleto.* Parou os olhos sobre a vinha que atravessava a rua por cima. *Não, péssima ideia. Se eu cair, eu morro.* Virou a cabeça na direção em que tinha vindo. *Mas nada garante que não vai ser igual se eu for para o outro lado.*

Eu não acredito que eu vou fazer isso. Afastou-se do muro. *Eu não vou conseguir subir nisso.* Aproximou-se da vinha. *Tinha que ter uma porcaria de uma igreja no meio do caminho. Só para facilitar a minha vida.* Puxou as calças para cima. *Agora eu vou ser obrigado a subir nessa porcaria de cipó.* Arregaçou as mangas. *Vai ser lindo, morrer atropelado por carros voadores*. Fez um bico para soltar o ar e estalou o pescoço. *Para tudo tem uma primeira vez. Vamos lá.*

Agarrou nas laterais da vinha com as duas mãos e apoiou o pé esquerdo sobre um nódulo rosado. *No três*. Travou o abdome. *Um. Dois. Três.* E empurrou o corpo para cima. *Isso. Calma, Tomas.* Abraçou a forma do além-véu com as pernas e rastejou como uma lagarta. Os botões de sua camisa pressionavam contra sua barriga, especialmente o diafragma. *Não cai agora.* Suas mãos tremiam. E quando pareceu que não aguentaria mais, encontrou um nódulo para apoiar os pés. *Só mais um pouco.* A parte interna de seus antebraços ardia. *Força, só mais um pouco.*

Depois do que pareceu uma eternidade, chegou ao meio da ponte improvisada e montou na vinha como um cavaleiro. *Foi.* Seu peito subia e descia sem pausa. Seus pulmões ardiam. Levantou o rosto e mostrou os dentes em uma careta. *Graças a Deus.* O céu dinâmico clareara para um grená, e logo em seguida mudou para violeta, e logo depois para cores entre vermelho e turquesa. *As constelações não parecem as mesmas. Não que eu soubesse ver a diferença.* Desceu o rosto, pequenos arranhões enfeitavam o interior de seus braços. *Perfeito.* Limpou o suor da testa e suas feridas arderam. *Muito esperto.* Esfregou-as na camisa.

Sua atenção caiu sobre os quadrados brilhantes que flutuavam sobre a rua. *É assim que os carros parecem nesse lado?* Passavam sem pausa, um após o outro, formando linhas amarelas. Ajeitou o corpo para ver melhor. *Só pode ser carro. Tem muita gente aqui perto para ser um espírito. Não pode ser. Não passa tanto carro nessa rua. Ainda mais a essa hora.* Fungou. *Talvez seja alguma coisa que esteja impressa nesse lado, a energia dos carros ou sei lá.* Limpou a garganta. *Já deu, Tomas, você tem coisa mais importante para fazer do que questionar como os carros funcionam no além-véu.* Esticou o tronco sobre a vinha.

Quicou a pélvis para a frente em movimentos curtos. *Isso não vai dar certo.* Com todo o cuidado e nenhuma habilidade, girou o corpo em 180 graus e agarrou a vinha mais uma vez. *Ok, calma.* Encontrou um nódulo rosa para se apoiar. *Bom.* Desceu o corpo devagar, com seu queixo colado no caule. Seus braços começaram a arder. *Se controla.* Se segurou o mais forte que conseguiu. *Força!* Porém, no momento seguinte, seus braços cederam e o corpo do desperto escorregou vinha abaixo.

Sua pélvis fez um barulho oco ao se chocar com a calçada. Puxou o ar entre os dentes. *Merda.* Girou o corpo de lado e se levantou, voltado para a rua. Seus braços estavam ainda mais machucados e alguns dos arranhões sangravam. Passou a mão direita no pescoço e o sentiu arder. *De novo. Merda!* Chutou a vinha com a faca do pé direito. *Merda de cipó! Merda de igreja! Merda de Ignácio!* Arqueou o tronco para trás com as mãos na lombar. *Sério, se eu encontrar mais uma barreira, eu vou enfiar o alho. Não quero nem saber.* Virou-se para a direita em uma ruela e voltou a andar.

O lado esquerdo de seu pescoço ardia ao roçar na gola da camisa. *Deve estar todo arranhado também.* Tentava, sem sucesso, controlar sua respiração para se acalmar. A ladeira não ajudava. O suor colava a calça em suas coxas. *Respira. É só chegar no Antônio e eu vou poder resolver isso. Respira. Se ele conseguir resolver.* Esfregou a língua na cicatriz em sua boca. *Que outra opção você tem, Tomas? É isso ou ficar preso nisso aqui para o resto da vida. Não, ele sabe o que faz. Se não der para ajudar, pelo menos ele vai me colocar na direção certa.*

Sorriu de meia boca. *Se bobear, ele vai querer me recrutar de novo. Se essa coisa do bloqueio não tiver solução, eu até que aceito.* Uma gota de suor escorreu por sua bochecha. *Assim eu consigo alguma proteção, e um grupo de acólitos estudando a condição, o que aumenta em muito a chance de achar uma resposta.* Parou para retomar o ar. *Essa rua não para de subir?* Olhou ao redor. *Preso entre a vinha e a ladeira. Perfeito.* E seguiu caminho.

A cada passo, mais suas coxas roçavam na calça e a cada roçada mais elas ardiam. A rua de paralelepípedo ziguezagueava para cima. *Talvez dê até para conseguir um cargo mais elevado nos Acólitos. Assim eu não vou ter que ficar me cortando o tempo todo.* Desistira de caminhar ereto e apoiava as mãos nos joelhos. *A dor é o fogo que forja a alma.* Cuspiu em uma tentativa de molhar os lábios. *Como se ficar se machucando fosse algo sagrado. Sem chance de eu fazer isso.* Arfava sem controle. *Tá certo que tem gente pra quem isso funciona, mas tem que ter uma maneira melhor.*

Parou novamente para descansar, desta vez apoiado em uma parede de hera que cantava com o vento. *Pelo amor de Deus, Tomas.* As solas de seus pés queimavam. *Você sabe muito bem que isso é só uma desculpa para eles fazerem o sacrifício de carne.* Apoiou a nuca no muro. *Ia ser difícil convencer os neófitos a se cortarem com outro discurso.* Ameaçou tirar os sapatos, mas desistiu. *Pelo menos eles não estão tirando a alma das pessoas que nem o Ignácio faz, como eu facilitava.*

É. Umedeceu os lábios que pareciam rachar de tão secos. *E, assim, não tem como falar que o Antônio é um babaca. Ele realmente acredita nessa história toda.* Contorceu o tronco para encaixar na parede. *E ele é mais vivido que a média. Talvez até tenha alguma verdade atrás disso. Mas, mesmo assim, eu corto meu saco antes de entrar em uma situação dessas.* Um sorriso morreu antes de se formar. *O que os acólitos poderiam chamar de um sacrifício de carne.*

Sacudiu o corpo para espantar o pensamento. *Acabou o descanso.* Pousou as palmas das mãos na parede e empurrou o corpo para cima. *Vamos lá. Não tem meia hora que eu saí da casa do Ignácio. Não faz sentido essa dor toda. Deve ser alguma sequela de perder o bloqueio.* Rodou a cabeça sobre os ombros. *Mais um motivo para resolver essa situação toda.* Espreguiçou-se e voltou a subir.

A camisa lixava suas axilas. Girou os braços no ar para afrouxar as mangas. *Como eu consegui suar tanto? Se continuar assim, eu vou ser obrigado a tirar a camisa.* Encolheu a barriga. *Mas só em último caso.* Desviou de um hidrante de sua altura. *Sem frescura também, Tomas. Duas horas andando nunca matou ninguém. Mesmo que ladeira acima.* Mais uma curva para a direita e a rua de paralelepípedo terminou em uma trilha. *Pelo amor de Deus. Sem saída.*

Não pode ser. Parou e massageou os olhos. *O que que eu faço agora? Voltar para subir aquela vinha de novo não dá. Mas entrar no meio do mato também não parece inteligente.* Desceu a mão esquerda para o queixo. *Se bem que, mesmo que aqui seja cheio de árvore, eu ainda estou no meio da cidade.* Mordeu o lábio inferior. *Fala isso para o mapinguari. Isso aí nem se compara com a Floresta da Tijuca.*

Mas se compara com o Jardim Botânico. Tanto que permite que a porcaria da gárgula fique na frente da casa da Ana. Esvaziou os pulmões. *Mas toda aquela situação não é normal, com os dos Santos afinando o véu e tudo mais. Mas mesmo assim. É entrar no meio do mato nessa situação.* Fechou o cenho. *Pensa, Tomas. Você não tem o dia todo.* Esfregou a palma da mão direita sobre a boca. *Se bobear, o Ignácio já está mandando outra pessoa para pegar ela.*

Agarrou seu amuleto e o sacou de seu bolso. *Está resolvido, então, vai ser pelo meio do mato. E se algum espírito chegar de gracinha, eu enfio a cabeça de alho na goela dele.* Balançava a cabeça a cada palavra que pensava. Suas pernas tremiam. *Isso. Não é porque eu perdi meu bloqueio que eu não sei mais o que fazer,* mentiu. *É agora ou nunca.* Fechou os olhos e forçou as pernas em direção à trilha.

36

JÁ FAZIA MAIS de dez minutos que entrara na trilha e as coisas da matéria ficavam cada vez mais escuras. *Força, cara. Pelo menos você já está descendo.* As panturrilhas do desperto queimavam. As vinhas azuis cresciam e se ramificavam em pequenos galhos rosados que emanavam uma luz gasosa. *Lavanda.* Pequenos pontos de luz fosca e azulada preenchiam o ar, e as estrelas pareciam faróis. *Isso aqui está mais movimentado do que eu gostaria.* Esticou a mão esquerda para um dos pontos de luz. *Calma.* E o agarrou. *Boa notícia. Se eles forem conscientes, não são o suficiente para me atacar.*

Parece um dente-de-leão. Aproximou a mão do rosto. *Eu nunca vi nada parecido com isso. E aqui está cheio.* Sacudiu a mão e se livrou do ponto de luz. *Mesmo que fosse algo que só acontecesse aqui, eu devia ter visto antes em um transe.* Sua boca estava seca. *Assim como as vinhas. Eu devo estar mais fundo do que jamais fui.* A garganta também secara. *Mas eu ainda consigo ver o físico relativamente bem, o que quer dizer que provavelmente ainda dá para ir mais fundo.*

Nem esses dentes-de-leão, nem as vinhas são só energia sendo movimentada. Encarou os próprios pés. *Dá para tocar neles. Mas eles não parecem ter consciência. E toda forma do outro lado é nascida da consciência. A não ser que não seja. Não. Isso vai contra tudo o que a gente sabe da realidade.* Mordeu o lábio inferior. *Eu não sou o primeiro desperto na história a perder o bloqueio. Alguns até já voltaram.* Ergueu o queixo. *Algum deles já teria descoberto uma forma sem consciência aqui.*

Mas o que é isso, então? Aproximou-se de uma vinha. *Tem forma, mas, se tivesse consciência, já teria me atacado. Mas se não tivesse desenvolvido consciência, não teria forma.* Passou a mão por um galho rosado. *É claro! Não desenvolveu porque ainda está desenvolvendo.* Sorriu. *O nascimento de um espírito.* Pousou a mão direita sobre a boca.

Permaneceu alguns segundos boquiaberto, em êxtase. Sentiu um dente-de-leão em sua garganta e tossiu. *Não tem dez pessoas na história que viram isso.* Enrugou o queixo, o cheiro de lavanda enchia o ar. *Ainda mais aqui, no meio de uma cidade grande.* Encostou mais uma vez na vinha. *E ela está enorme.* Há quanto tempo será que a consciência começou a se formar? Duzentos, quinhentos anos? Seu coração acelerou. *Talvez mais. Ela chega na rua, está grande demais, já era para ter concretizado.*

O que está te impedindo? Sentia seu corpo se aproximando do espírito em formação. *É a cidade? Ou a ideia que te gerou morreu no meio do caminho?* Deu um passo para a frente e seus olhos marejaram. *E você continuou persistindo.* Ficou difícil respirar. *E todos esses acéfalos construíram uma colmeia à sua volta te impedindo de se tornar o que você deveria ser.* O odor de lavanda o envolvia. *Você não teve escolha, esses covardes de merda te roubaram o direito de existir.*

Abraçou a vinha. *Não precisa se preocupar.* Os pontos de luz circulavam o desperto. *Ninguém mais vai impedir sua existência.* Os nódulos se apertavam contra seu peito. *Eu posso te garantir, nem que eu precise passar o resto da minha vida do seu lado.* O pensamento se transformou em fala.

Você nunca mais vai ficar sozinha. Os pontos de luz pousavam em sua pele. *Não precisa se preocupar.* Fechou os olhos e apertou o rosto contra o espírito em formação. *Você tem um pai agora.* Sorriu.

Isso. Deixou o corpo cair sobre a vinha. *Não tem mais dor. Não tem mais medo.* Os dentes-de-leão cobriam todo seu corpo. *Você finalmente pode descansar.* Seus músculos tremeram ao relaxar. *Todo esse tempo buscando.* Sua respiração era lenta e pausada. *Todo esse tempo perdido.* O cheiro doce da lavanda aquecia sua coluna e seus sentidos borraram. *Para quê? Eu estou aqui para te fazer crescer. Não precisa se preocupar.* Seus dedos e orelhas formigavam. *Tudo bem. Você precisa de mim, e eu preciso de você.* Fechou os olhos.

Não! Todo o seu corpo endureceu. *Sai de cima de mim!*, gritou ao levantar-se em um salto. *Sai!* Batia nos braços, cabeça e tronco para espantar os pontos de luz. Cuspia ao falar. *O que que você fez comigo?* Seu peito subia e descia sem pausa. *Filho da puta!* Esfregou o antebraço na boca para limpar a saliva. *Quem você acha que é?* Chutou a vinha com a sola do pé.

Suas têmporas pulsavam. *Beleza, então.* Arrancou a cabeça de alho do bolso e, com toda a força que lhe restava, apertou-a contra o espírito em formação. *Vai.* Salivava de prazer. *Me faz dormir agora.* Os dentes-de-leão começaram a se desmanchar no ar e Tomas apertou com mais força. *Faz eu cuidar de você.* O amuleto afundou e o odor de lavanda deu lugar a um cheiro de queimado. O desperto sorriu um sorriso sádico. *Se um dia você desenvolver uma merda de consciência, não importa quando for ou que tipo de espírito se torne, eu quero que você se lembre disso.* Esfregou a língua na cicatriz em sua boca. *Essa ferida fui eu que fiz. Tomas Fontes.* Tirou o alho e cuspiu no buraco que deixara. *E você não me quebrou.*

Guardou o amuleto e se levantou. *Bem feito.* Encheu os pulmões até arderem. *Calma. Se controla.* Tentou umedecer os lábios, contudo sua boca estava seca demais. Voltou a caminhar. *Você ainda tem que sair daqui. Você tem que descer dessa trilha.* Colou o queixo no peito. *E encontrar... quem? Eu tenho que descer para encontrar alguém.* Sacudiu o rosto. *Sobre o bloqueio. Isso. Sobre o bloqueio que eu perdi. Ou que tiraram de mim?* Bateu com as mãos na face. *Não importa.* Seus dedos formigavam. *Eu só tenho que sair daqui.*

Tropeçou em uma pedra e se chocou contra um tronco. Empurrou o corpo e voltou a andar. *Descer. Isso. Eu tenho que voltar para lá.* Suas coxas tremiam a cada passo. *Mas onde é lá? E encontrar quem?* Sua cabeça pesava. *Era para encontrar um amigo. Ou meu pai. Não, não é meu pai. Eu estou fugindo do monstro.* Sua respiração pesava. *Isso, encontrar o amigo e fugir do monstro. Para baixo.*

Mais um vulto surgiu como um relâmpago e esbarrou no desperto. *Isso é uma pessoa.* Mal conseguia ficar de olhos abertos. *Mas não tem gente no mato.* Olhou à sua volta. Prédios escuros o cercavam e vultos passavam quase invisíveis, um atrás do outro. *Eu não estou no mato. Isso aqui é a cidade.* Sacudiu o rosto. *E eu estou indo para a cidade. Para falar com meu amigo.*

Mas eu já falei com ele hoje. Caminhava com os olhos voltados para o chão. *Ele queria que eu cuidasse dele, para ajudar ele a nascer forte. Não, aquele era o meu pai. E eu estou fugindo dele.* Arqueou a coluna, pousou a mão esquerda em uma grade e a direita no joelho. *Eu podia descansar, só um pouquinho. Meu amigo pode esperar. Ele já esperou a vida toda.* Levantou o cenho e se esticou em um salto. *Não!* Não teve certeza se pensou ou se gritou. *Eu estou com pressa. Se eu não correr, o monstro me pega.*

As calçadas se alargaram para além da visão de Tomas. Mesmo assim, os vultos infestavam tudo ao seu redor. *Por que eles insistem em ficar perto de mim? Eu já não falei que eu quero ficar sozinho?* Seu corpo pendulava ao andar. *Então por que eles vêm? Não é como se gostassem de mim.* Sacudiu a cabeça com veemência. *Não, eles estão aqui para me fazer igual a eles.*

Cerrou o punho. *Eu sou eu.* Deu um soco na direção de um vulto próximo, porém, quando terminou o movimento, a criatura passara e se confundira com os outros.

– Vem! – gritou com toda a força e sua garganta arranhou. – Vocês não querem que eu seja igual a vocês? Então vem me pegar! – Os vultos não demostraram nenhuma reação além de contornar o desperto. – É. – Sorriu. – Bando de covardes! Esbarram em mim quando eu fico de costas, mas é só eu ir pra cima que vocês se cagam.

Esfregou as costas da mão esquerda na boca.

– Vocês acham que eu tenho medo de vocês? – Saltava de um lado para o outro tentando acertar os vultos. – O que vocês têm é inveja. Vocês nas suas vidas medíocres. – Bateu no peito. – Se enganando todo dia na mentira de quanto são especiais.

Esticou a perna em uma tentativa de chute, mas também errou.

– Vocês não sabem o que é ser diferente – tentou agarrar outro – na sua existência pasteurizada. Vocês só acham bom serem diferentes porque não são – levou as mãos às têmporas e apertou-as. – Vocês não iam aguentar um dia. A solidão – gritou –, a certeza de que, não importa o que faça, você vai estar sozinho, mesmo cercado de gente. Uma existência solitária é para os fortes. O que vocês não são! – Ergueu as mãos cerradas em guarda. – Então vem, bando de filhos da puta! – Sua mandíbula tremia. – Que eu peito vocês todos. É só fazer fila e vir de um em um.

Os vultos se contentaram em ignorar o desperto.

– Melhor fingir que não estão ouvindo mesmo. É. Eu venci. – Baixou as mãos. Passou a língua na cicatriz em sua boca e suspirou. – Eu não posso mais ficar aqui. Meu amigo está esperando. – E voltou a caminhar.

Vai ser legal ver a cara dele quando eu chegar, talvez até tenha um chá. Sua barriga roncou. *Talvez tenha até comida. Eu nunca vi ele comendo. Mas ele tem que comer. Senão, morre.*

Tentou engolir saliva, porém sua garganta estava seca demais. *Mas chá eu já bebi lá.* Fungou, tentando molhar a goela. Não tirava os olhos do chão. *Ou será que foi em outro lugar? Se fosse outro lugar eu me lembraria.* A secura subiu para o seu nariz. *É. Foi lá mesmo. O chá ia ser legal.* Permaneceu de boca aberta. *Aí a gente vai e bebe.*

Tossiu. *Eu podia beber alguma coisa antes.* Sua garganta ardia a cada respiração. *Não. Eu não quero que ele fique chateado. Mas só um golinho não faz mal. Ele nem ia perceber.* Assentiu. *Isso, eu bebo um pouquinho e depois eu bebo o chá.* Coçou a bochecha. *Assim todo mundo tem o que quer.*

Girou os olhos pela rua. *Mas onde é que tem água?* Sua atenção saltava de um lado para o outro. *Com certeza as caixas brilhantes na rua não vão ter água para me dar.* Secou o suor da testa e limpou o que tinha conseguido com a boca. *Nem as vinhas. Elas só sugam e nunca dão. Eu podia pedir para alguém. E aí eu podia até dividir a água.* Negou com a cabeça em movimentos bruscos. *Não. Eles que não vão dividir comigo.*

Tem que ter alguma água por aqui. Esbarrou em uma quina de pedra. *Hein? Uma estátua? Mas não tem uma estátua aqui.* Olhou ao seu redor. Os prédios tinham dado lugar a árvores e grades, todas refletindo a luz do sol púrpura. *Pelo jeito tinha. Se não tivesse, eu não teria esbarrado. Ia ser coisa de maluco pensar diferente. Eu nem ia pensar nisso se fosse.* Apertou o cenho. *Ou será que eu pensaria? Quer dizer, como eu poderia saber o que um maluco pensa se eu não sou maluco?* Sorriu. *Verdade. Ou não.* Deu com os ombros. *Não importa.* E voltou a caminhar.

Os joelhos do desperto tremiam e os pés ardiam a cada passo. *Eu não lembro do sapato estar apertado.* Tentou caminhar nas pontas dos pés e se desequilibrou. Correu três passos para a frente e conseguiu se sustentar. *Pé inteiro no chão de agora em diante. Fechado.* Fez um bico. *Eu podia tirar os sapatos.* Passou os dedos pela cicatriz em sua costela. *Se eu tirar o sapato, como é que eu vou conseguir andar? Aí eu ia ficar aqui para sempre.* Caminhava de rosto abaixado. *Mas é mais perto do chão. E do chão é que sai água.* Olhou para cima. *Ou do céu.*

Terra, água, fogo e ar. Ou seria terra, água, ar e fogo? Sua cabeça pendulava junto ao corpo. *Faz sentido. Porque a água está tão perto da terra quanto do céu. Isso.* Sua garganta parecia rachar de tão seca. *Aí fecha o ciclo. A terra com água faz madeira e a terra com fogo faz metal.* Sua respiração chiava. *Eu podia abrir a próxima árvore para ver se tem água dentro. Mas minha unha é fraca e a árvore é forte.* O suor grudava a roupa em seu corpo. *Mas eu tenho o dente. E o dente corta.*

Mas eu não posso beber muito, porque tem o chá mais tarde. Mas não é o amigo que dá o chá. É meu pai. E meu pai é o monstro. Sua cabeça apertava. *Meu pai, o amigo e o monstro. Mas meu pai é o monstro. E o monstro é meu amigo. Então o amigo é meu pai?* Uma comichão subiu por sua nuca. *Não. Os três são diferentes. E cada um são dois.*

E se o amigo não tem chá, eu vou ter que beber outra coisa. Seus braços quase não se moviam, somente o tronco. *Sangue. Ele sempre tem sangue.* Salivaria se pudesse. *Ele já deu sangue para os outros antes. Mais uma vez não vai fazer nenhuma diferença.* Gemeu. *Ele é bom. E já entregou muito para os outros. Ele queria que a gente fosse igual, mas eu não tenho nada* meu para dar. Bufou. *Sempre que vê um problema, ele entrega alguma coisa.* Tossiu e sua garganta arranhou. *Por isso que meu amigo só tem um olho.*

Chocou a canela em um meio-fio e caiu sem forças para aparar a queda com as mãos. *De novo?* Encolheu-se antes de chocar-se contra o chão. *Era para eu ficar em pé.* Contudo, o solo simplesmente cedeu e o desperto afundou. *Água?* O líquido gelado cobria seu corpo. Abriu a boca e deixou a água entrar. *Só mais um pouco.* Bebeu até seu diafragma estufar. *Ainda bem.*

Todo centímetro da superfície do corpo de Tomas resfriara. Encolheu-se em posição fetal. Sentia a pressão do líquido enquanto afundava. *Só mais um pouco.* Fechou os olhos. *Para que ter pressa? Tudo vai estar no mesmo lugar quando eu sair.* Apertou as mãos contra o peito. *Não é como se tivesse alguém esperando. Ou tem?* Entrou ainda mais em si, encostando os joelhos no queixo. *Quem é que está esperando? Como se fizesse alguma diferença.*

Quanto mais soçobrava, mais o líquido aquecia. *Quente é bom.* Desistira de respirar. *Senão eu precisaria de um casaco.* Pancadas duplas embalavam seu pensamento. *A única coisa que falta é descansar.* Chocou-se levemente contra o fundo. *Igual a lá fora, só que melhor.* Girou o tronco o mais lento que conseguiu e esticou as costas contra o chão. *Deixa ir.* Esticou os braços ao longo do corpo com as palmas das mãos para cima. *Só mais um pouco.*

Uma dormência fria surgiu nas pontas dos dedos das mãos e dos pés e foi se alastrando por seus membros, todos no mesmo ritmo. Formigamento seguido por um leve espasmo e, por último, a ausência de sensações. E, a cada nova contração, mais aberto era o sorriso do desperto. Quando o formigamento chegou ao seu peito, as batidas de seu coração sincronizavam com as pancadas duplas, e a água, com a temperatura de seu corpo.

Se eu soubesse que era tão bom, nunca tinha saído daqui. As pálpebras tremiam. *Tanta coisa à toa. Tudo isso para provar que eu importava.* Engoliu mais do líquido. *Só para provar que eu fazia alguma diferença.* Virou o rosto para cima e levantou o queixo. *E não fez diferença alguma.* Abriu os olhos. Todo o líquido se dividira em duas cores. Vermelho à sua direita e verde à sua esquerda, com uma linha negra separando os dois.

Não era uma coisa só? Sentiu seu peito afundar. *Não, dá para ver que os dois estão separados. Mas dava para juntar, não dava?* E encheu os pulmões de água. *Aí todo mundo ia ficar junto. Mas e aquela parte preta? O que a gente faz com ela? Que tipo de idiota se importa com isso?* Sentiu algo rastejar sobre seu braço direito. *Que tipo de idiota depende da minha presença?* Duas pinças afundaram em sua mão até chegar ao osso. Gritou:

– Ana!

Levantou-se em um salto. Arrotou para não vomitar. Estava fraco. *Eu tenho que avisar a Ana.* Olhou ao seu redor. Estava mais uma vez em pé. *Seco?* As vinhas haviam desaparecido e apenas os vultos e as coisas da matéria escurecidas pelo véu o cercavam. *Que que está acontecendo?* Um prédio brilhava uma luz amarela que o aquecia. *O bloqueio. É. Eu tenho que falar com o Antônio. No Departamento dos Acólitos.*

Mas onde eu estou? Eu não posso ter ido muito longe. Levantou o rosto para o prédio iluminado. Sobre ele, uma linha líquida vermelha se contorcia nas três dimensões sem controle aparente. *Eu já estou aqui. Eu vim sozinho?* Sacudiu a cabeça. *Não importa agora. Eu tenho que entrar. Tem uma barreira de proteção. E eu não passei nem pela barreira da igreja.*

Levou a mão ao bolso onde estava o amuleto. *E se o alho atrapalhar?* Deu um passo para a frente. *Eu não posso ficar do lado de fora.* Suas pernas tremiam de medo e dor. *Agora já era.* Encostou o amuleto na luz amarela. *Vai.* Nada aconteceu. Girou o corpo e jogou a cabeça de alho o mais longe que conseguiu. *Vai.*

– Vai, merda! – gritou. Afastou-se do prédio com as mãos apoiadas na nuca. – Eu sou gente!

Grunhiu. *Eu não vou morrer na praia. E isso vai doer.* Disparou para cima da barreira. *Um, dois, três, pula!* E saltou com os braços sobre o rosto. Sua pele se comprimiu e queimou ao encostar na luz. *Vai!* Empurrou com tudo que tinha. *Vai!* Sentiu a barreira ceder. *Isso! Só mais um pouco.* A luz cedeu e o desperto caiu no chão do outro lado.

Foi. Tentou empurrar o corpo para cima, mas somente conseguiu tremer. *Viu? Eu falei que eu era gente.* O chão de mármore ardia em suas feridas. *Agora é só falar com o Antônio.* Relaxou o corpo. *Daqui a pouco.* E o mundo escureceu à sua volta.

37

TUDO EMBAÇOU quando Tomas abriu os olhos e o contorno de uma pessoa se formou à sua frente. Abriu a boca, mas só conseguiu gemer. *Quem é?* Esfregou os olhos com as palmas das mãos. A imagem clareou e mostrou um mosaico de São Sebastião alvejado por flechas. *Quê?* Empurrou o corpo para cima e se sentou. *Uma cama?* Passou a mão esquerda sobre o lençol branco e sorriu de meia boca. *O bloqueio está de volta.* Uma comichão quente surgiu em seu peito e se espalhou até as pontas dos dedos. *Graças a Deus.*

Suas pernas fraquejaram ao se levantar. *Chão frio.* Apoiou-se na parede. A cama simples de madeira contrastava com a magnitude do quarto. O chão de mármore negro espelhava a luz das lâmpadas amarelas e as paredes mostravam afrescos de pessoas olhando com assombro para o teto que, por sua vez, apresentava um mosaico do santo martirizado. *Este lugar só pode ser dos Acólitos.* Arrastou os pés até a enorme porta de madeira adornada em cobre. *Eu tenho que falar para o Antônio o que o Ignácio quer fazer com a Ana.*

Girou a maçaneta. *Trancada? Perfeito.* Esmurrou a madeira com a mão esquerda.

– Oi! – gritou.

Imediatamente a porta abriu em um clique e uma acólita de bochechas rosadas surgiu vestindo a túnica da ordem.

– O senhor não precisa gritar – disse em um sorriso meigo e desviou o olhar.

O desperto recuou o corpo e o rosto. *Ela está usando um pingente de prata. Eles colocaram alguém graúdo de guarda.*

– Eu preciso falar com o Feitor-mor.

– Não precisa se preocupar. O Feitor-mor pediu para vê-lo assim que acordasse. – Seu sorriso marcava ainda mais as suas bochechas. – Porém, talvez o senhor devesse terminar de se vestir antes.

Quê? Olhou para baixo. Usava somente uma calça de moletom. *Isso aqui não é meu.* Encolheu a barriga ao encarar a acólita.

– Onde estão as minhas roupas?

– Ao lado da cama. – Apontou. – Porém não conseguimos lavar todo o sangue. Especialmente da camisa.

Sangue? Levantou o cenho.

– Não tem problema. – Girou nos calcanhares e caminhou até a pilha de roupas. – Você pode avisar o Feitor-mor que já acordei – passou pela cama – e que eu vou ao seu escritório assim que me vestir?

– Avisarei. – Fez uma reverência, deu meia-volta e saiu.

O Antônio deve estar preocupado para deixar alguém acima de um neófito esperando do lado de fora do quarto. Tomara que não tenha acontecido nada. Curvou o tronco para pegar a camisa e sentiu a palma direita fisgar. Puxou o ar entre os dentes, ergueu a mão até a altura do rosto e a desenfaixou. Uma ferida quase do tamanho de seu polegar mostrava um princípio de osso perto do pulso.

Não foi delírio. Prendeu a respiração. *As coisas que eu vi do outro lado. Não faz sentido. Eu não posso ter subido a vinha para atravessar a rua.* Sentia-se fino. *Os mundanos teriam me visto voando, a não ser que eu tenha desaparecido da matéria.* Negou com a cabeça. *Também não. Eu ainda estava interagindo com o físico.* Contraiu os lábios. *O que aconteceu?*

Não importa. Tomas, você tem coisa muito mais importante para fazer agora. Despiu-se do moletom e vestiu sua calça jeans. *Foi até bom o Antônio ter insistido para a Ana ser batizada nos Acólitos, assim a organização vai ser obrigada a protegê-la contra qualquer tentativa de assassinato.* Passou a camisa pela cabeça e, logo em seguida, se sentou na cama. *Não que o Antônio fosse negar, sendo ele meu amigo e ela minha afilhada.* Desceu o tronco para calçar as meias. *Mesmo assim, isso vai facilitar o convencimento.*

Calçou os sapatos e se levantou. *Tomara que não tenha acontecido nada.* Seus ombros travaram. *Puta merda.* Saltou para o criado-mudo e pegou o celular. *Pensa, Tomas. Vai falar com o Feitor-mor dos Acólitos antes de ligar para sua afilhada avisando que tem gente atrás dela?* Apertou o botão para ligá-lo. *Ué?* Nada aconteceu. *Sem bateria? Deve ter molhado. Perfeito.* Piscou com calma. *Mais um motivo para falar com o Antônio o quanto antes.* Guardou suas chaves, carteira, cigarros e amuleto e saiu do quarto.

Seus pés ardiam ao caminhar. *Bolha?* Começou a mancar. *Isso é o que dá caminhar do Largo do Boticário até o Centro.* Os corredores mantinham a decoração de costume. Pedestais de relíquias de couro e cobre. *Pelo menos eu cheguei.* A ferida em seu pulso latejou ao passar por uma lança com a lâmina em noventa graus que refletia uma luz rubra na ponta. *Quanto desperto já se perdeu do outro lado?*

Dobrou a cintura da calça, que insistia em cair. *Se concentra, Tomas.* Sacudiu a cabeça. *Agora não é hora de pensar nisso. A sua afilhada está em perigo, alvo de um hierofante babaca.* Ameaçou apressar o passo, contudo seus pés arderam ainda mais e foi obrigado a diminuir a velocidade. *Calma, também. Pensa. Vamos dizer que eu dormi um dia inteiro, o que faz sentido. Mal deu tempo de o Ignácio contratar outra pessoa. Ainda mais de essa pessoa ter se preparado para fazer alguma coisa.*

Isso. Além do que, a casa dela é cheia de símbolo de proteção. Passou por uma varinha de couro contorcido. *E ainda por cima tem a gárgula para impedir a entrada de qualquer espírito.* Sua lombar espetou e foi obrigado a diminuir ainda mais a velocidade. *Isso. Vai dar tudo certo. Até porque notícia ruim viaja rápido. E, se tivesse acontecido alguma coisa com ela, eu já saberia. E é por isso que o Antônio fez questão de me chamar assim que eu acordasse.*

É óbvio. Apertou a mão direita para não tremer. *Não importa quantos símbolos de proteção ou espíritos de guarda a casa tenha se quem for tentar entrar não é um desperto.* Prendeu a respiração. *O que que eu fiz? Eu devia ter mentido. Eu devia ter concordado em fazer o que o Ignácio mandou. Depois era só avisar os Acólitos e estava tudo certo.*

Burro! Atravessou uma porta e seguiu para outro corredor. *Burro teimoso!* Apressou o passo, ignorando a dor. *Eu quebrei o contrato e perdi o bloqueio de qualquer maneira.* O som de seus pés se chocando contra o chão ecoava pelo cômodo. *A única diferença foi ter perdido tempo precioso.* Aumentou ainda mais a velocidade da caminhada. *E, graças a você e à porcaria da sua teimosia, alguém já pegou a Ana.*

Fez uma curva de noventa graus para o corredor que levava ao escritório do Feitor-mor. *Vai.* A acólita de bochechas rosadas o esperava do lado da porta. *Parabéns.* Sentiu uma bolha estourar no pé esquerdo. *Parabéns pela sua capacidade de escolha.* Começou a mancar para não perder velocidade. *Parabéns por ter ferrado com a única pessoa que contou com você alguma vez nessa sua vidinha medíocre.* Mostrou os dentes. *Parabéns.*

Não, calma. Para de maluquice. Limpou um princípio de suor dos olhos. *Você não sabe o que aconteceu. Você nem sabe quanto tempo se passou desde a casa do Ignácio.* Reduziu o ritmo do andar. É, pode não ter passado nem meio dia. Percebeu que a coluna fisgava. *Se acalma e deixa as chibatadas para depois.* Esvaziou os pulmões. *Ficar assim não vai adiantar nada, só piorar a situação que já não está boa.* Piscou devagar. *Por sua causa.*

A acólita preparou uma reverência, porém Tomas a ignorou, empurrou a porta do escritório e disse:

– O Ignácio está querendo matar a Ana.

Ricardo estava sentado na poltrona de Antônio, que por sua vez ocupava uma cadeira de rodas do outro lado da mesa.

– Boa tarde, Tomas. – Levantou as bochechas, mostrando ainda mais seu eterno sorriso macabro. – Espero que tenha se recuperado bem. – Uma faixa marrom cobria seus olhos.

A acólita pulou para dentro do cômodo.

– Perdão, Feitor-mor, ele não me esperou para apresentá-lo.

Ricardo ergueu a palma da mão direita.

– Não tem problema, Julia. Já era esperado. – Reclinou-se na poltrona. – Pode se retirar, por favor.

Tomas esperou a porta fechar.

– Antônio. – Mancou na direção do amigo. – Eu preciso falar contigo. É sobre a Ana.

– Tomas – respondeu sem virar o rosto. – Muito mais do que você imagina.

O estômago do desperto pareceu sumir em sua barriga. *Não. Não pode ser.* Arqueou o cenho e perguntou:

– Aconteceu alguma coisa com ela?

– Não. Até onde sei ninguém a machucou. – Mal se movia. – Ela está bem guardada na casa dela.

Graças a Deus. Ela está bem. Deixou seu corpo cair sobre uma das cadeiras de madeira do escritório.

– Não me assusta assim, cara. Nem eu, nem você temos mais idade para isso. – O sangue escapou de seu rosto quando seus olhos caíram sobre o acólito. – O que aconteceu contigo?

Um cobertor amarelado disfarçava, sem muito êxito, as pernas de Antônio, que agora terminavam logo acima do joelho.

— Isso? — Pousou a mão direita sobre seu olho esquerdo. — Foi meu último sacrifício — disse com doçura.

— Não. Quer dizer, sim. — Fez uma pausa para organizar seus pensamentos. — E as suas pernas?

— A mesma coisa. — Girou a cadeira de rodas quase na direção de Tomas. — Meu último ato como Feitor-mor.

As palavras bateram difusas nos ouvidos do desperto.

— Peraí. — Apertou os olhos e ergueu as mãos. — Eu sei que você não gosta muito. Mas dá para ser um pouquinho mais claro, por favor?

— Você chegou aqui em péssimo estado, Tomas. — Havia um certo cansaço em sua voz. — Eu sinceramente não achei que fosse sobreviver. Ainda mais recuperar o bloqueio que o nosso grandessíssimo amigo Ignácio retirou junto de seu contrato.

A notícia já chegou nele. Se bem que não precisava ser um gênio para deduzir que meu contrato tinha acabado. Mas o que isso tem a ver com ele perder as pernas? Abaixou o rosto com as mãos apoiadas entre a testa e as têmporas.

— E você sacrificou as pernas e a visão para me recompor.

— Exato. Foi o mínimo que pôde ser sacrificado. — Seus dentes batiam. — Dadas as suas condições.

Foi por isso que ele queria me ver urgente, então. Os olhos do desperto marejaram. *Parabéns, Tomas, mais um que se fode por sua causa. Pelo menos a Ana está bem. Isso já é alguma coisa.* Inclinou o tronco, segurou a mão direita de Antônio com força e disse:

— Mais uma vez você se corta por minha causa. — Seu peito apertava. — Eu não tenho nem o que falar. Obrigado? Desculpa? O que eu posso dizer numa hora dessas?

— Não há nada que precise ser dito. — Girou o rosto para o peito do amigo. — Eu tenho certeza de que faria o mesmo por mim.

Isso não é verdade. Nem a pau que eu faço um sacrifício desse tamanho. Endureceu o rosto para esconder a vergonha do amigo cego.

— Olha, Antônio...

O acólito interrompeu com a mão erguida.

— Tomas, deixa um velho ficar com as suas ilusões. Só dessa vez. — Soltou o ar pelo nariz. — Afinal de contas — levantou as bochechas e desceu as sobrancelhas —, não era você que falava que era para eu me aposentar?

— Como assim?

– Minhas condições não me permitem mais continuar com a função de Feitor-mor. – Esticou a mão para a poltrona. – De agora em diante o Ricardo nos agraciará com sua sabedoria a serviço da Santíssima Ordem.

Tomas girou o rosto para a poltrona em que o novo Feitor-mor sentava, austero. *Ele escolheu o Ricardo como sucessor? Sem nenhuma preparação ou aviso prévio?* Fez uma leve reverência e disse com pouca emoção:

– Tenho certeza de que a Ordem florescerá sob seu comando.

– Muito obrigado. – O novo Feitor-mor retribuiu o gesto. – O... Antônio foi muito gentil em aceitar permanecer como conselheiro. – O nome do mentor saiu duro. – O que vai facilitar muito meu trabalho.

– Ainda bem. – Sorriu ao se virar para o antigo Feitor-mor. – Pelo menos minha escolha de quebrar o contrato não te impediu de fazer o que te define.

O cenho de Antônio desceu.

– Tomas – sua voz engrossara –, eu tenho mais tempo de acólito do que você tem de vida. – Encarava-o como se ainda enxergasse. – E, apesar de admirar seu compromisso com suas ações, eu não admito que se faça responsável pelas minhas. Foi minha a decisão de fazer o sacrifício. Única e exclusivamente minha.

– Pelo amor de Deus, Antônio. – Bateu com a mão direita na coxa. – Primeiro – ergueu o indicador –, eu estava sendo legal. Segundo – ergueu o dedo médio –, você está dizendo que eu ter perdido o bloqueio não desaguou em você deixar de ser Feitor-mor?

– Eu já estava pensando em me aposentar, na verdade – falou com doçura.

– Você sabe que isso não é a verdade completa. – Grunhiu ao tentar controlar a voz. – Não tem dois meses que a gente conversou sobre isso e você estava em dúvida. Além do que, esse argumento não serve para o sacrifício que você fez por mim. – Apontou para as pernas do amigo. – E, olha, eu agradeço do fundo do meu coração o que você fez, mas tudo isso podia ter sido evitado se eu tivesse escolhido melhor.

– Eu sei disso tudo, Tomas, mas, se continuar assim, isso vai acabar te consumindo. – Levou as mãos à frente do peito. – Você não pode assumir a responsabilidade pelo que todo mundo faz.

E o que você quer que eu faça? Que eu pare de me importar com o que acontece por minha causa? Que eu perca o pouco controle que tenho sobre as coisas que faço? Desceu o rosto ao perceber a metade queimada do rosto do amigo. *Não adianta discutir isso com ele.*

– Ok, mas é o sujo falando do mal lavado.

– Verdade. – Passou a língua nos molares superiores. – Porém, minhas falhas não fazem as suas corretas.

– Ok. – Deu com os ombros. – Independente disso, você sabe que eu estou te devendo, né?

– Só agora? – Relaxou o corpo sobre a cadeira de rodas. – Pelas minhas contas, tem mais de dez.

– O que é mais do que você pode contar nos dedos. – Sorriu.

O acólito soltou uma gargalhada rouca.

– Eu tive que manter meus dígitos estritamente nos números primos. – Subiu as sobrancelhas. – E como não tem como ter treze...

– Provavelmente deve existir um feitiço para isso. – Sentiu seus músculos se soltarem. Reclinou os cotovelos nos apoios de braço da cadeira. – Você corta um dedo e crescem mais dois. – Deu um meio sorriso. – Ia ser que nem desejar por mais desejos.

– Quem dera fosse fácil assim. – Murmurou um sorriso e arrumou o lençol amarelo sobre seu colo. – Isso tiraria quase todo o peso do sacrifício.

Ricardo interrompeu:

– Com exceção da dor.

– Verdade – o antigo Feitor-mor assentiu. – E a dor é o fogo que forja a alma. Mas, mesmo assim, seria bom ter alguma forma de incentivar os sacrifícios. Especialmente nos neófitos.

– Perdão por discordar. – Ricardo apoiou as mãos na mesa à sua frente. – Contudo, quem está interessado não precisa de incentivo.

Tomas cruzou as pernas.

– Eu sou obrigado a concordar. Você podia ter me oferecido dois braços novos que eu não cortaria uma falangeta.

Antônio ergueu a mão direita pedindo silêncio e todo o escritório pareceu mais pesado.

– Ambos estão falando a verdade. Porém, os dois estão esquecendo que, independente da vontade ou falta dela, é papel de qualquer um que se disponha a ensinar guiar o ensinado para a direção correta. – Sua cabeça balançava acompanhando cada som. – Mesmo que nenhuma das partes queira fazê-lo.

O novo Feitor-mor interrompeu o silêncio.

– Você está certo, Fei... Antônio. – Abaixou o rosto. – Mil perdões.

– Por favor, Ricardo. – Ergueu a mão mais uma vez. – Não há pelo que se desculpar. É papel do conselheiro aconselhar. Você com os Acólitos – virou-se para Tomas –, e você com a Ana.

O desperto travou o maxilar. *A Ana? Puta merda.* Arrastou a cadeira para a frente.

– Desculpa cortar o assunto, mas como ela está? Você falou que o Ignácio não conseguiu encontrar alguém para matar ela.

– Pelo contrário. – Antônio abaixou a voz. – Ele encontrou alguns. Porém, tanto as pessoas quanto os espíritos que apoiavam os pais da senhorita dos Santos fizeram um excelente trabalho em protegê-la.

Uma comichão subiu pela coluna do desperto. *Graças a Deus. Perder o bloqueio não fez diferença nenhuma.*

– O Ignácio não vai parar até contratar alguém que consiga. Eu tenho que fazer alguma coisa. – Encarou o antigo Feitor-mor. – E eu preciso da ajuda da Ordem.

Antônio esvaziou os pulmões em um chiado.

– E é por isso que eu te chamei. – Suas sobrancelhas se mexiam por trás do pano que cobria seus olhos. – Nós é que precisamos de ajuda com a sua afilhada.

– Sem problema – respondeu logo em seguida. – Eu estava pensando em trazer a Ana para cá. Talvez seja a opção mais segura. O fator mais complicado seria a locomoção, mas eu acho que a Helena aceitaria fazer isso relativamente barato. – Seus olhos saltavam de um lado para o outro sem pausa. – Eu sei que ela é uma caçadora, mas acho que um contrato de transporte não seria um problema.

– Tomas – agarrou o encosto da cadeira de rodas –, não é isso. – Pressionou o local onde estariam seus olhos com a mão direita. – A Ana está tentando ativar, ou qualquer nome que isso tenha, a rachadura entre as realidades.

O desperto permaneceu em silêncio por alguns segundos, o cenho fechado.

– Do que você está falando?

– Ela está trancada em casa já faz uma semana. – Desceu o braço e passou os dedos no final de seu joelho esquerdo. – E ninguém entra ou sai.

– Como assim ela está trancada faz uma semana? – Apoiou os cotovelos nos joelhos. – Não tem dois dias que eu passei na casa dela.

Ricardo mais uma vez cortou o silêncio.

– Você desapareceu por oito dias. Até onde a gente sabe.

– Não – mexia a boca sem soltar uma palavra –, eu vim direto do Largo do Boticário para cá, isso não dá nem duas horas.

O novo Feitor-mor continuou:

– A última vez que eu te vi, lá na casa dos dos Santos, faz nove dias.

Quê? Pousou as mãos sobre a boca. *Não pode ser.* Sentiu uma ânsia de vômito enorme e travou a garganta. *Eu vim direto.* Forçava o abdome para controlar a respiração. *Ou não?* O centro de sua cabeça ameaçava explodir. *Não, foi sim.* Apertou o crânio e o mundo borrou à sua volta. *Senão, como eu lembraria de alguma coisa?* Despertou em um salto com a mão de Ricardo em seu ombro.

– Tomas! – O novo Feitou-mor o sacudia, boquiaberto. – Já passou. Se concentra neste lado!

O escritório foi lentamente tomando forma.

– Desculpa. – As palavras arranharam sua garganta. – Eu... acho que o bloqueio ameaçou sair por um segundo. Não importa. O que vocês querem falar da Ana?

Ricardo lançou um olhar fugaz para seu antigo mentor.

– Nós acabamos de dizer. Ela está tentando abrir a rachadura.

– Eu ouvi da primeira vez. Mas isso não faz nenhum sentido. – Desceu a mão para a nuca. – Ela não abriria a rachadura do nada.

– Nós não sabemos os motivos da senhorita dos Santos – voltou à sua mesa –, porque ela tem se negado a responder qualquer tentativa de contato. A gente até mandou um neófito na casa dela, e ele nem passou da porta.

– A Ana se recusa a falar e a conclusão a que vocês chegam é que ela está tentando destruir o mundo? – Esfregou as mãos no rosto. – Isso não quer dizer nada.

– Verdade. – Cruzou os pés. – Se não fosse a certeza de que ela está ativando os sinais.

Mentira. Voltou a se apoiar nos joelhos.

– E como vocês chegaram a essa certeza?

– A Santíssima Ordem tem seus informantes. – Esticou a coluna.

– E que informantes são esses? – Ergueu as mãos na altura dos ombros.

– Presta atenção. – O novo Feitor-mor fechou o cenho. Mal abria a boca para falar. – Eu não tenho que te dar nenhuma satisfação sobre como descobrimos qualquer coisa.

– Ah, mas você tem. – Batia o calcanhar direito no chão. – Você não pode esperar que eu aceite qualquer coisa só porque você falou. Eu não fazia isso com seu antecessor e não vou fazer com você. – Exalou mostrando os dentes inferiores. – Ainda mais quando se trata de um boato sobre a minha afilhada.

Ricardo encheu o peito para falar, mas foi interrompido por Antônio:
– Foi a Senhora dos Sussurros.
Ele só pode estar de sacanagem comigo.
– Repete, por favor. Eu acho que não ouvi direito.
O novo e o antigo Feitor-mor trocaram olhares fugazes.
– Você ouviu perfeitamente. – Antônio limpou a garganta. – A informação veio da Senhora dos Sussurros.

– Ok. Deixa eu ver se eu entendi. O mesmo espírito que matou os pais de Ana e teve o irmão morto por ela está falando que a garota é uma ameaça para todas as realidades. – Agarrou o encosto de braço da cadeira. – E vocês não estão achando isso nem um pouco estranho?

– De fato – o antigo Feitor-mor quase sussurrou. – Por isso mesmo fizemos questão de checar com cuidado.

– Eu não acho que o fato de ela deixar de atender seus lacaios seja evidência suficiente – falava entre os dentes. – Ainda mais sendo uma acusação desse tamanho.

Ricardo encheu os pulmões para falar, porém Antônio levantou a mão pedindo silêncio mais uma vez.

– Tomas, por favor. – Passou o indicador sobre a parte queimada da cabeça. – Esse tipo de atitude só vai piorar uma situação que já é difícil por si só. Enviar os acólitos não foi a única coisa que fizemos ou faríamos. Você devia saber disso.

Me controlar? Sentiu o peito apertar. *Beleza, então.* Tentou soltar os ombros sem sucesso.

– Ok. O que vocês checaram?

Ricardo respondeu no mesmo momento em que Tomas terminou a pergunta:

– Você sabe que ninguém aqui te deve nada, não é? – Debruçou-se sobre a mesa. – E, mesmo assim, você ignora a óbvia gentileza de te contar o que está acontecendo.

O desperto apontou o indicador para o novo Feitor-mor.

– Mermão, fica na sua que os adultos estão falando.

– Ficar na minha? Quem você acha que é para falar assim comigo? – As veias de seu pescoço saltavam. – Eu sou o Feitor-mor da Santíssima Ordem dos Acólitos e você é um ritualista medíocre que teve a sorte de conhecer as pessoas certas.

Tomas saltou da cadeira, com o indicador ainda erguido.

– Medíocre é a pu...

A voz de Antônio fez os móveis tremerem.

– Parou! – Ambos se sentaram lentamente, um evitando olhar para o outro e ambos evitando olhar para o antigo Feitor-mor. – Agora não é hora para isso. Os dois vão ter tempo suficiente para resolver as diferenças no futuro. – Virou-se para Tomas. – Ainda quer saber como chegamos à conclusão de que a Senhora dos Sussurros está falando a verdade?

– Quero. – Sentiu a garganta apertar.

– Ótimo. – Bufou. – Assim que a senhorita dos Santos se recusou a atender a campainha, nós começamos a esquadrinhar o véu ao redor de sua casa, que, por sinal, está absurdamente frágil. O que não é conclusivo – falou antes que pudesse ser interrompido –, nós sabemos. Porém, por sorte e um pouco de pressão, um dos antigos comparsas dos dos Santos nos contou o que está acontecendo.

– Ok. – Esforçou-se para tirar as emoções das palavras. – E quem é essa pessoa?

– Damião Rosales. – Soltou o ar pelo nariz. – O curador da Livraria.

Bem que ele estava solícito demais quando ela estava procurando o amuleto. Não. Isso não faz sentido. Fechou os olhos. *Mas por que ele simplesmente não deu o colar? E por que o Antônio não começou com ele em vez da Senhora dos Sussurros?* Levou a mão à têmpora. *Merda!*

A voz do amigo cortou o silêncio.

– Tomas. Está tudo bem?

– Você sabia que eu ia ficar puto assim que você dissesse o nome da Senhora dos Sussurros. – Balançou a cabeça para se controlar. – Por que você falou dela?

O antigo Feitor-mor arqueou as sobrancelhas por baixo da faixa sobre seus olhos.

– Eu gostaria de falar que foi porque você merece a verdade. Mas isso não seria totalmente sincero. – O ar chiou por entre seus dentes. – A casa da senhorita dos Santos está muito bem protegida, nem mesmo os caçadores que o Ignácio contratou conseguiram entrar.

– E? – Os ombros do ritualista subiram.

– A Senhora dos Sussurros disse que conhece uma maneira de passar pelas proteções. – Fez uma pausa. – Contudo, ela disse que contaria única e exclusivamente para você.

– E você quer que eu finalize o contrato com ela. – Todo o sangue nas veias de Tomas pareceu expandir.

– Eu não estaria pedindo se a situação não fosse tão crítica.

Se controla. Se controla. Travou o maxilar e disse, marcando cada palavra:

– Foi por isso que você fez o feitiço para recuperar o meu bloqueio?

– Em parte. – Desviou o rosto, ergueu as bochechas e desceu o queixo. – Embora te ajudar tenha sido um bônus.

Eu me fodendo de culpa. E, no fundo, nem foi por mim. Levantou o queixo.

– Tem mais alguma coisa que eu deva saber?

– Não – disse devagar.

– Eu não vou fazer um ritual com ela. – Fungou. – Nem à base de porrada.

– Tomas – sua voz tremeu –, pensa no que pode estar em jogo.

O ritualista mostrou os dentes.

– Vai por mim, eu estou pensando. – Sentiu a perna tremer. – A gente está falando da Senhora dos Sussurros. Você sabe o que ela vai pedir em troca da informação, não sabe?

– Eu imagino. – Deixou o ar sair pela boca.

– Ela vai pedir para eu matar a minha afilhada. – Sentiu os olhos marejarem. – E você ainda quer seguir com esse plano ridículo. – Fechou as mãos até sentir as unhas marcarem a pele e engoliu o choro. – Assim fica muito fácil fazer uma escolha que não te afeta.

Um longo silêncio se seguiu.

– Ricardo – disse Antônio –, eu sei que está acima de minha posição, além de ser de extrema impolidez, mas poderia sair para que eu e Tomas possamos falar a sós?

O novo Feitor-mor hesitou.

– Com licença. – Girou nos calcanhares e saiu do escritório sem pressa.

Assim que Ricardo fechou a porta, Antônio continuou:

– Você se lembra da conversa que tivemos da primeira vez que trouxe o contrato da senhorita dos Santos para mim?

– Não. – Continuou tentando manter uma expressão neutra.

– Na verdade, não teve nada de muito especial nela. Foi a mesma conversa que havíamos tido mais vezes do que posso contar nos dedos. – Suspirou. – Não que isso seja muito.

– Você pode ir direto ao assunto, por favor – interrompeu.

– Eu estou chegando lá. – Ajeitou-se na cadeira de rodas. – A conversa foi sobre minha aposentadoria. Você falou que eu estava ficando velho e que meu corpo daqui a pouco não aguentaria mais. E eu neguei. Mais por conforto do que por qualquer outro motivo. – Levou as mãos às coxas. – O ponto é que eu realmente deveria me aposentar. Você estava certo, mas pelos motivos errados.

Pelo amor de Deus. Vai direto ao ponto. Passou a língua na cicatriz em sua boca.

– Ainda não vejo como isso tem a ver com a situação atual.

– Meu ponto é: eu sei o que é sacrifício. E não estou te pedindo nada mais do que eu fiz. – As palavras pesaram ao sair.

Calma. Sentiu as têmporas pulsarem. Sentou-se na beira do assento e ironizou:

– Quantas vezes sacrificou um afilhado para agradar um espírito?

– Algumas. Olha, com frequência eu sou obrigado a aceitar afilhados por falta de opções. Mas, mais que isso, eu, como líder da Santíssima Ordem dos Acólitos, tenho a responsabilidade de guiá-la para um futuro melhor. E isso incluiu escolher quem vai ser o próximo a sacrificar a carne. – Levantou a mão direita. – E, eu sei, a dor é o fogo que forja a alma. Mas, mesmo assim, não é fácil ver alguém arrancando o olho ou um dedo só porque você mandou. Pelo menos para mim nunca foi. – Apoiou os dedos na testa. – E Deus sabe que eu doei tudo que eu pude. Mais para evitar escolher quem seria o próximo do que qualquer outra coisa.

O peito de Tomas se comprimiu.

– Nenhum deles morreu.

– Verdade. Mas eu não estou falando para você matá-la. – Apoiou a nuca no encosto da cadeira de rodas. – O que eu quero dizer é que eu sei o que você está sentindo. E o que vai sentir. – Passou o indicador e o dedo médio pela parte queimada de sua cabeça. – É o que eu estou sentindo agora. Te pedindo para fazer algo que dói pela chance de evitar que outros se machuquem. Por menor que ela seja.

– Você realmente acha que a Ana quer abrir a rachadura? – Desceu o rosto e mordeu o lábio inferior.

– Acho – assentiu.

Merda. Espremeu os olhos. *Puta merda.*

– Então me leva para falar com a Senhora dos Sussurros de uma vez.

38

UM, DOIS, PUXA. Um, dois, solta. O ar pesado abria espaço em seu peito. *Um, dois, puxa.* As costas das mãos começaram a esfriar enquanto as palmas esquentavam. *Um, dois, solta.* Um pulso elétrico correu da base do pescoço até o centro da testa. Abriu os olhos.

A sala de rituais do Departamento Carioca dos Acólitos estava envolta em penumbra. *Tudo normal deste lado. O bloqueio continua funcionando. Graças a Deus.* Como era de costume, nada mais distante que cinco metros era visível. Olhou para a direita e apertou os olhos em busca de Antônio. *Por que eu estou preocupado? Se alguém não se perde aqui, é ele.*

O antigo Feitor-mor continuava com sua postura decadente, contudo cada cicatriz e queimadura emanava uma luz branca leitosa, especialmente os olhos. *Isso é novo. Péssima hora em que ele resolveu se aposentar.* Esticou a coluna. *Isso aí poderia ser útil. O que quer que seja. Útil o suficiente para convencer um dos espíritos mais babacas da existência a ir contra a própria natureza.* Piscou com calma. *Como se isso fosse possível.*

O centro da sala emanava uma luz dourada quente que se expandia em todas as direções somente para ser consumida pela escuridão. O cheiro almiscarado de incenso vinha dos quatro cantos. Treze velas vermelhas, cada uma apoiada em um espelho de um metro quadrado, enfeitavam o cômodo e envolviam um prato branco com uma pequena porção de pipoca coberta de suco de limão. *Não sei por que eles se deram ao trabalho, a Senhora dos Sussurros vai aparecer de qualquer maneira.* Uma pequena poça de sangue marcava o centro do prato. *Ainda mais por ter sido ela que resolveu me chamar. Merda de circo.*

Cerrou a mão direita em um punho. *Eu não devia ter aceitado isso.* Travou o maxilar. *Mas e se essa palhaçada toda for verdade?* Negou com a cabeça. *Não, não pode ser. Mas e se for? Essa história toda faz sentido.* Fungou. *Não tem por que o Antônio mentir nesse nível para mim. Mas ele também pode estar errado.* Relaxou a mão. *Pode ser.* Ajeitou os cabelos para trás. *De qualquer maneira, eu tenho que ver isso. Nem que seja para negar o ritual. É. Não tem nada fechado ainda. Ouça e depois tome sua decisão.*

O antigo Feitor-mor pousou a mão no cotovelo do amigo.

– Você já entrou em transe?

– Hein? – Sacudiu a cabeça. – Já. Foi mal, eu estava pensando.

– Eu sei que isso não é fácil para você. – Havia doçura em sua voz. – E não precisa se preocupar. Por mais que a Senhora dos Sussurros queira vingança pelo braço, ela não vai te atacar. – Seus dentes se chocavam ao falar. – Nós tomamos todas as precauções possíveis.

– Nem era isso o que eu estava pensando. – Desviou o olhar.

– Eu imagino. – Emanava um leve odor de alecrim. – De qualquer maneira, quanto mais rápido a gente começa, mais rápido a gente termina. Você vai fazer a invocação ou prefere que eu faça?

– Pode deixar que eu faço. – Estalou o pescoço. – Ela vai gostar do show.

– Por favor, então. – Fez uma leve reverência. – Os mais bonitos primeiro.

– Como de costume. – As palavras saíram sem emoção. Caminhou com calma para a frente e colocou a mão esquerda sobre a chama de uma das velas. – Kramór Iriná Anê. Kramór Iriná Anê. Eu, Tomas Fontes, invoco a Eterna Vigilante. Peço permissão para que me ouça sem ouvidos e nos empreste seu olho sempre aberto. O pedido é meu, com o aval do antigo Feitor-mor da Ordem dos Acólitos e sob as condições citadas pelo próprio espírito. Necessito que me passe as informações ocultas para que possamos impedir a possível rachadura entre realidades. Venha, e sussurre as verdades que estão além de nossos olhos. Kramór Iriná Anê. Kramór Iriná Anê. E que assim seja! – Virou-se de costas junto com Antônio.

O som pareceu fugir dos ouvidos do desperto e uma voz aguda surgiu do outro lado da sala de rituais.

– Eu estava começando a achar que você continuaria na teimosia. – A Senhora dos Sussurros arrastou os pés até a luz. – Tomas, Tomas, Tomas. – A luz amarelada fazia seu corpo branco parecer ainda mais doente. – Você se prova cada vez mais imprevisível. – Seu braço direito terminava logo acima do cotovelo, com veias negras que contrastavam com bolhas cinza na ponta.

O desperto fez uma reverência exagerada.

– Dama ao Avesso.

– Tomas. – O espírito inclinou o rosto e deu sete meios sorrisos cheios de desdém. – Pelo amor de tudo que é sagrado, a necessidade ou desejo por cortesia acabou no nosso último encontro. – Girou o corpo para o acólito. – Antônio, há quanto tempo! – Esvaziou os pulmões e seus seios flácidos balançaram. – A idade lhe fez bem.

O antigo Feitor-mor reclinou o tronco em uma reverência contida sobre a cadeira de rodas.

– Obrigado por ter atendido a nosso chamado, Eterna Vigilante.

A criatura desfez-se do elogio com um giro do pulso.

– Seu lindo. Eu realmente senti falta de nossos pequenos rituais. – Rodou os calcanhares na direção do prato. – Sem bebida desta vez? Vejo que serão somente negócios, então.

O desperto controlava a respiração. *Isso. Finge que esse showzinho não é exatamente o que você queria.*

– Mil perdões, mas os preparativos foram feitos de última hora.

– Isso não é desculpa. – Saltou sobre o prato de pipoca e caiu graciosamente ajoelhada do outro lado. Pegou algumas com a ponta de suas unhas e enfiou-as de uma só vez em sua boca mais à esquerda. – Especialmente quando nos encontramos em um departamento da Santíssima Ordem dos Acólitos.

Aproveita. Aproveita esse momento de poder. Endureceu o rosto. *Sem dúvida vai compensar o braço perdido.* Abaixou o rosto com humildade.

– Tem toda a razão. Mil perdões.

– O que não tem solução, solucionado está. – Molhou a unha do mindinho na pequena poça de sangue e a levou à boca de baixo. – Porém, eu imagino a situação. – Lambeu todo o dedo. – Eu soube que você perdeu o bloqueio, meu querido. Eu fiquei preocupadíssima. Não te encontrava em lugar algum. – Soltou o ar em um gemido. – Mas vejo que está tudo de volta ao normal.

Como se você já não soubesse de tudo que aconteceu. Contraiu o maxilar.

– O Antônio foi muito gentil em fazê-lo.

– Ah, Tomas, não faz isso. Assim você diminui todo o sacrifício que ele fez. – Pegou mais uma pipoca. – Isso não foi somente uma gentileza – enfiou-a em uma das bocas –, foi um gesto de extrema amizade e confiança. Me entristece você não ver isso.

Você sabe muito bem o que eu quis dizer. Respira, cara, não cai no jogo dela.

— Tem razão. Mil perdões.

— E digo mais, apesar de não estar exatamente encaixado onde deveria, foi um feitiço muito bem feito. Especialmente considerando quem o realizou — falou com metade das bocas —, até porque não é nenhum Ignácio Batista.

Sem demonstrar emoção alguma, o antigo Feitor-mor curvou o tronco mais uma vez.

— Seus elogios me enrubescem.

— E deveriam — coçou a costela oposta ao único braço —, não é qualquer um que consegue uma audiência comigo, especialmente hoje em dia.

Ok. Eu vou morder a isca. Limpou a garganta.

— Especialmente hoje em dia? Como assim, ó grande dama?

— Tomas, eu já pedi carinhosamente para não usar de tais gentilezas comigo, e não vou falar outra vez. — Deixou o corpo cair e deitou-se de lado. — Contudo, respondendo à sua pergunta — seu braço amputado girava livre sobre o ombro —, eu cheguei à conclusão de que os assuntos da matéria estão abaixo de mim, especialmente quando minhas funções estão tão além da pequena mente humana.

Vai nessa. Como se alguém aqui acreditasse nisso. Juntou as mãos na altura do peito.

— Parece uma decisão sábia.

O espírito jogou o queixo para cima e gargalhou.

— Tomas, meu querido. — O riso ecoou pelo cômodo. — Quando foi que eu fiz diferente?

Quando você tentou me atacar pelas costas e perdeu o braço, ou quando você resolveu mandar seu irmão matar os pais da Ana. Sorriu o mais sincero que conseguiu.

— Não me lembro de uma só vez.

— Você tem ficado muito arrogante nos últimos tempos — os sete sorrisos da Senhora dos Sussurros caíram de uma só vez, e sua voz engrossara —, e sorte sempre acaba.

— Verdade — deu com os ombros e relaxou o rosto —, mas não fui eu quem fez questão de ter essa linda reunião.

— Você supõe que eu preciso de você. — Apertou o olho.

— Você não estaria aqui se não precisasse — apontou para o braço decepado —, ainda mais depois de nosso último galanteio.

Levantou-se no que pareceu um borrão.

– Quão perceptivo, meu querido Tomas. – Caminhou com calma na direção do desperto. – Só tem um problema em sua lógica – as garras de seus pés tilintavam ao bater no chão –, está ignorando o que eu posso oferecer em troca dessa humilhação.

Antônio empurrou a cadeira de rodas para a frente.

O desperto levou a mão ao bolso onde estaria a cabeça de alho. *Puta merda, eu tirei para o ritual.* Inchou o peito. *Calma, ela fez um contrato de não te ferir, e você está no Departamento dos Acólitos.* Apertou as mãos. *Calma.*

– Eu espero que esse showzinho tenha algum propósito.

– Ah, tem. – Parou a menos de um metro de Tomas e curvou o tronco até quase encostar queixo com queixo. Seu olho gigante refletia a luz amarela das velas. – É sobre a sua querida afilhada. – Sua voz enrouquecia de prazer. – Você quer saber?

Respira, não entra no jogo dela.

– Provavelmente menos do que você quer contar.

A atenção do espírito quicava para cada sinal de expressão do ritualista.

– Eu quero. – Metade das bocas falava enquanto o resto chiava entre os dentes. – Porque vai doer, e vai ser tudo culpa sua.

– Culpa minha? – ironizou.

– Eu até queria poder fazer alguma coisa – seu hálito esquentava o rosto do ritualista –, mas, infelizmente, um contrato risível me impede de realizar qualquer coisa do tipo.

Risível é você que concordou. Travou os ombros. *Calma.* Aproximou ainda mais o rosto.

– Você pretende falar alguma hora? – Ritmou as palavras no tempo do espírito. – Porque esse suspense está me matando.

A Senhora dos Sussurros fez uma longa pausa.

– Ela está tentando seguir os passos dos pais. Coitada. – Afastou o rosto. – E tentando abrir a tal da rachadura.

Começou. Quantas voltas ela vai dar? Desceu o queixo junto com o cenho.

– Você diz isso como se alguém aqui esperasse algo diferente.

– Você não acredita em mim – girou nos calcanhares, apressou os passos para o prato no centro do cômodo e o pegou do chão –, mas é só visitar a dita cuja para checar.

Ela está feliz. Mau sinal. Caminhou pela sala de rituais beirando a penumbra.

– Você sabe muito bem que ninguém tem conseguido entrar na casa.

– E você sabe muito bem que eu posso te dizer como entrar. – Empurrou todas as pipocas para dentro das bocas.

Finalmente. Virou o peito para o espírito.

– E o que você quer em troca da informação?

– Nada – exalou em cacofonia –, eu só queria te dizer pessoalmente. – Palitava os dentes com suas unhas negras.

O desperto cerrou os punhos dentro dos bolsos. *Ela não quer pagamento? E nem sequer barganhou.* Inclinou a cabeça.

– Ok. Qual é o método para entrar na casa da Ana?

– Nenhum, na verdade. O feitiço que protege a casa impede a entrada de qualquer coisa em que ela não confie, seja espírito ou matéria. – Espreguiçou-se. – E você, meu estimado Tomas, tem toda a confiança de nossa querida Ana dos Santos.

Só isso? Não pode ser. Ela está mentindo. Encheu o peito. *E, mesmo que fosse, não resolve a situação de ninguém além de mim. Calma, deixa ela guiar.*

– Por que esse mistério todo, então? Se sua reposta nem resolve a situação como um todo?

As sete bocas abriram sorrisos que pareceram cobrir toda a face do espírito.

– Porque eu quero ver a sua cara quando você perceber que ela realmente está tentando abrir a rachadura – abriu a mão em garra –, e que, para evitar isso, ela tem que morrer. E, melhor ainda, você é a única pessoa que pode fazê-lo.

Eu sabia. Como ela ainda acha que eu sou tão idiota? Passou a língua pela cicatriz em sua boca. *Não importa.* Afastou o rosto.

– Você realmente acha que eu vou acreditar nisso?

A Senhora dos Sussurros raspava a unha do mindinho no pescoço com delicadeza.

– Não importa se você acredita ou não. O que importa é que você irá à casa dela para ver o que está realmente acontecendo. – Sacudiu os ombros. – E, quando chegar lá, vai perceber que não tem escolha.

Ridículo. E pensar que eu já tive medo dela. Deu com os ombros.

– Ok, mais alguma informação importante?

– Não. – Sua voz estava aguda como a de uma criança excitada.

– Ótimo – respondeu sem emoção alguma. – Pode ir então. – E deu as costas para o espírito.

– Só mais uma coisa. – Encostou a bochecha direita na orelha de Tomas. – Pensa em mim quando chegar a hora. Adeus.

O desperto teve que se conter para não virar o punho no rosto do espírito. *Filha de uma puta.* Apertou o rosto. *Não. Se controla. É isso que ela quer.* O quarto voltou a ter som. *Ótimo. Ela já foi.* Olhou de canto de olho para Antônio.

– Você podia ter me ajudado.

O antigo Feitor-mor respondeu com a voz pesada:

– Achei que você fosse preferir fazer o ritual sem interrupções.

– Talvez você esteja certo – estalou a língua nos dentes –, mesmo assim, não tem por que confiar no que ela disse.

– Você acha que ela estava mentindo? – Virou a cadeira de rodas na direção do amigo.

– Não seria a primeira vez. – Copiou o movimento de Antônio com o corpo. – Ainda mais com a insistência na morte da Ana.

– A questão da barreira me pareceu fazer sentido. – Coçou o resto de seu nariz.

– Pode ser. Até porque o contrato que nós fizemos impede ela de tentar me matar. – Pousou a mão direita na testa. – Mas, mesmo assim, não dá para confiar.

– Mas por que ela viria aqui, então? – Passou os dedos por baixo da faixa que cobria seus olhos. – Se tudo fosse mentira?

– Sei lá. Me convencer a fazer os desejos dela, talvez?

– Tomas. – Aproximou-se. – A Ana está querendo abrir a rachadura.

A voz do ritualista endureceu.

– As únicas provas que você tem são as palavras de um cara que era conivente com os pais dela e de um espírito mentiroso.

– E ela impedir a entrada dos acólitos? – Levantou as mãos na altura do ombro. – E o véu estar fraquejando em volta da casa dela? E a tentativa dos pais de fazer a mesma coisa? – Cada palavra saía mais aguda. – Nada disso conta?

– Nenhuma dessas coisas que você falou é uma prova. – Mostrou os dentes.

Antônio bateu as mãos nas coxas.

– Tá bom. Não tem ninguém que eu conheça que viu ela fazer isso – falava rápido. – Mas quantas evidências você quer até começar a acreditar na possibilidade de isso estar acontecendo?

Ela não é maluca de fazer isso. Soltou o ar.

– Muito mais do que você me mostrou até agora.

– Tomas – juntou as pontas dos dedos na frente do peito –, por favor. Pensa direito. – Voltou a ritmar a voz. – E se for verdade? E se ela realmente estiver prestes a abrir a rachadura?

– Ela não está – disse seco.

– Mas e se ela estiver?

– Caralho! Tá bom. – Inchou o peito. – O que você quer que eu faça?

Antônio retesou-se e desviou o rosto.

– Tomas – disse com a voz rouca –, eu tenho ideia do quanto isso é difícil para você, mas você tem que pelo menos ir até a casa dela. Nem que seja para provar que todo mundo está errado.

– Eu não vou matar ela. – Espremeu os lábios.

– Ótimo. Ninguém aqui quer que isso aconteça. – Baixou as mãos junto com o tom de voz. – Então convence ela a parar com essa ideia idiota. Aí todo mundo sai ganhando.

– Ok – esfregou as costas da mão direita na boca para limpar saliva –, eu vou dar uma passada na casa dela. Mas para acabar com esse boato ridículo e seguir com a minha vida.

– É tudo que eu peço – a doçura voltara a sua voz –, porque, se o que você chama de boato for verdade, tudo que qualquer um de nós ama ou já amou pode simplesmente desaparecer. – Fez uma pausa. – Pensa nisso. Pensa nas consequências.

– Vai por mim. Eu já pensei. – Bufou. – Podemos sair do transe agora? Eu já passei muito mais tempo do que eu gostaria fora da matéria nos últimos dias.

– Podemos – assentiu. – Obrigado por ter vindo, eu sei que não foi fácil.

Tomas negou com a cabeça e fechou os olhos. *Um, dois, puxa. Um, dois, solta.* Sentia o gosto de sangue pingando em sua boca. *Um, dois, puxa.* A luz do quarto se fez visível por entre as pálpebras. *Um, dois, solta.* Todos os músculos de seu corpo tremeram em sincronia. Abriu os olhos.

39

CALMA. RESPIRA. É só falar com ela que vai dar tudo certo. Esfregou a mão direita sobre os lábios e a ergueu para massagear os olhos. *Até porque ela nem está tentando abrir a rachadura. Eu deixei muito claro que isso seria uma péssima ideia. Não foi?* Retesou o pescoço. *Mesmo que eu não tivesse falado, qualquer idiota sabe que misturar esse lado com o outro é pedir para se arrombar.*

E por que ela te ouviria? Você mal conhece a garota. Só porque você é padrinho, uma coisa que você foi contra no começo, ela de repente vira sua melhor amiga? Sentiu seu estômago apertar. *Não. Não importa. O que ela acha ou deixa de achar de mim não faz diferença. O que importa é que eu sou o padrinho, e tudo que ela faz é, em parte, responsabilidade minha.* Girou o pescoço sobre os ombros e voltou a caminhar.

Subiu a ladeira da rua Lopes Quintas de uma só vez. *Das últimas vezes foi mais difícil.* Virou o rosto na direção de onde tinha vindo. *Não foi? Ela está mais plana ou é impressão minha?* Manteve a boca aberta. *Isso não faz sentido.* Forçou-se a marchar para a frente. *Para de enrolar, Tomas. Vai falar com a Ana e termina logo com essa palhaçada.*

Virou à esquerda na esquina da rua Visconde de Carandaí e parou mais uma vez. *Talvez seja uma boa dar uma olhada no além-véu. Só para garantir.* Cerrou os punhos. *Você pode parar de palhaçada, Tomas. Não tem como encontrar algum espírito aqui e, mesmo se encontrasse, tem toda a proteção na casa da Ana para impedir qualquer coisa errada de acontecer.* É. Segurou as cabeças de alho em seu bolso em um gesto inconsciente. *Não tem por que se preocupar.* E seguiu caminho.

O desperto não parava de buscar surpresas nas quinas e rachaduras. *Calma, calma.* Os gomos da cabeça de alho marcavam sua mão. A Visconde de Carandaí parecia mais atemporal do que de costume. As casas de paredes em tons pastéis e muros baixos ainda lembravam outra época, contudo, mesmo as poucas pessoas que passaram aparentavam se mover em passos lentos demais para os movimentos que faziam ou simplesmente permaneciam estáticas. O muro verde do Jardim Botânico ao fundo refletia a luz do sol matinal nos olhos do desperto.

Uma comichão correu pelo corpo de Tomas. *Era para o sol estar desse lado? Não. É, sim.* Fechou os olhos. *Deve ser o bloqueio que o Antônio colocou soltando de novo. Respira. Foca no aqui.* Abriu os olhos e o céu voltou ao normal. *Viu? Nada de mais.* Sorriu de meia boca. *Como se ter um bloqueio solto não fosse nada de mais.*

Chegou ao portão de madeira da casa da Ana e tocou a campainha. *Tomara que ela esteja bem.* Bufou. *Ela ter se trancado em casa assim não é bom. Mas, também, o que que ela podia fazer depois de o Ignácio mandar um bando de assassino vir aqui?* O pensamento amargou sua língua. *Eu devia ter mentido e dito que terminaria o contrato.* Abaixou o rosto. *Uma semana perdida. Uma semana em que eu poderia ter prevenido muita coisa.*

Arqueou as sobrancelhas. *Já era para ela ter atendido.* Afundou o polegar na campainha. *Puta merda. Alguém chegou aqui antes de mim.* Bateu na porta com a mão esquerda.

– Ana! – gritou. – Você está aí? Sou eu!

A voz da adolescente surgiu além do muro.

– Tomas? – Sua fala saía rouca e aguda.

Graças a Deus. Ela está aí. Sentiu os ombros descerem.

– Oi! Tem como você abrir? Por favor.

O silêncio que se seguiu pareceu durar uma eternidade.

– Tá – disse reticente com mais uma pausa –, espera aí que eu tô descendo.

Graças a Deus. Não chegaram até ela. Percebeu que seus membros direitos tremiam sem controle e contraiu todos os músculos que conseguiu em uma tentativa de controlá-los. *Calma. Não entra nessa maluquice.* Esvaziou os pulmões até tossir. *Você veio até aqui e está tudo certo, se controla.*

O portão abriu em um clique e o rosto de Ana surgiu pela fresta.

– Oi. – Seus olhos quicavam de um lado para o outro. – O que você está fazendo aqui? – As palavras saíram em uma mistura de pergunta e ordem.

– Eu... – espremeu os olhos para organizar os pensamentos – eu vim falar com você.

Fez-se um silêncio curto.

– Sobre?

– Antes de tudo, para ver se você está bem. – Ergueu o cenho.
– Aham.
Graças a Deus. Umedeceu os lábios.
– Olha, eu realmente preciso falar com você. Posso entrar?
Ana fitou o desperto e afastou o rosto da porta.
– Pode – disse, mais uma vez reticente. – Entra aí. – E abriu o portão.
– Obrigado. – Tomas virou o corpo de lado e passou pela fresta que sua afilhada deixara.

A adolescente vestia uma camiseta preta amarrotada que cobria boa parte de uma calça jeans. Seus cabelos negros estavam amassados em um coque de última hora que aumentava ainda mais o contraste das roupas com seu amuleto de prata.

– Não tem problema. – Girou nos calcanhares e seguiu para casa sem encarar o padrinho.

Ela está estranha. É melhor eu falar o que eu tenho pra falar de uma vez. Começar que é o problema. Mordeu o lábio inferior. *Não dá para puxar o assunto da rachadura de cara. Também vai ser falso conversar amenidades. Como se eu soubesse fazer isso.* Exalou entre os dentes. *Não, eu tenho que ir direto ao assunto. Mas e se ela ficar chateada? Se controla, Tomas. Ela acabou de passar por coisa muito pior. Ela aguenta.*

Ana parou sob o arco da porta.

– Então – acariciava a cicatriz em seu punho –, acho que é melhor a gente falar na sala.

– Pode ser.

– Tá. – Assentiu em movimentos curtos e arrastou os pés pelo corredor.

Ela mal está soltando uma palavra. Isso não é bom. Seguia logo atrás da afilhada. *Aconteceu alguma coisa.* Esticou o pescoço em busca de alguma ferida. *Pelo menos ela parece ilesa. Pelo que dá para ver, pelo menos.* Soltou o ar tentando não fazer barulho. *Não, ela estaria se movimentando diferente se estivesse machucada. E ela está andando normal.* Ameaçou sorrir. *Está tudo certo. Ainda bem.*

Um bafo quente subiu pelo pescoço do desperto ao passar pela porta da cozinha. *Quê?* E, em reflexo, virou-se para a entrada do cômodo. Agarrou o topo da cabeça com a mão esquerda e o amuleto com a direita. *A Senhora dos Sussurros estava falando a verdade.* Faíscas brancas saltavam do "tav" até quase a outra parede. *A Ana está abrindo a rachadura.* Sentiu o estômago apertar e virou-se para a afilhada, que o encarava. Arqueou as sobrancelhas e perguntou arrastado:

– Você tem ideia do que está fazendo?

A adolescente baixou o queixo.

– Tenho.

Isso não está acontecendo. Seu estômago alternava entre fome e enjoo. *Calma. Ela tem que ter algum motivo para isso.* Esticou os dedos. *Deixa ela falar o que tem para dizer.*

– Ok – juntou as mãos na frente dos lábios –, o que, exatamente?

– Sério? – Apontou para a cozinha. – Você realmente precisa que eu explique?

Calma. Não é hora de ficar puto. Cruzou os braços em uma tentativa de controle.

– Preciso, porque eu não consigo pensar em nada que faça sentido para justificar isso.

– Sentido? Que tal seu chefe ter tentado me matar mais de uma vez essa semana? – As palavras saíam em ondas. – Isso faz algum sentido?

– Olha – levantou a palma da mão direita –, presta atenção.

A adolescente interrompeu:

– Que tal eu não conseguir dormir sem acordar no meio da noite achando que tem alguém no meu quarto? – Enrugou o queixo. – E que tal ele me forçar a me trancar dentro de casa porque lá fora é perigoso demais? – Encheu o peito na direção do desperto. – Faz sentido o Ignácio fazer isso pra você?

Fitou os olhos da afilhada.

– Sim, porque ele é um babaca – marcou cada palavra com o máximo de calma que conseguiu –, não tem nenhuma novidade nisso.

Ana ignorou o padrinho.

– E agora aparece você – seus olhos marejaram –, o cara que não pode desobedecer o babaca.

– Você acha que eu estou aqui para te matar? – Sentiu o peito apertar.

– E eu devia achar o quê? – A voz ficou rouca. – Assim que a gente descobre como a rachadura funciona, você some por uma semana. – Deu um passo para a frente em desafio. – Na mesma hora que seu chefe, o cara pra quem você não pode negar um desejo, resolve que eu não preciso mais existir.

Não, não é isso. Levantou as mãos na altura do peito.

– Você realmente acredita no que está falando?

– E agora, depois de a gárgula impedir ele várias vezes, o ritualista aparece na minha porta. – Seus lábios ficavam cada vez mais vermelhos. – Sem responder nenhuma das mensagens que eu enviei, muito menos as ligações.

Eu devia ter mentido para o Ignácio, pensou com a mão na testa. *Que merda que eu fiz.* Puxar o ar se provava difícil. Cerrou as mãos em punhos.

– Você não está entendendo.

– O que que eu não tô entendendo? – falou com autoridade.

– Que eu sumi para não ter que fazer isso. – Tentou refletir o tom de Ana sem sucesso. – Olha, o Ignácio realmente tentou me contratar para te matar. – As palavras se desorganizavam em algum lugar entre sua cabeça e sua boca. – E é por isso que eu sumi. Não. Eu já falei isso. E ele tirou meu bloqueio – grunhiu. – É por isso que eu demorei. Eu só voltei agora.

– Você perdeu o bloqueio? – Colou o queixo no peito.

Tomas continuou no mesmo ritmo desesperado:

– Foi. – Contraiu o abdome e os pensamentos voltaram a ter foco. – Mas eu encontrei o Antônio e ele corrigiu tudo.

Ana ficou imóvel, com o cenho fechado.

– Prova.

– E como eu faria isso? – Arqueou as sobrancelhas.

– Sei lá. – Bateu com a mão na coxa. – Como eu vou saber que você está falando a verdade?

– Quando foi que eu menti para você? – Todo o rosto de Tomas murchou. Deu um passo para a frente e Ana o espelhou para trás.

– Sei lá. – Ergueu os ombros. – Você sempre foi muito bom em manipular as pessoas à sua volta.

O desperto tampou a boca. *Que merda de padrinho eu sou.* Tentou se recompor, contudo seu corpo se recusou a obedecer. *Era minha obrigação proteger ela.* Sentiu o lábio inferior tremer. *E eu só ferrei com tudo.* Encheu o peito para argumentar, mas somente conseguiu dizer:

– Não fala isso.

– E o que você quer que eu fale?

Que eu não fui um completo incompetente. Não, se controla. Expulsou o ar dos pulmões.

– Eu quero que você me fale que isso que está lá na cozinha não é o que parece.

– E se for? – Mostrou os dentes.

– E se for, eu vou falar que é uma das piores ideias na história da humanidade. – O sangue subiu para a cabeça do ritualista. – E olha que a gente já fez muita coisa idiota.

– Não. – Seus olhos brilharam. – Tá tudo separado, tá tudo errado. E era isso que meus pais estavam tentando terminar. Você não tá vendo?

Resgatou todos os seus pensamentos.

– Não.

– Presta atenção. – Suas unhas marcavam a pele macia de suas mãos. – Pensa no que pode acontecer. A gente tá tão separado do resto que, só pra enxergar um pouco de toda a realidade, a gente tem que se machucar. – Cada palavra subia uma oitava. – Pensa na chance de acabar com essa realidade de merda. Para ela dar lugar a uma coisa muito melhor.

– Não. Eu não quero, nem vou pensar nas possibilidades. – Sacudiu a mão esquerda em negativa. – Porque você não está pensando no que pode dar errado.

– É aí que você se engana. – Seu indicador acompanhava as palavras. – Meus pais passaram anos fazendo isso e eles pensaram em tudo.

– Isso não pode ser verdade. – Suas pupilas se dilataram. – Você tem ideia do que pode acontecer se eu te deixar fazer o que quer?

Ana gargalhou.

– E o que seria isso?

– A destruição de tudo que você conhece ou já conheceu. – Contraiu o maxilar. – De todas as pessoas que você ama ou já amou.

– As duas pessoas que alguma vez fizeram algum sentido para mim já morreram na Rio-Niterói, com o Guardião das Trilhas. – O rosto da adolescente endureceu.

– E o resto das pessoas? – Deu um passo à frente. – Que elas se danem?

– Não. – Ajeitou o cabelo atrás da orelha. – Você não está entendendo. – Acariciava a cicatriz no punho. – No final, tudo vai dar certo. Todo mundo, independente de como nasceu ou do que se tornou, vai ter a chance de ver as coisas como realmente são.

– Vai por mim, eu já passei mais perto da intercessão das realidades do que a maioria das pessoas. – Esforçou-se para olhar a afilhada. – A matéria é muito melhor do que o crédito que está dando pra ela.

Ana negou com a cabeça mais uma vez.

– Eu não achei que você fosse dizer nada melhor que isso. – Caminhou para a cozinha. – Vem – chamou-o com a mão –, que eu vou te mostrar uma coisa.

Ela vai tentar abrir a rachadura, eu tenho que fazer alguma coisa. Observou-a passar pelo arco da porta. *Eu não posso deixar tudo acabar em uma fantasia de adolescente.* Agarrou a cabeça de alho em seu bolso. *Eu preciso acabar com isso. Custe o que custar.* Esticou todos os músculos que conseguiu. *Não. Eu não posso fazer isso. Ainda dá para convencer ela do contrário.* Fez uma reverência forçada e disse:

– Damas primeiro.

– Vem que isso vai mudar sua ideia. – Aproximou-se do Tav com pouco esforço para se desviar das faíscas. – Dá uma olhada no meio do símbolo.

Tomas inclinou o tronco e apertou os olhos. Um amálgama de cores impossíveis se misturava sem pausa. *Puta que me pariu.* Afastou o rosto.

– É o outro lado.

– Isso. – Pousou a mão nas costas do padrinho. – E ele tá ao nosso alcance.

– Não. Pelo amor de tudo que é sagrado. – Recuou dois passos. – Você percebe a chance de isso dar errado?

– Olha isso – sua voz tremia em uma mistura de maternidade e excitação –, você consegue ver o além-véu. A olho nu! – Deixou as faíscas cobrirem seu corpo. – O que pode dar errado?

– Muita coisa. – Saltou para o lado, escapando das centelhas. – Beleza. Vamos partir do princípio de que seus pais foram gênios e conseguiram chegar mais longe do que qualquer outro já chegou. O que me parece longe de ser verdade. E se eles estivessem errados?

– Eles não estavam. – Franziu o cenho.

– Ok. Mas e se eles estivessem? – Vergou os lábios. – E se tudo o que eles acreditavam não fosse verdade?

– Eu passei esse tempo todo vendo isso. Eles não estavam. – Atravessou as centelhas na direção do padrinho. – Até porque não faz mais diferença.

Uma comichão atravessou a coluna do desperto.

– Do que você está falando?

– Foi que nem a gárgula falou. – Seus olhos permaneciam vidrados nos de Tomas. – Não faz mais sentido discutir agora. – Sua voz estava cheia de propósito. – Só falta abrir o Aleph. A justaposição está a caminho.

– Você comeu merda quando era criança, garota? – Agarrou a adolescente. – Olha o que você está fazendo. – Puxou o tronco da afilhada para perto. – Você entende o que está botando em risco aqui?

O corpo de Ana não demonstrava disputa alguma.

– É você que não percebe – disse em um só ritmo –, eu não tenho escolha. Desde muito antes dos meus pais, tudo que aconteceu nos empurrou para isso.

– Do que você está falando?

– Assim como meus pais e os pais deles, tudo que aconteceu trouxe a isto – as faíscas batiam em seu rosto –, eu unindo as realidades.

– Pelo amor de Deus, garota. Pensa. Por favor – soltou o corpo da afilhada –, você está falando igual a um espírito.

– E qual é a diferença? – Apoiou-se na bancada. – Qual é a diferença entre nós e eles? Tirando a barreira que insiste em nos separar? É que nem a gárgula diz: a única escolha é seguir o destino.

Não. Ela não está falando sério.

– Ana, para de falar da gárgula e pensa. – Recolheu o lábio inferior. – Pensa em todas as vezes que você escolheu, mesmo contra a vontade de todo mundo à sua volta.

– Eu posso falar a mesma coisa. – Encolheu o pescoço. – Você trabalhava com a Senhora dos Sussurros, o espírito que mandou matar meus pais. Não só isso, mas quantas outras coincidências tiveram que acontecer pra gente chegar aqui?

– Não, presta atenção. – Juntou as mãos. – Qualquer coisa, se o ponto de perspectiva for longe o suficiente, é improvável. Você não pode jogar tudo para o alto e botar nas mãos do destino.

– Posso sim. E é exatamente isso que eu vou fazer. A rachadura já foi aberta – pousou a mão esquerda sobre o cotovelo –, não tem mais o que fazer.

– Não. – Enrugou o nariz. – Você vai fechar isso.

Uma veia saltou do pescoço de Ana.

– Você me ignora, me ofende e só fala comigo quando alguém te obriga. – Desvencilhou-se do padrinho. – Quem é você para mandar em mim?

– Olha o que você está falando – disse em uma mistura de descrença e ordem. – Ok, eu podia ter feito muita coisa melhor, mas não importa o que alguém fez ou deixou de fazer, isso não justifica acabar com tudo.

– Não vai acabar com tudo! – gritou.

– Para de ser teimosa e me escuta, garota! – Tremia as mãos em garras na frente do peito. – Você não pode ter certeza disso. – Desistira de controlar as palavras. – Mesmo que, sei lá, só exista um por cento de chance de acontecer o que eu estou falando, o risco ainda é muito alto.

– Não tem risco – a doçura voltou à sua voz –, eu sei o que vai acontecer. *Já chega. Eu passei tempo demais sendo legal.* Marchou para cima da afilhada.

– Acabou – agarrou-a pelo braço esquerdo –, você vai sair daqui. – E começou a andar.

– Me larga! – Pisou na batata da perna do padrinho e jogou o corpo para trás, caindo no chão.

Antes que pudesse pensar, o desperto girou o corpo e ergueu a mão direita em punho, porém travou o movimento no meio do caminho. *Não. Eu não sou meu pai.* E se contentou em murchar com os joelhos no chão.

Ana contraía o rosto em descrença.

– Você tá maluco? – Recolheu-se com as costas na parede. – Você sabe quanta gente só tá esperando eu passar daquela porta? Se eu sair daqui, eles me matam.

– Era só me escutar. – Mal teve forças para olhar a adolescente. – Por que isso é tão difícil?

– Pelo mesmo motivo que você nunca considerou que eu podia estar certa. – Pousou o cotovelo na parede para se levantar. – Porque seria contra a minha natureza. – Arrastou os pés para o padrinho e esticou a mão em sua direção. – Vem, vamos terminar isso de uma vez.

O desperto se levantou devagar, mesmo os pensamentos saíam roucos. *Eu tenho que fazer alguma coisa, eu não posso deixar que ela faça isso.* Seguiu Ana pela escada. Cada degrau era acompanhado por uma respiração. Cerrou o punho. *Eu não posso deixar que ela acabe com tudo.* E o ergueu encarando a nuca da adolescente. *Mas o quê?* E baixou o braço.

Virou à direita no corredor. *Eu podia mandar ela para o Antônio.* Suas pernas tremiam. *Nem a pau que a Ana chega até lá inteira, não existe mais chance de sair dessa casa.* Bufou em repiques. *Qualquer outra possibilidade, ela acaba morta, e isso não vai acontecer. Não pode acontecer.*

Passou pela porta do quarto da afilhada. *Até porque ela pode estar certa, ela pode acabar realmente abrindo a rachadura.* Passou os dedos na cabeça de alho em seu bolso. *Mesmo assim, essa é uma péssima ideia.* Sua boca estava seca. *Deixar um bando de espíritos passar para este lado só pode dar problema.* Deslizou a mão para o maço e puxou um cigarro. *Mas que escolha eu tenho?*

Passou pela porta do banheiro, que esfriara abaixo de zero, e disse em uma mistura de ordem e pedido:

– Eu vou fumar.

– Não tem problema – disse com doçura.

Arrastou os pés até a privada e deixou o corpo cair. *Eu devia ter mentido para o Ignácio,* pensou ao acender o tabaco, *ou pelo menos não ter ajudado o Ricardo a descobrir os símbolos.* Encheu os pulmões de fumaça. *Ou qualquer outra escolha que não terminasse nisso.*

Ana virou-se para o Aleph na parede e fitou Tomas de canto de olho.

– Pronto?

O desperto deu com os ombros e soltou fumaça.

A adolescente continuou:

– Obrigada por tudo, tá? Você foi a única pessoa que fez algum esforço para me aturar. – Sua voz rachou. – E eu sei que não foi fácil, e, mesmo assim, você tentou. – Pousou a palma da mão sobre o símbolo. – Você foi a coisa mais perto que eu tive de um pai depois do meu.

E você é a filha que eu queria ter. Eu devia ter sido melhor para você. Tossiu:

– Vai se foder.

Ana sorriu.

– Eu te vejo do outro lado. – Encheu os pulmões e começou a recitar: – Kramór Iriná Anê. Kramór Iriná Anê. Eu, Ana dos Santos, pela lei que rege a Grande Roda das Realidades, falo e mereço ser ouvida. Através do sacrifício de muitos despertos e espíritos, incluindo os de meu próprio sangue, ofereço minha alma e ordeno que esse último símbolo se abra e que as realidades se juntem. – Mordeu a cicatriz em seu pulso, arrancando um pedaço de pele. – Faça o que deve ser feito. – E a encostou no Aleph ao lado de sua outra mão. – Pela Grande Roda das Realidades, eu te abro. E que assim seja!

As luzes do banheiro começaram a piscar e o negrume da tinta do símbolo se expandiu pelos azulejos adjacentes. A temperatura caiu ainda mais e Tomas cruzou os braços para se aquecer.

O frio fez a respiração de Ana visível.

– Tá funcionando. – Sorriu e pressionou ainda mais as áreas de contato com a parede. Fachos de luz vermelha e verde circulavam e saltavam dos azulejos negros sem padrão ou ordem. – E que assim seja! – Seu rosto se abriu e as luzes voltaram. Permaneceu parada por alguns segundos. Virou-se para os negrumes e tentou recuar. – Sai – E o sorriso morreu. – Me larga! – Pisou na parede e jogou o corpo para trás, porém seus braços continuavam fixos no símbolo. – Ele tá me prendendo!

Puta que me pariu. Saltou para a frente. Abraçou o tronco da afilhada, agarrou o amuleto de prata da adolescente.

– Empurra comigo! – Pisou no outro lado do símbolo. – Um, dois, três, vai! – E os dois despertos empurraram.

– Não tá funcionando! – Ana gritou.

– Calma. – Encaixou o queixo no ombro da afilhada. – Um, dois, três, vai! – E repetiram o movimento. – Empurra!

– Tá doendo! – Sua voz rachara.

– Se acalma que vai dar tudo certo – mentiu. – Mais uma vez. – As luzes se apagaram. *Não!* Buscou o amuleto em seu bolso. – Só mais um pouco! – falou entre os dentes. – Não desiste agora.

Ana gritava, somente pausando para balbuciar algum pedido ininteligível. Seu tronco afinava a cada segundo.

-- Tá doendo! – berrava. – Faz parar!

Por favor. Não, não leva ela. Sentiu seus braços escorregarem e apertou ainda mais o amuleto de prata. *Não agora que eu cheguei aqui.* Recuou o pé direito em busca de estabilidade. *Só mais um pouco. Por favor.* Empurrou a cabeça de alho contra o "aleph" e gritou:

– Vai! – Sentiu a planta afundar na escuridão. E, quando sua palma finalmente encostou na parede, as luzes acenderam. Ana desaparecera.

Epílogo

PUTA MERDA. Duas e quinze, pensou. *Toda vez é a mesma coisa.* Esvaziou os pulmões com calma. *Eu saio cedo de Realengo para ter certeza de chegar na hora e o Nando ainda atrasa.*

O desperto esperava sentado no meio-fio da rua Visconde de Carandaí. Nada se movia. Somente os carros ao longe quebravam o silêncio. *Calma.* Não conseguia parar de roubar olhares furtivos do Jardim Botânico. *Respira.* Apertou a cabeça de alho em seu bolso. *O Antônio consertou o bloqueio. Vai dar tudo certo.*

Só uma última vez. Fitou o asfalto entre seus pés. *Aí você para.* Sentiu o peito apertar e espelhou o gesto com o rosto. *Eu devia estar fazendo isso sozinho.* Passou a língua na cicatriz em sua boca. *Não. Melhor o desconforto que a incerteza. Pelo menos dá para confiar que ele não vai contar para ninguém. E, mesmo se contasse, não seria para ninguém importante.* Sorriu de meia boca se divertindo com a ideia.

Sentara encostando a lombar em um canteiro de árvore. Com sombra suficiente para fugir do sol, porém perto o bastante da casa dos dos Santos. O portão de madeira escura não mostrava nenhum sinal de anormalidade. *E é melhor ser eu. Esses filhos da puta não vão botar a mão nas coisas dela.* O resto das casas mantinha suas fachadas em tons pastéis, deixando a falta de cor camuflá-las entre si.

Além de uma possível queimadura de sol, nada à sua volta apresentava algum perigo. Era cedo demais, e, além do segurança sonolento, as rondas policiais eram frequentes. *É melhor eu ficar em pé.* Empurrou o corpo para cima com as mãos nos joelhos. *Assim o imbecil do Nando não passa direto.* Bateu os olhos na cerca do Jardim Botânico e apertou mais uma vez a cabeça de alho, rachando a casca.

Se controla! Nem a porcaria da gárgula está mais aqui. Enfiou a mão no bolso em busca do maço de cigarros. *Debaixo da cabeça de alho.* Em um movimento decorado, botou o tabaco na boca, puxou o isqueiro e o acendeu. *Graças a Deus.* Uma comichão desceu de sua nuca até a lombar. *Ela tinha que fazer do jeito dela.* Arqueou as sobrancelhas e envolveu o pulso direito com a corrente do amuleto de prata. *Era só ter me escutado e tudo estava resolvido.* Levantou o rosto e o sol incomodou seus olhos. *Era só as coisas serem diferentes.*

Encheu os pulmões de uma vez para relaxar a garganta e sentiu uma pontada no centro da testa. *Merda. Calma, Tomas. Está de dia, no meio da cidade, e o Antônio devolveu o bloqueio.* Cravou as unhas no amuleto. *Não tem por que qualquer coisa dar errado, se controla.*

Passaram-se outros vinte minutos e quase quatro cigarros até que Nando apareceu. O bater de seus sapatos no chão era ouvido de longe.

– Fala, cara! – Sorriu forçado. Vestia-se como de costume. Calça jeans, camisa social e gel no cabelo. Tudo mais apertado do que deveria. A única diferença era uma sacola plástica em sua mão. – Você chegou faz muito tempo?

Não se dispôs a encarar o micheteiro.

– Não. Cheguei adiantado – respondeu seco –, como sempre.

– É – esfregou a mão na nuca –, foi mal a demora. Teve um acidente lá em Copa e parou tudo.

Mais um acidente que para tudo? É sempre assim, né? Impressionante.

– Não importa, Nando. Pelo menos você chegou. Você lembra por que eu pedi para vir?

– Cara, para dar uma limpada na casa da sua afilhada, né? Para não ter problema com os novos moradores. E pagar o favor que eu tô te devendo. – Levantou as mãos na altura do rosto e soltou uma careta. – E, pô, antes de qualquer coisa, meus pêsames pela perda aí.

Os olhos de Tomas fixaram-se nos do micheteiro. *Cala a sua boca. Você não vai falar dela.*

– Ok, mas vamos cortar o assunto. Quanto mais rápido a gente terminar isso, melhor.

– Tá. – Recuou o rosto.

Torcer para ele ter entendido o recado. Estalou o pescoço.

– Ótimo. Você trouxe as garrafas de vinagre que eu pedi?

– Trouxe. – Levantou a sacola plástica na direção do desperto.

– Perfeito. Você já fez algum trabalho de limpeza antes?

– Assim – puxou o ar entre os dentes –, mais ou menos.

Tomas olhou para baixo com calma. *Pelo amor de Deus. Qual é a dificuldade de falar que não sabe?* Fitou os olhos do micheteiro.

– Ok, presta bastante atenção no que eu vou dizer para não dar problema. – Marcava cada palavra. – Vai ser muito fácil. É só entrar em transe e passar o vinagre em todo e qualquer símbolo que você encontrar. Entendeu? – Assim que Nando assentiu, continuou: – Você vai ficar responsável pelo andar de baixo. Só isso.

– Tá bom – falou apressado. – E depois?

– Depois nada. – Deu com os ombros. – Assim que terminar de fazer o que eu mandei, você vai embora. Não precisa nem falar comigo se não quiser.

Nando abriu a boca em silêncio por alguns segundos.

– Olha, cara, eu sei que isso não é fácil. Tipo, se você, sei lá, precisar conversar...

– Não preciso, não – Tomas interrompeu. – A única coisa que eu necessito é que você entre lá e passe o vinagre nos símbolos do andar de baixo. Espero que isso não seja um problema.

O micheteiro não se esforçou para esconder a piedade em sua voz.

– Tudo bem, cara, você que sabe.

Perfeito. Até esse babaca se vê no direito de sentir pena de mim. Parabéns, Tomas. Limpou a garganta.

– Ok.

– Vamos, então? – Ergueu as mangas.

O desperto esticou os braços na direção da casa dos dos Santos.

– Por favor. – E seguiu sem esperar reação.

Só mais um pouco. Atravessou a rua. *Eu devia ter chamado outra pessoa para me ajudar. Mas quem ia te atender? Não é como se tivesse uma fila de gente esperando para passar tempo contigo.* Soltou o ar pelo nariz. Girou o corpo de lado para passar entre dois carros estacionados. *Não importa, também.*

E sem o Ignácio agora, que é muito melhor, só que a única pessoa que importava se foi. Esfregou a mão direita nos olhos para impedir que qualquer lágrima se formasse. *Merda de garotinha teimosa.* Parou em frente ao portão de madeira escura. *Tinha que ser do jeito dela. Como se pensar nas possibilidades fosse uma fraqueza.* Enfiou a chave na fechadura.

O micheteiro pousou a mão esquerda no ombro do desperto.

– Tipo, tem certeza de que não vai ter nenhum espírito aí, né?

– Pode ficar tranquilo que qualquer coisa do outro lado foi embora junto com a Ana anteontem. – Sentiu o estômago apertar.

Calma, Tomas. Acariciava a corrente que envolvia seu pulso. *Não é hora para isso. É o último trabalho de ritualista.* Soltou o ar em um chiado. *Depois você deixa isso tudo para trás.* Girou a chave. *Força.*

Empurrou a porta e entrou na antiga casa da afilhada.

fonte
heuristica

@novoseculoeditora
nas redes sociais

gruponovoseculo
.com.br